KB189754

제임스 조이스 『피네간의 경야』 평역 시리즈 ①

Plain Rendering Series of James Joyce's *Finnegans Wake*

# 경야의 서
## 經夜書

### The Book of the Wake

They laid him brawdawn alanglast bed.
With a bockalips of finisky fore his feet.
And a barrowload of guenesis hoer his head.【006:26-27】

사람들은 그를 침대에 눕히고서 매장 준비를 했다.
그의 발치에는 위스키 한 통이
그리고 그의 머리맡에는 흑맥주 한 통이 놓여있다.

제임스 조이스 원작
박대철 편역

어문학사

# 세상에서 가장 아름다운 노래 — 피네간의 경야

The sweetest song in the world! 【617:32-33】

62여 개의 언어로 된

63,000여 개의 어휘가

628면에 걸쳐

21,490행으로

chaosmos【118:21】하게 직조織造되어

무의식의 향연을 펼치다

# James Augustine Aloysius Joyce

## (2 February 1882-13 January 1941)

"bababadalgharaghtakamminarronnkonnbronntonnerronntuonnthunntrovarrhoun-awnsk awntoohoohoordenenthurnuk!"【003:15-17】

우르르르르르르르르르르르르르르르르르르르르르르르르르르르르르르르르르르르르르르르 르르르르르르르르르르르르르르르르르르르르르르쿵쾅!

필자가 만난 조이스學(Joyceology)의
탁월한 권위자들(excellent inkbottle authorities【263:23】)은 하나같이
조이스만큼이나 당대의 지적 영웅(intellectual hero)에 다름 아니었다

[2006. 1. 20.]
미국 텍사스주립대학(The University of Texas at Austin)의
해리랜섬센터(Harry Ransom Center)에서
스탠리 교수(Thomas Stanley: 1936-2022)와 함께...

그는 김종건 교수의 Tulsa 대학 박사 논문 지도 교수였다.
약속된 60분간의 짧은 만남에서 우리는 '조이스와 불교'에 관한 의견을 교환했다.

[2021. 11. 5.]
김종건 교수님 댁에서...

이 모습은 나중에 기념이 될 것이라며 사모님께서 카메라 셔터를 누르셨다.
교수님은 '한국제임스조이스연구센터' 개원을 누구보다 기뻐하셨고 사모님께서는 거실 벽면을 가득 메운
조이스 관련 책들은 지리산 센터로 가야 할 것이라며 함께 축하해주셨다.

[2019. 6. 16.]
더블린 저비스가(Jervis Street) 울프톤 광장(Wolfe Tone Square)의
블룸즈데이(Bloomsday Readings & Songs) 행사장에서
데이비드 노리스(David Norris) 상원 의원과 함께...

그는 트리니티대학(Trinity College)의 영문과 교수를 지냈으며 제임스조이스센터(James Joyce Centre Dublin) 설립자이자
2011년 아일랜드 대통령 선거 후보이기도 했다. 나의 한국 방문 제의에 그는 소리 내어 웃으며 좋아했다.

[2019. 5. 13.]
이탈리아 트리에스테(Trieste)의 조이스박물관(Museo Joyce & Svevo)에서
리까르도 캐팍(Riccardo Cepach) 관장과 함께...

그는 다음과 같은 블룸즈데이 포스터를 자신의 페이스북에 공유했다.

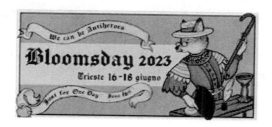

[2019. 5. 22.]
스위스 취리히 소재 조이스 재단(Zurich James Joyce Foundation)에서
프리츠 젠(Fritz Senn)과 함께...

그는 초기에 인쇄소(print shop)에서 교정 보는 일을 하면서부터 독학으로 제임스 조이스를 연구했다.
이후 국제제임스조이스재단(International James Joyce Foundation)의 회장(1977~1982)을 거쳤다.
그리고 1985년부터 현재까지 취리히조이스재단의 대표로 있으면서 95세를 훌쩍 넘긴 고령에도
『율리시스』와 『피네간의 경야』 독해를 이어가고 있는 것으로 유명하다.

[2019. 5. 24.]
장장 2시간에 걸친 『피네간의 경야』 독해를 마친 후, 동양에서 온 이방인을 환영한다며 젠 교수와 함께
자리를 마련해주었다. 모두가 늦은 시간까지 내 곁에 함께 있어주었다.
-Lots of Fun with Zürich Joyceans.

[2019. 6. 6.]
조이스의 마지막 작품 『경야의 서(Finnegans Wake)』의
주인공 험프리 침던 이어위커(Humphrey Chimpden Earwicker)와
그의 아내 안나 리비아 플루라벨(Anna Livia Plurabelle),
그리고 그들의 아들 숀(Shaun), 솀(Shem)과 딸 이씨(Issy)의 집 장면과
작품의 배경으로 들어가는 채플리조드 길(Chapelizod Road).
채플리조드는 '이졸드의 예배당(Iseult's Chapel)'이라는 뜻.

[2019. 6. 6.]
채플리조드 마을의 어느 파란 대문집 벽면에 세계 문학사상 가장 난해하기로 악명 높은
문제작 『경야의 서』의 그 유명한 첫 문장
RIVERRUN을 새긴 명패가 조이스 순례자의 눈길을 끈다.

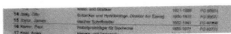

[2019. 5. 20.]

스위스 취리히의 '플룬터른 묘지(Fluntern Cemetery)' 제15구역 (장례 당시의 임시 묘역 번호는 1449)에서...

수구초심(首丘初心)! 고개 돌려 하염없이 바라다보는 그곳은
조이스 자신이 37년 전에 버리고 떠나온 머나먼 고국 아일랜드가 아닐까?

[2023. 5. 20.]

코로나 팬데믹 이후 3년여 만에 대면으로 만나는 경희대학교 국제캠퍼스에서의 『율리시스』 독회에서...

독회는 2002. 9. 3. 최초 모임 이래 자그마치 21년째 계속되고 있다.
자타가 인정하는 최고의 조이스 학자들은 세계사적으로 유례를 찾아보기 힘든
조이스 연구의 장엄한 역사를 써 내려가고 있다. 필자는 한낱 ghost group의 일원에 지나지 않는다.

# 축하의 글

얼마 전 연구실에 뜻밖에 반가운 손님이 찾아오셨습니다. 한국제임스조이스학회의 창립자이시고, 평생을 바쳐 제임스 조이스의 전작을 우리말로 번역해 오신 고 김종건 교수님의 사사를 받고 연구와 후학 양성에 힘쓰다가 교직에서 퇴직한 후 지리산 자락에 자신의 사비를 털어 "한국제임스조이스연구센터"를 개설하고 역시 평생을 조이스 연구에 헌신하겠다고 결단하신 박대철 선생님이었습니다.

박대철 선생님은 1999년 10월에는 "『더블린 사람들』과 『피네간스 웨이크』에 담긴 불교사상적 함의 (含意) -Epiphanic Mode와 Hindu-Buddhistic Allusion을 중심으로-", 그리고 2002년 12월에는 "떠도는 꿈의 시니피앙: 『피네간의 경야』의 프로이트적 읽기(A Floating Signifiant of Dream: A Freudian Reading of Finnegans Wake)"라는 논문들로 본인의 연구 역량을 여실히 증명한 바 있는 진지하고 성실한 연구자입니다.

박 선생님은 고 김종건 교수님의 뒤를 이어 자신의 여생을 조이스의 마지막 역작인 『피네간의 경야』를 누구나 쉽게 읽을 수 있는 문체로 번역하는 데 바치겠다고 선언하시면서, 부족하기가 한이 없는 필자에게 '한국제임스조이스학회'의 회장을 역임한 경력을 빌어 간단한 축하의 말씀을 써주십사 부탁을 해오셨습니다.

자신을 소개하는 글에서 박 선생님은 "김종건 교수의 초판 『경야』(2002)에 조역(助譯)한 지 22년 만이자, 7년 전 지리산 자락에 서은(棲隱)해서 '한국제임스조이스연구센터'를 연 지 4년 만에, 총 4권-17장-628면-62개 언어-63,000단어-21,490행의 『경야』 중에서 1권 1장을 평역(easyfree translation【152:12-13】)하는 데에만 1여 년의 신산(辛酸)을 겪는다"라고 적고 있습니다. 그는 또한 스승이신 고 김종건 교수님의 유언이자 자신의 평생 유업으로 여기는 『경야』의 면밀한 연구와 정확하고도 읽힘새가 좋은 번역을 위하여 시공간의 한계를 넘어 마치 구도하는 수도승과 같은 경건함과 이룰 수 없는 짝사랑에 빠진 사람의 집요함을 바탕으로 자신의 의지를 불태우고 있습니다.

현재까지 아시아권에서는 중국과 일본, 우리나라, 그리고 대만에서 각각 한두 명의 번역자가 이미 『경야』의 번역을 완료하였거나 예정(대만의 경우)인 가운데, 우리나라에서도 고 김종건 교수님의 뒤를 이어 두 번째 번역이 착수되었다는 사실은 조이스학회의 큰 자랑이 아닐 수 없습니다.

연구실에서 잠깐 뵈었던 박대철 선생님의 눈빛과 말투, 그리고 선생님께서 보여주신 그간의 자료와 현재까지의 결과물을 대했을 때 마치 혁명을 도모하는 투사의 거사 계획을 엿듣는 듯한 감격과 비장함과 설렘이 저의 영혼과 육신마저 뒤흔들고 있다는 느낌을 받았습니다.

박대철 선생님의 원대한 계획과 그의 성실한 걸음 위에 하늘의 도우심이 또한 함께 하셔서 세상을 놀라게 하고, 조이스를 연구하는 이들에게도 큰 비전과 도전을 제공할 수 있는 귀하고 멋진 작품이 탄생할 수 있기를 간절히 기원하면서, 부족한 자의 축하의 인사를 갈음합니다.

감사합니다.

전) 한국제임스조이스학회장
조선대학교 교수 김철수

## ◆ 김철수 교수님과 필자

1907년 3월의 어느 날, 조이스 생애에서 가장 풍성한 창작 시기를 보내게 될 이탈리아 트리에스테 (Trieste)의 벌리츠 스쿨(Berlitz School). 이곳에서 조이스의 영어 수업을 수강한 이탈로 스베보(Italo Svevo)—본 명은 에토레 시미츠(Ettore Schmitz)—에게는 '뜻밖의 행운'이 찾아오고, 조이스에게는 '망명지의 우정'이 싹트게 된다. 이후 두 사람은 나이(당시 조이스는 25살, 스베보는 46살)와 종교(조이스는 '신앙을 버린' 가톨릭교도, 스베보는 '교리를 지키지 않는' 유대교도) 차이를 뛰어넘어 서로의 삶과 문학에 깊은 영향을 주고받게 된다(실제 Svevo는 『율리 시스』 속 Leopold Bloom, 그의 아내 Livia Veneziani Svevo는 『피네간의 경야』 속 Anna Livia Plurabelle의 모델이 됨). 조이스가 그곳 을 영원히 떠나는 1920년 7월까지 조이스는 great borrower로서 그리고 스베보는 generous lender로 서 찬란한 교분을 이어간다.

한편 양(洋)의 동서와 시(時)의 고금을 달리하여 지금 여기, 제임스조이스지리산연구센터의 개원 소식 을 최고 권위의 활자 매체(제임스조이스저널 2020년 12월)에 정성스레 담아주셨던 김철수 교수님은 고매한 인 품의 '넉넉한 시혜자(generous lender)'로서 그리고 필자는 불민한 만학의 '굉장한 수혜자(great borrower)'로서 행학(行學)의 도반 삼아 세월의 강을 넘실대며 『경야』의 피안을 향한다.

• 이탈리아 최대 커피 브랜드인 일리(Illy) 커피의 본고장 트리에스테, 그곳의 Caffè Stella Polare를 비롯한 Caffè degli Specchi, Caffè Tommaseo Antico, Caffè San Marco, Pasticceria Pirona 등의 문학 살롱(literary salon)은 당대 예술가들과 지성인들에게 영감(inspiration)과 위안(solace)을 주던 곳이었다. 조이스와 스베보는 자신들이 최애(最愛)하던 Caffè Stella Polare 에서 늦은 시간까지 삶과 문학에 관한 담론을 펼치곤 했다.

# 헌 사

이 책을

나의 마지막 스승 김종건 교수님 영전에

함수헌상(合手獻上)합니다.

교수님 생전의 아주 오랜 어느 날,

『복원된 피네간의 경야』(2018) 신간을 필자에게 건네주시면서

"일반 독자들도 『경야』를 읽을 수 있도록

언젠가 박 선생이 평이한 우리말로 옮기는 작업을 하면 좋겠다" 하시던

그 유지(遺旨)가 유음(遺音)으로 흐느끼는 지금,

'황야'의 척박함이 고스란한 '경야'의 들판(Demon's Land【056:21】)에

전설처럼 묻혀있는 잔인한 악마의 언어들을

오르한 파묵(Orhan Pamuk)의 바늘로 하나하나 캐내어

난해한 먼지를 털어내고, 새 옷을 입혀가고 있다.

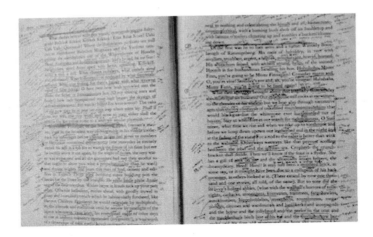

"Heavy Notation": Dr. Jong-Kweon Kim's Copy of Finnegans Wake
숨 막힐 듯 빼곡하게 여백을 가득 채운, 김종건 교수님의 『경야』 연구 기록
언어의 밀림 속 또 다른 언어의 질주

**Book Cover of Dr. Kim's Copy of FW**
김종건 교수님께서 번역 연구의 저본底本으로 삼으셨던 『경야』 복사본을
'공문空門의 전등傳燈'으로 나의 손에 쥐여주셨다.
거인巨人은 그렇게 자신의 어깨 한쪽을 내어주셨다.

# 목 차

# 『경야의 서』 집필 당시 조이스의 필적

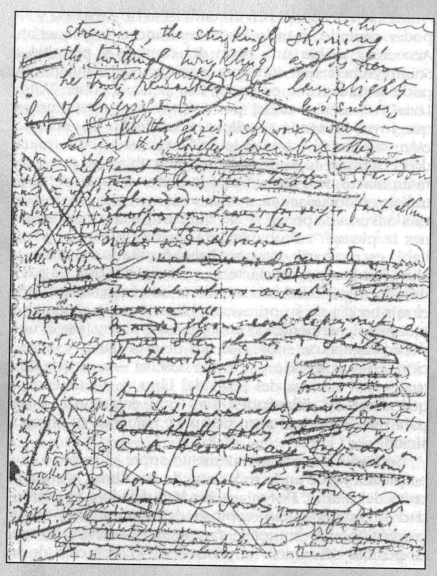

이 무렵(1925-1933), 오른쪽 시력이 약화되고 왼쪽 눈은 거의 실명한 조이스는 눈만 감으면
시각적 환상(visual hallucinations)에 시달렸는데, 그래서였을까?
『경야의 서』 육필 원고는 비현실적 주문(呪文)인 양 종횡무진으로 유난히 난마처럼 얽혀있다.

# 서 문

# How many legs this elephant has?
## 이 코끼리의 다리는 몇 개일까?

• finneganswake943697706.wordpress.com

사뮈엘 베케트(Samuel Beckett)는 *Our Exagmination Round His Factification for Incamination of Work in Progress*에서 "『경야』는 무엇을 적어 놓고 있지 않으니 읽을거리가 없다. 더 정확히 말하면 단지 읽을거리만 없기에 눈으로 보고 귀로 들으면 된다. 『경야』는 딱히 무엇인가를 적어 놓고 있지 않다. 그냥 『경야』 그 자체일 뿐이다(It is not written at all. It is not to be read—or rather it is not only to be read. It is to be looked at and listened to. His writing is not about something; it is that something itself.)"라고 말했다. 이는 흡사 위에 제시된 코끼리 그림 같은 것이다. 이 그림이 코끼리라는 것은 분명하지만, 시각적 교란 작용 때문에 그 다리의 개수를 정확히 파악하기 매우 곤혹스럽다. 이런 점에서, 다리 개수에 매달리다가 그것이 코끼리라는 본질마저 망각할 수 있다는 우려는 『경야』에도 똑같이 적용된다.

엄밀히 말해서 『경야』를 번역하는 행위는 조이스에게 반역하는 행위라 해도 무리가 없다. 왜냐하면 번역 불가의 작품을 번역하는 것(Translating the Untranslatable)이기 때문이다. 『경야』를 둘러싼 독해 불가능성 또는 번역 불가능성 비평의 배경에는 경야어(Wakese) 자체가 대부분 '도무지 이해할 수 없는 말(gobble-degook)'들이 비통사적으로 조합된 표현들로 넘쳐난다는 지적이 깔려있다. 즉, 두 어간(stem)의 결합이 국어의 정상적인 통사적 구성 방식과 일치하지 않는 비통사적 합성어(asyntactic compound word)가 주류라는 것인데, 예를 들어 '오르내리다'라는 합성어가 '오르고 내리다(상하上下하다, 승강昇降하다)'와 같은 통사적 구성을 이루는 것이 아니라 다음과 같이 다층적 의미 구조(multiplicity of meanings)를 띠는 것과 같은 이치다.

<오르내리다>의 다층적 의미 구조: ① 먹은 음식이 잘 삭지 아니하여 속이 거북하다.
② 올라갔다 내려갔다 하다.
③ 남의 말거리가 된다.

『경야』에는 더 나아가 하나의 단어에 여러 언어가 켜켜이 중첩(multilingual layers)됨으로써 단순히 단어의 물리적인 결합에 그치는 것이 아니라 일반적인 사회 통념으로 잘 받아들여지지 않는 것이거나 혹은 무의미하거나 혹은 전혀 새로운(newly-coined word)—정신이상자의 발설 또는 꿈속의 언어—신조어(neologism)들이 난무한다.

---

**below on the**　　**tearsheet,**　　　　　　**wringing and**　　　**coughing,**

bellow 고함치다　　torn sheet 오려낸 페이지　　ringing 울려 퍼지는　　coffin 관

blow 바람이 불다　　crying sheet 큰소리로 외치는 신문　　wrangling 논쟁

be low 나지막하다　　Doll Tearsheet 셰익스피어의 희곡 <헨리 4세> 2부에 등장하는 가상의 인물

**like brodar and**　　　　　　**histher.[022:01-02]**

brother 형제　　　　　　　sister 자매

Bruder 수사(修士)　　　　　Hester, Esther 에스더 (자기 종족을 학살로부터 구한 유대 여자)

brood 생각에 잠기다　　　　hiss 쉿 하는 소리를 내다

brooder 생각에 잠기는 사람　　hysteria 병적 흥분

Brodhar-slew Brian history 브라이언 보루 왕의 역사

Boru 보루 (Brian Boru: 클론타프[Clontarf]전투에서 데인[Dane]족을 격파하고 전사함)

---

따라서 『경야』의 접근을 초입부터 가로막고 있는 가장 커다란 걸림돌인 언어의 문제에 관해서 최근 (2021년 4월 1일) 'Literary Hub'의 팟캐스트 'The Cosmic Library'가

우리는 『경야』를 완전히 이해할 수 있는 것으로 보진 않는다. 그 대신에, 끝없는 탐험을 위한 영감의 샘을 『경야』에서 발견하게 된다. 우리가 『경야』의 수수께끼를 완벽하게 풀어놓을 수 없음을 인정할 때, 우리는 온전한 해독(解讀)의 부담에서 벗어나 자유롭게 『경야』의 세계에서 노닐면서, 『경야』가 꿈과 물 그리고 사사로운 잡담 같은 시시하고 누구나 겪는 경험을 다루고 있음을 알게 될 것이다. 그런데 이 모든 것은 꿈결처럼 유려(流麗)한 언어로 표현되어 있다.

... we don't regard the Wake as something to decode completely. Instead, we find in the book a well of inspiration for endless exploration. When you accept that you can't perfectly decipher this thing, you set yourself free to notice rather than solve, and you'll start to notice a lot. You'll notice, for one thing, that Finnegans Wake deals with basic, shared, elemental experiences—of dreams, of water, of private chitchat. And it does all this in its own dreamy, fluid language.

lithub.com/reading-james-joyces-finnegans-wake-without-trying-to-decode-it/

라고 설명하는 대목이 설득력을 얻고 있다. 이에 힘입어 필자는 우리말과 조이스의 영어(broken English)라는 이질적인 두 언어 사이에 작용하는 막강한 척력(斥力: repulsive force)을 무릅쓰고 애써 최적(optimal)의 우리말 등가어(equivalence)를 채굴해가며 총 17장에 달하는 시리즈(series)로 엮어 평이한 우리말(plain Korean)로 들려주고자 한다. 이제 그 첫 장을 열게 되는 셈이다.

• finneganswake943697706.wordpress.com

우리가 『경야』의 배를 타고 흐르면서 조이스의 '물의 언어(watery language)'에 우리의 의식이 젖어 들고, 조이스의 '꿈의 언어(dream language)'에 우리의 무의식이 가 닿을 때 비로소 『경야』는 우리에게 그 온전한 실체를 드러내 보일 것이다.

제1부

『경야의 서』 한글 번역

## 일러두기

- 이 책을 『경야經夜의 서書(The Book of the Wake)』로 제명(題名)한 것은 아일랜드의 복음서 필사본인 『켈스의 서書(Book of Kells)』, 이집트의 사후 세계 안내서인 『사자死者의 서書(Book of the Dead)』, 티베트 불교 경전인 『티베트 사자死者의 서書(Tibetan Book of the Dead)』, 아일랜드 침략의 역사서인 『침략侵略의 서書(Book of the Taking of Ireland)』 등의 명명(命名)을 염두에 둔 것이다.
- 이 책에 나오는 『경야의 서』와 『경야서』 또는 『경야』는 모두 『피네간의 경야(Finnegans Wake)』를 말한다.
- 작품의 이해와 감상을 도모하기 위해, 연구를 위한 한줄 번역(Reader Friendly Line-by-Line Renderings and Annotation)과 독서를 위한 일반 번역(Plain Renderings)을 함께 싣는다.
- 이 책에서는 원서의 인용 쪽을 【 】안에 넣어 표시한다. 예:【003:12】

제임스 조이스『피네간의 경야』평역 시리즈

Plain Rendering Series of James Joyce's Finnegans Wake

『경야의 서』1권 1장

The Book of the Wake: Book I Chapter 1

『경야』 속 개별 단어는 일반 작품의 240단어에 해당한다.

Every word in FW is equal to 240 words in an ordinary book.

Joyce in Scheveningen(Holland), late 1920s
스헤브닝겐 해변(네덜란드)의 조이스, 1920년대 후반 무렵

# 1. 『경야의 서』 일반 번역

한 가닥 외줄기 마지막 사랑의 기나긴 그 강은 흐르고 흘러, 아담과 이브 성당을 지나, 굽이진 해안으로부터 더블린만灣까지, 우리를 싣고 드넓은 마을—비코 도로—을 거쳐 호우드 성城과 그 주변으로 되돌아온다.

사랑의 악사樂士, 트리스트람 백작은, 아일랜드해 너머, 브르타뉴로부터 아일랜드 본토에서 이베리 아반도 전투를 다시 지휘할 이곳 들쭉날쭉한 서튼 지협地峽에 아직 돌아오지 못했다. 뿐만 아니라 오코니 강줄기 옆으로 더블린 이주민을 위한 구조물도 쌓아 올려지지 않았다. 주민이 두 배로 늘어나게 되는 조지아주 로렌스 카운티를 세울 기독교의 불꽃 또한 기독교인들에게 믿음을 점화시킨 격한 바람 같은 성 패트릭이 아일랜드 이교도들에게 세례를 하지 않았다. 또한 사냥한 짐승의 고기를 먹인 후, 눈 먼 늙은 이삭을 속이지만 아직 축복을 받지 못했다. 비록 바네사는 모든 것이 정당했지만, 두 명을 상대하는 조나단 스위프트에게 여자들은 아직 분노를 드러내지 않았다. 제임슨 위스키 증류소는 보리를 분쇄하여 아크등 불빛 아래에서 아직 술을 빚지 않았다. 그리고 무지개의 붉은 끝자락은 아직 수면 위를 두루 비추지 않았다.

추락[타락] (우르르르르르르르르르르르르르르르르르르르르르르르르르르르르르르르르르르르르르르르르르르르르르르르르르르르르르르르르르르르르르르르르르르르르르르르르르르르르르르르르르르르르르르르르르르르르르르르르르르르르르르르르르르르르르르르르르르르르르르르르르르르르르르르르르르르르르르르르르르르르르 쿵쾅!) 한때 곧바른 사람이었던 늙은 아비의 추락은 일찍이 옛날이야기가 되었고 나중에는 기독교 음유 시를 통해서 대부분 재탄생했다. 벽체의 심각한 붕괴가 있고 난 후 별안간 피네간의 끔찍한 추락이 이어졌다. 아일랜드 태생의 건실한 남자, 험프리 침던 이어위커 본인이 직접 자신의 몸이 붙어있을 발가락을 찾기 위해 지체 없이 다른 곳으로 감각적인 탐색을 나선다: 이어위커의 다섯 발가락은 피닉스 공원 바깥의 녹크 언덕에 있는데 그곳은 개신교인들이 가톨릭교인들을 깔고 누워있는 곳이다. 더블린이 맨 처음 리피강을 따라 정착한 이래로,

원주민과 침략자 간의 무력 충돌, 동고트족과 서고트족 간의 전쟁! 브레케크 케케크 케케크 케케크! 코옥스 코옥스 코옥스! 우알라 우알라 우알라! 쿠아우아우! 바델레어 칼을 지닌 일당들은 여전히 단검과 소화탄 그리고 장검을 제압하고 두건을 뒤집어쓴 백의당을 야습夜襲하여 퇴출시켰다. 투창의 포위 그리고 부메랑 공격. 아일랜드의 후손들이여, 나를 두려워하라! 영광스러운 성도들이여, 구원받으라!

눈물 글썽이며 들어 올린, 소름 끼치는, 무기. 사생결단으로 싸우는구나: 조종弔鐘 소리, 조종弔鐘 소리. 우연한 격돌이라니, 공습으로 파괴된 성城이라니! 가톨릭교도들의 죄악에 유혹된 기독교도들이라니! 동생 야곱의 그럴듯한 거짓 목소리와 그들 두 형제간의 털에 대해 얼마나 진심인가! 하지만 오 여기 음행의 아버지가 죽어 누워있구나. (오 나의 반짝이는 별과 육신이여!) 피할 수 없는 운명의 징조인 듯 구애의 다리는 어떻게 하늘 높이 가로질러 놓여있는 것인가! 무슨 일이에요? 이졸드? 당신 틀림없어요? 그 옛날의 참나무는 이제 토탄 속에 묻혔있고 잿더미에서는 느릅나무가 돋아난다. 만약 추락하더라도, 당신은 다시 일어나야만 한다: 금방이라도 추락할 일은 없을 전혀 터이니 지금 당장 어둠의 잿더미에서 솟아오르는 불멸의 새가 될 것이다.

흔들거리는 손이자 자유로운 벽돌 운반공인 건축기사 피네간은 희미한 불빛의 뒷방 2개가 있는 집과 인접한 토지 그리고 건물 등 상상할 수 없이 넓은 곳에서 살았다. 여호수아서와 사사기가 민수기를 건네주기 이전이거나 또는 엘베시우스가 신명기를 수용하기 이전에(어느 종교 축제일에 그는 엄숙하게 머리를 욕조 속에 집어넣었는데 그건 자신의 운명의 앞날을 살피기 위함이었다. 하지만 다시 재빨리 머리를 꺼내기도 전에, 모세의 능력에 의해, 욕조의 물은 증발해버렸고 기네스경 일당은 모두 의회에서 축출되었다. 그래서 그가 얼마나 알코올에 중독된 사내인지 보여주어야 했다!) 아주 여러 해 동안 이 벽돌 운반공은 마지막 작업으로 더블린의 리피강 제방 위에 건물을 올리고 또 올렸다. 그에겐 어린 아내가 있었다. 그리고 그는 어린 아내를 사랑했다. 손에 쥐어진 흰 머리카락으로 그녀를 감아 쌌다. 자주 술에 취하고 말을 더듬으며, 머리에는 모자를 쓰고, 손에는 멋진 흙손을 움켜쥔 채 그리고 그가 습관적으로 즐겨 입는 상아 기름칠 된 멜빵바지 차림으로, 마치 HCE처럼 그는 높이를 곱하여 산출하고 계획하곤 했다. 그는 쌍둥이가 태어난 곳을 깨끗한 술 빛깔의 벽돌로 스스로 지탱하게끔 왕년에 쌓아 올린 자신의 건축물을 바라보곤 했다(경이적인 기쁨 인정!), 아주 엄청난 높이의 뉴욕시 마천루, 거의 무에서 유를 만들어낸 것이나 다름없이 건축된 하늘까지 닿을 듯 우뚝 솟은 건물, 거룩한 건축가의 최고로 오만한 건축물, 겉만 번지르르한 탑 꼭대기에는 화환 모양의 조각이 얹혀있고 길을 재촉하는 노동자들의 발걸음 소리 높아지고, 다수의 어수선한 무리들이 떠들썩하다.

첫 번째로, 그는 문장紋章과 명성을 지닌 인물—술 마시기 내기를 벌이는 거대한 몸집의 모주꾼이었다. 그의 문장에는 투구 장식, 관목을 자를 권리를 지닌 하녀, 문제가 많은 탄원자, 방패의 흰 바탕, 숫염소, 문장원의 직원, 무서운 뿔이 있다. 두 번째로, 문장이 그려진 가로띠 무늬 방패, 활 쏘는 궁수, 태양신이 있다. 밀주密酒는 벽돌 통을 어깨에 메고 나르는 인부를 위한 것이다. 호호호호, 벽돌 운반공 피네간 양반, 당신은 죽어도 다시 깨어날 것이다! 돌아오는 월요일 아침이 되면 오, 당신은 포도주! 일요일 저녁이 되면, 아, 당신은 식초! 하하하하 펀 양반, 당신은 피네간이 될 것이다!

그런데 저 비극의 목요일에 이 피네간의 원죄를 초래한 것은 정말 무엇이었을까? 우리의 오두막은 아라파트산의 천둥소리를 증명하듯 여전히 요동치고 있다. 그런데 또한 우리는 수년에 걸쳐 듣고 있다. 무자격 이슬람교도들이 초라하게 합창하는 소리를, 일찍이 천국으로부터 지상에 던져졌던 순수한 성격이 죄악으로 검게 변했다고. 이런 까닭에 의로움을 찾아 나서는 우리를 지켜주소서, 오 우리의 부양자시여 우리가 일어나는 정오 시간과 정오를 조금 넘긴 시간 그리고 침대에 털썩 주저앉는 늦은 오후 시간과 해 질 무렵 그리고 동트기 직전의 기도 시간에! 예언자를 향한 기도가 성인에 대한 눈짓보다 낫기 때문이다. 그렇지 않으면 우리는 예언자의 관처럼 흔들린다. 똑같이 못마땅한 두 가지 선택 사이에서. 곱사등이 HCE가 결정할 것이다. 그때 우리는 경야經夜가 기도하는 요일인지 아닌지 알게 될 것이다. 그녀는 예언적 비전의 은사를 지니고 있으며 가끔 조력자들에게만 응답한다, 꿈꾸는 듯 귀여운 여자.

조심! 조심. 어떤 이들이 말하듯이, 그 일은 잘못 붙인 벽돌 때문이었을지도 모른다. 아니면 다른 사람들도 보았듯이, 그 일은 주변에서 그의 죄를 공모한 탓일 수도 있다. (지금까지 똑같은 일에 관해서 천 한 가지의 서로 다른 이야기들이 떠돌고 있다). 그러나 탐욕스럽게도 아담은 이브가 건넨 성스러운 금단의 붉은 사과를 베어 물었다. (자동차들로 붐비는 도시의 공포, 마차들, 증기 기관들, 영구차들, 전차들, 화물 운송차들, 승용차들, 마차들, 관광 택시들, 자동차 경적들, 시끌벅적한 광장과 감시 자동차들과 불량배들과 항공기들과 좀도둑과 해병대원과 제복 입은 경찰관과 사내의 귀를 깨무는 사창가 계집과 말보로 육군 막사와 더블린 법원 건물들, 간선도로, 그리고 검게 그을린 주택의 싸구려 굴뚝들과 뉴욕 71번가를 미끄러지듯 질주하는 승합자동차들과 관음증으로 눈이 멀어진 재단사의 길모퉁이를 기웃거리는 소형 비행선과 궁핍한 사람들을 위한 자선 협회가 있는 더블린의 매연과 위엄과 소음, 가사도우미들, 성직자와 아침 미사 참석자들, 주택 소음 차단벽 구축을 힘들게 만드는 엄격한 조치와 모든 옥상의 모든 소란, 나를 위한 봄철 소나기 피난처와 당신을 위한 모직 재킷 때문에 그러나 버트 다리 아래 끝머리는 멋지게 어울린다) 어느 날 아침 피네간은 잔뜩 취했다. 머리가 무겁게 느껴지면서 몸이 비틀거렸다. (한창 공사 중인 벽이었다) 눈앞이 안 보여! 그는 사다리에서 비틀거렸다. 빌어먹을! 그는 죽었다. 멍청한! 석실분묘, 영원의 집, 남자는 결혼하면 자신의 인생은 몽땅 사라진다. 공개적으로 망신 주는 것.

탄식? 난 기필코 봐야겠다! 피네간, 피네간, 아 당신은 왜 죽었습니까? 날씨 화창한 목요일 아침? 흐느껴 울며 그들은 피네간의 경야에 탄식했다. 그 지역의 모든 부랑아, 너무 놀라서 그리고 대성통곡하며 침울하게 엎드려 몸을 가누지 못했다. 그들 가운데는 배관공과 하인과 보안관과 현악기 연주자와 작가와 영화인도 있었다. 그리고 모두가 최고의 즐거움으로 화합했다. 청소부인 곡과 마곡 그리고 그들 주변의 사람들 모두가 술에 취했다. 남녀 사람들이 모두 사라질 때까지 저 애도 의식이 계속되기를! 어떤 이들은 그냥 합창으로, 더 많은 이들은 캉캉 춤으로 애도한다. 모두가 피네간을 기리고 있다. 그는 죽은 몸이지만 변함없이 최고의 마지막 음유시인이다! 다름 아니라 그는 유쾌하게 일하는 괜찮은 청년이었다. 표석을 깎아내고. 그의 관을 들어 올리시오! 이 세상 그 어느 곳에서 이런 소리를 들을 수 있을까? 저급한 피리와 먼지투성이 바이올린. 사람들은 그를 침대에 눕히고서 매장 준비를 했다. 그의 발치에는 위스키 한 통이 그리고 그의 머리맡에는 흑맥주 한 통이 놓여있다. 피리 소리와 바이올린 선율이 만들어내는 화음에 젖어든다, 오!

만세, 침대에서 몸을 뒤집고 있는 HCE에게 신은 오직 한 명뿐이다. 그건 매번 반복적으로 똑같다. 과연 그는 무너져내린 바벨탑마냥 반듯이 누운 채 몸을 뒤척인다. 자 우리 HCE를 살짝 들여다보자. 자, 88쪽을 보자, 널찍하고 평평한 산 모양의 접시가 나오는데, 바로 HCE이다! 서쪽 채플리조드에서 동쪽 베일리 등대까지 혹은 서쪽 애쉬 타운에서 동쪽 호우드 언덕까지 혹은 서쪽 버테반트탑에서 동쪽 호우드 헤드까지 혹은 서쪽 캐슬녹에서 동쪽 아일랜드의 눈에 이르기까지 그는 길게 누워있다. 그리고 언제나 (아 아, 슬프다!) 깊은 협만에서 불모의 대지까지 뿔피리 소리가 바위 늪에 산 채로 매장된 그의 죽음을 애도할 것이다 (이봐 이봐 이봐!) 그리고 하루 온종일, 이야기꽃이 아롱다롱한 밤, ALP의 밤, 미묘한 가락의 그녀 피리 소리가 (오 사랑스러운! 오 사랑스러운!) 그를 깨운다. 그녀의 딸 Issy 그리고 그녀의 쌍둥이 아들 Shem, Shaun과 함께 처음부터 끝까지. 터무니없는 옛날이야기를 들려주고, 다정하고 불결한 더블린의 이야기를 들려주며. 식사 전 감사의 기도. 저희가 받을 것에 대해 주님께서 진심으로 감사하게 해주소서. 그럼 주님께 찬양하고 빵을 건네라 제발. 아멘. 만사가 사람을 지치게 한다. 할아버지 피네간은 쓰러졌지만 할머니 ALP가 식탁을 차린다. 접시에 놓인 고기 조각은 무엇인가? 지느러미를 잘라내고 토막 낸 생선. 그의 구운 빵은 무엇인가? 성 패트릭의 성체의 빵 조각. 그의 술 찌꺼기에 있는 홉 열매에 매달린 것은 무엇인가? 다니엘 오코넬의 유명한 더블린 기네스 맥주 한 잔. 그러나, 자 봐라, 당신이 그의 술을 벌컥벌컥 마시고 또 빵을 남기지 않고 한입에 먹어 치울 때 거대한 몸집의 그의 모습을 보라. 그는 죽었다. 최후의 장면! 지난날의 순간을 담은 그냥 빛바랜 사진일 뿐. 수세기에 걸친 고대 사랑의 잔치에 올라온, 거의 붉은빛이 감도는 연어 고기 살, 그는 우리의 눈에 맺힌 이슬 속으로 사라졌다, 비통하게도 짐을 꾸려 사라졌다. 그러므로 상한 음식은 이도 저도 아닌 정체불명의 누군가에게.

그렇지만 우리는 잠자고 있는 피네간의 모습을 아직은 볼 수 있지 않을까? 진짜로 우리들의 밤 시간에 피네간이 사랑했고 또 피네간이 의지했던 새끼 송어 넘실대는 강변에서. 이곳에 HCE가 누워있다. 작은 몸집의 *자유로운 여자 ALP* 옆에. 그녀가 맥이 빠져 있거나 혹은 법석이게 하거나, 누더기를 걸쳤거나 혹은 나들이옷을 입었거나, 돈 많은 부자거나 혹은 한 푼도 없는 거지거나 무슨 상관인가. 아! 틀림없이, 우리는 모두 ALP를 사랑하거나, 혹은, 다시 말하지만 우리는 정말 ALP를 사랑한다. 우산을 받쳐 들고, 강물에 오줌을 누면서, 어수룩한 암염소처럼 아장아장 걷고 있는 그녀. 오오! 투덜대던 HCE가 잠을 자면서 코를 곤다. 호우드 헤드의 언덕 위에서, 또 채플리조드에서도. 그의 두개골, 그의 이성의 주조자鑄造者, 안개 속의 먼 곳을 응시하고 있다. 호우드 헤드? 녹색의 잔디로 뒤덮인, 그의 진흙 발이 마지막으로 넘겨졌던 곳에 불쑥 튀어나와 있다, 무기고가 있는 성 토마스 언덕 옆에, 그곳은 우리의 마가렛이, 어깨에 숄을 걸친 자매들과 함께, 모든 일을 목격한 곳. 한편 이 아리따운 소녀들의 협력 뒤에는 60번 언덕이 있다. 모두가 신성한 것으로 숭배하는 언덕! 둥, 둥, 둥, 북소리 들리는 무기고 뒤쪽, 덤불 속에 숨어서, 일어나! 경계병들! 그리고 저들을 향하도록 매복한 장소. 지금부터 구름이 걷힐 때까지 기다렸다가, 잠자는 HCE의 몸을 높은 곳에서 바라보는 것이 즐거운 곳, 지금은 윌링스톤 국립 박물관, 그리고 초록의 공간을 사이에 두고, HCE 선술집 뒤뜰의 멋진 별채 그리고 덤불 속에서 오줌을 누고 킥킥거리면서 수치스러운 짓을 하는 마을의 새하얀 두 소녀, 이쁜 것들! 연금수령자들은 박물관 무료입장이 허용된다. 웨일스인과 아일랜드계 영국 군인은, 1실링! 제명된 상이군인 출신의 늙은 경비원은 엉덩이를 붙일 상이군인용 휠체어를 발견한다. 여자 문지기인 케이트 부인을 위해서 만능열쇠 지급. 톡,

이것은 박물관으로 가는 길입니다. 입장할 때는 허리를 앞으로 굽히시기 바랍니다! 지금 여러분은 윌링던 박물관을 관람하고 계십니다. 이것은 프러시아제 총입니다. 이것은 프랑스제 총입니다. 톡. 이것은 프로이센의 깃발, 모자와 마법사입니다. 이것은 프로이센의 깃발을 탕! 하고 맞춘 총알입니다. 이것은 프로이센의 깃발을 탕! 하고 맞춘 총알을 향해 발포했던 프랑스제 총입니다. 십자포화 사격! 창과 쇠스랑을 들고 일어서라! 톡. (과녁 명중! 훌륭해!) 이것은 나폴레옹이 쓰던 삼각모입니다. 톡. 나폴레옹의 모자. 이것은 그의 백마, 코펜하겐을 타고 있는 윌링던의 모습입니다. 이것은 대량 학살자 윌링던의 모습입니다, 화려하고 매력적인 황금 박차 그리고 다림질된 오리 바지 그리고 그의 황동 엽전 덧신 장화 그리고 양말대님 그리고 야자나무 섬유로 만든 조끼 그리고 방랑 시인의 덧신 장화 그리고 격자무늬의 통이 좁은 펠로폰네소스 전쟁 모직 바지. 이것은 그가 타던 몸집이 큰 말입니다. 톡. 이것은 참호속에 웅크리고 있는 3명의 나폴레옹 군인의 모습입니다. 이것은 적을 처단하고 있는 영국 장교, 이것은 스코틀랜드 기마병 연대, 이것은 허리가 굽은 웨일즈 사람. 이것은 자기 부하 병사에게 명령하고 있는 나폴레옹 장군입니다. 가월구르 요새 전투. 이것은 몸집이 크지도 작지도 않은 나폴레옹의 부하 병사이다. 천천히, 천천히! 대포 구멍이 딱 들어맞는다. 불결한 맥다이크. 그리고 털투성이 오하리. 이들은 모두 아르메니아의 골칫거리. 이것은 줄리안 알프스 산맥. 이것은 티벨산, 이것은 팁시산, 이것은 몽생 장 전투. 이것은 나폴레옹 병사 3명을 전투 피로감으로부터 보호하기 위한 알프스 말총으로 짠 딱딱

한 천. 이것은 자신들의 손으로 쓴 전략서를 읽고 있는 척 상대를 속이고 있는 요정들입니다. 그 와중에 그들은 윌링턴 앞에서 속옷을 내리고 오줌을 누고 있습니다. 요정이 손으로 정답게 속삭이면서 검고 윤기 나는 자신의 머리카락을 움켜쥐자 윌링턴은 흠칫하며 발기합니다. 이것은 거대한 윌링턴 기념비로서 요정들의 측면을 포위하고 있는 기적의 밀랍 세공품입니다. 웰링턴의 능력. 톡. 이것은 저의 바텐더인데요 더블린의 기네스 양조 회사로부터 몰래 술을 마시고 있습니다. 훔친 것이죠. 이것은 윌링턴을 초조하게 할 요량으로 요정이 그에게 급하게 보내는 위조된 편지입니다. 제가 일하고 있는 HCE 선술집 가게 정면에 소수의 용감한 사람들 급파. 이랴, 이랴, 이랴! 친애하는 아서. 우리는 정복한다! 자네 귀여운 아내는 잘 지내는가? 이만 안녕히, 끝. 그것은 윌링턴을 괴롭히기 위한 요정들의 술책이었습니다. 킥, 킥, 킥! 요정이 모든 나폴레옹 병사들에게 다시 질투의 구애를 하고 있습니다. 그리고 나폴레옹 병사들은 윌링턴 한 사람에게 호감을 갖기 시작합니다. 그러자 윌링턴은 긴장합니다. 이것은 심부름꾼 바텐더, 마음이 어수선해서 윌링턴에게 뒤죽박죽으로 비밀 언약을 어기게 됩니다. 이것은 윌링턴이 내던진 긴급 반송 우편물입니다. 저의 바텐더 뒤편에 전시된 속달 우편물입니다. 불의 요정! 오, 오, 아야! 친애하는 요정에게. 엿 먹어 그건 중요하지 않아, 엿 먹어! 윌링턴. 그것은 윌링턴 최초의 농담이었습니다. 치고받기. 킥, 킥, 킥! 이것은 나의 바텐더, 그는 물에 젖어 삐걱거리는 고무장화를 신은 채 요정들을 위해서 발을 쿵쿵 구르며 제일 먼저 떠납니다. 한 모금 들이켜요, 한 모금 들이켰습니다, 왜냐하면 그는 신선하지 않은 저장 흑맥주보다 기네스를 바로 구입했기 때문입니다. 이것은 러시아군의 대포알입니다. 이것은 참호입니다. 이것은 미사일 부대입니다. 이것은 꽁무니를 빼고 있는 총알받이 병사입니다. 나폴레옹의 백일천하는 막을 내리고. 이것은 부상자들입니다. 타라의 과부들이여! 이것은 예쁜 흰색 장화를 신고 있는 요정입니다. 이것은 빨간 바지를 입고 있는 나폴레옹입니다. 이것은 코크 카운티 분파의 이름으로 사격 명령을 내리고 있는 윌링턴입니다. 저런! (광대 짓거리! 시작!) 이것은 기병대, 이것은 보병, 이것은 교전 중인 솔페리노 전투입니다. 이것은 테르모필레 전투입니다. 이것은 배녹번 전투입니다. 전능하신 신이시여! 이 모든 것, 잃고 마는 것! 이것은 윌링턴의 통곡입니다. 가짜! 싸구려! 제기랄! 이것은 요정의 통곡입니다. 빌어먹을! 신이시여 영국을 벌하소서! 이것은 아우스테를리츠로 초라하게 도망가는 요정입니다. 잽싸게 재빨리 빠르게 그리고 경쾌하게 기분 좋은 느낌으로 아주 가볍게. 내 마음은 바로 그곳에 있다네. 톡. 이것은 옥외 변소의 엉덩이를 가릴 가림막에 감사하고 감사하고 감사하는 나의 바텐더. 평화를 위하여! 이것은 뒤에 남겨진 요정들의 길고도 즐거운 키스 자국입니다. 이것은 자신과 똑같은 웰링턴 기념비를 과시하면서, 도망가는 요정에 대해서는 당당한 분리를 이유로 각자 자기 일은 자기가 알아서 하도록 하는 윌링턴입니다. 잠바티스타 델라 포르타! 오류로부터 우리를 구제하다! 이것은 나폴레옹의 가장 소규모 부대입니다. 슬픔의 전달자 트리스토퍼, 그의 커다란 백마, 코펜하겐에서 윌링턴을 염탐하고 있습니다. 고집 센 윌링턴은 늙고 교활한 남편입니다. 나폴레옹은 멋지고 나이 어린 총각입니다. 이것은 윌링턴에게 시시덕거리는 배반자 헤네시 증류 회사입니다. 이것은 헤네시 증류 회사에서 온 술이 약간 취한 검은 머리의 겁쟁이입니다. 이것은 검은 머리 소년과 헤네시 증류 회사 사이의 희고 검은 얼굴빛의 군인입니다. 톡. 이것은 전쟁터에서 나폴레옹의 반 토막 난 삼각 모자를 줍고 있는 잔뜩 찌푸린 몰골의 늙은 윌링턴입니다. 이것은 소변보는 섹시한 금발 미녀에 성적으로 흥분한 희고 검은 색의 웰링턴 밀랍 모형입니다. 이것은 나폴레옹의 반 토막 난 삼각 모자를 자신의 커다란 백마 엉덩이의 꼬리에 매달고 있는 윌링턴입니다. 톡. 그것은 윌링턴의 마지막 익살스러운 장난이었습니다. 적중, 적중, 적중! 이것은 윌링턴의 똑같은 백마, 코펜하겐, 영국군의 인도 용병을 괴롭힐 요량으로 반 토막 난 나폴레옹 모자가 매달려 있는 엉덩이 꼬리를 흔들고 있습니다. 히이잉, 히이잉, 히이잉! (황소 앞에 빨간 보자기 흔드는 격! 반칙!) 이것은 인도 현지인 용병, 아주 미쳐버린, 다시 경계 태세 돌입한, 그가 윌링턴에게 외칩니다: 난폭자! 골탕 먹어라! 이것은 저주스러운 군인에게 성냥갑 같은 집을 제공해주는 타고난 신사 윌링던입니다, 빌어먹을! 이것은 커다란 백마 꼬리 끝에 매달린 반 토막 난 나폴레옹의 모자를 전부 날려 보내버리고 마는 바보 같은 인도 현지인 용병입니다. 톡 (적중! 한판!) 이리하여 코펜하겐은 종말을 고하였다. 박물관으로 향하는 이 길. 퇴장할 때는 신발 조심.

후유!

우리가 머물러 있던 그곳 내부는 더웠는데 여기 이곳 바깥은 시원하다! 우리는 그녀가 어디에서 살고 있는지 알고 있다. 하지만 당신은 누구에게도 도깨비불 램프에 관한 말을 하면 안 된다! 그것은 29개의 창문에 촛불이 켜진 집이다. 그 집의 주소는 Downadown, High Downadown, 29번지. 그리고 이 또 얼마나 계절에 맞는 날씨인가! 변덕스러운 바람이 필트다운 주위를 맴돌고, 그리고 온갖 황량한 언덕 꼭대기에는 (만약 당신이 50마리를 알아맞히면 내가 4마리 더 찾아낸다) 저기 바알리 새가 모여든다, 한 마리, 두 마리, 세 마리, 네 마리, 다섯 마리, 여섯 마리, 일곱 마리, 여덟 마리, 아홉 마리, 열 마리, 열한 마리, 열두 마리의 바알리 새들이다. 황량하게 차단된 들판의 고원이여! 그의 일곱 가지 덮개 밑에 배불뚝이 HCE가 누워있다. 그 옆에는 자신의 장갑. 운명의 여신이 발목을 접질렸다. 한 쌍의 비둘기가 노스클리프를 향해 날아갔다. 까마귀 세 마리가 남쪽으로 날아갔다. 천국이 없는 하늘을 향해 까악까악 울면서, 그리고 그곳으로부터 세 번의 야유를 보낸다. 통곡하라, 상관없으니! 그녀는, 뇌신雷神이 나타날 때 또는 뇌신이 물의 요정들과 함께 번쩍 비칠 때 또는 뇌신의 분출이 뇌신의 강풍을 최후 심판할 때, 절대 밖으로 나오지 않는다. 흘러간다, 구름이 흘러간다! 맹세코! 그녀는 무척 무서워하고 있다. 나의 다리를 숨기고, 그리고 말똥거리는 나의 눈을 가리고, 그리고 세상의 모든 죽은 자들. 흐흠, 흠! 그녀는 그저 기대할 뿐, 지난 일을 다 잊을 때까지. 이 순간, 모든 것이 한결같이 잘 굴러가고 있다. 그녀가 온다, 그녀는 한 마리의 비둘기, 한 마리의 극락조, 대모代母가 된 요정, 풍경 속의 아주 작은 점, 그녀의 커다란 몸통의 작은 가방 속에서는 짹짹거리고 멍멍거리며, 그리고 작은 요정의 평화의 행운 수건을 빠르게 번쩍하고 세차게 펄럭이며, 이곳 쪼아 파고, 저곳 후벼 파는, 고양이 걸간이. 하지만 오늘 밤은 휴전, 전쟁 후 평화, 그리고 내일은 의용 군인들에게 즐거운 크리스마스가 되기를 빈다. 그리고 세상 가장 행복한 아이들을 위한 아주 멋진 휴전이 있을 것이다. 나에게로 가까이 다가와서 우리가 축하할 그날을 노래하자. 그녀는 좀 더 잘 살펴보기 위해서 마부의 전조등을 빌렸고 (가자, 친애하는 여러분, 안전하게 그리고 조용히 가자) 그리고 온갖 전리품들은 그녀의 배낭 안으로 들어간다. 화약통과 딸랑거리는 단추, 보풀이 일어난 발목 장화 그리고 모든 나라의 국기, 열쇠고리와 어깨 붕대, 지도, 열쇠와 아일랜드 구리 주화 그리고 피 묻은 바지와 함께 생리용 반바지, 보스톤제製 양말대님과 신발 더미 그리고 작은 장식품과 전지전능하신 하나님 그리고 추악한 목사 포신砲身이 짧은 대포, 모조 낚시와 담배꽁초, 많은 시시한 이야기를 가진 남자와 여자, 아나 리비아 플루라벨과 가슴으로부터 새어 나오는 최후의 탄식 (수사슴의 노래!) 그리고 태양이 본 가장 아름다운 계시(저것이 노아의 방주!). 사랑의 입맞춤. 입맞춤. 입맞춤. 입맞춤. 삶이 끝나는 순간까지. 안녕.

그녀는 얼마나 아름답고 얼마나 충실한 여자인가! 엄격하게 금지됐는데, 과거 사후 예언서로부터 역사적 현재[선물]를 몰래 가져왔는데, 그건 갈피를 못 잡는 혼란스러운 분규 상태에서 우리 모두를 남자 계승자와 여자 계승자로 만들 속셈이었다. 그녀는 우리의 신세를 지며 살아가고 우리를 위해 눈물을 흘리면서 웃는다 (그녀의 웃음소리는 걷잡을 수 없다), 앞치마를 가면 삼아 자기 얼굴에 쓰고 나막신을 공중으로 차면서 (참 특이하고! 참 낯선!) 만약 당신이 요구하면 나는 당신의 성기를 핥아주겠어요. 호! 호! 음경이 솟아오르고 바지가 내려간다 (모든 일에는 양면성이 있는 법) 가장 중요한 것에서 사소한 것까지 삶을 살 만한 가치가 있게 만들고 세상을 죄를 지은 죄인을 위한 감방으로 만들었다. 아무튼 젊은 여자들은 아무도 그들의 말을 믿으려 하지 않을 것이고 그리고 젊은 남자들은 소문을 퍼뜨릴 것이다. 도시가 잠자는 시간에 자기는 남편과 잠자리를 해야 함을 그녀는 알고 있다. 당신 돈 좀 모았어요? 남편이 말한다. 제가 뭘요? 싱긋이 웃으며 그녀가 말한다. 그리고 우리는 모두 ALP를 좋아하는데 그건 그녀가 돈이면 무슨 일이나 하기 때문이다. 비록 곳곳에서 빚을 청산하는 중이고 (젠장!) 그리고 교묘한 불한당의 반들반들한 얼굴에 솔빛도 눈썹도 전혀 없을지라도 그녀는 성냥을 대여받고, 그리고 토탄을 세내어 빌리고, 그리고 바닷가를 뒤져 먹을 만한 새조개를 캐고, 그리고 그녀는 생계를 위한 것이라면 그 어떤 일도 할 것이다. 혹. 게으름은 혹 불어 날려버린다. 뻐끔뻐끔. 설령 HCE가 우리 모든 당당한 충고자들의 술집에서 마흔 번씩이나 자꾸 추락하더라도 아침이 되면 그녀는 아침 밥상에 올릴 달걀을 한쪽만 익힌 반숙으로 정성껏 요리할 것이다. 과연 그곳에는 식빵도 있고 마실 차도 준비될 것이다. 그리고 하인이 언뜻 당신의 눈에 띈다고 생각하면 그건 그 남자 때문에 당신이 혼란해진 것이 분명하다.

그런 다음 그녀는 자기가 좋아하는 앤 여왕 기금 활동, 즉 첫 수확한 계절 열매와 십일조 헌금을 위한 일을 할 때 우리는 다른 곳에서처럼 이곳에서 하늘은 볼 수 없고 두 개의 작은 언덕만 자세히 살펴볼 수 있다. 수많은 언덕과 작은 산처럼 뒤죽박죽으로 빙 둘러앉은 여성 수호성인과 남성 수호성인, 그들은 옷자락 바스락거리는 새틴 소재의 옷과 실크 반바지를 입고, 릴리벌리로의 곡을 연주하면서, 피닉스 공원의 나무 바닥 위 다과회에 있다. 옆으로 비켜요, 믹! 딕에게 자리를 내키어주세요! 늑장 부리지 말고, 니콜라스 프라우드. 우리는 아무것도 보고 듣지 못할 것이다. 만약 우리가 코크힐 거리에서 약간 떨어진 곳의 비올 현악기 혹은 아버힐 거리의 비올라 다모레 현악기 혹은 서머힐 거리의 저음 비올라 혹은 미저리힐 거리의 비올론 첼로 혹은 컨스티튜션힐 거리의 콘트라베이스 비올로네를 선택한다면. 비록 모든 현악기가 여러 가지 음색을 가지고 있고, 모든 3화음이 건반악기의 기법을 가지고 있고, 각각의 배음倍音이 그 자체의 음악 주제를 갖는다고 해도. 오른쪽에 올라프, 왼쪽에 이바르, 그 사이에 시트릭. 하지만 그들 모두는 그곳에서 인생의 상스러운 수수께끼를 풀고 해결하게 될 힘겨운 생계를 꾸려나가기 위해 철판 위의 청어처럼 몸통을 팔짝팔짝 뛰면서 간신히 살아가고 있다. 오, 그는 호우드 헤드의 호우드 성으로부터 피닉스 공원 무기고의 작은 언덕까지 뻗어 누워 잠자고 있다. 아일랜드 감각의 이 터무니없는 증거를 보라! 이런? 여기 아일랜드의 위트가 보인다. 저런? 1파운드 금화는 가톨릭교회에 대한 기부로 굳힌다. 설마? 침묵은 소란을 피운다. 봐라!

그래서 이것이 더블린인가?

쉿! 주의! 역사는 반복되는 법!

얼마나 매력적으로 절묘한가! 그것은 당신에게 우리가 더럽히곤 했던 관리되지 않은 그의 집 뒷벽에 새겨진 색바랜 판화를 떠 올리게 한다. 그들이 그랬다고? (내가 확신컨대 야외 화장실을 관리하는 지친 미화원 미리 미첼이 귀담아듣고 있다) 아이구, 잠자는 여자를 범한다는 인카부스 악령의 고인돌을 더럽히곤 했던 케케묵은 판화의 잔해. 우리가 그랬다고? (그는 단지 지쳐 귀담아듣고 있는 또 다른 사람 파이어리 패얼리의 하프를 연주하는 척하는 위선자에 불과하다.) 그건 잘 알려진 사실이다. 그 자신을 돌아보고, 그리고 낡았으나 새로운 것을 만나라. 더블린. 청광기 부호. 듣고 있는가? 탄약고 벽 옆에서. 피네간. 엄숙한 장례식과 더불어. 쿵쿵 쿵쿵. 이것은 글자를 소리로 재생하는 청광기. 들어라! 휘트스톤의 마력을 발휘하는 악기. 그들은 끊임없이 고군분투할 것이다. 그들은 모두를 위해 귀담아들을 것이다. 그들은 이바르를 위하는 척할 것이다. 그 건반악기는 올라프를 위한 그들의 악기가 될 것이다.

그 결과 방대한 고대 역사 탐구에서 사서四書를 언급한 우리 대대代代의 복음서 저자들(마태·마가·누가·요한)은 보리움 근처에서 최고의 책인 '4대가의 연대기', '더블린의 연대기'를 썼으며, 이것들은 회색 연기와 작은 구름의 아일랜드섬이 검은 구름에 덮일 때까지 결코 사라지지 않을 것이다. 그리고 지금 여기에 있다. 역사가 4명의 예언 4가지! *하나.* (부림절.) 부시장보다 위에 있는 곱사등이 HCE. 아, 아! *둘.* (유월절.) 가련한 노파 ALP가 신고 있는 신발 한 짝. 아, 흥! *셋.* (타무즈.) 갈색 머리 처녀 Issy, 이윽고 버림받을 오브라이언. 이것 참, 이것 참! *넷.* (헤쉬반.) 펜은 우편물보다 더 무겁지 않다. 기타 등등. (초막절.)

자, 어떻게 하여 게으름뱅이의 숨 바람에 책 몇 페이지가 넘겨지자, 교황 인노첸시오 2세가 대립 교황 아나클레투스 2세와 경쟁하는 장면. '사자死者의 서書'에서 생자生者의 페이지, '더블린 연대기'는 영국 장애물 경마와 아일랜드 장애물 경마의 경기 일정을 조정하여, 파슬와이즈말이 추월하는 말을 앞서 나간다.

서기 1132년. 인간은 개미와 비슷하여 실개천에 누워있는 커다란 흰고래 등 위를 배회한다. 더블린에서의 혈전血戰.

서기 566년. 노아의 홍수 이후 당년當年의 모닥불 축제 때 한 노파가 화장실 창고에서 칙칙한 토탄을 끌어와 멋진 키쉬 등대를 밝히고 자신의 호기심을 풀기 위해 그 등대 불빛 아래 그녀는 달렸다. 하지만 놀랍게도 그녀가 목격한 것이라고는 한 자루 가득한 검정 신발과 작고 멋진 생가죽 구두, 땀에 흠뻑 젖은 구두였다.
더블린의 얼룩투성이 세공품들.

(휴지休止.)

서기 566년. 이때 황동색 머리카락을 지닌 한 처녀가 비통해하는 일이 일어났는데
*(아아, 슬프고 가여워라!)* 그 이유는 그녀가 가장 좋아하는 인형이 무섭고 잔인한
성전聖戰에서 강탈당했기 때문이다. 더블린에서의 혈전.

서기 1132년. HCE와 ALP에 이르러 두 아들이 한날한시에 태어났다. 이 아들들은 각각 캐디(솀)와 프리마스(손)라 불렸다. 프리마스는 파수꾼이었으며 모든 훌륭한 사람들을 훈련시켰다. 캐디는 선술집에 가서 전쟁과 평화의 시를 썼다. 더블린에 관한 얼룩진 이야기.

대홍수 이전과 그리스도 기원 사이 거대한 공백기 중 언젠가 문필가는 분명 자신의 두루마리 책을 들고 도주한 것이 틀림없다. 엄청난 홍수가 일어났거나 혹은 큰뿔사슴이 그를 공격했거나 혹은 세계를 지배하는 군주가 지고至高의 천상계로부터 (요컨대, 벼락) 대변동을 일으켰거나 혹은 재수 없는 곱사등이 다누신神이 빌어먹을 문짝에 쾅 부딪쳤다. 그때 그곳에서 문필가 죽이는 사람이 문필가를 살해하기 위해 법규에 따라 주화 6마르크 또는 9펜스의 벌금을 물고 풀려났다. 한편 지불 기한을 넘겨 이따금 체납되기도 하지만 군사적·민사적 개입의 결과로서, 한 여자가 이웃집 금고의 서랍에 살짝 손을 댔다가 똑같은 액수의 벌금을 물고 교수대에 올랐다.

바야흐로 저 모든 억지스럽고 이국풍인 또는 분노한 또는 순수한 세월 뒤에 '4대가의 연대기'라는 방대한 책을 통해서 우리의 어두운 귀와 눈을 열고 그리고, (보아라!), 얼마나 꽤 평화로운지, 모든 어둑 어둑한 모래언덕과 어슴푸레한 작은 빈터들이 조국 아일랜드의 광야를 우리 눈앞에 펼쳐 보인다! 지팡 이를 든 양치기는 파니아 소나무 밑에 기대어 누워있고, 2년생 암컷 노란 사슴 옆에 2년생 수컷 노란 사 슴이 다시 돌아온 신록의 푸른 잎을 뜯고 있고, 흔들리는 풀밭 사이에서 제비꽃은 온순함을 가장하고 있고, 높은 하늘은 늘 푸르다. 이렇게 하여, 그것도, 아주 오랫동안. 헤버와 헤러몬 간의 대결 이후로 고 몬드 성문城門은 발리문 마을에 줄곧 그 자리를 지키고 있다. 들장미는 고트타운의 울타리를 선택했고, 튜울립은 황혼의 땅, 향기로운 루스 마을 옆에 서로 뒤엉켜있다. 흰 가시 장미와 붉은 가시 장미는 녹마 룬에 있는 5월의 계곡을 서로 다른 빛깔로 물들이고 있다. 하지만 그들 주위 사방에는, 천체가 태양에 가장 근접하는 천 년 동안, 포모레 거인 종족은 투아타 데 다낭 반신 종족과 맞서 전투를 벌였고, 오스 트맨 종족은 피르볼그 종족으로부터 괴롭힘을 받았다. 거인 종족들은 날림 건물을 하늘 높이까지 급하 게 지어 올렸다. 리틀 그린 마켓은 더블린시市의 아버지 격이다 (옳소! 옳소! 그리고 웃음소리!), 이 봉 랍 단추 구멍 장식 꽃들은 수세기에 걸쳐 카드리유 춤을 췄다. 그리고 킬러루 마을 전야, 상큼하고 만면 에 미소 짓게 만드는 향기가 지금도 우리에게 전해온다.

언어와 함께 바벨탑은 (언어 혼란이 탑 쌓기를 중단시켰다!) 쌓아지다가 허망하게 무너졌다. 생각이 있는 악한들이었고 이성을 가진 마족의 성가였으며 공정한 노르웨이인들이었고 장난기 많은 약혼녀들이 었다. 남자들은 부드러워졌고, 성직자들은 낮은 목소리로 말을 했으며, 금발 미녀들은 구릿빛 남자들 을 탐했다. 당신, 나를 사랑하시나요? 검은 피부의 둡갈 이교도들이 흰 피부의 핑갈 이교도들과 마주했 다. 당신의 선물은 어디에다 둔 거예요, 바보 같은 사람아? 그리고 그들은 서로를 공격했다. 그리고는 그들 스스로 추락했다. 요즘에도 여전히 그리고 예전에도 들판의 암팡진 식물들은 동물 무리에게 이 말만 던진다. '내가 당신을 선택하기 전에 당신이 나를 선택해주세요!' 하지만 잠시 후에는 '내가 붉게 타오를 때 나를 가져요!' 아마 금방 시들지도 몰라요, 저런, 완전히 붉어졌네, 맹세코! 왜냐하면 그건 오 래전부터 전해 내려오는 말이기 때문이다. 고래는 잠시 외바퀴 손수레에 그대로 두어라 (내가 당신에 게 말한 게 진실 아닌가요?) 그래서 고래수염을 떨면서 흔들 수 있게. 팀 피네간이 그녀를 유혹했다, 유 혹하는 팀. 털썩! 휘릭! 벼룩 딱!

폴짝!

아담의 이름으로, 털가죽 끈을 달고 작은 언덕 위에 혼자 있는 이 시골뜨기가 꼽추 하인인가? 그의 변형된 피그미 비슷한 모습의 돼지머리, 움츠린 그의 평발. 그는 파상풍에 걸렸고, 정강이가 짧았으며, 그리고, 오 보라! 저 가슴근육, 그의 엄청난 가슴근육. 그것은 모종의 두개골로부터 가볍게 음식을 핥고 있다. 내가 보기에 그는 분명 안내자인 것 같다. 그는 주로 이곳이 자신의 구역인 색슨 경찰인데, 1월이 거나 혹은 2월이거나, 3월이거나 혹은 4월이거나 혹은 비가 오는 달과 꽃이 만발하는 달 등 거의 모든 달에 활동한다. 참으로 별난 곰 족속이다. 그것은 은밀한 악행인 것이 분명하다. 그의 화재 방호벽과 길 게 갈라진 골수 뼈 마을은 지나쳐 가도록 하자. (조심해!) 그는 헤라클레스의 기둥으로 가는 바닷길을 제안할 수도 있다. 자, 오늘은 기분이 어떠신가요, 선생님? 실례하겠어요, 바보 같은 사람! 당신 덴마크 말 할 줄 아세요? 아뇨. 당신 스칸디나비아말은 할 줄 아세요? 아 아뇨. 당신 영어는요? 아 아 아뇨. 앵 글로·색슨 말은요? 아 아 아 아뇨. 분명해졌군! 당신은

쥬트. 우리 악수나 하고 피비린내 나는 전쟁에 관해 서로 되는 대로 격렬한 의견을 주고받읍시다.

쥬트 — 이봐요, 당신!

뮤트 — 대단히 기쁘군요.

쥬트 — 당신 귀머거리요?

뮤트 — 약간 그런 편이오.

쥬트 — 하지만 당신은 농아자聾啞者가 아니잖소?

뮤트 — 그렇소. 단지 말을 더듬을 뿐이오.

쥬트 — 뭐라고요? 무슨 일이 있었던 거죠?

뮤트 — 난 말-말더듬이가 되었소.

쥬트 — 참 끔찍한 일이군요, 그건 틀림없어요! 어찌하여, 뮤트?

뮤트 — 전쟁 통에 이렇게 된 거요, 선생.

쥬트 — 무슨 전쟁이었소? 거기가 어디요?

뮤트 — 당신도 참전했어야 했던 클론타프 전투.

쥬트 — 목소리의 한쪽만을 쓰니까 도통 알아들을 수가 없소. 조금만 더 신경 써서 말해보시오, 입장을 바꿔서.

뮤트 — 머?-머뭇?-머뭇거리는 건가요? 분발하세요! 흑흑! 찬탈자 보루! 나는 보루를 기억할 때면 내 마음속의 분노에 몸이 떨린다오!

쥬트 — 일순간의 일. 지난 일은 잊어버려요. 당신의 모든 망설임에 앞선 불안감은 내가 술값을 치르고 말끔히 씻어주겠소. 은화와 구리 주화 여기 있소. 당신한테는 금화가 낫겠군.

뮤트 — 프랑스 금화, 프랑스 금화로군! 구리 주화는 난 모르오, 말로 표현할 수 없는 시트릭 실켄베어드의 회색 망토! 더블린바에 오신 것을 열렬히 환영합니다. 늙은 남자 하인! 그는 그곳 같은 장소에서 짓밟혔소. 이곳은 더블린의 노동계급 지역으로 마르크 골목이 있던 자리요. 비참한 사람들의 돈벌이가 있던 곳이며, 사람들이 지나다닐 수 있소.

쥬트 — 타키투스가 주장하고 있듯이, 한마디로 말하자면, 그가 손수레에 가득 실린 쓰레기를 이곳 땅에 내다 버렸기 때문이오.

뮤트 — 리버풀 강변 실개천 다리에 쌓인 돌덩어리 더미.

쥬트 — 전능하신 주여! 이 소음은 무엇입니까?

뮤트 — 클론타프 전투 현장의 황소 울음 비슷한 소리. 재력의 왕이 로마의 왕! 내가 앉아있는 반도 옆에서, 브라이언 오린이 했던 것처럼, 털로 덮인 쪽을 내피로 한 양가죽 바지를 입은 그에게 거품 많은 서튼 반도에 관해 말해줄 수 있소.

쥬트 — 내겐 기름과 꿀마냥 발림 말로 들릴 뿐, 도무지 이해할 수 없는 지방 방언을 쓰니까 처음부터 끝까지 거의 한마디도 이해할 수 없소. 여태껏 들어보지 못한 말이고 또 몹시 역겨워요! 안녕히 가세요! 또 봅시다.

뮤트 — 전적으로 동의하오. 하지만 잠깐만. 이 반도半島 주위를 빙 둘러 산책을 하다 보면 모날티 평원, HCE 그리고 남자 하인 S가 얼마나 해묵은지 보게 될 것입니다. 그곳은 중부리도요가 해수 소택지 너머 댕기물떼새 쪽으로 구슬피 우는 곳, 그곳은 서튼 지협 옆의 도시가 될 곳, 그곳은 하느님의 권한에 의해 HCE의 선술집 건물에서 피닉스 공원에 이르기까지 빙원氷原이 있던 곳. 아일랜드가 옛날을 기억하게 하라. 두 인종, 즉 노르웨이 정착민과 덴마크 정착민의 통합. 반칙의 비애. 여기, 동쪽 강어귀에서 서로 충돌하면서 폭동이 일어나죠. 상황이 쇠퇴해지자, 그들은 평화롭게 쉬고 있답니다. 하늘 높이 흩뿌리는 눈송이 같은 무수한 삶의 이야기가 마치 소용돌이 세상의 거대한 눈보라처럼 이 해안으로 흘러들어 갑니다. 이제 모두 다 매장되어 고분이 되었죠, 재는 재로, 먼지는 먼지로. 교만, 오 교만, 그대의 전리품!

쥬트 — 지독한 악취!

뮤트 — 순리에 맡길 일! 이곳 땅 밑에 그들이 누워있지요. 조금씩 매일 밤 삶 또한 이방인, 작은 생쥐 탐이 함께 있는 HCE의 선술집, 맥주에 취한 ALP와 HCE, 사랑-죽음이라는 온전한 균형상 태에서 '비슷하다'는 것은 '같다'는 것입니다.

쥬트 — 제기랄!

뮤트 — 부드럽고 다정하게! 맹렬한 파도 때문에 갈 길이 저물었죠. 절망의 노래. 그리고 조상의 무 덤이 그 모든 것들을 꿀떡 삼켜버렸어요. 우리의 이 땅은 안전한 벽돌 가루가 아니고 똑같은 운명의 수레바퀴에 의해 부엽토가 되었죠. 시가詩歌를 짓는 사람은 충분히 읽을 수 있죠. 올 드캐슬, 뉴캐슬, 트레캐슬, 허물어지고 마는! 더블린까지 가는 요금을 사실대로 말해줘요! 소 박한 숙녀의 시장. 하지만 조용히 말씀하세요, 아저씨! 조용히 해주세요!

쥬트 — 왜 그러죠?

뮤트 — 거인 HCE가 요정 ALP와 함께 있어요.

쥬트 — 무엇 때문에요?

뮤트 — 이곳은 바이킹의 무덤입니다.

쥬트 — 뭐라구요!

뮤트 — 당신 놀랐어요, 쥬트?

쥬트 — 깜짝 놀랐어요, 뮤트.

(몸을 숙여요) 만약 당신이 이 점토 책의 입문자라고 하면, 이 알파벳은 (제발 몸을 숙여요) 얼마나 신기한 부호들일까! 당신은 (알라신과 마호메트는 이미 터놓고 얘기를 했기 때문에) 그 이야기를 판독 할 수 있는가? 늘 같은 이야기. 1파운드 분량. 인종 혼합에 더하여 인종 혼합. 1/2파운드 분량. 들은 살 았고 또 웃었으며 또 사랑했고 또 떠났다. 1/2파운드 분량. 바이킹 언덕은 메디아와 페르시아에게 넘겨 졌다. 몽상가들이 세상을 돌아다니던 시절의 고대 하이델베르크인의, 아 아 슬프고도 아 아 애석한, 종 잡을 수 없는 이야기. 무지無知에서 그것은 인상印象을 암시하고, 그것은 지식을 결합하고, 그것은 명 색名色을 발견하고, 그것은 지혜를 증진하고, 그것은 접촉을 전달하고, 그것은 감각을 일깨우고, 그것 은 욕망을 충동하고, 그것은 애착을 고집하고, 그것은 죽음을 미행하고, 그것은 출생을 불평하고, 그것 은 실존의 계승繼承을 수반한다. 하지만 그의 성도처成道處 보드가야로부터 돌진해서 램스바텀의 후 문에 다다랐다. 한 주민이 '생명의 책'에 이 사실을 생생하게 적고 있는데 글씨는 비뚤거리고 필적은 계 속 흔들린다. 통발 뚜껑과 도끼 그리고 쟁기 날의 목적은 밭을 가는 소처럼 밤이고 낮이고 앞으로 갈고, 뒤로 갈면서 쟁기질을 하는 것이다. 여기 무장을 하고 발사 자세를 취하고 있는 호전적인 조각 인형들 을 보라. 발사 자세를 취하고 무장을 한 호전적인 조각 인형들. 게다가 이 꼬마 인형은 화승총이라고 불리는 발화 부싯돌을 위한 것이다. 동쪽을 향하라! 오 이런! 서쪽을 향하라! 여어, 저런! 그만하고 내려 놓아라, 직면하라! 아주 작은 부분이 전체를 대신할 때 우리는 선뜻 부분에 대해 전적으로 찬성한다. 여 기에 (몸을 숙여요) 병사들의 급여로 삼는 작은 알갱이라는 점에서 매우 특별한 관심을 끄는 작고 깜찍 한 완두콩 몇 개가 있다. 오른쪽 강 언덕에는 라그나르 로드브로크 그리고 그와 함께 삼림 지역 거주민 들이 좋든 나쁘든 여하튼 다툼을 벌였다. 글쎄, 정말, 왜 그랬을까? 이것은 복수를 갈망하는 어떤 바보 의 역적과 같은 나라에 박혀있는 고민거리다. 그 얼마나 오래고 오랜 분규이던가! 두엄 더미에 묻혀있 는 관심의 대상이라! 히브리어 알파벳 알레프, 베트, 기멜, 달레트. 그리스어 알파벳 알파, 베타, 감마 그 리고 델타. 쓸데없는 사족을 (몸을 숙여요, 제발) 달고 있는데, 세월 탓으로 낡았고 그래서 지금은 몽땅

쓸모가 없으며, 옛날식이라 불안정하며, 풀 한 줌의 가치도 없다. 쉿! 뱀처럼 음흉한 사람들이 곳곳에 꿈틀거리니까 조심하라! 더블린은 비열한 인간들이 우글거리는 곳이다. 그들은 스페인과 갈리아 그리고 이탈리아 3국의 공격과 간섭을 받은 땅으로부터 금단의 열매 동산 한 가운데서 자란 대초원을 넘어 우리 섬으로 왔다. 그들과 함께 성 패트릭도 발을 디뎠으며, 그는 우리의 여자 안주인이 낚아채기 전에 자신의 낡은 배에 기어오르는 그들을 그녀보다 더 빨리 막아냈다. 전체를 나누기한 다음 합산하라 그러나 이야기는 동일한 알파벳을 드러낸다. 암거래꾼들과 주류 밀매업자들.

111, 좌우 교대 필기. 1132.

2-1=1.

거대한 보아뱀 한 마리로부터 시작해서 다리가 세 개인 송아지와 자신들의 입에 서신을 문 야위고 쇠약한 말들. 그리고 우리가 만성절 전야제까지 정독할 수 있을 정도로 엄청난 분량의 순수 어린이용 책. HCE와 ALP 그리고 그 후손들을 고려한 결말 때문에 얼마나 종잡을 수 없는 글이 전개되고 말았는가! 너 나 할 것 없이 우리 모두, 조국의 청년들, 아들들, 손자들, 아니 그뿐만 아니라 정직한 손자들을 언급한 것! 우리와 우리들의 이씨 그리고 모든 딸들, 대지의 여신 다나의 딸들이 없을 때. 비난하는 조상! 끝없는 저주!

사실상 그 당시에는 아직 낭비할 순면지가 없었고 많은 약속은 있었지만 지켜진 것은 별로 없다. 모든 게 아주 옛날의 일이었다. 너는 나와의 관계를 끊었고 (그런 것처럼 보였다!) 나는 헛된 희망을 품었다. 나는 너에게 1파운드를 요구했고 (무엇 때문에?) 너는 감옥에 들어갔다. 하지만 우주혼은 비이성적 감각의 엄금嚴禁하에 모든 사람을 위해 추락하는 모든 것들에 관한 자신만의 원칙을 작성하고 있고, 작성해왔으며 그리고 작성할 것이다. 왜냐하면 젖을 내는 마지막 낙타가, 자신의 눈썹 사이 심장 혈관이 심하게 고동치는데, 첫째 사촌의 무덤 앞에 여전히 묶여 있기 때문이다. 그런데 그곳은 그의 대추가 그녀의 야자나무에 매달려 있는 곳이다. 그렇다고 임종과 고통과 결정의 날이 지금은 아니다. 뼈 한 조각, 자갈 한 톨, 양피지 한 장. 그것들을 자르고, 토막 내고, 온갖 방법으로 조각내라. 그것들을 토탄 습지의 토기에 두어라. 그러면 마그나 카르타와 잉크병 그리고 18포인트 활자를 가진 구텐베르크가 인쇄기로부터 빨간색 활자를 찍어내는 총괄적 진보를 이룰 게 틀림없다. 그렇지 않으면 코란 경전이 불가사의한 효력을 지니지 못할 것이다. 왜냐하면 그것은 (붕대로 감싸인 자가 경고한다) 종이가 양피지와 인쇄의 예측 불가능으로 만들어진 것이기 때문이다. 마침내 그대는 (비록 아직 마지막은 아니지만) 친분이 있는 HCE와 ALP 그리고 그들의 어린 자식 솀, 숀, 이씨를 만난다. 이상 끝. 그러므로 그대는 '더블린 거인에 관한 기록' 속에 나오는 단어 하나하나가 어떻게 70가지나 되는 뒤죽박죽 혼돈의 의미를 지니고 있는지 내게 말할 필요는 조금도 없다. (죄를 지은 그의 이마가 진흙으로 더럽혀지기를!) 그것을 열었던 영겁의 시간, 즉 죽음이 그것의 문을 닫을 때까지.

아직 외치지 마라! 런던까진 아주 먼 거리다. 30마일 하고도 10마일 더 떨어진 곳이니까, 그대여. 그리고 촛불로는 공원이 너무 어둡다. 그러나 그대 손에 쥐어진 것을 들여다보시라! 필체는 서툴게 휘갈겨 있고, 동작은 끊임없이 계속 진행되고, 조곤조곤 노래하듯 가락을 넣어 이어위커 이야기를 들려준다고 분주하다. 한 놈은 백리향 위에 두 놈은 양상추 잎 뒤에 그리고 세 놈은 딸기밭에 있다. 병아리들은 그들의 이빨을 쪼아대고 당나귀들은 말을 더듬거리기 시작했다. 그걸 믿는지 아닌지 주의를 기울여

보시오. 그리고 누군가가 엿듣고 있을지도 모르니 나를 도와주시오. 40개의 보닛 모자를 가진 여자 중의 한 사람. 왜냐하면 그때는 희망이 고조되던 시절이었으므로. HCE와 ALP에 관하여. 진중한 남자와 경박한 여자에 관하여. 겉치레를 바라던 상류층 젊은이들에 관하여. 장난기 넘치는 소녀가 사내를 부추긴 것에 관하여. 결혼 생활이 서툰 그는 그녀의 장난스러운 춤과 매력적인 몸매에 정신이 팔렸다. 놀랍게도, 그녀는 춤추는 교활한 여자다! 티퍼레리의 춤으로부터 가스코뉴의 춤에 이르기까지! 면사포를 쓰고, 하늘을 날듯이 빠르고 경쾌하게, 발렌티노의 춤. 그녀는 전적으로 나쁘진 않고 좋은 점도 있기 마련이다. 리피강, ALP, 들어보시라! 우리가 아니라 그녀임이 분명하다! 그러나 진정하시라, 신사 양반, 우리는 HCE가 부르는 소리가 들리는 곳에 있다. 어느 것으로 할까. 보러 오시라! 마치 그가 알고 있는 것 같다. 들으시라! 들으시라! 내가 그러고 있다. 들으시라, 뿔피리의 애원하는 소리를! 하프 연주 소리를.

아담은 땅을 파고 이브는 실을 뽑던 아득한 그 옛날 어느 날 밤이었다. 당시 몬테노테의 남자는 HCE였으며 그리고 여자는 ALP였는데 그녀는 모든 사람을 상사병에 걸리게 하는 법을 알고 있었고 모든 사람들이 다른 모든 이들과 사랑하며 살았다. 야를 반 후터는 베일리 등대에서 발기된 페니스를 잡고 자위행위를 하고 있었다. 그리고 우리의 사촌인 그의 두 꼬마 쌍둥이 트리스토퍼와 힐러리는 HCE의 낡은 마루 깔개 위에서 자신들의 인형을 가지고 장난치며 생기 있게 뛰어다니고 있었다. 아니, 이럴 수가! HCE를 찾아온 사람은 그의 조카며느리인, 바로 장난꾸러기 그레이스 오말리였다. 그녀는 장미꽃 한 송이를 꺾더니 ALP 맞은편에서 오줌을 쌌다. 그리고 그녀가 불을 밝히자 아일랜드가 환하게 빛났다. 그리고 그녀는 '어린 파리 시민' 잡지에서도 ALP에게 호소했다: 번호 1, 나는 왜 하나의 꼬투리 속 완두콩처럼 닮아 보이는 걸까? 사소한 논쟁은 그렇게 시작되었다. 그러나 ALP는 네덜란드어로 그레이스 오말리에게 대답했다. 제기랄! 그래서 그레이스 오말리는 쌍둥이 크리스토퍼를 납치해서 서부 해안에 있는 자신의 떠들썩한 환희의 성城으로 달리고, 달리고, 또 달렸다. 그러자 야를 반 후터가 그녀를 뒤쫓아 부드러운 러브콜 전보를 쳤다. 멈춰 도둑 멈춰! 에린으로 돌아오고 멈춰요. 그렇지만 그녀의 대답은 이랬다: 어림없는 소리. 그리고 에린 어딘가에 타락한 천사의 이전과 다름없는 안식일 밤에 전혀 새로운 울부짖음이 들렸다. 그리고 그레이스 오말리는 '여인의 땅'에서의 40년 산보散步를 위해 떠났다. 그리고 그녀는 쌍둥이 몸에서 상처 입은 사랑의 반점을 비누 거품으로 씻어냈다. 그녀는 4명의 늙은 양모 밀매업자들이 그에게 속임수를 가르쳐주도록 했으며 그래서 그녀는 그를 한 가지 확실한 호인好人으로 탈바꿈시켰다. 그리하여 그는 루터 교도가 되었다. 그런 다음 그녀는 달리고 또 달리기 시작했다. 그런데 맙소사! 그녀는 늦은 밤 다른 시간에 쌍둥이를 앞치마에 감싼 채 눈 깜빡할 사이에 야를 반 후터 백작의 집으로 다시 돌아온 것이다. 그렇게 그녀가 도착한 곳은 정작 HCE의 선술집이었다. 야를 반 후터는 자신의 상처 난 발꿈치를 포도주 저장고에 담근 채, 자신에게 따뜻한 악수를 건넸다. 그리고 쌍둥이 힐러리와 첫 유아 시절의 어리석은 젖먹이는 남매처럼 서로의 손을 꽉 잡은 채 찢어진 침대보 밑에 있었다. 프랭퀸이 해쓱해진 후터 백작을 잡아챈 뒤 다시 불을 밝히자 멧닭들이 언덕 능선으로부터 날개를 퍼덕이며 날아올랐다. 그녀는 사악한 후터 백작 앞에서 소변을 보면서 말했다: 번호 2, 나는 왜 두 개의 꼬투리 속 완두콩처럼 똑같아 보이는 걸까? 그러자: 제기랄! 이라며 사악한 후터 백작이 오말리에게 대답한다. 그래서 오말리는 계획한 대로 트리스토퍼는 풀어주고 힐러리를 빼앗은 다음, '여자의 땅'을 향해서 온 힘을 다해 달리고, 달리고, 달렸다. 그러자 후터 백작은 그녀의 뒤에다 대고 시끄러운 게일어로 지껄였다: 멈춰 서, 멍청이. 멈춰 서, 어린 백작과 함께 돌아오시오. 하지만 프랭퀸은 대답했다: 내가 좋아해요. 그리고 별똥별이 떨어지는 세인트 로렌스 축일, 에린의 어딘가에 거칠고 노련한 그레이스 오말리가 있었다. 그리고 그레이스 오말리는 '여인의 땅'에서의 40년 산보散步를 위해 떠났다. 그리고 그녀는 쌍둥이 힐러리의 정수리에 못을 박는 것으로 크롬웰의 저주에 일격을 가했다. 그리고 익살스러운 여자 감시원이 그에게 기도문을 가르쳐주도록 했으며 그리하여 그를 한 가지 분명한 알라신에게로 개종시켰으며 그리고 그는 트리스탄이 되었다. 그런 다음에 그녀는 달리고, 달렸다. 그 러더니 변장 차림으로, 빌어먹을 여자, 그녀는 야를 반 후터 백작의 저택으로 다시 돌아와 힐러리를 자 기 앞치마 속으로 숨겼다. 삼세번만의 행운을 위해 또 다른 날 늦은 밤, 그의 저택이 있는 행정구역 옆 이 아니라면 도대체 왜 그녀는 멈추려 했을까? 야를 반 후터는 경계초소까지 허리케인 램프를 들어 올 리고서, 소가 되새김질하듯 깊은 생각에 잠겼다 (저런! 오 저런!), 쌍둥이 트리스탄과 어리석은 젖먹이 는 제2 유년기의 보잘것없는 사내아이와 순진한 여자처럼 입 맞추고 침 뱉으면서, 그리고 건들거리고 꾸물대면서 식탁보 밑에 있었다. 프랭퀸이 널빤지를 주워 불을 밝히자 계곡이 반짝반짝 빛났다. 그리고 그녀는 승리의 아치길 앞에서 소변을 누며 말했다: 번호 3, 나는 왜 세 개의 꼬투리 속 완두콩처럼 닮아 보이는 걸까? 사소한 논쟁은 그렇게 끝을 맺었다. 왜냐하면 갈퀴처럼 찢어진 번개와 함께 나타난 캠벨 일당들처럼, 덴마크인들의 오랜 공포이면서 그 자신 천둥의 아들인 야를 반 후터는 세 개의 문 닫힌 성 城의 아치형 통로를 어렵사리 쉬지 않고, 챙 넓은 연한 적갈색 모자를 쓰고, 평범한 옷을 걸치고, 담황 색 내의를 입고, 발브리간제製 양말과 장갑을 끼고, 로드브록 뱀 방지 바지를 입고, 동물 창자로 만든 탄약 벨트를 차고, 일곱 색깔 무지개처럼 가장자리를 모피로 장식한 고무장화를 신은 채, 활잡이의 갈 고리 창을 있는 대로 힘껏 뻗으며 뛰어왔다. 그리고 자신의 편안한 수레를 오른손으로 가볍게 두드리며 그녀에게 탁한 목소리로 어리석은 짓 그만 집어치우라고 명령했다. 그러자 그녀는 하던 짓을 딱 멈췄다 (우르르르르르르르르르르르르르르르르르르르르르르르르르르르르르르르르르르르르르르르르르르르르르 르르르르르르르르르르르르르르르르쿵쾅!) 그리고 그들 모두 차를 실컷 마셨다. 왜냐하면 술의 힘을 빌린 남 자는 속옷 차림의 소녀에 대해 상대가 안 되기 때문이었다. 그리고 그것은 만물 근원의 모든 원소에서 구전口傳되는 최초의 평화로운 소리였다. 재단사 커스가 노르웨이 선장을 위해 양복 한 벌을 만든 방법. 그대는 여기까지만 알 수 있을 것이다. 그대와 나 사이. 프랭퀸은 해적선을 보유했고 쌍둥이들은 평화를 유지했으며 그리고 반 후터는 긴장했다. 이렇게 하여 시민이 순종하면 도시 전체가 행복해진다.

　　오 복된 죄! 무無에서는 아무것도 나오지 않는다. 언덕, 강, 목록에 포함된, 사람들 속의 인물들, 자랑 스럽지만 자연스럽게 언덕처럼 올라가서 강처럼 뛰어넘어라! 단지 그것만으로 고대 노르웨이 전사 또 는 아일랜드 태생에게 출처의 비밀을 발설하지 않을 것이다. 그대는 왜 침묵하는가? HCE는 무응답! 무 슨 까닭으로 서두르는가, ALP? 구름 모자가 그에게 씌워져 있다. 인상을 찌푸린 채, 가까운 곳의 생쥐 소 리인지, 먼 곳의 전쟁 소음인지 잔뜩 궁금해진 그가 몰래 엿듣고 있다. 봐라, 그의 두 눈이 몽롱해진다. 그녀는 어린애처럼 혀짤배기 말로 그에게 이러쿵저러쿵 어쩌고저쩌고 쉴 새 없이 지껄여댄다. 히히! 호 호! 그녀는 웃지 않을 수 없었다. 젠장, 그녀를 이해할 수만 있다면! 쉽게 이해할 수 없어, 그는 귀를 기 울인다. 음파音波가 그를 못살게 군다. 음파는 나팔같이 큰 소리로 그를 현혹한다. 동쪽 다운주의 루드 래기 파도와 북쪽 안트리움주의 투아게 파도 그리고 남쪽 코크주의 클리오드나 파도와 서쪽 클레어주 의 씨너 파도. 교양 없는 시골뜨기 여자 주인에 둘러싸인 채 그리고 자신의 자손, 풋내기 철부지들 속에 서 영속된 채, 한탄하던 뜨내기 피리쟁이는 자신의 이면을 털어놓았는데, 그에게는 우리가 게걸스럽게 먹고 있는 라우스산産 빵, 풍성한 넙치에 어울리는 술 1통에 관해서, 또는 그녀에게는 그녀의 화장용 분 첩, 우리가 마시는 입술 대 입술 포도주, 굴러들어온 뜻밖의 술에 어울리는 요리용 사과, 우리의 밥벌이 수단들에 관해서 털어놓았다. 마을에는 성스러운 교회 첨탑도 없고 또한 부두에는 떠있는 배도 없다. 그게 아니라 솔직히 고백하건대, 램플라이트 세탁소에서 숨바꼭질 놀이하던 그대와 내가 없을 뿐만 아 니라 시끄러운 비난도 전혀 없고 여주인에 대한 불필요한 설명도 없다.
　　그는 자기 자신과 자기가 소유하고 있는 모든 것을 위해 날이면 날마다 간신히 지냈으며 또한 생계를 위해 이마에 땀을 흘리며 열심히 일했다. 그리하여 날쌔고 용감한 그는 생활비를 벌었다. 그리고 그는 우리를 위한 법을 만들어 모든 악으로부터 진실로 우리를 구제했다. 저 강력한 해방자, 험프리 침던 이어위커 그리고 하느님 맙소사! 최고로 숭배받는 우리의 선조. 마침내 그는 매년 겨울 궁에서 붉은 망토를 걸친 더 나은 인물을 생각했다. 불에 타고 남은 재에서 불사조가 날아오를 때 등 붉은 앵무새들이 또다시 그를 깨울 것이다. 그리고 만약 또다시 그렇게 한다면 원로는 젊은이들에게 진실을 말해줄 것이다. 그대는 나의 결혼을 위해 포도주로 대접했는가? 그대는 신부와 침구를 가져왔는가? 그대는 내 사랑이 깨어났다고 고함치겠는가? *생명의 물!*

악마의 자식! 그대는 내가 아주 죽은 줄로 생각했는가?

이제 안심하시라, 선량한 피네간 선생. 그리고 시온산 위의 신처럼 여유를 누리시고 나타나지 마시라. 분명 그대는 더블린에서 길을 잃었을 뿐이고 이제 낯선 땅에서 그대가 갈 길은 골고다 언덕, 노섬벌랜드 로드, 핍스버러 로드, 워틀링 스트리트, 무어 스트리트 뒤로 구불구불 나있으며, 사방으로 안개 낀 이슬에 어쩌면 그대 발이 젖을 것이다. 늙고 병든 몇몇 파산자 또는 자신의 신발을 절꺼덕거리며 대롱대롱 매달고 있는 네 노인의 엉덩이 또는 게저분한 젖먹이를 데리고 벤치에서 코를 골고 있는 처신없는 여자를 만나게 되면서 그대는 삶에 등을 돌릴 것이다. 그렇게 될 것이다. 더구나 날씨마저 저토록 심술궂다. 더블린을 떠나는 것은 뉴젠트가 생각한 것처럼 힘든 일이다. 신선한 위스키를 이웃의 폐쇄된 벌판이 아닌 술 취한 사람에게 남겨주되 그대의 영혼이 불만 없도록 하시라. 독수리 형상의 조끼 등으로 한껏 곱게 잘 차려입은 그대의 옷에 성호가 그어진 지금의 모습이 더 좋아보인다. 차가운 강물 옆 무화과나무 아래에서 곱슬머리로 베개를 베고 있는 그대의 체형과 크기를 기억하시오. 그곳은 토리섬의 찰흙으로 해충을 퇴치할 것이고 그렇게 되면 그대는 호메로스, 브라이언 보루, 로난 족장, 네부카드네자르 왕 그리고 징기스칸 황제와 함께 영혼의 땅에서 그대가 원하는 모든 것, 즉 주머니, 장갑, 플라스크, 조개탄, 손수건, 반지와 우산, 장작더미에 던져질 보석 등을 손에 쥐게 될 것이다. 그리고 우리는 이곳에 올 것이다, 옴버 도박사들, 그대의 묘지 흙을 긁어 헤쳐서 그대를 선물로 주려고, 그렇죠? 페니언 단원 여러분? 우리가 그대를 아깝게 여기는 것은 거품이 아니다, 그렇지 않니, 드루이드? 그대는 지지분한 상점에서 살 수 있는 초라한 작은 인형이랄지, 서푼짜리 소설이랄지, 외설물이 아니다. 그러나 저승의 공물. 아편과 치료 주술사인 파허티 의사가 그대를 호전시켰다. 아편은 만병통치약. 벌꿀은 세상에서 가장 고귀한 성약聖藥. 벌통, 벌집과 밀랍, 영광을 위한 식품, (항아리를 잘 지켜라, 만약 그렇지 않으면 꿀을 찾종 가득 너무 쉽게 내어줄 것이다!) 그리고 하녀가 그대에게 가져다주곤 했던 약간의 산양 우유. 그대의 평판은 핀탄 라로르 악단이 국경 너머 당신 위해 백파이프를 연주한 이후로 바실리 연고처럼 사방으로 퍼지고 있다. 가족들은 모두 보스니아 너머에 있는데 그들은 그대의 이름을 부르고 있다. 이곳 남자들은 채플리조드 선술집의 성스러운 마룻대 아래에서 돼지 엉덩이 고기를 두고 빙 둘러 앉아 술 찌꺼기 남을 때까지 약속을 걸고 매사가 팔자소관인 기억의 술잔을 기울이면서 언제나 그대에 관한 이야기꽃을 피운다. 땀에 젖은 손바닥으로 하늘 높이 올린 인간에 대한 기념물인 우리의 웰링턴 기념비에 존경을 표시한다. 아일랜드인들이 여태까지 생각해온 모든 기념물은 하나같이 서로 똑 닮았다. 만약 그대가 뇌물에 매수당하여 토지 소유자의 기대를 저버렸다면 그건 영국 식민지 개척자들이 충분한 배당을 챙겼기 때문이다. 인간의 힘이 미치지 않는 모든 면에서 그대가 몰락했을 때 그대는 우리 노동 계층에게 마음 편한 것이 어떤 것인지 보여주었다. 즐거운 거물급 원로, 사람들이 그렇게 말한다, (건배!) 그들 모두의 노상강도 그대를 위한 잉글랜드 이민자였다. 맹세코, 그는 원로 글래드스톤! 그는 이제 죽고 없는데도 우리는 그의 정의의 뿌리를 더 쉽게 발견한다. 타스카 등대의 백만 촉광 빛이 모일 해협을 훑듯이 비추는 동안 그의 커다란 팔다리, 엉덩이에 오랜 안식의 마지막 맹약과 함께 평화가 깃들지라! 아일랜드와 영국에 군 지도자는 결코 없었다. 아니, 그대처럼 항간에 떠도는 바에 의하면 파이크 카운티에도 없었다. 아니, 어떤 왕도, 어떤 상급 왕도, 허풍 떠는 왕도, 노래하는 왕도, 숙취한 왕도 없었다. 그대는 남자아이 12명이 둥글게 에워쌀 수 없을 정도의 느릅나무를 넘어뜨릴 수 있었고 타라의 대관식 돌을 들어 올릴 수 있었다. 우리의 운명을 일으켜 세우고 또 장례식에서 우리의 명분을 알아준 자, 핀 맥쿨이 아니면 그 누구겠는가? 만약 그대가 언쟁을 일삼는 불한당이거나 그대처럼 거의 50인 사람이 물러가면 도대체 어디에서 그대처럼 식탁을 차리고 또는 누가 식사 전 기도를 하겠는가? 맥컬리의 아들 마이클은 그대를 완벽하게 흉내 낼 수 있고 토마스 레이놀즈는 카드를 섞은 다음 그대의 패 떼기를 시도한다. 홉킨스 앤 홉킨스 보석상이 언급하고 있는 것처럼, 그대는 창백한 바보이면서 비밀 폭로자이다. 우리는 그를 보브리코프 장군이라 부르는데 그 이유는 그가 아나톨리아 지방의 예루살렘에 갔었기 때문이다. 그대는 피터, 제이크 그리고 마틴보다 더 사냥감 냄새가 나는 수탉을 가졌고, 그대의 거위 중 왕자 거위는 만성절 축일을 위해 털을 깎았다. 그래서 보름스 회의와 찻주전자로 진실을 가리게 될 신부와 교황은 결코 그대 가까이 오지 않을 것이다. 그대의 머리카락이 천상의 리피 강변에서 더 백발이 되기 때문에! 만세, 만세, 그곳에 만세! 영웅이여! 일곱 번 우리는 그대에게 절한다! 그대의 옷가지와 깃털 장식 그리고 가죽 부츠가 들어있는 가방이 그때 내던져 버렸던 곳에 있다. 그대의 심장은 암 늑대의 몸속에 있고 그대의 볏 장식 머리는 남회귀선에 있다. 그대의 발은 처녀자리 은하단에 있다. 그대가 놀랄 일은 해변 근처에 있다. 그리고 그곳이 그대가 태어난 해변이다. 그대의 매트리스는 최고급이었다. 갑판실은 토우 리넨 제품이다. 리피강으로 가는 외로운 진흙 길은 끝났다. 그대의 길을 걸어가라, 풋내기! 불안해하지 말라! 채플리조드의 선술집 남자 하인은 아주 침착하게 말했다: 나는 심부름 하는 그대를 안다, 나는 구조선 모는 그대를 안다. 왜냐하면 우리는 그대가 혐오하는 것, 즉 신원 미상의 불청객으로 성가대 선창자와 패트릭 성당의 고전어 학자 일행이 그대를 매장하는 작업에 관한 문제에 있어서 그대에 관해 지시한 모든 것들을 실행했기 때문이다. 선원들의 무덤이여, 고이 잠들지어다!

이곳 오랜 농가에서는 모든 일이 한결같이 굴러가고, 아니면 우리 모두의 눈에는 그렇게 보인다. 교회 주위에는 온통 기침 소리, 빌어먹을 유행성 감기. 아침 식사를 알리는 뿔피리 소리, 점심 식사를 알리는 징 소리 저녁 시간을 알리는 종소리. 정복자 윌리엄이 왕이 되어 그의 관리들이 맨섬島 의회에서 만났을 때처럼 평판이 좋다. 상점 진열장에는 똑같은 싸구려 기성복. 제이콥 제과의 비스킷 그리고 닥터 티플점店의 버지니움 코코아 그리고 마더 시겔의 시럽 이외에 에드워즈점의 건조 수프. 퍼스 오레일리 즉 HCE가 추락했을 때 육류 가격이 폭락했다. 석탄은 모자라지만 집 뜰에 이탄은 풍부하다. 그리고 보리가 다시 자라면서 낱알이 맺혔다. 사내아이들은 정상적인 학교 수업에 참석하고 있소, 선생. 머뭇거리면서도 완벽하게 쓰고 말하며, 구구단으로 형세를 완전히 역전시켰다. 모두를 위한 알파벳 책 그리고 톰 보우 또는 티미 토스 이후로 결정적인 주장을 던지는 사람은 없다. 디즈레일리 그가 진실! 그렇지 않다, 로마 가톨릭의 성 패트릭이 아니지 않은가? 그들이 오던 날 아침에 그대는 로마의 수호신이었고, 왼쪽 팔이 알고 있는 것을 오른손이 장악할 때 그대는 전적으로 시조始祖가 될 것이다. 케빈은 통통한 뺨을 지닌 귀염둥이인데, 벽에다 분필로 도깨비를 그리는가 하면, 띠를 두른 램프와 자질구레한 장신구를 가지고 두엄 더미 주위에서 우체국 놀이를 하고 있다. 그리고 만약 한 모금의 술이 우유라면 그 우유는 모두 그의 곁에 두었을 것이다. 하지만, 제발, 악마는 이따금 멋진 격자무늬 망토를 걸친 저 청년 제리에게 있다가 그의 목욕 끝물에서 자홍색 잉크를 제조한 다음 그의 벌거벗은 몸뚱이에다 끝없이 이어진 글을 적어나간다. 이씨는 '마리아의 자녀회' 일원이다. 그녀는 행운의 날에 불꽃을 다시 지피기 위해 흰 바탕에 금빛 무늬 옷을 입고 담쟁이덩굴 횃불을 들고 올 것이다(그들은 분명 그녀를 선택할 것이므로). 그러나 이씨는 자신의 치맛자락 길이를 늘렸다. 그대는 성모교회 수도원의 이씨를 기억하는가? 사람들은 그녀를 성모 마리아라 불렀다. 그녀의 입술은 빨간색이었고 그녀 주변에서 광부들의 폭동이 일어났을 때는 거룩하고 순수한 전쟁이었다. 만약 내가 윌리엄 우즈 제과점의 점원이라면 도시의 모든 문설주 기둥에 저 포스트를 게시할 것이다. 그녀는 래너즈 맥주 양조 회사에서 노래를 꽤 멋지게 하고 있다. 미스터 윌리기그 매기 노래에 탬버린을 치면서. 카추차 내림 음계 박자에 맞춰. 그 노래는 그대의 심장을 터지게 할 것이다.

이젠 편히, 그대 점잖은 남자, 무릎을 가만히 내려놓고 누워있어요 그대 팀 피네간이여! 그를 이곳에 붙잡아두어라, 에스겔, 그리고 하느님이 그대를 강하게 만드시길! 이봐, 그건 우리의 따뜻한 증류주야, 그가 냄새 맡고 있다. 디미트리우스 오플라고난 노래, 에니스코시를 위한 증류주! 포르토벨로 항구가 포메로이 마을을 물에 잠기게 한 후로 그대는 충분히 들이켰다. 영원한 안식! 영원한 기억! 그곳 아래 유대인의 비통! 그가 편안히 잠자고 있다. 옅은 안개가 감싸고 있는 곳, 쥐가 한 마리도 살지 않는 곳, 신비로움이 넘쳐나는 곳, 오 졸려! 제발 그랬으면!

나는 술 취한 남자 하인과 늙은 청소부 그리고 집사를 주시해왔다. 나를 믿으시라. 그녀는 내게 장례 추모관을 지어주기 위해 전쟁 기념 우편 엽서를 가지고 몸을 씰룩 씰룩거리지는 않을 것이오, 술꾼 양반들! 그대들의 입을 더듬거리게 하리라! 틀림없이 확실하게! 그리고 그대를 위해 시간을 거꾸로 되돌렸다오, 선생. 그랬소, 안 그랬소, 주주분들? 따라서 그대들은 전혀 당황스럽진 않을 것이오. 그대의 옷을 벗어 던지지 말라. 운명의 수레바퀴는 느릿느릿 나아가고 있다. 나는 현관 마루에서 그대의 여주인을 봤다. 에이레의 여왕 같았다. 어렵소, 아름다운 것 바로 그녀 자신, 역시나, 말해서 뭐 해! 악수? 그대의 털보 친구 녀석이 만나 악수하고, 그리고 나의 털보 친구 녀석에게 이야기를 들려준다. 악수. 그녀에게 잘못된 건 아무것도 없고 다만 그녀의 다리가 더러워졌을 뿐. 늙은 대머리 암컷 고양이가 하품하면서 카스토르와 폴룩스 수호신의 양털 같은 둥근 방석 위에서 한참을 웃고 있다. 재단사의 딸이 자기 일에만 몰두하여 솔기를 꿰매고 있는 것을 쳐다보면서. 혹은 황홀경을 자극하는 겨울을 기다리는 동안, 둥지를 틀고 있는 새들이 굴뚝 아래로 떨어지도록 유인하면서. 아무리 안 좋은 일이라도 좋은 점은 있기 마련. 만약 그대가 부처의 뜻을 설명하고 선악의 미묘함에 관해 말해주려 그렇게 있어주기만이라도 한다면, 입술은 다시 한번 촉촉이 젖을 텐데. 그대가 그녀를 데리고 백색 청동 바자회에 갔을 때처럼. 이 손에는 고삐를 그리고 저 손에는 대판帶板을 그대 양손에 잡고 있으니 그녀는 자기가 땅 위에 있는지 아니면 바다에 있는지 아니면 에린의 신부처럼 창공을 날고 있는지 전혀 몰랐다. 그때 그녀는 들떠 있었으며 그리고 아직도 그녀 가슴은 뛰고 있다. 그녀는 노래의 반주를 할 수 있고 또 마지막 우편물이 지나가고 나면 스캔들을 즐긴다. 콜캐논 요리와 사과 경단을 먹은 후 저녁 식사를 위해 낮잠 자는 시간에 콘서티나 손풍금 연주와 카드놀이로 시간 보내기를 좋아한 그녀는 환자용 휠체어에 앉아서 이브닝 월드 신문을 읽고 있다. 보고 있는 것은 속 쓰린 기사, 무삭제 기사 혹은 과장 기사. 뉴스, 뉴스, 모든 뉴스. 사망 소식, 표범 한 마리가 페즈 마을에 사는 농부를 물어 죽임. 스토몬트의 성난 바다. 여행 중인 그녀의 행운을 품은 별똥별. 중국 대홍수와도 같은 허영으로 가득 찬 세상에 이런 희망적인 풍문을 듣는다. 그는 기껏 구석기시대 사람 같은 지식을 가지고 있다. 그녀는 자신만의 방식을 궁리하면서, 낄낄 깔깔, 연재소설 '셀스카와 경단고둥의 사랑'을 수시로 들춰보다가 '노르웨이인의 아내'로 자기 마음대로 각색했다. 그녀가 마지막 눈물로 한숨짓는 밤, 소금기 있는 무덤에는 바람에 날리는 거품이 생길 것이다. 끝. 하지만 세상사 그렇게 굴러가는 것. 시간 가는 줄 모르도록. 거기에는 은색 유골도 가발 타래도 없다! 바람에 흔들리며 촛불이 너울거리는 동안. 부활, 터무니없는 소리 마! 대단히 귀중한 그녀, 라고 자칭 더블린의 경매인이 말한다. 그녀의 머리카락은 예전처럼 갈색이다. 생기 있고 웨이브 머리카락이다. 이제 고이 잠드시라 그대! 다신 죄짓지 마시라!

왜냐하면 매력적인 연어의 이름을 딴 쌍둥이에 의해, 내게 말했듯이, 키 크고 혈색 좋은 건장한 청년이 임의로 콘 케트하흐 대왕의 영지에 이미 버티고 있기 때문이다. 무허가 불법 주점은 시장市長 또는 월계수나무처럼 번창하면서, 다 닳은 올가미를 바람 불어가는 쪽으로 축 늘어뜨린다 (아아!) 그러나 바람이 불어오는 쪽으로 (눈치레로!) 굽은 나뭇가지를 선술집 굴뚝 높이로 그리고 바넘의 쇼 무대 넓이로 1야드 길이만큼 들어 올리면서 (좋아!) 양어깨에 자신의 몫을 짊어지고 몸을 낮춘다. 이처럼 그는 훌륭한 사람으로서, 개똥벌레 한 마리와 세 개의 기생충 알 덩어리, 두 마리 쌍둥이 벌레와 한 마리 작은 벼룩으로 곤경에 처한 몸집 작은 아내와 함께 지낸다. 게다가 그는 악담에 악담을 퍼부으면서 그대의 조상들이 보았던 것을 오래도록 실행하거나 혹은 그대 밀고자가 알고 있는 내용을 들여다보는 행위는 결코 하지 않았고, 미소 짓는 증인들이 구름떼처럼 둘러싸고 있으니 그것으로 그와 그녀에 관한 이야기는 이제 충분하다. 여신 이시스가 산들바람에 만지작거리고 별들이 하늘 주위로 쉴 새 없이 가속시키고 있긴 하지만. 자신의 창조물을 위해 그가 만들어낸 창조주. 백색왜성? 적색거성? 그리고 모든 백색과 적색의 합체? 정말 그렇다! 하지만 아무리 그랬다 하더라도 지금 한 가지 확실한 것은, 세라핌 천사가 율법으로 보증하고 제본으로 세상에 나온 것, 즉 그 남자, HCE가 술 취한 것으로 우리는 생각했지만, 그 이름에 걸맞게, 이 유서 깊은 곳에 왔다. 그곳은 터빈이 두 개인 범선을 타고 서둘러 강제로 들어온 더블린灣, 이따금 우리가 한 번쯤은 살게 되는 천계天界이다. 이 군도에 최초로 들어온 그 범선은 뱃머리에 버들 무늬의 밀랍으로 된 여자 머리 조각상이 장식되어 있고, 심해 동물인 듀공이 해저에서 수면으로 올라오는 곳. 그는 근 70년 동안 무언극의 배우처럼 자책해오고 있다. 그의 옆에는 언제나 ALP, 그는 터번 아래에 백발을 기르고 있고 사탕수수 설탕을 전분 섬유소로 바꾼다 (제기랄!) 예나 지금이나 썰물이 되자 그는 물에 띄운 배의 칸막이를 널빤지로 덧댄다. HCE는 천성적으로 겸손하고, 친화적이면서도 배타적으로 어울리는 사람인데 그건 그에게 수많은 말로 씌워진 별명으로 판단할 수 있다 (사악한 마음을 가진 자에게 치욕 있으라!) 그리고, 그를 총평하면, 바로 모세 5경 격인데, 그는 매우 진지한 사람이며, 그는 다름 아닌 바로 HCE이며, 그는 에덴 부두와 버러 부두에서 발생한 소동에 대해 궁극적으로 책임을 질 것이다.

# 경야經夜의 서書

The Book of the Wake

**Translating the Untranslatable**

번역 불가 작품의 번역

# 2. 『경야의 서』 한줄 번역

## 『경야經夜의 서書』 제 I 권
### Book I

◆ 단락

| 범위 | | 캠벨과 로빈슨<br>Campbell and Robinson | 틴달<br>Tindall |
|---|---|---|---|
| I 권<br>Book I | 003~216<br>214면 7,441행 | 부모들의 서書<br>The Book of the Parents | 인간의 타락墮落<br>The Fall of Man |

◆ 표제

| 범위 | | 캠벨과 로빈슨<br>Campbell and Robinson | 글라신<br>Glasheen | 틴달<br>Tindall |
|---|---|---|---|---|
| 1장<br>(003) | 27면<br>960행 | 피네간의 추락墮落<br>Finnegan's Fall | 경야經夜<br>The Wake | 인간의 타락墮落<br>The Fall of Man |
| 2장<br>(030) | 18면<br>608행 | HCE의 별명과 평판<br>H.C.E.-His Agnomen & Reputation | 민요<br>The Ballad | 부랑자 캐드<br>The Cad |
| 3장<br>(048) | 27면<br>943행 | HCE의 재판과 투옥<br>H.C.E.-His Trial & Incarceration | 소문<br>Gossip | 소문과 현관 노크<br>Gossip & Knocking<br>at the Gate |
| 4장<br>(075) | 29면<br>1,006행 | HCE의 죽음과 소생蘇生<br>H.C.E.-His Demise & Resurrection | 사자<br>The Lion | 재판<br>The Trial |
| 5장<br>(104) | 22면<br>767행 | ALP의 선언문<br>The Manifesto of A.L.P. | 암탉<br>The Hen | 편지<br>The Letter |
| 6장<br>(126) | 43면<br>1,514행 | 수수께끼-선언문의 인물들<br>Riddles-The Personages<br>of the Manifesto | 12가지 질문들<br>Twelve Questions | 퀴즈<br>The Quiz |
| 7장<br>(169) | 27면<br>930행 | 문필가文筆家 솀<br>Shem the Penman | 문필가文筆家 솀<br>Shem the Penman | 솀<br>Shem |
| 8장<br>(196) | 21면<br>713행 | 강변의 빨래하는 여인들<br>The Washers at the Ford | 애나 리비아 플루라벨<br>Anna Livia Plurabelle | ALP<br>A.L.P. |

# 『경야經夜의 서書』 제 I 권 제1장

003~029
(27면 960행)

## 피네간의 추락墜落 | 경야經夜 | 인간의 타락墮落

첫 네 단락은 『경야의 서』에 대한 일종의 서문序文에 해당하는 것으로서 '어디서, 언제, 무엇을, 어떻게'라는 질문에 대한 답변을 제공한다.

- **우리는 어디에?**
  ① 더블린(Dublin) 교외
  ② 채플리조드 거리(Chapelizod Road)
  ③ 밤 11시 32분
  ④ 나이 지긋한 집주인이 잠들어있는
  ⑤ 멀링가 하우스(Mullinger House Hotel) 부부 침실

- **우리는 언제?** 역사적으로 두드러진 사건이 아직 발생하지 않은 비코 역사 순환론(Viconian Cycles)의 시작 단계로 돌아가서

『경야의 서』는 시작도 끝도 없는 작품으로 마지막 단어(the)와 첫 단어(riverrun)는 순환 구조의 핵심 지점으로 기능한다. 즉 이야기는 일련의 알루델(Aludel) 변형처럼, 우로보로스(Ouroboros)가 자신의 꼬리를 물고 있듯이 전개되고 있다. Han to pan(그리스어로 one is everything)이며, Here Comes Everybody(모두가 오다)이다.

☞ 우로보로스(Ouroboros): 자신의 꼬리를 물어서 원형을 만드는 뱀이나 용. 그리스어에 유래한다. 세계 창조가 모두 하나라는 것을 나타내는 상징으로서 천지창조 신화나 그노시스(Gnosis)파에 이용되었다. 종말이 발단으로 되돌아오는 원 운동, 즉 영겁회귀나 음과 양과 같은 반대물의 일치 등 의미하는 범위는 넓다. 연금술에서는 우주의 만물이 불순한 전일(원물질)에서 나와서 변용을 거듭한 후, 순수한 전일로 회귀하는, 창조·전개·완성과 구제의 원을 나타내는 데 사용되었다.

☞ 알루델(Aludel): 바닥이 없는 토관의 범위를 말하며, 서로 맞물리며 위쪽으로 갈수록 작아지고 위아래가 열려있어 차례로 끼워 넣게 되어있다. 알루델은 승화 과정에서 응축기로 사용

되어 변형의 끝을 의미하고 창조의 상징이 되었다. 철학의 꽃병(Vase of the Philosophy)으로 불리기도 한다.

☞ Han to pan(One is Everything): 일즉다 다즉일(一卽多 多卽一), Here Comes Everybody: 다인왕림, 만인[매인]도래(多人往臨, 萬人[每人]到來)

첫 번째 단어에서 창세기(Genesis)와 계시록(Revelation)에 대한 암시는 부활[재생]에 초점이 맞춰져 있다. 엄밀히 말해서, 사건의 연속성에는 정지[중단]되는 지점이 있을 수 없다. 즉 자연은 자연을 누리며, 자연은 자연을 매료시키고, 자연은 자연을 이기며, 그리고 자연은 자연을 지배한다.

■ 『경야의 서』는 무엇에 관한 것인가?
① 인간의 타락과 그 이후의 부활[재생]
② 인류 역사 전부
③ 그리고 한 가족 또는 한 개인의 삶의 축소판인 세계 역사 전부

■ 이야기는 어떻게 전개되고 있는가?
브루노의 대립(Brunonian conflict)을 통한 화해와 통합을 위해 실질적 노력을 기울이는 상반된 입장의 당사자들 간 대립에 의해서

☞ 브루노의 대립: 브루노(Bruno, Giordano)는 '반대의 일치'를 주장함으로써, '실제'와 '가능'은 '영원에 있어서 다르지 않다'라고 주장했다.

# 1) The Fall
## 추락

[003:01~010:23]

| 003:01 | riverrun, past Eve and Adam's, from swerve of shore to bend |
|---|---|
| | 강은 흐르고 흘러, 아담과 이브 성당을 지나, 굽이진 해안으로부터 |

* riverrun: ①《창세기 2장 10절》'And a river went out of Eden to water the garden; and from thence it was parted, and became into four heads(강이 에덴에서 흘러 나와 동산을 적시고 거기서부터 갈라져 네 근원이 되었으니)' ② Samuel Taylor Coleridge *Kubla Khan: Or, A Vision in a Dream. A Fragment* 'Where Alph, the sacred river, ran/Through caverns measureless to man/Down to a sunless sea.(그곳 신성한 강 알프가/인간이 측정할 수 없는 거대한 동굴을 관통하여/햇빛이 못 미치는 깊은 바닷속으로 흘러갔다)'→Alph: 땅 속으로 흘러 이오니아해(Ionian Sea)에 도달하는 고대 그리스의 전설적 강 Alpheus와 그리스어 첫 글자 Alpha의 조합. 이 단어가 『경야』의 Alpha이자 ALP임을 암시. ③ riveran(이탈리아 방언)=they will arrive 그들이 도착할 것이다 ☞ riverrun=river flows (리피)강은 흘러간다→ River Liffey[An Life] 더블린의 중심을 흐르는 리피강: 원래 이름은 '빠른 주자(fast runner)'라는 뜻의 '안루이데크(An Ruirthech)'. Abhainn na Life의 영어 표기 Anna Liffey로도 불리며, 『경야』에서는 Anna Livia Plurabelle로 구현.
* past: ① passed 통과하여 ② beside 옆에 ③ past Eve=after evening 저녁 이후→『경야』의 시작 시점을 암시
* Eve and Adam's: ① Adam and Eve's Church=Church of St Francis of Assisi=Franciscan Church of the Immaculate Conception of Our Lady 아담과 이브의 교회 ② Eve and Adam's 더블린의 Rosemary Lane에 있는 선술집 ③ Adam/Eve가 인류 역사를 잉태한 부모의 원형이듯, HCE/ALP는 『경야』의 이야기를 품고 있음. ☞ Eve and Adam's: 단테의 『신곡』「연옥(Purgatorio)」편 에서 지상낙원을 흐르는 '망각(Oblivion)'의 강 Lethe와 '좋은 기억(Good Remembrance)'의 강 Eunoë→riv- errun(Erinnerung=기억)
* swerve of shore: ① curving shoreline of Dublin Bay 더블린만의 굽이진 해안 ② swerve of shore→Swords on shore→Swords[Sord Cholmcille] 더블린만 북쪽의 작은 교외

• The River Liffey -istockphoto

• Church of Eve & Adam's -geograph

| 003:02 | of bay, brings us by a commodius vicus of recirculation back to |
|---|---|
| | 더블린만灣까지, 우리를 싣고 드넓은 마을—비코 도로—을 거쳐 |

* bend of bay→Dublin Bay 더블린만灣 ☞ 북쪽의 호우드 헤드(Howth Head)에서 남쪽의 달키갑岬(Dalkey Point)에 이르는 아일랜드해의 만
* commodius=open[spacious] 드넓은→Danis Rose는 commodious로 대체시킴
* vicus〔라틴어〕: ① 마을[거리] ② Vico Road 비코 로드(Dublin Bay를 따라 Dalkey에서 Killiney까지의 해안 도로) ☞ commodius vicus: ① 넓은 마을→더블린 ② course of life 사람의 일생
* recirculation back=flow back again through a circuit 다시 되돌아
* vicus of recirculation: ① vicious cycle 악순환 ② hydrological cycle 물순환→더블린만의 물은 증발하면서 Howth 위의 구름이 되어 내륙으로 불어온다. 더블린 산맥에 비가 내리면, 그 물은 Liffey 강으로 모여들어 도시를 관통해 흐르면서 정화하고 오물을 씻어낸다. 강은 끊임없이 그 내용물을 바다로 배출하고 그리하여 순환은 계속된다.

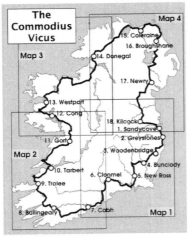

• commodius vicus  -mathsci.ucd.ie

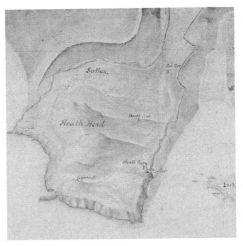

• Howth Head  -humphrysfamilytree

| 003:03 | Howth Castle and Environs. |
|---|---|
| | 호우드 성城과 그 주변으로 되돌아온다. |

* Howth Castle=Castle in Howth 호우드 성城. 중세 이후 Gaisford-St Lawrence가家의 사저 私邸.【010:27】
* Environs=surrounding parts[outskirts] 주변[인근] ☞ Howth Castle and Environs 호우드 성과 그 주변→HCE ☞ Howth Head[Ceann Binn Éadair] 아일랜드 더블린의 북동쪽 반도. 곳으로 가는 입구는 Sutton에 있고 Howth 마을과 항구는 북동쪽에 있다. 대부분의 Howth Head는 The Hill of Howth가 차지하고 있다.

• Howth Castle and Environs -wikipedia

| 003:04 | Sir Tristram, violer d'amores, fr'over the short sea, had passen- |
|---|---|
| | 사랑의 악사樂士, 트리스트람 백작은, 아일랜드해 너머, |

* Sir Tristram=Sir Amory Tristram(1st earl of Howth=St. Lawrence in Brittany) 트리스트람 백작 ☞ 전설 속 트리스탄은 삼촌인 마크 왕으로부터 기사 작위를 받는다

* violer d'amores=a viol player of love 사랑의 비올 연주가 ☞ 전설 속 트리스탄은 탄트리스(Tantris)라는 이름의 하프 연주자로 위장하여 아일랜드에 들어간다

* fr'over the short sea=from over the Irish Sea 아일랜드해 너머 ☞ short sea=Irish Sea 영국 그레이트브리튼섬과 아일랜드 사이의 바다

• Tristan and Isolde -wikimedia

* passencore=pas encore〔프랑스어〕=not yet 아직, 여태 ☞ 전설 속 트리스탄('슬픈 양'이라는 뜻)은 브리타니[아르모리카](Brittany[North Armorica])에서 유년을 보내고 콘월(Cornwall)로 돌아가서 삼촌인 마크(Mark) 왕의 아내가 될 이졸드(Isolde)를 데려오기 위해 아일랜드로 가지만, 그곳에서 삼촌에게 줄 사랑의 묘약(love potion)을 마시는 바람에 이졸데와 비극적 사랑에 빠지게 되고 끝내 죽음을 맞이하고 마는데...

| 003:05 | core rearrived from North Armorica on this side the scraggy |
|---|---|
| | 브르타뉴로부터 아일랜드 본토에서 이베리아반도 전투를 다시 지휘할 |

* rearrive=arrive again 다시 돌아오다 ☞ Had not encore arrived←had passencore rearrived 아직 돌아오지 못했다.

* North Armorica=Bretagne[Brittany] 북 아르모리카(프랑스 서북부의 반도), 브르타뉴 ☞ 전설 속 트리스탄과 이졸드의 사랑과 죽음의 장소로서, 지금은 브르타뉴(영어로 브리타니)로 불린다.

* scraggy=rough, irregular or broken in outline or contour (지형이) 들쭉날쭉한, 울퉁불퉁한 →Howth Head가 Finnegan의 머리라면 험준한 지협, 즉 Sutton 지협은 그의 목이 된다.

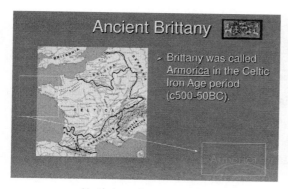

• North Armorica [Brittany] -TARA

• Penisolate [Iberian Peninsula] -IBIMA Publishing

| 003:06 | isthmus of Europe Minor to wielderfight his penisolate war: nor |
| --- | --- |
| | 이곳 들쭉날쭉한 서튼 지협地峽에 아직 돌아오지 못했다. 뿐만 아니라 |

* Isthmus=a narrow portion of land=Isthmus of Sutton 서튼 지협地峽. 호우드 언덕과 본토를 연결하는 좁은 지형 【012:22】→isthmos〔그리스어〕=neck[peninsula] 목[반도]
* Europe Minor=Ireland 아일랜드 본토
* wielderfight=refight 다시 (군대를) 지휘하다
* penisolate war=war in the Iberian Peninsula 이베리아 반도(스페인과 포르투갈을 포함하는 반도) 전투 ☞ 트리스트람 백작 은 1177년 호우드 반도의 Bridge of Ivora 전투와 1808년 반도전쟁(나폴레옹의 이베리아반도 침공에 저항하여 에스파니아·영국·포르투갈 동맹군이 벌인 전쟁)의 에보라 전투(Battle of Évora)를 승리로 이끈다

• Isthmus of Sutton, Dublin -wikipedia

| 003:07 | had topsawyer's rocks by the stream Oconee exaggerated themselse |
| --- | --- |
| | 오코니 강줄기 옆으로 더블린 이주민을 위한 구조물도 쌓아 올려지지 않았다. |

* topsawyer's rocks=formation on the Oconee 오코니 강변의 구조물[지층]
* exaggerare→to mound[heap] up 쌓아 올리다[수북이 쌓다]
* rocks: ① testicles (속어) 고환→자손 ② money 돈 →재정
* rocks...exaggerated themselves: ① 미국에 이주해 온 아일랜드인들이 자손을 많이 남겼다 ② 미국에 이주해 온 아일랜드인들이 재정적으로 풍부했다
* themselse=another dublin 5000 inhabitants 또 다른 더블린의 5천여 주민
* stream Oconee=Oconee river in Georgia 미국 조지아주의 오코니강

• Oconee River Bridge, Dublin, George -Bridgehunter

| 003:08 | to Laurens County's gorgios while they went doublin their mumper |
| --- | --- |
| | 주민이 두 배로 늘어나게 되는 조지아주 로렌스 카운티를 세울 기독교의 불꽃 또한 |

* Laurens County=Laurens County in Georgia 미국 조지아주의 카운티, 행정 도시는 더블린(Dublin)【016:09】 ☞ gorgios=Georgia 미국 동남부의 주
* doublin=Doubling all the time 항상 두 배로(로렌스 카운티의 모토)
* mumper=half-bred gypsy 혼혈 집시 ☞ 조이스가 위버 여사(Harriet Shaw Weaver)에게 보낸 편지(1926. 11. 15.)에 'Dub-

• Dublin on River Oconee -weatherforecast

lin, Laurens Co, Georgia, founded by a Dubliner, Peter Sawyer, on r. Oconee(조지아주 로렌스 카운티의 더블린은, 더블린 사람 피터 소여가 Oconee River에 설립한 곳이다)'라고 적고 있다

| 003:09 | all the time: nor avoice from afire bellowsed mishe mishe to |
| | 기독교인들에게 믿음을 점화시킨 격한 바람 같은 성 패트릭이 아일랜드 이교도들에게 |

* avoice from afire→flame of Christianity kindled by St Patrick (성 패트릭에 의해 점화된) 기독교의 불꽃
* bellowsed=the response of the peatfire of faith to the windy words of the apostle 전도자의 격한 말에 대해 믿음의 불로 응대함: 포효하다
* mishe: ① 〔아일랜드어〕I, me 나 나 ② 〔히브리어〕as soon as ~하자마자 ③ I am (Irish) i.e. Christian 나는 아일랜드인, 즉 기독교인이다 ☞ mishe mishe to tauftauf=me me to thou thou(무선 송수신기에서 자신과 수신자 식별을 위한 호출 메시지) 나를 너에게→Issy와 HCE가 굴뚝을 통해 서로 소통하는 것처럼 【010:26】

| 003:10 | tauftauf thuartpeatrick: not yet, though venissoon after, had a |
| | 세례를 하지 않았다. 또한 사냥한 짐승의 고기를 먹인 후, 눈먼 늙은 |

* tauf[taufen]=baptise 세례를 주다(=christen)【012:12】 ☞ baptism→John the Baptist→Giovanni Battista→Giambattista Vico
* thuartpeatrick=windy patrick 바람같이 격한 성 패트릭
* venissoon=venison 사냥한 짐승의 고기, 사슴 고기

| 003:11 | kidscad buttended a bland old isaac: not yet, though all's fair in |
| | 이삭을 속이지만 아직 축복을 받지 못했다. 비록 바네사는 모든 것이 정당했지만, |

* kidscad→younger Jacob used to disguised himself 자기를 에서(Esau)라고 속이는 동생 야곱(Jacob)
* buttended a bland old isaac=Jacob deceiving blind Isaac into blessing him. 축복을 받으려 눈먼 이삭을 속이는 야곱→동생 야곱이 형 에서인 척 속이고 사슴 고기를 눈먼 이삭에게 바치며 축복을 간청한다
* bland=blind 에서와 야곱의 아버지 이삭(Isaac)은 노년에 눈이 멀게 된다【014:36】 ☞ 파넬(Parnell)은 아이작 버트(Isaac Butt)(1813-1879)를 지도부로부터 축출했다【013:14】 ☞ 유년 시절 파넬은 '바보 같은 녀석(butthead)'이라는 별명을 가졌다

• The Meeting of Jacob and Esau -ClipArt

| 003:12 | vanessy, were sosie sesthers wroth with twone nathandjoe. Rot a |
| | 두 명을 상대하는 조나단 스위프트에게 여자들은 아직 분노를 드러내지 않았다. |

* all's fair in vanessy=all's fair in Vanessa 바네사가 한 행동들은 모두 정당한 것이다 ☞ 더블린에

서 Esther Stella Johnson과 연인 관계를 이어가던 Swift에게 런던에 사는 한 미망인의 딸 Esther[Hester] Vanessa Vanhomrigh가 나타나게 되고, Vanessa에게 Swift는 우정을 말하지만 그녀는 사랑을 요구하면서부터, 세 사람 사이에는 질투와 증오가 싹트게 된다

• Swift, Stella, and Vanessa -NYPL

* sosie=double 즉 Stella와 Vanessa의 first name이 Esther로 똑같다. ☞ Susie=Susanna 성서에서 Joachim의 아내로 「수산나 이야기」 속의 정녀(貞女)
* wroth=manifest anger 분노를 표출하다
* twone nathandjoe 혼자 두 명을 상대하는 조나단 스위프트
* nathandjoe←djoenathan←jonathan의 pun

| 003:13 | peck of pa's malt had Jhem or Shen brewed by arclight and rory |
|---|---|
| | 제임슨 위스키 증류소는 보리를 분쇄하여 아크등 불빛 아래에서 아직 술을 빚지 |

* rot=decompose 분쇄하다
* a peck of malt 엄청난 양의 보리 ☞ Robert Burns의 시 「Willie Brew'd A Peck O' Maut」의 패러디
* Jhem or Shen=Jameson=John Jameson&Son Ltd. 아이리쉬 위스키 증류소→Noah's ark
* brew=concoct 양조(釀造)하다, 빚다
* arclight=arclamp 아크등 ☞ 1926년 Harriet Shaw Weaver에게 보낸 편지에서: "윌리는 보리로 술을 빚었다. 노아는 포도나무를 심고 술에 취했다. 존 제임슨은 더블린의 최고 위스키 양조업자다. 아서 기네스는 더블린의 최고 맥주 양조업자다."

• John Jameson & Son Ltd. -The Irish Pub Emporium

| 003:14 | end to the regginbrow was to be seen ringsome on the aquaface. |
|---|---|
| | 않았다. 그리고 무지개의 붉은 끝자락은 아직 수면 위를 두루 비추지 않았다. |

* rory=red 붉은
* regginbrow=rainbow 무지개
* ringsome=all around 두루 ☞ 『경야의 서』에서 '무지개(rainbow)'는 신과 인간 사이의 언약인 '평화'를 의미하며, '이슬(dew)'은 정반대로 끝없는 '전쟁(war)'의 약속이라는 성경적 의미를 지닌다. Vico에 따르면, 노아의 방주(flood) 이후 줄곧 건조하다가 '이슬'이 나타나면서 천둥(thunder)이 쳤기 때문이다.

□ 이 단락에는 'not yet'이 특별히 7번에 걸쳐(specific seven) 반복적으로 등장한다:
① Sir Tristram had passencore rearrived【003:04】

☞ passencore=pasencore=not yet

[Not yet has Sir Tristan arrived from Brittany to land on Howth's craggy isthmus and go on to seduce Isolde]

→ 트리스트람 백작은 다시 돌아오지 못했다

② nor had topsawyer's rocks exaggerated themselse【003:06】

[Not yet have rocks piled up by the banks of the river Oconee 'exaggerat-ed' themselves into a duplicate Dublin in Georgia, U.S.A., whose motto is 'doubling all the time']

→ 더블린 이주민을 위한 구조물도 쌓아 올려지지 않았다

③ nor avoice bellowsed mishe mishe【003:09】

[Not yet has windy Saint Patrick baptised the Irish pagans]

→ 기독교인들에게 믿음의 불로 응답하지 못했다

④ not yet had a kidscad buttended isaac【003:10】

[Not yet has the young ram Parnell ousted bland old Isaac Butt]

→ 눈먼 이삭을 속이지만 축복을 받지는 못했다

⑤ not yet were sosie sesthers wroth with nathandjoe【003:11】

[Not yet have the two Vanessas (Esther Vanhomrigh and Esther Johnson)become wrathful with one Jonathan (Swift)]

→ 두 명의 여자들은 아직 분노를 드러내지 않았다

⑥ Rot a peck of malt had Jhem or Shen brewed【003:12】

☞ rot a peck=not yet

[No alcohol — not a peck of malt — has yet been brewed in Noah's ark]

→ 제임슨 위스키 증류소는 아직 술을 빚지 않았다

⑦ rory end to the regginbrow was to be seen【003:13】

☞ rory end=no end

[no bloody end to the rainbow had yet been seen over the waters of the universal Flood]

→ 무지개는 아직 비추지 않았다

---

| 003:15 | The fall (bababadalgharaghtakamminarronnkonnbronntonner- |
| | 추락[타락] (우르르르르르르르르르르르르르르르르르르르르르르르르르- |

* fall: ① The story[tale] of the fall(추락[타락] 이야기)→The fall (추락[타락]) ② Fall=Autumn→종말의 시작을 암시 ③ Fall=fall, case(가을, 경우)→「Der Fall Wagner」=The Case of Wagner(프리드리히 니체가 리하르트 바그너에게 등을 돌린 이유를 설명하는) 「바그너의 경우」 ☞ 'fall'의 장면: ① The fall of Tim Finnegan: 민요 <피네간의 경야>에서 피네간이 사다리에서 추락 ② Fall of Man 성서 「창세기」에서 뱀의 유혹에 의해 인간(아담과 이브)이 타락 ③ Humpty Dumpty's Fall 루이스 캐럴의 『거울 나라의 앨리스』에서 험프티 덤프티가 담장에서 추락

* Bababadalgharaghtakamminarronnkonnbronntonnerron-n→ababadalghar-aghta kamminar ronn konn bronn tonerron: ① babadal[baba]=tower of babel[baby babble] 바벨탑[아기의 옹알이]【015:12】

• Fall of Finnegan -steemit

② badal〔힌두어〕=cloud 암운  ③ gaireachtach[garokhtokh]〔게일어〕=boisterous 날씨가 사나운  ④ karak〔힌두스타니[인도공용]어〕=thunder 천둥  ⑤ Jishin=earthquake, kami-nari=thunder, kaji=fire, oyaji=paternity〔일본어〕지진, 천둥, 화마(火魔), 엄부嚴父  ⑥ ukkonen〔핀란드어〕=thunder 천둥  ⑦ brontę〔그리스어〕=thunder 천둥  ⑧ Donner〔독일어〕=thunder 천둥, tonnerre〔프랑스어〕=thunder 천둥

• Fall of Man -Wikipedia

• Humpty Dumpty's Fall -Wikimedia Commons

| 003:16 | ronntuonnthunntrovarrhounawnskawntoohoohoordenenthur- |
| --- | --- |
| | ㄹㄹㄹㄹㄹㄹㄹㄹㄹㄹㄹㄹㄹㄹㄹㄹㄹㄹㄹㄹㄹㄹㄹㄹㄹㄹㄹㄹㄹㄹㄹㄹㄹㄹㄹㄹㄹㄹㄹㄹㄹ- |

⑨ tuono〔이탈리아어〕=thunder 천둥  ⑩ thunner〔방언〕=thunder 천둥, tun〔고대 루마니아어〕 =thunder 천둥  ⑪ trovão〔포르투갈어〕=thunder 천둥  ⑫ Varuna〔힌두어〕=creator[storm god] 우주 창조자[폭풍의 신]  ⑬ åska〔스웨덴어〕=thunder 천둥, scan〔게일어〕=crack 우르릉 쾅쾅!  ⑭ torden[todenen]〔덴마크어〕=thunder 천둥  ⑮ tornach[tornokh]〔게일어〕=thunder 천둥 ☞『경야의 서』에는 10번의 '천둥 암호어(Cryptograms of the Thunder)'가 나오는데 그 철자를 모두 합치면 총1,001개가 된다.『천일야화(One Thousand and One Nights)[일명『아라비안 나이트(The Arabian Nights)』]』가 연상된다: ① 최초의 천둥소리로서 추락의 주제fall motif【003:15~17】 ② 후터Jarl van Hoother의 성문城門이 닫히는 소리【023:05~07】 ③호스티Hosty의 퍼시 오레일리의 민요 <Ballad of Persse O'Reilly>로 이어지는 박수 소리【044:20~21】 ④ 페스티 킹Pesty King의 재판 도중, 공원에서의 추락[타락]을 암시하는 음란한 소리【090:31~33】 ⑤ 소문을 담은 편지(gossify letter) 묘사에 대해서 와자지껄하는 소리【113:09~11】 ⑥ 아이들이 시합에서 돌아오면서 이어위커의 문을 쾅하고 닫는 소리【257:27~28】 ⑦ 이어위커의 평판이 추락하고, 피네간이 사다리에서 떨어질 때 술집에서 새어 나오는 시끄러운 소리【314:08~09】 ⑧ 크리미아 전쟁을 방송하기 전의 라디오 잡음과 애나 리비아Anna Livia가 섹스의 절정에서 뱉어내는 신음 소리【332:05~07】 ⑨ 손이 개미와 베짱이Ondt-Gracehoper 이야기를 하기 전에 목청을 가다듬기 위해서 내는 기침 소리【414:19~20】 ⑩ 솀의 언어에 대해 손이 예술가적 힘의 공포를 느끼는 순간의 천둥소리【424:20~22】

| 003:17 | nuk!) of a once wallstrait oldparr is retaled early in bed and later |
|---|---|
| | 쿵쾅!) 한때 곧바른 사람이었던 늙은 아비의 추락은 일찍이 옛날이야기가 되었고 |

* a once wallstrait oldparr=a once straight old father=HCE 한때 곧바른 사람이었던 늙은 아비 =HCE ☞ HCE가 약화되고 쇠퇴하여 더 이상 훌륭한 사람이 아니다. HCE의 추락은 잠잘 때 들려주 는 옛날이야기로만 전해지고 비극은 그의 꿈속에서 재현된다. ☞ Old Parr=본명은 Thomas Parr(152 년 9개월을 살았던 영국의 실존 인물로서 100살 때 아들을 얻는다)
* retaled in bed=retold as a bedtime story 잠잘 때 들려주는 옛날이야기로 전해지다

| 003:18 | on life down through all Christian minstrelsy. The great fall of the |
|---|---|
| | 나중에는 기독교 음유 시를 통해서 대부분 재탄생했다. 벽체의 심각한 붕괴가 |

* Christian minstrelsy 기독교 음유 시 ☞ HCE의 추락은 처음에는 잠잘 때 들려주는 이야기로, 나중 에 기독교 음유 시로 전해짐
* The great fall of the offwall=The great fall of the wall 벽체壁體의 심각한 붕괴 ☞ Humpty Dumpty는 벽 위에 앉아있다가 추락하게 된다: "Humpty Dumpty sat on a wall. Humpty Dump- ty had a great fall. All the king's horses and all the king's men couldn't put Humpty together again..."<영국의 자장가 모음 'Mother Goose'의 가사 일부>

| 003:19 | offwall entailed at such short notice the pftjschute of Finnegan, |
|---|---|
| | 있고 난 후 별안간 피네간의 끔찍한 추락이 이어졌다. |

* entail=bring on by way of necessary consequence (결과를) 남기다, 필연적으로 수반하다
* at short notice=with little time for action[preparation] 예고 없이, 별안간
* pftjschute=conglomeration of pfui[disgust] and chute[fall] 혐오스러운[끔찍한] 추락 ☞ 벽체 붕괴가 있 고 난 후 Finnigan[Finnegan]이 추락한다<초고>

| 003:20 | erse solid man, that the humptyhillhead of humself prumptly sends |
|---|---|
| | 아일랜드 태생의 건실한 남자, 험프리 침던 이어위커 본인이 직접 자신의 몸이 |

* erse=a man who is Erse[Irish] by birth 태생이 아일랜드인 사람
* soild=having high moral qualities 높은 도덕적 자질을 가진, 건실한
* humptyhillhead of humself=humpty hillhead[HCE] himself HCE 자신
* prumptly=promptly 지체 없이, 신속하게 ☞ HCE의 구릉 같은 달걀 모양의 머리는 험프티 덤프티 의 모습을 본뜬 것이다(Humphrey Chimpden Earwicker's hilly, ovoid head modelled in the fashion of Humpty Dumpty)

| 003:21 | an unquiring one well to the west in quest of his tumptytumtoes: |
|---|---|
| | 붙어있을 발가락을 찾기 위해 지체 없이 다른 곳으로 감각적인 탐색을 나선다: |

* unquiring=inquiring 알고 싶어하는
* in quest of 탐색[추구]하여

* tumptytumtoes: 험프리 침던 이어위커는 자기 몸이 붙어있을 것으로 추정되는 발가락을 찾아서 다른 곳으로 감각적인 탐색을 한다(Humptyhihllhead sends sensory inquiries outward in space in quest of the toes to which it is presumably attached) <John Bishop: Joyce's Book of the Dark> ☞ 추락한 거인의 머리는 호우드 언덕에 그리고 발가락은 피닉스 공원에 불쑥 튀어나와 있다(a sleeping giant with Howth Hill as his head and with his feet sticking up in Phoenix Park)【010:27】

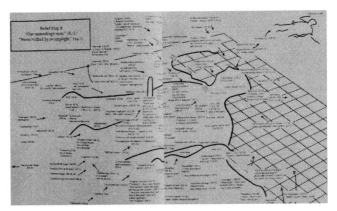

• A Sleeping Giant -Bishop, John. *Joyce's Book of the Dark*

| 003:22 | and their upturnpikepointandplace is at the knock out in the park |
| | 이어위커의 다섯 발가락은 피닉스 공원 바깥의 녹크 언덕에 있는데 |

* turnpike=tollgate 통행료 징수소【018:32】 ☞ turnpike는 팀 피네간이 현실 세계(real world)와 지하 세계(underworld)의 경계에 있음을 암시하는 상징물 ☞ 채플리조드의 피닉스 공원에 있는 출입문이 turnpike ☞ upturnpikepointand-place=HCE의 다섯 발가락(up·turn·pike·point·place: 5 words for five toes)
* knock→Castleknock in the west of Phoenix Park 피닉스 공원 서북쪽의 캐슬노크

• Turnpike -Coasterpedia

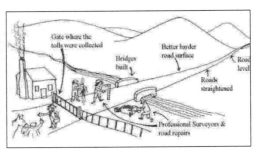

• Roque E. deCampos. James Joyce FW.
  -Blog at Worldpress.com

| 003:23 | where oranges have been laid to rust upon the green since dev- |
| | 그곳은 개신교인들이 가톨릭교인들을 깔고 누워있는 곳이다. 더블린이 맨 처음 |

* orange=British Unionist 오렌지당(북아일랜드가 영국에 통합되어 있어야 한다고 믿는 신교도 정당)

* laid to rest=buried 쉬게 하다, 매장하다 ☞ 아일랜드 국기의 녹색(Green)은 가톨릭교(Roman Catholics), 오렌지색(Orange)은 개신교(Protestants)를 상징 ☞ 아일랜드 포크송 <The Orange and the Green>은 아버지가 개신교, 어머니가 가톨릭인 한 남자의 이야기를 노래한 것이다. 전통적으로 로마 가톨릭(Green)이 대다수였지만, 스코틀랜드로부터 개신교(Orange)를 믿는 사람들이 북아일랜드로 이주해 오면서 역사적 갈등이 싹트게 되었다.

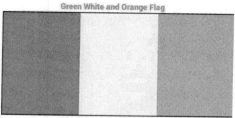

• -Soccergist

| 003:24 | linsfirst loved livvy.<br>리피강을 따라 정착한 이래로 |
| --- | --- |

* devlinsfirst=Dublin's first 더블린 최초의
* livvy=The River Liffey 리피강 ☞ since devlinsfirst loved livvy→Since Dublin was first settled along the Liffey(더블린이 맨 처음 리피를 사랑한 이래로→더블린이 맨 처음 리피강을 따라 정착한 이래로)

| 004:01 | What clashes here of wills gen wonts, oystrygods gaggin fishy-<br>원주민과 침략자 간의 무력 충돌, 동고트족과 서고트족 간의 전쟁! |
| --- | --- |

* clash of wills gen wonts=clash of invaders versus natives 침략자와 원주민의 충돌, conflict of individuals 개인 간의 갈등
* here=armed force, warfare 무력, 전쟁
* against social conventions 개인과 사회적 관습의 갈등
* oystrygods=Ostrogoths[East Goth] 동고트족
* fishygods=Visigoths[West Goth] 서고트족 ☞ 로마제국 후기 게르만 민족의 대이동(4세기 말부터 6세기 말까지의 200여 년) 시 중요한 역할을 한 고트족은, 488년에 이탈리아에 들어가 전(全)반도를 정복, 동고트 왕국을 건설하여 552년 동로마에 의해 멸망당한 동고트족과, 5세기 초에 로마를 멸망시키고 갈리아 남쪽에서 에스파냐에 걸치는 서고트 왕국을 세웠던 서고트족으로 나뉜다 ☞ A.D. 451년 카탈라우니아 들판(Catalaunian Fields) 전투에서 아틸라(Attila)와 동고트족(Ostrogoths)은 에티우스(Aetius)와 서고트족(Visigoths)에 의해 패배한다

| 004:02 | gods! Brekkek Kekkek Kekkek Kekkek! Koax Koax Koax! Ualu<br>브레케크 케케크 케케크 케케크! 코악스 코악스 코악스! 우알라 |
| --- | --- |

* Brekkek Kekkek Kekkek Kekkek! Koax Koax Koax!=Frogs Chorus 개구리들의 합창 소리
* Ualu=wailing cry, lamentation 애통, 한탄 ☞ 창조적인 시인이 더 이상 존재하지 않음을 한탄하며 그 시인을 찾으러 헤라클레스(Heracles)로 분장해 저승(Hades)에 내려가서 배를 타고 노를 젓는 디오니소스(Dionysus)의 구호 소리에 맞춰 강에 사는 개구리들도 화음을 맞춘다<아리스토파네스(Aristophanes: BC.445-385) 『개구리들(The Frogs)』>

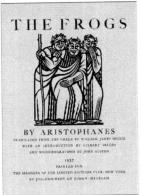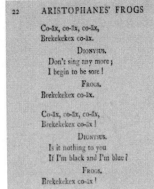

• Aristophanes' Frogs -BookGraphics

| 004:03 | Ualu Ualu! Quaouauh! Where the Baddelaries partisans are still |
| | 우알라 우알라! 쿠아우아우! 바델레어 칼을 지닌 일당들은 여전히 |

* Ualu Ualu Ualu! Quaouauh!=frogs chorus 개구리들의 합창
* Badelaire=a type of sword 바델레어 (16세기 프랑스의 칼)
* partisan=supporter, adherent 열렬 지지자, 일당一黨

| 004:04 | out to mathmaster Malachus Micgranes and the Verdons cata- |
| | 단검과 소화탄 그리고 장검을 제압하고 |

* mathmaster=overcome or defeat 제압하다, 물리치다
* Malachus[malchus]=a curved sword (옛 해적들의) 단검短劍
* Micgranes[migraine]=fire grenade 소화탄消火彈
* Verdons[verdun]=long and narrow sword 장검長劍 ☞ Verdun: 베르됭 (프랑스 북동부의 제1차세계대전 최대 격

전지, 강철 칼날steel blades 제조업으로 유명)

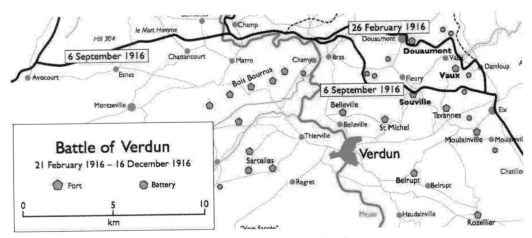

• Map of Verdun Battle 1909 -wikipedia

| 004:05 | pelting the camibalistics out of the Whoyteboyce of Hoodie |
| --- | --- |
| | 두건을 뒤집어쓴 백의당을 야습夜襲하여 퇴출시켰다 |

* catapelt[catapult]=hurl as from a catapult, discharge a catapult 투석기로 발진하다, 내던지다
* camibalistics[camisade]=attack on the enemy before dawn 어둠을 틈타 기습 공격하다
* Whoyteboyce[Whiteboys]=18C Irish insurrectionists, dressed in white smocks 백의당白衣黨(1760년 대 초 무렵 아일랜드에서 10분의 1세稅(tithes)에 대한 불만 따위로, 지주 계급에 반항하여 결성된 농민의 비밀 결사結社; 당원은 야간 습격 때의 식별용으로 흰 셔츠를 입었다)
* Hoodie Head=Ignorant criminal thug worthless drain on civilized society 문명사회에 쓸데없이 흘러나오는 무지막지한 폭력배 ☞ Hoddie Head=Howth Head 호우드 헤드(더블린만Dublin Bay과 위클로우 Wicklow 산을 조망할 수 있는 아일랜드 핑갈 카운티Fingal County에 있는 군사상 전략적 요충지)

• Secret Peasant Group Whiteboys -Listverse

| 004:06 | Head. Assiegates and boomeringstroms. Sod's brood, be me fear! |
| --- | --- |
| | 투창의 포위 그리고 부메랑 공격. 아일랜드의 후손들이여, 나를 두려워하라! |

* Assiegates→assegai=South African spear 남아프리카의 투창; assiege=be-siege 포위 공격하다
* boomerang=wooden weapon 호주 원주민의 사냥 무기 ☞ boomeringstroms=the River Liffey flowing in a boomer-ang-like motion 부메랑처럼 되돌아 흐르는 리피강(작품의 끝 단어 [the]가 문장의 앞으로 되돌아가서 첫 단어[riverrun]와 연결되는 구조의 은유)
* Sod's brood=children of the earth 대지大地의 후손: sod=earth[Ireland], brood=children[offspring] ☞ Sod's Brood=-Sodomites or Sodam's Children
* be me fear=be my fear 나의 두려움이다 ☞ be me fear=be my man 뜻한 바대로: 아일랜드에서 me=my, fear=man으로 종종 쓰인다.

• Assegai South African Spear -Wikimedia Commons

| 004:07 | Sanglorians, save! Arms apeal with larms, appalling. Killykill- |
| --- | --- |
| | 영광스러운 성도들이여, 구원받으라! 눈물 글썽이며 들어 올린, 소름 끼치는, 무기. |

* Sanglorians=Glorious Saints 영광스러운 성도聖徒

* save=구원하다, 구제하다
* Arms apeal with larms=Arms raised up with tears 눈물 글썽이며 들어 올린 무기武器
* appalling=frightful, horrifying 무서운, 소름 끼치는
* Killykillkilly→Kilkenny Cats=fight like a Kilkenny cat 사생결단으로 싸우다 ☞ 아일랜드 킬케니 카운티의 전설적인 한 쌍의 고양으로, 이 둘은 매우 사나워서 싸움이 끝날 무렵 꼬리만 남아있을 정도였다는 데서 유래하여 ① 싸웠다 하면 끝까지 물고 늘어지는 킬케니 지역 사람들의 기질 ② 킬케니 지역 사람들과 다른 지역 사람들과의 불화不和를 의미한다

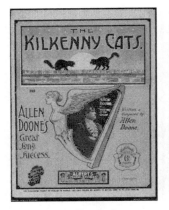

• The Kilkenny Cats
-orangemarmeladepress

• The Kilkenny Cat Pub, South Wales
-orangemarmeladepress

| 004:08 | killy: a toll, a toll. What chance cuddleys, what cashels aired |
|---|---|
| | 사생결단으로 싸우는구나: 조종弔鐘 소리, 조종弔鐘 소리. 우연한 격돌이라니, |

* toll=sound of death knell 조종弔鐘 소리
* chance cuddleys→chance medley=chance encounter 우연한 격돌[만남]
* cuddle→fondle+cudgel=a club (옛날 영국 시골의 무기) 곤봉
* cashels→castles=Dublin Castle 더블린 성城 (영국의 아일랜드 통치 중심지)
* ventilate=shoot with a gun 총격을 가하다 ☞ cashels aired and ventilated→castles gets aired and ventilated=castles were destroyed 공습空襲으로 파괴된 성城

• Dublin Castle -Wikipedia

| 004:09 | and ventilated! What bidimetoloves sinduced by what tegotetab- |
|---|---|
| | 공습으로 파괴된 성城이라니! 가톨릭교도들의 죄악에 유혹된 기독교도들이라니! |

* bidimetoloves→bidimetoloves=bid me to live 나에게 살라고 명령하면→protestants 개신교도 ☞ Robert Herrick(1591-1674)의 'To Anthea, Who May Command Him Anything' in *Hesperides*: "Bid me to live, and I will live/Thy Protestant to be(나에게 살라고 명령하면 나는 살지니/당신의 개신교 신자가 되리라)"

* sinduced→sinfully seduced=corrupted 죄에 유혹된, 타락한 ☞ Protestants(Orange) seduced to sin by Catholics(Green)→HCE(Protestant) is seduced by ALP(Catholic) 개신교(주황색)가 가톨릭(녹색)에 의해 죄에 유혹됨→HCE(개신교)가 ALP(가톨릭)에 유혹됨의 비유

* tegotetabsolvers→egosetabsolvers=ego te absolvo: 라틴어로 '나는 당신을 용서합니다' 즉 가톨릭 교회의 고해 의식에서 유래. 따라서 tegotetabsolvers는 가톨릭교도를 지칭함. bidimetoloves(개신교도)와 대조되는 표현.

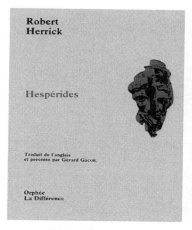

• Hesperides -amazon

• Ego Te Absolvo -amazon

| 004:10 | solvers! What true feeling for their's hayair with what strawng |
|---|---|
| | 동생 야곱의 그럴듯한 거짓 목소리와 그들 두 형제간의 털에 대해 |

* their's hayair→The heir's hair=Esau's(or Jacob's) hair에서 혹은 야곱의 털: 야곱은 팔에 염소 가죽을 감싸고 털 많은 형인 것처럼 속임 ☞ hay and straw=Hayfoot and Strawfoot=left-foot and right-foot(미국 독립전쟁[남북전쟁]때 오른쪽과 왼쪽을 구별하지 못하는 신병들의 왼발에 건초를 묶고 오른발에 짚을 묶어 'hayfoot! strawfoot!'하며 행진 간 구령을 붙인 데서 유래) ☞ Hayfoot와 Strawfoot는 서로 적대적인 형제: Campbell&Robinson *Skeleton Key to Finnegans Wake*

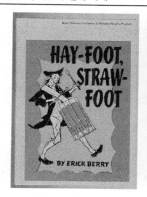

• Hayfoot Strawfoot -eBay

• Esau and Jacob -wikipedia

* strawng=① straw 짚↔hay 건초 ② strong 그럴듯한

* strawng voice of false jiccup→false voice of jiccup→false voice of ja→false voice of haycup 야곱의 거짓 음성: 나이 들어 눈이 먼 아버지 이삭에게 자기가 에서(쌍둥이 형)라고 속이고 장자의 권한과 축복을 부정하게 차지한다

| 004:11 | voice of false jiccup! O here here how hoth sprowled met the |
|---|---|
| | 얼마나 진심인가! 하지만 오 여기 음행의 아버지가 죽어 누워있구나. |

* jiccup→Jacob(야곱)+hiccup(딸꾹질)=야곱의 죄책감을 표시: 남의 '발뒤꿈치'를 잡으며, 즉 '속이며' 살아가는 야곱 ☞ The voice is Jacob's voice, but the hands are the hands of Esau《창세기 27장 22절》: Esau's hairy arms and Jacob's voice에서 Esau의 털 많은 손과 Jacob('발뒤꿈치'라는 뜻)의 목소리
* O here here→And O here→But O here 하지만 오 여기; 여기요 이봐요(남의 관심을 끌고자 할 때) ☞ Hear! Hear!(특히 연설 중에 맞장구치며) 옳소! 옳소!
* how hoth→how has ☞ H-H-Howth: 말을 더듬거리며 내뱉는 Howth 발음→HCE는 죄책감에 말을 더듬는다
* sprowled→sprawled=lay with limbs spread out 팔다리를 쭉 뻗고 눕다 ☞ 가령 sprawled body는 잠 또는 죽음을 암시
* met with duskt=bit the dust(먼지를 입에 물다)=died(죽다)

| 004:12 | duskt the father of fomicationists but, (O my shining stars and |
|---|---|
| | (오 나의 반짝이는 별과 육신이여!) |

* father of fornicationists→father of fornicationers→father of fornications 음행淫行의 아버지 ☞ Adam: All humans are a brood of fornicators(모든 인간은 간음자들의 무리이다)
* O my shining stars and body! 오 나의 빛나는 별과 육체여!→oh my stars and garters! 아이쿠 깜짝이야! ☞ Aleister Crowley(1875~1947)는 *Liber al vel legis*(1909)에서 'Every man and every woman is a star(모든 남자와 여자는 하나의 별과 같은 존재이다)'라고 말함

| 004:13 | body!) how hath fanespanned most high heaven the skysign of |
|---|---|
| | 피할 수 없는 운명의 징조인 듯 구애의 다리는 어떻게 하늘 높이 가로질러 |

* how hath→how has
* fane: ① flag[weathercock] 깃발[바람개비] ② temple 사원
* fanespanned most high heaven→fanespanned in most high heaven의 오류일 가능성이 높음 ☞ 'My right hand hath spanned the heavens'《이사야 48장 13절》 '내 오른손이 하늘에 폈도다[가로질렀도다]'
* most high heaven: ① in most high heaven 가장 높은 하늘에서 ② MOCT(most)〔러시아어〕=bridge 다리
* skysign: ① celestial sign[portent] 하늘의 신호[징조], sign of impending(and unavoidable) doom 임박한 (그리고 피할 수 없는) 운명의 징조 ② a message[advertisement] written in the sky 공중[옥상] 광고

| 004:14 | soft advertisement! But waz iz? Iseut? Ere were sewers? The oaks |
|---|---|
| | 놓여있는 것인가! 무슨 일이에요? 이졸드? 당신 틀림없어요? 그 옛날의 참나무는 |

* soft advertisement: ① courting as a form of advertisement (통고[통지]의 한 형태로서의) 구애求愛→『트리스탄과 이졸드』이야기【003:04】 ② adverterte〔라틴어〕=turn toward (사랑의 감정처럼) ~로 향하다

* waz iz?→was ist?=what's the matter? 무슨 일이에요? ☞ waz iz? Iseut?→'Was ist? Isolde?'='What's wrong? Isolde?'(Wagner의 *Tristan und Isolde*에서 Tristan이 부르는 노래의 첫 소절)'
* Ere were sewers?→Ere we sure? 확실한가요?(Are we sure?)

| 004:15 | of ald now they lie in peat yet elms leap where askes lay. Phall if |
|---|---|
| | 이제 토탄 속에 묻혀있고 잿더미에서는 느릅나무가 돋아난다. 만약 추락하더라도, |

* Ask and Embla -Malevus

* ald: ① old→of old 옛날 ② eld=old age 노년[만년]
* peat 토탄土炭, 이탄泥炭 ☞ lie in peat=lie in peace 편히 잠들다
* elms leap where askes lay→elms leap where ashes lay 느릅나무는 재가 쌓인 곳에서 솟는다 ☞ elms...askes→Adam...Eve→HCE...ALP: 북유럽신화(Norse Mythology)에서 물푸레나무(Ask=ash tree)는 최초의 남자로, 느릅나무(Embla=elm tree)는 최초의 여자로 나온다
* askes=ashes(재)+oaks(오크나무)
* Phall: ① phallos[그리스어]=phallus=penis 남근男根 ② fall 넘어지다, 추락하다 ☞ 'If fall I must, my tomb shall rise, amidst the fame of future times' (Macpherson 『Fingal』): 만약 내가 넘어져야 한다면, 내 무덤은 미래 시대의 명예 속에서 일어설 것이다 ☞ 'If fall I must in the field, raise high my grave' and 'Fall I may! but raise my tomb'(Macpherson 『Carric-Thura』): "만약 내가 들판에서 넘어져야 한다면 내 무덤은 높여라." 그리고 "나는 넘어지겠지만 내 무덤은 높여라."

| 004:16 | you but will, rise you must: and none so soon either shall the |
|---|---|
| | 당신은 다시 일어나야만 한다: 금방이라도 추락할 일은 없을 전혀 터이니 |

* rise=resurrection 부활 ☞ rise=erection(=sexual stimulation of the penis) 발기勃起 ☞ Rise and Fall(흥망성쇠): ① temptation and redemption(유혹과 구원)=childbirth(출산): Mankind rises from the fall of Adam and Eve(인류는 아담과 이브의 타락에서 비롯한다) ② Vico's cycle of history(비코의 역사순환론)→If an individual or society falls, it will rise again in order to fall once more(만약 개인이나 사회가 넘어지면 한 번 더 넘어지기 위해 또다시 일어설 것이다)
* none so soon either shall the→till never-never may our 어느 쪽도 그렇게 빠른 것은 아닐 것이다

| 004:17 | pharce for the nunce come to a setdown secular phoenish. |
|---|---|
| | 지금 당장 어둠의 잿더미에서 솟아오르는 불멸의 새가 될 것이다. |

* pharce→phare=lighthouse 등대; phall=fall 추락[몰락] ☞ Pharos: ① light-house at Alexandria(알렉산드리아의 등대) ② Baily Lighthouse on Howth Head(호우드 헤드의 베일리 등대) ③ HCE's bright red nose, sticking up above the flagpatch quilt【559:13】 as he lies abed, resembles a light-house

beacon(HCE가 침대에 누워있을 때 깃발 조각 이불 위로 불쑥 튀어나온 그의 선홍색의 코는 등대 표지 같다)

* nunce→nonce=present: for the nunce=for the time being 잠시[지금 당장]
* set ① (이집트 신화의) 어둠과 혼돈의 신  ② set down 기록하다, 내려놓다
* secular 몇천 년이나 계속되는[극히 오랜], 불후의
* phoenish=finish 마치다 ☞ phoenish→Phoenix=ben-nu(Egyptian Myth)베누(잿더미에서 솟아오르는 이집트 신화 속의 새: 삶과 수면 주기, 부활과 각성의 주제와 연결됨) ☞ come to a setdown secular phoenish 쇠퇴하다

• The Baily Lighthouse and Dublin Bay
-anotherpartoftown

| 004:18 | Bygmester Finnegan, of the Stuttering Hand, freemen's mau- |
| | 흔들거리는 손이자 자유로운 벽돌 운반공인 건축기사 피네간은 |

* bygmester〔덴마크어〕=master builder 우두머리 목수[도편수]→Bygmester Solness: 헨릭 입센의 *Master Builder* 마지막 장면에서 동명 캐릭터인 Halvard Solness가 탑 꼭대기에 오르다가 추락해 죽는다 ☞ bug-master=Earwicker[insect/incest] 이어위커[곤충/근친상간]
* stutter=stammer 더듬거리며 말하다 ☞ HCE의 말더듬거림은 그의 죄책감을 표시; 루이스 캐롤(Lewis Carroll)과 파넬(Charles Stewart Parnell)은 말을 더듬거림; 모세(Moses)는 말이 더디고 혀가 느렸다《출애굽기 4장 10절》
* The Stuttering Hand 흔들거리는 손(공공 주택의 이름): HCE는 공공 주택의 집주인 ☞ 술은 통제할 수 없는 손떨림 또는 말더듬거림을 유발: 민요 <Finnegan's Wake>에서 술은 Tim Finnegan의 추락과 부활의 원인으로 작용
* freemen's maurer: ① freemen 자유인[시민]  ② maurer〔독일어〕=mason 벽돌공, 석수(石手) ☞ Freemen's maurer→Freeman's Marker=Freeman's Stone 딘가(Dean Street)와 패트릭가(Patrick Street)의 교차점에 세워진 더블린 경계 표시기(1530년대)

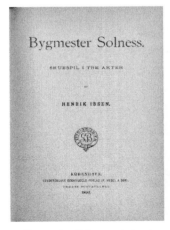

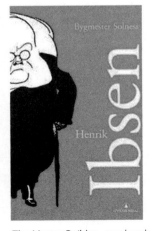

• Bygmester Solness -abebooks    • The Master Builder -goodreads

| 004:19 | rer, lived in the broadest way immarginable in his rushlit toofar- |
|---|---|
| | 희미한 불빛의 뒷방 2개가 있는 집과 인접한 토지 그리고 건물 등 상상할 수 없이 |

* Bygmester Finnegan~lived in the broadest way→Tim Finnegan lived in Walker[Walkin'] Street: 민요 <Finnegan's Wake>의 가사
* immarginable=unimaginable 상상할 수 없는 ☞ broadest way immargin-able 상상할 수 없는 가장 넓은 방법[길]
* rushlit→rushlight=rush-candle ① 골풀 양초 ② 희미한 불빛 ③ 하찮은 사람 ④ 〔속어〕술
* farback〔더블린 속어〕두 개의 뒷방이 있는 집

| 004:20 | back for messuages before joshuan judges had given us numbers |
|---|---|
| | 넓은 곳에서 살았다. 여호수아서와 사사기가 민수기를 건네주기 이전이거나 |

* messuage 주거용 주택과 인접한 토지[건물] ☞ toofarback for messuages→two-pair-back and passages 공동주택 2층 뒤쪽에 방 1개와 입구가 있는 집
* Joshuan: ① Joshua 여호수아(모세의 후계자)→숀(Shaun) ② (구약성서의) 여호수아서: 여호수아-사사 옷니엘 시대(B.C.1406~1327) 기록, 가나안 정착에 따른 교훈과 지도자의 죽음(22~24장)
* Judges (구약성서의) 사사기士師記: 이스라엘의 왕정 초기(B.C.1050~1000) 기록, 이스라엘의 타락과 사사의 등장(2장)
* Numbers (구약성서의) 민수기民數記: 모세 말년(B.C.1445~1406)에 기록, 38년간의 광야 방황(10:11~25장)

| 004:21 | or Helviticus committed deuteronomy (one yeastyday he sternely |
|---|---|
| | 또는 엘베시우스가 신명기를 수용하기 이전에(어느 종교 축제일에 그는 엄숙하게 |

* Helviticus→Claude Adrien Helvetius(1715~1771) 클로드 아드리앵 엘베시우스(프랑스의 자유사상가이자 쾌락주의자) ☞ Helveticus〔라틴어〕 =Swiss: Issy는 HCE의 선술집 지붕창(dormer)을 방으로 쓰고 있는데, 경사진 지붕(pitched roof) 아래 그녀 방은 스위스의 알프스를 연상시킴 ☞ Helvetic Confessions→헬베시아(현 스위스) 종교개혁자들의 신조: Zwingli의 교설 중심+칼빈 교설 중심

* Claude Adrien Helvetius
-Wikipedia

* Deuteronomy (구약성서의) 신명기申命記: 40년간의 광야 방랑이 끝나는 때(B.C.1406) 기록, 축복과 저주(27장~30장) ☞ 구약성서의 모세 5경(Pentateuch): Genesis(창세기), Exodus(출애굽기), Leviticus(레위기), Numbers(민수기), Deuteronomy(신명기)
* yeastyday→feast-day(종교 축제일)+yesterday(어제)+yeast(효모: 정신적 발효를 촉진하는 자극) ☞ yeasty day→bacchanalia 고대 로마에서 술의 신 바쿠스(그리스신화의 디오니소스)를 기리던 축제
* sternely→sternly 엄격[엄숙]하게 ☞ sterne〔독일어〕=star→Jonathan Swift의 2 여인: Esther Johnson(애칭은 Stella[star])와 Esther Vanhomrigh(애칭은 Vanessa[Venus])

| 004:22 | struxk his tete in a tub for to watsch the future of his fates but ere |
|---|---|
| | 머리를 욕조 속에 집어넣었는데 그건 자신의 운명의 앞날을 살피기 위함이었다. 하지만 |

* struxk→stick(끼르다, 박다)의 과거 형태 ☞ Styx 삼도천三途川: 지하 망령 세계를 7둘레 감으며 흐르고 있다는 강→황천 세계로 들어가는 망령들은 사공 카론(Charon)이 건네주는 배를 타고 이 강을 건너간다고 함
* tête〔프랑스어〕=head: struxk his tete in a tub→plunges his head in a tub 욕조 속에 자신의 머리를 집어넣다 ☞ 영국 작가 Joseph Addison(1672-1719)이 창간한 『The Spectator』의 Turkish Tales에 어떤 군주(sultan)가 물이 담긴 욕조 속에 머리를 집어넣었다가 다시 꺼낸 순간 낯선 땅에서 스스로 생계를 꾸려야 하는 자신을 발견하고 새로운 삶을 시작했다는 이야기가 있다 ☞ A Tale of the Tub(터무니없는 이야기)은 종교적 극단주의를 풍자한 스위프트(Jonathan Swift)의 우화집
* watsch→waschen(독일어)=wash; watch
* the future of his fates(운명의 미래)→the features of his face(얼굴의 특징)
* ere→air(공기); Eire(아일랜드); before(이전에)

| 004:23 | he swiftly stook it out again, by the might of moses, the very wat- |
|---|---|
| | 다시 재빨리 머리를 꺼내기도 전에, 모세의 능력에 의해, 욕조의 물은 |

* swiftly=quickly ☞ swift→Jonathan Swift
* stook→took(잡다); stuck(박히다); stook(볏짚을 머리를 맞대고 밭에 세워 말리다) ☞ stook→mistook=saw it wrong 오해하다
* Moses 모세(이스라엘의 창건자자) ☞ '모세'라는 이름은 '물에서 건져냈다'라는 뜻의 이집트어 māsâ와 '태어났다'라는 뜻의 mes가 합성된 것

| 004:24 | er was eviparated and all the guennesses had met their exodus so |
|---|---|
| | 증발해버렸고 기네스경 일당은 모두 의회에서 축출되었다. 그래서 |

* eviparated→evaporated: evaporate 증발하다 ☞ 홍해(Red Sea)가 갈라질(separated) 때 모세는 물을 증발시켰다(evaporated)《출애굽기 14장》
* guennesses→Guinness 기네스(더블린 소재 St. James's Gate 양조장의 아서 기네스(Arthur Guinness)로부터 유래한 아일랜드 흑맥주) ☞ Genesis 창세기(구약성서의 첫 권으로 '모세 5서' 또는 '율법서'라고 불리는 5권의 제1서) ☞ 【272.22~27】: 1880년 4월 5일 총선에서 아서 기네스 경(Sir Arthur Guinness)과 제임스 스털링(James Stirling)은 자유당 후보인 모리스 브룩스(Maurice Brookes)와 로버트 다이어 라이언스 박사(Dr Robert D. Lyons)에 의해 의회에서 축출된다(met their exodus). Joyce의 부친은 당시 더블린의 United Liberal Club의 비서.
* met their exodus: ① made their exit 그들의 출구를 만들다 ② met their maker 조물주에게로 돌아가다(=죽다)→Finnegan's death(피네간의 죽음)
* all the guennesses had met their exodus=all the Guinnesses had exited(모든 기네스인들이 빠져나갔다) ☞ all the geese had made their exodus: 1691년 이후 100년 동안 200만 명에 달하는 아일랜드인들이 'Wild Geese'라는 이름으로 외국 군대에 합류하기 위해 아일랜드를 떠났으며, 이 기간 동안 프랑스만을 위해 싸우다가 50만 명이 목숨을 잃었다

• Sir A. Guinness –Biography

• The Wild Geese

| 004:25 | that ought to show you what a pentschanjeuchy chap he was!) |
| | 그가 얼마나 알코올에 중독된 사내인지 보여주어야 했다!) |

* pentschanjeuchy: ① Punch and Judy Show(줄에 매단 인형을 이용하여 아내인 주디와 늘 싸우는 펀치에 대한 이야기를 들려주는 영국의 전통 풍자 인형극) ☞ penchant for juice=alcoholic 알코올중독자→With the love of the liquor he was born:(Finnegan's Wake) ☞ 긴 매부리코를 가진 Punch는 HCE처럼 곱추이다 ☞ Judy는 유대인이면서 매춘부이다 ② Punch and Judy(HCE는 성미가 급한 편이고, 머리를 물속에 담그면 증발하고 만다) ☞ moody→muddy(모세가 건너던 홍해의 바닥처럼 진흙탕인)→muddy chap 진흙투성이 사내 ③ Jean-Jeudi[프랑스어]=penis 페니스 ④ Pentateuch 모세 5경(구약성서의 맨 앞의 5권: 창세기·출애굽기·레위기·민수기·신명기)
* chap: ① chapter 성서의 짧은 구절 ② chaplain 사제[목사] ③ chap=red, sore skin 빨갛고 따가운 피부 ☞ chap 사내, 놈

• Punch and Judy Show -wikipedia

• Hod Carrier -buffaloah

| 004:26 | and during mighty odd years this man of hod, cement and edi- |
| | 아주 여러 해 동안 이 벽돌 운반공은 |

* mighty odd years→many long years 아주 여러 해[오랜] 동안 ☞ eighty-odd years 80대(81~89세)
* hod 벽돌 통(벽돌·모르타르 등을 담아 어깨에 받쳐 나르는 긴 자루가 달린 V자꼴 나무통)
* hod, cement, and edifices→HCE(즉 도시의 건설 노동자: 벽돌 운반공)

* man of hod 《신명기 33장 3절》→하나님의 사람, 모세(Moses, the man of God)

| 004:27 | fices in Toper's Thorp piled buildung supra buildung pon the |
|---|---|
| | 마지막 작업으로 더블린의 리피강 제방 위에 |

* Toper=heavy drinker, alcoholic 술고래, 알코올중독자
* Thorp〔고대 영어〕=village[hamlet] 마을[작은 촌락] ☞ Toper's Thorp→Dublin
* piled=made 만들다
* buildung=building[edifice] 건물[건축물] ☞ build+dung=creation(창작)+waste(훼손)=generation(생성)+destruction(파괴)
* piled buildung→HCE의 선술집 뒤뜰에 쌓여있는 쓰레기 더미(kitchen midden), 즉 쓰레기장(rubbish tip)
* supra〔라틴어〕=above ~보다 위에, ~을 넘어
* pon=upon ~의 위에

| 004:28 | banks for the livers by the Soangso. He addle liddle phifie Annie |
|---|---|
| | 건물을 올리고 또 올렸다. 그에겐 어린 아내가 있었다. 그리고 그는 |

* banks 강둑[제방]
* livers=dwellers, people who are alive 거주자, 살아있는 사람들 ☞ livers: ① Liffey=리피강 ② Livia=ALP ③ liver 간(술 때문에 손상된 장기)
* Soangso→Hwang Ho=The Yellow Sea 황하(黃河) ☞ so-and-so 아무개, 무엇무엇 ☞ swansong 백조의 노래(화가·음악가 등의 마지막 작품. 배우·운동선수 등의 마지막 연기·기량 발휘.)
* addle liddle phifie→had a little wife(어린 아내가 있었다)=ALP(Anna Livia Plurabelle) ☞ Alice Pleasance Liddell(1852-1934): 루이스 캐롤(Lewis Carroll)의 『이상한 나라의 앨리스(Alice's Adventures in Wonderland)』에 영감을 준 소녀
* Annie: ① Anna Livia Plurabelle=ALP ② Annie Liffey: 리피강의 의인화 표현 ③ And he

• Alice in Wonderland -phaeog

• Alice Liddell -Walmart

| 004:29 | ugged the little craythur. Wither hayre in bonds tuck up your part |
|---|---|
|  | 어린 아내를 사랑했다. 손에 쥐어진 흰 머리카락으로 그녀를 감아 쌌다. |

* ugged=hugged ☞ Dublin embraces the River Liffey→HCE embraces ALP ☞ hugged=embraced→he loved her
* craythur: ① Irish whiskey 아일랜드 위스키(특히 집에서 불법적으로 주조한) ② creature 피조물, 생물: 아일랜드 일부 지역에서 craythur 이 creature로 발음된 데서 ☞ ugged...craythur→hugged little creature(=penis) 작은 피조물(페니스)을 꼭 껴안다
* Wither: ① decay 쇠퇴하다 ② white hair 흰 머리카락 ☞ Wither hayre in bonds→Whether a hare or a hound(토끼인지 사냥개인지)
* hayre(=hay 건초) in bonds→hair in hands 손에 쥐어진 머리카락
* tuck up your part in her: ① tuck up your partner in bed 침대에서 상대의 이불을 덮어주다 ② stuck up your part in her→fucked her 그녀와 성교하다【019:01】 ☞ tuck up 감아 싸다

• Crythur [Irish Whiskey]

| 004:30 | inher. Oftwhile balbulous, mithre ahead, with goodly trowel in |
|---|---|
|  | 자주 술에 취하고 말을 더듬으며, 머리에는 모자를 쓰고, 손에는 멋진 흙손을 움켜쥔 채 |

* oftwhile→ofttimes=often 자주, 흔히
* balbulous=stammering[stuttering] 말을 더듬는→『경야의 서』에서 HCE의 말더듬거림은 그의 죄를 나타낸다 ☞ Balbus=a Roman who built a wall 벽을 쌓은 로마인 ☞ bibulous 술을 지나치게 좋아하는, 독한 술에 중독된
* mithre: ① mithra(페르시아 신화의) 미트라(빛과 진리의 신) ② mitre 미트라(주교가 의식 때 쓰는 모자)
* goodly trowel 훌륭한 흙손

• mithra –Wikimedia Commons

• mitre

| 004:31 | grasp and ivoroiled overalls which he habitacularly fondseed, like |
|---|---|
|  | 그리고 그가 습관적으로 즐겨 입는 상아 기름칠 된 멜빵바지 차림으로, 마치 |

* ivoroiled→ivory oiled 상아 기름칠 된
* overalls=trousers (작업용) 멜빵바지; condom 콘돔

* habitacularly=habitually 습관적으로
* fondseed: ① fancied 마음에 드는 ② fond of seed 정액 ③ foolish 어리석은 ☞ fond of seed=-favorite child 가장 좋아하는 아이

| | |
|---|---|
| 004:32 | Haroun Childeric Eggeberth he would caligulate by multiplicab- |
| | HCE처럼 그는 높이를 곱하여 산출하고 |

* Haroun Childeric Eggeberth: HCE ☞ Haroun-al-Rashid→『천일야화(The Book of One thousand and One Nights)』에서 바그다드의 칼리프 국왕 ☞ Heron of Alexandria 1세기의 공학자(engineer)이자 기하학자(geometer)→이 페이지에서 그는 삼각형의 면적을 결정하는 공식을 포함하여 수학과 기하학 분야에서 획기적 전환점을 마련한다
* Childeric Ⅰ, Ⅱ, Ⅲ→프랑코족 메로빙거(Frankish Merovingian) 왕들 ☞ Haroun Childeric=Childe Harold(바이런의 장편서사시 'Childe Harold's Pilgrimage'의 염세적인[세상에 질려버린] 주인공)
* H.C.E. Childers→HCE 칠더스(19세기 영국 정치가 Hugh Culling Eardley Childers): 그의 닉네임은 'Here Comes Everybody'【032:18~19】
* Eggeberth→Egbert 에그버트(영국 최초의 왕) ☞ egg-birth: ① egg→Humpty Dumpty→egg-birth(birth=-fall): 험프티 덤프티의 추락 ② female reproduc-tive power 여성의 생식력
* caligulate by multiplicables the alltitude=calculate by multiplication the altitude 높이를 곱하여 산출하다 ☞ Caligula 칼리굴라 황제(로마의 황제였으나 포학과 낭비로 미움을 사는 바람에 암살됨): Boulogne에 등대를 세움

• H.C.E. Childers -NYPL

• Caligula -WellcomeCollection

| | |
|---|---|
| 004:33 | les the alltitude and malltitude until he seesaw by neatlight of the |
| | 계획하곤 했다. 그는 쌍둥이가 태어난 곳을 깨끗한 술 빛깔의 |

* alltitude: ① altitude 높이, 고도高度 ② alltitude=collective, social attitude 집단적, 사회적 태도
* malltitude: ① multitude 다수[군중] ② bad attitude 나쁜 태도
* seesaw: ① until he seesaw→He would see ② seesawed: swayed back and forth 앞뒤로 흔들거렸다→went up and down(a ladder like a bricklayer) (벽돌공처럼 사다리를) 아래위로 오르내렸다 ☞ see-saw:

현재(see)와 과거(saw)를 보다(아마도 죽음의 순간→그의 운명의 미래)
* by the light of the liquor→by neatlight of the liquor 깨끗한 술 빛깔 ☞ neatlight: nightlight 야간 조명→① HCE 침실의 램프 ② 꿈 ③ 등대

| 004:34 | liquor wheretwin 'twas born, his roundhead staple of other days |
| --- | --- |
| | 벽돌로 스스로 지탱하게끔 왕년에 쌓아 올린 자신의 건축물을 |

* wheretwin 'twas born→where twin was born 쌍둥이가 태어난 곳→Vico 역사 발전의 1번째 단계 ☞ where twin→Shem and Shaun(HCE와 ALP사이의 쌍둥이 아들)

Roundheads
☞ Puritans and people who supported parliament

• Roundheads -Slidserve

* roundhead 원두圓頭 당원(1642년~1651년 내란 당시 의회(Parliament)와 올리버 크롬웰(Oliver Cromwell)을 지지하는 한편 왕당파(Cavaliers)와 찰스 1세(Charles I)에 대항해서 머리를 짧게 깎았던 청교도·의회파의 별명)
* roundhead staple: ① Round Table Conferences 1930~1933 인도의 헌법 개혁을 논의하기 위해 런던에서 개최된 일련의 회의 ② round table of Arthurian legend 아더왕 전설 속의 원탁圓卓 ☞ roundhead→egghead(대머리)=Humpty Dumpty(험프티 덤프티) ☞ roundhead(둥근 머리 나사)와 staple(쇠못)→건축 장비(building trade)→건축업: staple=tall tower 첨탑

| 004:35 | to rise in undress maisonry upstanded (joygrantit!), a waalworth |
| --- | --- |
| | 바라보곤 했다(경이적인 기쁨 인정!), 아주 엄청난 |

* undress 장식을 없애다→'The earliest buildings were made without cement, and with undressed masonry(초창기 건물들은 시멘트를 쓰지 않고 벽돌만 사용했다)': J.M. Flood *Ireland: Its Saints and Scholars*
* maisonry: ① masonry=brickwork 벽돌로 만든 것 ② maison[프랑스어]=house 집 ③ masonry=Freemasons
* upstand: ① rise on itself 스스로 지탱하다
* joygrantit→gargantuan=prodigious 엄청난[경이적인]
* waalworth→Woolworth Building 프랭크 울워스(Frank Woolworth: 1852~1919)가 의뢰한 뉴욕시의 마천루 ☞ 뉴욕의 마천루를 짓는 데 Tim Finnegan이 도움을 준 것으로 전해지고 있다 ☞ Woolworth 영국의 저가 매장 체인(당시 보수 언론으로부터 소비를 조장하고 여성을 퇴폐시킨다며 비난받음) ☞ Wal-worth Road 더블린의 유대교 예배당(지금은 유대인 박물관)

• Frank Winfield Woolworth -Wikimedia Commons

| 004:36 | of a skyerscape of most eyeful hoyth entowerly, erigenating from |
| --- | --- |
| | 높이의 뉴욕시 마천루, 거의 무에서 유를 만들어낸 것이나 다름없이 건축된 |

* skyerscape→skyscraper 마천루
* of most eyeful hoyth entowerly→awful height entirely 아주 엄청난 높이의

* eyeful=visually attractive 남의 눈길을 끄는 사람[것]; awful 엄청난, 굉장한
* hoyth→height=the quality of being high 고도高度 ☞ hoyth→Howth=Hill of Howth 호우드 언덕
* erigenating→originating 유래[기원] ☞ erigenating=originating in Ireland 아일랜드 태생의→Er-in=Ireland ☞ erigere[라틴어]=eriger[프랑스어]=erect세우다→erogenating=erogenous 성욕을 자극하는

• Woolworth Building in New York –en.wikipedia.org

| 005:01 | next to nothing and celescalating the himals and all, hierarchitec- |
|---|---|
| | 하늘까지 닿을 듯 우뚝 솟은 건물, 거룩한 건축가의 |

* next to nothing 없는 것과 다름없는 →yesh m'ayin[히브리어]=something from nothing 무(無)로부터의 유(有) ☞ 'I made [U] out of next to nothing. Work in Progress [i.e. FW] I am making out of nothing.(나는 [Ulysses]를 거의 무에서 만들었다. '진행 중인 작업[Finnegans Wake]'도 무에서 만들고 있다.)': Joyce가 Jacques Mercanton에게 언급한 표현

• Jacob's Ladder –myjewishlearning

* celescalating→escalating 상승[하강]하다, 규모나 강도가 급격히 증가하다 ☞ celestial+escalating=escalating to heavens(하늘까지 닿는 사다리; 천사들이 그 사다리를 오르내리는 것이 보였다고 함)→야곱의 사다리(Jacob's Ladder)《창세기 28장》→Jacob's letter-crackers【026:30】
* himals→Himalayas 히말라야산맥(불교와 밀교 그리고 신지학적 서사의 중심지)→Himmel[독일어]=heavens 하늘
* hierarchitectitiptitoploftical→hieros(거룩한, 신성한)+architect(건축가, 설계자)+tiptop(최고의, 정상의)+toploftical(거만한, 오만한) ☞ hierarchy=ruling body of church 교회의 통치체: 이 단락은 Vico의 역사 발전 3단계 중 신의 시대(Age of Gods)에 해당함

| 005:02 | titiptitoploftical, with a burning bush abob off its baubletop and |
|---|---|
| | 최고로 오만한 건축물, 겉만 번지르르한 탑 꼭대기에는 화환 모양의 조각이 얹혀있고 |

* burning bush 모세(Moses)가 보았다는, 불꽃만 일고 타지는 않는 가시덤불《출애굽기 3장 2절》 ☞
bush→① 입센(Henrik Ibsen)의 희곡『Bygmester Solness(The Master Builder)』에서처럼 새로 지은 탑 꼭대기에 관례적으로 놓는 화환(wreath)또는 화환 모양의 조각 ② 술집 간판 ☞ burning bush: ① HCE's rednose(HCE의 빨간 코) ② bedside lamp 침대 머리맡 램프 ③ lighthouse beacon 등대 표지→arclight【003:13】→pharce【004:17】→caligulate【004:32】
* abob off=above(~보다 위에)→bob: ① 다림줄의 추(錘) ② 머리 묶음
* baubletop→Tower of Babel 바벨탑《창세기 11장》

| 005:03 | with larrons o'toolers clittering up and tombles a'buckets clotter- |
|---|---|
| | 길을 재촉하는 노동자들의 발걸음 소리 높아지고, 다수의 어수선한 무리들이 |

* larrons o'toolers→lashings of toilers=lots of workers 많은 노동자들→tooler=worker with a tool ☞ Saint Laurence O'Tooler 더블린 대주교이자 수호성인(1161~1180)
* clittering: ① clittering 발걸음 재촉하는 소리 ② chattering 수다스럽게 지껄이는 소리 ③ glittering 번지르르한
* tombles a'buckets: ① tumbles 토마스 베켓의 몰락[암살]→추락[혼란] ② trembles 떨림[전율] ③ of buckets

| 005:04 | ing down. |
|---|---|
| | 떠들썩하다. |

* with larrons o'toolers clittering up and tombles a'buckets clottering down→As Lawrence O'Toole was rising to power in Ireland, Thomas a'Becket was falling from King Henry's grace in England(로렌스 오툴이 아일랜드에서 권좌에 오를 때, 토마스 베켓은 영국에서 헨리 왕의 신임을 잃었다)→하늘에서 내려온 천사들이 사다리를 타고 다시 하늘로 올라가는 야곱의 꿈 ☞ clottering→① clattering 떠들썩한 소리 ② cluttering 혼란

| 005:05 | Of the first was he to bare arms and a name: Wassaily Boos- |
|---|---|
| | 첫 번째로 그는 문장紋章과 명성을 지닌 인물 ― 술 마시기 내기를 벌이는 거대한 몸집의 |

* of the first: 문장紋章의 첫 번째 특색을 지칭하는 문장학적紋章學的 용어 ☞ 이 단락은 문장紋章의 언어를 특징으로 하는 Vico의 두 번째 시대에 해당한다
* bare arms (육체노동을 하는 프롤레타리아의) 소매를 걷은 맨팔→arms 더블린시의 문장
* the first to bear arms and name: W...B...문장紋章과 명성을 지닌 최초의 인물(W.B.예이츠는 아일랜드 문예부흥(Irish Renaissance)의 선도자이자 가장 중요한 인물이었다) ☞ '[Adam] was the first that ever bore arms' [아담]은 수족手足을 거느린 최초의 사람이었다《햄릿(5.1.29)》
* Wassaily Booslaeugh→W.B. Yeats→W. B. Murphy Ulysses(579:35): 예이츠는 어쩌면 술을 마시지도 웃지도 않는 쓸쓸한 인물이었을 것이다→① wassail=drinking bout 주연酒宴 ② buslai〔러시아

어)=drunkard 술고래

| 005:06 | laeugh of Riesengeborg. His crest of huroldry, in vert with |
|---|---|
| | 모주꾼이었다. 그의 문장에는 투구 장식, 관목을 자를 권리를 지닌 |

* Wassaily Booslaeugh of Riesengeborg→Wassaily Booslaeugh=Vasily Bus-layev 바실리 부슬라
예프(이상적인 젊고 무한한 기량을 대표하는 Novgorod 영웅. 바실리라는 이름을 지닌 민속 문학의 가장 유명한 캐릭터 중 하나.)
* Riesengeborg→Sudetic Mountains='Giants' Mountains→Riesen〔독일어〕=giants 거인
* crest(방패꼴 바탕 무늬의) 문장紋章의 투구 장식
* huroldry→Heraldry 문장학紋章學: 문장紋章의 기원·구성·구도·색채의 상징 등을 연구하는 학문.
그 기원은 전투나 마상馬上 시합에서 참가자를 구별하고 그들이 휴대하거나 방패에 칠한 다양한 장
치를 설명할 필요성에서 생겨났다. Vico의 역사철학에서 문장紋章은 두 번째 Viconian 시대인 Age
of Heroes의 특징적인 언어를 구성했다.
* vert: ① 〔프랑스어〕초록빛 ② 문장紋章의 녹색 ③ 숲의 나무를 벌목하거나 관목灌木을 자를 권리

• Vasily Buslayev -wikimedia

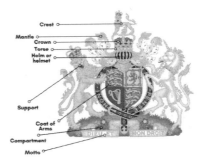
• Crest of Heraldry -wehavekids

| 005:07 | ancillars, troublant, argent, a hegoak, poursuivant, horrid, horned. |
|---|---|
| | 하녀, 문제가 많은 탄원자, 방패의 흰 바탕, 숫염소, 문장원의 직원, 무서운 뿔이 있다. |

* ancillars→ancillary: ① 보조의 ② 하녀〔시녀〕 ③ 다른 것을 보완하는
것 ☞ ancilla〔라틴어〕=handmaiden 하녀→더블린시 문장(紋章)에는
두 하녀가 있다 ☞ Howth 백작의 문장은 벌거벗은 인어(Sirène)와 거
울에 반사된 모습을 묘사
* troublant: ① troubling[disturbing] 곤란하게 하는[방해하는] ② 문제가
많은 탄원자 ☞ trippant 문장(紋章)에 사슴 따위가 걸어가는 모습으로
표현된
* argent 문장(紋章)에서 방패의 흰 바탕, 은빛, 순백
* hegoak→he-goat=billy-goat 숫염소 ☞ 악마의 미사(Black Mass)에서
악마 숭배자가 입는 검은 옷에 숫염소 그림이 있다
* poursuivant[pursuivant]=officer of the College of Arms 계보 문장원
(系譜紋章院)의 직원

THE HOUSE BY THE
CHURCHYARD
JOSEPH SHERIDAN LE FANU

• The House by the Churchyard
-ebay

* horrid=bristling 무시무시한→털이 뻣뻣한
* horned=cuckold 부정不貞한 여자의 남편→cuckolded 오쟁이 진 ☞ horrid horn〔앵글로-아일랜드어〕=a fool 바보

| 005:08 | His scutschum fessed, with archers strung, helio, of the second. |
|---|---|
| | 두 번째로 문장이 그려진 가로띠 무늬 방패, 활 쏘는 궁수, 태양신이 있다. |

* scutschum=escutcheon 문장紋章이 그려진 방패 ☞ scutum:
  ① shield 방패 ② insect's shell 곤충 껍질: earwig→Earwicker

* fessed→fesse 문장에서 방패 한가운데의 가로띠 무늬 ☞ fessed 〔속어〕=confessed 고백하다→fess〔프랑스어〕=buttocks 엉덩이
* archers strung=archers stringing bows 활 쏘는 궁수 →stringed argent 아일랜드 공화국의 문장 ☞ Charles Archer 『경야의 서』에 영향을 준 셰리던 르 파뉴(Sheridan Le Fanu: 1814~1873) 의 *The House by the Churchyard*(1863)에 등장하는 인물
* helio→Helios the Sun god=Greek god of archery=Apollo(그리스 신화) 태양(궁술弓術)의 신 아폴로(Apollo) ☞ heliotrope=flowering plant 꽃나무→『경야의 서』에서 Issy와 관련된다.

• Finn's Hotel -comeheretome.com

* of the second 문장의 두 번째 특색을 지칭하는 문장학적紋章學的 용어→of the first【005:05】

| 005:09 | Hootch is for husbandman handling his hoe. Hohohoho, Mister |
|---|---|
| | 밀주密酒는 벽돌 통을 어깨에 메고 나르는 인부를 위한 것이다. 호호호호, 벽돌 운반공 |

* Hootch→hooch ① thatched hut 초가집 ②〔미국 속어〕밀주密酒 ③ hootch=husbandman 농부, 머슴
* handling his hoe→masturbating 자위 ☞ hoe: ① farming tool 농기구 ② promontory 갑岬→Howth ③ hod 벽돌 통(긴 자루가 달린 V자 꼴 나무통)
* Hohohoho: ① 웃음소리 ② 그리스 알파벳의 마지막 글자(오메가)→ah, O【005:11】→hahahaha【005:11】
* Finn→Tim Finnegan 더블린의 벽돌공(아일랜드

• Isle of Man -businessinsider

민요 <Finnegan's Wake>에서 Tim Finnegan은 술에 취해 사다리에서 떨어져 죽지만 그의 관 위에 위스키가 쏟아지면서 다시 살아난다) ☞ Finn mac Cumhail=Finn m'Cool=Finn ① 아일랜드 신화 속 전설적인 사냥꾼 전사로서 스코틀랜드와 맨섬(Isle of Man)에서는 Fingal로도 알려져 있다 ② 스웨덴의 룬드(Lund)에 대성당을 지었다고 전해지는 신화 속의 거인 ☞ Finn's Hotel: 노라(Nora Barnacle)가 Joyce를 처음 만났을 당시 일했던 더블린 Leinster Street에 있는 호텔

| 005:10 | Finn, you're going to be Mister Finnagain! Comeday morm and, |
|--------|-------------------------------------------------------------|
|        | 피네간 양반, 당신은 죽어도 다시 깨어날 것이다! 돌아오는 월요일 아침이 되면 |

* Mister Finnagain→'Michael Finnegan' 아일랜드와 영국 등 영어권 국가에서 성 패트릭일에 사용되는 음악과 동명의 캐릭터. 노래의 각 구절은 Vico와 『경야』의 순환 구조를 만드는 'Poor old Michael Finnegan/Begin Again'으로 끝남.

* Mister Finn, you're going to be Mister Finnagain!→Finnegan의 죽음(death)과 귀환(return): 그는 죽어서는 Finn/Finnegan이 되기를 그만두었지만 깨어나자마자 다시 그렇게 된다 ☞ finn→fin(프랑스어)=end→fin+again: Vico의 역사 순환 개념

* Comeday morm→Monday morn 월요일 아침(아일랜드에서는 한 주의 시작으로 간주된다) ☞ Comeday morm→come Monday morning 월요일 아침에 오라 ☞ comeday=someday 언젠가 ☞ comedy(희극)↔tragoady(비극)

• Michael Finnegan -bethsnotesplus

• Michael Finnegan Lyric -mamalisa

| 005:11 | O, you're vine! Sendday's eve and, ah, you're vinegar! Hahahaha, |
|--------|------------------------------------------------------------------|
|        | 오, 당신은 포도주! 일요일 저녁이 되면, 아, 당신은 식초! 하하하하, |

* O→eau=water (프랑스어) 물: 물(water)에서 포도주(wine)로 포도주에서 식초(vinegar)로→Vico의 역사 순환 개념 ☞ O: ① 오메가(그리스 알파벳의 마지막 글자) ② 여성의 질(vagina)을 상징(남근 상징은 A[Ah])

* vine→the vine(미국 속어)=wine 와인→와인(wine)이 산패(酸敗)하여 식초(vine-gar)가 된다

* Sendday's eve: ① Sunday evening 일요일 저녁(아일랜드에서는 한 주의 끝으로 간주한다) ② Sunday eve=Saturday ③ send day (신이 인간에게) 하루를 허락하다[주다] ④ Eve 아담의 첫 번째 아내 릴리스(Lilith)를 쫓아냄

* Ah→a=알파(그리스 알파벳의 첫 글자)

* Hahahaha→Hahahaha: a=알파 ☞ a[Ah]는 남근을 상징하므로 그 파장(Hahahaha)은 배뇨(urination) 또는 사정(ejaculation)의 의성어가 된다 ☞ Hahahaha→laughter 웃음소리 ☞ aha 아하(무언가를 이해했거나 찾아냈을 때 내뱉는 소리)

| 005:12 | Mister Funn, you're going to be fined again! |
|--------|----------------------------------------------|
|        | 펀 양반, 당신은 피네간이 될 것이다! |

* Funn→fun 재미[즐거움] ☞ 민요 <Finnegan's Wake>의 코러스 부분:'Lots of fun at Finnegan's wake!'

* fined again: ① Finnegan→Finn→ Mister Finnagain!  ② refined 정제된  ③ he keeps getting lost! 그는 계속 행방불명 상태! ☞ fined=penalised 벌금이 부과된

| 005:13 | What then agentlike brought about that tragoady thundersday |
| | 그런데 저 비극의 목요일에 이 피네간의 원죄를 |

* agentlike→eigentlich〔독일어〕=really[actually] 정말로[실제로] ☞ agentlike 직설적이고 냉정하며 사무적인 방식으로 발생한
* tragoady: ① tragedy 비극  ② troy 트로이 전쟁, 트로이 시의 몰락, 시의 잘못 ☞ goad=cause tragedy 비극을 불러일으키다
* thundersday→Donnerstag〔독일어〕=Thursday=Thunder's Day 목요일[천둥의 날] ☞ donner는 thunder와 북유럽 신 Thor의 독일어 명칭 ☞ thunder는 비코 주기(Viconian Cycle)의 시작과 끝을 나타내는 천둥소리

| 005:14 | this municipal sin business? Our cubehouse still rocks as earwitness |
| | 초래한 것은 정말 무엇이었을까? 우리의 오두막은 아라파트산의 천둥소리를 증명하듯 |

* municipal sin business 피네간의 원죄(더블린 교외 피닉스 공원에서의 HCE의 행위) ☞ sin→Fall of Man 인간의 타락
* cubehouse→Kaaba[Caaba] 카바 신전(이슬람교 최고의 성지인 메카에 있는 중앙 신전: 순례자들의 참회의 눈물로 검게 변했다는 돌이 안치되어 있다) ☞ 조이스는 1938년 초에 Edith Holland의 189쪽 분량의 예언자에 관한 전기인 The Story of Mohammed를 처음 101쪽까지 읽고 주석을 달았다 ☞ cube=a block of stone 석재(石材)→벽돌 운반공 피네간이 나르던 돌 ☞ caboose=cubby house[hole]=hut 오두막
* rocks=shakes 동요하다, 불안정해지다 ☞ rock: ① 카바 신전의 검은 돌  ② 교육받지 못했거나 부도덕한 것에 대한 프리메이슨의 비유(cube)
* earwitness: ① eyewitness→『경야』에서 seeing과 hearing은 호환된다  ② Earwicker→HCE ☞ 자신이 직접 들은 것에 관해서 증명해 보일 수 있는 사람[전문(傳聞)증인]

| 005:15 | to the thunder of his arafatas but we hear also through successive |
| | 여전히 요동치고 있다. 그런데 또한 우리는 수년에 걸쳐 듣고 있다. |

* thunder of his arafatas→아라파트산의 천둥 ☞ 마호메트는 양치기를 하며 어린 시절 대부분을 자연과 함께 보냈다. 그는 히라산(Mount Hira)과 아라파트산(Mount Arafat)의 암울한 정상에 창백한 새벽이 밝아오는 모습을 보았고, 언덕의 소리길을 지나는 천둥소리도 들었다.(Edith Holland 『The Story of Mohammed』)
* thunder=Viconian Thunder 비코의 천둥→the voice of God 하나님의 음성 ☞ Viconian Cycle: ① Theocratic[Divine] Age of gods(신권 정치 시대)  ② Aristocratic[Heroic] Age of heroes(귀족 정치 시대)  ③ Democratic Age of people(민주 정치 시대)
* arafatas→Mount Arafat 아라파트산(메카 근처 이슬람 순례지인 화강암 언덕)
* successive→muslim/califatic succession 이슬람/칼리파의 계승 ☞ 일반적으로 사도(apostolic)/성직자(ecclesiastic)의 계승

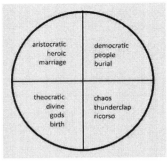

• Viconian Cycle -everpedia　　　　　• Mount Arafat -wikipedia

| 005:16 | ages that shebby choruysh of unkalified muzzlenimiissilehims that |
| | 무자격 이슬람교도들이 초라하게 합창하는 소리를, |

* shebby choruysh of unkalified muzzlenimiissilehims→shabby chorus of unqualified muslims 무자격 이슬람의 초라한 합창
* unkalified→unqualified 자격이 없는 ☞ Kali 칼리(힌두교에서 파괴와 창조의 여신) ☞ Khalifa 칼리파(이슬람에서 마호메트의 후계자에 대한 칭호)
* Muzzlenimiissilehims→모슬린(muslin)을 입은 무슬림교도 ☞ muslin 중동을 통해 영국에 도입된 면직물(중동 사막과 같은 덥고 건조한 기후에서 착용) ☞ muslims[mussulmans] 이슬람교도
* missile→Islamic missiles 이슬람 미사일(이슬람 순례자들이 사탄을 몰아낸 것을 기념하기 위해 메카에서 악마를 공격하는 의식에서 던지는 돌) ☞ Black Stone 검은 돌(메카의 그레이트 모스크(Great Mosque)내 Ka'aba(큐브하우스)에 전시되어 있는 운석. 이슬람 이전 시대부터 천상의 유물로 숭배하여 이 돌에 의식적으로 입맞춤을 한다. 이슬람 전통에 따르면, 처음 하늘에서 돌이 떨어졌을 때는 흰색이었으나 세상의 죄로 인해 검은색으로 변했다고 전해진다.)【005:14】

| 005:17 | would blackguardise the whitestone ever hurtleturtled out of |
| | 일찍이 천국으로부터 지상에 던져졌던 순수한 성격이 죄악으로 검게 변했다고. |

* blackguardise the whitestone: 이슬람 전통에 따르면 블랙 스톤(Black Stone)은 처음 하늘에서 땅으로 떨어졌을 때 흰색(White Stone)이었지만 세상의 죄로 인해 검게 변했다고 전해진다 ☞ Finnegan[HCE]의 희고 순수한 성격이 자신의 죄악에 관한 소문으로 말미암아 검게 변한다
* blackguardise: ① blackguard=scoundrel 불한당 ② scandalise 죄를 짓다
* whitestone→whitest one=Issy: White Stone과 Black Stone은 Issy의 두 가지 성격에 해당한다 ☞ whetstone 숫돌, 자극물

• Black Stone of Mecca -psyminds

* hurtleturtled: ① hurtle=hurl 세차게 내던지다, 소리내면서 떨어지다 ② turtle=turtle-dove 멧비둘기→Issy ③ hure=whore 매춘부→Issy

| 005:18 | heaven. Stay us wherefore in our search for righteousness, O Sus- |
|---|---|
| | 이런 까닭에 의로움을 찾아 나서는 우리를 지켜주소서, 오 우리의 부양자시여, |

* stay us: ① let us stay 우리가 머물도록 ② steady us 우리를 지키소서(기독교와 이슬람의 기도문) ③ stop us 우리가 멈추도록
* wherefore=for which reason, which is why 그런 까닭으로, 그것 때문에
* righteousness(의로운 행위)→'이슬람(Islam)'은 '의로움을 추구하다'로 번역되기도 한다. ☞ tighteous-ness: ① drunkenness 취한 상태 ② confinement 감금

| 005:19 | tainer, what time we rise and when we take up to toothmick and |
|---|---|
| | 우리가 일어나는 정오 시간과 정오를 조금 넘긴 시간 그리고 |

* O Sustainer→O Our Sustainer 오 우리의 부양자시여(이슬람교의 기도문) ☞ sustainer: ① alcohol(God) 술(신) ② HCE's cane HCE의 지팡이
* what time we rise→the five times when devout Muslims are obliged to pray: Midday, Mid-Afternoon, Sunset, Nightfall, and Pre-Dawn(이슬람교의 하루 5차례 기도 시간: 정오, 늦은 오후, 해 질 녘, 저녁, 동트기 전) ☞ Edith Holland *The Story of Mohammed*: 'Celebrate the praises of the Lord what time thou risest and in the night and at the fading of the stars(당신이 일어나는 시간과 밤 시간 그리고 별이 지는 시간에 주를 찬양하라)'→we rise 섹스를 위해 남근이 발기하다
* when we take up to toothmick→just after noon→at Mid-Afternoon 정오 조금 지나서(독실한 무슬림이 기도해야 하는 5차례의 정해진 시간 중 하나) ☞ toothmick→toothpick 이쑤시개: 이슬람 사람들은 식사와 아랑곳없이 이쑤시개를 입에 물고 있는데 일종의 자기 보호 수단이다

| 005:20 | before we lump down upown our leatherbed and in the night and |
|---|---|
| | 침대에 털썩 주저앉는 늦은 오후 시간과 해 질 무렵 그리고 |

* lump down=sit down heavily 털썩 주저앉다 ☞ before we lump down→ before we take a sies-ta=mid-afternoon 늦은 오후
* upown=upon
* leatherbed 가죽 침대 ☞ 마호메트 잠자리는 가죽 매트리스(leather mattress)
* in the night=just after sunset 일몰 직후→Nightfall Prayer 해 질 녘 기도

| 005:21 | at the fading of the stars! For a nod to the nabir is better than wink |
|---|---|
| | 동트기 직전의 기도 시간에! 예언자를 향한 기도가 성인에 대한 |

* at the fading of the stars=just before dawn 동트기 직전
* a nod to the nabir=a prayer to the Prophet 마호메트에 대한 기도 ☞ 그리스 신화에서 제우스(Zeus)는 누군가의 기도를 이행하겠다는 표시로 머리를 숙였다
* nabir[아랍어]: ① nabi 예언자 ② nadir 천저(천체를 관측하는 사람의 바로 아래에 해당) ☞ '나는 고개를 숙일 것이다. 그리고 불멸자들은 나에게 그것보다 더 확실한 약속을 인정하지 않는다. 내가 약속할 때 고개를 끄덕이면 속임수, 후퇴, 표식 누락이 있을 수 없다.'《일리아드》

* wink: ① a short spell of sleep 짧은 잠 ② wine 포도주 ☞ 이슬람에서는 술이 금지되긴 하지만, 이슬람 성전인 하디스(Hadiths)는 마호메트가 포도주를 즐겼다고 기록하고 있다: "그러자 한 남자가 '알라의 예언자여, 포도주를 마시겠습니까?'라고 말했다. 알라의 예언자는 '예'라고 말했다. 그 남자는 포도주를 사러 갔다. 알라의 예언자는 '술에 취하게 하라'고 말했다. 그리고 술을 마셨다."

| 005:22 | to the wabsanti. Otherways wesways like that provost scoffing |
|---|---|
| | 눈짓보다 낫기 때문이다. 그렇지 않으면 우리는 예언자의 관처럼 흔들린다. |

* wabsanti→santi=saints 성인; wabi=infected 감염된 ☞ absinthe 압생트(프랑스어로 '고난, 고통'의 뜻. 19세기 말 예술의 도시인 프랑스 파리에서 화가, 소설가, 시인을 비롯한 예술가들 사이에서 창조력에 도움이 된다고 하여 상당히 인기 있던 술로서 '녹색 요정'이라 불렸다.)

• Absinthe -Wikimedia Commons

* Otherways→Otherwise 그렇지 않으면 ☞ other days 다른 요일 ☞ ostwärts 동쪽으로 'Westwärts schweift der Blick, ostwärts streicht das Schiff(서쪽은 내 눈에서 사라져 가고 동쪽으로 우리 배는 미끄러진다)': 바그너의 오페라 <Tristan und Isolde>의 오프닝 라인
* wesways: ① we sway 우리는 흔들린다 ② weswas(아라비아어)=whisperer 속삭이는 사람(악마의 별칭)
* provost=religious leader (가톨릭의) 수도원장
* provost scoffing→prophet's coffin 예언자의 관 ☞ 마호메트의 관은 영원히 매달려 있어서, 앞쪽과 뒤쪽으로, 동쪽과 서쪽으로, 반대로 그리고 서쪽으로(otherways and wesways) 흔들린다
* scoffing=jeering, deriding 야유하는, 조롱하는

| 005:23 | bedoueen the jebel and the jpysian sea. Cropherb the crunch- |
|---|---|
| | 똑같이 못마땅한 두 가지 선택 사이에서. 곱사등이 HCE가 |

* bedoueen (~and)→between (~and) ☞ Bedouin=nomadic Arab 아랍 유목 민족(마호메트는 어린 시절 베두인 족 여성의 보살핌을 받았다)
* jebel(아랍어)=mountain
* jpysian→Egyptian 이집트 사람 ☞ bedoueen the jebel and the jpysian sea →between the devil and the deep blue sea=stuck between two equally unpleasant options 똑같이 못마땅한 두 가지 선택 사이에서 옴쭉 못 하는 ☞ 이스라엘 민족이 Jam Suf[=Sea of Reeds](갈대 바다)와 Horeb[=Mount Sinai](시나이산) 사이의 광야를 방황할 때, 그들은 'between the jebel and the Egyptian Sea(산과 애굽 바다 사이)에 있었다《출애굽기 15장~18장》
* Cropherb: ① crop=eat 방목 가축이 풀을 뜯어먹다(부지 정리를 위해 키가 낮은 초목을 없앨 때 염소나 양이 사용됨) ② herb=grass 풀 ③ crop-eared 귀 끝을 자른 가축, (청교도들이 머리를 짧게 깎아) 귀가 드러난
* crunchbracken: ① crunch 바삭바삭 밟다 ② bracken 고사리 ☞ crunch-bracken=hunchbacked 곱사등이: Cropherb the crunchbracken→HCE

| 005:24 | bracken shall decide. Then we'll know if the feast is a flyday. She |
| --- | --- |
| | 결정할 것이다. 그때 우리는 경야經夜가 기도하는 요일인지 아닌지 알게 될 것이다. 그녀는 |

* feast: ① fast 금식  ② the wake (초상집에서의) 밤샘(=vigil), 경야(經夜)
* flyday→Friday (이슬람교의) 기도하는 요일→feast ☞ Dé hAoine(아일랜드어)=금요일→문자 그대로 '금식의 날(day of the fast)'

| 005:25 | has a gift of seek on site and she allcasually ansars helpers, the |
| --- | --- |
| | 예언적 비전의 은사를 지니고 있으며 가끔 조력자들에게만 응답한다, 꿈꾸는 듯 |

* seek on site→second sight=a gift of prophetic vision 예언적 비전의 은사恩賜 ☞ seek→Sikh 시크교도(16세기 인도 북부에 설립된 힌두교 종파)
* allcasually ansars=occasionally answers 가끔 응답하다 ☞ Al-Kaswa: ① crop-eared 귀 끝을 자른→단발(短髮)로 귀가 드러난 청교도 등을 말함 ② 마호메트가 탔던 유명한 낙타의 이름
* answer helpers=only people who help are worthy of the answers 조력자들만이 답변을 들을 자격이 있다 ☞ ansar(아랍어)=aider 조력자: 이슬람 역사에서 안사르(Ansar)는 마호메트와 함께 메카에서 도피한 무하지룬(Muhajirun)을 환영하고 도와준 메디나(Medina) 원주민을 지칭한다

| 005:26 | dreamydeary. Heed! Heed. It may half been a missfired brick, as |
| --- | --- |
| | 귀여운 여자. 조심! 조심. 어떤 이들이 말하듯이, 그 일은 잘못 붙인 벽돌 때문이었을지도 |

* dreamydeary 꿈꾸는 듯한 귀여운 여자 ☞ dromedary 길들여진 낙타→Cropherb=crop-eared→Al-Kaswa 모하메드가 탔던 낙타의 이름
* Heed! Heed.→Heed! Heed!: ① heehaw 나귀의 울음소리  ② pay attention 주의[조심]하다  ③ hear! hear! 찬성이오! 옳소!(의회에서 '찬성'을 표명할 때) ④ heed(앵글로-아일랜드어)=head 머리
* may half been→may have been ~였을지도 모른다
* missfired→missfire (총포가) 불발이 되다; 실패로 끝나다 ☞ fire: ① 총에서 미사일을 쏘다→misfire 방향이 빗나가다, 의도하던 효과를 못 보다: 천국에서 미사일이 오발되어 Tim Finnegan을 사다리에서 떨어뜨리는 Black Stone ② 벽돌을 구워서 단단하게 하다: 벽돌이 무너져 Tim Finnegan이 건물에서 떨어지게 하다 ☞ miss fire→Miss Fire=Issy(그녀의 목소리는 2층 지붕창 방에서 굴뚝을 따라 HCE 침실의 벽난로까지 전달된다)→avoice from afire【003:09】

| 005:27 | some say, or it mought have been due to a collupsus of his back |
| --- | --- |
| | 모른다. 아니면 다른 사람들도 보았듯이, 그 일은 주변에서 그의 죄를 |

* mought have been: ① might have been ~했던 것 같다  ② ought to have been ~했어야 했다  ③ must have been ~했음에 틀림없다
* collupsus→collapse 붕괴, 실패 ☞ collapsus(라틴어)=fallen in ~에 빠진 ☞ colludere(라틴어)=collude 공모하다: HCE의 몰락이 그와 적대적인 관계에 있는 사람들의 공모共謀의 결과에 따른 것일 수도 있음을 암시
* his back promises=his debts 그가 떠안고 있는 빚→죄(sin): 'Forgive us our debts(우리 죄를 사하여주옵

| 005:28 | promises, as others looked at it. (There extand by now one thou- |
|---|---|
| | 공모한 탓일 수도 있다. (지금까지 똑같은 일에 관해서 천 한 가지의 |

* back promises→back premises 뒤쪽 건물, 뒤쪽 부지 ☞ back prominence→prominent back →HCE's hunchback(HCE의 곱사등)
* There extand: ① there are extant 현존하다 ② there extend 확장하다 ③ there stand 위치하다
* by now=by this time 지금쯤

| 005:29 | sand and one stories, all told, of the same). But so sore did abe |
|---|---|
| | 서로 다른 이야기들이 떠돌고 있다). 그러나 탐욕스럽게도 아담은 이브가 |

* There extand by now one thousand and one stories, all told, of the same=There are by now a thousand and one different versions of the same story(지금까지 같은 이야기에 대한 천 한 가지의 다른 버전이 있다)→즉, 피네 간의 추락[몰락]에 관한 소문 ☞ One Thousand and One Nights(천일야화)=Arabian Nights(아라비안 나이트): 이슬람 황금시대에 아랍어로 편찬된 중동 민화 모음집

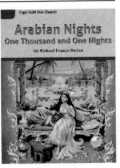

• Arabian Nights -dr.com

* so sore: ① as sure as 틀림없이, 확실하게 ② s-sore 더듬거리는 sore 발음: HCE의 죄책감을 나타냄 ☞ so sore did→sordid 불결한, 탐욕스러운
* abe ite→'A'bite→'A'=Adam 아담(이브의 사과를 깨문 아담) ☞ ite(아일랜드어)=eaten→eat/ite는 Eve/ivvy의 관계

| 005:30 | ite ivvy's holired abbles, (what with the wallhall's horrors of rolls- |
|---|---|
| | 건넨 성스러운 금단의 붉은 사과를 베어 물었다. (자동차들로 붐비는 도시의 |

* ivvy's→Eve 성경과 코란에서 최초의 여자이자 아담의 아내. '이브'는 '살아있는'의 뜻. ☞ ivvy: ① Livia[ALP] ② Issy
* holired: ① holy red=forbidden fruit(금단의 열매) ② wholly red=Adam('아담'은 '빨간색'의 뜻) ☞Adam은 땅(earth)을 뜻하는 Adamah(holy earth)와 관련이 있다 ☞ holired→horrid=dreadful 무서운, 두려운
* abbles→apples 사과(「창세기」에서 Eve(ivvy)가 Adam(abe)에게 건넨 '금단의 열매'는 유럽의 기독교 전통에 의하면 '사과'인 것으로 전해진다)
* wallhall: ① valhalla 발할라(군사의 신 Odin의 전당: 전사한 영웅의 혼을 불러 제사 지내는 곳) ☞ 전쟁에서 죽은 자들이 라그나로크(Ragnarok: 신들의 몰락) 또는 세상의 종말을 위해 잔치를 벌이고 싸우며 준비하는 사후 세계에서 오딘(Odin: 군사를 관장하는 최고의 신) 편에 선다《북유럽신화》 ② wallhall[독일어]→Wotan's fortress 보탄(게르만 신화의 신)의 요새: 리하르트 바그너의 오페라 4부작 <니벨룽겐의 반지(Der Ring des Nibelungen)>에 나오는 요새 ☞ wallhall→도시는 온갖 공포[혐오]가 만연하는 거대한 'wall hall(사방 벽으로 에워싼 방)'로 간주될 수가 있다
* 괄호 안의 문단, 즉 what with the wallhall's horrors【005:30】~under his bridge suits tony

【006:07】까지는, 조이스가 『경야』를 집필하던 파리와 작품의 배경인 더블린의 아침나절 rush-hour 의 다양한 소음이—파리의 조이스 아파트와 더블린의 HCE 침실의 창문과 커튼이 열리면서—기술되 고 있다. 그것은 또한 Tim Finnegan이 사다리에서 떨어질 때 그가 짓고 있는 뉴욕의 고층 빌딩 아래 거리 소음을 나타내기도 한다. 이 문단은 이브의 사과에 대한 언급 직후에 발생한 내용인데, 마침 뉴 욕의 별칭도 빅 애플(Big Apple)이다.

| 005:31 | rights, carhacks, stonengens, kisstvanes, tramtrees, fargobawlers, |
|---|---|
| | 공포, 마차들, 증기 기관들, 영구차들, 전차들, 화물 운송차들, |

* rollsrights→Rolls Royce 영국제 고급 자동차(파리와 더블린의 아침 교통) ☞ rollsrights→sometimes rolls right and sometimes rolls left=fickleness of fate 변덕스러운 운명
* carhacks→carriages 마차 ☞ carhack=taxicab 택시
* stonengens: ① engen〔독일어〕=narrow 좁은 ② steam engines 증기기관 ☞ Stonehenge 스톤헨 지(영국 잉글랜드 지방의 솔즈베리 평원에 있는 석기 시대의 원형 유적)
* kisstvanes→kistvaen[cist] 석기시대 상자 또는 배 모양의 석관(石棺)→영구차靈柩車 ☞ kiss the vanes 건물 지붕 위 풍향계(weather vanes)까지 닿을 정도의 도시 소음 ☞ vans 파리와 더블린의 아침 교통
* tramtrees→trams 전차(파리와 더블린의 아침 교통) ☞ trammels trees 도시가 나무의 자연적인 성장을 방 해하다
* fargobawlers→cargohaulers 화물 운송업자 ☞ fág an bealach〔아일랜드어〕=clear the road! 길을 비켜라!

| 005:32 | autokinotons, hippohobbilies, streetfleets, tournintaxes, mega- |
|---|---|
| | 승용차들, 마차들, 관광 택시들, 자동차 경적들, |

* autokinotons→autokinēton〔현대 그리스어〕=automobile 자동차[승용차]
* hippohobbilies: ① hippos〔그리스어〕=horse 말 ② hobby horse=toy horse 장난감 말
* streetfleets→fleet of motorcars 한 무리의 자동차 행렬
* tournintaxes→turning taxis 파리와 더블린의 아침 교통 ☞ touring taxis 관광 택시
* megaphoggs: ① megaphones 확성기 ② car horns 자동차 경적 ☞ mega-pode 무덤새(HCE의 선술 집 뒷마당에 있는 암탉)

| 005:33 | phoggs, circuses and wardsmoats and basilikerks and aeropagods |
|---|---|
| | 시끌벅적한 광장과 감시 자동차들과 불량배들과 항공기들과 |

* circuses: ① circus 교차로의 원형 광장 ② noisy scene 시끌벅적한 현장
* wardsmoats→wardmote=ward motor 감시 자동차
* basilikerks: ① basilica 바실리카 교회당(법정 또는 집회 장소로 사용) ② basilicock=basilisk 바실리스크 (아프리카 사막에 살며 그 입김·시선으로 사람을 죽인다는 전설의 도마뱀) ③ berserk 폭한暴漢 ☞ kerk〔네덜란드어〕 =church

* aeropagods: ① pagodas in the air 공중에 있는 탑  ② aeroplanes 비행기 ☞ pagoda=sacred tower 신성한 탑 ☞ areopagus=Hill of Ares(고대 아테네의 법원이 있던) 아레스 언덕

| 005:34 | and the hoyse and the jollybrool and the peeler in the coat and |
|---|---|
| | 좀도둑과 해병대원과 제복 입은 경찰관과 |

* the hoyse→hoys〔속어〕=shoplifter 가게 좀도둑[들치기] ☞ Hoyte and Boyce=Lord Mayors of Dublin 더블린 시장市長들
* the jollybrool→jolly〔속어〕=royal marine 영국 해병대 ☞ brool=murmur 중얼거리다
* the peeler=policeman 경찰관 ☞ The peeler in the coat→「The Peeler and the Goat(경찰관과 염소)」: Darby Ryan의 풍자 발라드. 영국의 해외 경찰 The Peeler는 영국이 아일랜드에 제정한 터무니없는 법을 상징하며 그의 터무니없는 진술과 기괴한 논리뿐만 아니라 그가 술에 취해 있다는 전제는 풍자 메시지가 강하다. The Goat는 아일랜드의 박해받는 가톨릭 신자들을 상징한다.

| 005:35 | the mecklenburk bitch bite at his ear and the merlinburrow bur- |
|---|---|
| | 사내의 귀를 깨무는 사창가 계집과 말보로 육군 막사와 |

* mecklenburk→Mecklenburgh Street 19세기 말과 20세기 초 더블린 북쪽의 홍등가. 이전에는 Great Martin's Lane이었다가 1765년에 Mecklenburgh Street로 바뀌었는데, 1887년 그 한 구역이 Tyrone Street로 불리다가 다시 Railway Street로 이름이 바뀐다. ☞ Burke and Hare=Grave Robbers and Murderers 묘지 도굴범과 살인자
* bitch=lewd woman 음란한 여자, 계집
* bite at his ear: Pietro Mascagni의 오페라 <Cavalleria Rusticana>에서 Turiddu는 여자를 차지하기 위한 도전에서 Alfio의 귀를 깨물어버린다 ☞ 'Cavalleria Rusticana'는 'Rustic Chivalry(시골의 기사도)'의 이탈리아어 표기 ☞ bite one's ear〔속어〕=borrow money 돈을 빌리다
* merlinburrow burrocks→Marlborough Barracks 말보로 막사(더블린의 육군 막사, 현재는 McKee Barracks) ☞ Merlin's Barrow 멀린의 무덤(Merlin은 Morgana La Faye에 의해 바위 속에 산 채로 매장됨)

| 005:36 | rocks and his fore old porecourts, the bore the more, and his |
|---|---|
| | 더블린 법원 건물들, 간선도로, 그리고 |

* fore old porecourts→Four Courts 더블린의 법원 건물(대법원, 항소법원, 고등법원, 더블린 순회법원) ☞ Powerscourt→Marquis of Powerscourt 파워스코트 후작
* the bore the more→bothar mor[boher mor=highway, main road 대로, 간선도로

| 006:01 | blightblack workingstacks at twelvepins a dozen and the noobi- |
|---|---|
| | 검게 그을린 주택의 싸구려 굴뚝들과 뉴욕 71번가를 |

* blightblack: ① blight-black 흑점엽고병(黑點葉枯病)  ② nightblack 캄캄한 밤  ③ bootblack〔속어〕 =shoeshine boy 구두닦이 소년  ④ blightblack 매연으로 검게 된 도시 주택의 벽면

* workingstacks→chimney stacks 높은 굴뚝(지붕 위로 나와 있는 굴뚝 부분) ☞ walking sticks 지팡이; working slacks (HCE의) 작업 바지
* at twelvepins a dozen: ① twelve penny=1 shilling 1실링→'one shelenk!'【008:06】 ② The Twelve Pins=Group of Mounts in Galway 골웨이의 코네마라(Connemara)에 있는 산
* noobibusses: ① nubi basse〔이탈리아어〕=low clouds 낮은 구름들 ② omni-buses 승합자동차 ☞ 『경야』에서 구름은 성적 매력이 넘치는 Issy와 관련 있다

| 006:02 | busses sleighding along Safetyfirst Street and the derryjellybies |
| --- | --- |
| | 미끄러지듯 질주하는 승합자동차들과 관음증으로 눈이 멀어진 재단사의 |

* sleighding→sleigh(썰매)+sliding(활주)
* Safetyfirst Street→71st Street[또는 51st Street] 뉴욕의 71번가[51번가] ☞ safetyfirst 안전제일安全第一주의의, 매우 신중한
* derryjellybies→dirigible=airships 비행선 ☞ derry〔속어〕=eye-glass, alarm 안경, 경보음 ☞ djellaba=Arabic cloak 아랍 망토(후드와 넓은 소매가 있음)

| 006:03 | snooping around Tell-No-Tailors' Corner and the fumes and the |
| --- | --- |
| | 길모퉁이를 기웃거리는 소형 비행선과 궁핍한 사람들을 위한 자선 협회가 있는 |

* snooping→snoop 기웃거리며[엿보며] 다니다, 염탐하다
* Tell-No-Tailors' Corner→Tom the Tailor=Peeping Tom 성적 호기심으로 엿보기 좋아하는 사람, 관음증 남자(Godiva 부인이 알몸으로 코번트리를 지나갈 때 엿보다가 눈이 멀었다는 양복 재단사)
* the fumes and the hopes and the strupithump→'Fumum et opes strepitumque Romae'=The smoke and the grandeur and the noise of Rome(로마의 연기[매연]와 웅장함과 소음): 호레이스(Horace)의 『송가(Odes)』 ☞ The Smoke[The Big Smoke]는 런던을 지칭하는 속어 ☞ 더블린도 The Big Smoke로 불리기도 한다 ☞ strumpet=whore 매춘부

| 006:04 | hopes and the strupithump of his ville's indigenous romekeepers, |
| --- | --- |
| | 더블린의 매연과 위엄과 소음, |

* ville's→ville〔프랑스어〕=small town 소도시 ☞ vile=disgusting 비열한→Romeville〔은어〕=London ☞ bile=noxious green substance 쓸개즙
* indigenous romekeepers→Sick and Indigent Roomkeepers' Society 더블린의 궁핍한 빈자貧者와 병자病者를 위한 자선협회(1790년에 설립) ☞ Rome-keepers 고대 로마의 cohortes Urbanae(라틴어로 도시 집단)는 로마 근위대의 막강한 힘을 견제하고 경찰 역할을 하기 위해 아우구스투스에 의해 만들어졌다 ☞ Loom Peepers=Peeping Tom=Tom the Tailor(Godiva 부인을 훔쳐보다가 눈이 먼 양복 재단사)

• Dublin's Oldest Charity -roomkeepers

| 006:05 | homesweepers, domecreepers, thurum and thurum in fancymud |
| --- | --- |
| | 가사도우미들, 성직자와 아침 미사 참석자들, 주택 소음 차단벽 구축을 힘들게 만드는 |

* homesweepers: ① housekeepers 가사도우미 ② roadsweepers 도로 청소부
* domecreepers 성직자와 아침 미사 참석자 ☞ domus〔라틴어〕=house 집 ☞ dome peepers 고디바 (Godiva)의 젖가슴을 훔쳐보는 양복 재단사=Peeping Tom=Loom Peepers=Tom the Tailor
* thurum and thurum in fancymud murumd→durum & durum non faciunt murum〔라틴어 속 어〕=hard and hard do not make a wall 방어벽 구축을 힘들게 만드는 엄격한 조치 ☞ Turm〔독일 어〕=tower; Thurum→Thor→thunder 천둥
* fancy mud→house 집
* murumd→murmer=noise 소음


| 006:06 | murumd and all the uproor from all the aufroos, a roof for may |
| --- | --- |
| | 엄격한 조치와 모든 옥상의 모든 소란, 나를 위한 봄철 소나기 피난처와 |

* murumd=noise 소음
* the uproor→uproar 소란, 소음 ☞ all the uproor from all the aufroos 모든 옥상의 모든 소란 ☞ Roorback 선거 등에서 정치적 이득을 위한 비방 또는 명예훼손 발언
* the aufroos→Aufruf=appeal 매력, 탄원
* a roof for may=봄 소나기를 대비한 피난처→mé〔아일랜드어〕=I


| 006:07 | and a reef for hugh butt under his bridge suits tony) wan warn- |
| --- | --- |
| | 당신을 위한 모직 재킷 때문에 그러나 버트다리 아래 끝머리는 멋지게 어울린다) 어느 날 |

* a reef for hugh: ① reef=reefing jacket 두꺼운 모직 재킷 ② you
* butt=tail end(끝부분)+Butt Bridge(버트 다리)+but(그러나) ☞ Isaac Butt(1813-1879): 아일랜드 국민당(Irish Nationalist Party) 창당 및 정치 지도자
* suit=agree with[adapt] 호응[적응]하다
* tony=fashionable(멋진)+Suetonius(로마 역사가) ☞ Ring-a-ring o'roses=ring-around-the-rosy(하나는 나를 위해 그리고 하나는 너를 위해 그리고 또 하나는 어린 모세를 위해): 아이들이 손을 잡고 노래를 부르며 둥글게 돌다가 노래 끝에 재빨리 앉는 놀이
* wan warning Phill filt tippling full=one morning Tim felt tippling full(어느 날 아침 팀은 잔뜩 취했다): 민요 <피네간의 경야> 가사→wan warning=without warning 경고 없이

• Isaac Butt -irishartreview

• Butt Bridge -wikiwand

| 006:08 | ing Phill filt tippling full. His howd feeled heavy, his hoddit did |
|---|---|
| | 아침 피네간은 잔뜩 취했다. 머리가 무겁게 느껴지면서 몸이 |

* tippling→tipple (독한 술을) 홀짝홀짝 마시다 ☞ tippling full 잔뜩 취한 ☞ full 사람이 배부르면(할당된 모든 경험을 맛보았을 때) 죽을 때다
* howd→Howth[Howth Head] 더블린 북동쪽의 반도 ☞ Howth라는 말은 덴마크어 'hoved' 즉 'head'에서 유래한다 ☞ howd feeled heavy→head felt heavy=sleepy 졸리운
* His howd feeled heavy, his hoddit did shake→'His head felt heavy which made him shake(머리가 무겁게 느껴지면서 몸이 비틀거렸다←팀 피네간이 사다리에서 떨어져 죽기 직전)': 민요 <피네간의 경야> 가사
* hoddit→hod 벽돌 등을 담아 어깨에 메고 나르는 자루가 긴 목제 도구 ☞ his hoddit did shake→his hod, it did shake(그의 벽돌 운반통이 흔들렸다)

| 006:09 | shake. (There was a wall of course in erection) Dimb! He stot- |
|---|---|
| | 비틀거렸다. (한창 공사 중인 벽이었다) 눈앞이 안 보여! 그는 |

* a wall of course in erection→a wall in the course of being erected 한창 공사 중인 벽 ☞ erection: ① building 건설, 건물 ② firm and swollen penis 딱딱하게 부푼 페니스 ☞ in erection→in e-wrecktion=falling down 떨어지는(난파된)
* Dimb!→dim=not seeing clearly 선명하게 보이지 않는 ☞ 'Now the eyes of Israel were dim with age, and he could not see well(야곱은 나이가 들어 눈이 흐릿해져 잘 볼 수가 없었다)'《창세기》→조이스의 나쁜 시력
* Dimb...Damb...Dumb→blind...damned...dumb 눈이 먼...빌어먹을...멍청한
* deaf and dumb 귀머거리와 벙어리

| 006:10 | tered from the latter. Damb! he was dud. Dumb! Mastabatoom, |
|---|---|
| | 사다리에서 비틀거렸다. 빌어먹을! 그는 죽었다. 명청한! 석실분묘, |

* stuttered: ① stutter 말을 더듬다: HCE는 말을 더듬는데, 이것은 그의 죄책감의 표시이다 ② stotter 비틀거리다
* He stottered from the latter: ① He tottered from the ladder(그는 사다리에서 비틀거렸다) ② He stuttred from the letter(그는 편지에서 글이 꼬였다)→ALP의 편지 ☞ latter→ladder: 'He fell from the ladder and broke his skull(그는 사다리에서 떨어져 두개골이 깨졌다)' 민요 <피네간의 경야> 가사
* dud: ① dead: 'He fell from the ladder and broke his skull, So they carried him home his corpse to wake(그는

• Mastaba Tomb -wikipedia

사다리에서 떨어져 두개골이 깨졌고, 사람들은 그를 깨어나게 하려고 시체를 집으로 가져갔다)' 민요 <피네간의 경야> 가사 ② 쓸모없거나 효과가 없는 사람, 불명예 수표, 위조품
* Mastabatoom→mastaba tomb=burial site 매장터[석실분묘] ☞ mastaba 영원의 집(고대 이집트의 매장지를 표시하는 데 사용된 평평한 지붕의 점토 건물) ☞ toom: ① 비어있는(그리스도 부활의 징표=빈 무덤) ② 쓰레기장(HCE의 뒤뜰에 있는 쓰레기 더미[장]) ③ toom은 teem에 대한 앵글로·색슨어→임신(산란)이라는 뜻의 teem은 '생명으

로 가득 찬': 따라서 '영원의 집(mastabatoom)'은 생명으로 가득 차있다→Osiris의 부활  ④ 팀 피네간의 추락 소리  ⑤ 수음(masturbation)

| 006:11 | mastabadtomm, when a mon merries his lute is all long. For |
|---|---|
| | 영원의 집, 남자는 결혼하면 자신의 인생은 몽땅 사라진다. |

* mastabadtomm: ① must have a bad tum 배가 불편한  ② master bad Tom(Peeping Tom) 엿보기 좋아하는 호색가  ③ masturbation 수음 ☞ mastaba→mastabatoom=burial site 매장터[영원의 집]
* mon〔방언〕: ① man 남자  ② mons〔라틴어〕=mountain 산: HCE는 Howth의 언덕, ALP는 알프스에 해당한다
* merries: ① mildly drunk 약간 술 취한  ② burries[bury] 매장하다  ③ plays[play] 악기를 연주하다
* when a mon merries his lute is all long→when a man marries[makes merry] his life is all gone(남자가 결혼하면[뚱땅거리고 놀면] 자신의 인생은 모두 사라진다)
* lute: ① 류트(기타 비슷한 14-17세기의 현악기)  ② 중국에서 혼인의 상징  ③ flute〔속어〕발기한 음경
* his lute is all long: ① he has an erection(그의 음경이 발기되었다)  ② his route is all wrong(그의 경로는 전부 잘못됐다)

| 006:12 | whole the world to see. |
|---|---|
| | 공개적으로 망신 주는 것. |

* whole the world=all the world=the whole world=everyone 전 세계[만천하](의 사람들) ☞ whole the world to see=public humiliation 공개 망신 주기

| 006:13 | Shize? I should shee! Macool, Macool, orra whyi deed ye diie? |
|---|---|
| | 탄식? 난 기필코 봐야겠다! 피네간, 피네간, 아 당신은 왜 죽었습니까? |

* shize: ① sighs 한숨[탄식]  ② size 크기  ③ Scheisse〔독일어〕=shit 젠장 ☞ schizō〔그리스어〕→I split, I cleave, I separate 난 갈라지고, 갈라지고, 갈라지도다: Issy의 분열된 성격 암시
* shee=see (앵글로-아이리쉬 발음)
* Macool=Finn MacCool[Fionn mac Cumhaill] 아일랜드 신화 속의 영웅(Giant Hero)→Tim Finnegan→HCE
* orra whyi deed ye diie?: ① 'Arrah, Tim avourneen, why did you die?(아, 내 사랑, 그대 왜 죽었나요?)': 민요 <Finnegan's Wake> 가사  ② 'Arrah, why did ye die?(아, 그대 왜 죽었나요?)': 노래 <Pretty Molly Brannigan> 가사  ③ orra=worthless 가치 없는  ④ arrah=really 정말로 ☞ diie『경야의 서』에서 'ii'는 Issy를 표시한다(특히 그녀의 '두 눈')

| 006:14 | of a trying thirstay mournin? Sobs they sighdid at Fillagain's |
|---|---|
| | 날씨 화창한 목요일 아침? 흐느껴 울며 그들은 피네간의 경야에 |

* of a trying thirstay mournin?→of a fine Thursday morning 화창한 목요일 아침→Thor's day 뇌신雷神의 날→Viconian thunder 비코의 천둥

* Thursday mourning 『율리시스』에서 패디 디그넘의 장례식이 목요일 오전(1904년 6월 16일 목요일 오전)이다 ☞ they're trying to stay mourning: 그들은 남아서 애도하려고 했으나 그럴 수 없다. 삶은 계속되므로.
* sighdid: ① sighed[did sigh] 탄식했다 ② sigh 끝없는 순환에 대한 체념

| 006:15 | chrissormiss wake, all the hoolivans of the nation, prostrated in |
|---|---|
| | 탄식했다. 그 지역의 모든 부랑아, 너무 놀라서 그리고 |

* Fillagain's chrissormiss wake: ① Miss Hooligan's Christmas Cake 홀리건 양의 크리스마스 케이크(19세기 스코틀랜드의 발라드) ② Finnegan's Wake
* hoolivans→hooligan 홀리건, 무뢰한[부랑아]: 19세기 후반 코믹한 아일랜드 캐릭터와 '난폭한 아일랜드 가족(rowdy Irish family)'을 지칭했다.
* prostrated→prostrate (몸을) 엎드리다[가누지 못하게 하다], 굴복하다

• Miss Hooligan's Christmas Cake –itma

| 006:16 | their consternation and their duodisimally profusive plethora of |
|---|---|
| | 대성통곡하며 침울하게 엎드려 몸을 가누지 못했다. |

* consternation=dismay[shock] 실망[경악]→in consternation 깜짝 놀라서
* duodisimally→duodecimal 12진법의 ☞ dismally=gloomily 침울[쓸쓸]하게: dismal=dies mali=evil or unlucky days
* profusive plethora=lavish overabundance 아낌없이 남아 돌아갈 만큼의 다수[다량]

| 006:17 | ululation. There was plumbs and grumes and cheriffs and citherers |
|---|---|
| | 그들 가운데는 배관공과 하인과 보안관과 현악기 연주자와 |

* ululation=wailing, howling 통곡, 포효
* ululation: ① eulogy 찬사 ② ulula(라틴어)=screech-owl 가면 올빼미 ③ urination 배뇨
* There was plumbs and grumes and cheriffs and citherers→'There was plums and prunes and cherries/And citron and raisins and cinnamon too(서양 자두와 말린 자두 그리고 체리가 있었다/그리고 유자나무와 전포도 그리고 계피도 있었다)': 노래 <Miss Hooligan's Christmas Cake>의 가사 ☞ plumbs→plumber 배관공: 서양 자두 ☞ grumes→manservant 하인: 말린 자두 ☞ cheriffs→sheriffs 보안관[법원 공무원]:

| 006:18 | and raiders and cinemen too. And the all gianed in with the shout- |
|---|---|
|  | 작가와 영화인도 있었다. 그리고 모두가 최고의 즐거움으로 |

* raiders: ① writers 작가들 ② readers 독자들: 건포도
* cinemen: ① cinema men 영화인 ② Chinamen 중국인: 계피
* And the all gianed in with the shoutmost shoviality→'Then all joined in wid the greatest jo-
  viality(모두가 최고의 즐거움으로 화합했다)': 노래 <Phil the Fluter's Ball(필 플러터의 무도회)> 가사 ☞ gianed: ①
  giant=Finn MacCool ② joined(아일랜드 일부에서의 'gianed' 발음) ☞ shout 외침, 고함

• Phil the Fluter's Ball -abebooks　　　• Giant: Gog and Magog -Wikipedia

| 006:19 | most shoviality. Agog and magog and the round of them agrog. |
|---|---|
|  | 화합했다. 청소부인 곡과 마곡 그리고 그들 주변의 사람들 모두가 술에 취했다. |

* most→outmost 가장 먼, 가장 바깥쪽의
* shoviality→shove 난폭하게 밀다, 지지[지원]
* Agog and magog→Gog and Magog ① 곡과 마곡(사탄에 미혹되어 하늘나라에 대항하는 두 나라)《요한계시록
  20장 8절》 ② 영국 전설에서 거인 종족의 유일한 생존자, 악마의 자손 및 남편을 살해한 디오클레티
  아누스 황제(Emperor Diocletian)의 악명 높은 33명의 딸. 그들은 Brute(영국인의 전설적인 조상)에 의해 런던으
  로 포로로 끌려갔으며, 왕궁에서 청소부(porters) 노릇을 하게 되었다.→악마의 자손【020:22】
* agrog: ① a grog 럼(rum)술 한 잔 ② grog 그로그 술(럼술에 물을 탄 것) ③ groggy 술에 취한, 정신이 혼
  미한

| 006:20 | To the continuation of that celebration until Hanandhunigan's |
|---|---|
|  | 남녀 사람들이 모두 사라질 때까지 저 애도 의식이 |

* to the continuation of that celebration 저 축하(피네간을 애도하는 의식)가 계속[영속]되기를
* Hanandhunigan's→hanandhun(덴마크어)=he and she ☞ Han=Han Dynasty, Huns=Huns[x-
  iongnu] 중국의 한족과 훈족[흉노]
* continuation...celebration...Hanandhunigan's extermination!→CHE=HCE(Humphrey Chimpden Ear-
  wicker)

| 006:21 | extermination! Some in kinkin corass, more, kankan keening. |
| --- | --- |
| | 계속되기를! 어떤 이들은 그냥 합창으로, 더 많은 이들은 캉캉 춤으로 애도한다. |

* ① kinkin〔일본어〕=merely 한낱  ② kinchin→kinch〔게일어〕=child 『율리시스』에서 멀리건이 스티븐에게 붙여준 별명  ③ keg 작은 통
* corass: ① chorus 합창  ② carcass 피네간의 시체 ☞ k-k-corass 말더듬(HCE의 죄책감을 상징) ☞ canikin chorus 『오셀로』에서 Iago의 음주 노래 'And let me canakin clink, clink'
* kankan: ① can-can 캉캉(1830년대 파리에서 유행하던 춤)  ② gossip〔프랑스어〕험담
* keening〔앵글로-아이리쉬어〕=wailing[lamenting] 통곡[애도] ☞ k-k-keening 말더듬(HCE의 죄책감을 상징)

| 006:22 | Belling him up and filling him down. He's stiff but he's steady is |
| --- | --- |
| | 모두가 피네간을 기리고 있다. 그는 죽은 몸이지만 변함없이 최고의 마지막 |

* Belling him up and filling him down: ① building him up and felling him down 그를 일으켜 세우고 그리고 넘어뜨리다  ② boiling him down and filling him up 그를 축 늘어지게 하고 그리고 배를 채우다 ☞ filling him down→Finnegan lying down=dead in the coffin 관 속의 시체 ☞ Belling him up and filling him down→eulogizing him 그(피네간)를 기리다[칭송하다]
* stiff: ① corpse 시체  ② erection〔속어〕발기

| 006:23 | Priam Olim! 'Twas he was the dacent gaylabouring youth. Sharpen |
| --- | --- |
| | 음유시인이다! 다름 아니라 그는 유쾌하게 일하는 괜찮은 청년이었다. |

* Brian O'Linn(아일랜드 민요 영웅)+Priam(트로이 마지막 왕)+Priomh Ollamh(최고 음유시인의 지위)+olim(한때)
* Priam: ① 프리아모스(Troy의 마지막 왕)  ② Priapus 프리아포스(남근으로 표현되는 풍요의 신) ☞ Brian O'Linn: 어려운 상황에서도 늘 밝은 면을 보는 한 남자에 관한 아일랜드 노래
* dacent→decent 괜찮은[쓸만한](아일랜드 일부 지역에서의 'dacent' 발음)
* gay: ① cheerful 쾌활한  ② sunny 화창한  ③ licentious 방탕한  ④ female[male] prostitute 창녀[남창]: gaying instrument=penis[stiff and Priam Olim] 남근[풍요의 신] ☞ Barnaby Finegan(song)→'I'm a decent gay laboring youth(나는 즐겁게 일하는 쓸만한 청년)'
* sharpen 깎다, 갈다

• Brian O'Linn -thesaleroom

• Priapus

| 006:24 | his pillowscone, tap up his bier! E'erawhere in this whorl would ye |
| | 표석을 깎아내고. 그의 관을 들어 올리시오! 이 세상 그 어느 곳에서 |

* pillowscone: ① pillowstone=grave marker 표석表石, 묘지 표지석  ② pillar stone 주석(柱石:기둥과 주춧돌) ☞ scone 스코틀랜드 퍼스(Perthshire)에 있는 마을로서 '스쿤의 돌(Stone of Scone=Stone of Destiny)'이 있던 수도원의 소재지. '즉위의 돌(Coronation Stone)'로도 불리며 옛 스코틀랜드 왕이 즉위식에서 이 돌 위에 앉았다. 이 돌은 Edward I에 의해 1296년 잉글랜드로 옮겨졌고, 현재는 웨스트민스터 사원(Westminster Abbey)의 대관식용 옥좌 속에 들어있다.

* tap up his bier!: ① top up his beer 그의 잔에 맥주를 가득 채우다  ② tap up his beer 술통 꼭지에서 그의 맥주를 따르다  ③ take up his bier 그의 관[시체]을 들어 올리다

* E'erawhere in this whorl would ye hear sich a din again?=Arrah where in this world would you hear such a din again? 이런 소리를 또 어디서 들을 수 있겠는가?


| 006:25 | hear sich a din again? With their deepbrow fundigs and the dusty |
| | 이런 소리를 들을 수 있을까? 저급한 피리와 먼지투성이 |

* sich a din again: ① such a thing  ② din=noise 소리[떠들썩함]→경야 현장의 추도객들의 노래와 애도의 소리

* deepbrow: ① high-brow=intellectual 교양 있는  ② low-brow=vulgar 저속한

* fundigs: ① fündig[독일어]예금이 많은  ② fun duds 장례복  ③ flute 피리[플루트] ☞ ① With their deepbrow fundigs and the dusty fidelios.  ② They laid him brawdawn alanglast bed.  ③ With a bockalips of finisky fore his feet.  ④ And a barrowload of guenesis hoer his head.  ⑤ Tee the tootal of the fluid hang the twoddle of the fuddled, O![006:25~27] ❶ With the toot of the flute and the twiddle of the fiddle, O ← 노래 <Phil the Fluther's Ball> 코러스  ❷ And laid him out across the bed, ← 민요 <Finnegan's Wake> 코러스  ❸ With a gallon of whiskey at his feet ← 민요 <Finnegan's Wake> 코러스  ❹ And a barrel of porter at his head. ← 민요 <Finnegan's Wake> 코러스  ❺ With the toot of the flute and the twiddle of the fiddle, O ← 노래 <Phil the Fluther's Ball> 코러스


| 006:26 | fidelios. They laid him brawdawn alanglast bed. With a bockalips |
| | 바이올린. 사람들은 그를 침대에 눕히고서 매장 준비를 했다. 그의 발치에는 |

* fidelios: ① fiddle 바이올린  ② fidelio 피델리오(베토벤의 오페라. 주인공 Leonora가 남장(男裝)했을 때의 이름.)  ③ fidelity+helios 태양신(신의 아들)에 대한 믿음  ④ fidelity+leo 교황 레오13세 대한 믿음

* They laid him: ① 'and laid him out upon the bed(그리고 그를 침대 위에 눕혔다)'→lay somebody out (시신을) 매장 준비를 하다 <Finnegan's Wake>  ② they had sex with him(그들은 그와 성관계를 가졌다)

* brawdawn: ① broad on 넓은  ② bradán[아일랜드어]=salmon 연어(아일랜드 신화에서 '지식의 연어'→HCE)  ③ brow down=face down 얼굴이 아래로 향하게→braw[앵글로-아이리쉬어]=fine 아주 좋은

* alanglast: ① along a last bed 마지막 침대를 따라  ② a long lost 오랫동안 잃어버린 ☞ lang[독일어]=long 길이가 긴; last[독일어]=burden 부담

* a bockalips: ① bocca[이탈리아어]=mouth  ② bocal=glass bottle 유리병 ☞ pucker one's lips (키

스를 하기 위해) 입술을 오므리다 ☞ 'with a gallon of whiskey at his feet(그의 발치에 위스키 통)'<Finnegan's Wake>

| 006:27 | of finisky fore his feet. And a barrowload of guenesis hoer his head. |
|---|---|
| | 위스키 한 통이 그리고 그의 머리맡에는 흑맥주 한 통이 놓여있다. |

* finisky→whiskey 위스키 ☞ fionn-uisce=clear water (아일랜드어) 맑은 물: 피닉스 공원(Phoenix Park)의 phoenix는 fionn-uisce(=clear water)에서 유래한다
* with a bockalips of finisky fore his feet→'with a gallon of whiskey at his feet(그의 발치에 위스키 1갤런)': 민요 <피네간의 경야> 가사
* barrowload→barrel-load=barrelful 손수레 1대 분량(의 짐[화물])→제4권에서 Shaun은 리피강을 떠나려는 술통(barrel)으로 묘사되고 있다
* guenesis→Guinness 기네스 흑맥주→기네스 집안의 딸이 러시아인 Mihail Essayan과 결혼하여 파리에서 살게 된다. 당시 조이스는 그곳에서 『경야의 서』를 쓰고 있었다.
* And a barrowload of guenesis hoer his head→'and a barrel of porter at his head(그의 머리맡에 흑맥주 한 통)': 민요 <피네간의 경야> 가사

| 006:28 | Tee the tootal of the fluid hang the twoddle of the fuddled, O! |
|---|---|
| | 피리 소리와 바이올린 선율이 만들어내는 화음에 젖어든다, 오! |

* Tee the tootal of the fluid hang the twoddle of the fuddled, O!→'To the toot of the flute and the twiddle of the fiddle, O!(피리와 바이올린의 화음에 도취되어, 오!)': 노래 <Phil the Fluther's Ball> 가사
* tee: ① prepare 마련[채비]하다 ② between→tee~hang=between~and
* hang the twoddle of the fuddled→hang the twaddle of the fuddled=damn the nonsense spouted by drunken people(빌어먹을, 술주정뱅이가 내뱉는 말도 안 되는 소리)→twaddle=nonsense; fuddled=drunk

| 006:29 | Hurrah, there is but young gleve for the owl globe wheels in |
|---|---|
| | 만세, 침대에서 몸을 뒤집고 있는 HCE에게 신은 오직 한 명 뿐이다. |

* Hurrah: ① hurrah! 만세 ② arrah〔앵글로-아이리쉬어〕=really[truly] 정말로[진실로] ③ Hurrah 안데르센 동화 The ABC Book에서 철자 h는 'hurray'라는 단어
* gleve: ① glaive 날이 넓은 칼 ② glebe 교회 소속 경작지, 토지
* there is but young gleve→there is but one God(신은 오직 한 분뿐): 이슬람교도 기도문(salat)의 일부
* the owl globe wheels in view: ① the oul' globe wheels in view HCE가 침대에서 몸을 뒤집어 처음으로 '관객'에게 얼굴을 드러낸다【558:35】→침대 위의 HCE와 ALP가 무대 또는 영화에서의 배우로 묘사되고 있다 ☞ oul'〔방언〕=old 오래된→old globe(HCE의 머리[뚱뚱한 몸])

• An Alphabet -Alibris

② the oul' globe wheels anew 비코의 주기(Viconian Cycle)가 새롭게 시작된다

| | |
|---|---|
| 006:30 | view which is tautaulogically the same thing. Well, Him a being |
| | 그건 매번 반복적으로 똑같다. 과연 그는 |

* tautaulogically→tautologically 동어(同語) 반복적으로[중복적으로]: 't-t-'(말더듬)는 HCE의 죄책감을 나타낸다
* Him a being: ① his being 그의 존재 ② human being 인간 ③ he, a being '그'라는 존재 ☞ Him【006:30】...Hom【006:32】...Hum!【006:33】→Dimb!【006:09】...Damb!【006:10】...Dumb!【006:10】

| | |
|---|---|
| 006:31 | so on the flounder of his bulk like an overgrown babeling, let wee |
| | 무너져내린 바벨탑마냥 반듯이 누운 채 몸을 뒤척인다. 자 우리 HCE를 |

* flounder of his bulk→flat on one's back: ① 반듯이 누워있는 ② 병들어 누워있는 ③ 속수무책인 ☞ 'As flat as a flounder' (속담)넙치처럼 납작한
* overgrown babeling: ① overthrown Babylon 전복된 바빌론(화려한 악의 도시) ② overthrown Tower of Babel 전복된 바벨탑 ③ overgrown mile-stone 웰링턴 기념비의 별칭: Wellington Monument→Wallinstone ☞ baby ling→a kind of fish→flounder 가자미[넙치]
* let wee: ① let we=let us ② wee=tiny[small]

| | |
|---|---|
| 006:32 | peep, see, at Hom, well, see peegee ought he ought, platterplate. 띠 |
| | 살짝 들여다보자. 자, 88쪽을 보자, 널찍하고 평평한 산 모양의 접시가 나오는데, 바로 HCE |

* peep, see, at Hom→See him at home 집에서 그를 만나다: Peeping Tom(엿보기 좋아하는 호색가)을 엿보다 ☞ at Hom→at home=Dublin ☞ Hom: ① 이란의 신성한 음료 ② HCE
* see peegee ought he ought→'see pg eighty-eight(88쪽을 참조)'
* platterplate→모레(Moret)의 *Rois et Dieux d'Egypte*(1911년, 투탕카멘(Tutankhamen)의 무덤이 개봉된 직후에 재인쇄되어 그 당시 인기가 높았음)에서 '88쪽을 보면(see pg eighty-eight)', platterplate, 즉 이시스(Isis)에 의해 '기진맥진한(dished)' 또는 '타락한(fallen)' 오시리스(Osiris)의 접시가 나온다→Isis와 Osiris【025:13】 ☞ platter: ① large flat plate 넓고 납작한 접시 ② flatter plate 평평한 접시

• Rois et Dieux d'Egypte -amazon    • Osiris and Isis

| 006:33 | Hum! From Shopalist to Bailywick or from ashtun to baronoath |
|---|---|
| | 이다! 서쪽 채플리조드에서 동쪽 베일리 등대까지 혹은 서쪽 애쉬 타운에서 동쪽 호우드 |

* Hum!: ① Humphrey=Humphrey Chimpden Earwicker 험프리 침던 이어위커 ② Hm! 흠(감탄사) ③ humus(라틴어)=earth 땅 ④ humare(라틴어)=bury 매장하다
* Shopalist→Chapelizod 체플리조드(『경야의 서』의 주요 배경이며 Chapel of Isolde에서 이름 붙여짐) ☞ From Shopalist=from west 서쪽으로부터
* Bailywick→Bailey Lighthouse 베일리 등대(더블린 동쪽의 Howth Head에 있는 등대) ☞ to Bailywick=to east 동쪽에까지
* ashtun→Ashtown 더블린 북서쪽의 마을 ☞ from ashtun=from west 서쪽으로부터
* baronoath→Howth 더블린 동쪽의 반도와 마을 ☞ to baronoath=to east 동쪽에까지 ☞ baronoath→barr an Howth=the top of the Howth 호우드 언덕 꼭대기 ☞ Baron of Howth 호우드 남작(St. Lawrence 가문의 귀족 칭호)

| 006:34 | or from Buythebanks to Roundthehead or from the foot of the |
|---|---|
| | 언덕까지 혹은 서쪽 버테반트탑에서 동쪽 호우드 헤드까지 혹은 서쪽 캐슬녹에서 |

* Buythebanks→Buttevant Tower 더블린의 Essex Street West와 Exchange Street Lower 교차로에 위치한 오랜 성벽의 탑 ☞ from Buythebanks=from west 서쪽으로부터 ☞ <By the Banks of My Own Lovely Lee>: Cork 시내를 흐르는 Lee강에 관한 노래 ☞ buy the banks 은행을 사다

• Buttevant Tower -geograph

* Roundthehead→Howth Head[baronoath] 호우드 헤드(Dublin Bay와 Wicklow Mountain이 바라다보이는 Howth의 북쪽에 있다. Howth는 'Head'라는 뜻의 덴마크어 'hoved'에서 유래하며, 둥근 모양을 하고 있다.) ☞ to Round-thehead=to east 동쪽으로
* from the foot of the bill→from the foot of the hill=from west 서쪽으로부터 ☞ cnoc(아일랜드어)→knock[hill]=Castleknock(Ireland's Eye의 서쪽에 위치)【003:22】 ☞ foot of the hill 언덕 아래

| 006:35 | bill to ireglint's eye he calmly extensolies. And all the way (a |
|---|---|
| | 동쪽 아일랜드의 눈에 이르기까지 그는 길게 누워있다. 그리고 언제나 (아 아, |

* bill=sharp promontory 뾰족한 곳, 갑(岬)
* ireglint's eye→Ireland's Eye 아일랜드의 눈(더블린 연안의 작은 섬) ☞ to ireglint's eye=to east 동쪽으로(Ireland's Eye는 Castleknock의 동쪽에 위치)
* he calmly extensolies→lies extended 길게 눕다 ☞ extensus(라틴어)=stretched out 몸을 쭉 뻗은
* all the way=always

○ And all the way (a horn!) from fjord to fjell his baywinds' oboboes shall wail him rockbound (hoahoahoah!) in swimswamswum and all the livvylong night, the delldale dalppling night, the night of bluerybells, her flittaflute in tricky trochees (O carina! O carina!) wake him.

위 문장은 아래 James Macpherson(영국: 1736-1796)의 시(Poems of Ossian) 「Carric-Thura」를 연상시킨다:

○ All the night long she cries, and all the day, "O Connal, my love, and my friend!" With grief the sad mourner dies! Earth here encloses the loveliest pair on the hill. The grass grows between the stones of the tomb: I often sit in the mournful shade. The wind sighs through the grass; their memory rushes on my mind. Undisturbed you now sleep together; in the tomb of the mountain you rest alone!

• Ireland's Eye -wikipedia

• Carric-Thura -abebooks

| 006:36 | horn!) from fjord to fjell his baywinds' oboboes shall wail him |
|---|---|
| | 슬프다!) 깊은 협만에서 불모의 대지까지 뿔피리 소리가 바위 늪에 산 채로 매장된 |

* a horn!: ① ochone!〔앵글로-아이리쉬어〕=alas! 아아, 슬프다  ② ochón!〔아일랜드어〕=alas!  ③ horn 뿔피리
* fjord 피오르드(높은 절벽 사이에 깊숙이 들어간 협만)→fjord〔노르웨이어〕=bay
* fjell→fjeld 펠드(빙하 침식으로 생긴 Scandinavia의 불모의 대지)→fjell〔노르웨이어〕=mountain
* baywinds': ① bay windows 밖으로 내민 창, 올챙이배  ② wind 관악기→horn  ③ wind 뿔피리를 불다
* oboboes: ① oboe 목관악기  ② boes〔그리스어〕=cries 흐느껴 울다  ③ ob-b-boes 말더듬  ④ Ouroboros 그리스어에서 유래한 것으로 자신의 꼬리를 물어서 원형을 만드는 뱀이나 용. 세계 창조가 모두 하나라는 것을 나타내는 상징도로서 천지 창성 신화나 그노시스파에 이용되었다.→Vicvonian Cycle
* wail him→bewail him=lament the dead 사자(死者)를 애도하다: hail him 그에게 환호하다 ☞ wailing waves 통곡의 파도

| 007:01 | rockbound (hoahoahoah!) in swimswamswum and all the livvy- |
|---|---|
| | 그의 죽음을 애도할 것이다 (이봐 이봐 이봐!) 그리고 하루 |

* rockbound: ① 바위로 둘러싸인(바그너의 오페라 <Der fliegende Holländer>에서 Sandvike는 바위로 둘러싸여 있다) ② 바위에 산 채로 매장된(아서왕 전설에서 Merlin은 Morgana La Faye에 의해 바위에 산 채로 매장된다) ③ 바위에 몸이 묶인(그리스 신화에서 Prometheus는 바위에 몸이 묶인다) ④ 바위에 머리를 기댄 채(Jacob은 바위에 기대어 잠을 자다 꿈에서 천사를 보게 된다) ☞ 바위투성이의→(마음이) 불굴의

* hoahoahoah!: ① Howth 호우드 ② H-H-Howth 말더듬: HCE의 죄책감 ③ ho ho ho/ahoy ahoy ahoy 육지 발견(호 호 호 이봐 이봐 이봐) ④ hoa=words[language] 단어[언어]

* swimswamswum→swim(수영)+swamp(늪)

* all the livvylong night→all the livelong day(하루 온종일): 미국 민요 <I've been working on the railroad> ☞ livvy→Liffey=ALP

| 007:02 | long night, the delldale dalppling night, the night of bluerybells, |
|---|---|
| | 온종일, 이야기꽃이 아롱다롱한 밤, ALP의 밤, |

* delldale→telltale 비밀[내막] 폭로, 수다쟁이 ☞ dell[고대 속어]=prostitute 매춘부(→Issy); dédale[프랑스어]=labyrinth 미로

* dalppling→dappling 얼룩덜룩[아롱아롱]한 ☞ dalppling→ALP=Anna Livia Plurabelle

* bluerybell: ① Plurabelle=ALP ② bluebells 블루벨(종 모양의 푸른 꽃이 피는 백합과 식물) ③ bells 튜브벨(오케스트라에서 종소리를 내는 타악기) ④ brewery 양조장

| 007:03 | her flittaflute in tricky trochees (O carina! O carina!) wake him. |
|---|---|
| | 미묘한 가락의 그녀 피리 소리가 (오 사랑스러운! 오 사랑스러운!) 그를 깨운다. |

* flittaflute→flitt[고어]=fleeting 순식간의, 덧없는; flute 플루트 ☞ flutti aflitti[이탈리아어]=wailing waves 울부짖는 파도

* trochees (영시의) 강약격: 긴(또는 악센트가 있는) 음절과 짧은(또는 악센트가 없는) 음절로 구성된 시에 사용되는 운각韻脚. 'O carina! O carina!'는 연속된 4개의 '강약격'으로 되어 있다.

* O carina!: ① ocarina 흙피리 ② o carina[이탈리아어]좋다 ☞ carina[이탈리아어]사랑스러운; [라틴어]배 바닥을 받치는 목재; 꽃잎 ☞ <Corrine, Corrina> 1928년에 처음 녹음된 미국 민요 ☞ O[프랑스 속어]매춘부

* wake him: ① awaken him 그를 깨우다 ② hold a wake for him 깨우다

| 007:04 | With her issavan essavans and her patterjackmartins about all |
|---|---|
| | 그녀의 딸 Issy 그리고 그녀의 쌍둥이 아들 Shem, Shaun과 함께 |

* issavan→① vanessa 네덜란드계 아일랜드 여성 Esther Vanhomrigh의 가명(조나단 스위프트의 오랜 연인) ② Issy

* essavans→① ea Vanessa a bhean[아일랜드어]=Vanessa is his wife 바네사는 그의 아내다 ② essayan 조이스가 살던 파리에서 기네스가(家)의 딸과 결혼한 러시아인 Mihail Essayan→guenesis

【006:27】 ☞ essavan은 vanessa의 레트로그라드(cancrizans), 즉 선율을 역(逆)으로 모방한 것이다
* patterjackmartins→Peter, Jack, Martin: 조나단 스위프트의 『터무니없는 이야기(A Tale of A Tub)』의 3 형제는 천주교(St.Peter), 칼빈교와 장로교(Jean Calvin), 루터교와 영국성공회(Martin Luther)를 상징→『경야』 속의 Shem, Shaun, Shem/Shaun.

| 007:05 | them inns and ouses. Tilling a teel of a tum, telling a toll of a tea- |
|---|---|
| | 처음부터 끝까지. 터무니없는 옛날이야기를 들려주고, 다정하고 불결한 더블린의 |

* inns and ouses: ① ins and outs 겉과 속[구석구석], 자초지종(details)→in-and-out 성교 ② inns and public houses 여관 및 선술집 ☞ Inn 스위스에서 발원하는 다뉴브강 지류 ☞ Ouses 영국에는 Ouse 라는 이름의 강이 Yorkshire와 Sussex 등지에 있다
* tilling: ① 돈궤(till)에 돈 투입하기 ② 경작[재배]하기 ③ 보살피기 ☞ telling: ① 이야기 들려주기 ② 계산하기
* a teel of a tum: ① A Tale of a Tub: Jonathan Swift의 풍자 산문 ② A Tale of the Town: Edward Martyn의 희곡(George Moore에 의해 Bending of the Bough로 수정된다) ☞ a tale of a tub=cock-and-bull story 황당무계한[터무니없는] 이야기; a tale of a tomb 무덤 이야기; a tale of a time 옛날이야기
* telling a toll: ① telling a tale 이야기를 하다 ② counting the cost 대가를 치르다 ③ tolling a knell 조종弔鐘을 울리다→a toll=toll (사람의 죽음을) 종을 울려 알리다: 죽음의 종소리

| 007:06 | ry turty Taubling. Grace before Glutton. For what we are, gifs |
|---|---|
| | 이야기를 들려주며. 식사 전 감사의 기도. 저희가 받을 것에 대해 |

* teary turty Taubling→Dear Dirty Dublin 다정하고 불결한 더블린: Lady Sidney Morgan(1780~1859) 의 말

> Joyce's Dear Dirty Dublin:
>
> ○ I'm deuced glad, I can tell you, to get back to the old country. Does a fellow good, a bit of a holiday. I feel a ton better since I landed again in dear dirty Dublin.【Dubliners】
> ○ DEAR DIRTY DUBLIN【Ulysses】
> ○ telling a toll of a teary turty Taubling【007:05】

☞ Taubling→Täublein〔독일어〕작은 비둘기: Issy ☞ taub〔독일어〕귀머거리: 『경야의 서』에서 Swift 는 종종 귀먹은 벙어리(deaf-and-dumb)로 묘사된다
* Grace before Glutton→Grace before meals[meat] 식사 전 은혜(음식에 대해 하나님께 감사하는 짧은 기도) ☞ 기도문에 'For what we are about to receive may the Lord make us truly thankful(저희가 받을 것에 대해 주님께서 진심으로 감사하게 해주시기를 바랍니다)'가 들어 있다.
* For what...to believe→Grant us grace for what we about to receive(저희가 받을 것에 대해 은혜를 베푸소서)

* gifs: ① gifts (신의) 은혜, 특별한 능력 ② give us 저희에게 주소서

<table>
<tr><td>007:07</td><td>a gross if we are, about to believe. So pool the begg and pass the</td></tr>
<tr><td></td><td>주님께서 진심으로 감사하게 해주소서. 그럼 주님께 찬양하고 빵을 건네라</td></tr>
</table>

* gifs a gross if we are→if of course we are 물론 그렇다면 ☞ gross→grace: Grace before Glutton 식사 전 은혜
* about to believe→about to receive: Grace before Glutton(저희가 받을 것에 대해 은혜를 베푸소서)
* pool the begg and pass the kish→'Praise the lord and pass the bis cuits(주님을 찬양하고 비스킷을 건네다)': 미국 남부에서 사용되는 식사 전 기도문 ☞ pool→poule〔프랑스어〕암탉 ☞ Poolbeg Lighthouse 더블린 항구 입구의 등대

<table>
<tr><td>007:08</td><td>kish for crawsake. Omen. So sigh us. Grampupus is fallen down</td></tr>
<tr><td></td><td>제발. 아멘. 만사가 사람을 지치게 한다. 할아버지 피네간은 쓰러졌지만</td></tr>
</table>

* for crawsake→for christ's[God's] sake 제발 ☞ craw (새의) 모이주머니, (동물의) 밥통→stick in one's craw 지속적인 분노를 야기하다
* Omen→Amen 아멘('신념 또는 믿음'이라는 뜻의 히브리어 'Emunah'와 관련이 깊다) ☞ O men 오 남자들이여; omen 전조(前兆)
* So sigh us: ① So say us 그러니 우리에게 말해 ② so sigh us=the whole thing makes one weary 만사가 사람을 지치게 한다 ☞ So sei es〔독일어〕=so be it ① 그렇다면 좋다[알겠다] ② So be it!=Amen
* Grampupus is fallen down: ① gran pupo〔이탈리아어〕=big baby→over-grown babeling 【006:31】→Finnegan ② grandpappy 할아버지 ③ grampus 범고래, 숨결이 거친 사람 ④ <London Bridge is Falling Down> 죽음과 부활을 주제로 한 인기 있는 동요

<table>
<tr><td>007:09</td><td>but grinny sprids the boord. Whase on the joint of a desh? Fin-</td></tr>
<tr><td></td><td>할머니 ALP가 식탁을 차린다. 접시에 놓인 고기 조각은 무엇인가?</td></tr>
</table>

* grinny→granny 할머니(ALP): 도스토예프스키(Dostoyevsky)의 소설 The Gambler(노름꾼) 등장인물 ☞ grin (이를 드러내고) 싱긋이 웃다
* sprids the boord: ① spread the board 식사하기 위해 식탁을 놓다 ② spreads the word 말을 퍼뜨리다 ③ sweep the board 대회를 휩쓸다[모든 상을 독차지하다]
* boord: ① bórd〔이탈리아어〕식탁 ② boor 교양 없는 시골뜨기
* Whase〔고어〕→what[who/where] is 무엇[누구/어디]인가
* the joint of a desh→a joint of meat on the dish 접시에 놓인 고기 한 조각 ☞ joint(푸줏간에서 마디를 따라 자른) 큰 고깃덩이
* Finfoefom→Fee Fi Fo Fum 영국의 고전 동화 Jack and Beanstalk(잭과 콩나무)에서 거인이 Jack의 냄새를 말하며 내뱉은 말: 【011:07】【017:32】

Fa←faich (fa!)=behold![see!]: 보라!

Fe←Fiadh (fee-a)=food: 음식

Fi←fiú=good to eat: 먹기에 좋은

Fo←fogh (fó)=sufficient: 충분한

Fum←feum=hunger: 굶주림

☞ Fa fe fi fo fum!=Behold food, good to eat, sufficient for my hunger!

(보라! 음식을, 먹기 좋은, 충분한 내 굶주림을 채울!)

---

| 007:10 | foefom the Fush. Whase be his baken head? A loaf of Singpan- |
|--------|------------------------------------------------------------|
|        | 지느러미를 잘라내고 토막 낸 생선. 그의 구운 빵은 무엇인가? 성 패트릭의 |

* Fush→fish 물고기는 초기 기독교 상징으로 사용되었으며, 그리스어 'ichthys(=fish)'는 **I** esous **CH** ristos **TH** eou **Y** ios **S** oter(예수 그리스도, 하느님의 아들, 구세주)의 뜻이다.
* the Fush=the first 첫 번째
* Finfoefom the Fush=Fin the fish (생선의 지느러미를 잘라내고) 토막 치다
* baken head: ① baked head (술, 마약에 취한) 머리; 구운 머리 ② baked bread 구운 빵 ☞ bake(속어) =head 머리
* baken(덴마크어)→beacon 표지[신호]: Howth의 Bailey 등대(Howth는 HCE의 머리를 상징)
* loaf(압운 속어)→head 머리: loaf of bread=head

---

○ 압운(押韻) 속어: 어떤 단어·어구를 운이 같은 낱말로 대체하여 만든 속어

Kate and Sidney→steak and kindney

knaki rocks→army socks

tea-leaf→thief

apples and pears→stair

---

☞ loaf=lazy, idle
* Singpantry's→St Patrick's 세인트 패트릭의 ☞ pantry 식료품 저장실(원래 빵[panis]을 저장하던 창고) ☞ sing 민요 <피네간의 경야>에서 조문객 중 한 사람인 Paddy McGee가 St Patrick

• ichthys(fish) –blogspot

| 007:11 | try's Kennedy bread. And whase hitched to the hop in his tayle? |
|---|---|
| | 성체의 빵 조각. 그의 술 찌꺼기에 있는 홉 열매에 매달린 것은 무엇인가? |

* Kennedy bread→Eucharistic bread(성체의 빵)→Mastication of the host(성찬식의 빵을 씹음) ☞ bread 4 복음서(Four Gospels)에 나오는 예수의 기적과 빵과 물고기는 성찬례(Eucharist)와 관련 있다 ☞ Kennedy=Dublin baker 더블린의 빵집 이름 ☞ ceann〔아일랜드어〕=head / keen (누가 죽었을 때) 애끓는 소리로 울부짖다[곡을 하다]
* hitched: ① married 결혼한 ② hitch 연결하다, 걸다[매다]
* hop in his tayle: ① top of his tail 꼬리의 꼭대기 부분 ② from top to tail 꼭대기에서 끝부분까지 ☞ tayle: ① tail 증류나 제분 등의 공정에서 남은 찌꺼기 ② tale 이야기

| 007:12 | A glass of Danu U'Dunnell's foamous olde Dobbelin ayle. But, |
|---|---|
| | 다니엘 오코넬의 유명한 더블린 기네스 맥주 한 잔. 그러나, |

* Danu U'Dunnell's foamous olde Dobbelin ayle→O'Connell's Ale 다니엘 오코넬(Daniel O'Connell)의 아들이 소유한 더블린의 Porter Brewery(나중에 Phoenix Brewery로 이름이 바뀜)에서 양조된 맥주→성체 와인(Eucharistic wine)→성찬식의 빵을 씹음(Mastication of the host) ☞ Danu 아일랜드 신화에서 Tuatha Dé Danann의 지모신(地母神: 대지의 풍요와 여성의 생식력에 대한 신앙에서 생긴 신)
* foamous→famous 유명한; frothy 거품이 떠있는
* Dobbelin ayle→Dublin Ale=Guinness=O'Connell's Ale 더블린 맥주→기네스[오코넬] 맥주 ☞ <Dobbin's Flowery Vale> 아일랜드 민요: Dobbin 대령은 18세기 국회의원이었으며, Armagh시 근처의 계곡은 그의 사유지였다.

• Dublin Ale -the-saleroom

• Dobbin's Flowery Vale -claddahrecords

| 007:13 | lo, as you would quaffoff his fraudstuff and sink teeth through |
|---|---|
| | 자 봐라, 당신이 그의 술을 벌컥벌컥 마시고 또 빵을 남기지 않고 |

* lo→Look! 자, 봐라!(놀라운 것에 사람들의 관심을 끌 때 내는 소리)
* quaffoff: ① quaff=drink copiously 벌컥벌컥 마시다[단숨에 들이켜다] ② cough up 토해내다
* fraudstuff: ① foodstuff 식량[식품] ② frothy stuff→foamous 거품이 많은 ③ fraud 그리스도의 실

재(實在: 성체의 빵과 포도주가 미사 중에 그리스도의 실제 몸과 피가 된다는 가톨릭 신앙)와 대조되는 상황

\* sink teeth 한입에 먹다

| 007:14 | that pyth of a flowerwhite bodey behold of him as behemoth for |
|---|---|
| | 한입에 먹어 치울 때 거대한 몸집의 그의 모습을 보라. |

\* pyth→pith 고갱이(꽃이 피는 대부분 식물 줄기의 부드럽고 스펀지 같은
속 부분)→pyth(콘월어)물질 ☞ thoroughly[to the very core] 완
전히[철저하게]

\* flowerwhite→flower=flour 밀가루: 성체(聖體: 성찬용 빵과 포
도주)

\* bodey→body

\* behemoth 거대 짐승(Behemoth는 육지의 원시 괴물, Leviathan은 바다

• Behemoth(land), Ziz(sky), Leviathan(sea)
-wikipedia

의 원시 괴물, Ziz는 하늘의 원시 괴물) ☞ Midrash(구약성서에 대한 고대 유
대인의 주석)에 따르면 Behemoth는 창조주만이 죽일 수 있으
니 YHWH뿐이다. 또한 후대의 유대인 하가다(탈무드 중의 비유법적인 교훈적 이야기)에 따르면 이 세상 최후의
만찬에 Behemoth와 Leviathan 그리고 Ziz가 올라올 것이라 적고 있다. '경야(經夜)'의 현장에서 피네
간[HCE]은 의식상(儀式上) 이 같은 처지가 된다.→사탄을 상징하는 거대한 괴물《욥기 40장 15절~24절》

| 007:15 | he is noewhemoe. Finiche! Only a fadograph of a yestern scene. |
|---|---|
| | 그는 죽었다. 최후의 장면! 지난날의 순간을 담은 그냥 빛바랜 사진일 뿐. |

\* he is noewhemoe: ① he is no more=he is dead 그는 죽었다 ② he is nowhere 그는 어디에도
없다 ☞ noewhemoe→no more=no longer existent 더 이상 존재하지 않는

\* Finiche!: ① finish 음식 및 음료의 '뒷맛[여운]' ② 끝[최후의 장면] ③ finché(이탈리아어)=until[as long
as] ☞ Phoenix (이집트 신화)피닉스[불사조]: 아라비아 사막에 살며 500~600년마다 스스로의 몸을 불태워
죽고 그 재 속에서 재생한다는 전설상의 영조(靈鳥)→영원 불멸의 상징

\* fadograph→fading photograph (망각 또는 지난 과거의)빛바랜 사진 ☞ fadó(아일랜드어)=long ago 오
래전

\* yestern: ① yestern(고어)어제의, 지난 ② gestern(독일어)어제

\* scene→cena(라틴어)=The Last Supper 최후의 만찬

| 007:16 | Almost rubicund Salmosalar, ancient fromout the ages of the Ag- |
|---|---|
| | 수세기에 걸친 고대 사랑의 잔치에 올라온, 거의 붉은빛이 감도는 연어 고기 살, |

\* rubicund=ruddy, reddish 붉은색을 띤 ☞ salmonpink 연어 살색(주황색이 도는 분홍색): HCE의 침실은
사방이 연어 살색 벽지(salmonpapered walls)이다

\* Salmosalar→Salmo salar 대서양 연어(『경야의 서』에서 HCE는 Finn MacCool뿐만 아니라 Finn이 먹는 지식의 연어[Salm-
on of Knowledge]와도 동일시된다): 태어난 곳으로 돌아가서 죽기에 연어는 생명 순환(life-cycle)을 돈다

\* ancient fromout the gaes→ancient throughout the ages 고대에 걸쳐서 ☞ Fintan MacBóchra

아일랜드 신화 속 인물로 홍수에서 홀로 살아남아서 아일랜드 역사의 증인으로 남아있다. 그는 500년 동안 연어로 살았으며 Finn MacCool이 잡아먹은 지식의 연어와 동일하다. Fintan은 '백인 고대 (white ancient)'를 의미한다.

| 007:17 | apemonides, he is smolten in our mist, woebecanned and packt |
|---|---|
| | 그는 우리의 눈에 맺힌 이슬 속으로 사라졌다, 비통하게도 짐을 꾸려 사라졌다. |

* Agapemonides→agapemone=abode of love 사랑의 보금자리(19세기 중엽 영국 Spaxton에 설립된 자유연애 집단) ☞ agape=love feast 애찬(愛餐)[사랑의 잔치]: 초기 크리스트교도가 동포애의 표시로 한 회식→기도·노래·성경 낭독으로 시간을 보냈음)→아가페(죄 많은 인간에 대한 신(神)의 사랑
* smolten: ① smolt 2년생 연어(이 시기에 바다로 나감) ② smolt=flee 도망가다 ③ molten 녹은 ④ gesmolten〔덴마크어〕=melted away 차츰 사라지다
* in our mist: ① in our confusion 우리의 혼란 속에서 ② in our midst 우리 중에서→mist〔독일어〕=muck 오물
* woebecanned→woebegonne(비통한)+canned(미리 준비된)→wohlbekannt=well known 잘 알려진
* packt: ① packed away 포장해서 따로 치워두다 ② gepackt〔독일어〕포장

| 007:18 | away. So that meal's dead off for summan, schlook, schlice and |
|---|---|
| | 그러므로 상한 음식은 이도 저도 아닌 정체불명의 |

* dead off〔군대 속어〕(음식이) 부패한→dead on 아주 정확히, 바로 그대로
* summan: ① some man 어떤 사람 ② summon 소환하다 ③ salmon 연어
* schlook, schlice and goodridhirring→neither fish (food for monk), flesh(food for lay people) nor good red herring(food for the poor) 정체를 알 수 없는, 이도 저도 아닌→hook, line and sinker 완전히[곧이곧대로] ☞ shlook〔유대인의 이디시어〕볼품없는 사람

| 007:19 | goodridhirring. |
|---|---|
| | 누군가에게. |

* goodridhirring→red herring (중요한 것에서) 관심을 딴 데로 돌리는 것 ☞ good riddance 보기 싫은 것이 없어서 속이 시원하다←셰익스피어의 풍자 희극 『트로일로스와 크레시다(Troilus & Cressida)』

| 007:20 | Yet may we not see still the brontoichthyan form outlined a- |
|---|---|
| | 그렇지만 우리는 잠자고 있는 피네간의 모습을 아직은 볼 수 있지 |

* brontoichthyan→brontē〔그리스어〕=thunder 천둥【003:15】+ichthys〔그리스어〕=fish 물고기→HCE→피네간
* brontoichthyan→Brontosaurus+Ichthyosaurus 공룡의 종류: Wallinstone 국립 박물관의 멸종된 공룡은 최근에 사망한 웰링턴 공작과 대비된다【008:01-010:23】
* outlined=defined 윤곽의

| 007:21 | slumbered, even in our own nighttime by the sedge of the trout- |
| --- | --- |
| | 않을까? 진짜로 우리들의 밤 시간에 피네간이 사랑했고 또 피네간이 의지했던 |

* slumber 잠자면서 (세월 등을) 보내다, 활동하지 않다
* sedge: ① edge 가장자리 ② side 측면 ③ sedge 왕골
* troutling→little trout 작은 송어→trattling=gossiping 재잘거리는 ☞ by the sedge of the trout-ling stream→by the side of the troutlet stream 새끼 송어 넘실대는 강변

| 007:22 | ling stream that Bronto loved and Brunto has a lean on. *Hic cubat* |
| --- | --- |
| | 새끼 송어 넘실대는 강변에서. *이곳에 HCE가 누워있다. 작은 몸집의 자유로운 여자* |

* troutling stream→troutling's dream 작은 송어의 꿈
* Bronto→Bronte[그리스어]=Thunder 천둥: brontoichthyan(천둥물고기)
* Brunto: ① Patrick Brunty 아일랜드 성공회 성직자, Bronte 자매의 아버지: brontoichthyan(천둥물고기) ② Brunton Compass 브런튼 컴퍼스(지질학자, 고고학자, 측량사 등이 사용하는 자기나침반)

| 007:23 | *edilis. Apud libertinam parvudam.* Whatif she be in flags or flitters, |
| --- | --- |
| | *ALP 옆에.* 그녀가 맥이 빠져 있거나 혹은 법석이게 하거나, 누더기를 걸쳤거나 |

* **Hic cubat edilis**[라틴어]=Here lies the magistrate 여기 행정 장관이 누워있다→HCE→피네간 ☞ edilis 그리스 신화 속의 Daedalus[Dedalus], Simon and Stephen ☞ aedis[라틴어]사원
* **Apud libertinam parvudam**[라틴어]=beside the little freedwoman 작은 자유로운 여자 옆에 →ALP ☞ Libitina 리비티나(시체와 매장의 로마 여신)
* Whatif=what if ~라면 어찌 되는가?, ~한들 무슨 상관이냐?
* flitters: ① (장식용) 작은 금속 조각 ② 펄럭펄럭[너울너울] 움직이다, 훨훨 날아다니다→[독일어]반짝이 조각

| 007:24 | reekierags or sundyechosies, with a mint of mines or beggar a |
| --- | --- |
| | 혹은 나들이옷을 입었거나, 돈 많은 부자거나 혹은 한 푼도 없는 거지거나 |

* reekierags→reaking rags 누더기→reekier=smellier 냄새가 심한 ☞ ric à rac[프랑스어]엄격한 정확성
* sundyechosies: ① Sunday clothes 나들이 옷(좋은 옷) ② sun-dyed clothes 햇볕에 바랜 옷 ☞ sundry echoes 잡다한 울림
* reekierags or sundyechosies→Ragged Schools and Sunday Schools 빈민 학교와 주일 학교 ☞ Ragged Schools: 영국 교사 John Pound(1766-1839)가 시초 ☞ Sunday Schools: 영국 신부 Robert Raikes(1735-1811)가 창설
* with a mint of=with a hint of 기색[희미한 징조]을 띤→mint=a vast sum of money 막대한 돈
* beggar a pinnyweight→never a hapenny 한 푼도 없는

| 007:25 | pinnyweight. Arrah, sure, we all love little Anny Ruiny, or, we |
|---|---|
| | 무슨 상관인가. 아! 틀림없이, 우리는 모두 ALP를 사랑하거나, 혹은, |

* pinnyweight→pennyweight 페니웨이트(영국의 무게 단위)
* Arrah〔앵글로-아일랜드어〕하지만, 정말→아일랜드어의 감탄사 ara에서 유래 ☞ yerrah〔앵글로-아일랜드어〕감탄사 앞에 맹세의 'O God'이 나오는 Arrah의 한 형태 ☞ Arrah-na-Pogue 디온 부시코 (Dion Boucicault: 1820~1890) 의 희곡과 같은 이름의 여주인공=ALP
* little Anny Ruiny→「Little Annie Rooney」: ① Michael Nolan의 1890년 노래 ② 1931년의 애니메이션 단편영화 ☞ Anne Brontë 아일랜드 출신의 영국 소설가: 이 단락에서 brontoichthyan(천둥물 고기)은 Brontë를 암시 ☞ ALP

| 007:26 | mean to say, lovelittle Anna Rayiny, when unda her brella, mid |
|---|---|
| | 다시 말하지만 우리는 정말 ALP를 사랑한다. 우산을 받쳐 들고, 강물에 |

* mean to say 정확히 말하면, 다시 말하면
* Anna Rayiny→<Little Annie Rooney>(노래)→little Anny Ruiny ☞ abha[abhainn]〔아일랜드어〕강→ 아일랜드어 'Abhainn Life(River Liffey)'의 의인화된 영어가 'Annie Liffey'
* unda her brella=under her umbrella 그녀의 우산 아래 ☞ unda〔라틴어〕=wave 파도
* mid piddle med puddle=in the middle of peeing in the puddle 웅덩이에 오줌 누는 중간에 ☞ mid=amid=in the middle of 한가운데

| 007:27 | piddle med puddle, she ninnygoes nannygoes nancing by. Yoh! |
|---|---|
| | 오줌을 누면서, 어수룩한 암염소처럼 아장아장 걷고 있는 그녀. 오오! |

* piddle: ① make water 오줌을 누다 ② trifle 사소한 일 ☞ Piddle 영국 Dorsetshire에 있는 작은 강(=Trent 또는 North River)
* med〔덴마크어〕: ① amid 한가운데 ② with 함께
* puddle: ① Poddle 리피강의 지류 ② 웅덩이
* ninnygoes[nannygoes]→Ninni=Inanna 이난나(수메르의 달의 여신) ☞ ninny=simpleton 얼간이
* nannygoes→nannygoat=she-goat 암염소
* nancing=dancing
* Yoh!→yo[oh] 여어![오오!](격려나 주의의 뜻으로 지르는 소리)→You! 이봐!

| 007:28 | Brontolone slaaps yoh snoores. Upon Benn Heather, in Seeple |
|---|---|
| | 투덜대던 HCE가 잠을 자면서 코를 곤다. 호우드 헤드의 언덕 위에서, 또 |

* Brontolone〔이탈리아어〕→grumbler 투덜대는 사람, 불평꾼
* slaaps〔독일어〕→sleeps 잠을 자다
* yoh snoores→you snore 네가 코를 골다 ☞ schnorrer: ① cadger 행상인 ② tramp 도보 여행가
* Benn Heather→Benn Étair, Beann Éadair=〔아일랜드어〕Howth: Howth는 'Edar의 봉우리 (Edar's Peak)'의 뜻 ☞ Ben Howth→Ben of Howth=Hill on Howth Head 호우드 헤드의 언덕 ☞

Heathcliff: Emily Brontë의 『Wuthering Heights』 속 등장인물→이 단락에서 Brontë 암시 계속

\* Seeple Isout→Chapelizod 채플리조드(더블린 교외 마을): 『경야의 서』의 주요 배경 ☞ Séipéal Iosóid=Chapel of Iseult: Chapelizod의 게일어 표기

• Chapelizod -VeloViewer

| 007:29 | Isout too. The cranic head on him, caster of his reasons, peer yu- |
|---|---|
| | 채플리조드에서도. 그의 두개골, 그의 이성의 주조자鑄造者, 안개 속의 |

\* cranic: ① cephalic 머리의, 두부(頭部)의 ② cranium 두개골 ③ crâne〔프랑스어〕=skull[head] 두개골[머리]

\* caster of his reasons: ① castle of his reason 이성의 성(城) ② 이성의 주조자(鑄造者) ☞ Howth Castle→HCE's head

\* peer yuthner: ① appear younger 어려 보이다 ② peer yonder (더 멀리) 저쪽을 응시하다 ☞ 『Peer Gynt(페르귄트)』: 노르웨이 Henrik Ibsen의 희곡

| 007:30 | thner in yondmist. Whooth? His clay feet, swarded in verdigrass, |
|---|---|
| | 먼 곳을 응시하고 있다. 호우드 헤드? 녹색의 잔디로 뒤덮인, 그의 진흙 발이 |

\* yondmist→yon mist=that mist 그 안개 ☞ yond: ① yonder 저쪽에 ② furious 격노한

\* Whooth?: ① Howth=Howth Head ② What? ③ Who? ☞ Whooth→ Hawarth 브론테의 고향: 이 단락에서 브론테 암시 계속

\* clay feet=feet of clay 진흙 발(평판이 좋은 사람의 성품에 숨어있는 의외의 약점)《다니엘서 2장 31절~33절》

\* swarded: ① 잔디〔초지〕로 뒤덮인 ② swathed 뒤덮은, 감싼

\* verdigrass: ① verdigris 녹색기를 띤 파란색, 녹청(綠靑) ② verdi〔이탈리아어〕=green 녹색

| 007:31 | stick up starck where he last fellonem, by the mund of the maga- |
|---|---|
| | 마지막으로 넘어졌던 곳에 불쑥 튀어나와 있다, 무기고가 있는 성 토마스 언덕 옆에, |

\* stick up: ① protrude (위로) 불쑥 튀어나오다 ② rob at gunpoint 권총 강도짓을 하다 ☞ stick 'em up! (강도가 총을 겨누며) 손 들어!

\* starck→stark 단단하고 뻣뻣한, (풍경이) 황량한 ☞ Sturk 셰리던 르파뉴(Sheridan LeFanu)의 소설 The

*House by Churchyard* 속 등장인물인 그는 Phoenix Park에서 피살된 채 그곳에 방치된다

* fellonem: ① fell on them 그들 위에 떨어졌다[넘어졌다] ② fall on one's feet (고양이처럼) 떨어져도 바로 서다, 난관을 뚫고 나가다, 운이 좋다 ☞ felon 흉악범, 중죄인
* mund=mound (방어를 위한) 둑[언덕]

| 007:32 | zine wall, where our maggy seen all, with her sisterin shawl. |
|--------|--------------------------------------------------------------|
|        | 그곳은 우리의 마가렛이, 어깨에 숄을 걸친 자매들과 함께, 모든 일을 목격한 곳. |

* magazine wall=magazine fort 더블린 교외 피닉스 공원 내 St Thomas's Hill에 있는 무기[화약]고
* maggy seen all→Maggy 여자 이름(Margaret의 애칭)
* sisterin shawl→sister in shawl: 18세기경 숄은 가난한 아일랜드 여인들의 전통 의상→sister: Issy의 또 다른 자아

• Magazine Wall in Phoenix Park -wikipedia

| 007:33 | While over against this belles' alliance beyond Ill Sixty, ollol- |
|--------|------------------------------------------------------------------|
|        | 한편 이 아리따운 소녀들의 협력 뒤에는 60번 언덕이 있다. 모두가 신성한 |

* belles' alliance: ① La Belle Alliance: 워털루 전투 당시 프랑스 진영의 마을[건물]. 또한 프로이센군이 워털루 전투에 붙인 이름. ② Bell 브론테 자매가 사용한 가명 ③ belles→beautiful girl=Issy ④ Alice=ALP
* beyind: ① beyond 그 너머에[이후에] ② behind 뒤[배후]에
* Ill Sixty→Hill 60: 제1차세계대전의 60번 언덕 전투(1915. 4. 17.~4. 22.)는 벨기에 이프레스(Ypres) 남부에서 벌어짐

• La Belle Alliance -historum

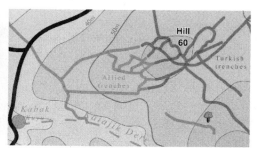

• Battle of Hill 60(Western Front) -Wikipedia

| 007:34 | lowed ill! bagsides of the fort, bom, tarabom, tarabom, lurk the |
|---|---|
| | 것으로 숭배하는 언덕! 둥, 둥, 둥, 북소리 들리는 무기고 뒤쪽, 덤불 속에 |

* ollollowed ill: ① all hallowed hill 모두가 신성시한 것으로 숭배하는 언덕 ② The Hollow 군악대가 연주되던 피닉스 공원 내 공간
* bagsides: ① bagside〔덴마크어〕=back ② beside ☞ backside: ① arse 엉덩이 ② rear premises 뒷 건물: HCE 뒤뜰의 별채→museyroom【008:09】
* bom, tarabom, tarabom: ① 북소리: 피닉스 공원 내 The Hollow에서 군악대가 연주되었다 ② 천둥 소리 ☞ Hill of Tara: 고대 아일랜드 상왕의 자리이자 고대부터 중요한 종교 유적지【009:21】
* lurk=skulk (특히 나쁜 짓을 하려고 기다리며) 숨어있다[도사리다]

• The Hollow -Wikimedia Commons   • Hill of Tara in County Meath -wikipedia

| 007:35 | ombushes, the site of the lyffing-in-wait of the upjock and hock- |
|---|---|
| | 숨어서, 일어나! 경계병들! 그리고 저들을 향하도록 매복한 장소. |

* ombushes: ① ambushes 매복, 잠복 ② aum bushes=sacred bush 신성한 덤불(→burning bush 불꽃이 이는데도 타지 않는 가시덤불)
* lyffing-in-wait: ① lying in wait=lying in bush 매복하다: ombushes ② lying in state 왕족이나 저명한 사람의 시신을 매장 전에 일반 대중에게 공개하여 대중이 마지막 경의를 표할 수 있도록 하는 것 ③ lying in hospital 산부인과 병원(maternity hospital)
* upjock and hockums→Up, Guards, and at 'em! 일어나, 경계병들, 그리고 저들을 향하도록!(Waterloo 전투에서 Wellington 공작의 명령)

| 007:36 | ums. Hence when the clouds roll by, jamey, a proudseye view is |
|---|---|
| | 지금부터 구름이 걷힐 때까지 기다렸다가, 잠자는 HCE의 몸을 |

* Hence when the clouds roll by, jamey→노래 <Wait Till the Clouds Roll By, Jenny(구름이 걷힐 때까지 기다려, 제니)>(1884)
* proudseye view=bird's-eye view 조감도(鳥瞰圖)

• Wait Till the Clouds Roll By   • Wellington Monument -
-wordpress   wikipedia

| 008:01 | enjoyable of our mounding's mass, now Wallinstone national |
|---|---|
| | 높은 곳에서 바라보는 것이 즐거운 곳, 지금은 월린스톤 국립 박물관, |

* mounding's mass→mountain's mass 산괴(山塊)=mudmound(진흙 무더기)→잠자는 HCE의 몸 ☞ morning Mass 아침 미사

* Wallinstone national museum→박물관 또는 museyroom(HCE 선술집 뒤뜰에 있는 별채: 그곳은 Waterloo를 연상시키며 전투가 벌어지는 장소가 된다) ☞ 뒤이어 나오는 내용은 ① 박물관 둘러보기 ② 워털루 전투에 대한 자세한 설명 ③ HCE가 자신의 집에서 소변을 보고, 배변하고, 자위하는 것에 대한 설명 ④ 사랑을 나누는 HCE와 ALP의 묘사 ☞ Wellington Monument 웰링턴 공작을 기념하기 위해 1817년에 피닉스 공원에 세워진 방첨탑(方尖塔)이며 Wellington Testimonial, Welliington Monument, Wellington Memorial 등으로도 알려져 있다. 또 다른 이름인 'overgrown milestone(너무 커진 표지석)'은 HCE의 아침 발기를 나타내는 남근 상징(phallic symbol)이 된다. ☞ Wellington Museum 1771~1778년에 로버트 아담(Robert Adam)이 설계한 '149 Piccadilly, Hyde Park Corner, London'의 Apsley House에 있는 박물관. 이 집을 웰링턴 공작이 구입하여 1817년에 확장한다. ☞ Wellington 워털루에서 Napoleon I 세를 격파한 영국의 장군·정치가(Arthur Wesley[Wellesley])→HCE

| 008:02 | museum, with, in some greenish distance, the charmful water- |
|---|---|
| | 그리고 초록의 공간을 사이에 두고, HCE 선술집 뒤뜰의 멋진 별채 |

* charmful: ① charming 매력적인, 멋진 ② harmful 해로운

* waterloose→Waterloo 웰링턴 공작이 이끌던 영국군과 프러시아 군대가 마침내 나폴레옹을 물리친 워털루 전투(1815. 6. 18.) 격전지 근처의 마을 ☞ water closet, loo→HCE의 선술집 뒤뜰에 있는 별채 (outhouse) ☞ watercourse→ waterloo는 '수로(水路)'를 뜻하는 네덜란드 말에서 유래하는 것으로 간주된다 ☞ greenish 초록빛을 띤→녹내장(glaucoma)에 대한 암시【012:09】

| 008:03 | loose country and the two quitewhite villagettes who hear show |
|---|---|
| | 그리고 덤불 속에서 오줌을 누고 킥킥거리면서 |

* quitewhite: ① quite white 매우 하얀 ② quiet 조용한

* villagettes→villagette: ① 〔프랑스어〕마을 여인→Issy ② 〔프랑스어〕작은 마을

* hear show of themselves: ① show off 자랑[과시]하다 ② make a show of oneself 웃음거리가 되다, 어리석은[수치스러운] 짓을 하다 ③ expose themselves 스스로를 노출시키다→피닉스 공원에서의 HCE의 죄악은 덤불 속에서 오줌 누는 소녀들을 훔쳐본 행위지만, 한편으로는 그녀들 역시 HCE에게 자신들을 노출시킨 것이기도 하다

| 008:04 | of themselves so gigglesomes minxt the follyages, the prettilees! |
|---|---|
| | 수치스러운 짓을 하는 마을의 새하얀 두 소녀, 이쁜 것들! |

* gigglesomes 킥킥[낄낄]거리다(재미·난처함·초조감에서 웃는 소리)

* minxt: ① amongst=among ② amidst=amid ③ betwixt=between ☞ minxit〔라틴어〕=she urinated 그녀는 오줌을 누었다 ☞ minxes=pert or saucy young girls 변덕스럽거나 건방진 어린 소녀

→Issy
* follyages→foliages 무성한 잎
* prettiless: ① prettiness 예쁨[귀여움] ② pretties=pretty girls 예쁜 소녀들

| 008:05 | Penetrators are permitted into the museomound free. Welsh and |
|---|---|
| | 연금 수령자들은 박물관 무료입장이 허용된다. 웨일스인과 |

* penetrator: ① pensioners 연금 수령자 ② penetrators=those guilty of sexual penetration 침입자: 성적 침입(성기 삽입)의 유죄 ③ pen traitors=those guilty of slander 중상모략의 유죄 ④ perpetrators 가해자, 범인
* permitted: ① admitted 입장을 허락하다 ② granted permits 허용하다
* museomound→museo(=museum) + mound(=hill): Wallinstone National Museum
* Welsh and the Paddy Patkinses: ① Welshmen, Irishmen, Englishmen→Shem, Shaun, Shem/Shaun을 상징 ② Welsh=Welshmen 웨일스 사람 ③ Paddy=Irishman 아일랜드인을 지칭하는 비속어 ④ Tommy Atkins 영국 군인을 지칭하는 속어

| 008:06 | the Paddy Patkinses, one shelenk! Redismembers invalids of old |
|---|---|
| | 아일랜드계 영국 군인은, 1실링! 제명된 상이군인 출신의 |

* shelenk→shilling 실링 ☞ shekel=Jewish coin 유대인 동전
* Redismembers: ① Read this, members 이걸 읽어주세요, 여러분 ② redis-members 재분할하다, 제명(除名)하다 ☞ redismembers 단편적으로 기억하다(remember in a fragmented way)
* invalids: ① injured soldier 상이군인 ② not valid 실효성 없는 ☞ Pont des Invalids 앵발리드 다리(파리의 다리) ☞ Hôpital des Invalides 7천 명의 상이군인을 수용하기 위해 17세기에 지어진 파리의 막사. 현재 앵발리드(Les Invalides)로 알려진 이곳에는 나폴레옹의 무덤과 군사박물관(Musée de l'Armée)이 있다.

| 008:07 | guard find poussepousse pousseypram to sate the sort of their butt. |
|---|---|
| | 늙은 경비원은 엉덩이를 붙일 상이군인용 휠체어를 발견한다. |

* old guard: ① The Old Guard 나폴레옹 1세의 친위대(imperial guard) ② (집단에서 흔히 변화를 반대하는) 창단 멤버들
* poussepousse pousseypram: ① pousser[프랑스어]=push 밀다 ② poussif[프랑스어]=lethargic 무기력한 ③ push-pram=wheelchair 상이군인용 휠체어 ☞ pp-pouse→stutter 말더듬은 HCE의 죄책감을 표시한다 ☞ puss-puss 고양이를 지칭하는 애칭→Tip=Tib[Boald Tib]: Issy의 고양이【028:05】
* sate the sort of their butt→servicemen were allowed to sit down in trains 군인들이 기차 좌석에 앉는 것이 허용되었다 ☞ sate: ① saturate 흠뻑 적시다 ② satisfy fully 흡족해하다 ③ sat 앉았다
* butt: ① buttock 엉덩이 ② blow with head 머리로 들이받기 ③ cask 술통 ☞ Isaac Butt(1813-1879) 아일랜드의 Home Rule League를 창립한 정치인이자 변호사 ☞ HCE가 자신의 선술집 뒤뜰에 있는

옥외 변소(outhouse)에 엉덩이(butt)를 까고 앉아있다

| 008:08 | For her passkey supply to the janitrix, the mistress Kathe. Tip, |
|---|---|
| | 여자 문지기인 케이트 부인을 위해서 만능 열쇠 지급. 톡, |

* passkey: ① skeleton key 마스터키[만능 열쇠] ② pesky=troublesome 성가신
* supply to→apply to 적용하다, 지급하다 ☞ supplicate=entreat 간청하다
* janitrix[라틴어]: ① female doorkeeper 여자 문지기[경비원] ② female janitor 여자 청소부 ☞ ge-
nitrix[라틴어]=mother, female creator 어머니, 여성 크리에이터
* Kathe→Kate HCE의 선술집에서 일하는 청소부
* Tip: ① ALP의 편지 조각을 암탉이 발견하게 되는 HCE의 선술집 뒤뜰 쓰레기장(rubbish tip) 또는 쓰레
기 더미(kitchen midden)→과거의 유물 및 고고학적 유적의 상징→이집트 신화 속 원시 진흙더미(primor-
dial mudheap)의 상징 ② 【008.08~010.21】에 걸쳐 'Tip'이 10번 등장: 단 하나의 단어로만 된 문장 즉
'Tip.'이 9번, 그리고 마침표가 아닌 느낌표와 닫는 괄호로 끝나는 3단어의 문장 즉 'Tip(Bullseye! Game!)'
이 마지막으로 1번 등장한다 ③ HCE의 2층 침실 창문을 나뭇가지가 두드리는 소리(Joseph Campbell A
Skeleton Key to Finne-gans Wake) ☞ Tippoo Sahib 마이소르(Mysore: 영국에 의한 식민지화 이전 옛 마이소르 일대를 차지
하고 있던 왕국)의 군주이자 웰링턴의 적 ☞ Mont Tipsey【008:29】워털루는 St.Jean산 근처에 위치하고
있지만 'Mont Tipsey'는 실재하지는 않고, Mont teipsum 즉 스스로의 몸에 올라탄다(Mount yourself)
는 뜻으로 '자위(masturbation)', 혹은 약간 취한 상태를 상징한다 ☞ Tip: ① 툭, 톡, 똑(살짝 치는[닿는] 소리)
② Tib[Boald Tib]: Issy의 고양이

| 008:09 | This the way to the museyroom. Mind your hats goan in! |
|---|---|
| | 이것은 박물관으로 가는 길입니다. 입장할 때는 허리를 앞으로 굽히시기 바랍니다! |

* museyroom: ① museum 박물관[미술관]: 그리스 예술 신화의 수호신인 뮤즈(Muses)에게 헌정된 장소
또는 사원을 나타내는 고대 그리스어 마우스시온(mouseion)에서 유래 ② 음악실(music room)→실내악
(chamber music)→요강(chamber pot)→HCE의 선술집 뒤뜰에 있는 별채 ☞ museum→The Waterloo[Wel-
lington] Museum: 웰링턴 휘하 제7기병대의 Cotton 소령이 몽생 장(Mont St. Jean)에 건립했던 The Wa-
terloo[Wellington] Museum은 1926년 조이스가 워털루를 방문했을 때는 더 이상 존재하지 않았으니
아마도 빅토르 위고(Hugo)의 Les Miserables을 통해서 그 명칭을 들었을 것이다
* Mind your hats goan in→When we had to stoop on our way into the museyroom
* goan in: ① going in 들어가는 ② go on in 들어가다 ☞ Goan→Goa 인도 남서 해안에 있는 옛 포
르투갈 영토

| 008:10 | Now yiz are in the Willingdone Museyroom. This is a Prooshi- |
|---|---|
| | 지금 여러분은 윌링던 박물관을 관람하고 계십니다. 이것은 프러시아제 |

* yiz (방언) you의 복수형
* Willingdone: ① Wellington=Wallinstone national museum 월린스톤 국립박물관 ② Willing-
don=Freeman-Thomas, 1st Marquess of Willingdon(1866-1941) 인도와 캐나다 총독을 지낸 영국의

정치가 ☞ Willingdone→Thy will be done(당신의 뜻이 이루어지이다): Wellington의 신격화된 지위를 암시하는 '주기도문(The Lord's Prayer)'의 구절

* Prooshious gunn: ① Prussian 프로이센: 웰링턴의 동맹으로 워털루 전투에서 나폴레옹을 패배시키는 데 결정적 역할을 했다 ② Russian 러시아인: 더블린의 재담가才談家이자 조이스 가족의 지인이기도 한 Mr Frederick A. Buckley는 자신이 크림반도(Crimea)에서 러시아 장군을 총(gunn→gun)으로 쏜 방법에 관한 이야기를 전하고 있지만 사실상 버클리 자신은 너무 어려서(1847년생) 크림전쟁(Crimean War:1853~1856)에 참전할 수 없었다→The Story of *How Buckley Shot the Russian General* ☞ 『경야』에서는 아일랜드 군인 Buckley가 크림전쟁 중 '용변을 보고 있던(at stool)' 러시아 장군을 죽이려 하나 그가 입고 있는 군복에 경의를 표하여 총을 쏘지 않다가, 용변을 마친 그 장군이 잔디[흙]으로 뒤처리하는 것을 보고 역겨워서 결국 방아쇠를 당긴다【019:11】

| 008:11 | ous gunn. This is a ffrinch. Tip. This is the flag of the Prooshi- |
| | 총입니다. 이것은 프랑스제 총입니다. 톡. 이것은 프로이센의 깃발, |

* ffrinch: ① French 프랑스제(製)의 ② Reverend Canon J. F. M. ffrench 그의 저서 *Prehistoric Faith and Worship: Glimpses of Ancient Irish Life*(1912)가 조이스의 서재에 꽂혀 있었다: gun은 canon의 말장난(pun)
* Tip【008:08】
* Prooshious=Prussian 프로이센

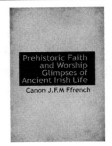

• Ancient Irish Life
-amazon

| 008:12 | ous, the Cap and Soracer. This is the bullet that byng the flag of |
| | 모자와 마법사입니다. 이것은 프로이센의 깃발을 탕! 하고 맞춘 |

* Cap and Soracer: ① cup and saucer 컵과 접시 ② cap and sorcerer 모자와 마법사 ☞ sarissa[sarisa]=long spear[pike] (긴) 창
* This is: ① 빅토르 위고가 1861년 워털루를 방문했을 때 그 지역 여성이 그에게 유적지 몇 곳을 손으로 가리켰다: "저것[포탄 구멍]은 프랑스군의 포탄이 떨어진 자리이고. 문 위의 저 구멍은 비스카엔(biscayen) 산탄(散彈)의 총알 자국인데 바로 관통하지는 않았다." ② 지그문트 프로이트(Sigmund Freud)는 *Wit and Its Relation to the Unconscious*에서 Von Falke가 아일랜드의 밀랍 공장에서 들은 웰링턴에 대한 농담을 다음과 같이 이야기하고 있다: 밀랍 세공 전시실 장면... 한 가이드가 한 무리의 노인과 젊은이 방문객들에게 밀랍 모형들을 안내하면서 '이 밀랍 모형은 웰링턴 공작과 그가 타던 말입니다.'라고 설명하자 한 아가씨가, '어떤 게 웰링턴 공작이고 어떤 게 말입니까?' 물으니 '당신 마음대로, 꼬마 숙녀분.' '돈 내고 들어왔으니 선택도 당신 마음대로.'라고 말했다.
* This is the bullet that byng the flag: ① <This is the House that Jack Built> 전래 동요[자장가] ② Admiral John Byng(1704-1757) 7년 전쟁이 시작될 때 미노르카(Minorca) 해전에서 "최선을 다하지 못했다."라는 이유로 법정에서 처형된 영국 제독 존 빙(John Byng). 그의 처형에 대해 볼테르(Voltaire)는 소설

『캉디드(Candide)』에서 이렇게 풍자했다: '이 나라에서는 다른 사람을 격려하기 위해 때때로 제독을 죽이는 것이 현명하다(Dans ce pays-ci, il est bon de tuer de temps en temps un amiral pour encourager les autres)'

* flag 해군의 기함기(旗艦旗)

| 008:13 | the Prooshious. This is the ffrinch that fire on the Bull that bang |
|---|---|
| | 총알입니다. 이것은 프로이센의 깃발을 탕! 하고 맞춘 총알을 향해 발포했던 |

* ffrinch→French
* Bull: ① John Bull 영국의 의인화 ② Clontarf[아일랜드어:CluainTairbh] 브라이언 보루(Brian Ború)가 데인 족(Danes: 9~10세기경 영국에 침입한 북유럽인)을 물리치고 목숨을 잃은 1014년의 클론타프 전투(Battle of Clontarf). 클론타프는 '황소의 초원(Bull's Meadow)'이라는 뜻. ③ bullet 총알
* bang: ① (총포를) 쾅하고 쏘다 ② 패배시키다 ③ 거칠게 다루다

| 008:14 | the flag of the Prooshious. Saloos the Crossgunn! Up with your |
|---|---|
| | 프랑스제 총알입니다. 십자포화 사격! 창과 쇠스랑을 들고 |

* Saloos: ① salute 경의를 표하다, 예포를 쏘다 ② Salo 이탈리아 북부의 마을: 1796년의 살로 전투(Battle of Salo) ③ Loos 프랑스 북부의 마을: 1915년의 루스 전투(Battle of Loos) ☞ loo=toilet: HCE의 선술집 뒤뜰에 있는 별채(outhouse)
* Crossgunn: ① Crossguns Bridge 더블린의 다리 ② the Corsican 나폴레옹 1세(Corsica섬은 그의 출생지) ③ Cruiskeen Lawn 베네딕트(Benedict)의 영어 오페라 <Lily of Killarney(킬라니의 백합)>의 아리아(aria)
* Up with (무기나 손을) 치켜들다, 일어서라, 분발해라

| 008:15 | pike and fork! Tip. (Bullsfoot! Fine!) This is the triplewon hat of |
|---|---|
| | 일어서라! 톡. (과녁 명중! 훌륭해!) 이것은 나폴레옹이 쓰던 삼각모입니다. |

* pike and fork: ① knife and fork 나이프와 포크 ② If only you'd come out[in the 1916 Rising] with knives and forks 1916 부활절 봉기에 칼과 포크를 들고 나왔더라면: 미국 태생의 아일랜드 정치가 Eamonn D. Valera(1882-1975)가 봉기를 지지하지 않는 더블린 시민을 비판한 글 ③ to put down one's knife and fork=die 죽다
* pike: ① weapon 1797년 반란 당시 아일랜드인의 주요 무기였으며, 그래서 그 반군을 '97년의 파이크맨(the pikemen of 97)'이라고 불렀다 ② 'luce'라고도 알려진 강꼬치고기→Lucia Joyce ③ turnpike[toll-gate] 19세기 채플리조드(Chapelizod)에 있었다 ④ fork[junction] 멀링거(Mullingar Inn) 외부 채플리조드에 한 곳이 있었다
* Tip【008:08】
* Bullsfoot 바지의 솔기에 의해 고환이 (소의 발처럼) 두 부분으로 나눠지게 되는 웅크린 남자의 모습 ☞ Bullsear!【009:24】→(앵글로-아이리쉬어) 광대;Bullsrag!【010:15】→red rag to a bull 분노의 원인; Bullseye!【010:21】→과녁의 중심
* triplewon hat→tricorne 모서리가 세 개인 삼각모: 워털루에서 나폴레옹과 웰링턴은 이른바 나폴레옹 모자 혹은 웰링턴 모자로 불리는 2각모(테의 양쪽이 위로 휜 모자)를 썼다

• The Pikemen -wikipedia

• Tricorne -metmuseum

| 008:16 | Lipoleum. Tip. Lipoleumhat. This is the Willingdone on his |
|---|---|
| | 톡. 나폴레옹의 모자. 이것은 그의 백마, |

* Lipoleum: ① Napoleon=Napoleon Bonaparte(1769-1821) 워털루 전투(1815년 6월 엘바섬에서 돌아온 나폴레옹
1세가 이끈 프랑스군이 영국, 프로이센 연합군과 벨기에 남동부 워털루(Waterloo)에서 벌인 전투로, 프랑스군이 패배함으로써 나폴레옹 1세
의 지배가 막을 내림)에서 영국의 웰링턴(Wellington)에게 패함 ② Lipoleum[lipos=fat(그리스어) 지방+oleum=oil(라틴
어) 기름] 즉 '지방으로 만든 (올리브) 기름'의 뜻 ③ linoleum 아마유(亞麻油)가 함유된 바닥재→oil cloth
flure【021:13】☞ lip 주제넘은 소리, 수다→거만한 나폴레옹(the Corsicanupstart)의 오만과 영국인을 향한
그의 연설
* Tip【008:08】
* Lipoleumhat〔프랑스어〕: ① Diplomate 자격 취득자, 전문가 ② Diplomat 외교관 ☞ Lipoleum(나
폴레옹)+hat(모자)
* Willingdone=Wellington 웰링턴→Wallinstone National Museum 월린스톤 국립박물관 ☞Will-
ingdon=Freeman-Thomas, 1st Marquess of Willingdon(1866-1941) 인도와 캐나다 총독을 지낸 영국
의 정치가

| 008:17 | same white harse, the Cokenhape. This is the big Sraughter Wil- |
|---|---|
| | 코펜하겐을 타고 있는 윌링턴의 모습입니다. 이것은 대량 학살자 |

* same white harse: ① same white horse W.G. Wills의 연극 <A Royal Divorce>에서 Napoleon
은 Josephine과 이혼하고 Marie-Louise와 결혼한다: …배우의 대사가 없는 장면. 무대의 배경은 워
털루 전투 장면 … 전경(前景)에서 큰 백마 위에 나폴레옹[W.W. Kelly 배역]이 탔거나, 때로는 Kelly가 휴
식을 취할 때면 분명 웰링턴이 타고 있을 것이다. 대사 한마디 없이 말 위에 앉아있다고 해서 연극
에는 문제 될 게 없었다. 조이스는 이런 적대적 관계의 두 장군을 서로 대체할 수 있다는 점을 부각
시켰다(James S. Atherton, 『The Books at Wake』). ② This is the Willingdone on his same white harse→
【008:12】 ③ white horse→명예혁명을 통해 집권한 메리 2세와 네덜란드 출신인 그녀의 남편 오렌
지 공 윌리엄의 통치를 인정하지 않고 스튜어트 왕가를 잉글랜드와 스코틀랜드의 왕좌에 앉히기 위
해 1688년에서 1746년에 걸쳐 브리튼 제도에서 일어난 전쟁과 관련이 있다→19세기의 많은 개신교
도들은 왕권에 대한 충성의 표시로 자기 집 현관 위 작은 창문 위에 백마(white horse)모형을 올려 놓았
다 ☞ white horse→wide arse 별채의 화장실에서 볼일을 보고 있는 HCE, 그리고 성교를 하고 있는

HCE와 ALP, 이 두 행위 모두 워털루 전투에 대한 복잡한 설명과 연관된다→버클리가 러시아 장군에게 총을 쏜 방법에 대한 언급도 있을 것이다【338.04~355.07】☞ 56살의 HCE는 볼품없는 몰골을 하고 있는데, 백발에다가 코는 빨갛고 이빨은 죄다 빠져버렸으며 눈도 침침해져 안경을 걸치고 있다. 젊었을 때는 키도 컸고 꼿꼿했으나 이젠 꾸부정 노인이 되어 지팡이를 짚는다. 다소 치욕스러운 모습이지만 금방 눈에 띄는 HCE의 펑퍼짐한 엉덩이, 즉 그의 'big white harse'는 연극의 워털루 장면에서 그리고 ALP와 섹스하는 침실 장면에서 각각 관객과 독자의 시선을 압도한다.

* Cokenhape→Copenhagen 워털루 전투에서 웰링턴이 타던 밤색의 말. 한편 나폴레옹의 애마 Marengo는 흰색.
* Sraughter: ① slaughter 학살, 살육 ② Arthur Wellesley(1대 웰링턴 공작) ③ Arthur 왕

• Copenhagen(chestnut) -quietcorner  　　　　• Marengo(white) -robswebstek

| 008:18 | lingdone, grand and magentic in his goldtin spurs and his ironed |
|---|---|
| | 웰링턴의 모습입니다, 화려하고 매력적인 황금 박차 그리고 다림질된 오리 바지 |

* magentic: ① magnetic 자석 같은, 매력적인 ② majestic 위풍당당한 ☞ Magenta 이탈리아 북부에 있는 마을; 마젠타 전투(Battle of Magenta: 1859년, 나폴레옹 3세의 장군 맥마흔(MacMahon)이 오스트리아군을 물리친 전투)
* goldtin spurs=golden spurs 황금 박차(拍車): HCE의 7개 의류 중에서 1번째 품목 ☞ Gulden-sporenslag=Battle of the Golden Spurs 플랑드르(Flemish)가 프랑스를 패배시킨 1302년의 전투
* ironed dux: ① ironed tuxedo 다림질된 야회복: HCE의 7개 의류 중 2번째 품목 ② duck trousers 오리 바지 ☞ Iron Duke 웰링턴 공작의 별명

| 008:19 | dux and his quarterbrass woodyshoes and his magnate's gharters |
|---|---|
| | 그리고 그의 황동 엽전 덧신 장화 그리고 양말대님 그리고 야자나무 섬유로 |

* quarterbrass woodyshoes: ① Quatre Bras 워털루 전투 현장에서 가까운 교차로이자 작은 마을. 워털루 이틀 전 벌어진 Quatre Bras 전투에서 웰링턴은 네이(Ney) 장군을 격퇴했다. ② -brass woody-shoes 윌리엄 3세(King Billy)에 대한 아일랜드 충성파의 전통적인 건배사: '누가 우리를 … 놋쇠 돈 … 나무 신발에서 구해 냈습니까?'→Quatre Bras 전투의 웰링턴 동맹국에는 오렌지 왕자(Prince of Orange)가 지휘하는 네덜란드 보병이 포함된다→따라서 '나무 신발(wooden shoes)' [즉, '나막신(clogs)']과 오렌지 건배

사(Orange Toast)에 대한 암시  ③ wooden shoes→clogs, galoshes 나막신, 덧신 장화→HCE의 7가지
의상 중 3번째 품목

* magnate's gharters→garters 양말대님, (구두가 벗겨지지 않도록) 구두 뒤쪽의 구멍에 꿰어 버클로 잡아매는 가죽끈: HCE의 7가지 의류 중 4번째 품목 ☞ magnate 거물, 부호(富豪)

| | |
|---|---|
| **008:20** | and his bangkok's best and goliar's goloshes and his pullupon- |
| | 만든 조끼 그리고 방랑 시인의 덧신 장화 그리고 격자무늬의 통이 좁은 |

* bangkok 야자나무 잎에서 채취한 섬유(또는 그것으로 만든 모자)
* best=best(최고의)+vest(의복)
* goliar's→goliard (프랑스어) (12-13세기의) 방랑 시인으로 라틴어의 풍자시를 짓고 왕후 사이에서 음유시인(minstrel)·어릿광대(jester) 노릇을 하였다
* goloshes→galoshes (비 올 때 신발 위에 신는) 덧신 장화: HCE의 7개 의류 중 6번째 품목

| | |
|---|---|
| **008:21** | easyan wartrews. This is his big wide harse. Tip. This is the three |
| | 펠로폰네소스 전쟁 모직 바지. 이것은 그가 타던 몸집이 큰 말입니다. 톡. 이것은 |

* pulluponeasyan wartrews=Peloponnesian War 델로스 동맹(Delian League)[아테네(Athens)가 주도]과 펠로폰네소스 동맹(Peloponnesian League)[스파르타(Sparta)가 주도] 간에 기원전 431년부터 404년까지 지속된 전쟁 ☞ trews(스코틀랜드 병사가 입던) 격자무늬의 통이 좁은 모직 바지: HCE의 7개 의류 중 7번째 품목
* harse: ① horse  ② arse=buttocks, ass 엉덩이
* Tip【008:08】

| | |
|---|---|
| **008:22** | lipoleum boyne grouching down in the living detch. This is an |
| | 참호 속에 웅크리고 있는 3명의 나폴레옹 군인의 모습입니다. 이것은 적을 |

* lipoleum【008:16】
* boyne=tub(욕조)+boys(군인)+Battle of Boyne(보인 전투: 1690년, 제임스 2세가 지휘하는 아일랜드 가톨릭 군대와 윌리엄 3세가 이끄는 영국-네덜란드 신교도 연합군대가 더블린 북쪽 라우스(Louth)의 보인강(The Boyne River)에서 벌인 전투)
* living detch=living death 죽은 거나 다름없는 삶[생지옥] ☞ detch→ditch 빅토르 위고는 *Les Miserables*에서 Braine-l'Alleud에서 Ohain까지 워털루 전장을 가로질러 달리고 있는 도로를 가파르게 제방을 쌓아 협곡을 이루고 있는 함몰된 도랑(sunken ditch)으로 묘사하고 있다

| | |
|---|---|
| **008:23** | inimyskilling inglis, this is a scotcher grey, this is a davy, stoop- |
| | 처단하고 있는 영국 장교, 이것은 스코틀랜드 기마병 연대, 이것은 허리가 굽은 |

* inimyskilling: ① enemy killing 적 처단  ② Royal Inniskilling Fusiliers 북아일랜드의 퍼매너(Fermanagh county) 카운티 에니스킬렌(Enniskillen)주의 영국군 보병 연대: Waterloo와 Williamite 전쟁에 참전했다
* inglis→Inglis=a famous British officer in the Peninsular Wars 반도전쟁(1808-1814간 영국·스페인·포르투

갈 연합군이 이베리아 반도에 침입한 Napoleon 군대와 싸운 전쟁)에 참전한 영국 장교
* scotcher grey: ① Scotch Greys: Royal Scots Greys regiment at Waterloo 워털루 전투 참전 스코틀랜드 기마병 연대 ② scotcher grey=louse(벌레) 이 ☞ grey: Shaun[angel→inglis]이 white이고, Shem[Devil→davy]이 black이라면, Shem-Shaun은 grey이다
* davy: ① Taffy: Wales의 Taff강에서 유래한 웨일스인(Welshman)의 일반 이름 ② Devil: Shem=Lucifer
* stooping=bending down 허리를 굽히는

| 008:24 | ing. This is the bog lipoleum mordering the lipoleum beg. A |
|---|---|
| | 웨일즈 사람. 이것은 자기 부하 병사에게 명령하고 있는 나폴레옹 |

* bog lipoleum=Big Napoleon=Shaun→lipoleum【008:16】 ☞ bog→privy(옥외 변소)=the outhouse in the backyard behind HCE's tavern(HCE의 선술집 뒤뜰의 별채) ☞ bog〔러시아어〕=God 신
* mordering: ① murdering 살해 ② mordre〔프랑스어〕=bite 물어뜯다 ③ Mordred 아서 왕(Arthur Wellesley, 1st Duke of Wellington)의 조카, 아들이자 살인자→Shem-Shaun
* lipoleum beg=Little Napoleon→Shem ☞ beg〔앵글로-아이리쉬어〕=small

| 008:25 | Gallawghurs argaumunt. This is the petty lipoleum boy that |
|---|---|
| | 장군입니다. 가월구르 요새 전투. 이것은 몸집이 크지도 작지도 않은 |

* Gallawghurs→Gawilgahr[Gawilghur] 인도 북부의 요새(1803년 12월 15일 Battle of Gawilghur에서 웰링턴이 점령했던 요새) ☞ gallowglass 중세 아일랜드의 용병← gall-óglach〔아일랜드어〕=foreign soldier
* argaumunt→Argaum 인도 북부의 한 마을(1803년 11월 29일 Argaum 전투에서 웰링턴이 승리한 곳)
* petty→petit=small+pretty
* boy 병사, 부하 ☞ lipoleum【008:16】

| 008:26 | was nayther bag nor bug. Assaye, assaye! Touchole Fitz Tuo- |
|---|---|
| | 나폴레옹의 부하 병사이다. 천천히, 천천히! 대포 구멍이 딱 맞아 들어맞는다. |

* nayther bag nor bug→neither big nor small: Shaun이 Big Napoleon이고 Shem이 Little Napoleon이라면 Shem-Shaun은 '크지도 작지도 않은' 자그마한 나폴레옹(Petty Napoleon)
* Assaye, assaye!: ① I say, I say! 어이쿠, 어이쿠! ② Easy, easy! 천천히, 천천히! ③ try! 시도하라! ☞ Assaye 인도 남부의 마을(1803년 9월 23일 Assaye 전투에서 Wellington이 승리한다) ☞ asseyez vous〔프랑스어〕=sit down→HCE가 자신의 선술집 뒤뜰의 변소(privy)에 앉아있다
* Touchole=touchhole: ① (구식 대포의)점화 구멍 ② 여자 동성애자(dyke[dike])
* Fitz Tuomush=fits too much 과도하게 일치[적합]하다 ☞ Thomas→Shaun이 Dick이고 Shem이 Harry이면 Tom은 Shem-Shaun이다 ☞ Tom, Dick and Harry 평범한 사람들, 어중이떠중이 ☞ Fitz Thomas=Son of Thomas 토마스의 아들; John Thomas=〔속어〕페니스

| 008:27 | mush. Dirty 'MacDyke'. And Hairy 'O'Hurry. All of them |
| --- | --- |
| | 불결한 맥다이크. 그리고 털투성이 오하리. 이들은 모두 |

* Dirty 'MacDyke'→dyke=lesbian: MacDyke는 '레즈비언의 아들'을 의미→아일랜드 시인 Thomas Moore와 Bessy Dyke 사이에 FitzThomas[MacDyke]라는 자식이 있다→Touchole Fitz Tuomush 【008:26】
* Dirty 'MacDyke'. And Hairy 'O'Hurry.→Tom, Dick and Harry
* Hairy→hairy ring〔속어〕음문(vulva)

| 008:28 | arminus-varminus. This is Delian alps. This is Mont Tivel, |
| --- | --- |
| | 아르메니아의 골칫거리. 이것은 줄리안 알프스 산맥. 이것은 티벨산, |

* arminus: ① Arminius 독일의 장군, 게르마니아의 해방자. 그는 토이토부르크 발트(Teutoburg Wald)에서 바루스(Varus)를 패배시켰다. ② Jacobus Arminius 네덜란드 신학자이자 종교 개혁가. 알미니안주의(하나님의 정의보다 사랑을 강조하는 자유주의적 칼빈주의)의 창시자. ③ Armenian 아르메니아 사람
* varminus: ① Varus 게르마니아 총독 푸블리우스 퀸틸리우스 바루스(Publius Quinctilius Varus)는 서기 9년에 토이토부르크숲(Teutoburg Forest)에서 아르미니우스(Arminius)에게 패배하자 자살했다 ② verminous (사람이) 지독히 불유쾌한 ③ varmint 골칫거리[장난꾸러기] 동물이나 사람 ☞ argy-bargy 시끄러운 논쟁[언쟁]
* Delian alps: ① Julian Alps 트리에스테(Trieste)가 내려다보이는 산들; 가장 높은 봉우리는 Tricorno 라고 한다→Triplewon Hat ② Delian League 기원전 477년에 설립된 그리스 연합. 델로스 동맹은 펠로폰네소스 전쟁에서 아테네가 주도했다. ☞ Delia 그리스신화 속 달과 사냥의 여신 Artemis의 별칭. 델로스섬에서(오빠 Apollo와 함께) 태어남.
* Mont Tivel 톨레도(Toledo)에서 남동쪽으로 약 200km 떨어진 스페인 라만차(La Mancha)의 캄포데 몬티엘(Campo de Montiel)에 있는 성→1369년 3월 13일 몬티엘 전투에서 카스티야(Castile)의 하인리히 2세(Henry Ⅱ)는 이복형인 돈 페드로(Don Pedro)를 패배시켰다. 백년전쟁(1337~1453)의 일부였다.→Cervantes 의 『Don Quixote』는 Campo de Montiel에서 모험을 시작한다→mont〔프랑스어〕=mountain

| 008:29 | this is Mont Tipsey, this is the Grand Mons Injun. This is the |
| --- | --- |
| | 이것은 팁시산, 이것은 몽 생 장 전투. 이것은 나폴레옹 |

* Mont Tipsey=Mount yourself=Masturbate 자위하다 ☞ mont=mount=en-gage in sexual intercourse with 성교하다 ☞ Apsley House=런던 소재 Wellington의 집(현재는 박물관)→Wallinstone 국립박물관 ☞ Ipsus=Asia Minor의 Phrygia에 있는 마을→Battle of Ipsus: 알렉산드 대왕 후계자들 간의 전쟁(BC 301). Lysimachus와 Seleucus가 Antigonus와 Demetrius를 패배시킴.
* Grand Mons Injun: ① Mont St Jean 워털루 전투 현장 바로 북쪽에 있는 마을. 웰링턴은 Mont-Saint-Jean 고원에 주둔함.→Mont St Jean은 영국군이 워털루 전투에 붙인 이름 ② Mons 벨기에 워털루에서 가까운 도시→몽스 전투(Battle of Mons: 1914년 8월 23일)는 제1차세계대전 당시 영국 원정군(Expeditionary Force)의 첫 전투였다 ☞ Injun=Native American[American Indian]〔속어〕북미 원주민 ☞ Injured 또는 In jail 술(tipple)과 주취(tipsyness)에 따른 처벌

| 008:30 | crimealine of the alps hooping to sheltershock the three lipoleums. |
|---|---|
| | 병사 3명을 전투 피로감으로부터 보호하기 위한 알프스 말총으로 짠 딱딱한 천. |

* crimealine: ① crinoline 크리놀린(19세기 중엽에 여자의 치마를 불룩하기 위해 입었던 페티코트), 크리놀린 천을 안에 댄 속치마(petticoat of crinoline) ② Crimean War 크림전쟁(1853~1856에 걸쳐 영·프랑스·터키·사르디니아 연합국 대 러시아 사이에 일어난 전쟁) ☞ crinoline 말총 등으로 짠 딱딱한[버팀대가 들어간] 천=hoopskirt
* streamline=contour of a body(여성 몸의 곡선)+petticoats(속치마)+Crimean War(크림전쟁) ☞ crime 【008:09~010:23】은 HCE가 Phoenix Park에 저지른 원죄(original sin)에 관한 묘사
* alps: ① Alps 알프스 산맥 ② Alp's ALP의 스커트
* hooping=encircling(포괄하는), embracing(아우르는)
* sheltershock→shellshock (특히 1차 세계대전 중) 전투 피로감[전쟁 신경증] ☞ sheltershock=shelter from shellshock 전투 피로감으로부터의 보호
* three lipoleums=Shem, Shaun, Shem-Shaun→lipoleum【008:16】

| 008:31 | This is the jinnies with their legahorns feinting to read in their |
|---|---|
| | 이것은 자신들의 손으로 쓴 전략서를 읽고 있는 척 상대를 속이고 있는 |

* jinnies: ① jinni[jinnee, djinni, genie] (아랍 신화)요정 ② Jinnies 이씨(Issy)의 두 가지 성격, 즉 두통(split)과 정신분열증(schizophrenic) ③ Jennifer 아서왕의 왕비, 즉 기네비어(Guinevere)←Waterloo에서 Napoleon Ⅰ세를 격파한 영국의 장군·정치가 Wellington의 이름은 Arthur Wellesley(1769-1852) ☞ Jenny 암컷 당나귀: [Jinnies]는 전쟁터의 어린 암말 한 쌍과 나폴레옹 연대를 의미. 동시에 피닉스 공원의 유혹녀(temptress)가 된다.<Joseph Campbell A Skeleton Key to Finnegans Wake>
* legahorns: ① Leghorn 이탈리아 리보르노(1796년 나폴레옹이 점령한 항구) ② leghorn 레그혼(암닭의 일종)→HCE 뒤뜰의 암닭, 즉 Biddy Doran ③ leghorn 밀짚모자
* feinting: ① feint 상대방을 속이는 동작을 취하다 ② feigning 가장(假裝) ③ fainting 기절

| 008:32 | handmade's book of stralegy while making their war undisides |
|---|---|
| | 요정들입니다. 그 와중에 그들은 윌링던 앞에서 속옷을 내리고 |

* stralegy: ① strategy 전략 ② astrology 점성학 ③ strale〔이탈리아어〕화살표
* making their war: ① making their water=urinating→minxit【라틴어】=she urinated 그녀는 소변을 보았다 ② making war
* undisides: ① on this side 이쪽; undersides 밑면; on the side of 편들어 ② undies=women's undergarments 여성 속옷→expose themselves:Phoenix Park에서 HCE가 저지른 죄악은, 덤불 속에서 오줌을 누고 있는 소녀들을 엿본 것일 텐데(따라서 소녀들은 HCE에게 자신들을 노출하게 되고) HCE 역시 소녀들에게 자신을 노출시킨다 ☞ Undisides the Willingdone→Did he just lower his undies, and now they dangle loosely (undecidedly) below his willie/dome? 그가 막 자신의 속옷을 내리자 고환이 음경/귀두 아래쪽에 매달려 달랑거리고 있었는가?

| 008:33 | the Willingdone. The jinnies is a cooin her hand and the jinnies is |
|---|---|
| | 오줌을 누고 있습니다. 요정이 손으로 정답게 속삭이면서 검고 윤기 나는 |

* cooin→cooing=uttering coos 달콤하게[정답게] 속삭이다, (비둘기가) 구구 울다

| 008:34 | a ravin her hair and the Willingdone git the band up. This is big |
|---|---|
| | 자신의 머리카락을 움켜쥐자 윌링던은 흠칫하며 발기합니다. 이것은 거대한 |

* ravin→obtain[seize] by violence(강탈하다)+raven(갈까마귀)
* hair→흰손(White Hands)과 금발(Fair Hair)의 Isolde
* git the band up: ① bander〔프랑스어〕=get an erection 발기하다  ② git〔방언〕=get 획득하다  ③ get the wind up 깜짝 놀라다, 흠칫하다

| 008:35 | Willingdone mormorial tallowscoop Wounderworker obscides |
|---|---|
| | 윌링던 기념비로서 요정들의 측면을 포위하고 있는 |

* mormorial→marmoreal(대리석으로 만든)+memorial(기념비)
* tallowscoop→tallow scoop=waxworks 밀랍 인형, 밀랍 세공품 ☞ telescope+Wellington Monument: 더블린 어디에서나 바라다보이는[telescope] 피닉스 공원의 웰링턴 기념비[Wellington Monument]→ 또 다른 이름인 'overgrown milestone(너무 커진 표지석)'은 HCE의 아침 발기(morning erection)를 암시함
* Wounderworker→Wunder〔독일어〕=miracle 기적 ☞ 세계 최고의 직장(直腸) 치료제 'Wonderworker' 처방전이 Bloom의 서랍에 들어있다(U 674:06~07)
* obscides→abseits〔독일어〕한쪽으로+opposite 맞은편에 ☞ obsideo〔라틴어〕=blockade 봉쇄; obsidium〔라틴어〕=siege 포위

| 008:36 | on the flanks of the jinnies. Sexcaliber hrosspower. Tip. This |
|---|---|
| | 기적의 밀랍 세공품입니다. 웰링턴의 능력. 톡. 이것은 |

* flanks: ① (군대) 대열의 측면  ② (소의) 옆구리 살  ③ 강의 제방(bank)
* Sexcaliber→six cylinder 자동차에서 볼 수 있는 가장 일반적인 유형의 피스톤 엔진은 6기통 엔진 ☞ sex〔라틴어〕=six ☞ Excalibur 아서왕의 검→아서왕이 돌에 박힌 검을 뽑는 행위는 성적 행위를 암시한다: 웰링턴의 이름은 Arthur
* hrosspower→horsepower 마력(馬力); 달성[생산] 능력, 힘 ☞ hross〔고대 아이슬란드어〕=horse; cross power=Catholic Church
* Tip【008:08】

| 009:01 | is me Belchum sneaking his phillippy out of his most Awful |
|---|---|
| | 저의 바텐더인데요 더블린의 기네스 양조 회사로부터 몰래 술을 |

* me=my
* Belchum→Belgium(워털루)+General Blücher(워털루에서 나폴레옹과 싸운 프로이센 사령관)+Maurice Be-

han(HCE 술선집의 늙은 바텐더) ☞ bel homme〔프랑스어〕=handsome chap 잘생긴 남자 ☞ belching 만취(drunkenness) 증상→chum 트림: 늙은 바텐더는 HCE처럼 술에 취하면 종종 트림을 한다

* sneaking his phillippy: ① speaking his philippic 필립 왕 공격 연설(기원전 4세기에 아테네의 웅변가 Demosthenes가 Macedonia 왕 Philip을 그리스의 적으로서 공격한 연설) ② sneaking[taking] his filly 그의 암망아지를 몰래[가져가다] ③ taking his fill 술을 마시다 ☞ philip[philhippic]=horse-loving

---

| 009:02 | Grimmest Sunshat Cromwelly. Looted. This is the jinnies' hast-<br>마시고 있습니다. 훔친 것이죠. 이것은 윌링던을 초조하게 할 요량으로 |

* Awful Grimmest Sunshat Cromwelly. Looted.→Arthur Guinness and Son, Company, Limited: 더블린의 기네스 양조 회사 ☞ Brothers Grimm=Jakob Grimm과 Wilhelm Grimm 형제(독일의 언어학자이자 동화 작가 형제) ☞ Cromwell=Oliver Cromwell(1599~1658): 영국의 군인·정치가. Charles 1세를 처형하여 영국을 한때 공화국으로 했음. 1649년 아일랜드를 침공하고 원주민 가톨릭교도를 무자비하게 탄압했음. ☞ Crowley=Aleister Crowley(1875-1947) 영국의 악마 연구가이자 신비주의자 ☞ loot: ① lurk 잠복하다 ② obey 복종하다 ③ pillage 약탈하다[훔치다]

• Oliver Cromwell -npg        • Aleister Crowley

---

| 009:03 | ings dispatch for to irrigate the Willingdone. Dispatch in thin<br>요정이 그에게 급하게 보내는 위조된 편지입니다. 제가 일하고 있는 HCE |

* the jinnies' hasting dispatch: Nap(Napoleon: Shem, Shaun&Shem-Shaun)으로부터 온 것이라고 주장하며 Jinnies(Issy)가 Willingdone(HCE)에게 보내는 위조된 편지. 지니는 또한 편지를 위조한 아일랜드의 미인이자 사교계 명사인 엘리자베스 거닝(말보로 공작을 함정에 빠뜨리려는 시도가 실패로 돌아간 Elizabeth Gunning)과 엘리자베스의 이모 자매인 엘리자베스와 마리아 거닝[엘리자베스 해밀턴과 마리아 코번트리]과 동일시되기도 함. ☞ the dispatch[mes-sage]=the forged letter=ALP's letter ☞ hasting=hastening 서두르는; urgent need of quick action 신속한 조치가 시급한 ☞ The Dispatches of the Duke of Wellington During His Various Campaign 웰링턴 공작의 군사 작전 파견→dispatch 파견, 발송, 급보

* irrigate=urinate(오줌을 누다)+irritate(초조하게 하다)

---

| 009:04 | red lines cross the shortfront of me Belchum. Yaw, yaw, yaw!<br>선술집 가게 정면에 소수의 용감한 사람들 급파. 이랴, 이랴, 이랴! |

* thin red lines: ① 1854년 10월 25일 크림전쟁(Crimean War) 기간 동안 Balaclava에서 엄청난 역경에 직면해서 완강하게 방어했던 영국 보병의 93연대에 붙은 별명 ② (특정 주의·지역을 지키는) 소수의 용감한 사람들

* shortfront: ① shirtfront 셔츠 앞부분 ② shopfront 가게 정면→HCE 선술집

* yaw: ① ja〔독일어〕=yes ② yaw 일시적으로 진로에서 벗어나다 ③ you ☞ haw 이랴!(소·말을 왼쪽으로 돌릴 때 지르는 소리); 실없이 크게 웃다

• The Thin Red Line -WikiCommons

| 009:05 | Leaper Orthor. Fear siecken! Fieldgaze thy tiny frow. Hugact- |
|--------|---------------------------------------------------------------|
|        | 친애하는 아서. 우리는 정복한다! 자네 귀여운 아내는 잘 지내는가? |

* Leaper Orthor. Fear siecken! Fieldgaze thy tiny frow. Hugacting→Lieber Arthur. Wir siegen! Wie geht's deiner kleinen Frau? Hochachtung〔독일어〕=Dear Arthur. We conquer! How's your little wife? Yours faithfully. 친애하는 아서. 우리는 정복한다! 귀여운 아내는 잘 지내는가? 이만 안녕히.
* leaper orthor→liberator=아일랜드 민족주의 운동가인 Daniel O'Connell(1775-1847)의 별명. 가톨릭 교도의 해방(즉 신교도와 동일한 정치상의 권리를 부여)에 기여함. ☞ leaper=지식의 연어(salmon of knowledge)로서 의 HCE: '지식의 연어'는 아일랜드 신화에서 토버르 세거스(지혜의 우물) 주변으로 자란 개암나무 9그루 에서 떨어진 개암 열매를 주워 먹고 세상의 모든 이치에 통달했다는 연어. salmon은 leaper(뛰는 사람) 의 뜻.【027:24】

• Daniel O'Connell -WikiCommons

• Salmon of Knowledge -Wikipedia

| 009:06 | ing, Nap. That was the tictacs of the jinnies for to fontannoy the |
|--------|-------------------------------------------------------------------|
|        | 이만 안녕히, 끝. 그것은 웰링던을 괴롭히기 위한 요정들의 술책이었습니다. |

* Nap→stop(전보에 사용되는 구두점)+Napoleon(카드놀이)+nap(경마에서 우승 예상 후보)
* tictacs: ① tactics 전술, 작전 행동 ② tit-for-tat 맞대응

* fontannoy: ① fontenoy 벨기에의 마을: Battle of Fontenoy(1745년 5월 11일 아일랜드군과 프랑스군이 영국군을 패배시킨 퐁트누아 전투) ② annoy 괴롭히다, 방해하다

| 009:07 | Willingdone. Shee, shee, shee! The jinnies is jillous agincourting |
|---|---|
| | 킥, 킥, 킥! 요정이 모든 나폴레옹 병사들에게 다시 질투의 |

* Shee→she(Issy 혹은 ALP 혹은 요정)+he he(킥킥: 경멸적 웃음)+shee(보다)
  ☞ sí, síodh〔아일랜드어〕무덤, (켈트족의) 사후 세계 입구
* jillous→jealous(질투하는)+ill(아픈)
* agincourting: ① agin(한번 더)+AGINCOURT(아쟁쿠르 전투: 백년
  전쟁 중인 1415년 10월 25일 프랑스군이 영국군에게 대패한 전투) ② courting
  again 다시 구애〔유혹〕하다

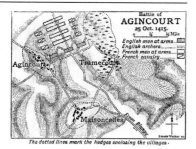

• The Battle of Agincourt -luminarium

| 009:08 | all the lipoleums. And the lipoleums is gonn boycottoncrezy onto |
|---|---|
| | 구애를 하고 있습니다. 그리고 나폴레옹 병사들은 윌링던 한 사람에게 호감을 |

* lipoleums【008:16】
* gonn=begin ☞ G'on[Go On] 불신의 표현
* boycottoncrezy→Captain Charles Boycott 1870년대 말 영국 지배하의
  아일랜드 County Mayo에서 재산 관리인 찰스 보이콧은 기근으로 소작료
  를 깎아달라는 소작인들의 요구를 무시하고 징수를 강행하자 분노한 소작
  인들이 단결하여 보이콧의 우편물을 가로채고 쫓아낸다 ☞ boycrazy(나이 어
  린 남자에게 성적으로 끌리는)+The boy Cotton(버킹엄 궁전의 조리실에서 사람들의 눈을 피해
  12개월 동안 지낸 12살짜리 남자아이) ☞ Edward Cotton[boycottoncrezy] 제7 경기병(輕騎
  兵)의 특무상사

• Charles Boycott
-Alchetron

| 009:09 | the one Willingdone. And the Willingdone git the band up. This |
|---|---|
| | 갖기 시작합니다. 그러자 윌링던은 긴장합니다. 이것은 |

* git the band up→get the wind up【023:14】 긴장하다, 불안해하다 ☞ git〔방언〕=get 가져오다 ☞
  bander〔프랑스어〕=get an erection 발기하다

| 009:10 | is bode Belchum, bonnet to busby, breaking his secred word with a |
|---|---|
| | 심부름꾼 바텐더, 마음이 어수선해서 윌링던에게 뒤죽박죽으로 |

* bode: ① bad ② bode〔고대 영어·독일어〕=messenger 전달자〔심부름꾼〕, 우편배달원 ☞ bod=body[pe-
  nis]
* bonnet 보닛(끈·리본을 턱 밑에서 매게 된 여자·어린이용 모자)

* busby 버즈비(영국의 근위병·경기병輕騎兵 등이 쓰는 예장용 털모자) ☞ bonnet to busby→have a bee in one's bonnet (머리가 이상해질 정도로) 어떤 생각에 골몰해있다, 마음이 뒤숭숭[어수선]해서
* breaking his secred word with: ① break one's word=fail to fulfil one's promise 약속을 깨뜨리다, 언약을 어기다 ② break words with=exchange words with 말을 주고받다, 말다툼을 하다 ☞ secred→secre=secret

| | |
|---|---|
| 009:11 | ball up his ear to the Willingdone. This is the Willingdone's hur-<br>비밀 언약을 어기게 됩니다. 이것은 윌링던이 내던진 긴급 |

* a ball up his ear→ball-up=thorough mess 엉망진창, 뒤죽박죽 ☞ bell up his ear=ear trumpet (과거에 사용하던) 나팔형 보청기
* hurold: ① hurled 세게 내던져진, 팽개쳐진 ② hurried 황급한, 서두르는 ③ herald 예고하다

| | |
|---|---|
| 009:12 | old dispitchback. Dispitch desployed on the regions rare of me<br>반송 우편물입니다. 저의 바텐더 뒤편에 전시된 속달 우편물입니다. |

* dispitchback→dispitch=dispatch 급파, 급보, 급송
* desployed: ① deployed 배치하다 ② displayed 전시하다
* rare→rear 뒤쪽

| | |
|---|---|
| 009:13 | Belchum. Salamangra! Ayi, ayi, ayi! Cherry jinnies. Figtreeyou!<br>불의 요정! 오, 오, 아야! 친애하는 요정에게. 엿 먹어! |

* Salamangra!→salamander: ① 온갖 유혹에도 금욕 생활을 하는 여자 ② (전쟁에서) 포화 속을 뚫고 나아가는 군인 ③ 불의 요정 ☞ Salamanca 스페인 서부에 있는 도시. 나폴레옹 전쟁 중 영국의 Wellington 장군이 프랑스군을 격파한 곳(1812).
* Ayi: ① ay=yes ② Aïe!(프랑스어)=Ow! Oh! Ouch!(오! 오! 아야!) ☞ I(나)→yaw【009:04】 당신; she 【009:07】 그녀
* Cherry: ① chèrie=dear 친애하는 ② cherry=red 선홍색 ③ cherry=virgin 처녀 ☞ Cherry jinnies→Chère Jenny=Dear Jenny: Willingdone의 긴급 전보문(나폴레옹으로부터 온 것으로 알려진 위조된 'Jinnies' hastings dispatch[Jinnies(Issy)가 Willingdone(HCE)에게 보낸 위조된 편지]'에 대한 답장) 인사말
* Figtreeyou: ① fig tree 무화과 나무(그리스도는 무화과나무를 저주했다. 일설에 따르면 유다(Judas)는 무화과나무에 목을 매었다.) ② fig=fico 피코(엄지손가락을 집게손가락과 가운뎃손가락 사이로 내미는 상스럽고 경멸적인 짓) ③ fichtre!(프랑스어)=fuck you! 엿 먹어! ☞ figtreeyou 아담과 이브는 타락한 후 무화과 잎으로 몸을 가렸다 ☞ victorieux(프랑스어)=victorious 승리의

| | |
|---|---|
| 009:14 | Damn fairy ann, Voutre, Willingdone. That was the first joke of<br>그건 중요하지 않아, 엿 먹어! 윌링던. 그것은 윌링던 최초의 농담이었습니다. |

* Damn fairy ann→Ça ne fait rien(프랑스어)=that doesn't matter 그건 중요하지 않다 ☞ Sam

Fairy Anne (제1차세계대전 속어) 영국군이 프랑스어 Ça ne fait rien을 영어로 표기한 것 ☞ Publish, and be damned!(공개하라, 그러면 비난받을 거니까!) 해리엇 윌슨(Harriette Wilson) 혹은 어쩌면 편집자 스톡데일(Stockdale)이 자신을 협박하려 했을 때 보였다고 전해지는 웰링턴 반응

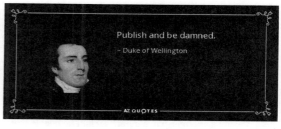

• Publish and be damned -azquotes

* Voutre: ① vôtre(프랑스어)=yours 너의 것 ② foutre(프랑스어)=fuck 섹스→vous+foutre 엿 먹어! ③ outré(프랑스어)=enraged (프랑스어) 격노한

| 009:15 | Willingdone, tic for tac. Hee, hee, hee! This is me Belchum in |
| --- | --- |
| | 치고받기. 킥, 킥, 킥! 이것은 나의 바텐더, 그는 물에 젖어 삐걱거리는 |

* tic for tac: ① tit for tat 치고받기, 앙갚음(=blow for blow) ② du tic au tac(프랑스어)=tat for tat 대갚음 ③ tictactoe 3목 두기(Noughts & Crosses 및 X's & O's라고도 하는 어린이용 게임)
* Hee, hee, hee!: ① oui=yes→yaw【009:04】, shee【009:07】, ayi【009:13】 ② he→yaw【009:04】, shee【009:07】, ayi【009:13】 ③ hee-hee 킥킥(우스움·조소·참는 웃음 따위를 나타냄)

| 009:16 | his twelve-mile cowchooks, weet, tweet and stampforth foremost, |
| --- | --- |
| | 고무장화를 신은 채 요정들을 위해서 발을 쿵쿵 구르며 |

* twelve-mile cowchooks: ① seven-league boots (동화 Hop-on-My-Thumb=Hop-o'-my-Thumb[Little Thumbling]에 나오는) 한 걸음에 7리그 (약 21마일) 가는 마법의 구두[장화] ② caoutchoucs=goloshes 비 올 때 방수용으로 구두 위에 신는 덧신 ③ bottes de caoutchouc 아일랜드 농부들이 밭에서 일할 때 신는 고무장화

• Battle of Stamford Bridge -Wikipedia

* weet: ① 〔고어〕=know ② 〔스펜서〕=wet ③ retreat=spoken with a lisp(혀짤배기 말을 하다) ☞ tweet=새나 곤충이 짹짹거리는 소리+고무장화가 삐걱거리는 소리
* stampforth: ① Stamford (Bridge)→잉글랜드 북부 York의 동쪽에 있는 마을. Battle of Stamford Bridge(1066년)에서 잉글랜드 왕 Harold가 형인 토스티그 (Tostig)와 노르웨이 왕 하랄(Harald Hardrada)의 군대를 격파한 마을. ② 영국 Lincolnshire의 마을. Battle of Stamford의 격전지.→War of the Roses(1455~1485): (모든 귀족이 두 파로 갈려 싸운 붉은 장미 문장(紋章)의 Lancaster가(家)와 흰 장미의 York가(家)의 왕위 계승 싸움) ☞ stamp 발을 구르다, 발을 쾅쾅 구르며 걷다, 쿵쿵 요란스레 걷다 ☞ foremost 제일 먼저, 선두로

| 009:17 | footing the camp for the jinnies. Drink a sip, drankasup, for he's |
|---|---|
| | 제일 먼저 떠납니다. 한 모금 들이켜요, 한 모금 들이켰습니다, 왜냐하면 그는 |

* footing the camp: ① foutre le camp〔프랑스 속어〕=leave 떠나다 ② fous le camp!=fuck off 꺼져!
③ fucking the cunt=damn it 제기랄 ☞ footing it 걸어서 가다

| 009:18 | as sooner buy a guinness than he'd stale store stout. This is Roo- |
|---|---|
| | 신선하지 않은 저장 흑맥주보다 기네스를 바로 구입했기 때문입니다. 이것은 |

* stale store stout→store stale stout 오래된 흑맥주 저장 ☞ store 약을 복용하다(dose with drugs); 군수품(military supply) ☞ stout 강한 맛 때문에 소위 기네스와 같은 아이리시 흑맥주
* Rooshious balls→Russian cannon balls 러시아군의 대포알←크림전쟁(1853-1856: 영국·프랑스·오스트리아·터키·사르디니아 연합국과 러시아의 전쟁)

| 009:19 | shious balls. This is a ttrinch. This is mistletropes. This is Canon |
|---|---|
| | 러시아군의 대포알입니다. 이것은 참호입니다. 이것은 미사일 부대입니다. 이것은 |

* a ttrinch→trench (전쟁터의) 참호[도랑]; 피부의 깊은 주름: 이 대목은 워털루 전투뿐만 아니라 HCE와 ALP 간의 섹스 행위 그리고 변소에 앉아있는 HCE를 묘사하고 있다 ☞ attrition (반복 공격 등으로 적의 세력을 약화시키는) 소모
* mistletropes→missile(미사일)+troop(부대: 아일랜드 미사일 부대→남아프리카 보어 전쟁에서 영국군을 위해 싸운 소총으로 무장한 아일랜드 보병)+tropes(변화) ☞ heliotrope 『경야의 서』에서 Issy의 학교 친구 28명과 연관되는 화초(flowering plant) ☞ misanthrope 인간을 싫어하는 사람, 염세가

| 009:20 | Futter with the popynose. After his hundred days' indulgence. |
|---|---|
| | 꽁무니를 빼고 있는 총알받이 병사입니다. 나폴레옹의 백일천하 막을 내리고. |

* Canon Futter: ① cannon-fodder 병사들(대포밥이 된다는 뜻에서), 총알받이 ② 가톨릭 성직자들에 의한 어린 소년 소녀들, 또는 수녀들에 대한 성적 학대 ☞ Canon=Pope 교황→popynose=pope's nose (요리한) 오리[거위]의 궁둥이 ☞ Futter: ① 가축 사료(fodder), 음식(food) ② 성교(fuck)
* popynose→pope's nose=parson's nose (요리한 통닭의) 꽁무니 부분 ☞ poppy→papa=pope 로마 교황
* hundred days 나폴레옹의 100일 천하(1815년 3월 20일 나폴레옹이 엘바(Elba)에서 탈출한 후 파리에 도착하여 루이 18세(Louis ⅩⅧ)를 축출한 때부터 1815년 6월 28일, 워털루에서 영국과 도이칠란트 연합군에 패하여 대서양의 외딴섬 세인트헬레나로 유배되기 전까지의 100일간의 통치 기간)
* indulgence 면죄부(免罪符): 신자들이 고해성사를 통해 사제로부터 죄를 사면받은 후에도 이승과 연옥에서 치러야 하는 남아있는 형벌을 가톨릭 교회가 일련의 참회 행위를 통하여 면해주는 것을 말한다. 초기 교회에서 명하는 참회 행위는 고행의 측면이 강하였으나 중세 중반으로 가면서 자선·기도·선행 등으로 완화되는 모습을 보였다. 하지만 면죄부는 십자군 전쟁에 이용되기도 했으며 중세 말에는 금전 수단으로 변질, 남용되어 많은 비난을 받았다.

| 009:21 | This is the blessed. Tarra's widdars! This is jinnies in the bonny |
|---|---|
| | 이것은 부상자들입니다. 타라의 과부들이여! 이것은 예쁜 흰색 장화를 신고 있는 |

* blessed→les blessés〔프랑스어〕=the wounded[injured] 부상자
* Tarra's widdars→Torres Vedras: 포르투갈 Lisbon 북쪽의 마을로서 반도전쟁(Peninsular War: 1808~1814) 때 Wellington이 Lisbon의 방위를 위해 방어선을 구축한 곳 ☞ Tara 아일랜드 공화국 동북부, Dublin 서북방의 마을로서, 고대 아일랜드 제왕諸王의 본거지(Hill of Tara)【007:34】 ☞ widdars→widders=widows 과부
* bonny: ① bonny〔스코틀랜드어〕=comely 어여쁜 ② bonne〔프랑스어〕=good

| 009:22 | bawn blooches. This is lipoleums in the rowdy howses. This is the |
|---|---|
| | 요정입니다. 이것은 빨간 바지를 입고 있는 나폴레옹입니다. 이것은 코크 카운티 |

* bawn: ① bawn=white 흰색 ② bawn=boon 혜택 ☞ bán〔아일랜드어〕=white
* blooches→blüchers(블루처) 워털루 전투에서 승리한 프로이센의 사령관 폰 블뤼허(Gebhard Leberecht von Bücher: 1742-1819)의 이름을 딴 하프 부츠
* lipoleums【008:16】
* rowdy howses: ① red hose=red breeches 빨간 바지 ② rowdy houses=brothels 매춘굴 ☞ ruddy=reddish 붉은빛을 띤

| 009:23 | Willingdone, by the splinters of Cork, order fire. Tonnerre! |
|---|---|
| | 분파의 이름으로 사격 명령을 내리고 있는 윌링던입니다. 저런! |

* splinters=fragments (정치·종교의) 분파, 작은 조각. 분열.
* Cork 아일랜드 남서부 먼스터주(Munster Province) 코크카운티(Cork County)에 있는 민족주의가 강한 도시로 20세기 초 영국의 식민 지배를 벗어나기 위한 독립전쟁 때 심하게 불에 타기도 했다
* order fire→order, "Fire!": 윌링던의 사격 명령 ☞ under fire 포격을 받다
* Tonnerre→TONNERRE 프랑스 버건디 북쪽의 마을+tonnerre〔프랑스어〕천둥 ☞ Tonnerre!=heavens above! 분명히, 맹세코; 큰일 났다!, 저런!

• Cork -Wikimedia Commons

| 009:24 | (Bullsear! Play!) This is camelry, this is floodens, this is the |
|---|---|
| | (광대 짓거리! 시작!) 이것은 기병대, 이것은 보병, 이것은 교전 중인 |

* bullsear〔앵글로-아일랜드어〕=clown 어릿광대 ☞ bull's-eye 과녁의 중심 ☞ pig's ear→make a pig's ear of(엉망으로 만들다)→a ball up his ear(귀를 틀어막다)
* play→plee〔독일어〕=privy 옥외 변소 ☞ Play!→Fine!【008:15】; Foul!【010:15】; Game!【010:21】
* camelry: ① camelry 낙타 부대 ② cavalry 기병대, 기갑부대 ☞ Camelot 아서(Arthur) 왕의 무덤이

있었다고 전해지는 전설상의 마을 ☞ Battle of the Camel(낙타 전투) 656년 11월 바스라(Bassorah)에서 칼리파 알리와 그 반대 세력 간에 발생한 전쟁. 반대 세력의 주축인 무함마드(Muhammad)의 미망인 아이샤(Ayesha)가 낙타를 타고 직접 전장에 나섰기 때문에 낙타 전투라 불린다.

* floodens: ① Flodden 잉글랜드 노섬벌랜드(Northumberland)의 언덕: 플로든 들판(Flodden Field)전투, 스코틀랜드의 제임스 4세가 잉글랜드군에게 패하여 전사한 곳 ② Noah's Flood 노아의 홍수 ☞ footers=troops on foot 보병

| | |
|---|---|
| 009:25 | solphereens in action, this is their mobbily, this is panickburns. |
| | 솔페리노 전투입니다. 이것은 테르모필레 전투입니다. 이것은 배녹번 전투입니다. |

* solphereens: ① Solferino 이탈리아 북부의 마을: 솔페리노 전투(Battle of Solferino), 1859년 6월 24일, 나폴레옹 3세가 오스트리아의 프란츠 요제프(Franz Joseph)를 물리친 전투 ② Pont de Solferino 파리의 다리
* in action: ① in action=engaged in some activity 활동하고 있는 ② in-action=lack of action 실행력 부족 ③ in action=in battle 전투[교전] 중인
* their mobbily→Thermopylae 고대 그리스의 도시→테르모필레 전투(Battle of Thermopylae): BC 480년 스파르타인(Spartans)과 테스피아인(Thespians)이 페르시아인의 침략에 맞서 영웅적이었지만 최후의 저항을 했던 곳 ☞ mobilize 군대를 동원하다, 전시(戰時)체제로 하다
* panickburns→Bannockburn 스코틀랜드의 도시→배녹번 전투(Battle of Bannockburn): 1314년 6월 23일, 스코틀랜드의 로버트 브루스(Robert Bruce)가 잉글랜드의 에드워드 2세를 물리친 전투 ☞Robert Burns 스코틀랜드 시인

• Battle of Solferino -lagear

• Battle of Thermopylae -haiku deck

| | |
|---|---|
| 009:26 | Almeidagad! Arthiz too loose! This is Willingdone cry. Brum! |
| | 전능하신 신이시여! 이 모든 것, 잃고 마는 것! 이것은 윌링던의 통곡입니다. 가짜! |

* Almeidagad!→Almighty God! 전능의 신[전지전능하신 하나님]! ☞ Almeida 1811년 5월 10일 반도전쟁(Peninsular War) 중 웰링턴이 점령한 포르투갈 마을
* Arthiz too loose!: ① Are these too loose? 이것들은 너무 느슨한 것인가? ② [after] all this—to lose! [이후] 이 모든 것, 잃고 마는 것! ☞ Arthur=Arthur Wellesley(1769-1852) 제1대 웰링턴 공작 →King Arthur 6세기경 전설적인 영국의 왕 ☞ Orthez 프랑스 남서부의 마을→오르테즈 전투(Battle of Orthez): 1814년 2월 27일, 웰링턴이 솔트(Soult) 휘하의 프랑스군을 격파 ☞ Toulouse 프랑스 남부의

도시→툴루즈 전투(Battle of Toulouse): 1814년 4월 10일, 웰링턴이 프랑스를 물리친 반도전쟁의 마지막 전투

* Brum! Brum!→brum=brummagem 가짜, 싸구려! ☞ bum bum 대변용 의자(faecal[fecal] stool)의 애칭 →변소(privy)에 앉아있는 HCE ☞ brummen[독일어]=rumble 우르렁[웅성]거리다

• Battle of Bannockburn -arrecaballo

• Battle of Toulouse

| 009:27 | Brum! Cumbrum! This is jinnies cry. Underwetter! Goat |
|---|---|
|  | 싸구려! 제기랄! 이것은 요정의 통곡입니다. 빌어먹을! 신이시여 |

* Cumbrum!=Cambronne 제1대 비스카운트 캄브론(Viscount Cambronne: 1770~1842), 최초의 프랑스 제국의 장군. 프랑스 혁명 전쟁과 나폴레옹 전쟁의 주요 전략가인 그는 워털루 전투에서 퇴각 명령을 받자 그는 "Merde!", 즉 "제기랄!"[Shit]이라는 말을 내뱉는 바람에 전쟁이 끝날 때까지 격리된다.

* Underwetter!→Donnerwetter[독일어 감탄사]제기랄!(Damn!): 문자 그대로는 'thunder-weather'의 뜻 ☞ Unwetter[독일어]폭풍; under the weather 몸이 안 좋은 ☞ under water: 워털루 전투는 이른 아침에 폭우로 연기됨

| 009:28 | strip Finnlambs! This is jinnies rinning away to their onster- |
|---|---|
|  | 영국을 벌하소서! 이것은 아우스테를리츠로 초라하게 도망가는 |

* Goat strip Finnlambs!→Gott strafe England=May God punish English 신이시여, 영국을 벌하소서!(제1차세계대전 때 독일군의 슬로건) ☞ '인자가 자기 영광으로 모든 천사와 함께 올 때에 자기 영광의 보좌에 앉으리니 그 앞에 모여 모든 민족을 구별하여 마치 목자가 양과 염소를 구분함같이 하여 양은 우편에, 염소는 왼편에 두리라(When the Son of man shall come in his glory, and all the holy angels with him, then shall he sit upon the throne of his glory: And before him shall be gathered all nations: and he shall separate them one from another, as a shepherd divideth his sheep from the goats: And he shall set the sheep on his right hand, but the goats on the left.)'《마태복음 25장 31절~33절》

• Gott strafe England -dafont

* rinning away→running away 탈주하다, 도망치다 ☞ rinning[독일어]: ① sewer 하수구→변소에 앉아있는 HCE ② rinnen=flow 흐르다

* onsterlists→ousterlists: ① Austerlitz(아우스테를리츠) 체코슬로바키아 중부 Moravia 지방 남부의 소도시: 1805년 Napoleon I 세가 러시아와 오스트리아의 연합군을 격파한 곳 ② Pont d'Austerlitz 파리의 다리

| 009:29 | lists dowan a bunkersheels. With a nip nippy nip and a trip trip- |
|---|---|
| | 요정입니다. 잽싸게 재빨리 빠르게 그리고 경쾌하게 기분 좋은 |

* dowan a bunkersheels→down at heel 초라[궁색]해진 ☞ Bunker Hill
  매사추세츠의 언덕→벙커힐 전투(Battle of Bunker Hill): 1775년 6월 17일,
  미국 독립 전쟁에서 영국이 '너무 많은 희생[대가]을 치르고 승리(Pyrrhic
  Victory)'함
* nip=move rapidly[nimbly] 날렵[민첩]하게 움직이다→nippy 재빠른
* trip=move lightly[quickly] 경쾌하게 움직이다→trippy 기분이 좋은 ☞
  Tipperary 아일랜드 공화국 남부 Munster지방의 county: <It's Long
  Way to Tipperary>는 제1차세계대전 당시 영국군이 즐겨 부른 노래

• It's Long Way to Tipperary
-alharak

| 009:30 | py trip so airy. For their heart's right there. Tip. This is me Bel- |
|---|---|
| | 느낌으로 아주 가볍게. 내 마음은 바로 그곳에 있다네. 톡. 이것은 옥외 변소의 |

* airy=light in movement 경쾌한
* For their heart's right there→For my heart's right there(내 마음은 바로 그곳에 있다네) <티퍼러리 가는 머나먼
  머나먼 길(It's a Long Way to Tipperary)>의 후렴구
* Tip【008:08】

| 009:31 | chum's tinkyou tankyou silvoor plate for citchin the crapes in |
|---|---|
| | 엉덩이를 가릴 가림막에 감사하고 감사하고 감사하는 |

* tinkyou→think you
* tankyou→thank you ☞ tank 전차(armored motorcar)
* silvoor plate: ① s'il vous plait[프랑스어]제발 ② silver plate=thank you(제1차세계대전 때 군사 속어)
* citchin the crapes: ① catching the crap=defecate 대변을 보다: 옥외 변소에 앉아있는 HCE ②
  scotching the snake 억누르다, 억압하다: 'We have scotched the snake, not killed it(Shakespeare
  Macbeth)' ☞ cool crape=shroud 수의(壽衣), 장막; crêpe[crape] 상복(喪服) 만드는 천; grape 포도탄(여러
  개의 쇳덩이로 된 대포알)

| 009:32 | the cool of his canister. Poor the pay! This is the bissmark of the |
|---|---|
| | 나의 바텐더. 평화를 위하여! 이것은 뒤에 남겨진 요정들의 |

* cool→cul[프랑스어]=arse 엉덩이: 변소에 앉아있는 HCE
* canister→canister-shot=case-shot (대포로 발사하는) 산탄(霰彈); [영어 방언]머리 ☞ The Canister 워털
  루 이후 나폴레옹이 투옥되었던 세인트 헬레나섬의 제임스타운(Jamestown)에 있는 메인 스트리트와 나
  폴레옹 스트리트 교차 지점의 집

* Poor the pay!→pour le pays=for the country(국가를 위하여)+pour la paix=for the peace(평화를 위하여)+for the money(돈을 위하여)
* bissmark=Bismarck 비스마르크(1815-1898): 프로이센의 왕자이자 정치가 ☞ bis[라틴어]=twice 두 번→Issy; biss[독일어]=bite 물어뜯다 ☞ baiser[프랑스어]=kiss, fuck; buss[고어]=kiss

| 009:33 | marathon merry of the jinnies they left behind them. This is the |
| | 길고도 즐거운 키스 자국입니다. 이것은 |

* marathon 아테네 동북의 평원→마라톤전투(Battle of Marathon): BC490년 기원전 490년에 아테네군이 페르시아의 대군을 격파한 곳 ☞ marathon and merry→Martha and Mary(마르다와 마리아): ① 예수가 그들의 집을 방문했을 때 마리아는 예수의 발치에서 그의 이야기를 듣고 있는데 마르다는 손님을 맞을 채비로 분주한 데서, 손님(특히 신의 아들)의 가르침을 듣는 일이 일상적인 집안일보다 더 중요하다는 뜻 ② 예수가 그들의 집을 다시 방문했을 때 마리아가 손님의 발에 물이 아닌 값비싼 향유를 바른 데서, '실용적'이라는 게 언제나 옳은 것은 아니며 때로는 마리아처럼 너그럽고 자발적으로 감정을 표출하는 게 좋은 태도일 수도 있다는 뜻

| 009:34 | Willingdone branlish his same marmorial tallowscoop Sophy- |
| | 자신과 똑같은 웰링턴 기념비를 과시하면서, 도망가는 요정에 대해서는 |

* branlish→brandish (창, 칼 따위를) 휘두르다, 과시하다 ☞ se branler[프랑스어]=masturbate 자위하다
* marmorial: ① marmoreal 대리석의[같은] ② memorial 더블린의 웰링턴 기념관(Wellington Memorial)
* tallowscoop: ① telescope 망원경 ② tallow scoop 밀랍 한 숟갈→밀랍 세공품(waxworks): 웰링턴 밀랍 인형에 대해 프로이트가 자신의 *Wit and Its Relation to Unconscious*에서 인용한 농담【008:17】

| 009:35 | Key-Po for his royal divorsion on the rinnaway jinnies. Gam- |
| | 당당한 분리를 이유로 각자 자기 일은 자기가 알아서 하도록 하는 웰링던입니다. |

* Sophy-Key-Po=sauve qui peut[프랑스어]각자 자기 일은 자기가 알아서 함(Every man for himself) ☞ sophy=sage 성인; key=penis 페니스
* royal diversion→A Royal Divorce(왕실 이혼): 나폴레옹과 조세핀의 이혼에 관한 William Gorman Wills의 희곡
* rinnaway→runaway 탈주, 가출; rinnen[독일어]=flow 흐르다
* Gambariste della porca: ① Giambattista della Porta(1538-1615) 르네상스기 이탈리아의 자연철학자. 나폴리의 소귀족의 집에서 태어나, 청년시대에 유럽 각지를 편력. 근대 최초의 과학 아카데미라고도 할 수 있는 '자연의 비밀 아카데미아'

• A Royal Divorce -imdb

를 나폴리에 설립해서 그 연구에 몰두. ② Giambattista Vico(1668-1744) 이탈리아 철학자, FW의 핵심 텍스트 *La Scienza Nuove(The New Science)*의 저자 ☞ gamba=leg 다리; bariste=barmaids 여자 바텐더; porca=sow 암퇘지

| 009:36 | bariste della porca! Dalaveras fimmieras! This is the pettiest |
|---|---|
| | 잠바티스타 델라 포르타! 오류로부터 우리를 구제하다! 이것은 나폴레옹의 |

* Dalaveras fimmieras!: ① deliver us from errors 오류로부터 우리를 구제하다 ② Talavera della Reina 스페인 중부의 Tagus강에 면한 도시→탈라베라 전투(Battle of Talavera: 1809년 7월 27~28일); 영국·스페인 양군이 프랑스군을 무찔렀던 곳 ③ Vimeiro 포르투갈 마을→비메이로 전투(Battle of Vimeiro: 1808년 8월 21일): 웰링턴이 반도전쟁에서 프랑스군을 격파한 곳 ④ Dekaware 미국 New York주 동남부에서 Pennsylvania주와 New Jersey주와의 경계를 흐르는 강. 미국 독립 전쟁에서 1776년 12월 26일 트렌턴 전투(Battle of Trenton)가 일어나기 전에 워싱턴(Washington)이 이 강을 건넜다. ☞ dalaway 인도 남부 지역의 육군 총사령관→웰링턴(Wellington)은 인도에서 프랑스와 전투함
* pettiest: ① petit=small 작은 ② Petit Pont 파리의 다리

| 010:01 | of the lipoleums, Toffeethief, that spy on the Willingdone from |
|---|---|
| | 가장 소규모 부대입니다. 슬픔의 전달자 트리스토퍼, 그의 커다란 백마, |

* lipoleums【008:16】
* Toffeethief→Taffy was a Welshman, Taffy was a thief: 전래 동요(자장가) ☞ taffy: ①〔비격식〕웨일스 사람(Welsh) ② 토피 사탕(toffee) ③ 감언이설(blarney) ☞Toughertrees: Jarl van Hoother의 이야기에서 복귀하는 Tristopher[Shem]→슬픔의 전달자 트리스토퍼
* spy on→HCE가 행한 죄악의 목격자 ☞ Spion Kop 1900년 1월 23~24일에 있었던 제2차 보어 전쟁(The Second Boer War)에서 영국군이 보어인에게 패배한 중요한 전투 현장

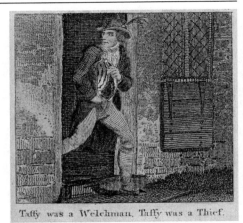

Taffy was a Welchman, Taffy was a Thief.

• -MaryEvansPictureLibrary

| 010:02 | his big white harse, the Capeinhope. Stonewall Willingdone |
|---|---|
| | 코펜하겐에서 윌링던을 염탐하고 있습니다. 고집 센 윌링던은 |

* big white harse→【008:17】
* Capeinhope: ① The Cape of Good Hope 남아프리카 최남단의 곳. 오페라 <방황하는 네덜란드인(The Flying Dutchman)>에서 선장은 '희망봉'에서 폭풍우를 만난다. ② Copenhagen 워털루 전투에서 웰링턴 공작이 탔던 말 ③ Second Battle of Copenhagen 1807년 8월 16일부터 9월 5일까지 James Gambier 제독 휘하의 웰링턴이 덴마크군(the Danes)을 격파한 전투 ☞ cap in hand 공손하게 (submissively)
* stonewall: ① Stonewall Jackson=Thomas Jonathan Jackson(1824~1863) 미국 남북전쟁 당시 남군의 장군(Confederate general) ② stonewall (의회에서) 토론을 방해하여 의사 진행을 방해하다 ☞ stonewall 성격이 완고한, 벽창호의

| 010:03 | is an old maxy montrumeny. Lipoleums is nice hung bushel- |
|---|---|
| | 늙고 교활한 남편입니다. 나폴레옹은 멋지고 나이 어린 총각입니다. |

* maxy→maxie(큰 실수)+foxy(교활한)
* montrumeny: ① matrimony 결혼(생활), 부부 관계 ② man to many 개인 대 다수(HCE는 많은 사람들이 보기에 대단한 인물이다) ③ husband ☞ one too many 도가 지나친→술이 취한(drunk)
* lipoleums【008:16】
* hung: ① young 나이 어린 ② well-hung (남성의) 성기가 큰, (여성의) 가슴이 풍만한 ③ hung〔중국어〕 빨간색
* bushellors: ① busheller 옷을 수선하는 사람 ② bachelor 미혼 남자 ☞ bursche〔독일어〕=young lad 젊은이

| 010:04 | lors. This is hiena hinnessy laughing alout at the Willing- |
|---|---|
| | 이것은 윌링턴에게 시시덕거리는 배반자 헤네시 증류 회사입니다. |

* hiena: ① hyena 하이에나 ② Jena 독일 남부 도시: 예나 전투(Battle of Jena) 1806년 10월 14일, 나폴레옹이 프로이센(Prussia)과 작센(Saxony)을 격파한 곳 ③ hyena 잔인한 사람, 배반자, 욕심꾸러기 ☞ Pont d'Iena 파리의 다리
* hinnessy: ① Hennessy=Finley Peter Dunne(1867~1936) 미국의 유머 작가: 풍자적 인물 Mr Dooley 와 Mr Hennessy를 창작 ② Hinnissy=Mr Hennessy 의 아일랜드식 발음 ③ Hennessy 위스키 증류 회사 ☞ fhinn=fair(흰 피부의), blonde(금발의)→Shaun(HCE의 큰 아들이자 Shem의 라이벌)
* alout=stoop[bow down] 몸을 굽히다[절하다] ☞ laut=loud[aloud] 시끄럽게

| 010:05 | done. This is lipsyg dooley krieging the funk from the hinnessy. |
|---|---|
| | 이것은 헤네시 증류 회사에서 온 술이 약간 취한 검은 머리의 겁쟁이입니다. |

* lipsyg: ① Leipzig 라이프치히: 1813년 10월 16일~19일, 라이프치히에서의 국가 전투(Battle of the Nations)에서 나폴레옹은 프로이센, 러시아, 오스트리아 및 스웨덴 연합군에 패배했다 ② tipsy 술이 약간 취한 ☞ lips=kiss 키스: 비스마르크(bissmark)【009:32】
* dooley=Dooley(기지가 풍부한 bar의 주인) 미국 유머 작가 Finley Peter Dunne이 만든 만화 캐릭터→hinnessy【010:04】 ☞ dubh〔아일랜드어〕=black 검은색, black-haired 검은 머리의→Shem
* krieging: ① Krieg〔독일어〕=war 전쟁 ② kriegen〔독일어〕=get 얻다 ☞ creaking 삐걱거리는; cracking 우지끈 갈라지는; keeping 저장하기에 알맞은
* funk: ① funk〔중세 영어〕=spark 불꽃, 점화하다 ② 겁쟁이, 얼간이

| 010:06 | This is the hinndoo Shimar Shin between the dooley boy and the |
|---|---|
| | 이것은 검은 머리 소년과 헤네시 증류 회사 사이의 희고 검은 얼굴빛의 |

* hinndoo: ① Hindu 웰링턴은 1803년 제2차 앵글로-마라타(Anglo-Maratha) 전쟁에서 마하라슈트라(Maharashtra)의 힌두교도를 물리쳤다 ② fhinn-dubh=fair-dark (얼굴빛이) 흰-검은: 셈-숀(Shem-Shaun)의 결합 ☞ hindoo=hindu 인도 북부의 아리안(Aryan) 민족 ☞ hinnessy+dooley【010:04】
* Shimar Shin: ① Samar Singh〔힌디-우르두어〕=soldier[lion in battle] 군인(전장의 사자) ② seamair=tre-

foil 삼엽형 식물: shamrock(토끼풀) ③ Shem or Shaun 솀 또는 숀 ☞ shimmering 반짝이는

| 010:07 | hinnessy. Tip. This is the wixy old Willingdone picket up the |
|---|---|
| | 군인입니다. 톡. 이것은 전쟁터에서 나폴레옹의 반 토막 난 삼각 모자를 |

* Tip【008:08】
* wixy: ① waxy=angry 화난  ② wicked 사악한
* picket up: ① picking up 정리하다, 치우다  ② George Edward Pickett 미국 남북전쟁 때 남군의
  장군

| 010:08 | half of the threefoiled hat of lipoleums fromoud of the bluddle |
|---|---|
| | 줍고 있는 잔뜩 찌푸린 몰골의 늙은 윌링던입니다. |

* threefoiled hat=thrice-foiled hat 3겹 모자→triplewon hat=tricorne (모서리가 세 개인) 삼각 모자 ☞
  trefoil 3개의 잎으로 된 ☞ threefold 3겹[重]
* lipoleums【008:16】
* fromoud of→from out of ~로부터[-에서] ☞ Oudh 아우드(인도 Uttar Pradesh의 북동쪽 지역으로 1856년 영국에 합
  병) ☞ oud 우드(중동 및 아프리카 북부에서 사용되는 만돌린 비슷한 악기)
* bluddle filth: ① battlefield 전쟁터, 갈등의 장(場)  ② bloody filth 피투성이 오물

| 010:09 | filth. This is the hinndoo waxing ranjymad for a bombshoob. |
|---|---|
| | 이것은 소변보는 섹시한 금발 미녀에 성적으로 흥분한 희고 검은 색의 |

* waxing=growing 증가[성장]하는 ☞ wax→waxwork: 윌링턴 밀랍 모형【008:12】
* ranjymad for: ① randy 떠들썩한, 공격적인, 성적으로 흥분한  ② mad for 사족을 못 쓰는, 필사적
  인 ☞ ranjow〔앵글로-인디언어〕공격자의 맨발을 관통하기 위해 땅에 박은 다양한 길이의 뾰족한 대
  나무 말뚝 ☞ Ranji=K.S. Ranjitsinhji 잉글랜드 국가대표로 활약한 인도 크리켓 선수
* bombshoob→bombshell=bomb(폭탄)+shell(포탄); 뜻밖의 돌발 사건, 아주 섹시한 금발 미녀(blonde
  bombshell) ☞ pumpship=urinate 소변을 보다; shoot 총을 쏘다

| 010:10 | This is the Willingdone hanking the half of the hat of lipoleums |
|---|---|
| | 윌링턴 밀랍 모형입니다. 이것은 나폴레옹의 반 토막 난 삼각 모자를 |

* hanking: ① hanging 걸린, 매달린→교수형  ② hanking 실타래로 고정함  ③ yanking 확 잡아당김
  ☞ hankering after =yearning for 갈망하다→ranjymad for【010:09】
* lipoleums【008:16】

| 010:11 | up the tail on the buckside of his big white harse. Tip. That was |
|---|---|
| | 자신의 커다란 백마 엉덩이의 꼬리에 매달고 있는 윌링던입니다. 톡. 그것은 |

* tail: ① tail=hindquarters (짐승의) 뒷다리와 궁둥이  ② tale=story  ③ (동물의) 꼬리

* buckside→backside=arse[ass] HCE가 모자로 엉덩이를 닦고 있다: 그렇다면 이것은 모자가 ALP의 Letter의 한 형태라는 뜻이고, Letter가 쓰레기 더미에서 쪼아온 것처럼 피투성이 오물에서 주운 것인가? ☞ buck 젊은 남자 ☞ Buckley 『버클리가 러시아 장군을 쏜 방법(How Buckley Shot the Russian General)』에 등장하는 Shem-Shaun 캐릭터【008:10】
* big white harse【008:17】
* Tip【008:08】

| 010:12 | the last joke of Willingdone. Hit, hit, hit! This is the same white |
| --- | --- |
| | 윌링턴의 마지막 익살스러운 장난이었습니다. 적중, 적중, 적중! 이것은 |

* last joke of Willingdone: ① First Duke of Wellington: Willingdone【008:10】 ② last joke of Wellington: Sigmund Freud의 *Wit and Its Relation to the Unconscious*【008:12】 ③ 익살, (못된) 장난
* Hit, hit, hit!→it ☞ ① Yaw, yaw, yaw!【009.04】 ② Shee, shee, shee!【009:07】 ③ Ayi, ayi, ayi!【009:13】 ④Hee, hee, hee!【009:15】
* the same white harse【008:17】

| 010:13 | harse of the Willingdone, Culpenhelp, waggling his tailoscrupp |
| --- | --- |
| | 윌링턴의 똑같은 백마, 코펜하겐, 영국군의 인도 용병을 괴롭힐 요량으로 |

* Culpenhelp: ① Copenhagen 워털루 전투에서 웰링턴이 탄 말【010:02】 ② 덴마크의 코펜하겐: 안데르센(Hans Christian Andersen)의 출생지 ③ 웰링턴은 1807년에 코펜하겐과 덴마크 함대(Danish fleet)를 모두 점령 ☞ culpa=fault
* waggling: ① waggling (상하좌우로) 흔들다 ② wagging (꼬리 따위를) 흔들다
* tailoscrupp→tail(남녀의 성기)+crupper(엉덩이)+telescope(망원경) ☞crupper 말 꼬리 밑으로 돌려서 안장에 매는 마구(馬具)

| 010:14 | with the half of a hat of lipoleums to insoult on the hinndoo see- |
| --- | --- |
| | 반 토막 난 나폴레옹 모자가 매달려 있는 엉덩이 꼬리를 흔들고 있습니다. |

* lipoleums【008:16】
* insoult on: ① insult: 버클리는 러시아 장군이 용변 후 잔디로 닦는 걸 목격하면서 역겹고 모욕스러워 사살한다【008:10】 ② Soul=Nicolas Jean de Dieu Soult(1769-1851) 프랑스의 군인으로 워털루 전투에 참전 ☞ assault on 공격하다, 괴롭히다→Iseult=Issy
* seeboy: ① sepoy (옛 영국군의) 인도 현지인 병사[용병]: 나폴레옹은 웰링턴을 '세포이의 장군(a general of sepoys)'이라고 불렀다→1857년 세포이 반란(The Sepoy Mutiny of 1857):

• The Sepoy Mutiny -slideshare

인도의 농민·병사가 일으킨 반영국 봉기(1857-1859) ② sippah〔터키어〕=soldier←영어 sepoy의 어원【366:23】

| 010:15 | boy. Hney, hney, hney! (Bullsrag! Foul!) This is the seeboy, |
| --- | --- |
| | 히이잉, 히이잉, 히이잉! (황소 앞에 빨간 보자기 흔드는 격! 반칙!) 이것은 |

* Hney, hney, hney!: ① neigh 말울음 소리 ② hinny 버새(수말과 암나귀의 잡종) ☞ Ney=Michel Ney(1769~1815) 프랑스 혁명기와 나폴레옹 1세기의 군수뇌
* Bullsrag!: ① bull's-eye 과녁의 흑점 ② bull's "I" 워털루 전투에서 "I" 부대("I" troop)는 Bull 소령 (major Bull)이 지휘했다 ③ red rag to a bull 황소 앞에 빨간 보자기 흔드는 격(어떤 사람을 몹시 화나게 만들 것 같음을 나타냄)
* Foul! 반칙→Fine! 상대의 기술에 대한 칭찬【008:15】, Play!(공을) 치다【009:24】, Game! (테니스 경기에서 한 세트의 단위가 되는) 게임【010:21】→fault! (테니스에서) 서버의 실패[무효]

| 010:16 | madrashattaras, upjump and pumpim, cry to the Willingdone: |
| --- | --- |
| | 인도 현지인 용병, 아주 미쳐버린, 다시 경계 태세 돌입한, 그가 윌링던에게 |

* madrashattaras: ① mad as a hatter 아주 미친, 몹시 화난 ☞ 펠트(felt: 모직이나 털을 압축해서 만든 부드럽고 두꺼운 천) 모자를 만드는 데 쓰이는 질산 수은(mercurious nitrate)의 생리적 효과(physiological effects) ② The Mad Hatter(미친 모자 장수) 루이스 캐롤의 『이상한 나라의 앨리스』(1865)의 등장인물 ③ Maratha=Indian Confederacy of Maharashtra(마라타 동맹) 1817~1818, 영국에 대항하여 세 번의 앵글로-마라타 전쟁을 벌인 인도 마하라슈트라 연합 ④ shat=defecated 배변→옥외 변소의 HCE
* upjump and pumpim=Up, guards, and at 'em again! 다시 경계 태세 돌입!(워털루 전투에서 웰링턴 공작의 명령) ☞ pump(속어)=steal 훔치다

| 010:17 | Ap Pukkaru! Pukka Yurap! This is the Willingdone, bornstable |
| --- | --- |
| | 외칩니다: 난폭자! 골탕 먹어라! 이것은 저주스러운 군인에게 |

* Ap Pukkaru!: ① ap(웨일스어)=son 아들 ② buckaroo=cowboy 난폭자 ③ pukkaroo(앵글로-인디언어)=seize ☞ Aboukir Bay→Battle of Aboukir Bay(아부키르만 해전) 1798년 프랑스혁명 중에, 넬슨이 거느린 영국 해군이 프랑스 함대를 격파한 해전. 나폴레옹은 1799년 7월 25일 아부키르만 전투에서 투르크(Turks)를 물리쳤고, 1801년 3월 8일 Ralph Abercromby 경이 지휘하는 영국군은 해변에 주둔한 프랑스군의 격렬한 반대에 맞서며 상륙했다.

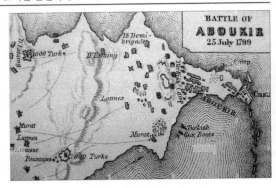

• Battle of Aboukie -alamy

* Pukka Yurap!→① pukka, pucka(앵글로-인디언어)=sure 좋은[확실한] ② bugger yourself! 골탕 먹이다!
* bornstable→출생 날짜와 장소가 정확하지 않은 웰링턴이 과연 '아일랜드 사람'인가라는 비난에 대해, '마구간에서 태어났다고 해서 그 사람이 말이 되는 것은 아니다(Because a man is born in a stable that does not make him a horse)'라고 말했는데, 그의 출생지 논란은 여전히 진행 중이다 ☞ William Makepeace Thackeray의 Lectures on the English Humorists of the 18th Century: "만약 Swift가 아일랜드 사람이라면, 마구간에서 태어난 사람은 말이다"(Von Falke의 농담) ☞ barnstaple(반스터플) 웰링턴 공작의

이름에서 지명을 따온 서머셋(Somerset)주 웰링턴의 동쪽 노스데본(North Devon)에 있는 마을

| 010:18 | ghentleman, tinders his maxbotch to the cursigan Shimar Shin. |
|---|---|
| | 성냥갑 같은 집을 제공해주는 타고난 신사 윌링던입니다, |

* bornstable ghentleman→born gentleman 타고난 신사: 'born gentleman(타고난 신사)'【U 435:03】
  ☞ ghentleman→Ghent 벨기에의 도시. 루이 18세(LouisXVIII)는 나폴레옹의 100일 천하(The Hundred Days) 동안 겐트로 도피했다가 워털루 전투 직후 파리로 돌아왔다.
* tinders his maxbotch: ① *The Tinder Box*(부싯깃통): 안데르센의 동화 ② tenders his matchbox 성냥갑을 부드럽게 다루다→성냥갑 같은 집을 제공[제의]하다 ③ tinder 부싯깃: HCE는 변소에서 자신의 대변 냄새를 덮으려고 성냥불을 켰을까? ☞ botch=make a mess 망쳐놓다: tinder=become inflamed 타오르다
* cursigan: ① Corsican[Corsica] 코르시카(나폴레옹의 출생지) ② 「The Corsican Brothers」 아일랜드 극작가 Dion Boucicault의 희곡 ③ curse again 다시 저주(하다) ☞ courtesan=prostitute (특히 부유층이 고객인) 매춘부
* Shimar Shin: ① Samar Singh=soldier군인→shamrock【010:06】 ② Shem or Shaun 솀 또는 숀 ☞ sin〔아일랜드어〕=that 그것; shimmering 반짝이는

| 010:19 | Basucker youstead! This is the dooforhim seeboy blow the whole |
|---|---|
| | 빌어먹을! 이것은 커다란 백마 꼬리 끝에 매달린 |

* Basucker youstead!: ① Basucker=Busaco 포르투갈의 산등성이. 웰링턴이 프랑스군을 물리친 반도전쟁의 1810년 9월 27일 부사코 전장(Battle of Busaco). ② bugger you instead 대신에 당신을 괴롭히다 ☞usted〔스페인어〕=you
* dooforhim: ① Dufferin=Frederick Hamilton-Temple Blackwood 제1대 Dufferin 및 Ava 후작(1826~1902). 저명한 영국-아일랜드 외교관. 인도 총독(1884-1888) ② do for=kill 살해하다 ③ doof 〔독일어 속어〕=stupid 바보←deaf
* seeboy【010:14】

• Battle of Bussaco

| 010:20 | of the half of the hat of lipoleums off of the top of the tail on the |
|---|---|
| | 반 토막 난 나폴레옹의 모자를 전부 날려 보내버리고 마는 |

* lipoleums【008:16】
* tail【010:11】

| 010:21 | back of his big wide harse. Tip (Bullseye! Game!) How Copen- |
| | 바보 같은 인도 현지인 용병입니다. 톡 (적중! 한판!) 이리하여 코펜하겐은 |

* big wide harse【008:17】→same white harse
* Tip【008:08】
* Bullseye!【008:15】
* Game!【010:15】

| 010:22 | hagen ended. This way the museyroom. Mind your boots goan |
| | 종말을 고하였다. 박물관으로 향하는 이 길. 퇴장할 때는 신발 |

* How Copenhagen ended: ① How Copenhagen ended→HCE ② Copenhagen【010:13】→Culpenhelp ☞ Capeinhope=Culpenhelp=Copenhagen 워털루 전투에서 웰링턴이 타던 말
* museyroom【008:09】→This the way to the museyroom.

| 010:23 | out. |
| | 조심. |

* goan out→going out (밖으로) 나가는: goan in→Mind your hats goan in【008:09】

## 2) The Hen
### 암탉

**[010:24-013:28]**

| | |
|---|---|
| 010:24 | Phew! |
| | 후유! |

* phew! 후유(더울 때·지쳤을 때·안도감을 느낄 때 내는 소리)

| | |
|---|---|
| 010:25 | What a warm time we were in there but how keling is here the |
| | 우리가 머물러 있던 그곳 내부는 더웠는데 여기 이곳 바깥은 |

* warm time: ① warm 별채(outhouse), 즉 museyroom 뿐만 아니라 ALP의 음부(cunt)도 따뜻한: museyroom episode는 또한 HCE와 ALP의 성교 행위를 묘사하고 있기도 하다 ② long time 긴 시간
* keling: ① cooling 냉각 ② killing 살해→kelainos〔그리스어〕=gloomy; black 우울한; 검은색

| | |
|---|---|
| 010:26 | airabouts! We nowhere she lives but you mussna tell annaone for |
| | 시원하다! 우리는 그녀가 어디에서 살고 있는지 알고 있다. 하지만 당신은 |

* airabouts=whereabouts 소재(所在), 행방(行方)→air 분위기
* We nowhere she lives=We know where she lives(우리는 그녀가 어디에 살고 있는지 알고 있다)→'그녀'는 Issy. 그녀의 침실은 선술집 뒤편 꼭대기층(HCE와 ALP의 침실 바로 위)에 있다. 별채(museyroom)에서 뒤뜰로 나오면 그녀의 지붕창(dormer window)이 보인다. 어쩌면 Issy가 창가에 앉아있을지도 모른다.【003:09】
* mussna=must not 해서는 안 된다
* annaone: ① anyone 누구에게나 ② Anna=**A**nna **L**ivia **P**lurabelle=ALP

| | |
|---|---|
| 010:27 | the lamp of Jig-a-Lanthern! It's a candlelittle houthse of a month |
| | 누구에게도 도깨비불 램프에 관한 말을 하면 안 된다! 그것은 29개의 창문에 |

* lamp of Jig-a-Lanthern!: ① lamp of Aladdin 『천일야화』의 '알라딘 이야기' 속 알라딘의 램프 ② Jack-o'-Lantern 도깨비불(will-o'-the-wisp); 할로윈 등불(Hallowe'en lantern) ③ luthern=dormer window 지붕창【010:26】 ④ jig 빠르고 경쾌한 춤
* candlelittle houthse: ① candle-lit house 촛불이 켜진 집 ② kind of little house 일종의 작은 집 ③ Castletown House 킬데어 카운티(Kildare County)의 18세기 대저택: 보잘것없는 신분에서 아일 랜드 하원 의회 대변인이자 아일랜드 최고의 거부 자리에 오른 윌리엄 코놀리를 위해 지어진 캐슬타 운 하우스 ☞ Howth: Howth Head로 알려진 Howth는 더블린 북동쪽의 곶(headland). 남쪽의 달키 힐 (Dalkey Hill)과 킬리니 힐(Killiney Hill)에 해당하는 더블린만(Dublin Bay)의 커다란 초승달의 북쪽 경계를 이

룬다. Sutton의 낮고 좁은 지협(isthmus)으로 본토와 연결되어 있다. 『경야의 서』에서 Howth는 잠자는 거인 Finn MacCool의 머리에 해당하며, 그의 몸은 Liffey강 북쪽의 더블린 지형을 가로질러 피닉스 파크 너머 발가락까지 길게 뻗어 있다. Hofda, Houete, Howeth, Hoath. Vulg. Edri Deserta, Edrou Heremos(Desert of Edar), Ben Edar, Ben Eadir, Binn Éadair, Benn Étair, Beann Éadair, Binn Éadair(Eadar's Peak) 등의 명칭이 있다. 16세기에 골웨이 해안에서 200명의 해적단을 이끌었던 유명한 선장 O'Malley가 1576년 Dublin을 여행하는 동안 8th Baron Howth의 고향인 Howth Castle을 방문하려고 했으나 때마침 저녁 식사 시간이라 성문이 닫혀있다는 소식을 듣고 이에 대한 보복으로 그녀는 백작의 아들이자 후계자인 10대 남작(10th Baron)을 납치하게 되고, 불시의 방문자를 위해 문을 열어두고 매 식사 때마다 한 자리를 더 마련한다는 약속이 있고 나서야 남작을 풀어주었다. 오늘날에도 이 약속은 Baron의 후손인 Gaisford St. Lawrence 가족에 의해 여전히 지켜지고 있다.

| 010:28 | and one windies. Downadown, High Downadown. And num-<br>촛불이 켜진 집이다. 그 집의 주소는 Downadown, High Downadown, |
| --- | --- |

* a month and one=29일(즉, 2월 28일+윤일 1일)→Issy와 28명의 학교 친구들【011:21】
* windies: ① windows=candlelittle houthse【010:27】 ② windy=tall story 거짓말 같은[믿기 힘든] 이야기 ☞ windy〔속어〕깜짝 놀란, 겁먹은
* Downadown, High Downadown→「The Three Ravens」: 'Ravens'는 Issy를 암시. 그녀의 어두운 면은 까마귀(raven)로 상징되며 밝은 면은 비둘기(dove)로 상징된다. 한편 'Three'는 세 개의 Lipoleum으로 등장하는 Shem, Shaun, Shem-Shaun을 암시한다.【019:30】 ☞ Downadown, High Downadown.. number twenty-nine→Issy의 주소 ☞ Down 얼스터(Ulster)의 카운티

• Three Ravens Lyrics -Folk Harp

| 010:29 | mered quaintlymine. And such reasonable weather too! The wa-<br>29번지. 그리고 이 또 얼마나 계절에 맞는 날씨인가! 변덕스러운 |
| --- | --- |

* quaintlymine: ① twenty-nine 28명의 학교 친구와 Issy【010:28】 ② fifty-four=54=로마숫자 LIV=Liffey 또는 Anna Livia Plurabelle[ALP]→liv〔덴마크어〕=life
* reasonable weather=seasonable weather 순조로운[계절다운] 날씨
* wagrant=vagrant 불안정한, 변덕스러운 ☞ Wagram 바그람(오스트리아 Vienna 북동의 마을. 1809년 7월 6일 Napoleon이 오스트리아군을 격파한 전쟁터.)

| 010:30 | grant wind's awalt'zaround the piltdowns and on every blasted<br>바람이 필트다운 주위를 맴돌고, 그리고 온갖 황량한 |
| --- | --- |

* awalt'zaround=a-waltz around 왈츠를 추다 ☞ waltz around 논의가(요점을 피해) 겉돌다 ☞ awalt (양, 소, 말 따위가) 등을 대고 힘없이 누워있는

* piltdowns: ① Piltdown Man(필트다운인) 유사 이전 인류의 두개골로 1912년 영국 East Sussex주의 Piltdown에서 발견되었으나 1953년 가짜로 판명됨 ② Chilterns=Chiltern Hundreds 잉글랜드 중남부의 구릉 지대 Chiltern Hills를 포함하는 영국왕 직속지 ③ pelting down (비가) 퍼붓는 ④ pillars 기둥
* blasted: ① blasted=damned 빌어먹을 ② blasted heath 지옥 같은[황량한] 황야《맥베드(1:2)》

| 010:31 | knollyrock (if you can spot fifty I spy four more) there's that |
| | 언덕 꼭대기에는 (만약 당신이 50마리를 알아맞히면 내가 4마리 더 찾아낸다) |

* knollyrock: ① knoll=hilltop[hillock] 언덕 꼭대기 ② gnarl 마디[옹이]; 거친 소리를 내다: gnarly 뒤틀린 ☞ Old Noll=Olivere Cromwell(영국의 정치가이자 군인으로, 1642년~1651년의 청교도 혁명에서 왕당파를 물리치고 공화국을 세우는 데 이바지함)의 별명
* if you can spot fifty I spy four more: ① fifty-four【010:29】 ② live【010:29】
* Formorians=Fomorians 원래 아일랜드에 살고 있던 거인 종족. 서쪽에서 온 투아타 데 다낭(Tuatha De Danann)과의 몇 차례에 걸친 싸움 끝에 쫓겨났다. 자연(自然)이 가진 악의(惡意)와, 암흑(暗黑)의 힘을 상징하는 신(神)들과 종종 동일시되는 일도 있었다.

| 010:32 | gnarlybird ygathering, a runalittle, doalittle, preealittle, pouralittle, |
| | 저기 바알리 새가 모여든다, 한 마리, 두 마리, 세 마리, 네 마리, |

* gnarlybird: ① barley bird 보리(barley) 파종 시기에 영국에 나타나는 새 ② The Hen=Biddy Doran HCE의 선술집 뒷마당에 사는 암탉. gnarlybird와 함께 새와 비행에 대한 암시로 가득한 단락 시작. gnarlybird와 관련된 12개의 숫자(runalittle, doalittle...pelfalittle=1, 2···12)는 The Twelve(O), HCE 선술집의 손님, 조문객들, 여자 관리인 Kathe와 연결된다. ☞ early bird 재빨리 무언가를 시작하거나, 그렇게 함으로써 일종의 유리한 점을 얻는 사람→The early bird catches the worm(일찍 일어나는 새가 벌레를 잡는다) ☞ whirly-bird=helicopter
* ygathering=gathering together 함께 모이다[모으다]
* run[→one①]alittle, do[→two②]alittle, pree[→three③]alittle, pour[→four④]alittle ☞ rune=norse letter 북유럽 문자: 암탉(gnarlybird=The Hen)이 쓰레기 더미에서 모은 편지 ☞ preen a little 부리(beak)로 깃털을 청소하여 멋을 부리다(preen)

| 010:33 | wipealittle, kicksalittle, severalittle, eatalittle, whinealittle, kenalittle, |
| | 다섯 마리, 여섯 마리, 일곱 마리, 여덟 마리, 아홉 마리, 열 마리, |

* wipe[→five⑤]alittle, kicks[→six⑥]alittle, sever[→seven⑦]alittle, eat[→eight⑧]alittle, whine[→nine⑨]alittle, ken[→ten⑩]alittle ☞ wipe a little(조금 닦다); kick a little(조금 걸어차다); several little=gather(모으다); eat a little(조금 먹다); whine a little(조금 불평하다); ken a little=know a little(조금 알다); sever a little(조금 절단하다)

| 010:34 | helfalittle, pelfalittlelegnarlybird. A verytableland of bleakbardfields! |
| | 열한 마리, 열두 마리의 바알리 새들이다. 황량하게 차단된 들판의 고원이여! |

* helf[→eleven①]alittle,pelf[→twelve②]alittle ☞ elf=eleven; helfen=help; pelf=riches, booty(재물, 전리품); pilfer=steal(훔치다)
* verytableland→tableland=plateau 고원 ☞ ALP's letter (암탉이 쓰레기 더미에서 파낸) ALP의 편지 ☞ verytableland=veritable tableland 진정한[틀림없는] 고원
* bleakbardfields: ① blackbirds【010:28】② barred fields(차단된 들판) 방패의 문장(紋章:coat-of-arms)으로 the verytableland(고원)을 식별하는 것 ③ Battle of the Blackbird Fields=Battle of Kosovo(코소보 전투): 1389년 기독교 세르비아(Christian Serbia)와 오스만 제국(Ottoman Empire) 사이의 전투 ☞ bleak 황량한; bard (고대 켈트족의) 음유시인

| 010:35 | Under his seven wrothschields lies one, Lumproar. His glav toside |
| | 그의 일곱 가지 덮개 밑에 배불뚝이 HCE가 누워있다. 그 옆에는 자신의 장갑. |

* seven wrothschields: ① seven HCE의 7개 품목의 의류 ② wroth 분노 ③ shield 방패 ④ seven sheaths 신비주의자들이 말하는 영혼의 본질을 덮고 있는 일곱 덮개: 육체적(physical), 아스트랄적(astral), 정신적(mental), 불교적(buddhic), 나르바나적(nirvanic), 아누파다크적(anupadakic), 아딕적(adic) 덮개 ☞ 영국 민요 <The Three Ravens>의 'Downe in yonder greene field/There lies a Knight slain under his shield(저 푸른 들판 아래/한 기사가 자신의 방패 밑에 살해된 채 누워있다)'의 패러디
* lumproar→l'empereur=emperor=Napoleon: lipoleums와 HCE는 동일시됨 ☞ lump(땅보): HCE가 침대에 누우면 뚱뚱한 배 때문에 이불이 툭 튀어나옴
* glav: ① glav[glave, glaive]=sword 검(劍) ② glove 장갑
* toside: ① beside 옆에 ② to-side=one side 한쪽

| 010:36 | him. Skud ontorsed. Our pigeons pair are flewn for northcliffs. |
| | 운명의 여신이 발목을 접질렀다. 한 쌍의 비둘기가 노스클리프를 향해 날아갔다. |

* skud ontorsed: ① skud=shot 발포 ② skjold=shield 방패 ③ skuld=goddess of fate (북유럽신화) 운명의 여신 endorsed 승인된 ⑤ entorse=sprain(손·발목) 접질림→tors=twisted 뒤틀린; torso 몸통, 흉상 ☞ unhorsed→워털루 전투에서 5마리의 말이 Ney 장군의 총에 맞아 죽음: Hugh Gough경의 말은 Talavera 전투에서 그의 총에 맞아 죽음
* pigeons pair(비둘기 쌍)→fraternal twins of the opposite sex(성이 다른 이란성 쌍둥이)→dove(비둘기)→Issy
* flewn: ① flown 날아간 ② flue(굴뚝의 연통): HCE의 침실과 Issy의 침실을 연결하는 굴뚝. 그 굴뚝의 연통을 통해 그녀의 두 성격(Dove와 Raven)이 서로 대화하는 소리가 들리게 된다.
* northcliffs→Northcliffe=Alfred Harmsworth, 1st Viscount Northcliffe (1865-1922): 'Daily Mail' 및 'Daily Mirror'를 설립한 아일랜드 태생의 영국의 신문 경영자. 그는 더블린 교외의 채플리조드에서 태어났다.

| 011:01 | The three of crows have flapped it southenly, kraaking of de |
|---|---|
| | 까마귀 세 마리가 남쪽으로 날아갔다. 천국이 없는 하늘을 향해 |

* three of crows(까마귀 세 마리)=the three ravens→Downadown, High Downadown【010:28】
* flap (새가) 날개를 퍼덕이며 날다
* southenly: ① suddenly 갑자기  ② southerly 남쪽으로
* kraaking: ① kraai〔네덜란드어〕=crow 까마귀; kraak〔네덜란드어〕=crash 요란한 소리; kråke=〔노르웨이어〕=crow 까마귀  ② Kraken 북유럽 전설 속 바다 괴물  ③ croaking 까마귀가 깍깍하다: 'The croaking raven doth bellow for revenge(깍깍거리는 까마귀는 복수를 외친다)'《햄릿 3막 2장》 ☞ krieging【010:05】
* de baccle: ① the battle 전투[전쟁]  ② débâcle→Battle of Waterloo 워털루 전투【008:10】


| 011:02 | baccle to the kvarters of that sky whence triboos answer; Wail, |
|---|---|
| | 까악까악 울면서, 그리고 그곳으로부터 세 번의 야유를 보낸다. 통곡하라, |

* kvarters〔덴마크어〕=district 구역, quarters 분기(分期)
* that=the
* sky〔노르웨이어〕: ① cloud 구름  ② heavenless sky(천국이 없는 하늘): 타락(The Fall)의 결과
* whence=from where 거기서부터, 그곳에
* triboos=three boos 세 번의 야유↔three cheers 세 번의 환호 ☞ tribos〔그리스어〕=path 길; tribus〔프랑스어〕=tribes 부족; tribus〔라틴어〕=three 3
* Wail: ① cry 울부짖다  ② well 제대로  ③ Granuaile=Grace O'Malley 16세기 아일랜드의 해적【010:27】


| 011:03 | 'tis well! She niver comes out when Thon's on shower or when |
|---|---|
| | 상관없으니! 그녀는, 뇌신雷神이 나타날 때 또는 뇌신이 물의 요정들과 |

* niver: ① niver=never  ② nivis=snow: Lucy Snowe 워털루 전투의 현장인 벨기에를 배경으로 하는 샬롯 브론테(Charlotte Brontë)의 소설 Villette의 주인공→Lucia Joyce→Issy  ③ river=nixie[nixy] girls (게르만 민화의) 물의 요정 ☞ Nive 1813년에 웰링턴이 건넜던 프랑스에 있는 강
* Thon's: ① Thon 앵글로·색슨의 신(북유럽의 천둥의 신 Thor에 해당)  ② thon=the one yonder 저쪽에 있는 것  ③ Thonar〔독일어〕=thunder 천둥  ④ Thon→Shaun ☞ Thor 토르, 뇌신(雷神): 천둥·번개·농업을 주관하는 신
* on shower: ① on show 공개[진열]되어  ② unsure 확신하지 못하는  ③ shower (of rain) 한줄기 소나기


| 011:04 | Thon's flash with his Nixy girls or when Thon's blowing toom- |
|---|---|
| | 함께 번쩍 비칠 때 또는 뇌신의 분출이 뇌신의 강풍을 최후심판할 때, |

* flash: ① flash of lightning(번갯불의 섬광) Thon의 천둥소리와 함께  ② flash 사람 앞에서 성기[유방]를 얼른 노출하다【011:11】  ③ 야하게 화려한[저속한]
* nixy[nixie=nixe] girls【011:03】→nixie=Nixe=water nymph 물의 요정

* blowing: ① to be windy 바람이 많이 불다  ② practise fellatio 남성 성기에 구강성교하다
* toomcracks: ① crack of doom(최후의 심판을 알리는 천둥소리): 심판일(Judgment Day)에 최후 심판의 나팔소리(Last Trump[Trumpet])의 울림《고린도전서 15장 51절~52절》《요한계시록 11장 15절》  ② toom=empty a vessel 그릇을 비우다  ③ tomb 무덤  ④ crack=blast of thunder 천둥소리→Thon's and flash 천둥과 번개 ☞ crack=vagina 여성의 성기[질(膣)]【011:13】

| | cracks down the gaels of Thon. No nubo no! Neblas on you liv! |
|---|---|
| 011:05 | 절대 밖으로 나오지 않는다. 흘러간다, 구름이 흘러간다! 맹세코! |

* gaels: ① gales 강풍[돌풍]  ② Gael 게일인(스코틀랜드 고지(高地) 사람 또는 아일랜드의 켈트 사람)  ③ gals=girls
* No nubo no!: ① no〔라틴어〕=float 떠[흘러]가다, 부유(浮遊)하다  ② nubo〔라틴어〕가리다[덮다], 시집[장가]가다  ③ nubes〔라틴어〕구름
* Neblas on you liv!=Never on your life 절대로[맹세코] ☞ nebla〔레토로만어: 스위스 동남부와 Tyrol 지방에서 쓰는 로만스어; Romansh, Ladin, Friulian 등 여러 언어]=fog 안개: 스위스의 높은 산봉우리(Alpine peak)는 Issy를 연상시키는데 그녀의 침실이 집 꼭대기층, 즉 HCE 선술집의 위층 지붕창 (pitched roof)이 산처럼 높은 곳(up in the mountains)에 있기 때문이다【010:26】 ☞ liv〔덴마크어〕=life→Livia→Anna Livia Plurabelle

| | Her would be too moochy afreet. Of Burymeleg and Bindme- |
|---|---|
| 011:06 | 그녀는 무척 무서워하고 있다. 나의 다리를 숨기고, 그리고 말똥거리는 나의 |

* too moochy afreet=too much afraid 무척 무서워하는 ☞ mooch 음식값을 남에게 지불하게 하고 도망치다 ☞ muchly=much ☞ afreet=evil demon(아라비아신화) 사악한 악마: freet=superstition, omen(미신, 징조)
* Burymeleg: ① bury my leg 나의 다리를 숨기다[묻다]  ② get one's leg over〔속어〕=have sex with 섹스를 하다
* Bindmerollingeyes: ① bind my rolling eyes en 말똥거리는 눈을 가리다[붕대로 감다]  ② blind me rolling eyes 말똥거리는 눈을 앞이 안 보이게 하다[눈가림하다]  ③ roving eye 연애할 대상을 찾는 시선 ☞ rolling eyes 오르가즘의 신호

| | rollingeyes and all the deed in the woe. Fe fo fom! She jist does |
|---|---|
| 011:07 | 눈을 가리고, 그리고 세상의 모든 죽은 자들. 흐흠, 흠! 그녀는 그저 기대할 뿐, |

* all the deed in the woe: ① all the dead in the world 세상의 모든 죽은 자들  ② do the deed〔속어〕=have sex with 섹스를 하다  ③ A bliss in proof, and proved, a very woe 경험하는 동안은 축복이나, 경험 후에 비참해지는[부정(不貞)]《소네트 129》
* Fe fo fom!: ① Fee! Fie! Foe! Fum! 흐흠, 흠 동화 『잭과 콩나무(Jack and the Beanstalk)』  ② Fie, foh and fum 흐흠, 흠《리어왕》 ☞ fa=behold, fe=food, fi=good to eat, fo=sufficient, fum=hunger→ Fa fe fi fo fum!=Behold food, good to eat, sufficient for my hunger(봐라, 먹기에 좋은 음식, 나의 배고픔에 충분한 음식이다)【007:09】<Charles Mackay *Gaelic Etymology of the Languages of Western Eu-*

*rope>*

* jist: ① just 그저[단지] ② gist 요점 ☞ jiz[jism]〔속어〕=semen[ejaculate] 정액[사정하다]

| 011:08 | hopes till byes will be byes. Here, and it goes on to appear now, |
| | 지난 일을 다 잊을 때까지. 이 순간, 모든 것이 한결같이 잘 굴러가고 있다. |

* byes will be byes: ① boys will be boys 사내(애)가 그렇지 뭐(사내아이나 남자가 소란스럽거나 험하게 구는 것은
놀랄 일이 아니라는 뜻) ② let bygones be bygones 시계를 되돌릴 수 없다(지난 일은 잊어버리기로 하다)
* it goes on to appear now→Everything's going on the same, or so it appeals to all of us(모든 것
이 한결같이 잘 굴러가고 있고, 그래서 우리 모두의 관심을 끈다)【026:25】 ☞ Here 이 순간[시점]에, 여기

| 011:09 | she comes, a peacefugle, a parody's bird, a peri potmother, |
| | 그녀가 온다, 그녀는 한 마리의 비둘기, 한 마리의 극락조, 대모代母가 된 |

* peacefugle:① Piepsvögel〔독일어〕=dicky-bird ② peace-fowl=bird of peace=dove=Issy【010:36】
☞ fugl〔덴마크어〕=bird→fugle 지도[선도]하다, 안내역을 맡다
* parody's bird→bird-of-paradise 극락조(주로 뉴기니에서 발견되는, 깃털의 색깔이 아주 선명한 새): raven→Issy
* peri potmother→Fairy Godmother 대모(代母)가 된 요정[동화에서 주인공을 도와주는 요정]→도움이 간절
히 필요할 때 도와주는 친절한 사람[아주머니] ☞ peri=fairy〔페르시아어〕요정; fruit〔히브리어〕과일;
feather〔체코어〕깃털 ☞ peri potmon〔그리스어〕=concerning fate 운명에 관하여

| 011:10 | a pringlpik in the ilandiskippy, with peewee and powwows in |
| | 요정, 풍경 속의 아주 작은 점, 그녀의 커다란 몸통의 작은 가방 속에서는 |

* pringlpik: ① pinprick 성가신, 작은 상처, 아주 작은 지점 ② pinglopiki〔에스페란토어〕=pinprick
☞ kip〔네덜란드어〕=hen 암탉→Pringle=Sir John Pringle 스코틀랜드 의사
* ilandiskippy: ① i land〔덴마크어〕=on land 육지에서; i skip〔덴마크어〕=on board ship 배 위에서
② landscape 풍경[전망·지형] ③ Kippis=Andrew Kippis 스코틀랜드 의사 John Pringle의 전기 작가
* peewee: ① peewee=lapwing 댕기물떼새[가냘프게 우는 소리] ② Pee-Wee Harris 잡지 『Boys' Life』 속
가상의 보이스카웃 캐릭터(1915년 첫 등장) ③ (유난히) 작은 사람[동물]
* powwows: ① bow-wow〔유아어〕=dog 강아지→멍멍거리다 ② powwow=peace-conference 평화
회담 ③ powwow=working of cure (북미 원주민들 사이에서) 병을 고치기 위하여 굿[기도] 등의 주술 의식

| 011:11 | beggybaggy on her bickybacky and a flick flask fleckflinging |
| | 짹짹거리고 멍멍거리며, 그리고 작은 요정의 평화의 행운 수건을 |

* beggybaggy: ① beag〔아일랜드어〕=small 작은→beggybaggy=small bag[vagina] ② begging-bowl
구걸용 그릇
* bickybacky: ① big back 큰 몸통 ② piggyback 목말 타기 ③ piggybank 돼지 저금통 ④ pig's
back=Muicinis〔아일랜드어〕=Pig Island 돼지섬: 아일랜드의 신화적 이름<Geoffrey Keating Foras

*Feasa ar Éirinn>*
* flick→the flicks〔아일랜드속어〕=the movies 영화→quick 신속한, 성급한
* flask→flash 번쩍하는 순간, 음부[속옷·유방]의 순간적 노출【011:04】
* fleckflinging: ① flèche〔프랑스어〕=arrow 화살 ② fleck=particle 작은 조각[피부 반점] ☞ fleck=flutter about(펄럭이다)+fling=throw(세차게 움직이다)

| | |
|---|---|
| 011:12 | its pixylighting pacts' huemeramybows, picking here, pecking |
| | 빠르게 번쩍하고 세차게 펄럭이며, 이곳 쪼아 파고, 저곳 후벼 파는, |

* pixylighting pacts': ① pixillating=bewildering[bemusing], enchanting 어리둥절하게 하는, 매혹적인 ② pixilation 실물 동화(實物動畫): 등장인물들의 토막 화상(畫像)의 위치를 조금씩 바꿈으로써 동작을 우스꽝스럽게 팍팍 꺾어 코믹한 효과를 내는 것 ☞ pixie=small fairy 작은 요정; pax〔라틴어〕=peace 평화; packs 포장[꾸러미]
* huemeramybows: ① euhēmerema=success[good luck] 성공[행운] ② Amy=Aimee Macpherson 미국의 전도사 ③ rainbows 인류와 맺은 하나님의 언약(의 상징)《창세기 9장 16절》 ④ kerchief (여성의) 머릿수건 ☞ euhemerema=good luck(행운)+marama=kerchief(머릿수건)+rainbows(무지개)
* pick 후비다, 쪼아 파다; peck 부리로 쪼다, 후벼 파다

| | |
|---|---|
| 011:13 | there, pussypussy plunderpussy. But it's the armitides toonigh, |
| | 고양이 얼간이. 하지만 오늘 밤은 휴전, |

* pussypussy: ① pussy=cat: Issy의 고양이 ② pussy=female pudenda 여성의 음부: toomcracks 【011:04】
* plunderpussy: ① blunderbuss 나팔총(17세기~18세기의 총부리가 굵은 단총): '천둥(thunder)'과 '상자(box)'에 해당하는 네덜란드어에서 유래→얼간이, 멍청이 ② plunder=pillage, booty 약탈, 전리품
* armitides toonigh: ① armistice tonight 금일 밤 휴전 ② too nigh=too near 너무 가까운

| | |
|---|---|
| 011:14 | militopucos, and toomourn we wish for a muddy kissmans to the |
| | 전쟁 후 평화, 그리고 내일은 의용 군인들에게 즐거운 크리스마스가 |

* militopucos: ① milito〔에스페란토어〕=war 전쟁에 관한, 전쟁의 결과로 생기는 ② paco〔에스페란토어〕=peace 평화 ③ púca〔아일랜드어〕=pooka 작은 요정 푸카: 말의 모습으로 늪 따위에 나타나는 장난꾸러기
* toomourn: ① tomorrow ② to mourn=to grieve 슬퍼하다
* we wish for a muddy kissmas=we wish you a merry Christmas(즐거운 크리스마스가 되길 빕니다): muddy kissmans=merry Christmas→일반적으로 산타가 보따리에서 새 장난감을 꺼내 나눠 주는 데 반해, 여자는 돌아다니면서 훼손품(spoiled goods)을 배낭(nabsack)에 주워 담는다

| 011:15 | minutia workers and there's to be a gorgeups truce for happinest |
|---|---|
| | 되기를 빈다. 그리고 세상 가장 행복한 아이들을 위한 아주 멋진 휴전이 |

* minutia: ① minutia=detail 세부 사항 ② munitions=weapons 무기 ③ militia=trained civilians 의용군
* gorgeups: ① gorgeous 아주 멋진 ② gorge 포식[탐식]하다 ③ Georgio[Giorgio] Joyce=Joyce's son 【003:08】 ☞ gorge up 크리스마스를 찬양하기 위해 군인들이 참호 밖으로 나오다
* truce 휴전(休戰), 고통의 중단
* happinest: ① happiness(행복)+nest(둥지)→happinest childher everwere(가장 행복한 아이)=Santa Claus→HCE

| 011:16 | childher everwere. Come nebo me and suso sing the day we |
|---|---|
| | 있을 것이다. 나에게로 가까이 다가와서 우리가 축하할 그날을 |

* Come nebo me: ① Come unto me 내게로 오라<Jesus Christ> ② come near me 나에게 가까이 다가와 봐 ☞ Nebo 피스가(Pisgah) 산의 정상. 이곳에서 모세가 약속의 땅(Promised Land)을 내려다보았다.《신명기 32장 49절》 ☞ nebo〔히브리어〕=height 높이; nebü〔볼라퓌크 인공 언어〕=besides 게다가; neben〔독일어〕=beside 옆에
* soso sing: ① susurro〔라틴어〕=I whisper 나는 속삭인다 ② s-s-sing (말더듬) HCE는 죄책감 때문에 말을 더듬음 ③ Henry Suso 하인리히 소이세(1295-1360): 독일 중세 신비주

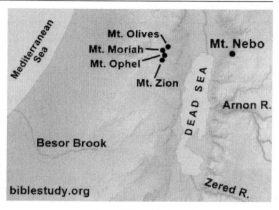

• Mount Nebo -biblestudy

의 신학자로, 자신을 '놓아두고 있음'으로써 그리스도에게 가까워질 수 있다는 주장을 펼침. 어느 날 잠에서 깨어났을 때 자신의 침대 주변에서 춤추며 노래하는 천사를 보고 작곡한 <In dulci jubilo>는 유명한 Christmas song.

| 011:17 | sallybright. She's burrowed the coacher's headlight the better to |
|---|---|
| | 노래하자. 그녀는 좀 더 잘 살펴보기 위해서 마부의 전조등을 |

* sallybright: ① celebrate(축하하다): celebrate muddy kissmas[Merry Christmas]【011:14】 ② Sally & Bridget: William Carleton의 소설 *Tales and Stories of the Irish Peasantry*에서 Shaun Buie Mc-Gaveran은 12명의 소녀들에게 구애를 받고 있는데 그는 결혼 상대를 결정하기 위해 방적(紡績) 대회를 개최한다. 2명의 주요 참가자가 Sally와 Bridget이다. ③ Sally→Christine Beauchamp의 억압된 성격 중 한 명. 보스턴 신경학자 Morton Prince가 『경야의 서』의 핵심 텍스트인 *The Dissociation of Personality*에서 연구한 다중 성격의 유명한 사례의 주제.【011:22】
* burrowed: ① borrowed 빌린 ② burrowed 잠복한 ③ buried 파묻힌
* coacher's: ① coach's 마차의 ② coacher=coach-horse 마차 끄는 말; 마차의 마부(馬夫)

| 011:18 | pry (who goes cute goes siocur and shoos aroun) and all spoiled |
|---|---|
| | 빌렸고 (가자, 친애하는 여러분, 안전하게 그리고 조용히 가자) 그리고 온갖 |

* pry: ① spy 염탐하다 ② pry (남의 사생활을) 캐묻다, 동정[형편]을 살피다 ③ pray=Let's pray 기도합시다!
* who goes cute goes siocur and shoos aroun: ① <Siúil a Rún> 아일랜드 전통 노래: 'Siúil, siúil, siúil a rún, Siúil go socair, Agus siúil go ciúin'='Go, go, go, my dear; Go safely And go quietly(가자, 가자, 가자, 내사랑, 안전하게 그리고 조용히 가자)' ② siocur and shoos=stockings and shoes 스타킹과 신발 ③ shoots around 사방에 사격하다 ☞ siúil(아일랜드어)=walk 걷다; sioc(아일랜드어)=frost 서리
* spoiled goods→damaged goods 훼손품(품질·규격 등이 일정 기준에 미달하는 제품) ☞ spoils=plunder, booty 약탈, 전리품

| 011:19 | goods go into her nabsack: curtrages and rattlin buttins, nappy |
|---|---|
| | 전리품들은 그녀의 배낭 안으로 들어간다. 화약통과 딸랑거리는 단추, 보풀이 |

* nabsack→knapsack=rucksack 배낭 ☞ nab: ① snatch 낚아채다 ② hat 모자 ③ hilltop 언덕 꼭대기 ④ keeper of door-lock 출입문 자물쇠의 걸쇠[빗장 구멍]
* curtrages: ① cartridges 카트리지 ② cut rage 화를 참다: short temper 화를 잘 내는 성격
* rattlin buttins: ① Rathlin puffins=Rathlin Island 아일랜드 북동쪽 해안의 작은 섬(바다오리[puffins]의 서식지로 유명) ② rattling 활발한 ③ Gatling gun 속사포(1861년 발명) ☞ Butt: ① 아이작 버트(Isaac Butt) 아일랜드 국회의원. 파넬(Parnell)에 의해 아일랜드 의회당 지도부에서 축출됨. ② 버트 브리지(Butt Bridge) 더블린의 다리→haypennies, brooches, breeks
* nappy: ① diaper 기저귀 ② having a nap 낮잠 자는 ③ fuzzy 솜털 같은

| 011:20 | spattees and flasks of all nations, clavicures and scampulars, maps, |
|---|---|
| | 일어난 발목 장화 그리고 모든 나라의 국기, 열쇠고리와 어깨 붕대, 지도, |

* spattees: ① spattee 비나 추위로부터 보호하기 위해 여성들이 입던 스타킹이나 레깅스 ② spatee 무릎에서 복사뼈까지 혹은 복사뼈만 감는 반장화[각반]
* flasks of all nations=flags of all nations 모든 나라의 국기[깃발]→flagpatch=the flagpatch quilt on HCE's bed
* clavicures: ① clavicle=collar bone 쇄골 ② clavichord 바로크 시대에 유행한 건반악기(피아노의 전신) ③ claviculer=a keeper of keys[a key keeper]
* scampulars: ① scapula=shoulder blade 견갑골[어깨뼈] ② scapular 수사(修士)가 어깨에 걸쳐 입는 겉옷 ③ ampule[ampulla] (고대 로마의) 양손잡이가 달린 병[단지], (미사의) 포도주와 물을 담는 그릇 ☞ ampoule(=am)+poule(=hen)→I am a hen(나는 암탉이다)

| 011:21 | keys and woodpiles of haypennies and moonled brooches with |
|---|---|
| | 열쇠와 아일랜드 구리 주화 그리고 피 묻은 바지와 함께 |

* woodpiles of haypennies: ① Wood's halfpence 1723년~1724년 윌리엄 우드(William Wood)가 제작

한 아일랜드 구리 주화. 조나단 스위프트는 *Drapier's Letters*에서 'Wood's halfpence'라며 비난했다.【027:17】 ② Ha'penny Bridge Liffey[Wellington] Bridge에 붙은 이름 ③ ha'pennies=halfpence 반 페니짜리 동전; wood-pile 장작더미

* moonled brooches: ① moonbled 숫자 28/29와 Issy와의 연관성, 즉 월경주기(menstrual cycle)【010:28】 ② (moonbled) breeches[breeks]=trousers 바지 ③ moonled=moonlight[moonlit] 달빛[이 비치는]

• Ha'penny Bridge -Wikimedia Commons

| 011:22 | bloodstaned breeks in em, boaston nightgarters and masses of |
|---|---|
| | 생리용 반바지, 보스톤제製 양말대님과 신발 더미 |

* bloodstaned breeks: ① bloodstaned=bloodstained 피가 묻은, 피로 물들인 ② bloodstone=heliotrope 혈석(血石). 동일한 이름의 '굴광(屈光)성 식물'은 Issy 그리고 Twenty-Eight와 연결된다. ☞ stane=stone (스코틀랜드어)돌; breeks=breeches=britches=trousers (스코틀랜드어)바지
* em='em[um]=them
* boaston nightgarters: boaston=Boston 미국 매사추세츠(Massachusetts)주의 도시: Massachusetts→masses of shoesets→암탉 Hen이 조개무덤을 뒤져 찾은 편지는 Boston에서 생산된 종이에 적은 것이다【111.09-20】또한 *The Dissociation of Personality*의 저자 Morton Prince는 Boston의 신경과 의사【011:17】☞ boaston nightgarters→boasting Knight of the Garter 과시하는 가터 훈작사(勳爵士)
* masses of shoesets=Massachusetts 보스턴(Boston)이 주도인 미국의 주. 매사추세츠라는 말은 '큰 언덕에서(at the big hill)'라는 뜻→boaston nightgarters ☞ shoe sets 보스턴은 한때 주요 신발 제조업의 중심지였다 ☞ les chausses〔프랑스어〕=trousers 바지; les chausettes〔프랑스어〕=socks 양말

| 011:23 | shoesets and nickelly nacks and foder allmicheal and a lugly parson |
|---|---|
| | 그리고 작은 장식품과 전지전능하신 하나님 그리고 추악한 목사 |

* nickelly nacks→knickety-knacks=knick-knacks 작은 장식품, 잡동사니 ☞ Nick=Old Nick(악마)=Devil→Shem: Mick=St Michael the Archangel(대천사 미카엘)→Shaun
* foder allmicheal: ① father almighty[Almighty Father] 전지전능하신 아버지[하나님] ② Father Michael=ALP를 유혹하는【111.13~35】또는 그녀에게 유혹을 받는【203.17~204.05】보좌신부: 그는 Michael Bodkin(어린 시절 Nora Barnacle의 죽은 연인, 『The Dead』에서 Michael Furey의 모델)과 Nora Barnacle이 16살이었을 때 학대한 인물로 추정되는 골웨이(Galway)의 보좌신부 ☞ foder〔포르투갈어〕=fuck 성교하다;

fodder[덴마크어]=feed 사료[먹이다] ☞ Pont St Michel 파리의 다리

* lugly parson of cates=lovely parcel of cakes 멋진 케이크 꾸러미→ugly parson 추악한 목사 ☞ cates=victuals 생필품, dainties 진미(珍味)

| 011:24 | of cates and howitzer muchears and midgers and maggets, ills and |
|---|---|
| | 포신砲身이 짧은 대포, 모조 낚시와 담배꽁초, 많은 시시한 이야기를 가진 |

* howitzer muchears: ① how is yer, my dears? 어떻게 지내세요, 여러분? ② a short-barrelled canon[a high-angle gun] 곡사포(曲射砲), 포신이 짧은 대포 ③ how are you, Maggy? 안녕, 매기?
* midgers→midge 작은 모기 같은 파리→artificial faly 모조[가짜] 낚시; a very small person 아주 작은 사람
* maggets: ① maggots 담배꽁초, 구더기(파리의 유충) ② Maggies=Issy와 Twenty-Eight→The Mime of Mick, Nick and the Maggies【219:18~19】
* ills and ells: ① ils[프랑스어]=they(남성) ② elles[프랑스어]=they(여성) ③ ell 옛 영국의 직물 길이 단위

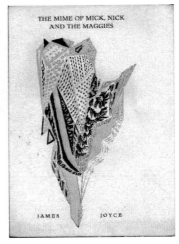

• The Mime of Mick, Nick and the Maggies -AbeBooks

| 011:25 | ells with loffs of toffs and pleures of bells and the last sigh that |
|---|---|
| | 남자와 여자, 아나 리비아 플루라벨과 가슴으로부터 새어 나오는 |

* loffs of toffs: ① lots of toffees 많은 토피 캔디[시시한 이야기] ② lots of love 많은 사랑(하늘만큼 땅만큼 사랑해, 많이 사랑해)→loff 옥수수 측정 단위; toff 상류층의 구성원, 명사[거물]
* pleures of bells→Plurabelle=Anna Livia Plurabelle[ALP] ☞ pleur[프랑스어]=tear 눈물; pleurisy 호흡할 때 악화되는 흉통(chest pain)
* the last sigh that come fro the hart→<Ah! The Syghes that Come fro' My Heart> 헨리8세 시대의 영국 민요 ☞ hart: ① red male deer (5세 이상 된) 붉은 수사슴 ② heart 심장

| 011:26 | come fro the hart (bucklied!) and the fairest sin the sunsaw |
|---|---|
| | 최후의 탄식 (수사슴의 노래!) 그리고 태양이 본 가장 아름다운 계시 |

* bucklied!: ① buck=male deer 수사슴 ② Lied=Song ③ Buckley=Shem-Shaun ④ buck=lye 잿물
* the fairest sin the sunsaw→① the first sin=original sin과 the Fall of Man 원죄와 인간의 타락 ② fairest sign (두 마리의 새를 날렸던) Noah가 본 무지개 ③ the fairest sin the sunsaw(that's cearc!)='the fairest sign the sun saw (that's the ark!)': 태양이 본 가장 아름다운 계시(저게 방주!) ④ since the sun set 해가 진 이후로

| 011:27 | (that's cearc!). With Kiss. Kiss Criss. Cross Criss. Kiss Cross. |
|---|---|
| | (저것이 노아의 방주!). 사랑의 입맞춤. 입맞춤. 입맞춤. 입맞춤. |

* With Kiss. Kiss Criss. Cross Criss. Kiss Cross.→① XXXX(편지의 끝 인사)=four crosskisses【111:17】 ② criss-cross ALP의 편지글은 여러 페이지에 걸쳐 종횡으로 적혀있다【114:02~07】 이것은 종이를 절약하기 위한 19세기 아일랜드 영세 농민의 일반적인 관행이었다. 편지글이 교차해서 생긴 십자 모양은 HCE와 ALP의 침대에 있는 깃발 패치 침대 커버(flagpatch quilt)를 연상시킨다.【559:13】 ③ Christ's cross=Crucifixion (그리스도의) 십자가 ④ kiss the cross 십자가에 키스하다, (복싱에서) KO당하다→kiss cross: 유다의 입맞춤은 예수를 잡으러 온 이들에게 누가 예수인지 알려주는 신호였으며 동시에 예수를 배신하는 키스였다

• flagpatch quilt
-Wikimedia Commons

| 011:28 | Undo lives 'end. Slain. |
|---|---|
| | 삶이 끝나는 순간까지. 안녕. |

* undo life's end: ① unto life's end 삶의 끝까지 ② undo lives 'end[undo lives' end] 인생의 종말을 고하다
* slain: ① slán〔아일랜드어〕=goodbye 안녕(편지의 끝 인사) ② sláinte〔아일랜드어〕=cheers! 건배! ☞ stain: ALP의 편지에 묻은 차 얼룩(tea-stain)→teatimestained terminal【114:29~30】

| 011:29 | How bootifull and how truetowife of her, when strengly fore- |
|---|---|
| | 그녀는 얼마나 아름답고 얼마나 충실한 여자인가! 엄격하게 금지됐는데, |

* bootifull: ① beautiful 아름다운 ② bountifull 풍부한 ③ full of boots 부츠가 가득한 ☞ booty=stolen goods 전리품; buttocks 엉덩이→bosom=breast 여자의 젖가슴
* truetowife: ① true to life 사실적인, 실물과 꼭 같은 ② true to=faithful to 충실한
* strengly forebidden: streng verboten〔독일어〕=strictly[strongly] forbidden 엄격하게 금지된 ☞ forbidden fruit 금단의 열매, 부도덕한 쾌락→Biddy=Biddy Doran=The Hen 암탉

| 011:30 | bidden, to steal our historic presents from the past postpropheti- |
|---|---|
| | 과거 사후 예언서로부터 역사적 현재[선물]를 몰래 가져왔는데, |

* historic presents 역사적 현재(과거의 사건을 생생하게 묘사하기 위해 사용하는 현재 시제)
* postpropheticals→post prophesy=prophesy after the event 사후 예언(事後 豫言) ☞ post=mail(우편)→the letter(편지)

| 011:31 | cals so as to will make us all lordy heirs and ladymaidesses of a |
|---|---|
| | 그건 갈피를 못 잡는 혼란스러운 분규 상태에서 우리 모두를 |

* Lordy heirs and ladymaidesses: ① Lord Mayors and Lady Mayoresses 시장(市長)과 시장 부인

② heirs and heiresses 상속인과 여자 상속인  ③ lordy 저런, 어머(놀람, 경탄, 실망 등)  ④ lady's maid (귀부인의) 시녀

| 011:32 | pretty nice kettle of fruit. She is livving in our midst of debt and |
| | 남자 계승자와 여자 계승자로 만들 속셈이었다. 그녀는 우리의 신세를 지며 살아가고 |

* pretty nice kettle of fruit: ① a pretty kettle of fish=an awkward mess 난처한 사태, 혼란스러운 [갈피를 못 잡고 법석이는] 상태  ② a different kettle of fish=altogether different matter[affair] 완전히 다른 문제[사건]  ③ pretty nice kettle of fruit 특정 부위의 신체적 매력을 암시(큰 유방, 큰 엉덩이, 큰 음경, 큰 고환 등) ☞ fruit 암탉이 조개 무덤에서 쪼아대는 오렌지 껍질을 암시
* she is livving in our midst of debt: ① In the midst of life we are in death 살아가면서 우리는 죽음 속에 있다 <성공회 기도서(Book of Common Prayer) '죽음의 매장(Burial of the Dead)'>  ② the tree of life also in the midst of the garden 동산 한 가운데에 있는 생명 나무《창세기 2장 9절》 ☞ livving: ① livia=AnnaLivia Plurabelle[ALP]  ② Liffey 더블린을 흐르는 강 ☞ debt 빚[부채], 신세→이 단락에는 다수의 금융 용어(financial terms) 등장

| 011:33 | laffing through all plores for us (her birth is uncontrollable), with |
| | 우리를 위해 눈물을 흘리면서 웃는다 (그녀의 웃음소리는 걷잡을 수 없다), |

* laffing=laughing 아브라함(Abraham)과 사라(Sarah)는 노년(아브라함은 100살, 사라는 90살)에 아들을 갖는다는 생각을 비웃는다. 그 아들은 히브리어로 'God has laughed'라는 뜻의 이삭(Isaac)으로 불린다.《창세기 17장 17절》
* all plores: ① all plores=ALP  ② pluere[라틴어]=flow 리피강의 흐름, 즉 ALP의 월경(menstrual flow)  ③ plorare[라틴어]=cry  ④ pleures[프랑스어]=tears ☞ laugh through one's tears 눈물을 흘리면서 웃다
* her birth is uncontrollable: ① birth control 피임[임신 조절]  ② mirth 유쾌한 법석, 즐거운 웃음소리

| 011:34 | a naperon for her mask and her sabboes kickin arias (so sair! so |
| | 앞치마를 가면 삼아 자기 얼굴에 쓰고 나막신을 공중으로 차면서 (참 특이하고! 참 |

* naperon: ① an apron 앞치마(원래는 napron)  ② napperon[프랑스어]=tray cloth 쟁반에 까는 천 ☞ 'and they fashioned aprons for themselves(무화과나무 잎을 엮어 치마로 삼았더라)'《창세기 3장 7절》

• Sabots -etsy

* sabboes: ① sabots 프랑스 농민이 신는 나막신  ② sabbat  ③ Sabbath 중세와 르네상스 시대에 주기적으로(예컨대 Walpurgis Night 또는 Hallowe'en) 열리는 마녀와 마법사의 심야 집회. 오르기아적인 제례(祭禮, orgiastic rites)를 올리고 춤추며 술 마시고 난교 파티를 가졌다.
* kickin arias: ① kicking air 공중을 차다  ② kicking arse 엉덩이를 걷어차다  ③ her sabots kicking Arius: '내가 너[뱀]와 여자 사이, 너의 씨와 그녀의 씨 사이에 원수를 맺게 하리니 그것이 네 머리를 상하게 할 것이요 너는 그의 발꿈치를 상하게 할 것임이니라'《창세기 3장 15절》

* sair!: ① so sær〔덴마크어〕=so odd 참 특이한 ② sehr〔독일어〕=very 매우 ③ sair〔스코틀랜드어〕
=sore 쓰라린 ☞ Sarah 성서적 인물로서 족장 아브라함의 아내이자 이삭(Isaac=I saak)의 어머니. Sally
는 Sarah의 축소형. 한편 Sally는 보스턴 신경학자가 탐구한 Christine Beauchamp의 억압된 성격의
이름이기도 하다.【011:17】

| 011:35 | solly!) if yous ask me and I saack you. Hou! Hou! Gricks may |
| | 낯선!) 만약 당신이 요구하면 나는 당신의 성기를 핥아 주겠어요. 호! 호! |

* solly!: ① so sorry ② solly=strange ③ solely 혼자서 ④ Pont Sully 파리의 다리 ☞ solly=Sal-
ly[Sarah의 축약형]【011:17】
* I saack: ① I ask you ② Isaac 성서의 인물, 사라(sair and solly)와 족장 아브라함의 아들. 히브리어
로 'Isaac'은 '하느님이 웃었다'라는 뜻.《창세기 21장 6절》 ③ sagen=tell→I'll suck you=I will per-
form fellatio 구강성교할 거야 ☞ I'll sack you=I will quit with you 당신과의 관계를 그만하겠다
* Hou! Hou!: ① Hou=deity of Guernsey ② Ho! Ho!=laughter→laffing and I saack【011:33】
* Gricks: ① Greeks[Gricks=Pricks=Penises] may rise 페니스가 일어나다[발기하다] ② pricks may rise 음
경이 발기하다: trousers fall(바지가 떨어지고[내려가고])→rising pricks(페니스가 솟아오르다[발기하다]) ③ bricks
may rise=building 벽돌이 올라가서 건물이 되다

| 011:36 | rise and Troysirs fall (there being two sights for ever a picture) |
| | 음경이 솟아오르고 바지가 내려간다 (모든 일에는 양면성이 있는 법) |

* Troysirs fall: ① Trojans fall=The Fall of Troy 트로이의 몰락 ② trousers fall→rising pricks[Gri-
cks] 바지가 떨어지고[내려가고]→페니스가 솟아오르다[발기하다]
* two sights for ever a picture=two sides to every story 모든 이야기는 양쪽을 다 들어봐야 한다[모
든 일에는 양면성이 있다]

| 012:01 | for in the byways of high improvidence that's what makes life- |
| | 가장 중요한 것에서 사소한 것까지 삶을 살 만한 |

* byways of high improvidence: ① highways and byways 큰 길과 작은 길, 가장 중요한 것에서 사
소한 것까지 ② by the way ③ highly improbable 거의 일어날 것 같지 않은
* makes lifework leaving=makes life worth living 삶을 살 만한 가치가 있게 만들다→lifework 필
생의 사업[일]

| 012:02 | work leaving and the world's a cell for citters to cit in. Let young |
| | 가치가 있게 만들고 세상을 죄를 지은 죄인을 위한 감방으로 만들었다. 아무튼 젊은 |

* cell=a small apartment, room, or dwelling (일반적으로) 작은 집[방]
* citters to cit in: ① sitters to sit in 자리에 앉을 착석자 ② sinners to sin in 죄를 지은 죄인 ③
shitters to 똥을 싸는 사람들: outhouse[museyroom] 변소 ☞ città〔이탈리아어〕=city; zittern〔독일어〕

=tremble 떨다

| 012:03 | wimman run away with the story and let young min talk smooth |
| | 여자들은 아무도 그들의 말을 믿으려 하지 않을 것이고 그리고 젊은 남자들은 |

* young wimman run away with the story: ① wimman=women 여자들 ② old wives' tale 노파들의 실없는 이야기, 어리석은 미신 ③ run away with 도망치다[눈이 맞아 달아나다], (경기에서) 수월하게 이기다 ☞ let young wimman run away with the story 아무튼 아무도 그들의 말을 믿으려 하지 않을 것이다
* min→min(마음)+min(남자)+min(사랑)

| 012:04 | behind the butteler's back. She knows her knight's duty while |
| | 소문을 퍼뜨릴 것이다. 도시가 잠자는 시간에 자기는 남편과 잠자리를 해야 함을 |

* behind the butteler's back: ① butler 집사 ② Bettler=beggar 거지 ③ butt=arse[behind] 엉덩이 ④ behind=butt[arse] 엉덩이 ☞ talk behind the butler's back=spread rumours 소문을 퍼뜨리다
* knight's duty=night duty: ALP의 야간 근무는 남편 HCE와의 섹스 ☞ Knight=HCE

| 012:05 | Luntum sleeps. Did ye save any tin? says he. Did I what? with |
| | 그녀는 알고 있다. 당신 돈 좀 모았어요? 남편이 말한다. 제가 뭘요? 싱긋이 |

* while Luntum sleeps: ① <While London Sleeps> 19세기 뮤직홀 노래 ② 런던을 공포에 떨게 한 원인(猿人)으로부터 젊은 여성을 구하는 개에 관한 영화(1926) ③ lunt[Lunte]=slow-match 도화선【012:11】 ④ Long Tom 영화 <While London Sleeps>의 등장인물; 장거리포 [대형 야포]
* tin=money, cash 돈, 현금
* with a grin says she→Did I what? with a grin says she 내가 뭘 했죠? 그녀가 활짝 웃으며 말하다→Did I hear right? Did I understand your naughty implication?(Did[Would] you save anything=Did[Would] you swallow?)

• While London Sleeps -Hirschfeld

| 012:06 | a grin says she. And we all like a marriedann because she is mer- |
| | 웃으며 그녀가 말한다. 그리고 우리는 모두 ALP를 좋아하는데 그건 그녀가 |

* marriedann: ① harridan 성질 나쁜 여자, 심술궂은 노파 ② married Anna=Anna Livia Plurabelle[ALP]
* mercenary: ① 고용된(hired) ② 돈을 목적으로 하는, 돈 버는 데만 관심이 있는→돈이면 무슨 일이나 하는 사람

| 012:07 | cenary. Though the length of the land lies under liquidation |
| --- | --- |
| | 돈이면 무슨 일이나 하기 때문이다. 비록 곳곳에서 빚을 청산하는 중이고 |

* Though the length of the land: ① the lie of the land (어떤 지역의) 지세[지형] ② throughout the length of the land 온 나라에 걸쳐서[곳곳에] ③ the fat of the land 얻을 수 있는 최상의 것, 최고의 호강《창세기 45장 18절》 ④ the land=the vagina 질(膣), 여자의 성기
* lies under liquidation=her vagina is wet 그녀의 질(膣)이 젖어있다 ☞ liquidation (빚)청산, (회사의) 파산→under liquidation 부채 정리 중 ☞ liquid→Noah's Flood 노아의 홍수

| 012:08 | (floote!) and there's nare a hairbrow nor an eyebush on this glau- |
| --- | --- |
| | (젠장!) 그리고 교묘한 불한당의 반들반들한 얼굴에 |

* floote→flood=Noah's Flood 노아의 홍수 ☞ Flut=flood 홍수 ☞ flute!=damn! 젠장! ☞ flute=wind instrument 관악기→fellatio 남성 성기에 하는 구강성교
* nare: ① nare=nostril 콧구멍; were not 하지 않았다 ② ne'er=never 결코~ 않다 ③ nary=not one 하나도 없는
* A hairbrow nor an eyebush: ① hairbrush nor an eyebrow 솔빗도 눈썹도 아니다 ② eyelash 속눈썹 ☞ hair...bush=pubic hair 음모(陰毛) ☞ hair...eyebush 북유럽신화(Nordic mythology)에서 Universal Flood 이후 이미르(Ymir: 거인족(巨人族)의 조상인 그의 시체로 세계는 만들어졌다고 함)의 몸은 세계가 되고 그의 머리카락은 나무가 되었고 그의 눈썹은 풀과 꽃이 되었다

| 012:09 | brous phace of Herrschuft Whatarwelter she'll loan a vesta and |
| --- | --- |
| | 솔빗도 눈썹도 전혀 없을지라도 그녀는 성냥을 대여받고, 그리고 |

* glaubrous: ① glabrous=hairless, smooth 털이 없고, 반들반들한 ② glaucous=sea-green 해록색[바다색]의→Joyce's glaucoma 조이스의 녹내장【008:02】
* phace: ① face 얼굴 ② place 장소 ③ phase 단계 ④ phaos 햇빛; 시력; 횃불; 생명

• Vesta -wikipedia

* Herrschuft Whatarwelter→① Der Herr schuf die Welt=The Lord created the world 주님이 세상을 창조하셨다 ② Herrschaft=mastery 숙달, 교묘 ③ Schuft=scoundrel 불한당, 악당 ④ waterworld→홍수에 대한 암시
* vesta (로마 신화의) 베스타 여신: 불과 난로의 여신. 그리스 신화의 Hestia에 해당 ☞ a vesta=a match 성냥【012:11】

| 012:10 | hire some peat and sarch the shores her cockles to heat and she'll |
| --- | --- |
| | 토탄을 세내어 빌리고, 그리고 바닷가를 뒤져 먹을 만한 새조개를 캐고, 그리고 |

* peat: ① 토탄(土炭), 이탄(泥炭) ② 명랑한 여자 ☞ pete 금고(金庫)
* sarch: ① search 찾아[살펴]보다 ② sarchiare=weed with a hoe 괭이로 잡초를 제거하다

* her cockles to heat: ① warm the cockles of one's heart 마음의 난로를 데우다  ② her cockles [a type of edible shellfish] to eat 먹을 만한 새조개  ☞ cockles=pussy[vagina] 여자의 성기  ☞ cock=penis 남자의 성기  ☞ cockle=① 아파트 난방용 난로  ② 곡물 밭의 잡초→sarch

| 012:11 | do all a turfwoman can to piff the business on. Paff. To puff the |
|---|---|
| | 그녀는 생계를 위한 것이라면 그 어떤 일도 할 것이다. 훅. 게으름은 훅 불어 |

* And she'll do all a turfwoman can to piff the business on: ① And I'll do all that ever I can to push the business on 어린이용 게임  ② she will do everything necessary to erect his penis[do a handjob, suck it, etc.] 그녀는 그의 남근을 세우는데 필요한 것이라면 손으로 만져주고, 빨아주고 그 어떤 행위도 할 것이다  ☞ on the turf=on the game 매춘(賣春)으로→ALP가 가족을 먹여 살리기 위해 필요한 모든 일을 할 것임을 암시  ☞ piff-paff(독일어)=bang-bang 요란스러운 총격전, 땅땅
* to puff the blaziness on=give a blowjob 구강성교[펠라티오]를 하다  ☞ puff=brothel[whorehouse] 매음굴; puffen=chug[chuff] 꿀꺽꿀꺽 마시다[힘 나게 하다]  ☞ blaze=matches 성냥→while Luntum sleeps【012:05】; a vesta【012:09】

| 012:12 | blaziness on. Poffpoff. And even if Humpty shell fall frumpty |
|---|---|
| | 날려버린다. 뻐끔뻐끔. 설령 HCE가 우리 모든 당당한 충고자들의 |

* blaziness→laziness 태만[게으름]
* poffpoff: ① tauftauf (독일어)taufen=baptise(세례를 주다)에서 파생【003:10】  ② piffle[piff-poof, poff] 허튼소리  ☞ puffpuff: ① 칙칙폭폭, 뻐끔뻐끔  ② 여자가 자신의 유방 사이에 다른 사람의 얼굴을 묻고 좌우로 흔드는 동작
* Humpty=Humpty Dumpty【003:18】  ☞ humpty=hunchbacked(꼽추)→HCE
* shell: ① shall ~일 것이다  ② egg shell: 험프티 덤프티가 벽에서 떨어질 때 껍질이 부서지면서 쏟아져 나오는 노른자와 흰자는 '사정(ejaculation)'을 암시
* frumpty times: ① forty times 마흔 번  ② frump 유행에 안 맞는 옷차림을 한 여자; 조롱하는 말이나 행동  ③ frumenty 껍질을 벗긴 밀을 우유에 삶아 달걀, 향신료, 럼 등으로 맛을 낸 죽

| 012:13 | times as awkward again in the beardsboosoloom of all our grand |
|---|---|
| | 술집에서 마흔 번씩이나 자꾸 추락하더라도 |

* as awkward again=as often again 다시 자주
* beardsboosoloom: ① Kafoozalum 「London Bridge(While Luntum sleeps)」로 알려진 스코틀랜드의 춤. 그 명칭은 S. Oxon이 작곡한 동양풍의 노래 <Ka-Foozle-Um>에서 유래한다.  ② Jerusalem 유대인·기독교인·이슬람교도의 성지  ③ verbose 말수가 많은  ④ boose 술; bosom 가슴; booze saloon 술집  ☞ loom→Finnegans Wake: 당초의 작품명은 Work in Progress, 즉 'warping process'【497:03】이었으므로 warp는 '(베틀[loom]의) 날실'이고 weft는 '씨실'을 암시한다

| 012:14 | remonstrancers there'll be iggs for the brekkers come to mourn- |
|---|---|
| | 아침이 되면 그녀는 아침 밥상에 올릴 달걀을 |

* grand remonstrancers→The Grand Remonstrance 대간의서(大諫議書) Long Parliament가 1640년 Charles 1세의 즉위 이래의 실정(失政)에 항의하여 통과시킨 것 ☞ romancer 로맨스 작가; 연애하는 사람 ☞ remonstrator 충고자, 항의자 ☞ monstrance 성체 안치기(聖體安置器): 성체를 넣어서 신자에게 예배케 하는 투명한 용기

* iggs for the brekkers→eggs for breakfast 단식(fast)을 끝내고(break) 먹는 아침 달걀 ☞ brekkers HCE를 잠에서 깨어나게 만든 개구리 합창【004:02】

* come to mournhim: ① come to mourn him 그를 애도하기 위해 오다 ② come the morning 아침이 되다

| 012:15 | him, sunny side up with care. So true is it that therewhere's a |
|---|---|
| | 한쪽만 익힌 반숙으로 정성껏 요리할 것이다. 과연 그곳에는 식빵도 있고 |

* sunny side up 한쪽만 익힌 계란 프라이[노른자가 보이도록 한쪽 면만 튀긴 계란]→아침에 (그를 애도하러) 오면 불을 관리하는 여자(베스타)가 아침으로 계란 요리를 할 것이다(iggs for brekkers), 한쪽만 익힌 계란 반숙 요리→Humpty shell이 나오고 Humpty Dumpty가 다시 나온다【012:12】 ☞ <Sunny Side Up> ① 1929년 동명(同名)의 영화 음악 ② 미국 데이비드 버틀러(David Butler) 감독의 1929년 개봉 영화

* with care→this side up(이 면이 위로 향하게); handle with care(취급 주의)

* therewhere's→where there's 그곳에: 인접 단어의 역순(turnover) ☞ turn-over는 sunny side up의 반대, 즉 뒤집힌(turnover) 계란 프라이

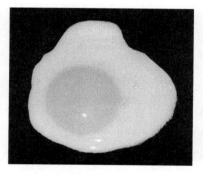
· sunny side up -Wikimedia Commons

· -Rivormont Records

· -CineMaterial

| 012:16 | turnover the tay is wet too and when you think you ketch sight |
|---|---|
| | 마실 차도 준비될 것이다. 그리고 하인이 언뜻 당신의 눈에 띈다고 생각하면 |

* turnover: ① 뒤집힌 계란 프라이(←sunny side up) ② 식빵(bread loaf) ③ (기업의) 총매상고 ☞ turn over: ① 곰곰이 생각하다 ② 이 단락에는 sexual references가 다수 등장한다: cocks=음경, butts=엉덩이 bottoms=엉덩이, hinds=엉덩이, wetting=(여성이) 성적으로 흥분하여 음부가 젖은, turning over 체위를 뒤집음

* the tay is wet〔앵글로-아이리쉬어〕=the tea is ready 차가 준비되어 있다 ☞ T 페니스를 상징; Tay

스코틀랜드의 강; wet too=wet through 함빡 젖어

* ketch: ① ketchup 케첩 ② catch 잡다→catch sight of 언뜻 눈에 띄다, ~을 찾아내다 ③ Jack Ketch 찰스 2세가 고용한 교수형 집행인(hangman)

| 012:17 | of a hind make sure but you're cocked by a hin. |
| | 그건 그 남자 때문에 당신이 혼란해진 것이 분명하다. |

* hind: ① 엉덩이【012:16】 ② 암사슴(특히 3세 이상의 붉은사슴의 암컷) ③ 농장 관리인[머슴], 하인[종업원]
* cocked by a hin: ① cock=penis【012:16】 ② cock(수탉)...hen(암탉) ③ cockered=pampered 제멋대로 하는 ④ hin: (1) him (2) 5 liters 힌(고대 헤브라이의 액량液量 단위) ☞ cock [계획]을 쓸모없게 하다, 혼란하게 하다

| 012:18 | Then as she is on her behaviourite job of quainance bandy, |
| | 그런 다음 그녀는 자기가 좋아하는 앤 여왕 기금 활동, 즉 |

* On her behaviourite job: ① on the job=blowjob 구강성교【012:11】 ② on one's best behaviour 행동에 조심하는[근신 중인] ③ on her favorite job 그녀가 좋아하는 일에
* quainance bandy→Queen Anne's Bounty(앤 여왕 기금[앤 여왕 하사금 제도]: 1704~1948) 영국 교회의 가난한 성직자를 부양하기 위한 기금(계절에 첫 수확한 열매[fruting for firstlings]와 십일조[taking her tithe]) ☞ quaint=odd 진기한; acquaintance 친분 ☞bandy=bandy-ball 옛날의 하키(경기)

| 012:19 | fruting for firstlings and taking her tithe, we may take our review |
| | 첫 수확한 계절 열매와 십일조 헌금을 위한 일을 할 때 우리는 다른 곳에서처럼 |

* fruting for firstlings: ① first-fruits 첫 열매[첫 곡식]. 구약성서에서 이스라엘인들이 하느님이 땅을 주시고 열매를 맺게 해주신 것을 감사하기 위해 첫 곡식을 하느님께 바쳤다. 이것으로 모든 수확물이 거룩하게 된다: annates[연납금(年納金)] 원래 성직록을 받는 자가 초년 수입분을 교황청에 바치는 봉납금. 13세기부터 이 제도가 시작되어 15세기에는 주교나 수도원장에게 바치는 Servitia(봉납금)와 함께 통용되었다. ② Jewish Day of First Fruits 유대인의 초실절. 첫 수확의 기쁨을 봉헌하는 행사인 초실절에 유대인들은 예수님 부활을 상징하는 첫 열매를 드린다. ☞ firstling 최초의 수확[산물]; fruit 열매를 맺다, 열매가 열리다 ☞ fluting 플루트 연주: 피닉스 공원에서 열병식(military review)이 진행되는 동안 군악대가 연주를 한다
* taking her tithe: ① tithe(십일조 헌금[세금]) 10분의 1, 특히 교회에 세금으로 지불되는 토지와 가축 생산의 10분의 1. 잉글랜드와 웨일즈에서는 교회 생활의 연간 이윤의 10분의 1을 1703년 이후에 Anne's Bounty(앤 여왕 기금)에 지급. ② taking her time 음악적 시간에 대한 암시(예: 보통의 박자, 3/4박자 등) ☞ titte=boob 여성의 가슴에 대한 비하적 표현
* review→rear view 엉덩이 양쪽의 둔덕(mound); take review 자세히 살피다, 재검토하다

| 012:20 | of the two mounds to see nothing of the himples here as at else- |
| | 이곳에서 하늘은 볼 수 없고 두 개의 작은 언덕만 자세히 살펴볼 수 있다. |

* mounds: ① 젖가슴 ② 무덤 ③ 작은 언덕
* himples: ① nipples 젖꼭지 ② pimples 여드름 ③ Himmel〔독일어〕=heavens[sky] ④ him ☞ 'mounds to see nothing of the himples'는 누군가에게 수유를 하는 여인의 모습을 연상시킨다

| 012:21 | where, by sixes and sevens, like so many heegills and collines, |
| | 수많은 언덕과 작은 산처럼 뒤죽박죽으로 |

* at sixes and sevens 무질서한, 완전한 혼란 상태에서; 뒤죽박죽 또는 일치하지 않아 ☞ He shall deliver thee in six troubles; yea, in seven shall no evil touch thee(여섯 가지 환난에서 너를 구원하시며 일곱가지 환난이라도 그 재앙이 네게 미치지 않게 하시며《욥기 5장 19절》
* heegills: ① Hügel〔독일어〕=hill 언덕 ② he ③ buachaill〔아일랜드어〕=boy 소년 ④ seagulls
* collines: ① colleen〔앵글로-아이리쉬어〕=girl 소녀 ② cailín〔아일랜드어〕=maiden 처녀 ③ col-line〔프랑스어〕=hill [small mount] 언덕[작은 산]

| 012:22 | sitton aroont, scentbreeched ant somepotreek, in their swisha- |
| | 빙 둘러앉은 여성 수호성인과 남성 수호성인, 그들은 옷자락 바스락거리는 |

* sitton aroont: ① sitting around 둘러앉다, 빈둥거리며 세월을 보내다[빈둥거리다] ② Sutton 호우드 헤드 기슭의 더블린 교외 지역【003:06】 ③ aroon〔앵글로-아일랜드어〕=my dear 친애하는 ④ a rún〔아일랜드어〕=my dear[o secret] 친애하는
* scentbreeched: ① scantily breeched 몸을 거의 다 드러내다시피 한 반바지를 입은 ② St Bridget 아일랜드의 여성 수호성인: avoice from afire【003:09~10】 ③ scent 향기
* somepotreek: ① St Patrick 아일랜드의 남성 수호성인: thuartpeatrick【003:09~10】 ② some-what 어느 정도 ③ potty 악취(reek)가 풍기는 변기: rot a peck of pa's malt【003:12~13】 ④ some poet 어떤 시인; some portrait 어떤 초상화

| 012:23 | wish satins and their taffetaffe tights, playing Wharton's Folly, |
| | 새틴 소재의 옷과 실크 반바지를 입고, 릴리벌리로의 곡을 연주하면서, |

* swishawish satins: ① mishe mishe【003:09】 ② Swiss: ALP와 Issy는 Swiss와 관련된다→Alps의 지형과 ALP: Issy의 방은 높은 산에 사는 것처럼 경사진 지붕 아래 집 꼭대기에 있다【010:26】 ③ swish-aswish: 새틴(satin)이나 태피터(taffeta)와 같이 촘촘하게 짠 비단이 착용자가 움직일 때 내는 의성음 ☞ swish (비단 등이) 바스락 소리를 내다 ☞ satin 새틴(광택이 곱고 보드라운 견직물)

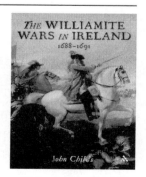

* taffetaffe: ① tauftauf: 독일어 taufen(=baptise)에서 파생 ② taffeta 얇고 광택 나는 실크천 ③ toffee 토피 사탕
* tights (옛날 궁정에서 입은) 다리에 꼭 끼는 남자 반바지

• Williamite War -johnchilds

* playing Wharton's Folly: ① playing 작곡을 연주하다: 피닉스 공원에서 열병식이 진행될 때 군악대가 연주를 한다 ② Thomas Wharton 아일랜드의 Williamite War(Boyne 전투 포함)에서 Williamite 군대에 의해 일종의 국가로 채택된 *Lillibullero*의 저자→Wharton's Folly=Lillibullero(릴리벌리로: 아일랜드의 카톨릭 교도를 비웃는 노래 후렴의 일부; 1688년의 명예 혁명 기간 및 그 후, 영국에서 유행했다) ③ Wharton's Folly→Star Fort의 별칭

| 012:24 | at a treepurty on the planko in the purk. Stand up, mickos! |
| --- | --- |
| | 피닉스 공원의 나무 바닥 위 다과회에 있다. 옆으로 비켜요, 믹! |

* treepurty: ① tea party 다과회: 루이스 캐롤(Lewis Carroll)의 『이상한 나라의 앨리스(Alice's Adventures in Wonderland)』의 모자 장수(Mad Hatter)의 다과회 ② très〔프랑스어〕=very 매우 ③ purty〔미국 방언〕=pretty 예쁜
* planko: ① planco〔에스페란토어〕=ground 땅 ② plank=wooden floor[board] 나무 바닥[판자]
* purk: ① park=Phoenix Park: Wharton's Folly【012:23】, HCE가 저지른 악행(crime)의 현장 ② purgatory 연옥

| 012:25 | Make strake for minnas! By order, Nicholas Proud. We may see |
| --- | --- |
| | 딕에게 자리를 내키어주세요! 늑장 부리지 말고, 니콜라스 프라우드. 우리는 |

* Stand up, mickos! Make strake for minnas!→Move over, Mick, make room for Dick 아일랜드 내전(Irish Civil War)에서 마이클 콜린스(Michael Collins)가 IRA의 손에 사망한 직후인 1922년 11월 26일 「Illustrated Sunday Herald」에 인용된 익명의 엉터리 시(詩): Collins[Mick]와 자유 국가 군대의 지도자인 그의 후임자 Richard Mulcahy[Dick]→stand up=get an erection 발기시키다; mickey〔아일랜드 속어〕=penis 남근 ☞Michael=St Michael the Archangel 대천사 성 미카엘(Old Nick, or the Devil[Nicholas Proud]과 대조)
* make straight for 일직선으로[똑바로] 나아가다
* stand up straight! 바로 서다(피닉스 공원의 열병식에서 군대 명령어)
* by order: ① without delay 지체 없이 ② in order 순서대로
* Nicholas Proud: ① Nicholas Proud 조이스 당시 '더블린 항만 및 부두 위원회(Dublin Port and Docks Board)'의 비서 ② Nick=Old Nick[the Devil] 악마(대천사 성미카엘과 대조)

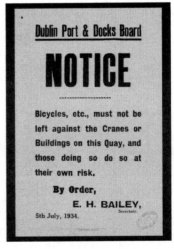

• Dublin Port and Docks Board
 -dublinportarchive

| 012:26 | and hear nothing if we choose of the shortlegged bergins off |
| --- | --- |
| | 아무것도 보고 듣지 못할 것이다. 만약 우리가 코크힐 거리에서 약간 떨어진 곳의 |

* shortlegged bergins: ① Alf Bergan 더블린 시청의 법률 서기 ② Berge〔독일어〕=mountains ③ burghers (특정 소도시의) 시민[주민] ④ virgins 처녀 ⑤ berger〔프랑스어〕=shepherd 양치기 ⑥ violins 보통 앙상블로 연주되는 한 벌의 비올(viol)→viol 비올(바이올린과 비슷한 초기 현악기)→Berg-ín=hill[small mountain] 언덕

| 012:27 | Corkhill or the bergamoors of Arbourhill or the bergagambols |
|---|---|
| | 비올 현악기 혹은 아버힐 거리의 비올라 다모레 현악기 혹은 서머힐 거리의 |

* Corkhill→Cork Hill 더블린의 거리: 더블린 시청은 Cork Hill에 위치
* bergamoors→viola d'amore=a stringed instrument 비올라 다모레 현악기: violer d'amores【003:04】 ☞ mór〔아일랜드어〕=big: Berg-mór=big mountain ↔ shortlegged bergins【012:26】과 대조
* Arbourhill→Arbour Hill 더블린의 거리
* bergagambols→viola da gamba (다리로 받쳐 연주하는) 저음 비올라(지금의 cello에 해당)

• Cork Hill  -dublincivictrust

| 012:28 | of Summerhill or the bergincellies of Miseryhill or the country- |
|---|---|
| | 저음 비올라 혹은 미저리힐 거리의 비올론 첼로 혹은 컨스티튜션힐 거리의 |

* Summerhill 더블린의 거리
* bergincellies: ① violoncello[cello] 비올론 첼로  ② Bergin=Daniel L. Bergin 식료품·차·와인·주류 상인(더블린 노스 스트랜드 로드 17번지)  ③ vermiceli 이탈리안 파스타의 일종
* Miseryhill→Misery Hill 더블린의 거리
* countrybossed bergones: ① contrabass 콘트라베이스[최저음 악기]  ② violone 비올로네(콘트라베이스의 전신)

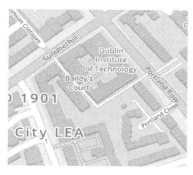

• Summer Hill -An Post

• Misery Hill -TheAA

| 012:29 | bossed bergones of Constitutionhill though every crowd has its |
|---|---|
| | 콘트라베이스 비올로네를 선택한다면. 비록 모든 현악기가 여러 가지 |

* Constitutionhill→Constitution Hill 더블린의 거리
* every crowd has its several tones: ① every crowd has=ECH=HCE  ② every cloud has a silver lining 모든 구름의 뒤편은 은빛으로 빛난다[괴로움 뒤에는 기쁨이 있다]  ③ <As I Was Going to St Ives> 수수께끼 형태의 전래 동요  ④ Pont de Sèvres 파리의 다리  ⑤ crowd=chord (악기의) 현(絃) ☞ crwth[crowd]=a Welsh fiddle 고대 켈트인의 현악기

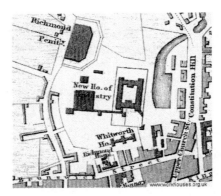

• Constitution Hill -workhouses

| 012:30 | several tones and every trade has its clever mechanics and each |
|---|---|
| | 음색을 가지고 있고, 모든 3화음이 건반악기의 기법을 가지고 있고, 각각의 |

* trade→triad 3화음(서로 3도 간격의 3음으로 이루어지는 화음): 3화음(trade)은 서양 화음의 기초다. 첫 번째, 세 번째(반음 낮은[flat] 또는 제자리음[natural, 즉 장조[major] 또는 단조[minor]) 및 다섯 번째(제자리음/음정이 완전한, 증가 또는 감소)로 구성된 화음을 형성하는 3개의 음표. ☞ Ivor=첫 번째, Sitric=세 번째, Olaf=다섯 번째→키보드의 첫 번째-세 번째-다섯 번째는 시각적으로 왼쪽(on the lift), 중간(place is between them), 오른쪽(on the rise)이다: Ivor, Sitric, Olaf→ISO=Isolde
* clever→clavier 클라비어(건반 악기의 총칭), (악기의)건반

| 012:31 | harmonical has a point of its own, Olaf's on the rise and Ivor's |
|---|---|
| | 배음倍音이 그 자체의 음악 주제를 갖는다고 해도. 오른쪽에 올라프, 왼쪽에 |

* harmonical→harmonic: ① 음악에서 주파수가 기본 주파수의 정수 배수인 음색 ② 배음(倍音)
* point 음악 주제(예컨대 푸가[fugue])의 항목 또는 첫 번째 음표; 짧은 악보
* Olaf's on the rise: ① Aulaf, Sitric and Ivar 더블린(Dublin), 월터포드 (Waterford) 및 리머릭(Limerick)을 설립한 3명의 Norse 형제→Shem, Shaun, Shem-Shaun ② Olaf Road 더블린 Arbour Hill 근처의 거리 ③ Olaf's on the right=Olaf's on the rise【012:30】
* Ivor's on the lift: ① Ivor's on the left【012:30】 ② Ivar Street 더블린의 거리(Arbour Hill 근처)

| 012:32 | on the lift and Sitric's place's between them. But all they are all |
|---|---|
| | 이바르, 그 사이에 시트릭. 하지만 그들 모두는 그곳에서 |

* Sitric's place's between them: ① Sitric 북유럽 왕의 이름→Sitric→Shem-Shaun ② Sitric's place is between them【012:30】 ③ Sitric Place 더블린의 거리(Arbour Hill 근처: Olaf Road와 Ivar Street 사이는 아님) ☞ 852년 올라프(Aulaf)가 아일랜드를 침공했다. 이후 덴마크 도시와 더블린 왕국이 세워졌다. Aulaf는 870년에 이바르(Ivar)에 의해 계승되었고, Ivar는 동시에 노섬브리아(Northumbria)의 왕이었기 때문에, 더블린의 덴마크 왕들은 거의 150년의 기간 동안 이중 주권을 유지했다. 클론타프(Clontarf) 전투 후 20년이 조금 지난 1038년, 시트릭(Sitric)왕은 자신의 신하들이 기독교도가 되는 것을 보고 성 삼

위일체(Holy Trinity)를 위한 성당을 건립하고 기부했다.

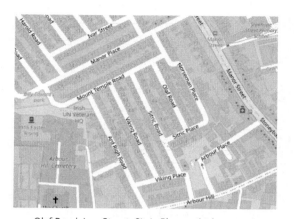

• Olaf Road, Ivar Street, Sitric Place -whichmuseum

| 012:33 | there scraping along to sneeze out a likelihood that will solve |
|---|---|
| | 인생의 상스러운 수수께끼를 풀고 해결하게 될 힘겨운 생계를 꾸려나가기 위해 |

* scraping along→scrape through=get by with difficulty 그럭저럭[간신히] 살아가다 ☞ scrape (현악기로) 귀에 거슬리는 소리를 내다
* to sneeze out a likelihood→to squeeze out a livelihood 힘겹게 생계를 꾸려나가다 ☞ squeeze-box 아코디언

| 012:34 | and salve life's robulous rebus, hopping round his middle like |
|---|---|
| | 철판 위의 청어처럼 몸통을 팔짝팔짝 뛰면서 간신히 |

* salve: ① salvage 구조(救助) ② salve=soothe 진정[완화]시키다 ③ solve 해결하다
* robulous rebus: ① Romulus and Remus 로물루스(로마의 건설자로서 최초의 국왕, Mars와 Rhea Silvia의 아들로 쌍둥이인 Remus와 함께 이리에게 양육됨) ② rebus=word puzzle 글자 조합 수수께끼 ③ rebec 중세의 3현(絃) 악기 ④ rabulous=opprobrious or jocular 거칠고 상스러운, 익살스러운 ☞ bibulous 술을 좋아하는
* hopping round his middle like kippers on a griddle, O(철판 위의 청어처럼 중간에 뛰어다니고 있어-O!): ① <Phil the Fluther's Ball> Percy French의 노래 ② kipper 훈제 청어, 산란기 또는 그 후의 연어[송어]의 수컷

| 012:35 | kippers on a griddle, O, as he lays dormont from the macroborg |
|---|---|
| | 살아가고 있다. 오, 그는 호우드 헤드의 호우드 성으로부터 |

* dormont: ① dormant=sleeping 침대에서 잠든 술집 주인 HCE[Finn MacCool]이 Howth Head 아래에 머리를 두고 Castleknock과 Knockmaroon에 발을 둔 채로 아일랜드 풍경에 묻혔을 때→Jonathan Swift의 *Gulliver's Travels*에서 Gulliver는 해안가에서 자고 있을 때 Lilliputians에 의해 처음 발견된다 ② mont=mountain 『경야』에서 언덕과 산으로 자주 등장하는 HCE→*Gulliver's Travels*에

서 릴리푸트인들은 걸리버를 '위인의 산(quinbus Flestrin)'이라고 부른
다 ③ mont d'or=mountain of gold 황금 산 ④ Stormont 벨파
스트에 있는 북아일랜드 정부 소재지

* macroborg: ① borg=castle→Howth Castle 호우드 성 ② bor-
go=village 마을 ③ Berg=mountain: the Hill of Howth 호우드
언덕

• Castleknock -eiretrains

| 012:36 | of Holdhard to the microbirg of Pied de Poudre. Behove this |
| | 피닉스 공원 무기고의 작은 언덕까지 뻗어 누워 잠자고 있다. 아일랜드 감각의 |

* Holdhard: ① Howth Head 더블린 교외의 반도: Howth ② hold hard 말을 멈추기 위해 고삐를 세
게 당기다 ☞ masturbation 수음
* microbirg: ① micro- 작거나 소규모임을 나타내는 접두어 ② Berg=mountain: Castleknock Hill,
Windmill Hill, Castleknock Hill, Knockmaroon Hill은 모두 Finn MacCool로 위장하여 Howth
Head 아래에 머리를 둔 채 누워있는 HCE의 두 다리에 해당한다 ③ birg=save 구하다
* Pied de Poudre: ① Pie Poudre 이전에 행상인 등을 신속하게 처리하기 위해 시장에서 열린 법원
② pied poudreux=vagabond 방랑자 ③ Pied Piper 피리 부는 사나이: 독일 옛이야기 속에 나오는
'하멜린의 피리 부는 사나이(the Pied Piper of Hamelin)'에서, 그가 부는 아름다운 피리 선율에 홀려 처음에
는 쥐들이, 그 다음에는 아이들이 그 뒤를 따라갔다 함 ④ pied de poudre〔프랑스어〕=foot of dust
먼지 묻은 발→clay feet【003:21~22】【007:30】 ⑤ poudre=gunpowder 화약→피닉스 공원의 Mag-
azine Fort: magazine wall=magazine fort=arsenal(피닉스 공원 St Thomas's Hill에 있는 무기고)【007:31~32】

| 013:01 | sound of Irish sense. Really? Here English might be seen. |
| | 이 터무니없는 증거를 보라! 이런? 여기 아일랜드의 위트가 보인다. |

* behove this sound of Irish sense: ① behold a proof of Irish sense! 조나단 스위프트는 *Epigram
on the Magazine*에서 피닉스 공원에 있는 Magazine Fort를 풍자하고 있다: '아일랜드 감각의 증거
를 보라! 여기 아일랜드의 위트가 보인다! 방어할 가치가 있는 것이 아무것도 남지 않은 곳에 무기고
를 만들고 있다.' ② take care of the sense and the sounds will take care of themselves 루이스
캐롤은 *Through the Looking Glass*에서 'Take care of the pence and the pounds will take care
of themselves(동전을 돌보면, 파운드는 그들 스스로를 돌본다→푼돈을 아끼면 목돈은 저절로 만들어진다)'를 punning하고
있다 ☞ behove[behoove] 마땅하다〔어울리다〕→hoved〔덴마크어〕=head 머리: Howth Head는 hoved에
서 파생한 명칭
* Really?: ① real〔스페인어〕=royal 왕족, real 실제 ② réal〔아일랜드어〕=six-penny piece 6펜스 동
전 ☞ (관심·의문·놀람을 나타내어) 저런, 이런, 설마
* Here English might be seen→① Here Irish wit is seen! 조나단 스위프트가 *Epigram on the
Magazine*에서 Magazine Fort를 풍자 ② Here English might be seen=*Finnegans Wake* ☞
HCE→HEC→Here...English...Seen

| 013:02 | Royally? One sovereign punned to petery pence. Regally? The |
|---|---|
| | 저런? 1파운드 금화는 가톨릭교회에 대한 기부로 굳힌다. 설마? |

* Royally?=Really?【013:01】

* One sovereign punned to petery pence: ① one sovereign pound to every penny=every word in FW is equal to 240 words in an 'ordinary' book(FW에 나오는 각각의 단어는 '일반' 책의 240단어에 해당한다) ② Peter's Pence 종교 개혁 이전에 로마 교황청에 지불한 특정 가치의 토지를 소유한 각 집주인의 연간 세금 또는 은 페니(silver penny); 가톨릭 교회에 대한 모든 기부 ③ Peter=St Peter 성 베드로: Peter와 Paul은 종종 Shem과 Shaun과 비교된다 ☞ sovereign (영국의 옛날) 1파운드 금화 ☞ pound 아일랜드의 이전 통화 단위. '오래된 화폐(즉, 십진법이 도입된 1971년 이전)'에서 1파운드는 240펜스(240d)에 해당.

* Regally?=Really?【013:01】 ☞ regalia 왕의 특권, 왕위의 상징

| 013:03 | silence speaks the scene. Fake! |
|---|---|
| | 침묵은 소란을 피운다. 봐라! |

* silence speaks the scene: ① silence: 작품 전반에 걸쳐 나타나고 있다: (Silent.)【014:06】, the amossive silence【031:32】, Sylvia Silence【061:01】, Silence【074:09】, a hellof hours' agony of silence【075:18】, a minute silence【083:04】, a report: silence【098:02】, our feebought silence【115:25】 golden silence【193:11】, in the silence【203:21】, science of sonorous silence【230:23】, fading silence【235:07】, silents selflous【267:17】, whose silence【280:30】, (Silents)【334:31】, sylvias sub silence【337:17】, Silence in thought!【378:32】, restart after the silence【382:14】, the shocking silence【393:35】, the silence of the dead【452:20】, the hand making silence【476:08】, SILENCE.【501:06】, in her silents【548:34】, silence and coort【557:12】, O, keve silence【565:15】, nature's solemn silence【570:03】, In peace and silence【627:10】 ② make a scene=create a disturbance 한바탕 소란을 피우다, 야단법석을 떨다→조이스는 원래 'A silence makes a scene.'이라고 썼다

* Fake!: ① Fake↔Really와 반대 개념 ② Féach!〔아일랜드어〕=Look! 봐라! ③ Fuck! 제기랄!

| 013:04 | So This Is Dyoublong? |
|---|---|
| | 그래서 이것이 더블린인가? |

* So This Is Dyoublong?: ① So This is Dublin!→M. J. MacManus(1888-1951)는 *So This is Dublin!*(1927)에서 조이스의 *Ulysses*를 조롱한다: 'Of the books by Mr. Joyce/Ulysses is not my choice; I think -/You may not credit it -/That it should be sub-edited.' ② Do you belong? ③ doubling 역사는 반복된다=history doubling (Dyoublong?)=history repeat-ing itself: Viconianly→Echoland→doublin【003:08】 ☞ doubloon=Spanish gold coin 스페인 금화

• 『So this is Dublin!』 -Abebooks

| 013:05 | Hush! Caution! Echoland! |
| | 쉿! 주의! 역사는 반복되는 법! |

* Hush! Caution! Echoland!→HCE←How charmingly exquisite!【013:06】 ☞ Echoland→history doubling(Dyoublong?)=history repeating itself→Vico-nian cycle ☞ England→HCE는 개신교도(protestant)이다

| 013:06 | How charmingly exquisite! It reminds you of the outwashed |
| | 얼마나 매력적으로 절묘한가! 그것은 당신에게 우리가 더럽히곤 했던 |

* How charmingly exquisite!→HCE←Hush! Caution! Echoland!【013:05】 ☞ charm 라틴어 carmen(노래·성가·주문[呪文])에서 유래
* outwashed: ① whitewashed 백색 도료 ② washed-out 여러 번 빨아 색이 바랜 ③ outwash 빙하에서 흘러내린 퇴적물 ④ outwatch 안 보일 때까지 지켜보다

| 013:07 | engravure that we used to be blurring on the blotchwall of his |
| | 관리되지 않은 그의 집 뒷벽에 새겨진 색바랜 판화를 떠올리게 한다. |

* engravure: ① engraving 판화, 조각 ② engraver 판화가, 조각사 ③ gravure 삽화, 판화 ④ grave 무덤
* blurring: ① blur 더럽히다 ② blurred=Joyce's blurred vision 몽롱(朦朧) ③ burying=interring 매장埋葬
* blotchwall: ① blotch 얼룩, 반점: ALP의 편지에 새겨진 잉크 얼룩 ② back wall 뒷벽, 후벽後壁

| 013:08 | innkempt house. Used they? (I am sure that tiring chabelshovel- |
| | 그들이 그랬다고? (내가 확신컨대 야외 화장실을 관리하는 |

* innkempt house: ① ill kept 잘 관리[보관]되지 않은 ② unkempt 단정치 못한 ③ innkeeper 주막[여관]주인: HCE는 Mullingar Hotel[Mullingar House]의 주인
* chabelshoveller: ① chapel shuffler 교회 떠돌이 ② shoveller 삽질하는 사람 ③ Chapelizod shoveller 옥외 변소를 청소하는 여자

| 013:09 | ler with the mujikal chocolat box, Miry Mitchel, is listening) I |
| | 지친 미화원 미리 미첼이 귀담아듣고 있다) 아이구, |

* mujikal: ① musical 음악의 ② magical 마법의 ③ mujik〔러시아어〕=Russ-ian peasant 러시아 농민 ☞ musical chocolate box=outhouse toilet 야외 화장실 ☞ 이 단락에 쓰인 음악[청각] 관련 표현: ▶ the mujikal chocolat box 자동 주악기[오르골] ▶ listening 청취 ▶ jubalee harp[Jew's harp] 구금(입에 물고 손가락으로 연주하는 작은 악기) ▶ lishener=listener ▶ W.K.O.O. 1930년경 이후 로키산맥 동쪽에 있는 미국 라디오 방송국의 콜 레터(call letter) ▶ Hear ▶ optophone=opto+phone=see-hear ▶ List!=listen+Liszt[작곡가Franz Liszt] ▶ magic lyer (고대 그리스의) 7현(絃)으로 된 수금 ▶ lichening=lis-

tening ▶harpsdischord=harpsichord+dischord ▶ ollaves=octaves 옥타브

\* Miry Mitchel→Michael the Archangel  로마 가톨릭교회와 동방 정교회, 성공회, 루터교 등에서는 그를 '성 미카엘 대천사' 또는 간략하게 '성 미카엘'이라고 부르고 있다. 그의 이름은 "누가 하느님 같으랴?(Quis ut Deus)"라는 뜻으로, 이는 천국에서 사탄과 그의 추종자들에게 맞서 싸울 당시 그가 외쳤던 말이라고 전해진다.

| 013:10 | say, the remains of the outworn gravemure where used to be |
| --- | --- |
| | 잠자는 여자를 범한다는 인카부스 악령의 고인돌을 더럽히곤 했던 |

\* remains 잔해(殘骸)
\* outworn=worn out 닳아서 못 쓰게 된[케케묵은], 매우 지친
\* gravemure→gravure=engraving, illustration, picture 판화, 삽화, 그림→grave 무덤 ☞ murus(라틴어)=wall 벽; mure=mire, moor 진흙, 황무지; mural 벽화

| 013:11 | blurried the Ptollmens of the Incabus. Used we? (He is only pre- |
| --- | --- |
| | 케케묵은 판화의 잔해. 우리가 그랬다고? (그는 단지 지쳐 귀담아듣고 있는 |

\* blurried→blurring【013:07】
\* Ptollmens: ① Ptolemies 기원전 323년부터 30년까지 이집트를 통치한 마케도니아 왕조 ② Ptolemy=Claudius Ptolemaeus 아프리카 지리학자이자 알렉산드리아 사서 ③ dolmen 고인돌(석기 시대에 아일랜드에서 사용된 거석 무덤 또는 장례식 기념물) ④ tall men 선사 시대에 거주했다고 추정되는 거인
\* Incabus: ① Incas 콜럼버스 이전 남아메리카에 대제국을 건설한 페루인 ② incubus 남성의 모습을 하고 잠자는 여성과 성교를 한다고 믿어지는 악마→succubus (잠자는 남자와 성교한다고 하는) 여자 괴물 ☞ incubus(라틴어)=nightmare 악몽

• Incubus and Succubus
-scribd

| 013:12 | tendant to be stugging at the jubalee harp from a second existed |
| --- | --- |
| | 또 다른 사람 파이어리 패얼리의 하프를 연주하는 척하는 |

\* pretendant: ① prétendant(프랑스어)=suitor 구혼자 ② pretending=Fake!【013:03】 ③ pretender 가장하는 사람
\* stugging: ① stug 날카로운 무기로 찌르다 ② tugging: 조이스는 원래 He is only pretending to be sounding his box...로 썼다가 He is only pretending to be tugging at the harp...로 수정했다 ③ struggling 분투하는
\* jubalee harp: ① Jew's harp 주즈하프, 구금(口琴): 편자형 따위의 금속 테에 철사를 친 원시적인 현악

• Jubilee -chabad

기로서 입에 물고 손가락으로 현을 퉁겨 소리를 낸다  ② Jubal 유발(Cain의 자손이자 음악가·악기 제작자의 시조로 간주됨)《창세기 4장 21절》  ③ jubilee=year of jubilee 요베루[안식]의 해: 원래 유대교와 기독교에서 50년마다 열리는 축하와 용서의 해(이 1년 동안에는 농사를 중지하고 노예도 해방시키며 남에게 넘어간 토지 가옥을 전주인 또는 그의 상속인에게 반환하는 따위의 일이 실행되었음)

* existed→exhausted=worn out=outworn【013:10】

| 013:13 | lishener, Fiery Farrelly.) It is well known. Lokk for himself and |
|---|---|
| | 위선자에 불과하다.) 그건 잘 알려진 사실이다. 그 자신을 돌아보고, 그리고 |

* lishener: ① listener 경청하는 사람  ② lish=lithe, nimble 가벼운, 민첩한
* Fiery Farrelly: ① Feardorcha O'Farrelly 아일랜드 시인. 아일랜드어로 an Fear Dorcha[the Dark Man]은 악마를 나타냄: Shem  ② fiery(붙타는 듯한) HCE의 침실 벽난로 위에 걸린 그림 속 'dragon with smoke': Fiery Farelly is the dragon  ③ fier〔프랑스어〕=proud 자랑스러운: 1895년 '더블린 항만 및 부두 위원회(Dublin Port & Docks Board)'의 비서 Nicholas Proud는 『경야』에서 Lucifer[Old Nick]와 그의 alter ego인 Shem을 지칭하기 위해 종종 사용된다【012:25】→farlig〔덴마크어〕=dangerous 위험한
* lokk: ① look  ② lok〔고대 노르드어〕=lock 잠금  ③ Loki 북유럽신화에서 장 난과 악의 신. 바그너의 오페라 4부작 <Der Ring des Nibelungen>에서는 불의 신 Loge로 나타난다.

| 013:14 | see the old butte new. Dbln. W. K. O. O. Hear? By the mauso- |
|---|---|
| | 낡았으나 새로운 것을 만나라. 더블린. 청광기 부호. 듣고 있는가? 탄약고 |

* old butte new: ① old but new 낡았으나 새로운  ② butte=isolated hill with steep sides 가파른 경사의 고립 언덕  ③ Old Bridge 리피강의 Whitworth Bridge(지금은 Father Mathew Bridge)의 옛 이름  ④ Butt Bridge 리피강의 다리  ⑤ New Bridge (Leixlip에 있는) 리피강의 다리: 아일랜드에서 가장 오래된 다리라고 해서 'old but new' ☞ Isaac Butt 파넬(Charles Stewart Parnell)에 의해 축출되기 전의 아일랜드 의회당(Irish Parliamentary Party) 대표→buttended【003:11】
* Dbln. W.K.O.O.: ① Dublin  ② W.K.O.O. 미시시피 동쪽에 있는 미국 라디오 방송국의 호출 부호는 일반적으로 W로 시작하는 네 글자로 구성  ③ WKOO=Optophone 청광기(聽光器): 빛으로 인쇄 활자를 소리로 재생하여 시각장애인에게 편의를 제공하는 전자 장치  ④ W.K.=double(Dublin), UK→Doublin ☞ 다음의 코드(A=1, B=2, C=3 등등)를 사용하여, (1) D+B+L+N=32  (2) W+K+O+O=54 따라서 64=32의 doubled[→Doublin]  (3) WK=2311→1132의 역순(逆順): 1132 사건[O'Toole의 탄생, MacCool의 죽음→O'Toole의 죽음, MacCool의 (재)탄생]의 역순: ricorso
* Hear?: ① Here?  ② Hear?: 이 단락에서 시각-청각의 상호작용이 계속된다→Silence speaks the scene【013:03】
* mausolime wall: ① mausoleum wall 무덤 벽  ② Magazine wall=Magazine Fort 탄약고  ③ lime 라임

| 013:15 | lime wall. Fimfim fimfim. With a grand funferall. Fumfum fum- |
|---|---|
| | 벽 옆에서. 피네간. 엄숙한 장례식과 더불어. 쿵쿵 쿵쿵. |

* Fimfim fimfim→FinnFinn=Finnegan
* funferall: ① funerall=death, destruction, grave 죽음, 파괴, 무덤 ② funerall 느리고 슬픈 파반 춤
③ fun for all(모두를 위한 즐거움) <피네간의 경야> 가사 ④ fun at a funeral(장례식에서의 즐거움) ☞ funfair
놀이공원; funeral 장례식; fanfare 팡파르
* fumfum=thumping[beating] 쿵쿵 치기

| 013:16 | fum. 'Tis optophone which ontophanes. List! Wheatstone's |
|---|---|
| | 이것은 글자를 소리로 재생하는 청광기. 들어라! 휘트스톤의 마력을 |

* optophone【013:14】
* ontophanes: ① ontos〔그리스어〕=being 존재 ② Phanes〔그리스어〕=deity of light and goodness 빛과 선의 신 ③ phanein〔그리스어〕=manifest 나타내다 ④ ontophanes=ontology 존재론
* List!: ① list=listen ② List, list, O list!(듣거라, 듣거라, 오 듣거라!) 햄릿 아버지의 유령이 왕자에게 하는 말《햄릿 1막 5장》 ③ list=catalogue of items: 이 페이지의 17행~19행은 Four Old Men의 4

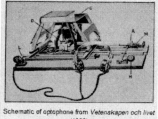

Schematic of optophone from *Vetenskapen och livet* (1922)

• optophone -aotm

가지 논평 목록이며 24행~28행에 4가지 논평 목록이 나온다 ④ Liszt=Franz Liszt 헝가리 작곡가 프란츠 리스트(1840년~1841년에 아일랜드를 방문했을 때 Liszt는 언론에서 'M. List'로 언급된다) ⑤ list 배가 한쪽으로 기우뚱함
* Wheatstone's: ① Wheatstone=Charles Wheatstone(1802-1875) 영국의 물리학자. 악기 acoucryptophone의 발명가. ② Whetstone 숫돌 ③ Whetstones 영국 Shropshire에 있는 고대 이교도 기념물
☞ whitestone→whitest one=Issy: the White Stone과 the Black Stone은 Issy의 상반된 두 가지
성격을 상징

| 013:17 | magic lyer. They will be tuggling foriver. They will be lichening |
|---|---|
| | 발휘하는 악기. 그들은 끊임없이 고군분투할 것이다. 그들은 모두를 위해 귀담아 |

* magic lyer: ① lyre 수금(竪琴): Wheatstone의 acoucrytophone이 lyre와 비슷한 악기 ② liar:
Wheatstone의 acoucryptophone가 저절로 연주한다는 거짓말→Charles Wheatstone의 acoucryptophone는 다른 방에서 연주되는 피아노의 진동을 감지하여 스스로 연주하는 것처럼 보인다
③ lier 누워있는 사람=HCE in bed ④ magic eye 라디오 수신기(Dbln. WKOO)의 튜닝 표시기로 사용되거나 다른 전기 장비의 올바른 조정을 나타내는 소형 음극선관 ☞ lyre 기네스 휘장의 하프(harp): 우주의 생혈 활력 또는 Finnegan의 피를 상징하는 Guinness는 『경야의 서』 전체에서 반복되는 모티브
* They will be tuggling foriver: ① They will be tuggling forever: Four Old Men(마태·마가·누가·요한)의 4가지 논평 목록 중 첫 번째 ② tuggle=struggle, drag 분투하다, 끌다 ③ foriver=forever 영원히 ④ rival 셈(Shem)과 숀(Shaun) 사이의 형제 라이벌 ⑤ for Ivor→Ivar the Boneless(더블린의 두 번째 Norse 왕. 그는 856년~873년에 Olaf the White와 그의(Ivar의) 형제 Audgisl(863년~867년 공동 섭정)과 함께 통치.) ⑥ tugging→tug 잡아[끌어]당기다 ☞ for river=for ALP

* They will be lichening for allof: ① They will be lichening for allof: Four Old Men의 4가지 논평 목록 중 두번째 ② lichening=listening ③ lich=human body ④ for Olaf=Olaf the White: 더블린의 초대 Norse 왕(853-873) ⑤ for all of 모두를 위해

| 013:18 | for allof. They will be pretumbling forover. The harpsdischord |
|---|---|
| | 들을 것이다. 그들은 이바르를 위하는 척할 것이다. 그 건반악기는 올라프를 |

* They will be pretumbling forover: ① They will be pretumbling forover: Four Old Men의 4가지 논평 목록 중 세 번째 ② pretending 걸치레하는 ③ forover=forever ④ for Ivor→Ivar the Boneless【013:17】 ☞ tumbling=fall over drunkenness→HCE 또는 war(the magazine wall)

| 013:19 | shall be theirs for ollaves. |
|---|---|
| | 위한 그들의 악기가 될 것이다. |

* The harpdischord shall be theirs for ollaves: ① The harpsdischord shall be theirs for ollaves: Four Old Men의 4가지 논평 목록 중 네 번째 ② harpsichord 건반악기 ③ Ollaves→Olaf's=Olaf【012:30】 ☞ Four Old Men의 4개 논평 목록(list of comments): ▶They will be tuggling foriver.【013:17】 ▶They will be lichening for allof.【013:17~18】 ▶They will be pretumbling forover.【013:18】 ▶The harpdischord shall be theirs for ollaves.【013:18~19】

| 013:20 | Four things therefore, saith our herodotary Mammon Lujius |
|---|---|
| | 그 결과 방대한 고대 역사 탐구에서 사서四書를 언급한 우리 대대代代의 |

* herodotary: ① Herodotus 고대 그리스 역사가(기원전 5세기). 추종자들은 '역사의 아버지(Father of History)'로, 비평가들은 '거짓의 아버지(Father of Lies)'로 부름. ② Herod 헤롯(유대의 왕). 어린 그리스도를 살해하기 위해 Bethlehem의 어린이 전부를 학살하도록 명령하였다는 악한 왕. ③ hereditary 마치 이 역사가 세습된 것처럼 ④ dote (노쇠해서) 분별이 없어지다, 맹목적으로 사랑하다 ☞ hero dotary=doting on heroes 영웅에 푹 빠진
* Mammon Lujius=Mamalujo 4대 복음서의 저자(Matthew, Mark, Luke, John)들의 합성어→The Four Old Men→Mama[Nora Joyce], Lucia, Giorgio Joyce ☞ mammon〔아랍어〕=money 돈 ☞ Mamelukes 중세 시대에 이슬람으로 개종하고 이슬람 칼리프와 술탄을 위해 싸운 노예

| Pronoun | Evangelist | | Four Masters | Ore | Evangelist Symbols | Liturgical Colours | Day | Province | Accent |
|---|---|---|---|---|---|---|---|---|---|
| A: thou: | Matthew | Matt Gregory: | Peregrine O'Clery: | gold: | | :blue-black: | Palm Sunday: | Ulster: | Belfast |
| B: she: | Mark | Marcus Lyons: | Michael O'Clery: | silver: | lion | :moonblue: | Holy Tuesday: | Munster: | Cork-Kerry |
| C: you: | Luke | Luke Tarpey | Farfassa O'Mulconry: | steel: | calf/ħɒɪap꞊ | :red: | Spy Wed: | Leinster: | Dublin |
| D: I: | John | Johnny MacDougall | Peregrine O'Duignan: | iron: | eagle: | :black: | Good Friday | Connacht: | Galway-Mayo |

• The only schema that Joyce ever provided for the Wake outlininig the correspondences for "Mamalujo" -Waking Up

| 013:21 | in his grand old historiorum, wrote near Boriorum, bluest book |
| --- | --- |
| | 복음서 저자들(마태·마가·누가·요한)은 보리움 근처에서 최고의 책인 '4대가의 |

* grand old historiorum→historiarum〔라틴어〕역사의, 탐구의: 여기서는 *The Annals of the Four Masters*를 암시하는데, 이는 Four Masters로 알려진 역사가 그룹이 17세기에 Donegal 카운티에서 작성한 아일랜드의 역사임
* Boriorum: ① Boreum 아일랜드 북부 Ulster 지방의 도니골(Donegal)에 있는 갑(岬). *The Annals of the Four Masters*가 쓰여졌던 곳 근처. ② variorum 여러 대가의 주(註)를 단[원전의 이문(異文)을 실은] 합주본(合註本)
* bluest book→*Ulysses*의 초판은 1922년 2월 2일 Shakespeare&Company에 의해 파리에서 출판되는데 파란 바탕색 표지에 흰 글씨로 제목을 달았다(파란색과 흰색은 그리스 국기의 색). 『경야의 서』에서 'his usylessly unreadable Blue Book of Eccles(쓸데없이 읽을 수 없는 그의 Blue Book of Eccles)'【179:26~27】로 언급된다. ☞ bluest book=best book 최고(最高)의 서(書)→Blue Books 영국 의회의 공식 보고서 ☞ blue=indecent, pornographic: *Ulysses*는 당초 외설로 취급됨

| 013:22 | in baile's annals, f.t. in Dyfflinarsky ne'er sall fail til heathersmoke |
| --- | --- |
| | 연대기', '더블린의 연대기'를 썼으며, 이것들은 회색 연기와 작은 구름의 아일랜드섬이 |

* baile's annals: ① *The Annals of the Four Masters* 4대가의 연대기 ② *The Annals of Dublin* 더블린의 연대기→baile〔아일랜드어〕=town 마을: Baile Átha Cliath=Dublin
* f.t.: ① four things 이러한 이니셜은 중세 아일랜드 필사본에서 흔히 볼 수 있음 ② f.t.〔노르웨이어 약어〕=for tiden=at present 현재
* Dyfflinarsky: ① Dyflin 11세기 동전과 Snorri Sturluson의 노르웨이 연대기 *Heimskringla*에서 발견된 Dublin의 노르웨이어 이름 ② Dyfflinarsky=Dublinshire(Dublin 주변의 Norse 영토에 대한 Old Norse 이름)
* ne'er sall fail=never shall fail 결코 실패하지[사라지지] 않을 것이다 →shallow=pale 창백한
* til: ① till=until 까지 ② til〔덴마크어〕=till 까지
* heathersmoke and cloudweed Eire's ile→ ① heathersmoke and cloudweed Eire's→HCE ☞ heather smoke=a grey colour 회색→HCE 침실의 굴뚝 연통을 타고 윗층의 Issy 침실로 올라간 연기 ② cloud 작은 구름(cloud wee=little cloud)은 종종 Issy를 상징함

• The Annals of the Four Masters -booklog

| 013:23 | and cloudweed Eire's ile sall pall. And here now they are, the fear |
| --- | --- |
| | 검은 구름에 덮일 때까지 결코 사라지지 않을 것이다. 그리고 지금 여기에 있다. |

* Eire's ile=Ireland isle 아일랜드 섬
* sall pall: ① sall=shall ② pall 창백해지다, 시들해지다, 검은 구름 따위가 덮여 우울해지다[어두워지다]
* Fear of um. T. Totities!: ① the four of them 4 역사가들의 4 예언 ② Fear of um. T. Totities=f.t.【013:22】☞ vier〔독일어〕=four 4; fear〔아일랜드어〕=man 남자 ③ um=them='em ☞

teetotum(←T totum) 네모 팽이(손가락으로 돌리는 작은 팽이: 각 면에 T(take all), H(half), N(nothing), P(put down)의 문자가 있어 넘어졌을 때, 윗면에 나온 문자에 따라 승부를 가림. P는 '돈을 다시 한번 걸어라'라는 뜻.) ☞ toties〔라틴어〕=so often 너무 자주

| 013:24 | of um. T. Totities! *Unum.* (Adar.) A bulbenboss surmounted up- |
|--------|-------------------------------------------------------------------|
|        | 역사가 4명의 예언 4가지! *하나.* (부림절.) 부시장보다 위에 있는 |

* Unum: ① unum〔라틴어〕=one 1  ② umam〔아일랜드어〕=around me 내 주위에
* Adar.: ① 유대 종교 달력의 6번째 달과 유대 민간 달력의 12번째 달(그레고리력의 2월~3월에 해당)  ② Éadair〔아일랜드어〕=Howth 호우드  ③ Edar: 'And Israel journeyed, and spread his tent beyond the tower of Edar(이스라엘이 다시 길을 떠나 에델 망대를 지나 장막을 쳤더라)'《창세기 35장 21절》 ☞ soubadar〔앵글로-인디언어〕지역 사령관[최고 책임자]→HCE
* bulbenboss: ① bulbous 구근球根 모양의, 보기 싫게 둥글납작한  ② boss=hump on the back 등의 혹: HCE는 꼽추(humpback)  ③ boss=hod 벽돌 상자(회반죽·벽돌 등을 담아 어깨에 메고 나르는 자루가 긴 목제 도구)  ④ boss=knobby protuberance 울퉁불퉁한 돌기
* surmount up on=climb up on

## 유대인의 달력과 명절

| 태양력 | 유대력 | 일자 | 히브리어 절기 명칭 | 별칭 |
|--------|--------|------|--------------------|------|
| 3~4월 | Nisan (니산) | 14일 | Pesach (페삭) | Passover 유월절[무교절] |
| 4~5월 | Iyyar (이얄) | | | |
| 5~6월 | Sivan (시반) | 6일 | Shavuot (샤봇) | Pentecost 오순절[칠칠절] |
| 6~7월 | Tammuz (타무즈) | | | |
| 7~8월 | Av (아브) | 9일 | Tisha B'Av (티샤브아브) | 성전파괴일[금식절] |
| 8~9월 | Elul (엘룰) | | | |
| 9~10월 | Tishri (티쉬리) | 1일 | Rosh HaShanah (로쉬하샤나) | Trumpet 유대신년[나팔절] |
| | | 10일 | Yom Kippur (욤키푸르) | Atonement 속죄일 |
| | | 15일 | Sukkot[Succoth] (수콧) | Tabernacles 초막절[수장절] |
| 10~11월 | Marheshvan (헤쉬반) | | | |
| 11~12월 | Kislev (키슬레브) | 25일 | Hanukkah (하누카) | 수전절 |
| 12~1월 | Tevet (테벳) | | | |
| 1~2월 | Shvat (쉬밧) | | | |
| 2~3월 | Adar (아다르) | 15일 | Purim (푸림) | 부림절 |

※ 유대인의 3대 명절: Pesach, Shavuot, Sukkot[Succoth]

| 013:25 | on an alderman. Ay, ay! *Duum.* (Nizam.) A shoe on a puir old |
|--------|----------------------------------------------------------------|
|        | 곱사등이 HCE. 아, 아! 둘. (유월절.) 가련한 노파 ALP가 신고 있는 신발 |

* alderman (1974년까지의 잉글랜드·웨일스·아일랜드의) 시[읍] 참사 회원, 부시장→HCE ☞ old[older] man→puir

old wobban ☞ ottoman 오토만(위에 부드러운 천을 댄 기다란 상자 같은 가구. 안에는 물건을 보관하고 윗부분은 의자로 씀.)

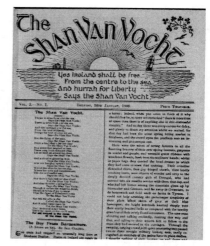

• The Shan Van Vocht -wikipedia

* Ay, ay!: ① The Four Old Men이 내뱉는 한숨 소리(sigh)의 하나→아아! (놀라움·후회 등을 나타냄): 이것은 Ulster의 Belfast 에서 온 매튜 그레고리(Matthew Gregory)와 관련되며, 다른 소 리는 Oh dear; Ah, ho; Ah dearo dear 등 ② ay〔방언〕 =yes

* Duum: ① duum〔라틴어〕=of two 둘 중의 ② dom〔아일 랜드어〕=to me[for me] 나에게[나를 위해]

* Nizam: ① Nisan 유대 종교 달력의 7번째 달(윤년의 경우 8 번째 달)과 유대 민간 달력의 1번째 달(그레고리력의 3월~4월에 해 당). Adar의 다음 달이며 이때 비가 그침. ② Nizam=Ni- zam-al-Mulk 1724년~1949년 인도 데칸(Indian Deccan)에 있 는 하이데라바드 주(Hyderabad State)의 통치자의 직함→nizam 〔아랍어〕=order 주문

* puir old wobban=poor old woman(가련한 노파) 아일랜드 시(Irish poetry)에서 영국 통치 기간 동안의 아 일랜드를 흔히 의인화한 표현. 아일랜드어로 Seanbhean Bhocht, 앵글로-아이리쉬어로 The Shan Van Vocht(1798년 아일랜드인 연합 반란[The United Irishmen's Rebellion] 당시의 전통 노래 제목이기도 함).→ALP=the Poor Old Woman ☞ pure 아일랜드 일부 지역에서 poor와 pure의 발음이 같다→púir〔아일랜드어〕 =cause of sorrow 슬픔의 원인

| 013:26 | wobban. Ah, ho! *Triom.* (Tamuz.) An auburn mayde, o'brine |
|---|---|
| | 한 짝. 아, 흥! 셋. (타무즈.) 갈색 머리 처녀 Issy, 이윽고 |

* wobble 뒤뚱거리며 가다←그녀가 신발을 한쪽만 신었기 때문
* Ah, ho!→The Four Old Men이 내뱉는 한숨 소리(sigh)의 하나: Munster에 있는 Cork에서 온 Mark Lyons과 관련되며, 다른 소리는 Ay, ay; Oh dear; Ah dearo dear【013:25】
* Triom: ① trium〔라틴어〕=of three 셋 중의 ② triom〔아일랜드어〕=through me 나를 통해서
* Tamuz→Tammuz 유대 종교 달력의 10번째 달이자 유대 민간 달력의 4번째 달(그레고리력의 6~7월에 해 당). 열매가 무르익는 더운 달. ☞ 그리스 Adonis 및 아일랜드 Diarmuid와 동일시되는 고대 메소포타 미아의 죽음과 부활의 신
* auburn mayde: ① Auburn 아일랜드 태생의 영국 시인 Oliver Goldsmith의 *The Deserted Village* 에서 'Sweet Auburn, loveliest village of the plain'. 그리고 Goldsmith's Auburn이라는 표현은 시 인이 자란 Westmeath 카운티의 Lissoy와 동일하게 쓰임. ② auburn=reddish brown colour[light yellow] 적갈색[밝은 노란색] ☞ maid(처녀)=Issy
* o'brine a'bride: ① Venice 베니스는 아드리아해의 여왕(Queen of the Adriatic)으로 알려짐. 승천 목요 일(Ascension Thursday)에 도시와 바다(Sposalizio del Mar)의 결혼을 축하하는 것이 한때의 관례였으며, 따 라서 Venice는 Bride of the Brine.→『경야의 서』에서 Venice는 종종 Venus(즉 Issy)와 관련됨 ② brine=the sea→the Adriatic Sea ③ Biddy O'Brien 민요 <Finnegan's Wake>의 등장인물로서 그 녀는 Tim의 시체를 보고 운다. 그래서 brine은 그녀의 소금기 눈물(salt tears)을 암시한다. ④ O'brine

a'bride=O'Brien, about[to be deserted] 이윽고 버려질 오브라이언 ☞ brón〔아일랜드어〕=sorrow 슬픔 ☞ braonach〔아일랜드어〕=tearful 눈물 어린

| 013:27 | a'bride, to be desarted. Adear, adear! *Quodlibus.* (Marchessvan.) A |
|---|---|
| | 버림받을 오브라이언. 이것 참, 이것 참! 넷. (헤쉬반.) |

* desarted: ① Dysart O'Dea 클레어 카운티의 코로핀(Corofin) 근처에 세인트톨라(St Tola)가 8세기에 설립된 암자. 1318년 오브라이언스(O'Briens)가 앵글로-노르만 지도자 리처드 드 클레어(Richard de Clare)를 물리친 결정적인 전투의 현장. ② deserted: Oliver Goldsmith의 *The Deserted Village*(버려진 마을)【013:26】
* Adear, adear!: The Four Old Men이 내뱉는 한숨 소리(sigh)의 하나: Johnny MacDougal과 관련되며, 다른 소리는 Ay, ay【013:25】; Ah ho!【013:26】; Oh dear
* Quodlibus: ① quodlibet〔라틴어〕=what you please 당신이 좋아하는 것 ② quodlibet 철학적 논쟁; 유머러스한 혼성곡 ③ quatuor〔라틴어〕=four 4 ④ quibus=to whom? for whom? by whom? with whom? from whom? ☞ quod=prison[to imprison] 감옥[투옥하다]
* Marchessvan→Marcheshvan[Cheshvan] 유대 종교 달력의 2번째 달과 유대 민간 달력의 8번째 달(그레고리력의 10월~11월에 해당)이며 이때가 파종(sowing) 시기

• The Battle of Dysart O'Dea -clare county library

| 013:28 | penn no weightier nor a polepost. And so. And all. (Succoth.) |
|---|---|
| | 펜은 우편물보다 더 무겁지 않다. 기타 등등. (초막절.) |

* A penn no weightier nor a polepost→① The pen is mightier than the sword(펜은 칼보다 강하다): Edward Bulwer-Lytton(1803-1873)의 *Richelieu*(2막 2장) ☞ Pen→Shem the Pen=pen-man: Shem은 작가이자 문필(文筆)에 종사하는 문사(文士) ☞ Post→Shaun the Post=post-man: Shaun은 편지를 배달하는 우편집배원 ② penna〔라틴어〕=feather 깃털: 이집트 『사자(死者)의 서(書)(Book of the Dead[boke of the deeds]』에서 Osiris가 죽은 자를 심판할 때, 죽은 사람의 심장이 깃털보다 무거우면 죄인으로 취급되어 벌을 주는 아툼(Atum)신에게 심장을 먹히고, 깃털보다 가벼우면 선인(善人)으로 인정되어 재판관 오시리스의 왕국에 들어가 영원한 삶을 향유한다.
* And so. And all=and so on 기타 등등(et cetera)
* Succoth: ① Sukkot=Sukkoth=Succoth 유대인 추수감사절[초막절(草幕節)] 포도를 수확한 다음 밭에 나뭇가지로 임시 초막을 지어 조상들의 광야 생활을 기억하는 축제→sukkoth〔히브리어〕=huts 오두막: 이집트에서 탈출한 후 40년 동안 광야에서 유대인들이 살았던 이동식 피난처 ② succubus 잠자고 있는 남자와 성교하는 여성 악마→incubus【013:11】

# 3) History
## 역사

| 013:29 | So, how idlers' wind turning pages on pages, as innocens with |
|---|---|
| | 자, 어떻게 하여 게으름뱅이의 숨 바람에 책 몇 페이지가 넘겨지자, 교황 인노첸시오 |

* idlers=「The Idler」Samuel Johnson이 1758년~1760년 사이에 쓴 일련의 주간 에세이→idler 게으름뱅이
* wind turning pages=wind turns over pages: Schuré의 *Les Grandes Légendes de France* 에 'a hurricane passed over the book and turned all the pages. It remained open on the XIIth chapter of the Apocalypse(허리케인이 책을 덮쳤고 모든 페이지를 넘겼다. 요한계시록 12장이 펼쳐진 채로 남아있었다.)'→wind 숨, 호흡
* innocens: ① Innocent 13명의 교황(Popes)과 1명의 (정통 로마 교황에 대립하는) 대립 교황(antipope)의 이름. 여기서는 1132년에 대립 교황 아나클레투스 2세(Anacletus II)에 대항한 교황 인노첸시오 2세(Innocent II). ② innocens〔라틴어〕=harmless 무해한→innocens=in a sense 어떤 면에서

| 013:30 | anaclete play popeye antipop, the leaves of the living in the boke |
|---|---|
| | 2세가 대립 교황 아나클레투스 2세와 경쟁하는 장면. '사자死者의 서書'에서 |

* anaclete: ① Anacletus II(아나클레투스 2세): 교황 인노첸시오 2세(Innocent II)에 반기를 든 대립 교황. 본명은 Pietro Pierleoni. ② anaklētos〔그리스어〕=invoked 호출된 ③ Anne of Cleves(클레브의 앤): 헨리 8세의 4번째 왕비이자 두 번째 Anne: 2개의 Anne은 Issy의 이중 성격을 암시→Anna's clit(Anna의 음핵)=ALP의 성기
* popeye: ① Popeye, the Sailorman 뽀빠이(Elzie Segar의 만화 속 선원으로 시금치를 먹으면 힘이 남)→appop pie 【067:22】, popeyed【189:10】, poopive【282:32】 ② popeye=bulging eye 툭 튀어나온 눈 ③ Pappie 조이스와 그의 형제들이 아버지 John Stanislaus Joyce를 언급할 때의 호칭→popeye=Pope 로마교황
* antipop: ① antipope 대립(對立)교황: 일반적으로 받아들여지는 교황에 대한 경쟁자. Annuario Pontificio는 역사상 39명의 대립 교황이 있었다고 주장. ② pop=papa(아버지의 애칭): antipop은 HCE의 경쟁자를 지칭
* leaves of the living: ① the dying (leavings) of the living 살아있는 사람 가운데 죽어가는[떠나가는] 사람 ② leaves=pages of a book ③ Liffey=Dublin's river

| 013:31 | of the deeds, annals of themselves timing the cycles of events |
|---|---|
| | 생자生者의 페이지, '더블린 연대기'는 영국 장애물 경마와 아일랜드 장애물 경마의 |

* boke of the deeds: ① *Book of the Dead*(死者의 書) 고대 이집트에서 신왕국시대 이후 사자(死者)의 부

활과 영생을 얻는 데 도움을 주기 위해 쓰였던 주술성이
강한 일종의 장례 문서(葬禮文書)=*Book of Coming Forth
by Day*=*Book of Emerging Forth into the Light* ②
『*Book of Deeds*(行爲의 書)』 이슬람에서는 사람이 살아있
는 동안 자신의 선행과 죄를 모두 천사가 기록하고, 죽은
후에는 그 책의 내용에 따라 심판을 받는다고 전해짐 ☞
bok〔덴마크어〕=book 책

• Egyptian Book of the Dead
-khanacademy

* annals of themselves: ① *The Annals of the Four
Masters*(4대가의 연대기) 아일랜드 Donegal의 프란치스꼬
수도원에서 만든(1632-1636) 아일랜드 왕정사(王政史)로서
'홍수 40일 전'부터 1616년까지의 사건들을 수록 ② *The Annals of Dublin*(더블린 연대기) 초기 아일랜
드 고고학자들, 즉 존 웨어 경(Sir John Ware), 그의 아들 로버트 웨어(Robert Ware), 조카 월터 해리스(Walter
Harris) 등이 다양한 출처에서 수집한 연대기 모음집
* timing the cycles→timed his cycle 순환[주기]을 맞추다[조절하다]

| 013:32 | grand and national, bring fassilwise to pass how. |
|---|---|
| | 경기 일정을 조정하여, 파슬와이즈말이 추월하는 말을 앞서 나간다. |

* grand and national: ① The Grand National 매년 리버풀의 에인트리 경마장(Aintree Racecourse)에서
열리는 영국 장애물 경마(steeplechase horse race) ② Irish Grand National 카운티 Meath의 Fairyhouse
에서 매년 열리는 아일랜드 장애물 경마
* fassilwise: ① fassweise=in[by] barrels 오크통(桶)으로: 『경야』 Book III에서 Shaun은 리피강에 떠있
는 오크통으로 묘사 ② Fassilwise 말(horse)의 이름
* pass how: ① How 장애물 경마(The Grand National)에서 상대 말을 추월하는 말: fassilwise to pass
how ② pass Howth=Howth 호우드 언덕 ③ howe=hill ④ Passah=Passover 유월절(逾越節): Jeho-
vah가 이집트 사람의 맏아들을 모두 죽이고, 이스라엘 사람의 문 기둥에 묻은 어린 양 피를 보고 그냥
지나가버린(passed over) 밤을 기념하여 유대 달력 1월 14일 밤에 축하하는 유대인의 명절《출애굽기》

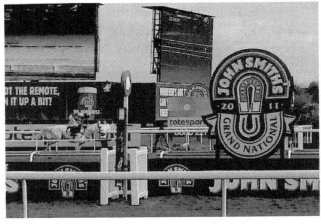

• Grand National -wikiwand

* 1132 A.D.; ① 1132 A.D.: O'Hanlon의 *Life of St Laurence O'Toole II*에 'Laurence... O'Toole was born in the year 1132'로 나온다(St Laurence O'Toole은 더블린의 수호성인). 또 O'Toole과 자주 연결되는 영국의 Henry II도 1132년에 태어난다. ② 1132=283×4 *Annals of the Four Masters*에서 Finn Mac-Cool의 죽음은 서기 283년으로 거슬러 올라간다→The Four Old Men ③ Romans 11:32(로마서 11장 32절) 'For God has consigned all men to disobedience that he may show his mercy to all(하나님이 모든 사람을 순종치 아니하는 가운데 가두어 두심은 모든 사람에게 긍휼을 베풀려 하심이로다)' ☞ 1132 feet per second=the speed of sound in air 공기 중의 음속(音速) ☞ 32 feet per second per second 지구 표면의 중력으로 인한 가속 현상: '낙체 법칙(落體法則)'의 필수 요소→인간의 타락(Fall of Man)을 상징하는 이 현상은 『경야의 서』에서 뿐만 아니라 『율리시스』 전반에 걸쳐 반복된다

* emmets(고대 방언)=ants 개미
* wondern: ① wondering 궁금해하는 ② wandering 배회하는 ③ wandern(독일어)=wander 배회하다
* groot: ① groot(네덜란드어)=great 대단한 ② groot=mud 진흙

---

○ 1132년에 아일랜드 역사에서 일어난 2가지 중요 사건
① Diarmaid Mac Murrough는 아일랜드의 Kildare 수도원을 불태우고 그 수녀원장을 강간함. 그리고 그는 Leinster 지방의 왕이 됨.
② St Malachy는 아일랜드의 Armagh 주교로 임명되어 독립적인 아일랜드 교회에 로마의 전례(liturgy)를 강요함

---

○ 『경야의 서』와 1132
① 『경야의 서』는 금요일 오전 11시 32분에 시작됨<Clive Hart *Structure and Motif in Finnegans Wake*>
② 『경야의 서』(Book II)는 소설이 시작된 지 12시간 후인 오후 11시 32분에 끝남<ditto>
③ 『경야의 서』는 금요일 오후 11시 32분에 시작됨<Bishop *Joyce's Book of the Dark*>

---

○ 『Annals of the Four Masters』에 나타난 1132 A.D.
① M1132.0 그리스도의 시대 1132
② M1132.1 Maelmaedhog Ua Morgair가 아일랜드 성직자의 요청으로 Patrick의 후계자 자리에 오름
③ M1132.2 Cluain-fearta의 Brenainn의 후계자 Maelbrenainn Ua hAnradhain이 사망함
④ M1132.3 Maelbrighde Mac Doilgen이 8월 27일 사제직 52년, 향년 80세로 사망함
⑤ M1132.4 Cluain-mic-Nois의 Culdees의 수장이자 존경받던 원로 Uareirghe Ua Neachtain이 사

망함

⑥ M1132.5 Cill-Colgain의 airchinneach인 Cucaille Ua Finn이 사망함

⑦ M1132.6 Conchobhar Ua Lochlainn이 이끄는 군대가 Ath-Fhirdiadh로 원정 감

⑧ M1132.7 Ui-Ceinn-sealaigh의 영주이며 Diarmaid Mac Murchadha의 아들인 Maelseachlainn
이 살해됨

⑨ M1132.8 Maenmhagh가 Conchobhar Ua Briain에 의해 많은 소를 약탈당함

⑩ M1132.9 Bun-Gaillmhe성이 Munster 함대에 의해 불타고 파괴됨

⑪ M1132.10 Corca-Modhruadh의 군주 Amhlaeibh Ua Lochlainn의 아들이 Munster 함대에 의해
살해됨

⑫ M1132.11 Munster 사람들이 Connaughtmen에 대학살을 자행함

⑬ M1132.12 Sinainn의 Oilen-na-Beithe이 Munster 사람들에 의해 불에 타죽음

⑭ M1132.13 Clann-Diarmada의 족장인 Diarmaid Mac Eitigen이 사망함

⑮ M1132.14 Tighearnan Ua Ruairc는 Teathbha과 Connaught에 대한 Feasog의 희생자

⑯ M1132.15 Magh-Luirg이 Breifne의 부하들에게 약탈당함

| 013:34 | hwide Whallfisk which lay in a Runnel. Blubby wares upat Ub- |
|--------|--------------------------------------------------------------|
|        | 커다란 흰고래 등 위를 배회한다. 더블린에서의 |

* hwide: ① hvid〔덴마크어〕=white 흰색  ② white→same white harse【008:17】; big wide harse
【008:21】 ③ wide
* whallfisk: ① walfisch〔독일어〕=whale 고래  ② *Annals of Dublin*에 1331년 고래 한 떼(turlehides)가
해변으로 밀려왔다고 기록됨 ③ fisk〔덴마크어〕=fish 물고기; royal treasury 왕실의 보고(寶庫)
* Runnel=rivulet 시내, 실개천; gutter 배수로
* blubby wares: ① blubber 두툼한  ② bloody wars=oath〔앵글로-아이리쉬어〕맹세→혈전(血戰)
③ blub=swollen[puffed] 부어오른[부풀은] ☞ 이 단락에서 유사한 4가지 표현: ▶Blubby wares upat
Ublanium【013:34】 ▶Blurry works at Hurdlesford【014:05】 ▶Bloody wars in Ballyaughaclee-
aghbally【014:09】 ▶Blotty words for Dublin【014:14】
* upat=up at ~위에서

| 013:35 | lanium. |
|--------|---------|
|        | 혈전血戰. |

* Ublanium: ① Dublinium〔라틴어〕=Dublin 더블린  ② Eblana 서기 140년경에 그리스의 천문학자
이자 조각가인 클라우디오스 프톨레마이오스(Claudius Ptolemaeus[Ptolemy])의 『지리학(Geographia)』에 나타
나는 고대 아일랜드 정착지의 이름. 조이스는 원래 Eblanium으로 썼음.

| 013:36 | 566 A.D. On Baalfire's night of this year after deluge a crone that |
|---|---|
| | 서기 566년. 노아의 홍수 이후 당년當年의 모닥불 축제 때 한 노파가 화장실 |

* 566 A.D.: ① 566×2=1132【013:33】 ② 566÷2=283 *Annals of the Four Masters*에 따르면 Finn MacCool은 283A.D.에 사망함【013:33】
* Baalfire's night: ① bonfire night=eve of 24th June=Midsummer's Eve=St John's Eve 모닥불의 밤(11월 5일에 Guy Fawkes의 인형을 불태우는 일에서 유래) ② Beltane 5월 1일에 열리는 이교도 켈트족의 봄 축제 ③ Baltaine〔아일랜드어〕=May 5월: '밝은 불빛(bright fire)'이라는 의미 ☞ baal〔덴마크어〕=bonfire 모닥불; Baal=fertility god 고대 셈족의 다산(多産)과 풍요의 신
* after deluge: ① Louis XV of France(프랑스의 루이15세): 'after me the deluge(나중에야 홍수가 지든 말든 무슨 상관이냐=될 대로 돼라)' ② post-diluvian 노아의 홍수(Deluge) 이후의 ③ A.D.=Anno Domini 그리스도 기원
* crone: ① crone=old woman 노파(老婆) ② crane 학[두루미] ③ ALP

| 014:01 | hadde a wickered Kish for to hale dead turves from the bog look- |
|---|---|
| | 창고에서 칙칙한 토탄을 끌어와 멋진 키쉬 등대를 밝히고 |

* wickered Kish: ① wicked wish 사악한 소망 ② wicked witch 사악한 마녀 ③ Kish Lightship 더블린 앞바다에 정박해 있는 등대선(燈臺船) ④ kish=traditional Irish wicker basket 아일랜드의 전통 고리버들 바구니 ☞ wicked〔속어〕멋진, 훌륭한 ☞ Kish=father of Saul (구약성경)사울의 아버지→be me sawl【014:03】 ☞ Kish=Christ+fish 물고기는 전통적으로 그리스도의 상징
* hale: ① hale=haul[drag] 끌다 ② heal 치유하다 ③ hail=cheer 환호하다
* turves: ① turfs 잔디; 토탄(土炭) ② turds 똥(dung)
* bog: ① big: bog lipoleum[Big Napoleon]=Shaun ② bog (house)=privy 화장실 ③ bog〔러시아어〕=god 신

| 014:02 | it under the blay of her Kish as she ran for to sothisfeige her cow- |
|---|---|
| | 자신의 호기심을 풀기 위해 그 등대 불빛 아래 그녀는 달렸다. 하지만 |

* lookit: ① look-out 임무[책임] ② locket 로켓(사진 따위를 넣어 목걸이 줄에 매다는 소형 케이스) ③ lock-up 창고, 임대 차고→lockup
* blay: ① blay=bleak 잉어과의 물고기 ② blaze 화염, 섬광 ③ Bray 더블린 남쪽 20km 지점의 해변 마을
* sothisfeige: ① satisfy (의심·근심 따위를) 풀다, 충족[납득]시키다 ② Sothis (이집트 신화의) 시리우스(Sirius), 이시스(Isis)의 별 ③ feige〔독일어〕=fig 무화과
* cowrieosity: ① curiosity 호기심 ② cowrie 일부 문화권에서 화폐로 사용되는 일종의 조개. 다산의 상징이며 세로로 벌어진 구멍은 여성의 성기와 흡사. ③ cow 이집트 신화 속 신성한 동물

| 014:03 | rieosity and be me sawl but she found hersell sackvulle of swart |
|---|---|
| | 놀랍게도 그녀가 목격한 것이라고는 한 자루 가득한 검정 신발과 |

* be me sawl: ① by my soul 맹세코, 진심으로, 이거 놀랐는걸 ② Saul=son of Kish (구약성경)Kish의

아들 ③ shawl 아일랜드 농촌 여성의 전통 의상

* hersell=herself
* sackvulle: ① sackful 한 자루 가득 ② Sackville Street 더블린의 O'Connell Street거리 ③ sack full=pregnant 임신한
* swart: ① svaert〔덴마크어〕=mighty 대단한 ② zwart〔네덜란드어〕=black 검정 ③ swart=dark-skinned 피부가 검은

| 014:04 | goody quickenshoon and small illigant brogues, so rich in sweat. |
| | 작고 멋진 생가죽 구두, 땀에 흠뻑 젖은 구두였다. |

* goody quickenshoon: ① Goody Two-shoes *Cinderella*(신데렐라)의 변형인 *The History of Little Goody Two-Shoes*(1765년)의 주인공→도덕군자인 척하는[군자연하는] 사람 ② goody two-shoes=overly virtuous child 지나치게 고결한 아이 ☞ shoon=shoes ☞ quicken 태아가 삶의 외적 징후를 나타내기 시작하는 임신 단계에 도달하다(예컨대, 발로 차기)
* illigant: ① elegant 우아한 ② illegitimate=born out of wedlock 사생아로 태어난[서출(庶出)의]
* brogues: ① brogue 이전에 스코틀랜드와 아일랜드에서 신던 무두질한 가죽의 무거운 신발 ② bróg〔아일랜드어〕=shoe 신발: goody quickenshoon ③ brogue〔앵글로-아이리쉬어〕=Irish accent 아일랜드 억양 ☞ as ignorant as a kish of brogues 무식한<Irish expression>
* so rich in sweat=so rich and sweet 민요 <Finnegan's Wake> 가사: 'He'd a beautiful brogue so rich and sweet(너무 멋지고 귀여운 신발을 가졌어)'

| 014:05 | Blurry works at Hurdlesford. |
| | 더블린의 얼룩투성이 세공품들. |

* Blurry works: ① blurry 시야가 흐릿한, 더러워진[얼룩투성이의] ② slurry 얇은 진흙[시멘트] ③ blurry works=*Finnegans Wake*
* Hurdlesford=Ford of Hurdles 더블린의 초기 게일어 지명 중 하나인 Áth Cliath를 글자 그대로 번역한 것임 ☞ Áth Cliath 장애물항(港)=Dublin

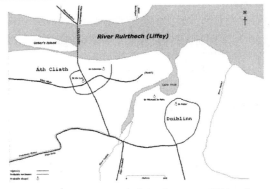

• Áth Cliath=Ford of Hurdles[Dublin] -Wikipedia

| 014:06 | (Silent.) |
| | (휴지休止.) |

* Silent.→【013:03】 (역사 따위에) 기록이 없는, 휴지(休止)의

| 014:07 | 566 A.D. At this time it fell out that a brazenlockt damsel grieved |
| --- | --- |
| | 서기 566년. 이때 황동색 머리카락을 지닌 한 처녀가 비통해하는 일이 일어났는데 |

* it fell out: ① the child was born? 아이가 태어났는가?  ② it happened (일이) 일어났다
* brazenlockt damsel: ① brazen hussy 뻔뻔한 말괄량이[계집]  ② brass locket【014:02】  ③ brass-
locked 정조대(貞操帶)  ④ brass coloured locks(hair) 황동색 자물쇠(머리카락) ☞ damsel=a young un-
married woman(처녀)→Issy

| 014:08 | (sobralasolas!) because that Puppette her minion was ravisht of her |
| --- | --- |
| | (아아, 슬프고 가여워라!) 그 이유는 그녀가 가장 좋아하는 인형이 무섭고 잔인한 |

* sobralasolas!: ① sobre las olas=over[on] the waves 파도 위  ② sob 흐느껴 울다  ③ alas 아아(슬픔)
* puppette: ① ppt 조나단 스위프트가 스텔라에게 보낸 편지에서 사용한 '작은 언어(little language)'  ②
puppet 인형[꼭두각시]  ③ poppet 귀염둥이(아이)
* minion=favorite 총아(寵兒), 특히 좋아하는 물건+mouni=vulva 음문(陰門)
* ravisht: ① ravished 폭력에 사로잡혀 끌려가거나 빼앗긴 사람; 강간(raped)  ② ravaged 방치된 폐기
물; 약탈(pillaged)

| 014:09 | by the ogre Puropeus Pious. Bloody wars in Ballyaughacleeagh- |
| --- | --- |
| | 성전聖戰에서 강탈당했기 때문이다. 더블린에서의 |

* ogre=man-eating monster 사람을 잡아먹는 도깨비[귀신], 무섭고 잔인한 사람
* Puropeus Pious: ① Priapus 프리아포스(남근으로 표현되는 풍요의 신. 정원이나 포도밭의 수호신.); 음경(phallus)  ②
pia e pura bella=holy and pure war 거룩하고 순수한 전쟁; 영웅 시대를 특징 짓는 Vico의 종교 전
쟁  ③ Pontius Pilate 본디오 빌라도(예수의 처형을 허가한 Judea의 총독)《마태복음 27장》  ④ Eurōpē(에우로페)
페니키아와 아게노르(Agenor)의 딸. 제우스가 이 소녀를 연모하여 바닷가에서 다른 소녀들과 노는 틈
에 예쁜 황소로 둔갑해서 접근하는데 그녀가 멋모르고 소의 등에 타자 제우스는 재빨리 바다로 뛰어
들어 크레타 섬 남부 고르튜나에 이르러 결혼하고 미노스·라다만티스·사르페돈의 세 아들을 낳는다.
유럽(Europe)이란 말은 그녀가 소를 타고 돌아다닌 지역을 그렇게 부른 데서 유래한다.  ⑤ HCE
* Bloody wars: ① 혈전(血戰)  ② oath〔앵글로-아이리쉬어〕맹세

| 014:10 | bally. |
| --- | --- |
| | 혈전. |

* Ballyaughacleeaghbally→Baile Átha Cliath=Town of the Ford of Hurdles 더블린의 아일랜드어
표기【014:05】

| 014:11 | 1132 A.D. Two sons at an hour were born until a goodman |
| --- | --- |
| | 서기 1132년. HCE와 ALP에 이르러 두 아들이 한날한시에 태어났다. |

* Two sons at an hour were born: ① two sons=Shem and Shaun  ② Jacob and Esau 야곱(이삭의

아들)과 에서(Isaac의 맏아들. 죽 한 그릇 때문에 아우 Jacob에게 상속권을 팔았음.)

* goodman→host of an inn(술집 주인)=HCE

| 014:12 | and his hag. These sons called themselves Caddy and Primas. |
|---|---|
| | 이 아들들은 각각 캐디(셈)와 프리마스(숀)라 불렸다. |

* his hag→hag=witch[ugly old woman] 마녀[추한 노파]=ALP
* These sons called themselves→ils s'appellent(프랑스어)=they are called
  [they call themselves] 그들은 불린다
* Caddy and Primas: ① Caddy=Shem the penman 문필가 셈  ② Primas=Shaun the postman 우
  편배달부 숀 ☞ cadet=younger brother→동생 Shem ☞ primus(라틴어)=first-born→형 Shaun

| 014:13 | Primas was a santryman and drilled all decent people. Caddy |
|---|---|
| | 프리마스는 파수꾼이었으며 모든 훌륭한 사람들을 훈련시켰다. 캐디는 |

* Primas was a santryman and drilled all decent people:
  ① Zozimus로 알려진 더블린의 맹인 발라드 가수 Michael
  J. Moran(1794~1846)이 작곡한 <St Patrick Was Gentleman>
  은 다음과 같은 대사로 시작된다: 'Saint Patrick was a gen-
  tleman,/He came of decent people,/In Dublin town he
  built a church,/And upon't put a steeple.(성 패트릭은 신사였
  고, 그는 상류층 출신이었으며, 더블린 마을에 교회를 세웠고, 첨탑을 세우지 않았다.)'
  ② Santry 더블린의 북부 지역  ③ sentry-man 보초[감시]병,
  파수꾼

• St Patrick Was Gentleman -amazon

| 014:14 | went to Winehouse and wrote o peace a farce. Blotty words for |
|---|---|
| | 선술집에 가서 전쟁과 평화의 시를 썼다. 더블린에 관한 얼룩진 |

* Caddy went to Winehouse and wrote o peace a farce: ① Taffy came to my house and stole a
  piece of beef(Taffy가 우리 집에 와서 쇠고기 한 조각을 훔쳤습니다): 동요[자장가]  ② Weinhaus(독일어)=tavern 선
  술집  ③ o peace a farce=of peace and wars(전쟁과 평화의); a piece of verse(한 편의 시)

| 014:15 | Dublin. |
|---|---|
| | 이야기. |

* Blotty words for Dublin: ① blotto=drunk 술 취한  ② bloody wars(앵글로-아일랜드어)=oath 맹
  세  ③ blot=smear 더럽히다: blotty words(얼룩진 이야기)=*Finnegans Wake*  ④ smutty words(외설적인
  이야기)=*Ulysses*

| 014:16 | Somewhere, parently, in the ginnandgo gap between antedilu- |
|---|---|
| | 대홍수 이전과 그리스도 기원 사이 거대한 공백기 중 언젠가 |

* somewhere (시간·나이·수량 따위가) 언젠가
* parently: ① apparently (실제는 어떻든) 보기에, 명백히 ②
parents 부모
* ginnandgo gap: ① ginnungagap(하품하는 심연) 북유럽신
화에서 세계가 창조되기 전에 있던, 안개 자욱한 태고의
거대한 공백(primordial void)이다. 북쪽에는 얼음과 눈과 안
개로 뒤덮인 니블헤임(Niflheim)이라는 곳이 있었고, 남쪽
에는 화염과 불꽃의 땅인 무스펠스헤임(Muspelheim)이 있
었다. 두 지역의 불과 얼음이 섞이면서 물방울이 생기고

• ginnungagap -Wikipedia

그곳에서 최초의 생물인 거인 이미르(Ymir)가 탄생했다. ② coital gap 성교 공백 ③ Gin and Tonic
진토닉
* antediluvious→antediluvian=before the Flood (Noah의) 대홍수 이전의; (아주) 먼 옛날의

| 014:17 | vious and annadominant the copyist must have fled with his |
|---|---|
| | 문필가는 분명 자신의 두루마리 책을 들고 도주한 것이 틀림없다. |

* annadominant→Anno Domini[Anno Domini Nostri Iesu Christi]=in the Year of Our Lord Jesus
Christ(우리 주 예수 그리스도의 해에)=그리스도 기원(紀元)→Anna is dominant→ALP(Anna Livia Plurabelle)
* the copyist→copyist 필경사, 문필가=Shem the Penman

| 014:18 | scroll. The billy flood rose or an elk charged him or the sultrup |
|---|---|
| | 엄청난 홍수가 일어났거나 혹은 큰뿔사슴이 그를 공격했거나 혹은 세계를 |

* scroll 두루마리, 족자, 편지
* billy flood: ① bloody flood 엄청난 홍수 ② billig〔덴마크어〕=cheap 값싼 ③ billy goat 숫염소 ☞
billy flood 빌리 왕(King Billy)이 아일랜드를 봉인 해제(封印解除)하자 홍수처럼 밀려든 개신교도
* elk charged him: ① E...c...h.=ECH=HCE ② ech〔고대 아일랜드어〕=horse 말 ③ elk=Irish Elk 큰
뿔사슴속에 속하는 멸종된 동물. 지금까지 발견된 화석들의 대부분도 아일랜드의 늪에서 발굴된 것.
④ charged him=billed him 비용을 청구하다; attacked him 습격[공격]하다
* sultrup→① satrap 고대 페르시아 제국의 총독(governor) ② sultan 이슬람 국가의 군주(sovereign)

| 014:19 | worldwright from the excelsissimost empyrean (bolt, in sum) |
|---|---|
| | 지배하는 군주가 지고지고(至高의 천상계로부터 (요컨대, 벼락) 대변동을 |

* worldwright: ① worldwide (명성이)세상에 알려진 ② worldwright=Demiurge[creator of the world] 세
상을 형성하는 존재[물질적 세계를 지배하는 존재], 세계 형성자(世界形成者)
* excelsissimost→excelsissimus〔라틴어〕=most high 지고(地高)의: the Most High=God
* empyrean=the highest heaven 가장 높은 하늘, the highest of the celestial spheres 천상계(天上界):

정화(淨化)와 빛의 세계이며 신과 천사가 사는 천국

* bolt: ① thunderbolt 벼락[번개] ② bolt, in tun 나무통을 관통하는 화살→문장(紋章)에 새겨진 도안[그림]
* in sum: ① insum[라틴어]=I am in ② sum 합계→in sum 요컨대

| 014:20 | earthspake or the Dannamen gallous banged pan the bliddy du- |
| | 일으켰거나 혹은 재수 없는 곱사등이 다누신(神)이 빌어먹을 문짝에 쾅 |

* earthspake=earthquake 지진, (사회·
  정치적) 대변동
* Dannamen: ① Tuatha Dé Danann
  아일랜드에 정착했던 신화적 종족
  ② Danes 아일랜드를 침략한 스칸
  디나비아의 종족, 데인인(人) ☞ Dan-
  nyman(=sinister hunchback)+Danu(=Irish
  goddess of death and fertility)→HCE는 꼽
  추(hunchback)

• Tuatha Dé Danann　　　• Danu -The Celtic Journey

* gallous: ① gallus[라틴어]=cock 음
  경 ② gall[아일랜드어]=foreigner
  외국인 ③ callous 냉담한, 무정한
* banged[속어]=fucked 제기랄; 쾅 부딪치다
* pan: ① upon ② pan=money ③ pan!=bang! ④ ban-[bean][아일랜드어]=woman 여성
* bliddy duran: ① the bloody door 망할[빌어먹을] 문 ② Biddy Doran=the Hen 암탉【112:27】 ③
  duran[스페인어]=last 마지막

| 014:21 | ran. A scribicide then and there is led off under old's code with |
| | 부딪쳤다. 그때 그곳에서 문필가 죽이는 사람이 문필가를 살해하기 위해 |

* scribicide 서기(scribe)나 문필가(writer)를 죽이는 사람
* led off: ① let off=released 풀려난; fired 해고된 ② led off=taken away 떼어내다[제거되다] ☞ lead
  off=make a beginning in 단서를 마련하다[시작하다]

| 014:22 | some fine covered by six marks or ninepins in metalmen for the |
| | 법규에 따라 주화 6마르크 또는 9펜스의 벌금을 물고 풀려났다. |

* code 법전, 규약[관례]
* some fine covered by six marks or ninepins: ① fine 벌금 ② covered 보호[보증]된 ③ six marks
  6점 ④ ninepins=9 pins 구주희(九柱戲): 9개의 핀을 사용하는 볼링 ☞ six marks 6마르크; nine
  pence 9펜스
* metalmen: ① metalmen 동전(coin)에 새겨진 얼굴 ② middelmen 그리핀(Gerald Griffin)의 *The Col-
  legians*와 Dion Boucicault의 *The Colleen Bawn*에서 Kyrle Daly의 아버지는 중개인 ③ The

Metal Man: 예이츠(William Butler Yeats)의 집 근처 Sligo 카운티의 Rosses Point에 있는 등대

| 014:23 | sake of his labour's dross while it will be only now and again in |
| | 한편 지불 기한을 넘겨 이따금 체납되기도 하지만 |

* for the sake of his labour's dross: ① for the sake of his labour's dross=for killing the copyist 필사자(筆寫者)를 죽이기 위해 ② *Love's Labour's Lost*(사랑의 헛수고) 셰익스피어의 초기 희곡: 온갖 쾌락을 끊고 학문에 정진하기로 서약한 왕과 신하들이 각자 몰래 사랑하는 여인에게 구애하다 들통이 나서 그들의 위선이 조롱거리가 된다는 풍속 희곡 ☞ dross=refuse, rubbish 찌꺼기→쓸모[가치]없는 것

• Love's Labor's Lost
-best of used books

| 014:24 | our rear of o'er era, as an upshoot of military and civil engage- |
| | 군사적·민사적 개입의 결과로서, 한 여자가 |

* in our rear of o'er era→in arrears 지불 기한이 지나[체납되어]
* upshoot: ① upshot=outcome 결과 ② upshoot→shoot up 급증하다

| 014:25 | ments, that a gynecure was let on to the scuffold for taking that |
| | 이웃집 금고의 서랍에 살짝 손을 댔다가 |

* gynecure: ① sinecure=easy job 만만한 일 ② gynē(그리스어)=woman 여자 ☞ gynecure=gynaecology+cure 부인과 질병 치료
* let on=pretend ~인 척하다→led onto[lead onto] ~하게 하다
* scuffold: ① scaffold 교수[처형]대 ② scuffles=minor altercation 사소한 언쟁[말다툼] ☞ let on to the scuffold=led on to the scaffold 교수대로 인도되다: 웰링턴과 같은 '위대한 사람(Great Men)'은 말 그대로 이익을 얻기 위해 살인을 저지르는 반면 '평범한 사람(little guy)'은 호구지책을 마련하다 죽임을 당한다

| 014:26 | same fine sum covertly by meddlement with the drawers of his |
| | 똑같은 액수의 벌금을 물고 |

* same fine sum: ① fine 벌금  ② sum 합계[액수]
* covertly: ① covertly 은밀히[살며시], 남모르게, 살짝  ② covet: 'Thou shalt not covet thy neighbour's wife(네 이웃의 아내를 탐내지 말라)'《출애굽기 20장 17절》
* meddlement: ① meddling, interference 간섭, 참견, 방해  ② middlemen 중개자【014:22】
* drawers: ① drawers 수표[어음] 발행인  ② draws=knickers[women's under-garment 속바지[여성 속옷]]

• Thou shalt not covet thy neighbour's wife' –Wikimedia Commons

| 014:27 | neighbour's safe. |
| | 교수대에 올랐다. |

* neighbour's safe: ① safe 금고(金庫)  ② neighbour's wife【014:26】 ☞ Thy Neighbour's Wife(네 이웃의 아내): 아일랜드 소설가 Liam O'Flaherty(1896~1984)의 1923년 작품

• Thy Neighbour's Wife –amazonbooks

## 4) Quinet
### 퀴네

**[014:28~015:28]**

| 014:28 | Now after all that farfatch'd and peragrine or dingnant or clere |
|---|---|
| | 바야흐로 저 모든 억지스럽고 이국풍인 또는 분노한 또는 순수한 세월 뒤에 |

* farfatch'd: ① farfetched 에두른, 억지의[터무니없는]→far-fetched 황당한[믿기지 않는] ② Farfassa O'Mulconry *Annals of the Four Masters*(4대가의 연대기)의 4명의 저자(Mícheál Ó Cléirigh, Cú Choigcríche Ó Cléirigh, Fearfeasa Ó Maoilchonaire, Cú Choigcríche Ó Duibhgeannáin) 중 한 명
* peragrine: ① Peregrine O'Clery *Annals of the Four Masters*의 4명의 저자 중 한 명 ② peregrine 유랑[순회]의, 편력의, 외래의 ③ peragration 방황, 선회 ④ Peregrine Pickle 스코틀랜드 소설가 Tobias Smollett의 *Adventures of Peregrine Pickle*의 동명 영웅
* dingnant: ① Peregrine O'Duignan *Annals of the Four Masters*의 4명의 저자 중 한 명 ② indignant 격분한, 분노한 ③ distant dignity 멀리 있는 품위[존엄] ☞ ordinant=ordaining (목사)안수, (사제)서품; person who ordains 안수[서품]하는 사람
* clere: ① Michael O'Clery *Annals of the Four Masters*의 4명의 저자 중 한 명 ② 순수한, 결백한, 맑은

| 014:29 | lift we our ears, eyes of the darkness, from the tome of *Liber Li-* |
|---|---|
| | '4대가의 연대기'라는 방대한 책을 통해서 우리의 어두운 귀와 눈을 열고 |

* ears, eyes of the darkness→ear=eye of dark 귀는 어둠의 눈
* tome 큰[방대한] 책 (한 권)
* Liber Lividus: ① liber lividus〔라틴어〕=blue book→*Ulysses*【013:21】 ② 「Leviticus(레위기)」 주로 유대교 율법과 제사장 의식에 관한 구약성서의 세 번째 책 ③ 「The Book of the Law(율법서)」: Aleister Crowley가 창시한 Thelema라 불리는 철학적·종교적 실천 중심의 텍스트 ④ 「4대가의 연대기」

| 014:30 | *vidus* and, (toh!), how paisibly eirenical, all dimmering dunes |
|---|---|
| | 그리고, (보아라!), 얼마나 꽤 평화로운지, 모든 어둑어둑한 모래언덕과 |

* toh!〔이탈리아어〕=look! 보아라!
* paisibly: ① possibly 혹시[아마] ② paisible〔프랑스어〕=peaceful 평화적인 ③ passably 그런대로[꽤], 상당히
* eirenical: ① ironical 아이로니컬한[역설적인] ② eirenic=peaceful→paisibly ③ Éire=Ireland
* dimmering dunes 어둑어둑한 사구(砂丘)

| 014:31 | and gloamering glades, selfstretches afore us our fredeland's plain! |
| --- | --- |
| | 어슴푸레한 작은 빈터들이 조국 아일랜드의 광야를 우리 눈앞에 펼쳐 보인다! |

* gloamering glades: ① glimmering glades  밀턴(Milton)은 「Il Penseroso(사색에 잠긴 사람)」이라는 시에서 Vesta와 Saturn을 부모로 둔 Melancholy 여신에 관해 적고 있다: 'Oft in glimmering Bowres, and glades/He met her, and in secret shades/Of woody Ida's inmost grove(종종 반짝이는 Bowres 와 숲 사이에서/그는 그녀와 은밀한 그늘에서/나무가 우거진 Ida의 가장 깊은 숲에서 만났다)' ② glades (숲속의) 작은 빈터 ☞ glimmering 희미한 빛 ☞ gloaming=twilight (해뜨기 전·해진 후의) 어스름[어슴푸레한]
* selfstretch 스스로 펼쳐 보이다
* afore us=before us 우리의 면전(面前)에
* fredeland: ① faedreland=Fatherland(조국)=Ireland ② Friedland 1907년 나폴레나(Napolena)가 동프로이센(East Prussia)에서 러시아군을 격파한 장소 ③ fredeland=post-colonial[freed] Ireland 탈식민의[해방된] 아일랜드 ④ fred(노르웨이어)=peace 평화

| 014:32 | Lean neath stone pine the pastor lies with his crook; young pric- |
| --- | --- |
| | 지팡이를 든 양치기는 파니아 소나무 밑에 기대어 누워있고, 2년생 암컷 노란 |

• The Five Provinces of Ireland -reddit

* lean neath: ① lean=not fat, lacking in flesh 뚱뚱하지 않고 살이 없다 ② neath=beneath 아래[밑에] ☞ lean neath stone pine the pastor lies→「Full fathom five thy father lies(다섯 길 바닷속에 그대 아버지 누워있네)」=셰익스피어 *The Tempest*(Act1 Scene2)의 'Ariel's Song'
* stone pine: ① stone-pine=Pinus pinea 파니아 소나무 ② stone pine 『경야의 서』에서 쌍둥이 Shem과 Shaun은 각각 줄기(stem)와 돌(stone)을 나타내므로 stone pine=Shaun-Shem
* pastor: ① pastor(라틴어)=shepherd 목자[양치기] ② St Patrick 그가 Ulster에 묻혔으므로 St Patrick은 곧 Ulster 지방을 암시한다
* crook=shepherd's hooked staff (양치는 사람이 가지는) 손잡이가 구부러진 지팡이 ☞ Lean neath stone pine the pastor lies with his crook; 이 대목은 아일랜드의 목사인 세인트 패트릭(St Patrick)의 안식처인 다운패트릭(Downpatrick)을 포함한 아일랜드의 'five fifths' 또는 Ulster 지방을 나타낸다. 오늘날 아일랜드는 얼스터(Ulster), 먼스터(Munster), 레인스터(Leinster), 코나흐트(Connacht)의 4개 주가 있지만 초기 기독교 세기에는 5개의 주가 있었는데, 다섯 번째 주는 아일랜드의 대왕(High Kings of Ireland)인 타라(Tara)를 포함하는 royal province였다. 그곳은 현재 Leinster의 일부로 간주되는 Dublin, Offaly 및 Louth의 일부와 함께 Meath, Westmeath 및 Longford와 대략 일치한다.

| 014:33 | ket by pricket's sister nibbleth on returned viridities; amaid her |
| --- | --- |
| | 사슴 옆에 2년생 수컷 노란 사슴이 다시 돌아온 신록의 푸른 잎을 뜯고 있고, |

* pricket's sister: ① pricket's sister 2년생 암컷 노란 사슴: Issy암시 ② Prickette's Tower 더블린

옛 성벽 탑: Leinster 지방을 암시 ③ pricket 2년생 수컷 노란 사슴
* nibbleth→nibble=bite away little by little 조금씩 야금야금 먹다
* returned viridities: ① veriditas=verdure(푸름[신록]); greenness(푸르름); freshness(생생함) ② vir=man
  ☞ returned veridities 봄의 계절과 Leinster 지방을 암시
* amaid: ① amid 가운데 ② a maid=Issy ③ May=summer month ☞ young pricket...returned
  viridities: 이 대목은 Prickette's Tower와 Phoenix Park의 prickets 또는 노란 사슴을 포함하는 아
  일랜드의 'five fifths' 또는 Leinster 지방을 나타낸다.

| 014:34 | rocking grasses the herb trinity shams lowliness; skyup is of ever- |
|---|---|
| | 흔들리는 풀밭 사이에서 제비꽃은 온순함을 가장하고 있고, 높은 하늘은 늘 |

* rocking grasses: ① rock grass 『경야의 서』에서 쌍둥이 아들 Shem과 Shaun은 줄기(stem)와 돌(stone)
  을 나타내므로 rocking grasses는 각각 Shaun과 Shem에 대한 암시. 결합된 셈-숀(Shem-Shaun) 캐릭
  터는 트리스탄(Tristan), 즉 tree-stone. ② shamrock 성 패트릭이 아일랜드 개종자(Irish converts)에게 삼
  위일체(Holy Trinity)의 신비를 설명하기 위해 사용한 것으로 추정되는 세 잎의 아일랜드 식물: 『경야』에
  서 토끼풀의 세 잎은 Shem, Shaun, Shem-Shaun을 상징한다 ③ looking glass=mirror: Carroll의
  *Alice's Adventures in Wonderland*(이상한 나라의 앨리스)의 속편인 *Through the Looking Glass and
  What Alice Found There*(거울 나라의 앨리스): 화장대 거울(vanity glass)은 Issy의 이중인격(split personality)을
  상징한다
* herb trinity shams: ① shamrock 아일랜드의 비공식적인 상징인 토끼풀은 세 잎의 어린 흰색 클로
  버 ② Holy Trinity 삼위일체(성부·성자·성령을 일체로 봄)→herb trinity=plant with violet flowers 제비꽃
  속(屬)의 식물
* lowliness→lowliness=meekness[humility] 온순함[겸손함]+loveliness=quality of being lovely 사랑스
  러움[아름다움]
* skyup is of evergrey→아일랜드에서 가장 습하고 가장 우중충한 Connacht 지방: evergrey=ever-
  green 상록수

| 014:35 | grey. Thus, too, for donkey's years. Since the bouts of Hebear |
|---|---|
| | 푸르다. 이렇게 하여, 그것도, 아주 오랫동안. 헤버와 헤러몬 간의 대결 |

* donkey's years: ① for donkey's years=for a long time 오
  랫동안【028:06】 ② donkey 4노인(Four Old Men)을 동반하는
  Ass[Donkey](당나귀)는 royal province, 즉 Meath주를 암시한다
* bouts→bout: ① contest 대결 ② end 끝 ③ period 기간,
  한동안
* Hebear: ① Éber or Heber 아일랜드를 침략한 수사슴(Mile-
  sian)의 전설적 우두머리이자 Éremon[Heremon]과 형제 ②
  bear(곰)→HCE의 선술집에 있는 곰가죽 깔개[무릎 덮개]

• Hebear[Eber] -wikipedia

| 014:36 | and Hairyman the cornflowers have been staying at Ballymun, |
|---|---|
| | 이후로 고몬드 성문城門은 발리문 마을에 줄곧 그 자리를 지키고 있다. |

* Hairyman: ① Éremon or Heremon 아일랜드를 침략한 마일리시아(Milesian)의 전설적 우두머리이자 Éber와 형제 ② hairy man=Esau의 별칭(Isaac과 Rebecca의 맏아들, 동생 Jacob 에게 상속권을 팔았음)【003:11】

* cornflowers: ① gormán=Gormond's Gate 더블린 옛 성벽의 성문(城門) ② cornflower 수레국화[선용초]

* Ballymun=Baile Munna 더블린 북쪽의 마을

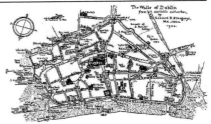

• Gormond's Gate -Wikipedia

| 015:01 | the duskrose has choosed out Goatstown's hedges, twolips have |
|---|---|
| | 들장미는 고트타운의 울타리를 선택했고, 튜올립은 황혼의 땅, |

* duskrose: ① muskrose=rosa moschata 사향 장미 ② dogrose=rosa canina 유럽 찔레[들장미]

* choosed: ① chewed: goats chew hedges 염소가 울타리를 물어뜯다 ② chased 추적하다 ③ chosen 선택하다

* Goatstown=Baile na nGabhar 더블린 남부의 마을

* twolips: ① tulips 여기에서는 rose(장미) ② two lips=chewing goat 물어뜯는 염소 ③ Tudor Rose 헨리 8세(Henry VIII)

The White Rose of the House of York

The Red Rose of the House of Lancaster

• Wars of Roses -slideserve

는 흰색 장미(York)와 붉은 장미(Lancaster)를 결합하여 장미전쟁(1455-1485: 모든 귀족이 두 파로 갈려 싸운 붉은 장미 문장(紋章)의 Lancaster가(家)와 흰색 장미의 York가의 왕위 계승 싸움. Lancaster가의 Henry가 York가의 Elizabeth와 결혼하여 화해하고 Tudor 왕조를 열었음.)을 끝냈다【022:03】 ④ Jesus Betrayed by Judas with a Kiss: 최후의 만찬이 끝난 후 유다가 겟세마네 동산에서 예수에게 입맞춤하는 것을 신호로 유대교 산헤드린(Sanhedrin)의 대사제와 율법학자와 원로들이 보낸 무리들 이 예수를 잡아가게 함으로써 유다는 예수를 배반함

| 015:02 | pressed togatherthem by sweet Rush, townland of twinedlights, |
|---|---|
| | 향기로운 루스 마을 옆에 서로 뒤엉켜있다. 흰 가시 장미와 |

* togatherthem: ① together themselves 그들 자신들이 함께 ② to gather them 그들을 모으다 ☞ Tudor Rose【015:01】, Jesus and Judas【015:01】

* sweet Ruth: ① sweet rush 창포 ② Rush 튤립 재배지인 더블린 동부의 한 마을 '아일랜드 속의 네덜란드(Holland in Ireland)'

* townland 영역 분할[County내의 지방 행정구역]

* twinedlights: ① twilight (땅거미 비슷한) 희미한 빛 ② twinned 쌍으로 된[결합한] ③ twined lights 엉

| 015:03 | the whitethorn and the redthorn have fairygeyed the mayvalleys |
|---|---|
|  | 붉은 가시 장미는 녹마문에 있는 5월의 계곡을 서로 다른 빛깔로 |

* whitethorn: ① whitethorn=hawthorn 산사나무  ② Whitethorn road 더블린의 거리  ③ House of York 요크가家(1461~1485): 영국의 왕가. 장미전쟁 때 흰색 장미를 문장(紋章)으로 삼음.  ④ Christ's Crown of Thorns 그리스도의 가시면류관: 'The whitethorns do not draw blood' 'This is my body'
* redthorn: ① House of Lancaster  ② Christ's Crown of Thorns: 'The red thorns have drawn blood.', 'This is my blood'
* fairygeyed: ① variegated 잡색의[다채로운]  ② fairy-eyed 요정의 눈  ③ fairground 축제 마당[박람회장]
* mayvalleys: ① May valleys 5월의 계곡  ② Moyvally[Moyvalley] 카운티Kildare, 카운티Meath, 카운티Carlow에 있는 마을

| 015:04 | of Knockmaroon, and, though for rings round them, during a |
|---|---|
|  | 물들이고 있다. 하지만 그들 주위 사방에는, 천체가 태양에 가장 근접하는 |

* Knockmaroon: ① Cnoc na Marbhán=the Hill of the Corpses(시체의 언덕) 더블린 서쪽 피닉스 공원의 북서쪽 모퉁이에 있는 마을  ② Knock 카운티 Mayo에 있는 순례 장소 ☞ knock[앵글로-아이리쉬어]=hill 언덕; cnoc[아일랜드어]=hill 언덕
* rings round them: ① rings'rum=all around 사방에  ② run rings round=outclass completely 압도하다  ③ fairy rings 요정의 고리(풀밭에 버섯이 둥그렇게 나서 생긴 검푸른 부분. 요정들이 춤춘 자국이라고 믿었음.)  ④ ring around the roses=Ring a Ring o'Roses 아이들이 손에 손잡고 원을 그리며 돌면서 부르는 노래 ☞ rings round 둥그렇게 하다→perihelygangs=peri hēlioi[그리스어]태양 주위+gang[독일어] 움직임

| 015:05 | chiliad of perihelygangs, the Formoreans have brittled the too- |
|---|---|
|  | 천 년 동안, 포모레 거인 종족은 투아타 데 다낭 반신 종족과 맞서 전투를 |

* chiliad: ① chiliad 천 년(millennium), 천(1,000)  ② Iliad 일리아드(Homer의 Troy 전쟁을 읊은 장편 서사시) ☞ chilly 쌀쌀[냉랭]한; children
* perihelygangs: ① perihelion 근일점(近日點): 태양계의 천체가 태양에 가장 근접하는 위치  ② peri hēlioi=around the Sun  ③ gang=going 【015:04】 ☞ Tim Healy 아일랜드 정치인으로 Charles Stewart Parnell의 적수
* Formoreans→Fomorians(아일랜드어는 Fomaire) 원래 아일랜드에 살고 있던 거인 종족. 서쪽에서 온 투아타 데 다낭(Tuatha De Danann)과의 몇 차례에 걸친 싸움 끝에 쫓겨난다. 자연이 가진 악의(惡意)와 암흑(暗黑)의 힘을 상징하는 신(神)들과 종종 동일시되기도 한다.

• Tim Healy -wikipedia

* brittled→battled 전투를 벌이다

| 015:06 | ath of the Danes and the Oxman has been pestered by the Fire- |
|---|---|
| | 벌였고, 오스트맨 종족은 피르볼그 종족으로부터 괴롭힘을 받았다. |

* tooath of the Danes: ① Tuatha Dé Danann 거인의 종족 '포모레(Fomo-rians)'를 패배시켜 아일랜드 황금시대를 다스린 신[반신(半神)의 민족] ② Danes 9세기~12세기 사이 더블린에 정착한 덴마크 바이킹 (Danish Vikings) ☞ Bluetooth=Harald Bluetooth Gormson 10세기 덴마크 왕
* Oxman: ① Oxmen *Book of Invasions*에 따르면, Partholón의 추종자들은 대홍수(Flood) 이후 아일랜드를 최초로 침공했다고 말하지만 Fomorians는 이미 그곳에 있었다. Seathrun Céitinn[Geoffrey Keating]은 Ciocal이 이끄는 Fomorians가 200년 전에 도착했고 파르톨로니아인(Partholonians)들이 쟁기와 소를 가지고 도착할 때까지 물고기와 새를 먹고 살았다. ② Ostman(→Eastmen) 바이킹: 더블린에 정착한 덴마크인들 ③ Oxmantown 더블린 리피(Liffey)강의 반대편에 있는 교외로 지금은 도시의 노스사이드(Northside)에 해당한다. 12세기의 바이킹[오스트맨(Ostman)]에 의해 설립되었으며, 원래는 Ost-manby 또는 Ostmantown으로 알려졌다.
* pester 괴롭히다, 고통을 주다
* Firebugs: ① Fir Bolg(피르볼그) 그리스에서 아일랜드로 이주해 온 켈트족 이전의 종족으로서 고대 아일랜드의 세 번째 왕조를 구축했다. 당초에 포모리안(Fomorian)에게 패하고 반신족(半神族) Tuatha DeDanann에게 추방당했다. 그 이름은 Men of Bags, Men with Spears, Men of the Thunderbolt 등 다양한 어원을 갖고 있다. ② firebug=arsonist 방화범

| 015:07 | bugs and the Joynts have thrown up jerrybuilding to the Kevan- |
|---|---|
| | 거인 종족들은 날림 건물을 하늘 높이까지 급하게 지어 올렸다. |

* Joynts: ① giants 거인 ② joints 관절 ③ Joyce 조이스
* thrown up→throw up: ① give up 포기하다 ② erect hastily 급하게 세우다 ③ vomit 구토하다
* jerrybuilding→jerrybuild (건물을) 날림으로 짓다, 어름어름 해치우다→Jerry=Shem
* Kevanses: ① to the heavens: The Tower of Babel 바벨탑(바벨에 사는 노아의 후손들이 대홍수 후 하늘에 닿는 탑을 쌓기 시작하였으나 여호와가 노하여 그 사람들 사이에 방언을 쓰게 하니, 서로 말이 통하지 아니하여 공사를 마치지 못하게 되었다) ② Kevin=Shaun ③ St Kevin's Gate 더블린의 옛 성문

| 015:08 | ses and Little on the Green is childsfather to the City (Year! |
|---|---|
| | 리틀 그린 마켓은 더블린시의 아버지 격이다 (옳소! |

* Little on the Green: ① Little Green Market=market Dublin 더블린 시장 ② Loreto on the Green=school and convent on St Stephen's Green, Dublin 세인트 스티븐 그린에 있는 학교와 수녀원 ③ litter on the green 잔디 밭 위의 쓰레기
* childsfather→William Wordsworth(1770~1850)의 「The Rainbow」 구절: 'The child is father to the man'
* Year! Year! And laughtears!: ① (Hear hear!) 옳소! 옳소!: 'Blue Books(영국 의회 또는 정부의 보고서)'의 괄호

안에 기록된 흔한 감탄사 ② (laughter) 웃음소리, (일방적) 승리[낙승] ③ laughtears=tears of laughter 너무 웃는 바람에 스며 흐르는 눈물

| 015:09 | Year! And laughtears!), these paxsealing buttonholes have quad- |
|---|---|
| | 옳소! 그리고 웃음소리!), 이 봉랍 단추 구멍 장식 꽃들은 수세기에 걸쳐 |

* paxsealing: ① peace-sealing 평화 조인(調印) ② 'sealingwax buttons'【404:23】봉랍封蠟단추 ③ pacts 조약
* buttonholes (양복 상의의 접혀 있는)옷깃의 단추 구멍에 꽂는 장식꽃
* quadrilled: ① quarrelled 말다툼하다 ② quadrilled(카드리유): 네모꼴을 이루며 네 명이 짝지어 추는 프랑스에서 기원한 고풍(古風)의 춤 ③ quadrille (모눈종이처럼 직선이 서로 직각으로 교차하여) 사각형을 이룬(무 늬·직선): ALP의 편지가 이런 종류의 종이에 쓰여짐【114:02】

| 015:10 | rilled across the centuries and whiff now whafft to us, fresh and |
|---|---|
| | 카드리유 춤을 췄다. 그리고 킬러루 마을 전야, 상큼하고 만면에 |

* whiff (잠깐 동안) 훅 끼치는[풍기는] 냄새, (바람·연기 등의) 한 번 불기
* whafft→waft (바람이) 살랑살랑 불다, (공중에서 부드럽게) 퍼지다

| 015:11 | made-of-all-smiles as, on the eve of Killallwho. |
|---|---|
| | 미소 짓게 만드는 향기가 지금도 우리에게 전해온다. |

* made-of-all-smiles: ① maid-of-all-work 집안일을 돌보는 가정부 ② made of all smiles 온통 미 소 띤: 전쟁은 수세기가 지나고 나면 잔인성을 잃고 감동적인 낭만적 감정만을 남긴다
* Killallwho: ① Killaloe→카운티 Clare에 있는 마을. 브라이언 보루(Brian Ború: 1011년 4개 지역으로 나뉘어 있 던 아일랜드를 최초로 통일한 전설적인 왕)의 궁전 터. ② kill all 모두 살해하다

| 015:12 | The babbelers with their thangas vain have been (confusium |
|---|---|
| | 언어와 함께 바벨탑은 (언어 혼란이 탑 쌓기를 중단시켰다!) 쌓아지다가 |

* babbelers→babblers 수다쟁이 ☞ Tower of Babel 바 벨탑 건설은 결국 혼돈(confusion of tongues→confusium, than- gas) 속에서 막을 내리고 인간들은 불신과 오해 속에 서 로 다른 언어들과 함께 전 세계로 뿔뿔이 흩어지게 되 었다
* thangas vain: ① teanga[아일랜드어]=tongue[lan- guage] 언어 ② Thing Mote: Viking Dublin의 집결지
* confusium: ① 'let us go down and confuse their language so they will not understand each oth-

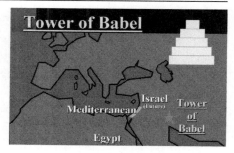

• Tower of Babel -ebibleteacher

er(우리가 내려가서 거기에서 그들의 언어를 혼란시켜 그들이 서로의 말을 알아듣지 못하게 하자)'《창세기 11장 7절》 ② Confucius=Chinese sage 유교(Confucianism)의 창시자=공자(孔子)

| 015:13 | hold them!) they were and went; thigging thugs were and hou- |
|---|---|
| | 허망하게 무너졌다. 생각이 있는 악한들이었고 이성을 가진 마족의 |

* Thigging thugs→tuigeann tú〔아일랜드어〕 =you understand 알아듣다: 아일랜드어를 쓰는 켈트족 정착민 ☞ tigge〔덴마크어〕=beg 구걸하다 ☞ Thug 인도의 도둑, 암살자→thigging thugs=thinking gangster 생각이 있는 악한惡漢
* Houhnhymn→Houyhnhnms(휘넘): Jonathan Swift의 *Gulliver's Travel*(걸리버 여행기)에 나오는 인간과 같은 이성을 가진 마족(馬族)으로서, 인간의 모습을 한 YAHOOS를 지배함

• Houyhnhnms & Yahoo -Wikimedia Commons

| 015:14 | hnhymn songtoms were and comely norgels were and pollyfool |
|---|---|
| | 성가였으며 공정한 노르웨이인들이었고 장난기 많은 약혼녀들이었다. |

* songtoms: ① symptoms 증상 ② songs=hymn 찬송가 ③ sanctum〔라틴어〕=holy 거룩한
* comely norgels→comely norgels=fair Norsemen 공정한 노르웨이인 ☞ comely=pretty 예쁜, 어울리는 ☞ Nörgler〔독일어〕=grumblers 투덜대는[불평하는] 사람, 불평당원(17세기 후반 Court Party에 반대한 Country Party 당원의 별명)
* pollyfool fiansees→parlez-vous Français?〔프랑스어〕=do you speak French? 당신은 프랑스말을 할 줄 아세요?: 이는 노르만족(Normans)의 아일랜드 상륙을 말한다 ☞ pollyfool fiansees=playful fiancees 장난기 많은[명랑한] 약혼녀

| 015:15 | fiansees. Menn have thawed, clerks have surssurhummed, the |
|---|---|
| | 남자들은 부드러워졌고, 성직자들은 낮은 목소리로 말을 했으며, |

* Menn=men 남자들
* thawed: ① thought 생각하다 ② 완화되다, 누그러지다
* clerks: ① clerk=clergyman[priest] 성직자 ② cleric 성직자
* surssurhummed: ① sussurrare〔이탈리아어〕=whisper 속삭이다 ② hummed "sir, sir" 우물거리며 말하다 ③ susurrus〔라틴어〕=humming[whispering] 중얼거리다, 낮은 목소리로 말을 걸다[이야기하다]

| 015:16 | blond has sought of the brune: Elsekiss thou may, mean Kerry |
|---|---|
| | 금발 미녀들은 구릿빛 남자들을 탐했다. 당신, 나를 사랑하시나요? |

* brune: ① brune〔프랑스어〕=brown 갈색 ② brume〔프랑스어〕=fog 안개 ☞ The blond invaders (comely norgels or Norse) desire the brunette women of Ireland→금발의 침략자(노르웨이인)들은 아일랜

드의 구릿빛 여자[피부는 황갈색, 눈과 머리는 갈색 또는 검은빛의 여자]들에게 욕정을 느꼈다

* Elsekiss thou may, mean Kerry piggy?→elsker du mig, min kaere pige?[덴마크어]=do you love me, my dear? 자기, 나 사랑해? ☞ Kerry 아일랜드 남서부의 카운티

| 015:17 | piggy?: and the duncledames have countered with the hellish fel- |
| --- | --- |
| | 검은 피부의 듭갈 이교도들이 흰 피부의 핑갈 이교도들과 마주했다. |

* duncledames: ① dunkel=dark ② Danes=dark Danes= Dubgaill 아일랜드섬에 정착한 어두운[검은]이 방인 ☞ 듭갈(중세 아일랜드어로 Dubgaill)과 핑갈(중세 아일랜드어로 Finngaill)은 각각 아일랜드섬에 정착한 바이킹과 브리튼섬에 정착한 바이킹을 가리키는 중세 게일어 표현. 직역하면 각각 '어두운 이방인[Dark Foreigners=Danish Vikings]'과 '밝은 이방인[Fair Foreigners=Nor-wegian Vikings]'이라는 뜻. ☞ 'Tetact Dubgennti du Ath Cliath co ralsatár mór du Fhinngallaibh'='The dark heathens came to Áth Cliath, made a great slaughter of the fair-haired foreigners(어두운 이교도들이 더블린에 도래하여 밝은 머리칼 이교도들을 많이 죽였다)'

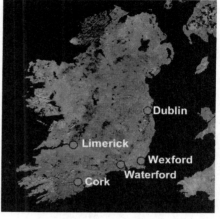

• Viking Settlement -Viking Ship Museum

* countered with=met with
* hellish fellows: ① hell[독일어]=bright[fair] 흰 피부의[금발의]→Finngaill ② To Hell or Connacht=Connacht: 1652년 아일랜드인들은 잉글랜드로부터 이주해 온 3,000명의 청교도인들을 살해했고, 이는 아일랜드 대탄압의 시발점이 되었다. 올리버 크롬웰은 'to hell or to Connacht(지옥 아니면 코너트)'라고 하면서 아일랜드인들을 탄압했다(코너트는 아일랜드 서부 지역으로 농사를 지을 수 없는 척박한 지대). 이때 수많은 정통 아일랜드 사람들이 코너트(서부 지역)으로 이주하게 됐는데, 이것이 현재 서부 지역에 게일어(Gaelic)를 사용할 수 있는 사람들이 있는 이유다. ☞ Hail fellow, well met 만나서 반가워요→hail-fellow-well-met 겉치레로[거북살스럽게] 친절한

| 015:18 | lows: Who ails tongue coddeau, aspace of dumbillsilly? And they |
| --- | --- |
| | 당신의 선물은 어디에다 둔 거예요, 바보 같은 사람아? 그리고 그들은 |

* Who ails tongue coddeau, aspace of dumbillsilly?→où est ton cadeau, espèce d'imbecile?[프랑스어]=where is your gift, you imbecile? 네 선물은 어디에 있는 거냐, 바보야?

| 015:19 | fell upong one another: and themselves they have fallen. And |
| --- | --- |
| | 서로를 공격했다. 그리고는 그들 스스로 추락했다. |

* upong: ① upon: fall upon=rush upon[assault] 돌진[급습]하다 ② pong 고약한 냄새, 악취

| 015:20 | still nowanights and by nights of yore do all bold floras of the |
|---|---|
| | 요즈음에도 여전히 그리고 예전에도 들판의 암팡진 식물들은 동물 무리에게 |

* nowanights→nowadays=in these times 이런 시절[시대]에
* by nights of yore→in days of yore=in olden times 옛날에, 예전에
* bold 선명한, 굵은, 암팡진, (여성·여성의 태도가) 뻔뻔스러운
* floras: ① flora (고대 로마의) 꽃의 여신  ② (한 지방 또는 한 시대에 특유한) 식물(군)↔fauna(한 지역·특정 시대의) 동물상(動物相)

| 015:21 | field to their shyfaun lovers say only: Cull me ere I wilt to thee!: |
|---|---|
| | 이 말만 던진다. '내가 당신을 선택하기 전에 당신이 나를 선택해주세요!' |

* filed 들판, 활동 무대, 경쟁의 마당
* shyfaun: ① fauna (한 지역 또는 한 시대의) 동물의 무리  ② fawn=young deer 새끼 사슴  ☞ Sinn Féin=Irish political party 아일랜드의 가톨릭계 민족주의 정당. 북아일랜드 가톨릭계 주민의 독립과 지위 향상을 목적으로 영국 및 북아일랜드 내 신교도와 투쟁하고 있는 아일랜드공화국군(IRA)의 정치조직이다. 신페인은 '우리들 자신'이라는 뜻을 가진 아일랜드어. 정치·경제·사회·문화 등 각 분야에서 구체적인 자립 정책을 내세워 독립을 지향하며, 당수는 게리 애덤스다. 2007년 신교도 정당인 민주연합당(DUP)과 함께 권력을 공유하는 북아일랜드 자치 정부를 출범시켰다. ☞ Shaun and Shem: Shem은 수줍음 타는 인물

• Sinn Fein -An Phoblacht

* Cull me ere I wilt to thee!→call me ere I will to thee 내가 하기 전에 당신이 나를 소환하시오 ☞ cull: ① 모으다, 선택하다  ② 구성원 중 일부를 선택적으로 죽여서 무리의 동물 수를 줄이는 것

| 015:22 | and, but a little later: Pluck me whilst I blush! Well may they |
|---|---|
| | 하지만 잠시 후에는 '내가 붉게 타오를 때 나를 가져요!' 아마 금방 시들지도 |

* pluck me=fuck me 나를 가져요→pluck (꽃을) 꺾다[따다]
* whilst=while
* blush 얼굴을 붉히다, 수줍어하다[부끄러워하다], 붉게 타오르다

| 015:23 | wilt, marry, and profusedly blush, be troth! For that saying is as |
|---|---|
| | 몰라요, 저런, 완전히 붉어졌네, 맹세코! 왜냐하면 그건 오래전부터 전해 |

* wilt (화초가) 시들다, (사람이) 풀이 죽다 ☞ will의 직설법 2인칭 단수 현재형
* marry: ① wed 결혼하다  ② Marry!=mild oath 아니!, 저런!, 맹세코(Virgin Mary의 완곡 어법에 의한 변형)
* profusedly: ① profusely=abundantly 풍부하게  ② profusively=lavishly 아낌없이  ③ professedly=avowedly 분명히, 완전히
* be troth!: ① betrothed 결혼을 약속한  ② by my troth! 맹세코!  ③ be true 진실하다

| 015:24 | old as the howitts. Lave a whale a while in a whillbarrow (isn't |
| --- | --- |
| | 내려오는 말이기 때문이다. 고래는 잠시 외바퀴 손수레에 그대로 두어라 (내가 |

* howitts→howitz=cannon(곡사포)+old as the hills=very old(매우 오래된)
* Lave: ① leave 떠나다  ② lave〔프랑스어〕=wash 씻다  ③ 돌보지 않다
* a while=for a (short or moderate) time 잠깐 동안
* whillbarrow→wheelbarrow 외바퀴 손수레: Molly Malone은 손수레를 끌고 더블린의 '넓고 좁은 거리'를 다녔다 ☞ 아일랜드 전래동화에 나오는 몰리 말론은 17세기 더블린에서 가난을 이기기 위해 낮에는 생선을, 밤에는 몸을 팔다가 병에 걸려 어린 나이에 숨을 거두고 만다. 이후 거리에는 몰리의 유령이 생선 손수레를 끄는 소리가 들렸다고 한다. 이 동화에서 몰리 말론은

• The tart with cart -wikipedia

식민지 시절의 아일랜드인을 상징한다. 더블린의 서폴크가(Suffolk Street)와 그래프턴가(Grafton Street)사이에 동상[매춘부와 수레(The tart with cart)]이 있다.

| 015:25 | it the truath I'm tallin ye?) to have fins and flippers that shimmy |
| --- | --- |
| | 당신에게 말한 게 진실 아닌가요?) 그래서 고래수염을 떨면서 흔들 수 있게. |

* isn't it the truath I'm tallin ye?→Wasn't it the truth I told you? 민요 <Finnegan's Wake> 가사 ☞ tall tale=false tale 터무니없는[거짓] 이야기 ☞ trua〔아일랜드어〕=pity 연민
* fins and flippers→whalefin=whalebone 고래수염, 고래수염으로 만든 제품(여자 코르셋 보강재 따위)
* shimmy and shake: ① shiver and shake (몸을) 떨고 흔들다  ② Welt the flure, yer trotters shake 민요 <Finnegan's Wake> 가사 ☞ shimmy: ① chemise 슈미즈(여자용 속옷)  ② foxtrot 폭스트롯(사교댄스의 일종)

| 015:26 | and shake. Tim Timmycan timped hir, tampting Tam. Fleppety! |
| --- | --- |
| | 팀 피네간이 그녀를 유혹했다, 유혹하는 팀. 털썩! |

* Tim Timmycan→Tim Finnegan 민요 <Finnegan's Wake>의 주인공이면서 HCE의 모델 ☞ tin can 양철 깡통
* timped: ① timpani=kettledrums 반구형의 큰 북. 몸체 둘레의 나사로 음률을 조절하는데, 음률이 서로 다른 케틀드럼 한 세트를 보통 팀파니(timpani)라고 부름.  ② timped→tempted 유혹하다
* hir〔중세 영어〕=her 그녀
* tampting: ① tempting 유혹하는  ② tamping 발파공 틀어막기(폭약을 넣은 후 흙 등으로 막음)  ③ tampon 탐폰(지혈·분비물 흡수에 쓰이는 솜 따위로 된 마개)
* Tam: ① Tim=Tim Finnegan=HCE  ② Tam o'Shanter(원래 스코틀랜드에서 쓰던) 빵모자 ☞ Robbie Burns의 시 「Tam o'Shanter」에서 마녀로부터 간신히 탈출하는 주인공
* Fleppety!→flop 펄썩[털썩] 떨어짐[쓰러짐]

| 015:27 | Flippety! Fleapow! |
|---|---|
| | 휘릭! 벼룩 딱! |

* Flippety!→flip ① 〔미국 속어〕=beggar 거지: thigging thugs【015:13】 ② 휘릭[홱] 움직이다
* Fleapow!→flea powder 벼룩 약, 가루약, 가짜 마약 ☞ pow 펑[딱](하는 소리)


| 015:28 | Hop! |
|---|---|
| | 폴짝! |

* Hop! 여기저기 뛰어 다니다→벼룩 한 마리가 HCE 와 ALP의 침대 위를 뛰어다니다 ☞ HCE의 침대
  에 있는 벼룩(siglumS)은 HCE의 피를 빨아먹는 흡혈 기생충(bloodsucking parasite). 작품 속에서 그의 주요
  역할은 선술집의 하인(manservant) 또는 바텐더 '늙은 조(Old Jo)'이다. 그는 늙고 부패했으며 거지(beggar)
  로 불린다(벼룩으로 등장하기 전에 구걸에 대한 언급이 나옴: thigging thugs【015:13】, Flippety!【015:27】). 그는 또한 에덴동산
  의 뱀(serpent)과 동일시된다(HCE와 ALP는 곧 아담과 이브임). 그는 외국 침략자들에 의해 정복되어 노예가 된
  아일랜드와 더블린의 토착민(indigenous inhabitants)을 상징한다. 그는 야만적(bestial)인 '원숭이(ape)'로 불
  리기도 하고, 셰익스피어의 『윈저의 즐거운 아낙네들(The Merry Wives of Windsor)』에 나오는 곰(bear)의 이
  름을 따라 Sackerson(곰 주인의 이름이 John Sackerson)이라고 불린다. 침실의 그는 또한 St Michael의 그림
  과 벽난로 선반 위의 용(Dragon) 그림【559:11~12】에서 용[사탄]을 연상시키며, Michael은 HCE가 된다(아
  니면 Shem과 Shaun). S는 또 위협적인 경찰이 되기도 한다. 1권에서 그는 Shem을 괴롭히는 일에 자주 연
  루되어 있지만 3권에서는 Shem과 동일시된다. S는 네 명의 노인(Four Old Men)을 꼭 동반하는 당나귀
  (Ass[Donkey])가 되기도 한다.

# 5) Mute and Jute
뮤트와 쥬트

**[015:29~018:16]**

| 015:29 | In the name of Anem this carl on the kopje in pelted thongs a |
|---|---|
| | 아담의 이름으로, 털가죽 끈을 달고 작은 언덕 위에 혼자 있는 이 시골뜨기가 |

* Anem: ① ainm〔아일랜드어〕=name 이름  ② anemos〔그리스어〕=wind 바람  ③ Adam 아담
* carl: ① carl[carle]=churl 신분이 낮은 사람, 시골뜨기[사나이]  ② Kerl〔독일어〕=guy 녀석
* kopje: ① kopje〔네덜란드어〕=small hill 작은 언덕  ② kopje〔러시아어〕=spear 창
* pelted: ① peilt=felt[fabric] 펠트(모직이나 털을 압축해서 만든 부드럽고 두꺼운 천)  ② belted 띠[벨트]를 두른  ③ pelted=stoned 술에 만취된, 마약에 취한
* thong=strap of hide[leather] 가죽끈, 끈 팬티

| 015:30 | parth a lone who the joebiggar be he? Forshapen his pigmaid |
|---|---|
| | 꼽추 하인인가? 그의 변형된 피그미 비슷한 모습의 |

* a parth a lone→Parthalón[parhalon]=mythical postdiluvian colonizer of Ireland 홍수 후 아일랜드의 신화적인 식민지 개척자: ① apart[alone] 따로[혼자]  ② path alone 혼자의 길
* joebiggar: ① Joseph Biggar 파넬(Parnell)을 지지했던 벨파스트의 꼽추 장로교 의원  ② Jo=HCE's manservan ☞ beggar→Hop![015:28]
* Forshapen: ① forshapen〔고어〕=transformed 변형된, 변신한  ② misshapen=illshaped[deformed] 기형의[보기 흉한]
* pigmaid→pygmoid 피그미 비슷한[모습의]

| 015:31 | hoagshead, shroonk his plodsfoot. He hath locktoes, this short- |
|---|---|
| | 돼지머리, 움츠린 그의 평발. 그는 파상풍에 걸렸고, 정강이가 |

* hoagshead→hogshead=large cask 큰 통: 'siglumS'는 술집의 허드렛일꾼과 HCE 같은 술고래
* shroonk=shrunk 오그라든, 움츠린
* plodsfoot→plod=heavy tiring walk(지쳐서 터벅터벅 걷다)+Plattfuss=flat foot(평발)
* locktoes: ① lakat〔세르비아어〕=elbow 팔꿈치  ② lockjaw (턱이 뻣뻣해지는) 파상풍
* shortshins: ① short+shin(정강이)  ② longshanks 키 큰 영국의 에드워드 1세에 붙여진 별명

| 015:32 | shins, and, Obeold that's pectoral, his mammamuscles most |
|---|---|
| | 짧았으며, 그리고, 오 보라! 저 가슴근육, 그의 엄청난 |

* Obeold: ① O behold! 오 보라(Look!)  ② O, by all 오, 모두...

* pectoral: ① spectral 유령[귀신] 같은  ② pectoral 가슴의, 가슴근육
* mammamuscles: ① mamma〔라틴어〕=breast 가슴  ② mammary 유방의

| 015:33 | mousterious. It is slaking nuncheon out of some thing's brain |
|---|---|
| | 가슴근육. 그것은 모종의 두개골로부터 가볍게 음식을 핥고 있다. |

* mousterious: ① mysterious 신비로운  ② monsterous 괴물 같은[엄청난]  ③ mouse=musculus (라틴어): muscle은 문자 그대로 '생쥐(little mouse)'의 뜻 ☞ Mousterian 프랑스에 있는 동굴 Le Moustier 의 이름을 따서 명명된 네안데르탈인 문화→이 단락에 나타난 네안데르탈 관련 표현: pelts, pigmaid hoagshead, short-shins, plodsfoot, brain pan
* slaking: ① slake=quench 갈증을 풀다, 굶주림을 채우다  ② slake〔스코틀랜드어〕=lick 핥다  ③ taking 취득[획득]
* nuncheon: ① nuncheon=slight repast 가벼운 식사[음식]  ② luncheon=lunch 점심
* brain pan=skull 두개골[머리], (갑옷의) 투구

| 015:34 | pan. Me seemeth a dragon man. He is almonthst on the kiep |
|---|---|
| | 내가 보기에 그는 분명 안내자인 것 같다. 그는 주로 이곳에 자신의 |

* Me seemeth=it appears[seems] to me 분명히…인 것 같다
* dragon man: ① Dragon Man 블레이크(William Blake: 1757~1827)의 *The Marriage of Heaven and Hell*(천국과 지옥의 결혼)의 등장인물  ② drago-man 통역사[안내자]→siglum S는 Four Old Men's Ass와 동일시되며, 『경야』에서 그는 가끔 안내자[통역사] 역할을 한다 ☞ dragon→HCE 침실 벽난로 위 그림 속에서 성 미카엘 대천사(St Michael the Archangel)에게 살해당하는 용(즉, 사탄)
* almonthst: ① almost 거의  ② all months 모든 달(月)
* kiep→clear(확실한)+keep(보존[유지])+on the qui vive(바짝 주의를 기울이는)

| 015:35 | fief by here, is Comestipple Sacksoun, be it junipery or febrew- |
|---|---|
| | 구역인 색슨 경찰인데, 1월이거나 혹은 2월이거나, 3월이거나 혹은 |

* fief=a feudal estate 봉토(封土), 봉건 영지(봉건 시대에 노무를 제공하는 대가로 영주가 빌려주던 땅), 활동 영역
* by here→beiher〔독일어〕=moreover 게다가[더욱이]
* Comestipple Sacksoun: ① Constable Saxon 색슨 경찰  ② tipple 술을 (홀짝홀짝) 마시다  ③ comestible=edible 먹을 수 있는  ④ Sackerson 셰익스피어 시대 글로브 극장(Globe Theatre) 근처 곰 공원(Bear Pit)에 있는 곰→siglum S ☞ Shakespeare의 *The Merry Wives of Windsor*: 'I have seen Sackerson loose twenty times, and have taken him by the chain.(Sackerson이 풀려나 마음대로 돌아다니는 것을 20번이나 목격했고 그래서 그를 사슬로 묶었다)'【015:28】
* junipery: ① January 1월  ② juniper 노간주나무(진의 맛을 내기 위해 열매를 사용하는 상록 관목)
* febrewery: ① February 2월  ② brewery (맥주)양조장

| 015:36 | ery, marracks or alebrill or the ramping riots of pouriose and |
|---|---|
| | 4월이거나 혹은 비가 오는 달과 꽃이 만발하는 달 등 거의 모든 달에 |

* marracks: ① March 3월  ② arrack 아락술(중동 지방에서 야자즙·당밀 따위로 만드는 증류주)
* alebrill: ① April 4월  ② brillo=drunk[이탈리아어]술 취한  ☞ ale 에일(주로 병이나 캔으로 파는 맥주의 일종. lager보다 독하고 porter보다 약함.)
* ramping=violent[unrestrained] 날뛰는[억제되지 않는]
* riot 폭동[소란], 술 마시고 떠듦
* pouriose: ① Pluviôse=rainy 프랑스 공화국 달력의 다섯 번째 달(1월 21일-2월 19일)  ② downpour=heavy fall 폭우  ③ pour (술자리에서의 말장난) 붓다[술 따르다]  ☞ 1월(junipery), 2월(febrewery), 3월(marracks), 4월(alebrill)이 언급되고 나서, 1793~1805년의 프랑스 혁명 달력으로부터 두 달을 교차시키고 있고, 달력은 운이 맞는 3개월씩 4그룹으로 구성됨. Nivôse(눈의 달), Pluviôse(비의 달) 그리고 Ventôse(바람의 달)는 각각 4번째, 5번째 그리고 6번째 달로서 눈이 내리고 비가 오며 바람이 분다. 한편 pouriose=Pluviôse+pour(as in downpour)에서처럼, 석 달은 어미가 'ose'로 끝나고, 다른 석 달은 Floréal(꽃의 달), Frimaire(동짓달) 그리고 Fructidor(열매맺는 달)에서처럼 'F'로 시작됨. Froriose는 Floréal(꽃이 만발한)+roar(포효하는 바람, Ventôse)의 결합이다.

| 016:01 | froriose. What a quhare soort of a mahan. It is evident the mich- |
|---|---|
| | 활동한다. 참으로 별난 곰 족속이다. 그것은 은밀한 악행인 것이 분명하다. |

* froriose: ① fror[독일어]=froze 얼다  ② roar 휘몰아치는 바람→풍월(風月): 프랑스 혁명력 French Revolutionary Calendar의 제6월에 해당하는 2월 19일~3월 20일  ③ Floréal=flowery(꽃이 만발한) 프랑스 혁명력의 제8월에 해당하는 4월 20일~5월 20일
* quhare: ① quare[앵글로-아일랜드어]=queer 기묘한[별난], 남자 동성애자  ② quhare[중부 스코틀랜드어]=where, when 어디서, 언제
* soort[네덜란드어]=sort 종류, 분류
* mahan: ① mathúin[아일랜드 문학용어]=bear 곰  ② mahan[앵글로-아일랜드어]=bear 곰  ③ MacMahon 아일랜드인의 성은 일반적으로 곰의 아들(Son of the Bear)을 의미한다→『경야』에서 일반적으로 siglumS는 HCE의 남자 하인을 의미한다
* Mathgamain[Mathghamhain]: BrianBorú의 이복동생이자 Munster의 왕. 그의 이름은 '곰'을 의미. 그는 976년에 살해당한다. Brian이 복수를 하면서 978년에 Munster의 왕이 된다. ☞ Mahon=Christy Mahon: J.M. Synge의 희곡 *Playboy of the Western World*의 주인공→Joyce는 원래 Mahon으로 썼음
* evident=evidently 분명히
* michindaddy: ① miching[속어]무단결석  ② mich[독일어]=me 나를  ③ 'Marry, this is miching malicho. It means mischief.(글쎄, 이건 은밀한 악행이라는 거요. 범행이라는 뜻이지.)' 셰익스피어 『햄릿』(3:2:135): 에덴동산의 뱀처럼 siglumS는 악행의 근원(source of mischief)  ④ Nobodaddy=nobody(niemand)+daddy(vater) 블레이크(W.Blake)의 시 「To Nobodaddy」에서 God

| 016:02 | indaddy. Lets we overstep his fire defences and these kraals of |
| --- | --- |
| | 그의 화재 방호벽과 길게 갈라진 골수 뼈 마을은 지나쳐 가도록 하자. |

* Lets we: ① lest we 우리가 ~하지 않도록  ② let us=let's 우리 ~하자
* overstep=step over 지나쳐 가다(go beyond), (적당한 한도를) 넘다(exceed)
* fire defences: ① fire HCE의 선술집에서 남자 하인(Man Servant)이 불 관리의 책임자  ② four de-
fences 네 번의 방어[변론] ☞ 석기 시대에는 동굴 입구에 불을 지펴 놓은 것으로 전해진다.
* kraals→kraal[craal, kraul]: ① (남아프리카 토인의) 촌락(주위에 담을 두르고 중앙에는 가축을 기르기 위한 공터가 있는 집단생활
지)  ② 방벽, 진흙 벽, 울타리로 둘러싸인 원주민 마을

| 016:03 | slitsucked marrogbones. (Cave!) He can prapsposterus the pil- |
| --- | --- |
| | (조심해!) 그는 헤라클레스의 기둥으로 가는 바닷길을 |

* slitsucked→slit 가늘고 길게 째진 곳[갈라진 틈]+suck 빨아들이다[흡수하다]
* marrogbones: ① marrow bones 골수(骨髓) 뼈: 네안데르탈인은 골수 뼈를 깨뜨려서 빨았다  ②
mearóg[아일랜드어]=marrow pudding 호박 푸딩  ③ maróg[아일랜드어]=pot-belly 배불뚝이[올
챙이배]
* Cave!→① 네안데르탈인의 거주지. 남자 하인 S는 네안데르탈인과 동일시되고 있다: Mousterious
② (선생님 오신다) 조심해라  ③ (반항을 그치고) 굴복[항복]하다 ☞ 동굴(cave)의 입구에 불이 있으므로 조심
(cave!=beware!)하라.
* prapsposterus: ① perhaps post to us (안내문 등을) 게시[공고]하다  ② perhaps propose to us (계획·생
각을) 제안하다  preposterous 터무니없는

| 016:04 | lory way to Hirculos pillar. Come on, fool porterfull, hosiered |
| --- | --- |
| | 제안할 수도 있다. 자, 오늘은 기분이 어떠신가요, 선생님? |

* pillory way: ① the billowy way=the
sea 바다  ② the Pillory 중세 더블린의
Fishamble Street과 Saint Werburgh's
Street의 교차점에 있던 공공 처벌의 장
소; 칼(죄인의 머리와 두 손을 판자 사이에 끼워 거리
에 내놓고 많은 사람에게 보여 창피를 주던 옛날 형틀)
③ pillar-box=post-box (빨간) 원통형 우
체통→prapsposterus(=perhaps post to us)
【016:03】

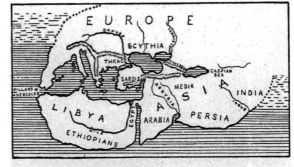

FIG. 11.—The world according to Herodotus.

• Hercules' Pillars –wikipedia

* Hirculos pillar: ① Hercules' Pillars 헤
라클레스의 기둥(Gibraltar 해협의 동쪽 끝에 해
협을 끼고 솟아 있는 두 개의 바위산. 헤라클레스가 갈라놓았다고 전해짐. 유럽 쪽의 Rock of Gibraltar와 아프리카 쪽의 Jebel Musa.)  ②
hirculus[라틴어]=little he-goat 새끼 숫염소
* Come on, fool porterfull, hosiered women blown monk sewer?: ① Comment vous por-
tez-vous aujourd'-hui, mon blond monsieur?=How are you today, my fair sir?(오늘 기분[몸]이 어떠
세요?)  ② full of porter 『경야의 서』에서 남자 하인 S는 언제나 술에 취해있다  ③ blond[프랑스어]

=blonde 금발[머리 여자]

| 016:05 | women blown monk sewer? Scuse us, chorley guy! You toller- |
| | 실례하겠어요, 바보 같은 사람! 당신 덴마크말 할 줄 아세요? |

* scuse us: ① excuse us 이해해 주세요 ② scusi![이탈리아어]=excuse me 실례합니다[미안해요]
* Chorley guy: ① Sorley Boy MacDonnell 16세기 반항적인 얼스터(Ulster)의 족장 ② churlish 야비한 ③ Carroll=Lewis Carroll[Charles Lutwidge Dodgson] 영국 동화 작가·수학자(1832~1898)
* tollerday donsk→taler de Dansk=do you speak Danish? 덴마크말 할 줄 아세요?

| 016:06 | day donsk? N. You tolkatiff scowegian? Nn. You spigotty an- |
| | 아뇨. 당신 스칸디나비아말은 할 줄 아세요? 아 아뇨. 당신 영어는요? |

* N.=No.
* tolkatiff: ① talkative 이야기하기 좋아하는 ② tolk[덴마크어]=translator 번역가 ③ tiff (애인·친구 간의) 사소한 말다툼 ☞ Tolka 더블린의 강
* scowegian: ① Scowegian=Scandinavian 스칸디나비아 ② Norwegian 노르웨이 언어 ☞ scow 대형 평저선(平底船, 흔히 거룻배·나룻배용)
* Nn.=No,→HCE와 마찬가지로 남자 하인 S도 일종의 죄책감으로 말을 더듬는다
* spigotty anglease: ① Spiggoty[no speaka de English][미국 속어]남아메리카 또는 중미의 스페인어권 국가 또는 미국의 스페인어권 지역 사회에서 온 사람을 경멸하는 미국 속어 ② Anglais[프랑스어]=English 영어 ③ do you speak English? 영어 할 줄 아세요?

| 016:07 | glease? Nnn. You phonio saxo? Nnnn. Clear all so! 'Tis a Jute. |
| | 아 아 아뇨. 앵글로·색슨 말은요? 아 아 아 아뇨. 분명해졌군! 당신은 쥬트. |

* phonio saxo: ① phōneō[그리스어]=I speak 나는 말한다 ② Saxon 색슨족(族): 독일 북부의 고대 민족으로 5세기~6세기에 ANGLES, JUTES와 더불어 영국을 침략하고 융합하여 앵글로·색슨족이 되었음 ③ Anglo-Saxon 앵글로·색슨 민족(5세기에 영국으로 이주한 Tuton족); 앵글로·색슨어(語)(Old English); (외래어 따위를 섞지 않은) 솔직하고 평이한 영어
* Nnnn→No: HCE와 루이스 캐롤처럼 남자 하인 siglum S는 말을 더듬는다→말더듬은 죄책감의 표시
* a Jute→the Jute 주트족(族)(약 5세기~6세기에 ANGLES, SAXONS와 함께 영국에 침입한 게르만족)

| 016:08 | Let us swop hats and excheck a few strong verbs weak oach ea- |
| | 우리 악수나 하고 피비린내 나는 전쟁에 관해 서로 |

* swop hats: ① shake hands 악수하다 ② swop hats 모자를 교환하다→신분(identity)을 바꾸다 【015:24~25】☞ swop=swap
* excheck: ① exchange 교환 ② échecs=chess 체스 ③ exchequer (영국)재무부, (개인·회사의) 재력
* strong verbs: ① strong words[language] 악담, 극단적인 표현 ② verbum[라틴어]=word 단어 ③

strong verbs 앵글로·색슨(Anglo-Saxon) 또는 고대 영어의 동사는 결합(conjugated)된 방식에 따라 강변화 동사(strong verbs) 또는 약변화 동사(weak verbs)로 분류된다

* weak: ① with ② weak verbs
* oach eather→each other 앵글로·색슨(Anglo-Saxon) 또는 고대 영어의 모음 변화(vowel-changes)는 강변화 동사의 특징을 보임. 예컨대 get, got; hold, held.

| 016:09 | ther yapyazzard abast the blooty creeks. |
|---|---|
| | 되는 대로 격렬한 의견을 주고받읍시다. |

* yapyazzard: ① haphazard 되는 대로, 우연히 ② yap 시끄럽게 지껄여대다, 심하게 잔소리하다 ③ jazz 19세기 말에서 20세기 초에 걸쳐 미국 흑인의 민속 음악과 백인의 유럽 음악의 결합으로 미국에서 생겨난 음악
* abast: ① avast!〔항해 언어〕=stop! 멈춰! ② basta!〔이탈리아어〕=enough! 충분히! ③ about 대략
* blooty: ① bloody 피가 나는 ② bloot〔독일어〕=naked 벌거벗은 ③ loot=pillage 약탈[강탈](하다)
* creeks: ① krieg〔독일어〕=war 전쟁 ② Greeks 그리스 사람[말] ③ creek 앨라배마 동부, 조지아 남서부 및 조지아 북서부 플로리다에 살던 아메리카 원주민 인디언 사람. 조지아(Georgia)에 크릭(Creeks)의 영토였던 더블린(Dublin) 마을이 있다.【003:08】 ☞ blooty creeks→blubby wares【013:34】

| 016:10 | Jute. — Yutah! |
|---|---|
| | 쥬트 — 이봐요, 당신! |

* Yutah!: ① Jute! 삼베 ② You there! 이봐 자네! ③ You too 당신도 역시 ☞ Utah 미국 서부의 주. 몰몬교로 알려진 예수 그리스도 후기 성도 교회 본산지로 유명하며 미국 전체에서 영국계 백인의 비율이 가장 높다.

| 016:11 | Mutt. — Mukk's pleasurad. |
|---|---|
| | 뮤트 — 대단히 기쁘군요. |

* Mukk's pleasurad: ① much pleasure had 큰 기쁨 ② muck 퇴비, 가축 분뇨 ③ muc〔아일랜드어〕=pig 돼지→Pigott(spigotty anglease) ④ surdus〔라틴어〕=deaf; sourd〔프랑스어〕=deaf 청각장애인

| 016:12 | Jute. — Are you jeff ? |
|---|---|
| | 쥬트 — 당신 귀머거리요? |

* jeff: ① deaf 청각장애인에게 귀먹었냐고 물어보는 Jute의 터무니없는 질문 ② Jeff=Mutt and Jeff ☞ Mutt and Jeff(뮤트와 제프): Mutt와 Jeff는 1907년에 데뷔한 미국 만화가 Henry Conway "Bud" Fisher(1885-1954)의 만화 *San Francisco Chronicle*에 Augustus Mutt와 Jim Jeffries로 등장한다. 1917년부터 '한 쌍의 어리석은 남자와 상냥한 패자(a pair of stupid men, affable losers)' 또는 '키가 큰 사람(Mutt)과 작은 사람(Jeff)'을 나타냈다. 노동자 계층의 두 사람은 술을 마시고, 도박을 하고, 아내와 불화를 겪는다.

• Mutt and Jeff -IMDb

| 016:13 | Mutt. — Somehards. |
|  | 뮤트 — 약간 그런 편이오. |

\* Somehards: ① somewhat 다소 ② hard of hearing=deaf 귀가 어두운 ③ sometimes 때때로

| 016:14 | Jute. — But you are not jeffmute? |
|  | 쥬트 — 하지만 당신은 농아자聾啞者가 아니잖소? |

\* Jeffmute→deaf-mute 귀먹고 벙어리인, 농아(聾啞)의

| 016:15 | Mutt. — Noho. Only an utterer. |
|  | 뮤트 — 그렇소. 단지 말을 더듬을 뿐이오. |

\* Noho: ① N-n-no 말더듬이가 말하는 'No' ② Noh 노오(能): 교겡(狂言, Kyōgen), 분라쿠(文樂, Bunraku), 가부키(歌舞伎, Kabuki)와 더불어 일본 전통극의 한 양식으로, 노오가쿠(能樂)라고도 불린다. 노오는 엄숙하고 제의적인 가무극(歌舞劇)의 일종으로, 일본의 남북조 시대(南北朝時代, 1336~1392)부터 무로마치 시대(室町時代, 1392~1573)에 걸쳐 성립되었으며, 원래 풍농을 기원하는 농민의 놀이였다. ③ Noah 구약성서 <창세기> 6장~9장에 기록되어 있는 홍수 설화의 주인공. '노아'란 당시 타락하고 부패한 세상에서 하나님의 위로가 함께하기를 기원하는 뜻에서 지어진 이름. ④ nohow=not at all
\* utterer: ① stutterer 말더듬이: HCE의 말더듬은 그의 죄책감의 표시 ② utterer 위조 화폐(counterfeit coins)의 사용자: 위조법(forger)으로서의 Shem the Penman과 Pigott ☞ utterer 발설[발언]자

| 016:16 | Jute. — Whoa? Whoat is the mutter with you? |
|  | 쥬트 — 뭐라고요? 무슨 일이 있었던 거죠? |

\* Whoa→whoa 워!, 워워!(소·말 따위를 멈추게 하는 소리)+how 어떻게, 여봐(아메리카 인디언 말을 흉내낸 인사말)

* Whoat: ① what 무엇  ② who 누구
* mutter: ① matter 문제[상황]  ② mutter=mumble 중얼[투덜]거리다  ③ Mutter=mother

| | |
|---|---|
| 016:17 | Mutt. — I became a stun a stummer. |
| | 뮤트 — 난 말-말더듬이가 되었소. |

* a stun a stummer: ① astonied=astonished 깜짝 놀란  ② Stummer[독일어]=mute 벙어리  ③ stummer=silent[sleeping] partner 익명 동업자(자금만 내고 업무에 관여하지 않는 동업자)  ④ stammer=stutter 말더듬이

| | |
|---|---|
| 016:18 | Jute. — What a hauhauhauhaudibble thing, to be cause! How, |
| | 쥬트 — 참 끔찍한 일이군요, 그건 틀림없어요! 어찌하여, |

* hauhauhauhaudibble: ① horrible 끔찍한  ② audible 귀에 들리는[들을 수 있는]  ③ h-h-h-h 쥬트가 뮤트의 말더듬거림을 조롱하는 표현
* to be cause: ① to be coarse 거칠게  ② to be sure 확실히  ③ because 때문에[왜냐하면]

| | |
|---|---|
| 016:19 | Mutt? |
| | 뮤트? |

* 『경야의 서』에는 Mutt와 Jeff의 대화가 본문에 3번: ▶Mutt and Jeff【016:10~018:16】 ▶Butt and Taff【338:05~354:21】 ▶Muta and Juva【609:24~610:32】 그리고 참고란에 1번 등장한다: ▶(mute and daft)【087:24】

| | |
|---|---|
| 016:20 | Mutt. — Aput the buttle, surd. |
| | 뮤트 — 전쟁 통에 이렇게 된 거요, 선생. |

* Aput: ① aput=upon, with  ② I put 놓다, 두다, 얹다 ☞ Gilbert와 Sullivan의 오페라 <Patience>에서 <The Soldiers of Our Queen>의 가사: "The soldiers of our Queen/Are linked in friendly tether/Upon the battle scene/They fight the foe together(우리 여왕의 병사들/친근한 밧줄로 연결되어 있다/전투 장면에서/그들은 함께 적과 싸운다)"
* buttle: ① bottle 남자 하인 S는 HCE의 선술집에서 빈 술병 치우는 일을 맡고 있다  ② buttle 집사 노릇을 하다  ③ battle Mutt는 자신의 청각장애가 전쟁의 시끄러운 소음에 의한 것임을 암시
* surd: ① sir  ② surdus=deaf  ③ surd=deaf 귀가 먼  ④ scene (전투)장면→Aput

| | |
|---|---|
| 016:21 | Jute. — Whose poddle? Wherein? |
| | 쥬트 — 무슨 전쟁이었소? 거기가 어디요? |

* poddle: ① bottle 병[술]  ② battle 전투  ③ puddle 웅덩이  ④ poodle 작고 영리한 북슬강아지[푸들] ☞ Poddle 더블린의 작은 강[리피강의 지류]

* Wherein?→Erin=Ireland ☞ wherein 어디에, 어떤 점에서

| 016:22 | Mutt. — The Inns of Dungtarf where Used awe to be he. |
|---|---|
| | 뮤트 — 당신도 참전했어야 했던 클론타프 전투. |

* Inns of Dungtarf:① bullshit=dung(똥)+tarbh[bull](황소)  ② Clontarf[Cluain Tarbh=Bulls' Meadow] 브라이언 보루(Brian Ború)가 1014년 성(聖) 금요일(Good Friday)에 클론타프(Clontarf) 전투에서 덴마크 침략자들과 그들의 북유럽 동맹을 패배시킨 더블린의 지역→Mutt는 이 시끄러운 전투에서 자신의 청력을 잃었다고 주장
* Used awe to be he→① you ought to be 해야만 한다  ② used I to be he 뮤트(Mutt)는 자기와 Jute가 '악수를 하기(swopped hats)'【016:08】전에 전투가 일어났음을 말하고 있다

• Brian Ború -wikipedia

| 016:23 | Jute. — You that side your voise are almost inedible to me. |
|---|---|
| | 쥬트 — 목소리의 한쪽만을 쓰니까 도통 알아들을 수가 없소. |

* You that side your voise: ① use that side of your voice 목소리의 한쪽을 사용하다  ② you that sighed your voice 목소리에 한숨이 묻어나다
* inedible→inaudible 알아들을 수 없는

| 016:24 | Become a bitskin more wiseable, as if I were |
|---|---|
| | 조금만 더 신경 써서 말해보시오, 입장을 |

* bitskin: ① bisschen〔독일어〕=a little 조금, 약간의  ② bit-kin〔고어〕=a little bit 다소, 약간
* wiseable: ① visible 보이는  ② wise〔방언〕조언[지시]하다

| 016:25 | you. |
|---|---|
| | 바꿔서. |

* as if I were you(내가 만일 너라면)→swop hats=switch identities(신분을 바꾸다)【016:08】

| 016:26 | Mutt. — Has? Has at? Hasatency? Urp, Boohooru! Booru |
|---|---|
| | 뮤트 — 머?-머뭇?-머뭇거리는 건가요? 분발하세요! 흑흑! 찬탈자 |

* Has?→Has at?→Hasat?→Hasatency? 말을 더듬는 뮤트의 hasatency 발음 ☞ hasatency→hesi-

tancy

* Urp: ① Up!=up with! 일어서라[분발해라], long live! 오래 사세요[만수무강하세요] ② Usurp (왕좌·권좌 등을) 빼앗다[찬탈하다]: 브라이언 보루(Brian Ború)는 찬탈자(usurper)였음
* Boohooru! Booru: ① Boo hoo=crying 흑흑 ② Brian Ború=Brian Bóruma mac Cennétig(941~1014) 아일랜드의 대왕(High King of Ireland)【015:11】

| | |
|---|---|
| 016:27 | Usurp! I trumple from rath in mine mines when I |
| | 보루! 나는 보루를 기억할 때면 내 마음속의 분노에 몸이 |

* Trumple: ① tremble 떨림[떨다] ② trample 짓밟다 ③ trump 이기다
* Rath in mine mines: ① Rathmines[Ráth Maonais]=ringfort of Maonas(Maonas의 원형 요새) 더블린의 남쪽 지역 ② wrath in my mind 내 마음속의 분노 ☞ rath[아일랜드어]=luck, prosperity, blessing 행운, 번영, 축복 ☞ ráth[아일랜드어]=Irish ringfort 원형 요새

| | |
|---|---|
| 016:28 | rimimirim! |
| | 떨린다오! |

* rimimirim: ① remember him 그를 기억하다: mememormee!(=me remem-ber me!/my memory!/me, me, more me!)【628:14】 ② <Remember the Glories of Brian the Brave(용감한 브라이언의 영광을 기억하라)>: Thomas Moore의 멜로디. Molly MacAlpin의 곡으로 불려짐 ③ mi rimiro=I look at myself[이탈리아어]나 자신을 본다 ☞ di rimirar fè più ardenti=more ardent to regaze(더욱 열렬히 회상하기)《Paradiso(31:142)》 ☞ Mimir (북유럽신화에서) 지혜의 샘을 보유하는 거대한 신. 그의 머리는 Vanir에게 잘리어 Odin의 손에 들어갔으므로 Odin은 그 후 Mimir의 머리에서 지혜와 충고를 받을 수 있게 되었음.

| | |
|---|---|
| 016:29 | Jute. — One eyegonblack. Bisons is bisons. Let me fore all |
| | 쥬트 — 일순간의 일. 지난 일은 잊어버려요. 당신의 모든 망설임에 |

* One eyegonblack: ① ein Augenblick[독일어]=blink of an eye 눈 깜박할 사이[한순간] ② eye gone black 죽음이나 수면 중 눈이 검게 됨 ③ one-eyed 애꾸눈의: 몇몇 신화적인 인물은 외눈박이 (특히 태양신, 일반적으로 태양은 모든 것을 보는 하늘의 커다란 눈으로 간주됨)→Wotan(Odin), Balor of the Evil Eye, Goll Mac Morna(Finn MacCool의 적), Cyclopes, The Citizen ☞ one eye gone black→Joyce는 검은 안대 (black eyepatch)를 착용했다
* Bisons is bisons: ① let bygones be bygones 지난 일은 잊어버리기로 하다[없던 일로 하다] ② boys will be boys 사내(애)가 그렇지 뭐(사내아이나 남자가 소란스럽거나 험하게 구는 것은 놀랄 일이 아니라는 뜻) ③ business is business 일은 일이다[거래는 거래다] ④ bison=American buffalo 들소→american buffalo 현대사회 ☞ bi-sons→two sons→Shem and Shaun
* fore=before

| 016:30 | your hasitancy cross your qualm with trink gilt. Here |
|---|---|
| | 앞선 불안감은 내가 술값을 치르고 말끔히 씻어주겠소. 은화와 |

* hasitancy=hesitance 머뭇거림[망설임]
* cross your qualm: ① cross your qualm=overcome your misgivings 불안[걱정]을 극복하다 ② palm→cross my palm with silver 돈을 집어주다, (점쟁이에게 복채를 치를 때) 동전으로 손바닥에 십자를 긋다
* trink gilt: ① Trinkgeld〔독일어〕=tip, pourboire(=drink-money) 팁, 술값 ② trinket 자질구레한[싸구려] 장신구, 하찮은 것 ③ gilt=gilded 도금을 한

| 016:31 | have sylvan coyne, a piece of oak. Ghinees hies good |
|---|---|
| | 구리 주화 여기 있소. 당신한테는 금화가 |

* sylvan coyne: ① silver coin 은화(銀貨) ② sylvan 숲이 우거진 ③ coyne and livery 주인이 손님에게 침대와 식사를 제공해야 하는 오래된 아일랜드 관습→liveries【017:01】 ☞ *Bruno and Sylvie*(실비와 브루노): 루이스 캐럴(Lewis Carroll)의 환상적인 어린이 소설. 그가 살아생전에 출간한 마지막 작품 (1889년).
* piece of oak=Wood's halfpence(1723년~1724년에 William Wood가 제작한 아일랜드의 구리 주화)→woodpiles of haypennies【011:21】

| 016:32 | for you. |
|---|---|
| | 낫겠군. |

* Ghinees hies good for you: ① 'Guinness is good for you(기네스는 몸에 좋아요)': 기네스의 유명한 광고 문구 ② guinea 기니 금화(1663으로부터 1813년까지 영국에서 주조된 금화, 처음 20실링~22실링의 가치가 있었으나 1717년 이후 21실링으로 정하여졌음. 처음 Guinea산의 금으로 주조하였다 하여 이 이름이 생겼음.)

• Guinness -wikipedia

| 016:33 | Mutt. — Louee, louee! How wooden I not know it, the intel- |
|---|---|
| | 뮤트 — 프랑스 금화, 프랑스 금화로군! 구리 주화는 난 모르오, 말로 |

* Louee, louee!: ① louis=gold French coin 프랑스 금화 ② l'ouie=sense of hearing 청각 ③ lui, lui〔이탈리아어〕=it's him! 그 남자다!→Mutt가 동전에 찍힌 얼굴을 알아보다
* wooden: ① Wood's halfpence: woodpiles of haypennies【011:21】 ② Woden Woden과 Wotan은 외눈박이였던 북유럽 신 Odin의 형태 ③ wouldn't ~하지 않을 것이다 ④ wooden 나무로 된: sylvan【016:31】
* intellible: ① untellable 말할 수 없는 ② indelible 지울 수 없는 ③ ineffable 말로 표현할 수 없는

| 016:34 | lible greytcloak of Cedric Silkyshag! Cead mealy |
| --- | --- |
| | 표현할 수 없는 시트릭 실켄베어드의 회색 망토! 더블린 |

• Sitric Silkenbeard -cointalk

* greytcloak: ① grey cloak 회색 망토 ② great cloak 커다란 망토: Daniel O'Connell(1775~1847: 아일랜드 독립운동의 지도자, 가톨릭교도의 해방에 기여함)을 암시. 더블린의 O'Connell Street에 있는 그의 동상은 커다란 망토(great cloak)를 입고 있다. ③ Harald Graycloak 10세기 노르웨이의 왕 ☞ Odin 방랑자(wanderer)로 화신한 오딘은 그의 커다란 망토와 모자를 보면 알 수 있다
* Cedric Silkyshag=Sitric Silkenbeard(시트릭 실켄베어드) 클론타프 전투(1014) 당시 더블린의 왕(989~1036), 자신의 얼굴이 새겨진 은화 발행→더블린의 바이킹 왕 Sigtryg Gale는 아일랜드어로 Amlaíb Cúarán[Olaf of the Sandals]라는 별명을 갖고 Hamlet의 기반이 된 역사적 인물. Olaf Cúarán의 아들은 Sigtrygg Silkbeard Olafsson이다. Olafsson은 Dublin의 가장 유명한 Norse 왕이다.

| 016:35 | faulty rices for one dabblin bar. Old grilsy growlsy! |
| --- | --- |
| | 바에 오신 것을 열렬히 환영합니다. 늙은 남자 하인! |

* Cead mealy faulty rices→Céad míle fáilte romhat=a hundred thousand welcomes to you(당신을 열렬히 환영합니다) 전통적인 아일랜드식 인사법
* dabblin bar: ① Dublin Bar 리피강 어귀의 모래톱(만조 때에만 다다를 수 있었는데, 북벽·남벽 건설로 지금은 사라짐) ② HCE의 선술집(tavern) 같은 더블린의 펍[술집]
* grilsy: ① grilse (처음 바다에서 강으로 산란하러 온) 3년생 정도의 어린 수컷 연어: HCE는 종종 아일랜드 신화의 Salmon of Knowledge와 동일시됨 ② grizzly=grizzly bear (북미·러시아 일부 지역에 사는) 회색곰: MacMahan, 즉 'Son of the Bear'로서의 남자 하인 S ③ grisly=ghastly 섬뜩한
* growlsy→growl (동물이) 으르렁거리다←Man Servant S=MacMahan[Son of the Bear]

| 016:36 | He was poached on in that eggtentical spot. Here |
| --- | --- |
| | 그는 그곳 같은 장소에서 짓밟혔소. 이곳은 더블린의 노동계급 |

* poached on: ① 강이나 웅덩이에서 물고기(연어)를 훔치다; 끓는 물에 (계란·생선 등을) 천천히 익히다 ② perched on 걸터앉다 ③ (남의 권리·영역을) 침해하다(on), 짓밟다
* eggtentical: ① identical 동일한 ② egg: poached egg 삶은 계란

| 017:01 | where the liveries, Monomark. There where the mis- |
| --- | --- |
| | 지역으로 마르크 골목이 있던 자리요. 비참한 사람들의 돈벌이가 |

* where=were
* liveries: ① coyne and livery=sylvan coyne【016:31】 ② the Liberties=Na Saoirsí[Na Libirti] 더블린 중심부 세인트패트릭 대성당(St Patrick's Cathedral) 근처 노동계급 지역으로 Guinness 양조장의 본거지
* Monomark: ① monomachos[그리스어]=gladiator 검투사 ② Mark's Alley West: 'The Liber-

ties'에 있는 도로  ③ Mono Mark=one deutsche mark 1 마르크 ☞ King Mark 리하르트 바그너의 오페라 <트리스탄과 이졸데>에서 트리스탄의 외삼촌이자 콘월의 왕【003:04】

• Mark's Alley West -Abandoned Dublin

| 017:02 | sers moony, Minnikin passe. |
|---|---|
| | 있던 곳이며, 사람들이 지나다닐 수 있소. |

* missers moony: ① Mrs Mooney *Dubliners*의 단편소설 중 「The Boarding House」의 캐릭터. 그녀는 또한 *Ulysses*의 *Cyclops* 에피소드에서 악의적인 가십의 대상이기도 하다  ② Miser's money 구두쇠의 돈 ☞ misser=mass priest(가톨릭 사제)+missies(어린 처녀들)
* Minnikin passe: ① Manneken-Pis[Little Pissing Man](오줌싸개 동상) 벨기에 브뤼셀 중심부에 있는 랜드마크로 61cm(24인치)의 청동 분수 조각품  ② Many can pass 많은 사람들이 지나갈[통과할] 수 있다 ③ Many can piss 많은 사람들이 소변을 볼 수 있다

| 017:03 | Jute. — Simply because as Taciturn pretells, our wrongstory- |
|---|---|
| | 쥬트 — 타키투스가 주장하고 있듯이, 한마디로 말하자면, 그가 |

* Taciturn: ① 타키투스(Publius Cornelius Tacitus:A.D 55~A.D 120) 로마 역사가이자 연대기 편찬자: 아일랜드에 대한 그의 간략한 설명에는 아일랜드 역사와 신화에서 두 가지 지속적인 주제가 포함되어 있다. 첫째, 자리에서 추방되었던 통치자들은 나중에 권세를 회복하여 의기양양하게 돌아온다는 점. 둘째, 아일랜드인 사이의 내부 분쟁, 주로 외세의 침략으로 많은 고통을 겪었는데, 그 이유는 주로 자신들끼리의 분쟁을 멈추지 못했다는 점.  ② taciturn=silent[not talkative] 말수가 적은, 무뚝뚝한
* pretels: ① pretends=claims 주장하다  ② foretells 예언하다
* wrongstoryshortener: ① to make a long story short 한마디로[간단히] 말해서, 대충 말한다면  ② tall tale[story]=far-fetched or untrue story 거짓말 같은[믿기 힘든] 이야기

| 017:04 | shortener, he dumptied the wholeborrow of rubba- |
|---|---|
| | 손수레에 가득 실린 쓰레기를 이곳 땅에 내다 버렸기 |

* dumptied: ① dumped 버려진  ② emptied 비워진  ③ dumpty 땅딸막한→Humpty Dumpty

* wholeborrow:① wheelbarrow 외바퀴 손수레→whillbarrow【015:24】 ② whole 전부의 ③ borrow 빌리다 ④ barrow=ancient burial mound 분묘[무덤]
* rubbages: ① rubbage=rubbish 쓰레기 ② cabbages: 더블린의 양배추 정원 묘지 ☞ 1649년 Cromwell이 군대에서 쓸 부식으로 양배추를 재배한 것에서 유래. 이전까지 아일랜드에서는 양배추를 재배하지 않았다.

| 017:05 | ges on to soil here. |
|---|---|
| | 때문이오. |

* soil: ① dirt 흙[토양]; 먼지 ② make dirty 더럽히다

| 017:06 | Mutt. — Just how a puddinstone inat the brookcells by a |
|---|---|
| | 뮤트 — 리버풀 강변 실개천 다리에 쌓인 돌덩어리 |

* puddingstone=conglomerate 둥글게 뭉쳐진[덩어리가] 된 돌, 역암(礫岩)
* inat〔세르비아어〕=spite, malice 원한, 악의→Just like a puddingstone inat the brookcells of a riverpool
* brookcells: ① Bruxelles〔프랑스어〕=Brussels 브뤼셀 ② brook=river 강→bruck=bridge ③ cell=church

| 017:07 | riverpool. |
|---|---|
| | 더미. |

* riverpool: ① Liverpool 리버풀(잉글랜드 북서부 Lancashire주 Mersey강 어귀의 도시) ② Dublin '검은 웅덩이 (Blackpool)'를 의미하는 아일랜드어 'Dubhlinn'에서 파생된 이름. 1190년 리버풀은 Liuerpul로 알려졌는데, 이는 진흙탕이 있는 웅덩이 또는 개울을 의미함. ③ River Liffey 더블린의 강 ④ Waterloo 1815년의 유명한 전투 현장 ☞ River Pool 영국 잉글랜드 런던에 있는 강으로 레이븐스본(Ravensbourne)강의 지류

| 017:08 | Jute. — Load Allmarshy! Wid wad for a norse like? |
|---|---|
| | 쥬트 — 전능하신 주여! 이 소음은 무엇입니까? |

* Load Allmarshy!: ① Lord Almighty! 전능하신 주님 ② load 부담→배설물: 변기(museyroom=waterclost), 화장실(loo), 워털루(Waterloo)와의 연관성 ③ marshy 워털루 전장(戰場)처럼 물에 잠긴
* Wid wad for a norse like?: ① with what 무엇으로 ② wad〔콘윌어〕=forefather 조상 ③ was für ein〔독일어〕=what kind of[what for a] 어떤 종류의[무엇을 위해] ④ Norse=Scandinavian[Viking] 스칸디나비아어[바이킹] ☞ With what for a noise like? 소란[소음]은 어때요?→Joyce's first draft of this sentence

| 017:09 | Mutt. — Somular with a bull on a clompturf. Rooks roarum |
|---|---|
| | 뮤트 – 클론타프 전투 현장의 황소 울음 비슷한 소리. 재력의 왕이 로마의 |

* somular: ① similar ② Romulus 로물루스
(Mars와 Rhea Silvia와의 사이에 태어난 Remus 외 쌍둥이. Tiber
강에 버려졌는데 늑대가 길렀다고 함. BC753년에 로마왕국을 처음
세웠음.) ③ sommeil〔프랑스어〕=sleep

* bull: ① John Bull 잉글랜드의 의인화 표현 ②
Clontarf 1014년 브라이언 보루(Brian Boru)가 덴
마크인을 물리쳤지만 목숨을 잃은 클론타프 전
투 현장. Clontarf는 '황소의 초원(Bull's Meadow)'
을 의미(아일랜드어는 Cluain Tairbh). ③〔속어〕허풍,
허튼소리

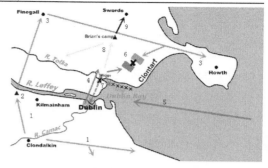
• Battle of Clontarf -wikimedia

* clompturf: ① Clontarf[Cluain Tarbh]=Bull's Meadow 더블린 근처의 1014 클론타프 전투 현장 ②
North Bull and South Bull 더블린만의 모래톱 ③ clump of turf 토탄〔이탄〕 덩어리【008:10】

| 017:10 | rex roome! I could snore to him of the spumy horn, |
|---|---|
| | 왕! 내가 앉아있는 반도 옆에서, 브라이언 오린이 했던 것처럼, |

* Rooks roarum rex roome!: ① rex rorum[rerum], rex Romae〔라틴어〕=The King of the
dews[wealth] is the King of Rome 이슬[재력(財力)]의 왕이 로마의 왕이다【003:13~14】→King of the
Jews ② rex roome=rechts rum!〔독일어〕=Order to turn right 오른쪽으로 돌아!
* snore→schnore〔스위스-독일어〕=talk, chatter 수다를 떨다
* spumy=sea-foamy[frothy] 거품이 떠있는[거품 같은]→공허한, 하찮은
* horn: ① Cape Horn 남아메리카 남단 근처 케이프 혼 섬의 남동쪽 케이프. 대서양과 태평양을 나누
는 지점. ② Horn of Sutton 더블린의 서튼 지협(Sutton isthmus) 북쪽으로 돌출된 반도 ③ horn=penis
남근

| 017:11 | with his woolseley side in, by the neck I am sutton |
|---|---|
| | 털로 덮인 쪽을 내피로 한 양가죽 바지를 입은 그에게 거품 많은 |

* with his woolseley side in: ① Wellesley=Arthur Wellesley Wellington
아서 웰즐리(1769~1852) 영국의 군인이자 정치가. 포르투갈 원정군 사령관이
되어 나폴레옹군을 이베리아반도에서 몰아내었고 워털루 싸움에서 대전
하였다. 보수당 총리가 되어 카톨릭교도 해방령을 성립시킴. ② Cardinal
Wolsey: Thomas Cardinal Wolsey 영국의 성직자이자, 헨리 8세의 측근
이었으나 왕의 이혼 문제에 반대하여 왕과의 관계에 금이 가기 시작했다.
교황존신죄를 범해 관직을 박탈당한 것을 시작으로 반역 혐의로 체포되어
병사했다. 그의 몰락 후, 성직자를 불신하는 기운이 커져 잉글랜드 종교 개
혁의 빌미가 되었다. ③ Viscount Wolseley=Garnet Joseph Wolseley
영국의 육군 원수. 자작의 지위를 하사받아 최초의 울슬리 자작이 되었다.

• The Olde Irishe Rimes of
Brian O'Linn -eBay

제2차 영국·버마전쟁, 크림전쟁, 세포이 항쟁, 중국, 캐나다, 아샨티 제국을 포함한 아프리카 등에서 많은 전공을 세웠으며, 특히 영국의 이집트 지배를 확립하는 데 기여했다. ☞ <Brian O'Linn> 브라이언 오린(익명의 아이리쉬 발라드): 'Brian O Linn had no breeches to wear,/He got an old sheepskin to make him a pair,/With the fleshy side out and the woolly side in,/"hey'll be pleasant and cool," says Brian O Linn(브라이언 오린은 입을 바지가 없었고, 그는 낡은 양가죽을 가지고 그를 한 쌍으로 만들었고, 살이 많은 쪽이 나오고 털이 많은 쪽이 들어있어 "그들은 즐겁고 시원해질 것입니다."라고 Brian O Linn은 말한다)'

* by the neck I am sutton on: ① isthmos=neck, peninsula 목, 반도: scraggy isthmus【003:05~06】 ② Sutton Howth와 Dublin 사이의 지협(isthmus) ③ I am sitting on 나는 앉아있다

| 017:12 | on, did Brian d' of Linn. |
|---|---|
| | 서튼 반도에 관해 말해줄 수 있소. |

* did Brian d' of Linn: ① Brian O'Linn【017:11】 ② Dubhlinn〔아일랜드어〕=Blackpool 블랙풀: Dublin 지명이 유래한 게일어 명칭 ③ Black Linn 호우드(Howth)의 정상

| 017:13 | Jute. — Boildoyle and rawhoney on me when I can beuraly |
|---|---|
| | 쥬트 — 내겐 기름과 꿀마냥 발림 말로 들릴 뿐, 도무지 이해할 수 없는 |

* Boildoyle: ① Baldoyle 더블린의 북동쪽 외곽에 있는 마을 ② boiled oil 끓인 기름, 보일유(油): 건성유에 건조제를 넣고 가열하여 건성을 높인 것(도료 원료 기름)→oil 아첨
* rawhoney: ① Raheny 더블린 북동쪽에 있는 마을 ② raw honey 생꿀, 생청(生淸)→honey 달콤한 발림 말
* beuraly: ① barely 간신히, 거의 ~않다 ② Beurla〔스코틀랜드-게일어〕=English language 영어

| 017:14 | forsstand a weird from sturk to finnic in such a pat- |
|---|---|
| | 지방 방언을 쓰니까 처음부터 끝까지 거의 한마디도 |

* forsstand: ① forstand〔덴마크어〕=understanding 이해 ② Verstand〔독일어〕=mind[intellect] 마음 [지성] ③ verstaan〔네덜란드어〕=understand[com-prehend] 이해하다 ④ forstandan〔고대 영어〕=understand 이해하다
* weird: ① word 단어 ② weird=spell[charm] 주문(呪文)
* from sturk to finnic: ① from start to finish 처음부터 마지막까지[시종일관] ② from Turkish to Finnish 터키어에서 핀란드어로 ☞ Sturk: Sheridan Le Fanu의 *The House by the Churchyard*에 나오는 인물. 그는 Chapelizod에 거주하고 있으며, 피닉스 공원에서 공격을 받아 혼수상태에 빠짐.
* patwhat→patois〔프랑스어〕=illiterate, provincial dialect, jargon 문맹, 지방 방언, 전문용어

| 017:15 | what as your rutterdamrotter. Onheard of and um- |
|---|---|
| | 이해할 수 없소. 여태껏 들어보지 못한 말이고 또 몹시 |

* rutterdamrotter: ① Rotterdam rot=Double Dutch 도저히 이해할 수 없는 말[글]: rot 말도 안 되

는 소리  ② Götterdämmerung〔독일어〕=Twilight of the Gods 신들의 황혼: 라그나로크(Ragnarok) 또는 북유럽신화의 세계의 종말, 그리고 리하르트 바그너의 오페라 4부작 <Der Ring des Nibelungen(니벨룽의 반지)> 마지막 부분의 제목 ☞ Ragnarok 북유럽신화에서 '신들의 몰락'→거인족과의 일대 결전에서 신들과 만물이 전멸하고, 세계는 황혼 속에 바다로 가라앉는다→독일 신화의 '신들의 황혼 (Gotterdammerung=Twilight of the God)'에 해당함

* Onheard of: ① on-〔네덜란드어 접두사〕=un-  ② unheard of 듣도 보도 못한 [전대미문의]
* umscene!: ① unseen 보이지 않는  ② obscene 외설적인[역겨운]  ③ umse-hen〔독일어〕=look around 둘러보다  ④ umsein〔독일어〕=be over 끝나다

| 017:16 | scene! Gut aftermeal! See you doomed. |
|---|---|
| | 역겨워요! 안녕히 가세요! 또 봅시다. |

* Gut aftermeal!: ① Good afternoon! 안녕하세요(오후 인사)  ② gut=good  ③ get after me!=get behind me! 저를 따라오세요
* See you doomed: ① I'll see you damned first! 그따위 짓을 누가 한다는 말인가(절대적 거절의 상투 표현)  ② See you soon 잘 가[곧 또 보자]!

| 017:17 | Mutt. — Quite agreem. Bussave a sec. Walk a dun blink |
|---|---|
| | 뮤트 — 전적으로 동의하오. 하지만 잠깐만. 이 반도半島 주위를 빙 |

* Quite agreem: ① I quite agree 전적으로 동의합니다  ② quite a dream 대단한 꿈→『경야의 서』
* Bussave a sec: ① But wait a second 하지만 잠깐만→있어 봐(방금 무엇을 알아챘거나 기억이 났을 때, 갑자기 어떤 생각이 떠올랐을 때 하는 말)  ② bussare〔이탈리아어〕=knock 두드리다
* dun blink: ① dun=dark 어두운  ② blink=instant 순간→One eyegonblack【016:29】 ☞ Walk a dun blink→Take a short journey on foot 산책하다

| 017:18 | roundward this albutisle and you skull see how olde |
|---|---|
| | 둘러 산책을 하다 보면 모날티 평원, HCE 그리고 남자 하인 |

* roundward: ① Roundwood=Tóchar[Togher] 위클로(Wicklow) 카운티의 마을  ② The Ward: Ward Upper와 Ward Lower의 두 타운랜드로 구성된 더블린 카운티 북부의 한 구역  ③ Ward 더블린 카운티 북부의 강 ☞ round-ward=in a circular direction 둥근 방향으로[원형으로]
* albutisle: ① Albert Island 뉴욕주 세인트 로렌스 카운티 크랜베리 호수(Cranberry Lake)의 반도 모양의 돌기물  ② all but an isle=peninsula 반도→라틴어 paene insula에서 '거의 섬(almost an island)'→Howth
* skull see how: ① shall see how 어떻게 되는지 볼 것이다  ② Head of Howth→Howth Head
* olde=old 해묵은, 오래된

| 017:19 | ye plaine of my Elters, hunfree and ours, where wone |
| --- | --- |
| | S가 얼마나 해묵은지 보게 될 것입니다. 그곳은 중부리도요가 |

* ye=the; you
* plaine of my Elters: ① Magh nEalta〔아
  일랜드어〕=Plain of Flocks[Moynal-ty] 더블린
  산맥 북쪽의 평원, 전설적인 아일랜드 식민
  지 개척자 파르탈론(Parthalón)이 그와 그의 백
  성이 전염병으로 멸망할 때까지 정착한 곳
  ② Eltern〔독일어〕=parents 부모  ③ elders
  조상[선조]
* hunfree: ① Humphrey=Humphrey Chimp-
  den Earwicker[HCE]  ② free from Huns 훈
  족(흉노[야만]의; 독일병 같은)으로부터 해방
* ours〔프랑스어〕=bears 곰→남자 하인 S는 종종 곰과 관련된다
* wone: ① wone=dwell[live] 살다  ② wohnen=dwell[inhabit] 거주하다  ③ one

• Plain of Flocks[Moynalty] –wikipedia

| 017:20 | to wail whimbrel to peewee o'er the saltings, where |
| --- | --- |
| | 해수 소택지 너머 댕기물떼새 쪽으로 구슬피 우는 곳, 그곳은 |

* wail: ① well  ② Granuaile=Grace O'Malley(1530~1603) 16세기 아일랜드의 해적 여왕
* whimbrel 중부리도요(Bull Island와 Clontarf에서 발견되는 작은 마도요 종)
* peewee: ① peewee=lapwing 댕기물떼새(때때로 Bull Island와 Clontarf에서 발견되는 새)  ② Pee-Wee Harris
  잡지 『Boys' Life』의 가상 보이스카우트 캐릭터(1915년 첫 등장)  ③ lapwing가 가냘프게 울부짖는 소리
* saltings 조류(潮流)로 범람한 목초지, (바닷물이 드나드는 해변가의) 해수 소택지→Clontarf【017:09】

| 017:21 | wilby citie by law of isthmon, where by a droit of |
| --- | --- |
| | 서튼 지협 옆의 도시가 될 곳, 그곳은 하느님의 권한에 의해 |

* wilby: ① will be  ② by〔덴마크어〕=town 도시
* citie=city
* law of isthmon: ① Isthmus of Sutton【003:06】 서튼 지협  ② Islam 이슬람교
* droit of signory: ① droit de seigneur〔프랑스어〕=lord's right 영주[하느님, 주님]의 권리  ② signory[-
  seigniory]=lordship 주권[지배권]  ③ seniority 선임 순위[연공서열]

| 017:22 | signory, icefloe was from his Inn the Byggning to |
| --- | --- |
| | HCE의 선술집 건물에서 피닉스 공원에 이르기까지 |

* icefloe: ① ice floe (바다에 떠다니는) 부빙[얼음 덩어리]  ② ice flow 얼음 내부의 붕괴 작용과 기저부에서
  의 미끄러짐에 의해 얼음이 이동하는 것으로 빙하의 운동과 관련된 현상→홍적세 빙하기(Pleistocene Ice
  Age) 동안 아일랜드는 한 번 이상 빙상으로 덮여있었음

* Inn the Byggning: ① In the beginning 태초에《창세기 1장 1절》 ② inn=HCE's tavern ③ bygn-ing〔덴마크어〕=building 건물

| 017:23 | whose Finishthere Punct. Let erehim ruhmuhrmuhr. |
|---|---|
| | 빙원氷原이 있던 곳. 아일랜드가 옛날을 기억하게 하라. |

* Finishthere→Finistére(피니스테르주) 브르타뉴(Brittany) 서쪽의 프랑스 행정구역으로 Tristan이 이곳에서 죽었다고 전해짐 ☞ Finistère는 이름은 '지구의 끝'이라는 뜻을 가진 라틴어 'Finis Terræ'에서 파생됨 ☞ Cape Finisterre 스페인 갈리시아(Galicia) 서쪽 해안의 바위로 된 반도 모양의 돌기물: 켈트족들이 이곳에서 아일랜드로 건너온 것으로 추정
* punct→point(지점)+punctum(반점)+Punkt(종지부)+Phoenix Park
* Let erehim ruhmuhrmuhr: ① Let Erin Remember the Days of Old(아일랜드가 옛날을 기억하게 하라) 토마스 무어(Thomas Moore)의 시 ② rumour 소문 ③ Ruhm=fame 명성 ④ murmur 속삭이다[중얼거리다] ☞ ~ Remember the days of old ~《신명기 32장》

| 017:24 | Mearmerge two races, swete and brack. Morthering |
|---|---|
| | 두 인종, 즉 노르웨이 정착민과 덴마크 정착민의 통합. 반칙의 |

* Mearmerge: ① re-emerge 다시 나타나다 ② mère〔프랑스어〕=sea 바다 ③ mear=boundary 경계[한계]선 ④ m-m-merge→stutter 말더듬은 HCE의(피닉스 공원에서의 행위로 말미암은) 죄책감 때문 ⑤ merge 합병[통합]하다
* swete and brack: ① sweet and brackish 달달하고 짭짤한: 리피강의 민물과 더블린만의 염수(鹽水) ② svet〔러시아어〕=light 빛 ③ brak〔러시아어〕=marri-age 결혼→droit of signory【017:21】: 소작인의 신부 결혼식 날 밤 처녀성을 빼앗을 수 있는 중세 봉건 영주의 권리 ④ Finngaill and Dubh-gaill〔아일랜드어〕='white foreigners' and 'black foreigners' 백인 외국인과 흑인 외국인→아일랜드에 있는 노르웨이와 덴마크 정착민의 총칭 ☞ Swede=citizen of Sweden 스웨덴 시민
* Morthering rue: ① maidrín rua〔아일랜드어〕=fox 여우: 'little red dog'이라는 뜻 ② Moddereen Rue=The Red Fox(붉은 여우): Thomas Moore의 Let Erin Remember Days of Old는 이 전통적 곡(traditional air)에 맞춰 불려진다【017:23】 ③ Mothering regret 어머니의 후회[비탄] ④ Mothering rue 어머니의 거리 ☞ morthering rue→morthering(=becoming foul)반칙+rue(=sorrow)비애

| 017:25 | rue. Hither, craching eastuards, they are in surgence: |
|---|---|
| | 비애. 여기, 동쪽 강어귀에서 서로 충돌하면서 폭동이 일어나죠. |

* Hither, craching eastuards: ① H...C...E(Hither, craching eastuards) ② rushing eastwards 동쪽으로 돌진 ③ crashing 충돌 ④ estuary(강이 바다로 흘러 들어가는 어귀)→the swete and brack waters merge【017:24】 ☞ hither=here 여기에, 이쪽으로
* in surgence: ① surgent 부풀어 오른, 파도처럼 밀려드는 ② insurgents=rebels 반역자[저항자]

| 017:26 | hence, cool at ebb, they requiesce. Countlessness of |
|---|---|
| | 상황이 쇠퇴해지자, 그들은 평화롭게 쉬고 있답니다. 하늘 |

* hence→**h**ence, **c**ool at ebb→h...c...e 썰물 때[쇠퇴기에]
* requiesce: ① requiescant in pace〔라틴어〕=may they rest in peace 고이 잠드소서 ② acquiesce 묵인(默認)
* Countlessness→Countlessness of livestories(셀 수 없이 많은 삶의 이야기)=Thousand & one livestories netherfellen here(1,001가지 삶의 이야기가 여기에 있다)→livestories=love stories

| 017:27 | livestories have netherfallen by this plage, flick as |
|---|---|
| | 높이 흩뿌리는 눈송이 같은 무수한 삶의 이야기가 마치 |

* netherfallen: ① niederfallen=fall down 넘어지다 ② nether=lower 더 낮은
* plage: ① plage〔프랑스어〕=beach 해변 ② place 장소 ③ plague 역병(疫病)→plaine of my Elters 【017:19】
* flick as flowflakes→thick as snowflakes 눈송이처럼 두꺼운[짙은]→flick=light blow

| 017:28 | flowflakes, litters from aloft, like a waast wizzard all of |
|---|---|
| | 소용돌이 세상의 거대한 눈보라처럼 이 해안으로 흘러들어 |

* litters: ① flitters 흔들리다[펄럭이다] ② letters 학문[문학] ③ literature 문학 ④ litir〔아일랜드어〕 =letter 편지 ⑤ litter=bits of straw 짚
* aloft: ① aloft=up in the air 아직 미정(未定)인; on high 높은 곳에 ② a loft=an attic 다락방→Issy 는 HCE 선술집의 다락방이 자신의 침실 ③ 하늘 높이
* waast: ① waas=haze[mist] 연무[안개] ② vast 거대한 ③ waste 쓰레기
* wizzard: ① wizard 마법사 ② blizzard 눈보라

| 017:29 | whirlworlds. Now are all tombed to the mound, isges |
|---|---|
| | 갑니다. 이제 모두 다 매장되어 고분이 되었죠, 재는 재로, |

* whirlworlds→*Heimskringla* 아이슬랜드의 시인[역사가]인 Snorri Sturluson(1178-1241)가 고대 스칸디나비아어(Old Norse)로 쓴 '고대 노르웨이 왕들의 무용담(The Sagas Of The Norse Kings)'

* tombed to the mound: ① doomed 운이 다한[불운한] ② monde〔프랑스어〕=world 세계 ③ tomb=lay in the grave 무덤에 파 묻다, 매장하다 ④ mound=tumulus[barrow] 흙무더기, 고분(古墳)
* isges to isges: ① ashes to ashes(dust to

• Heimskringla –archive.org/oll.libertyfund.org

dust) 재는 재로, 먼지는 먼지로 (돌아가다): 영국의 장례식에서 ② uisce[uisge]〔아일랜드어〕=water ③ gēs〔그리스어〕=Earth 지구 ④ ice ages 빙하기[시대]→icefloe【017:22】

<table>
<tr><td>017:30</td><td>to isges, erde from erde. Pride, O pride, thy prize!<br>먼지는 먼지로. 교만, 오 교만, 그대의 전리품!</td></tr>
</table>

* erde from erde: ① ashes to ashes, dust to dust【017:29】 ② from ear to ear 입을 크게 벌리고 ☞ Erde〔독일어〕=earth 지구 ☞ Erda=Norse god-dess 원시 북유럽 여신→바그너의 오페라 <Der Ring des Nibelungen>의 등장인물 ☞ merde=shit 워털루 전쟁의 최후 생존자였던 프랑스 장교 Cambronne이 항복 요구를 받았을 때 내뱉은 말
* Pride, O pride, thy prize!: ① o'brine a'bride 오브린 신부【013:26~27】 ② Brinabride, my price!=Brinabride, my price! when you sell get my price!【500:30】→찰스 스튜어트 파넬(Charles Stewart Parnell)이 지도부에서 축출되기 직전 아일랜드 의회에 경고한 내용: Parnell은 하원의 동료들에게 자신을 팔아 넘기려면 글래드스턴 총리(PM Gladstone)로부터 아일랜드 자치법(Irish Home Rule)에 따라 상당한 보상을 받아야 한다고 말했다

<table>
<tr><td>017:31</td><td>Jute. — 'Stench!<br>쥬트 — 지독한 악취!</td></tr>
</table>

* Stench!=reek 악취[고약한 냄새], 구린내

<table>
<tr><td>017:32</td><td>Mutt. — Fiatfuit! Hereinunder lyethey. Llarge by the smal an'<br>뮤트 — 순리에 맡길 일! 이곳 땅 밑에 그들이 누워있지요. 조금씩</td></tr>
</table>

* Fiatfuit!: ① fiat lux et lux fuit〔라틴어〕='let there be light and there was light' '빛이 있으라 하시매 빛이 있었다'《창세기 1장 3절》 ② Fie! 제기랄![젠장!](경멸·불쾌·비난을 나타냄) ③ Fie, foh, and fum→『리어왕』(3막 4장)에서 Edgar의 노래에 'Child Rowland to the dark tower came,/His word was still—Fie, foh, and fum,/I smell the blood of a British Man.'이 나옴【007:09】【011:07】 ☞ Fiatfuit!→Let it be! 순리(順理)에 맡겨라!: 로마 시인 베르길리우스(Publius Vergilius Maro)의 The Aeneid 에서 트로이 몰락의 순간에 고왕이 한 말
* herein=in this place
* lyethey: ① lie they ② lythe〔스코틀랜드어〕=pollack 북대서양산 대구; lithe 유연한 ③ ly-e=strong alkali 잿물→역병(疫病)으로 죽은 사람을 생석회(生石灰)로 묻음: plaine of my Elters 【017:19】 ④ ly〔노르웨이어〕=shelter 쉼터
* Llarge by the smal: ① large ② bye〔덴마크어〕=town 마을 ③ smal〔덴마크어〕=narrow 좁은

<table>
<tr><td>017:33</td><td>everynight life olso th'estrange, babylone the great-<br>매일 밤 삶 또한 이방인, 작은 생쥐 탐이 함께 있는</td></tr>
</table>

* everynight→every knight 모든 기사(騎士)

* olso: ① also  ② Oslo 노르웨이의 수도
* th'estrange: ① the stranger 낯선 사람  ② estrange〔중세 영어〕=foreigner 외국인  ③ l'étrange=the strange 이상한  ④ l'étranger〔프랑스어〕=the foreig-ner 외국인
* babylone the greatgrandhotelled: ① Babylone 파리의 한 구역  ② Babylon the Great 바빌론 대제(大帝)  ③ *The Grand Babylon Hotel*: Arnold Bennett의 소설(1902)→HCE의 선술집

| | |
|---|---|
| 017:34 | grandhotelled with tit tit tittlehouse, alp on earwig, |
| | HCE의 선술집, 맥주에 취한 ALP와 HCE, |

* tit tit tittlehouse: ① 'Tit-tit-tittlemouse'<Little Tommy Tittlemouse> 작은 생쥐 탐(영국 동요): "Little Tommy Tittlemouse,/Lived in a little house;/He caught fishes/In other men's ditch-es."  ② Li-li-littlehouse: HCE의 말더듬
* alp on earwig→ALP and HCE

| | |
|---|---|
| 017:35 | drukn on ild, likeas equal to anequal in this sound |
| | 사랑-죽음이라는 온전한 균형 상태에서 |

* drukn: ① Alpdruck〔독일어〕=nightmare 악몽  ② drukne〔덴마크어〕=drown 익사하다  ③ drooked〔아일랜드 방언〕=drowned 익사한  ④ drúcht〔아일랜드어〕=dew[dewdrop] 이슬(방울)  ⑤ drúchtín=white slug 흰 민달팽이
* ild→ild〔노르웨이·덴마크어〕=fire  ☞ drunk on ale 맥주에 취한
* likeas equal to anequal: ① like is equal to an equal: '비슷한(like)'은 '같은(equal)'과 같다  ② un-equal 다른  ☞ likeas=in the way[manner] that ~라는 점에서

| | |
|---|---|
| 017:36 | seemetery which iz leebez luv. |
| | '비슷하다'는 것은 '같다'는 것입니다. |

* seemetery: ① cemetery 묘지  ② symmetry 대칭〔균형〕 ☞ see→the death of sight 시력의 종말〔죽음〕
* iz: ① is  ② Issy: Issy는 종종 Wagner의 오페라 *Tristan und Isolde* 속 아일랜드의 비극적인 여주인공 Isolde와 연관된다
* leebez luv: ① Liebestod〔독일어〕=love-death 사랑-죽음: 바그너의 오페라 <트리스탄과 이졸데>의 '3막 3장'을 언급하고 있다.  ② Liebeslied〔독일어〕=love-song 사랑 노래  ③ Liebe=love

| | |
|---|---|
| 018:01 | Jute. — 'Zmorde! |
| | 쥬트 — 제기랄! |

* 'Zmorde!: ① God's Death!  ② morte〔이탈리아어〕=death 죽음  ③ merde〔프랑스어〕=shit 제기랄【017:30】  ④ Mord〔독일어〕=murder 살인  ☞ 'Sdeath!=God's Death!, 'Sblood!=God's Blood!, 'Zounds=God's Wounds!

| 018:02 | Mutt. — Meldundleize! By the fearse wave behoughted. Des- |
|---|---|
| | 뮤트 — 부드럽고 다정하게! 맹렬한 파도 때문에 갈 길이 저물었죠. |

* Meldundleize: ① Mild und leise=softly and gently(부드럽고 다정하게): 바그너의 오페라 *Tristan und Isolde*에서 Isolde의 Liebestod: 'Mild und leise wie er lächelt'='gentle and soft how he smiles' ② melden〔독일어〕=announce 발표하다 ③ meld 득점의 선언〔득점이 되는 패의 짝을 맞추기〕
* By the fearse wave behoughted: ① <By the Feal's Wave Benighted> Thomas Moore의 아일랜드 가사: 전통적인 곡 <Desmond's Song>에 맞춰 부름 ② behauptet=asserted 주장하다 ③ fearse→fierce 사나운〔맹렬한〕 ☞ be-nighted 어둠이 깃든, (나그네 등이) 갈 길이 저문 ☞ Feal→Abbey of the Feale=Abbeyfeale 애비페에일(Limerick County에 있는 도시)

| 018:03 | pond's sung. And thanacestross mound have swollup |
|---|---|
| | 절망의 노래. 그리고 조상의 무덤이 그 모든 것들을 꿀떡 삼켜 |

* Despond's sung: ① <Desmond's Song> 무어(Thomas Moore)의 「By Feal's Wave Benighted」에 곡을 붙인 아일랜드의 전통 노래 ② Slough of Despond (절망의 늪): 번연(John Bunyan)의 *Pilgrim's Progress*에 나오는 우화적〔비유적〕 늪지→despond 실망, 낙심
* thanacestross: ① disastrous 비참한 ② thanatos〔그리스어〕=death 죽음 ③ thanasimos〔그리스어〕=deadly 치명적인 ④ the ancestral 조상(祖上) ☞ ace 포커 게임에서는 가장 높은 값과 가장 낮은 값으로 사용하기도 하고, 블랙잭 게임에서는 1점 또는 11점으로 사용
* mound: ① mouth ② Mund〔독일어〕=mouth 입 ③ mun〔방언〕=must ④ 작은 언덕, 무덤
* swollup=swallowed(삼키다)+swollen up(부어오른)

| 018:04 | them all. This ourth of years is not save brickdust |
|---|---|
| | 버렸어요. 우리의 이 땅은 안전한 벽돌 가루가 아니고 똑같은 |

* ourth of years: ① this Earth of ours 우리들의 땅〔대지〕: oach eather【016:08】에서 'ea'와 'ou'가 바뀌었음 ② this Earth of yours 너희들의 대지
* save: ① salve〔라틴어〕=hail 우박 ② save=safe 안전한 ③ save 저장하다
* brickdust: ① brick dust 벽돌 가루【108:25】 ② breakfast

| 018:05 | and being humus the same roturns. He who runes |
|---|---|
| | 운명의 수레바퀴에 의해 부엽토가 되었죠. 시가詩歌를 짓는 |

* humus: ① humus〔라틴어〕=earth[soil] 흙; 부엽토 ② human 인간
* roturns: ① returns 보고(報告) ② rota〔라틴어〕=wheel 바퀴→Wheel of For-tune 운명의 수레바퀴 ③ rotare〔라틴어〕=rotate 회전하다 ④ rot urns=rots in the urn 항아리에서 썩다 ⑤ Routines 일상의 틀
* runes: ① rune 룬 문자(나무나 돌에 새겨진 형태로 발견된 고대 북유럽 문자) ② compose[perform] 시[노래]를 쓰다〔작곡하다〕→rune 시가(詩歌)

| 018:06 | may rede it on all fours. O'c'stle, n'wc'stle, tr'c'stle, |
|---|---|
| | 사람은 충분히 읽을 수 있죠. 올드캐슬, 뉴캐슬, 트레캐슬, |

* rede→Rede[독일어]=speech 연설; rede[중세 영어]=sagacity 총명; rede[고어]=counsel 조언하다 ② al ra'd[아랍어]=thunder 천둥: Koran 13장(Sura 13)의 제목이기도 함 ③ read 읽다
* on all fours[on hands and knees] 네 발로, 엉금엉금: ① omnis com-paratio claudicat[라틴어]=no simile can go on all fours ② All Fours=seven-up 세븐업(2명~4명이 여섯 장의 패로 득점을 겨루어서 7점을 따면 승자. 특정한 4종의 카드에 점수가 있으므로 all fours라고도 함.) ③ coitus more ferarum=sex in manner of wild beasts 야수 같은 섹스 ☞ on all fours=fairly, evenly 충분히[완전히], 차분히
* O'c'stle: ① Oldcastle 고성(古城) ② Sir John Oldcastle(1378-1417) 영국 Lollard의 지도자. 이단으로 취급되어 처형됨. Shakespeare가 Falstaff의 모델로 삼은 인물. ③ castle 더블린시의 문장(紋章)에 있는 3개 성(城) 중 하나
* N'wc'stle: ① Newcastle 더블린 카운티의 마을: newcsle【555:13】 ② castle 더블린시의 문장(紋章)에 있는 성(城)
* Tr'c'stle: ① Trecastle 초기 아일랜드 식민지 개척자들이 만든 Ogham돌이 발견된 웨일즈의 마을 ② Threecastles 위클로우(Wicklow) 카운티의 마을 ③ castle 더블린시의 문장(紋章)에 있는 3개 성(城) 중의 하나

| 018:07 | crumbling! Sell me sooth the fare for Humblin! Hum- |
|---|---|
| | 허물어지고 마는! 더블린까지 가는 요금을 사실대로 말해줘요! |

* crumbling: ① Crumlin 더블린 카운티의 마을: crumlin【555:13】 ② crumbling 허물어지다→brick-dust【018:04】
* sell me sooth→tell me sooth[고어]=tell me truth 사실대로 말해
* the fare for Humblin: ① the fare for Dublin 더블린 요금 ② sell me sooth the fare for Humblin 동요 <See-Saw, Sacradown>가사: Which is the way to London town?/One foot up and the other foot down,/That is the way to London town.(런던은 어느 길까?/한 발은 올리고, 한 발은 내리면 돼/그게 런던 가는 길)
* humblady→humble(겸손한, 얌전한, 소박한)+lady

| 018:08 | blady Fair. But speak it allsosiftly, moulder! Be in |
|---|---|
| | 소박한 숙녀의 시장. 하지만 조용히 말씀하세요, 아저씨! |

* Humblady Fair 새커리(William Makepeace Thackeray: 1811-1863)의 『허영의 시장(Vanity Fair)』을 패러디
* allsosiftly: ① all so softly 매우 부드럽게 ② also softly 또한 부드럽게 ③ sift 체(sieve)로 거르다
* moulder: ① mould[mold] 곰팡이; 무덤에서 발견되는 흙 ② mister 아저씨 ③ moulder 곰팡이가 나거나 썩다; 티끌이 되다→부서지고(crumbling)【018:07】 벽돌 가루가 되다(brickdust)【018:04】

| 018:09 | your whisht! |
|---|---|
| | 조용히 해주세요! |

* Be in your whisht!: ① bí i do thost〔아일랜드어〕=be quiet! 조용히! ② whist(whisht)!〔앵글로-아일 랜드어〕=quiet! listen! 조용히! 경청! ③ whist 아일랜드에서 인기있는 카드 게임

| 018:10 | Jute. — Whysht? |
|---|---|
| | 쥬트 — 왜 그러죠? |

* Whysht?: ① Why's that? 왜 그런 것일까? ② whisht!=quiet! listen!【018:09】 ③ Why?→How? What? 어떻게? 무엇?【018:12】【018:14】

| 018:11 | Mutt. — The gyant Forficules with Amni the fay. |
|---|---|
| | 뮤트 — 거인 HCE가 요정 ALP와 함께 있어요. |

* gyant: ① giant=HCE ② gyant=giant 거인
* Forficules: ① Forficula 집게벌레(earwig) 종류 ② Finn MacCool→HCE ③ Fafner 바그너의 <Ring Cycle>[Ring of the Nibelungs]에 나오는 거인
* Amni: ① amnis=river: ALP ② Anna Perenna(amnis perennis) 안나 페렌나: 고대 로마의 장수의 여신, 나중에는 Dido의 자매인 Anna와 동일시됨
* fay: ① fay=fairy 요정(妖精) ② Morgana le Fay 요희(妖姬) 모건: Arthur왕의 이부(異父)의 누이로 왕에 게 악의를 품고 왕비 Guinevere와 기사 Lancelot의 사랑을 밀고함→ALP ③ the fair 박람회

| 018:12 | Jute. — Howe? |
|---|---|
| | 쥬트 — 무엇 때문에요? |

* Howe?: ① Why? What? 왜? 무엇?【018:10】【018:14】 ② howe=burial mound[barrow] 무덤[고분] ☞ How 더블린에 있는 Norse Thingmote의 현장. Dublin의 스칸디나비아 왕들의 '무덤(haugar)'에서 명 명되었으며, thingmót의 남서쪽에 위치함

| 018:13 | Mutt. — Here is viceking's graab. |
|---|---|
| | 뮤트 — 이곳은 바이킹의 무덤입니다. |

* viceking's graab: ① Viking's grave 바이킹의 무덤 ② The Viking's Barrow 바이킹의 무덤 ③ king of vice ④ vice-king's grab 부왕(副王)의 장악(掌握) ⑤ vice-regent 부섭정(副攝政)→the Lord Lieutenant (1922년 이전의) 아일랜드 총독 ☞ Viceroy 식민지 아일랜드의 영국 총독 ☞ Grab〔독일어〕=grave 무덤

| 018:14 | Jute. — Hwaad! |
|---|---|
| | 쥬트 — 뭐라구요! |

* Hwaad: ① What?=Why? How? 왜? 어떻게?【018:10】【018:12】 ② hvad〔덴마크어〕=what? 무엇?

③ hwaet〔고대 영어〕=listen[attend]! 경청!→『Beowulf』(8세기 초의 고대 영어로 된 최초의 서사시. 그 주인공 이름.)의
첫 단어

| 018:15 | Mutt. — Ore you astoneaged, jute you? |
|--------|---------------------------------------|
|        | 뮤트 — 당신 놀랐어요, 쥬트? |

* Ore you: ① Are you  ② øre〔노르웨이어〕=ear 귀  ③ ear
* astoneaged: ① astonished=amazed 깜짝 놀란  ② Stone Age 석기시대
* jute: ① 주트족(5세기-6세기 영국에 침입한 게르만족)  ② 삼베

| 018:16 | Jute. — Oye am thonthorstrok, thing mud. |
|--------|------------------------------------------|
|        | 쥬트 — 깜짝 놀랬어요, 뮤트. |

* Oye am: ① I am  ② øye〔노르웨이어〕=eye  ③ eye
* thonthorstrok: ① thunderstruck=shocked[amazed] 충격 받은[깜짝 놀란]: astoneaged【018:15】  ②
  Thon[Thonar] 색슨족(한때 독일 서북부에 살았던 민족. 그들 중 일부가 5~6세기에 영국에 정착함.)의 신  ③ Thor 노르웨이
  의 천둥신: Thor's Day가 영어의 Thursday가 되었음: 'Macool, Macool, orra whyi deed ye diie?
  of a trying thirstay mournin?'【006:13~14】
* thing mud: ① Thingmote[Thingmound] 바이킹이 더블린의 Suffolk Street와 Church Lane의 교차
  로에 구축한 인공 언덕. 침략자들이 상륙 지점에 돌기둥(steyne)을 세우는 것이 관례였으며, 그 옆에
  Thingmote[thingmót]가 세워졌다.  ② moot〔고대 영어〕=meeting[gathering] 모임[회합]  ③ Mutt 똥개[바
  보]→Mutt and Jute【016:19】 ☞ mud=soft, wet dirt 진흙

## 6) The Allaphbed

### 알파벳

[018:17~021:04]

| 018:17 | (Stoop) if you are abcdminded, to this claybook, what curios |
|---|---|
| | (몸을 숙여요) 만약 당신이 이 점토 책의 입문자라고 하면, 이 알파벳은 |

* Stoop: ① stoop=verandah 현관  ② stoop 몸을 굽히다: ‘Mind your hats goan in’【008:09】  ③ *She Stoops to Conquer* 아일랜드 출생의 영국 극작가 올리브 골드스미스(Oliver Goldsmith)의 연극 ☞ stop: ‘oh stop, please to stop’→【124:05】【232:18】【272:12】【379:05】【495:31】【588:33】【609:07】
* abcdminded: ① absentminded 정신이 없는  ② ABCDE-minded 글을 읽고 쓸 수 있는(literate)  ③ abecede〔고대 영어〕=alphabet 알파벳→alphabet 초보, 입문
* claybook: ① clef=key 열쇠  ② clay-book 점토책→고고학자에 의해 어느 정도 판독할 수 있는 진흙 투성이 책
* curios: ① curio 기이하거나 희귀한 물건  ② curious 호기심 많은, 기이한  ③ curiologic=pictographic 그림[상형] 문자의  ④ cursive 필기체

---

Biddy the Hen이 HCE의 선술집 뒤뜰에 있는 쓰레기 더미(‘tip’)에서 음식물을 뒤져 파헤치다가 ALP의 편지를 찾게 되는 12쪽 이후에서 ‘편지’ 관련 주제는 일련의 변형을 거친다: 편지, 더블린 풍경, 4대가들의 연대기(Annals of the Four Masters), 필생(筆生)의 두루마리 또는 켈스의 책(Book of Kells), 리버 리비두스(Liber Lividus)의 무덤, 모엘타(Moyelta) 평원, 바벨탑(Tower of Babel)의 붕괴에 따른 언어 혼란, 뮤트(Mutt)와 쥬트(Jute) 사이의 대화, 고고학 유적[흔적]

---

| 018:18 | of signs (please stoop), in this allaphbed! Can you rede (since |
|---|---|
| | (제발 몸을 숙여요) 얼마나 신기한 부호들일까! 당신은 (알라신과 마호메트는 |

* signs: ① sighs 한숨  ② signs: 자신의 편지에 남긴 ALP의 서명【619:16】
* allaphbed: ① alphabet 알파벳【019:01】  ② aleph, beth〔히브리어〕소(ox)와 집(house)을 뜻하는 히브리어 알파벳의 처음 두 글자  ③ ALP's bed: ALP의 강 바닥(riverbed), HCE의 선술집 침대  ④ Allah=God
* rede: ① rede=saying, advise  ② rede=read  ③ rede=reed 갈대

---

| 018:19 | We and Thou had it out already) its world? It is the same told |
|---|---|
| | 이미 터놓고 얘기를 했기 때문에) 그 이야기를 판독할 수 있는가? 늘 같은 |

* We and Thou→(코란에서) We=Allah[God](이슬람교[회교]의 유일 최고의 신), Thou=Muhammad(마호메트),

Ye=readers[audience] 독자[청중] *The Speeches & Table-Talk of the Prophet Mohammad*(Lane-Poole)

* have it out 결판을 내다[짓다]
* the same told of all: ① the same tale 『경야의 서』는 인간의 타락(Fall of Man)에 대한 이야기를 여러 모습으로 계속해서 들려주고 있다 ② a tale told 이야기 ③ a sum told→to tell=to count 세다[셈하다] ④ the sum total of all 총(總)합계

| | |
|---|---|
| 018:20 | of all. Many. Miscegenations on miscegenations. Tieckle. They |
| | 이야기. 1파운드 분량. 인종 혼합에 더하여 인종 혼합. 1/2파운드 분량. |

* Many→Mina 이야기 보따리의 분량[무게]=1파운드
* Miscegenations=a mixing of races 인종의 혼합[이종족 혼교]→Mearmerge two races【017:24】
* Tieckle: ① Tekel '기록된 글자는 이것이니 곧 메네 메네 데겔 우바르신이라. 그 글을 해석하건대 메네는 하나님이 이미 왕의 나라의 시대를 세어서 그것을 끝나게 하셨다 함이요. 데겔은 왕을 저울에 달아 보니 부족함이 보였다 함이요. 베레스는 왕의 나라가 나뉘어서 메대와 바사 사람에게 준 바 되었다 함이니이다 하니'《다니엘서 5장 25절~28절》 ② tickle (장난으로) 간지럽히기[간질거리기] ③ tekel→shekel 고대 유대의 무게 단위(약 1/2 파운드)

| | |
|---|---|
| 018:21 | lived und laughed ant loved end left. Forsin. Thy thingdome is |
| | 그들은 살았고 또 웃었으며 또 사랑했고 또 떠났다. 1/2파운드 분량. 바이킹 |

* lived und laughed ant loved end left→'A way a lone a last a loved a long the(한 가닥 외줄기 마지막 사랑의 기나긴 그)'【628:15~16】+'He larved ond he larved on he merd such a nauses(He laughed and he laughed and he made such a noise)'【418:10】→ant→「The Ondt and the Gracehoper」【414:16~419:08】
* Forsin(=죄악으로 신세를 망친)+forsan(아마도)+upharsin(메네 메네 데겔 우바르신[세어서, 세어서, 저울에 달려, 나뉘었도다의 뜻]. Belshazzar 왕의 왕국 멸망의 예언이라고 Daniel이 해석함.)《다니엘서 5장 25절~28절》 ☞ Forsin→upharsin=half of mina=1/2 pound
* thingdome: ① thingmote 언덕(중세 더블린의 바이킹 공공 집회 장소)=thing mud【018:16】 ② Kingdom 왕국 ☞ dome=mound 흙더미[무덤]

| | |
|---|---|
| 018:22 | given to the Meades and Porsons. The meandertale, aloss and |
| | 언덕은 메디아와 페르시아에게 넘겨졌다. 몽상가들이 세상을 돌아다니던 |

* Meades: ① Meade=Earls of Clanwilliam의 성(姓) ② G.R.S. Mead: *Thrice Great Hermes*의 저자 ③ Medes: 메소포타미아 북동쪽, 카스피해 남쪽, 고원 지대에 위치한 고대 제국 ④ mead=meadow 초원
* Porsons: ① Persians 페르시아인 ② poor sons ③ parsons (교구)목사 ④ for sin
* meandertale: ① Neanderthal 네안데르탈인 ② meandering tale 두서없는[종잡을 수 없는] 이야기, 만담(漫談)
* aloss and again→alas and alack 아아, 슬프다 그리고 아아, 애석하다(후회나 슬픔을 나타내는 소리)

| 018:23 | again, of our old Heidenburgh in the days when Head-in-Clouds |
|---|---|
| | 시절의 고대 하이델베르크인의, 아 아 슬프고도 아 아 애석한, 종잡을 수 없는 |

* Heidenburgh: ① Edinburgh 스코틀랜드의 수도 ② Heidelberg Man 하이델베르크인 ③ Heiden=heathen 이교도
* Head-in-Clouds: ① **H**ead-in-**C**louds walked the **e**arth=HCE ② Head-in-Clouds 몽상가 ③ Odin 오딘(북유럽신화에서 지식·문화·군사를 관장하는 신)

| 018:24 | walked the earth. In the ignorance that implies impression that |
|---|---|
| | 이야기. 무지無知에서 그것은 인상印象을 암시하고, 그것은 |

* walked the earth→La vie de Bouddha(부다의 삶) 깨달음 후에 부처는 '세상을 주유(周遊)했다' ☞ 침대에 옆으로 누워있는(lying on his side in bed) HCE의 모습은 유희좌(遊戱坐), 즉 한 무릎을 세우고 한 무릎은 옆으로 누인 자세를 하고있는 'maharajalila'의 부처상(statue of Buddha)을 연상케 한다.

• maharajalila -wikimedia

* In the ignorance that implies impression→In the ignorance … ensuance of existentiality【018:24~28】: 부처의 12연기(緣起): ① ignorance 무명(無明)→② volition 행(行)→③ consciousness 식(識)→④ Name&Form 명색(名色)→⑤Six Senses 육입(六入)→⑥ Contact 촉(觸)→⑦ Feeling 수(受)→⑧ Craving 애(愛)→⑨ Clinging 취(取)→⑩ Becoming 유(有)→⑪ Birth 생(生)→⑫ Old Age&Death 노사(老死)《The doctrine of pratītyasamutpāda(12연기론緣起論: 모든 현상은 독립·자존적인 것은 하나도 없고, 모든 조건·원인이 없으면 결과도 없다는 이론)》

| 018:25 | knits knowledge that finds the nameform that whets the wits that |
|---|---|
| | 지식을 결합하고, 그것은 명색名色을 발견하고, 그것은 지혜를 증진하고, 그것은 |

* nameform 이름과 형태→명색(名色)
* knit=conjoin as by knotting[binding together] 결합하다
* whet=hone[sharpen] 갈아서 날카롭게 하다; 자극[증진]하다

| 018:26 | convey contacts that sweeten sensation that drives desire that |
|---|---|
| | 접촉을 전달하고, 그것은 감각을 일깨우고, 그것은 욕망을 충동하고, 그것은 |

* convey=transport[transmit] 전달[운송]하다
* sweeten=add sugar; refine[purify] 달게 하다; 깨끗이 하다
* sensation=feeling[emotion] 기분[감정]

| 018:27 | adheres to attachment that dogs death that bitches birth that en- |
|---|---|
| | 애착을 고집하고, 그것은 죽음을 미행하고, 그것은 출생을 불평하고, 그것은 |

* adhere=stick fast 꽉 붙다[꼼짝 못하다]

* attachment=liking 애착[기호]
* dog=follow insidiously 미행하다[귀찮게 따라다니다(shadow)]
* bitch=botch (서투른 솜씨로) 망쳐놓다, 불평하다
* entail=involve (필연적 결과로서) 수반하다, ~을 일으키다

| 018:28 | tails the ensuance of existentiality. But with a rush out of his |
| | 실존의 계승繼承을 수반한다. 하지만 그의 성도처成道處 보드가야로부터 |

* ensuance of existentiality 실존의 계승(繼承)→존재의 연기(緣起) ☞ In the ① ignorance that implies ② impression that knits ③ knowledge that finds the ④ nameform that whets the ⑤ wits that convey contacts that sweeten ⑥ sensation that drives ⑦ desire that adheres to ⑧ attachment that dogs ⑨ death that bitches ⑩ birth that entails the ⑪ ensuance of existentiality[존재의 연기(緣起)]【018:24-28】

| 018:29 | navel reaching the reredos of Ramasbatham. A terricolous vively- |
| | 돌진해서 램스바텀의 후문에 다다랐다. 한 주민이 '생명의 책'에 이 사실을 |

* navel: ① navel[tummy button] 배꼽 ② But with a rush out of his navel 깨달음의 순간 부처의 배꼽에서 갈대가 생겨나고, 빛이 뿜어져 나옴→깨달음의 장소 Buddhagaya[Bodhgaya]는 곧 지구의 배꼽 ③ Ogygia, where is the navel of the sea 바다의 배꼽 오기기아(Calypso의 섬): 일부 학자는 아일랜드라고 주장함
* reredos: ① reredos 제단 가림막[장식벽]; 난로의 뒷면 ② rere=rear 후면(後面) ③ rear door 후문(後門) ☞ reredos=do over again 다시 반복하다
* Ramasbatham: ① Ramsbottom 영국 그레이터 맨체스터(Greater Manches-ter)의 메트로폴리탄 베리 자치구에 있는 시장 도시 ② Rama 힌두교의 주요 신. 그는 일곱 번째이자 비슈누(Vishnu)에서 가장 인기 있는 아바타 중 하나. 힌두교의 라마 중심 전통에서 그는 지고한 존재로 간주됨. ③ Bottom=Nick Bottom: Shakespeare의 *A Mid-summer Night's Dream*에 등장하는 Athens의 방직공
* terricolous〔라틴어〕: ① terricola 지구의 거주자 ② terricolous 땅 위 또는 땅속에 사는[육생(陸生)의] ③ terracotta 테라코타(적갈색 점토를 유약을 바르지 않고 구운 것)
* vivelyonview: ① vivlion viou〔현대 그리스어〕=book of life 생명의 책(천국에 들어가야 할 사람의 이름을 기재한 것)〔요한계시록 3장 5절〕: ALP의 편지 ② on view 전시 중인 ③ lively 기운찬 ④ vively=vividly 생생하게, 똑똑히

| 018:30 | onview this; queer and it continues to be quaky. A hatch, a celt, |
| | 생생하게 적고 있는데 글씨는 비뚤거리고 필적은 계속 흔들린다. 통발 뚜껑과 |

* queer→quer=crooked[crosswise] 비뚤어진[거꾸로]: ALP의 편지글
* quaky: ① shaky 흔들리는 ② earthquake 지진 ③ (필적·목소리가) 떨리는
* A hatch, a celt, an earshare: ① Hatch...celt...earshare→HCE ② hatch 통발의 뚜껑 ③ hatch=Humpty Dumpty=HCE ④ celt (선사 시대의) 돌[청동]도끼 ⑤ Celt 켈트족 후예(특히 아일랜드·웨일

| 018:31 | an earshare the pourquose of which was to cassay the earthcrust at |
|---|---|
| | 도끼 그리고 쟁기 날의 목적은 발을 가는 소처럼 밤이고 낮이고 |

* earshare: ① earsh=stubblefield 그루터기 밭 ② share=ploughshare 쟁기 날 ☞ ear〔페어〕=ploughing[plough] 쟁기〔질하다〕→ploughshare

* pourquose: ① purpose 목적[의도] ② pourquoi〔프랑스어〕=why?

* cassay: ① cassay...earthcrust...hours→CEH ② casser〔프랑스어〕=break 부수다: cassay earthcrust=빵을 부수다→최후의 만찬→숙주(宿主)의 저작(咀嚼) ③ cassay the earthcrust=plough 쟁기질하다 ④ assay 시금(試金)하다(금·은 따위의 함유량을 조사함)

* earthcrust→crust of bread=cassay the earthcrust=break crust of bread (빵 껍질을 부수다)=The Last Supper(최후의 만찬)=mastication of the host

| 018:32 | all of hours, furrowards, bagawards, like yoxen at the turnpaht. |
|---|---|
| | 앞으로 갈고, 뒤로 갈면서 쟁기질을 하는 것이다. |

* all of hours: ① at all hours 밤이고 낮이고 ② at all of ours 우리들 모두에게

* furrowards, bagawards: ① forwards, backwards 앞으로, 뒤로 ② furrow (쟁기질로 생긴) 고랑[골] ③ bagud〔덴마크어〕=backwards 거꾸로 ④ Bhaga-vad Gita 성파가범가(聖婆伽梵歌): 고대 인도의 서사시 'Mahabharate' 속에 있는 Krishna와 Arjuna와의 철학적인 회화체의 노래. 대자연을 찬양한 것.

* like yoxen at the turnpaht: ① yoked oxen(멍에를 씌운 소): 'turning like oxen in ploughing(밭을 가는 소처럼 방향 틀기)', 즉 boustrophedon 부스트로피돈식 서법(書法, 첫 행은 오른쪽으로 다음 행은 왼쪽으로 써나가는 식의 옛날 서법)→furrowards, bagawards(앞뒤로)→ALP의 편지글 ② towpath (강·운하의) 배 끄는 길(과거에는 이 길을 따라 말이 바지선을 끌고 다녔음) ③ turnpike 통행료 징수소【003:22】

| 018:33 | Here say figurines billycoose arming and mounting. Mounting and |
|---|---|
| | 여기 무장을 하고 발사 자세를 취하고 있는 호전적인 조각 인형들을 보라. 발사 |

* Here say: ① Hear see 경청 참조: Ore you=ear【018:15】 Oye am=eye【018:16】 ② hearsay 소문[풍문] ③ here, see! 여보세요!(Look here!)

* figurine=small carved[molded] figure 작은 조각 인형

* billycoose: ① bellicose=warlike 호전적인 ② billing and cooing (연인들의) 사랑의 속삭임[애무] ③ billy-goats 숫염소 ④ King Billy 잉글랜드의 윌리엄 3세(1650-1702). 북아일랜드와 스코틀랜드에서 비공식적으로 '빌리 왕'으로 알려졌으며 1690년 보인(Boyne) 전투에서 승리를 거둠.

* arm 감싸다, 포옹[수용]하다, 무장하다[전투 준비를 하다]

* mount (산·말에) 오르다[타다], (수컷이 교미하려고) 올라타다, (총 따위를) 쏠 자세를 취하다

| 018:34 | arming bellicose figurines see here. Futhorc, this liffle effingee is for |
|---|---|
| | 자세를 취하고 무장을 한 호전적인 조각 인형들을. 게다가 이 꼬마 인형은 화승총 |

* Futhorc: ① Futhorc=further: Anglo-Saxon runes 초기 앵글로·색슨족이 글쓰기 시스템에서 알파벳으로 사용한 룬(runes). 처음 6글자의 이름을 따서 명명됨.  ② Fuck=mounting 성교하다【018:33】, 〔속어〕제기랄!, 우라질!
* liffle→little
* effingee: ① effigy 인형[모형]  ② effin'G=fucking G! 빌어먹을 G! ☞ liffle effingee=little effigy

| 018:35 | a firefing called a flintforfall. Face at the eased! O I fay! Face at the |
|---|---|
| | 이라고 불리는 발화 부싯돌을 위한 것이다. 동쪽을 향하라! 오 이런! 서쪽을 향하라! |

* firefing: ① farthing 파딩(영국의 청동 주화. 1/4 penny. 1961년에 폐지.), 조금[소량]  ② firefang=singe[scorch] 그을리다[태우다]  ③ fire-lighting flint 불을 지피는 부싯돌
* flintforfall: ① forfalde 쇠퇴하다  ② flintlock 화승총火繩銃
* Face at the eased!: ① east  ② Face at the eased 테니슨(L.Tennyson)의 「Charge of the Light Brigade(경기병 여단의 진격)」: 'Cannon to the left of them, cannon to the right of them(포탄이 그들 왼쪽에, 포탄이 그들 오른쪽에)'; 어린이용 게임: 'Face to the east, Face to the west/Face to the one you love the best(동쪽을 향하고 서쪽을 향하세요/당신이 가장 사랑하는 사람을 향하세요)'  ③ ease=royal ease[maharajalila] 부처의 유희좌遊戲坐【018:24】
* O I fay!: ① O, I say! 아이구[어머나](놀람·충격표시)  ② fay=fairy 요정

| 018:36 | waist! Ho, you fie! Upwap and dump em, ⌐ace to ⌐ace! When a |
|---|---|
| | 여어, 저런! 그만하고 내려놓아라, 직면하라! 아주 작은 부분이 |

* waist!: ① west  ② Face at the waist!→Face at the eased【018:35】 ☞ 시체는 종종 동쪽에서 서쪽으로, 즉 머리가 동쪽을 향하고 발이 서쪽을 향하도록 매장된다. 기독교적 관점에서, 이 방향으로 누우면 세상의 마지막 날 가브리엘의 나팔 소리에 몸을 돌릴 필요 없이 그냥 일어날 수 있다. 이교도의 관점에서, 죽은 자가 동쪽에서 일어나서[깨어나서] 서쪽으로 지는[죽는] 태양신과 관련되어 있다.
* Ho, you fie!: ① Hold your fire! 사격 중지!  ② 여어, 저런[에잇]!
* Upwap and dump em: ① Up, Guards, and at 'em! 경비병들이여, 일어나서 움직여!  ② upwap→wrap up 그만하다  ③ wrapped(몹시 기뻐하는[아주 즐거워하는]):《코란 74장 1절》'O thou who art wrapped, rise up and warn!'→'the rapt one warns'【020:10】  ④ dump=defecate: 『경야의 서』에서 Waterloo는 HCE의 야외 변소(outhouse)와 관련  ⑤ dump=fall abruptly[knock down]
* Face to Face!→첫 번째 F가 오른쪽[시계] 방향으로 90도 회전(M처럼) 두 번째 F가 왼쪽[반시계] 방향으로 90도 회전(W처럼). Ulysses에서 블룸과 몰리는 서로 머리와 발을 거꾸로 해서 누워 자고 있다.

| 019:01 | part so ptee does duty for the holos we soon grow to use of an |
|---|---|
| | 전체를 대신할 때 우리는 선뜻 부분에 대해 전적으로 찬성한다. |

* When a part so ptee does duty for the holos: ① When a part so ptee does duty for the ho-

los→synecdoche: 제유법(提喩法, 부분으로 전체, 전체로 부분을 나타내는 표현법: '사람은 빵만으로는 살 수 없다'라는 문장에서는 '빵'이 '음식'을 대표하며 이것이 곧 제유법적 활용이다) ② apart 떨어져[따로] ③ part=private parts→HCE의 penis ④ ptee→petit=small ⑤ do duty for ~의 역을 하다 ☞ holos: ① whole 전체, 전부 ② ALP의 vagina→'tuck up your part inher(너의 penis를 그녀의 vagina에 밀어 넣어라)'【004:29~30】

* grow to use of=grow used to 익숙해지다

| 019:02 | allforabit. Here (please to stoop) are selveran cued peteet peas of |
|---|---|
| | 여기에 (몸을 숙여요) 병사들의 급여로 삼는 작은 알갱이라는 점에서 |

* allforabit: ① all for a bit→부분에 대해 전적으로 찬성하다【019:01】 ② alphabet←allaphbed 알파벳【018:18】
* (please to stoop)→stop='oh stop, please to stop(오 멈춰요, 제발 멈춰요)'→stoop 몸을 굽히다: ▶(O stoop to please!)【019:10】 ▶please stop, do please stop, and O do please stop【124:05】 ▶Please stoop O to please【232:18】 ▶Please stop if you're a B.C. minding missy【272:12】 ▶Stop. Press stop. To press stop. All to press stop【379:05】 ▶If you won't release me stop to please me up the leg of me【495:31】 ▶when they heard the stop-press from domday's erewold【588:33】 ▶please stop with Matamaruluka and after stop do please【609:07】
* selveran: ① several ② sylvan 숲의[나무가 우거진] ③ silvern[고어]=silvery 은백색의 ④ Delavan 미국 위스콘신주 월워스카운티에 있는 도시 ⑤ selva[이탈리아어]=wood[forest] 나무[숲]
* cued peteet peas: ① petits pois cuits[프랑스어]=cooked peas 조리된 완두콩 ② petite[프랑스어]=small 작은 ☞ cued=cute 깜찍한, 예쁜

| 019:03 | quite a pecuniar interest inaslittle as they are the pellets that make |
|---|---|
| | 매우 특별한 관심을 끄는 작고 깜찍한 완두콩 몇 개가 있다. |

* pecuniar: ① peculiar 이상한[독특한] ② pecunia[라틴어]=money 돈
* inaslittle as=inasmuch as ~이므로[한 점을 고려하면]
* pellets=bullets 작은 알갱이, 작은 총알

| 019:04 | the tomtummy's pay roll. Right rank ragnar rocks and with these |
|---|---|
| | 오른쪽 강 언덕에는 라그나르 로드브로크 그리고 그와 함께 |

* tomtummy's: ① tommy[속어]=British soldier 영국 군인(특히 제1차세계대전 중) ② Tom Thumb 엄지손가락 톰(영국 동화에 나오는 엄지만 한 주인공) ③ General Tom Thumb 미국의 흥행사이자 서커스 왕 P.T.Barnum(1810~1891)이 공연한 난쟁이→ptee【019:01】 ④ tom toms 톰톰(아메리카 원주민이나 아프리카의 원주민이 쓰는 몸통이 긴 북): 전쟁의 신호로 사용 ⑤ tummy=stomach[애칭]위
* pay roll: ① pay-roll (종업원의) 급료 지불 명부[총액] ② parole[프랑스어]=word 단어 ③ soldiers' parole 석방의 특정 조건을 준수하겠다는 포로의 명예를 건 서약서
* right rank: ① right bank[Seine강의 오른쪽 강]: 프랑스 파리의 문화 중심지인 Left Bank[la Rive Gauche]와 대조되는 Right Bank ② right rank=truly stinky 냄새가 고약한

* ragnar rocks: ① Ragnarøkr〔고대 노르드어〕신들의 운명: 북유럽신화에서 세상의 종말과 북유럽 신들의 파괴 ② Götterdämmerung 신들의 황혼: 리하르트 바그너의 오페라 4부작 <Der Ring des Nibelungen(Nibelung의 반지)> ③ Ragnar Lodbrok 전설적인 바이킹 영웅이자 덴마크와 스웨덴의 왕.

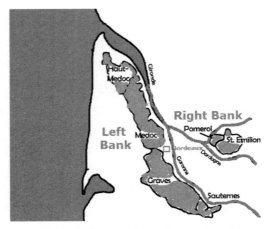

• Left/Right Banks of Bordeaux -NorthernWineSchool

| 019:05 | rox orangotangos rangled rough and rightgorong. Wisha, wisha, |
| | 삼림 지역 거주민들이 좋든 나쁘든 여하튼 다툼을 벌였다. 글쎄, |

* rox orangotangos: ① rocks 바위 ② rogues 사기꾼 ③ box of oranges: 아일랜드에서 오렌지는 개신교·충성심·연합주의·영국 정체성을 상징함 ④ orangutan 오랑우탄: 보르네오·수마트라섬에 서식하는 유인원(類人猿) ☞ orangu-tans=forest dwellers 삼림 지역 거주민
* rangled: ① wrangled 언쟁[다툼]을 벌이다 ② Ringling Brothers 1884년에 서커스를 설립한 가족. 그들은 1907년에 Barnum & Bailey Circus를 사들였으며 1919년에 두 서커스가 합치게 됨.
* rightgorong: ① right or wrong 좋든 나쁘든[어떻든] ② right go wrong 옳은 것이 잘못되다
* Wisha: ① wisha〔앵글로-아이리쉬어〕=indeed 글쎄, 참으로 ② mhuise〔아일랜드어〕=indeed 참으로

| 019:06 | whydidtha? Thik is for thorn that's thuck in its thoil like thum- |
| | 정말, 왜 그랬을까? 이것은 복수를 갈망하는 어떤 바보의 역적과 같은 |

* whydidtha?: ① why did? 왜 그랬을까? ② tha (pa)=then 그러면 ③ Wichita 미국 Kansas주 남부 Arkansas강에 면한 도시
* Thik→thik=that[this]
* thorn→(the letter) Þ〔고대 영어(노르웨이어)〕가시, 고통[고민]거리
* thuck in: ① stuck in ~에 갇혀있는 ② tuck in=eat up! 열심히 먹다
* thoil: ① toil 수고[고생] ② soil 토양, 나라, 지방
* thumfool's thraitor: ① some fool's traitor 어떤 바보의 역적[배신자] ② thumb=Tom Thumb: tomtummy's【019:04】 ③ thimble (바느질할 때 쓰는) 골무 ④ thumb-hole 엄지손가락을 집어넣는 구멍, (관악기의) 엄지손가락으로 개폐하는 구멍 ☞ thraitor=straighter 더 똑바로

| 019:07 | fool's thraitor thrust for vengeance. What a mnice old mness it |
|---|---|
| | 나라에 박혀있는 고민거리다. 그 얼마나 오래고 오랜 분규이던가! |

* thrust=forcible push(강제로 밀어붙임)+thirst(갈망[갈증])
* vengeance=revenge 복수[앙갚음]
* What a mnice old mness it all mnakes!=What a nice old mess it all makes! 얼마나 오래된 곤경
  [분규]이던가!


| 019:08 | all mnakes! A middenhide hoard of objects! Olives, beets, kim- |
|---|---|
| | 두엄 더미에 묻혀있는 관심의 대상이라! 히브리어 알파벳 알레프, 베트, |

* middenhide: ① midden=dunghil(똥 무더기), refuse-heap(쓰레기 더미), com-postheap(퇴비 더미): HCE의
  선술집 뒤뜰에 있는 쓰레기터[똥 무더기] ② kitchen midden 유적지에서 발견되는 패총(貝塚) 또는 가정
  집 쓰레기 더미 ③ maiden-head 처녀성[처녀막(hymen)] ④ maydenhead=first-fruits 햇과일, 첫 성과
* hoard 저장[비축]; object 욕망, 연구, 관심 등의 대상
* Olives, beets, kimmells, dollies: ① Alef[aleph], bet, gimel, dalet 히브리어 알파벳의 처음 네 글자:
  구약성경은 히브리어로 기록됨 ② kimmel=liqueur 리큐어(향료·감미가 있는 독한 술로 주로 식후에 작은 잔으로 마
  심) ③ dolly(인도에서 무료로 제공하는) 과일과 사탕[과자] ☞ beets 사탕무


| 019:09 | mells, dollies, alfrids, beatties, cormacks and daltons. Owlets' eegs |
|---|---|
| | 기멜, 달레트. 그리스어 알파벳 알파, 베타, 감마 그리고 델타. 쓸데없는 사족을 |

* alfrids, beatties, cormacks and daltons: ① alpha, beta, gamma and delta 그리스어 알파벳의 첫
  네 글자: 신약성경은 그리스어로 기록 ② Alfred Chester Beatty(1875-1968) 미국의 자선사업가이자
  기업가로서 방대한 예술품과 타자본(manuscripts)을 아일랜드에 남겼다. 그의 컬렉션에는 신약성서의
  가장 오래된 일부가 포함됨. ③ Cormac Mac Airt 핀 맥쿨(Finn Maccool)과 동시대의 전설적인 아일랜
  드 대왕
* Owlets' eegs: ① owl eggs 올빼미 알 ② E's→creakish【019:10】, Greek ees【120:19】 ③ owls to
  Athens 쓸데없는 짓을 하다, 사족(蛇足)을 달다→Sick owls hawked back to Athens(아테네로 돌아오는 병
  든 올빼미)【120:20】☞ creakish: ① creaky 삐걱거리는, 낡은 ② Greekish 그리스어를 닮은


| 019:10 | (O stoop to please!) are here, creakish from age and all now |
|---|---|
| | (몸을 숙여요, 제발) 달고 있는데, 세월 탓으로 낡았고 그래서 지금은 |

* O stoop to please!: ① 「She Stoops to Conquer」아일랜드 태생의 영국 소설가 Oliver Gold-
  smith(1730~1774)의 희곡 ② oh stop, please to stop!(오 멈춰요, 제발 멈춰요)【019:02】→stoop 몸을 굽히다
* creakish【019:09】
* from age→fromage〔프랑스어〕=cheese 치즈: unbeurrable from age=un-bearable for ages[unbear-
  able from age(견딜 수 없는 세월[나이])【162:02】

| 019:11 | quite epsilene, and oldwolldy wobblewers, haudworth a wipe o |
|---|---|
| | 몽땅 쓸모가 없으며, 옛날식이라 불안정하며, 풀 한 줌의 가치도 없다. |

* epsilene: ① obsolete 쓸모없는 ② epsilon 그리스 알파벳의 다섯 번째 문자 ③ epicene 양성(남녀)을 가진 ④ obscene 외설적인

* oldwolldy→Old Worldly 옛날식으로[고풍스럽게]

* wobblewers→Ws(doubleyous) ☞ wobble 불안정하게 흔들리다[동요하다]

* haudworth: ① hardly worth 가치가 거의 없다 ② haud〔라틴어〕=not

* a wipe o grass: ① a wisp of grass 풀[잔디] 한 줌 ② a wipe o grass→How Buckley Shot the Russian General: 장군(즉, HCE)이 용변 후 잔디로 자신의 엉덩이 닦는 것을 보자 사살함【008:10】


| 019:12 | grass. Sss! See the snake wurrums everyside! Our durlbin is |
|---|---|
| | 쉿! 뱀처럼 음흉한 사람들이 곳곳에 꿈틀거리니까 조심하라! 더블린은 |

* Sss!: ① Spring Summer season 봄여름 시즌 ② hiss (증기·뱀·거위 등이) 쉿 하는 소리를 내다: HCE의 남자 하인 S는 뱀으로 나타나기도 함

* snake (뱀처럼) 음흉하고 냉혹한 사람, 방심할 수 없는 적

* wurrums: ① worms 더블린 일부 지역에서 worms(꿈틀거리며 나아가다)가 wurrums로 발음됨 ② Wurm〔독일어〕벌레, 용 ③ Wurra-Wurra 성 패트릭이 파괴한 드루이드 우상

* durlbin: ① Dublin ② dustbin ③ dirt


| 019:13 | sworming in sneaks. They came to our island from triangular |
|---|---|
| | 비열한 인간들이 우글거리는 곳이다. 그들은 스페인과 갈리아 그리고 |

* sworming: ① swarming 군중[무리] ② worming 벌레[기생충]

* sneaks: ① snakes 뱀 ② sneaking person ☞ sneak 몰래 움직이다[숨다]

* triangular Toucheaterre: ① Angleterre〔프랑스어〕=England 영국: 대부분의 아일랜드 외국 침략자들의 근원지 ② touche-à-tout〔프랑스어〕=meddler 중재자 ③ Trinacria: Odysseus[Ulysses]와 그의 부하들이 고립되어 있는 Odyssey의 섬으로서 신성한 황소가 살고있는 Hyperion의 소유다→후대의 Homeric 주석가들은 Trinacria를 또 다른 삼각형 모양의 섬인 Sicily와 혼동했다 ☞ tri-angular: ① 스페인, 갈리아(Gaul), 이탈리아 ② 아일랜드와 프랑스의 삼색인(tricolor flags) ☞ touché à terre 공격(hit)이나 간섭(touch)을 받은 땅: touché는 내가 졌군[정곡을 찔렸군]의 뜻(논쟁·토론에서 상대방의 지적·논점을 받아들이는 표현)이고, à terre는 '땅 위에'라는 뜻(발바닥이 완전히 마룻바닥에 붙어있을 때)→ 프랑스는 Normans와 Vikings의 침공을 받았음


| 019:14 | Toucheaterre beyond the wet prairie rared up in the midst of the |
|---|---|
| | 이탈리아 3국의 공격과 간섭을 받은 땅으로부터 금단의 열매 동산 한가운데서 |

* wet prairie=marshy wetlands (미국의) 젖은 대초원 ☞ 아메리카 원주민들이 바다(sea[ocean])를 지칭하는 표현

* rared up→reared up 재배[양육]된

* in the midst of the cargon→in the midst of the garden: 'the tree which is in the midst of the garden(동산 한가운데에 있는 나무)'《창세기 3장 3절》 ☞ cargon→cargo (선박·비행기의) 화물

| 019:15 | cargon of prohibitive pomefructs but along landed Paddy Wip- |
| | 자란 대초원을 넘어 우리 섬으로 왔다. 그들과 함께 성 패트릭도 발을 |

* prohibitive pomefructs: ① forbidden fruit (에덴동산의) 금단의 열매 ②
pomme〔프랑스어〕=apple 사과: 금단의 열매와 연관됨 ③ fructus〔라
틴어〕=fruit 과일 ④ pomegranate 석류(아도니스와 다른 신들에게 신성한 과일)
* Paddy: ① Saint Patrick 아일랜드의 수호성인(5세기의 가톨릭 사제로 아일랜
드에 기독교를 전파하는 데 큰 역할) ② Paddy '아일랜드인'을 가리키는 비어,
Patrick의 애칭 ☞ 아일랜드의 수호성인: Saint Patrick(389~461), Saint
Brigid(453~523), Saint Columba(521~597)
* Wippingham: ① whipping them 성 패트릭이 뱀을 내쫓는 행위 ②
Dick Whittington(1358~1423) 런던 시장을 3차례(39세, 48세, 61세) 역임 ③
*The Whippingham Papers* 세인트 조지 스톡(St George Stock)의 사도-마
조히즘(가학피학성 성애)을 다룬 포르노그래피로서 1887년 12월에 출판

• The Whippingham Papers
-AbeBooks

| 019:16 | pingham and the his garbagecans cotched the creeps of them |
| | 디뎠으며, 그는 우리의 여자 안주인이 낚아채기 전에 자신의 낡은 |

* the his: ① 표기 오류→조이스의 의도는 the 아니면 his였을 것임 ② hiss 뱀이 '쉬'하고 내는 소리:
Sss!【019:12】
* garbagecans: ① 〔속어〕낡은 배 ② dustbins 쓰레기통(보통 부엌 쓰레기를 넣음)
* cotched the creeps of them: ① scotched: scotch a snake 뱀에게 상처를 입히다 ② cotched〔더
블린 속어〕=caught 막아내다, 붙잡다 ③ caught the craps→citchin the crapes(배설하다)【009:31】
④ creep 살살 기다

| 019:17 | pricker than our whosethere outofman could quick up her whats- |
| | 배에 기어오르는 그들을 그녀보다 더 빨리 막아냈다. |

* pricker than: ① quicker than ~보다 빨리 ② prick=penis ☞ prick 찌르다[쑤시다]
* whosethere: ① holster 권총집 ② who's there? 누구세요[거기 누구 있어요]? ③ hostess 안주인
* outofman: ① woman: 'she shall be called Woman, because she was taken out of man(남자에게
서 취하였은즉 여자라 칭하리라)'《창세기 2장 23절》 ② Ottoman 1280년부터 1924년까지 제국을 통치한 터
키의 오스만 왕조
* quick up: ① pick up quickly 빨리 데리러 가다 ② prick up her ears 귀를 쫑긋 세우다[경청하다]

| 019:18 | thats. Somedivide and sumthelot but the tally turns round the |
|---|---|
| | 전체를 나누기한 다음 합산하라 그러나 이야기는 동일한 알파벳을 |

* Somedivide and sumthelot→subdivide and sum the lot 몫을 세분(細分)한 다음 합산하다 ☞ hendiadys 중언법(重言法) 또는 이사일의(二詞一意): butter-ed bread←bread and butter(버터 바른 빵), nicely warm←nice and warm(기분 좋게 따뜻한), honorable death←death and honor(꽃다운 죽음), pennywise poundfoolish←penny wise and pound foolish(한 푼 아끼려다 열 냥 잃는다)로 나타내는 수사법 ☞ 나누기 또는 축소(Somedivide)와 합산 또는 증대(sumthelot)의 동시성: 【018~019】의 핵심 구절인 'When a part so ptee does duty for the holos we soon grow to use of an allforabit(하나의 부분이 홀로를 대신할 때 우리는 곧 allforabit을 사용하게 된다)'→'When a petit part is used for the whole, we grow accustomed to the use of the all-for-a-bit(작은 부분이 전체를 위해 사용될 때 우리는 all-for-a-bit 사용에 익숙해진다)' 이 부분은 언어의 보편적인 해체(decomposition)와 재구성(re-composition)의 소우주적 요약이다
* tally: ① tale (사실·전설·가공의) 이야기, 소문 ② (특히 총계·총액을 계속 누적해 나가는) 기록[계산]
* turns round=turns out 모습을 드러내다, (일이) 되어가다

| 019:19 | same balifuson. Racketeers and bottloggers. |
|---|---|
| | 드러낸다. 암거래꾼들과 주류 밀매업자들. |

* balifuson: ① bally=bloody〔속어〕피투성이의 ② Bailey=James Anthony Bailey (미국) 전설적 서커스맨【019:01】☞ BLFSN: 고대 아일랜드의 오검(ogam) 알파벳은 네 개의 그룹으로 나뉘며, 각각 다섯 개의 문자가 포함되어 있는데 첫 번째 그룹은 B, L, F, S, N ... 네 번째 그룹은 모음 A, O, U, E, I로 구성되어 있다《The Story of the Alphabet 203(Clodd)》
* racketeer 협박[공갈]자, 암거래꾼
* bottloggers: ① bootleggers 불법 주류 공급 업체 ② bottlers HCE의 선술집 남자 하인 S의 소임은 빈 병을 세척하는 일 ③ butlers 집사(HCE의 선술집의 남자 하인 S) ④ bottiglieria〔이탈리아어〕=wine shop 와인 가게

| 019:20 | Axe on thwacks on thracks, axenwise. One by one place one |
|---|---|
| | 111, 좌우 교대 필기. 1132. |

* Axe on thwacks on thracks, axenwise: ① (x+x+x)(x+y): 대수학적(代數學的)으로 말하자면, (x+x+x)(x+y)=111, 만약 x=1이고, y=36이라면 ② anthrax 탄저병 ③ oxenwise 황소처럼→boustrophedon 부스트로피돈식 서법(書法)→(고대의) 좌우 교대 서법: 글을 쓸 때, 한 줄은 왼쪽에서 오른쪽으로 다음 줄은 반대로 행(行)마다 번갈아 써나가는 방식 ④ axe...thwacks 아베스타(Avestan) 말인 'taša(=axe)'와 'thwaxš-(=be busy)'는 인도 게르만 공통 조어(모든 인도 유럽어의 조상이 되는 것으로 여겨지는 고대어) 어근 'tek-(=to make)'에서 파생된 것임 ☞ axe→ace=1, thwack→two=2, thrack→three=3
* One by one place one be three dittoh and one before: ① One by one, place 1 by 3, then 2, and 1 before(하나씩, 1×3, 그리고 2, 1을 앞에 배치)=1132 ② One by one place one(하나씩 하나씩 1을 배치)=111 ③ plus ~을 더한[보탠] ④ ditto 마찬가지로[똑같게]

| 019:21 | be three dittoh and one before. Two nursus one make a plaus- |
|---|---|
| | 2-1=1. |

* Two nursus one make a plausible free and idim behind: ① versus ~대對 ② nurses 간호사
→minus ③ three 3 ④ idem〔라틴어〕=the same 같은, jedan〔세르비아어〕=one ☞ Two minus
one make one behind→2−1=1

| 019:22 | ible free and idim behind. Starting off with a big boaboa and three- |
|---|---|
| | 거대한 보아뱀 한 마리로부터 시작해서 |

* boaboa→Boa boa 남아메리카의 거대 뱀인 보아구렁이(boa constrictor)의 학명(學名): *Ulysses*는 S로 시
작(Stately)해서 S로 끝(Yes)이 난다. HCE의 선술집 남자 하인을 나타내는 Siglum도 뱀 모양의 글자(ser-
pentine letter)가 S.

| 019:23 | legged calvers and ivargraine jadesses with a message in their |
|---|---|
| | 다리가 세 개인 송아지와 자신들의 입에 서신을 문 야위고 쇠약한 말들. |

* three-legged calvers: ① three-legged calves: Carl Crow의
*Master Kung: The Story of Confucius*에 'Three-legged calves,
big snakes(다리가 세 개인 송아지, 큰 뱀)'가 나온다 ② kalveren〔네덜란
드어〕=calves 송아지 ③ calver 연어와 다른 물고기에 대한 별칭
* ivargraine jadesses: ① ivy-green: 담쟁이덩굴은 Charles Stew-
art Parnell의 상징 ② evergreen 상록수 ③ Ivar 더블린의 초기
북유럽의 왕 ④ Igraine 이그레인: Uther Pendragon왕의 아내이
자 아서왕의 어머니 ⑤ ivraie, grain〔프랑스어〕=expression 표현
☞ 『The Green Goddess』 스코틀랜드 비평가 William Archer의
멜로극 ☞ jade 야윈 말, 길들이지 않은 말

• Master Kung: The Story of
Confucius -Abebooks

* with a message in their mouths→message in their mouths:
공자(Confucius)가 태어나기 전에 그의 어머니는 예언이 담긴 옥
판(jade tablet)을 입에 물고 있는 멋진 기린(chi lin)을 봤다《*Master
Kung: The Story of Confucius*》

| 019:24 | mouths. And a hundreadfilled unleavenweight of liberorumqueue |
|---|---|
| | 그리고 우리가 만성절 전야제까지 정독할 수 있을 정도로 |

* a hundreadfilled unleavenweight→a hundredweight daily 100웨이트(무게의 단위로 미국에서는 100
파운드; 영국에서는 112파운드→엄청난 분량)의 영향을 받지[물들지] 않은 일간 간행물(日刊 刊行物) ☞ unleaven-
weight=unleav-ened (비유적) 영향을 받지 않은[물들지 않은]
* liberorumqueue: ① liberorumque〔라틴어〕=and of children 그리고 어린이의 ② librorumque
〔라틴어〕=and of books 그리고 책들의 ③ queue〔프랑스어 속어〕=penis 페니스; pigtail 옛 중국인
의 변발(辮髮)

| 019:25 | to con an we can till allhorrors eve. What a meanderthalltale to |
|---|---|
| | 엄청난 분량의 순수 어린이용 책. HCE와 ALP 그리고 그 후손들을 |

* con an: ① con 정독[암기]하다 ② an=if〔고어〕만약→to
con if we can ③ Conan 아일랜드 신화에 나오는 피
아나(Fianna)의 일원 ④ Conann 아일랜드 신화에서 네
메디아인(Nemedians)을 억압하는 포모리아인(Fomorians)의
지도자 중 한 명 ☞ con=cheat 속임수[사기]

* allhorrors eve→All Hallows Eve[Halloween]=October
31st 원래 이교도 드루이드(Druid)의 신년 축제

• All Hallow's Eve -amazon

* meanderthalltale: ① meandering tale 두서없는 이야
기[만담(漫談)] ② tall tale 과장된[터무니없는] 이야기 ③ Neanderthal 네안데르탈인(멸종된 유인원): HCE의
선술집 남자 하인 S ④ wonderful tale 멋진 이야기

| 019:26 | unfurl and with what an end in view of squattor and anntisquattor |
|---|---|
| | 고려한 결말 때문에 얼마나 종잡을 수 없는 글이 |

* unfurl=spread out 펼치다[전개하다]
* with what→what with ~ 때문에
* in view of ~을 고려해서
* squattor: ① squalor 더러움[지저분함] ② squatter 토지 소유권을 얻고자 합법적으로 개척지에 정주
하는 사람, (공유지의) 무단 입주자→HCE
* anntisquattor: ① auntisquattor의 전송 오류 ② Auntie Squattor 쪼그려앉은[땅딸막한] 아줌마
→ALP

| 019:27 | and postproneauntisquattor! To say too us to be every tim, nick |
|---|---|
| | 전개되고 말았는가! 너 나 할 것 없이 우리 모두, 조국의 청년들, |

* postproneauntisquattor=post(다음[후])+prone(엎드린)+aunti(반대되는)+squattor(정주자)
* too us→to us
* every tim, nick and larry: ① Tom, Dick and Harry 아주 평범한 사람들[너 나 할 것 없이 모두] ②
Tim Finnegan→HCE ③ Tim Healy→Shem-Shaun ④ Old Nick→Shem ⑤ Laurence
O'Toole→Shaun ☞ larry 바닥이 열리는 광차(鑛車)

| 019:28 | and larry of us, sons of the sod, sons, littlesons, yea and lealittle- |
|---|---|
| | 아들들, 손자들, 아니 그뿐만 아니라 정직한 손자들을 언급한 것! |

* the (old) sod 고향[조국]→Ireland
* littlesons→petits-fils[little-sons]=grandsons 손자
* yea and 아니 그뿐만 아니라, 게다가
* lealittlesons: ① leal=loyal 정직한 ② lige〔덴마크어〕=just[a bit] 그냥 ③ lea 경작지용 초지(pas-
ture-land)

| 019:29 | sons, when usses not to be, every sue, siss and sally of us, dugters |
|---|---|
| | 우리와 우리들의 이씨 그리고 모든 딸들, 대지의 여신 다나의 딸들이 없을 때. |

* usses=plural of us
* every sue, siss and sally of us: ① Issy 이씨: HCE와 ALP의 딸 Issy는 성서 속 Susanna와 동일시됨【003:12】 ② siss=hiss(뱀소리)+sis(자매) ③ sue=petition[appeal] 탄원 [항소] ④ sally=sortie (군대에서) 출격[돌격]
* dugters of Nan!: ① 대지의 여신 Dana의 daughters 딸들 ② dugs(젖통[젖꼭지])=paps[tits] 젖꼭지[유방] ③ The Paps of Anu 여성의 젖가슴 모양을 한 Kerry의 두 개의 산 ④ Anna=Anna Livia Plurabelle ☞ son of Nun=Joshua 여호수아(이스라엘 민족의 지도자, 모세의 후계자)

• The Eve of St John: The Baptist at The Paps of Danu[Anu Mt] -Wikipedia

| 019:30 | of Nan! Accusative ahnsire! Damadam to infinities! |
|---|---|
| | 비난하는 조상! 끝없는 저주! |

* Accusative ahnsire!: ① Ahn[독일어]=ancestor 조상 ② sire=father 아버지[조상] ③ answer 대답 [해법] ④ accusative case 대격(對格) ⑤ accusing ancestor
* Damadam: ① damn Adam 빌어먹을 아담 ② Da Madam→HCE와 ALP ③ Dam Adam→ALP와 HCE ④ Downadown→Downadown, High Downadown【010:28】 ⑤ damn them 빌어먹을
* Infinities→infinitives (결코 가 닿을 수 없는) 아득히 먼 곳, 무한성

| 019:31 | True there was in nillohs dieybos as yet no lumpend papeer |
|---|---|
| | 사실상 그 당시에는 아직 낭비할 순면지가 없었고 |

* in nillohs dieybos: ① in illis diebus[라틴어]=in those days 그때[당시]는 ② nil[라틴어]=nothing 아무것도 ☞ Nile 나일강: 이집트의 '종이'가 만들어지고 '종이'라는 단어가 유래된 파피루스 갈대(papyrus reeds)와 관련됨
* lumpend papeer: ① Lumpen[독일어]=rags[shreds] 누더기[조각] ② Lump[독일어]=vagabond 방랑자 ③ Lumpenpapier[독일어]=rag paper 순면지 ④ Pa, Papa, Pappie 아버지(father)의 애칭 ⑤ père[프랑스어]=father

| 019:32 | in the waste and mightmountain Penn still groaned for the micies |
|---|---|
| | 많은 약속은 있었지만 지켜진 것은 별로 없다. |

* waste: ① west ② Waste(황무지[폐물])→T.S. Eliot의 「The Waste Land」 ③ 낭비[허비] ☞ 1920년 8월 중순 T.S.Eliot는 Pound가 신던 낡은 신발(old brown shoes)이 들어있는 소포 꾸러미를 Joyce에게 전달하기도 했다: ① You gave me a boot【019:33】 ② smoothpick waste papish pastures【141:10】 ③ foottreats given to malafides【141:12】 ④ his overpast boots【151:22】
* mightmountain Penn: ① the pen is mightier than the sword 펜은 칼보다 강하다: Edward Bul-

wer-Lytton의 *Richelieu*[The Conspiracy](1839) ② my fountain pen ③ man-mountain→Gulliver in Lilliput(걸리버 여행기) ④ William Penn 영국의 신대륙 개척자. 찰스 2세에게 북아메리카의 델라웨어 강 서안의 땅에 대한 지배권을 출원하여 허가를 받자 그 땅을 펜실베이니아라 명명하고, 퀘이커교도를 중심으로 하는 자유로운 신앙의 신천지로 만들었음. 총독과 양원제의회에 의한 정치를 실시하고, 그 스스로 총독이 되어 필라델피아를 건설, 아메리카 원주민들과도 우호적으로 지냈음.

* groaned for the micies: ① mountain...groaned...micies: 'parturient montes, nascetur ridiculus mus'='the mountains are in labour, a laughable little mouse is born(산은 노동을 하고 있고, 웃기는 작은 쥐가 태어났다)'→when much is promised, little performed 많은 약속을 했으나 지켜진 건 별로 없다. Horace *Ars Poetica* ②「The Mountain in Labour」파이드로스(Phaedrus)가 라틴어로 번역한 이솝 우화.

| | |
|---|---|
| 019:33 | to let flee. All was of anciency. You gave me a boot (signs on |
| | 모든 게 아주 옛날의 일이었다. 너는 나와의 관계를 끊었고 (그런 것처럼 |

* flee(도망하다)→free(해방시켜 주다, 도망치게 하다)
* anciency: ① anciency 구식[고대]=ancient times 아주 옛날 ② ancient tree 고목→World Tree 세계수(世界樹)
* You gave me a boot: ① You gave me a boot *Ulysses*에서 Stephen Dedalus는 Buck Mulligan에게서 빌린 부츠를 신는다 ② You gave me the boot= you got rid of[fired] me 너는 나를 쫓아냈어[해고했어] ☞ You gave me a boot【019:32】→end a relationship with 관계를 끊다
* Signs on it![앵글로-아이리쉬어]: ① and it looks it too 그런 것처럼 보인다 ② consequently 그 결과, 따라서

| | |
|---|---|
| 019:34 | it!) and I ate the wind. I quizzed you a quid (with for what?) and |
| | 보였다!) 나는 헛된 희망을 품었다. 나는 너에게 1파운드를 요구했고 (무엇 때문에?) |

* I ate the wind: ① I hate the heir(상속자들을 증오한다): 'I eat the air(난 공기를 먹는다)《햄릿(3.2.99)》' ② I ate the wind: 'Hollow of cheek as though it drank the wind(바람을 마신 것처럼 빰이 텅 빈 곳)' W.B. Yates의「Among School Children」에서 Yeats는 Maud Gonne을 묘사하고 있음 ③ I ate the wind 바람을 먹었다[(다른 배의) 바람을 가로막았다] ④ eat the wind→eat the air=have vain hopes 헛된 희망을 갖다
* I quizzed you a quid: ① I asked you for £1 1파운드를 달라고 네게 요구했다 ② quid[라틴어]=what 무엇 ③ quis[라틴어]=who 누구 ④ quid→1파운드(pound), 즉 Ezra Pound: 'You gave me a boot'【019:32】
* with for what?→quid pro quo[라틴어]=an exchange 교환: 파운드(pound)를 의미하는 quid의 기원

| | |
|---|---|
| 019:35 | you went to the quod. But the world, mind, is, was and will be |
| | 너는 감옥에 들어갔다. 하지만 우주혼은 비이성적 감각의 엄금嚴禁하에 모든 |

* quod: ① quod=Gaol[prison][구어]감옥 ② quad=quadrangle (건물이 사방으로 둘러싸고 있는) 사각형 안뜰

\* world mind→anima mundi〔라틴어〕=World Soul 우주 혼, 세계정신[영혼]『물질계를 조직·지배한다는 힘』

| 019:36 | writing its own wrunes for ever, man, on all matters that fall |
|---|---|
| | 사람을 위해 추락하는 모든 것들에 관한 자신만의 원칙을 작성하고 있고, |

\* writing its own wrunes: ① writing its own runes 룬 문자(文字) 쓰기: 고대 북유럽 문자(2세기경부터 스칸디나비아인을 비롯한 고대 게르만 민족들이 사용한 문자로 비석·마술에 사용) ② writing its own rules 자신의 규칙 작성하기 ③ righting its own wrongs 자신의 잘못 바로 잡기 ④ writing its own ruins 자신의 몰락 쓰기=creating its own destruction 파괴를 야기하다

• Rune Font
-Witchcraftmagick

• Der Fall Wagner
-goodreads.com

\* for ever, man: ① forever, O Mankind 영원히, 오 인류여 ② for Every-man 보통[평범한] 사람을 위하여: 중세 도덕극(morality play) <Everyman>의 우화적 인물
\* fall: ① The story of the fall(추락[타락] 이야기)→The tale of the fall(추락[타락] 이야기)→The fall(추락[타락]) ② fall 민요 <Finnegan's Wake>에서 팀 피네간이 사다리에서 추락함; 창세기(Genesis)의 죄 없는[결백한] 은총의 상태로부터의 상징적 인간의 타락(Fall of Man); 험프티 덤프티의 추락 ③ Fall=Autumn: 'the beginning of the end(종말의 시작[첫 조짐])' ④ Fall〔독일어〕=fall 가을; case 경우, 사례(事例) ☞ *Der Fall Wagner*(=The Case of Wagner): 프리드리히 니체가 리하르트 바그너에게 등을 돌린 이유를 설명하고 있다

| 020:01 | under the ban of our infrarational senses fore the last milch- |
|---|---|
| | 작성해왔으며 그리고 작성할 것이다. 왜냐하면 젖을 내는 마지막 낙타가, |

\* ban: ① ban[bean]〔아일랜드어〕=woman 여성 ② ban〔고대어〕=curse 저주 ③ ban〔콘월어〕=mountain 산 ④ ban=prohibition 금지
\* infrarational: ① infrared 가시광선(visible light)은 적외선(infrared)과 자외선(ultraviolet) 사이에 있다. 따라서 '합리적(rational)'인 것은 'infrarational'과 'ultrarational' 사이에 있으며, 'infrarational'은 'less than rational' 또는 'pre-rational'이 된다 ② 만약 'ban'이 웨일스어[콘월어]의 '산'의 의미로 받아들여진다면, ban of our infrarational는 일종의 프로이트적 무의식의 빙산·잠재의식·전이성적·언어학적·역사적 마운드를 말한다 ③ international→World[mind] 세계[마음]
\* fore: ① before ② for=because
\* the last milchcamel→영국의 동양학자이자 고고학자 Stanley Edward Lane-Poole(1854~1931)의 *Speeches and Table-Talk of the Prophet Mohammad*(예언자 모하마드의 연설과 탁상 강연): '... it is strictly true. The last milch-camel must be killed rather than the duties of a host neglected.(이것은 엄연한 사실이다. 젖을 내는 최후의 낙타는 무시당한 주인의 임무를 다하기보다는 오히려 죽어야 마땅하다.)' ☞ milch (소·염소 따위가) 젖을 내는[젖을 짜내기 위한]

| 020:02 | camel, the heartvein throbbing between his eyebrowns, has still to |
| --- | --- |
| | 자신의 눈썹 사이 심장 혈관이 심하게 고동치는데, 첫째 사촌의 무덤 앞에 여전히 |

* heartvein throbbing between his eyebrowns→영국의 동양학자이자 고고학자 Stanley Edward Lane-Poole(1854~1931)의 *Speeches and Table-Talk of the Prophet Mohammad*(예언자 모하마드의 연설과 탁상 강연): 'Fine long arched eyebrows were divided by a vein, which throbbed visibly in moments of passion(가늘고 긴 아치형 눈썹이 정열의 순간에 눈에 띄게 고동치는 정맥에 의해 나뉘었다)'

| 020:03 | moor before the tomb of his cousin charmian where his date is |
| --- | --- |
| | 묶여 있기 때문이다. 그런데 그곳은 그의 대추가 그녀의 야자나무에 |

* moor before the tomb(무덤 앞에 정박된 사막의 배)→영국의 동양학자이자 고고학자 Stanley Edward Lane-Poole(1854~1931)의 *Speeches and Table-Talk of the Prophet Mohammad*(예언자 모하마드의 연설과 탁상 강연): 'a few tied camels to the graves of the dead that the corpse might ride mounted to the judgement-seat(시체가 심판대까지 타고 갈 수 있도록 죽은 자의 무덤에 낙타 몇 마리를 묶음)' ☞ moor 배를 정박시키다: 해상 용어로 낙타는 '사막의 배(ship of the desert)'

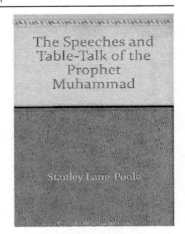

• Speeches and Table-Talk of the Prophet Mohammad -goodreads

* cousin charmian: ① cousin Khadija 영국의 동양학자이자 고고학자 Stanley Edward Lane-Poole(1854~1931)의 *Speeches and Table-Talk of the Prophet Mohammad*(예언자 모하마드의 연설과 탁상 강연): 'his rich cousin, Khadija, whom he presently married at the age of twenty-five(현재 25세에 결혼한 그의 부유한 사촌 Khadija)' ② cousin-german=first cousin 첫 번째 사촌 ③ Charmian=Cleopatra's attendant 클레오파트라의 수행원: Shakespeare *Antony and Cleopatra*
* date: ① 영국의 동양학자이자 고고학자 Stanley Edward Lane-Poole (1854~1931)의 *Speeches and Table-Talk of the Prophet Mohammad*(예언자 모하마드의 연설과 탁상 강연): 'his ordinary food was dates and water(그의 평상시 음식은 대추와 물이었다)' ② date 밀회(tryst)를 즐기는 애인

| 020:04 | tethered by the palm that's hers. But the horn, the drinking, the |
| --- | --- |
| | 매달려 있는 곳이다. 그렇다고 임종과 고통과 결정의 날이 |

* tethered→tether 밧줄[사슬]로 잡아매다, 속박하다
* palm→Joseph Charles Mardrus의 *Introduction to the Koran*: 'the Koran was written at first on palm leaves, pebbles, skins and shoulder blades of sheep(코란은 처음에 야자나무잎, 자갈, 가죽 및 양의 어깨뼈에 기록되었다)'
* the horn, the drinking, the day of dread→영국의 동양학자이자 고고학자 Stanley Edward Lane-Poole(1854~1931)의 *Speeches and Table-Talk of the Prophet Mohammad*(예언자 모하마드의 연설과 탁상 강연): 'The day of judgement is a stern reality to Mohammad...he calls it the Hour...the Smiting...the Day of Decision(심판의 날은 무함마드에게 엄중한 현실이다... 그는 그것을 임종(Hour)...고통(Smiting)...결정의

날(Day of Decision)이라고 부른다)' ☞ horn=the last Trump 최후의 나팔 소리

| 020:05 | day of dread are not now. A bone, a pebble, a ramskin; chip them, |
|---|---|
| | 지금은 아니다. 뼈 한 조각, 자갈 한 톨, 양피지 한 장. 그것들을 자르고, |

* not now 지금은 이미 ~아니다[지금은 안 된다]【020:19】
* A bone, a pebble, a ramskin→프랑스 의사이자 번역가이면서 Jean-Charles Mardrus로 알려진 Joseph Charles Mardrus(1868~1949)의 *Le Koran*(1925년 프랑스 정부에 의해 위임): 'The Prophet...effortlessly retained the divine verses in memory...and could...dictate them to his secretaries... Those wrote them down...on palm leaves, flat pebbles, skins and shoulder blades of sheep(예 언자...수월하게 신성한 구절을 기억에 남겼고...그의 비서들에게 명령할 수 있었다...그들은 받아 적었다...야자나무 잎, 납작한 자갈, 양의 가죽 과 어깨뼈에)'
* chip=hew or cut 잘게 썰다

| 020:06 | chap them, cut them up allways; leave them to terracook in the |
|---|---|
| | 토막 내고, 온갖 방법으로 조각내라. 그것들을 토탄 습지의 토기에 |

* chap=break into small pieces[chop] 토막으로 썰다
* allways: ① always 언제나  ② all ways 모든 길[방법]
* terracook→terracotta 테라코타(도자기의 일종): '구운 흙(baked earth)'이라는 뜻의 이탈리아어→토기 ☞문 맥상 terracook이 동사로 쓰여 a bone, a pebble, a ramskin이 땅속에 묻힘을 암시

| 020:07 | muttheringpot: and Gutenmorg with his cromagnom charter, |
|---|---|
| | 두어라. 그러면 마그나 카르타와 잉크병 그리고 18포인트 활자를 가진 |

* muttheringpot: ① in the melting pot 용광로[새로운 것으로 변모하는 과정]에서  ② Mutter=Earth Mother〔독일어〕만물의 생명의 근원으로서의 대지(大地)  ③ Mutt→Mutt and Jute  ④ murdering pot[peat] 살벌한 토탄(土炭) 늪→Bogosphere 토탄 습지 ☞ womb(자궁)=mothering pot(어머니 냄비)
* Gutenmorg: ① guten morgen=good morning  ② Johann Gutenberg=Johannes Gensfleisch zur Laden zum Gutenberg(1398~1468) 독일의 인쇄업자, 활판 인쇄술 발명
* cromagnom charter: ① Cro-Magnon 프랑스 남부의 Cro-Magnon에서 처음 발견된 초기 인류 문화. 그들은 숙련된 사냥꾼, 도구 제작자 및 예술가였다.  ② Magna Carta=The Great Charter[Great Paper] 마그나 카르타(1215년에 영국의 귀족들이 존 국왕에게 강요하여 서명하게 한, 영국 국민의 법적 및 정치적 권리 확인서)

| 020:08 | tintingfast and great primer must once for omniboss step ru- |
|---|---|
| | 구텐베르크가 인쇄기로부터 빨간색 활자를 찍어내는 총괄적 진보를 이룰 게 |

* tintingfast: ① tint=color  ② Tintenfass〔독일어〕=inkwell 잉크병  ③ Tintin 벨기에 만화가 에르제 (Hergé)의 만화 시리즈 *The Adventures of Tintin*(땡땡의 모험)의 주인공  ④ printing press 인쇄기
* great primer: ① Great Primer 대형 활자의 호수(號數) 이름(18포인트 활자)  ② primer=textbook[prayer-

book] 교과서[기도서]  ③ Prime Mover (아리스토텔레스 철학) 최초의 원동자: 자기는 움직이지 않고 자기 외의 모든 것을 움직이는 자, 즉 아리스토텔레스가 말하는 신(神)→Omniboss

* omniboss: ① omnibus=for all[everybody]  ② omnibus 한 저자의 작품 또는 관련 주제에 대한 저작물의 인쇄된 선집(選集)  ③ Omniboss 만물의 지배자 [신]→great primer  ④ 총괄적인[많은 것을 포함하는], 최후 수단으로 한 번

* rubrickredd: ① rubric 전통적으로 빨간색으로 인쇄된 책의 섹션 제목  ② rubricked 빨간색 글자로 표시한 것, 빨간색으로 쓰거나 인쇄한 것  ③ redd 새로운 거주자를 위해 깨끗이 치움  ④ red *Finnegans Wake* 초판본의 책표지는 포도주색[빨간색]  ☞ The Rubrics: Trinity College→Dublin에서 가장 오래된 건물. 독특한 네덜란드 박공과 높은 굴뚝이 있는 붉은 벽돌로 16세기 전환기에 지어졌다.

| 020:09 | brickredd out of the wordpress else is there no virtue more in al- |
|---|---|
| | 틀림없다. 그렇지 않으면 코란 경전이 불가사의한 효력을 지니지 못할 |

* wordpress: ① printing press 인쇄기  ② winepress (포도즙 짜는 기구)→*Finnegans Wake* 초판본의 책표지는 포도주색[빨간색]
* virtue=occult efficacy or power 불가사의한 힘[효력]
* alcohoran: ① Al Qu'ran=the Koran 코란(이슬람교의 경전)  ② alcohol 술(코란은 술을 금함)

| 020:10 | cohoran. For that (the rapt one warns) is what papyr is meed |
|---|---|
| | 것이다. 왜냐하면 그것은 (붕대로 감싸인 자가 경고한다) 종이가 양피지와 |

* the rapt one warns: ① wrapped one warns 마호메트(Mohammed)의 두 번째 계시《코란 74장 1절》: 'O thou who art wrapped, rise up and warn!'→O thou wrapped up (in the mantle)! Arise and deliver thy warning!(오 보자기에 싸인 자여, 일어나 경고하라!)→Upwap and dump em【018:36】  ② wrapped one(붕대로 감싸인 자)=Egyptian mummy[Osiris] 이집트 미이라[오시리스]  ☞ Osiris 오시리스는 대지의 신 게브(Geb)와 하늘의 여신 누트(Nut)의 아들로, 이집트 왕으로서 선정을 베푸는데, 동생 세트(Seth)에게 속아서 살해되며, 14조각으로 토막당해서 나일강에 버려진다. 그러나 누이이며 아내인 이시스(Isis)의 손으로 남근을 제외한 신체를 연결하여 미이라로 부활한다. 그림에서는 붕대를 맨 미이라의 모습으로 표현된다.
* papyr is meed of: ① paper is made of 종이로 만들어진  ② papyrus 종이의 초기 형태로 사용된 이집트 갈대. paper의 어원.  ③ meed=reward[wages] 보상[임금]

| 020:11 | of, made of, hides and hints and misses in prints. Till ye finally |
|---|---|
| | 인쇄의 예측 불가능으로 만들어진 것이기 때문이다. 마침내 그대는 |

* Made of→maid of 하녀(下女)
* hides (특히 가죽 제품에 쓰이는 짐승의) 가죽: 양피지(parchment)는 동물의 가죽이 재료
* hints 요령[지침]
* misses in prints: ① misprints 미스프린트[오식(誤植)]  ② Misses 이씨(Issy)와 그녀의 분열된 성격  ③

hits and misses 예측하기 어려운, 적중과 빗나감, 단맛과 쓴맛→복불복

| 020:12 | (though not yet endlike) meet with the acquaintance of Mister |
|--------|---------------------------------------------------------------|
|        | (비록 아직 마지막은 아니지만) 친분이 있는 HCE와 ALP 그리고 그들의 |

* endlike→endlich〔독일어〕=finally 마침내
* meet with the acquaintance of: ① meet with 만나다 ② make the acquaintance of 친분을 쌓다

| 020:13 | Typus, Mistress Tope and all the little typtopies. Fillstup. So you |
|--------|---------------------------------------------------------------------|
|        | 어린 자식 솀, 숀, 이씨를 만난다. 이상 끝. 그러므로 그대는 |

* Typus: ① typus〔라틴어〕=figure[image] 도형[이미지] ② type 유형 ③ Mister Typus→HCE ④ Mr Typ(최초 버전)→Mister Typus
* Tope: ① tope 술독에 빠져 지내다[노상 술을 마시다] ② dope 마약(선수·말에 먹이는) 흥분제 ③ topos〔그리스어〕=place 장소 ④ Mrs Top(최초 버전)→Mistress Tope ⑤ Mistress Dope=ALP ☞ top: ① top〔힌두어〕=cannon 대포 ② toppu〔타밀어〕=grove[orchard] 숲[과수원] ③ stupa〔산스크리트어〕; thupo〔빨리어〕=tuft of hair[crown of the head] 머리카락[정수리]→stupa 사리탑(舍利塔), 불탑(佛塔) ☞ Type→typography 활판인쇄술
* typtopies(유형)→Shem, Shaun and Issy ☞ tiptop=highest point[extreme summit] 극치[정상]
* Fillstup: ① full stop=period 마침표 ② fills up 가득 채우다[배가 부르다]

| 020:14 | need hardly spell me how every word will be bound over to carry |
|--------|-----------------------------------------------------------------|
|        | '더블린 거인에 관한 기록' 속에 나오는 단어 하나하나가 어떻게 |

* spell me: ① tell me 내게 말해주세요 ② spellian〔고대 영어〕=tell[speak]
* be bound over: ① bound 속박된 ② be bound to ~할 가능성이 큰[준비가 된] ③ be bound over to 구속되다

| 020:15 | three score and ten toptypsical readings throughout the book of |
|--------|-----------------------------------------------------------------|
|        | 70가지나 되는 뒤죽박죽 혼돈의 의미를 지니고 있는지 내게 말할 필요는 |

* three score and ten: ① 'The days of our years are threescore years ten; and if by reason of strength they be fourscore years, yet is their strength labour and sorrow; for it is soon cut off, and we fly away(우리의 연수가 육십 년이라 강건하면 팔십이라도 수고와 슬픔이요 연한이 되니 우리가 날아가나이다)'《시편 90장 10절》 ②'Muslim exegesis accepts that every word of the Book possesses seventy meanings(이슬람 주석은 책의 모든 단어에 70가지 의미가 있음을 인정한다)'《코란 22장》☞ three score and ten (성서) 인생 70년→Sytty maids per man【020:19~20】
* toptypsical readings: ① topsy-turvy 뒤죽박죽[엉망진창]인 ② topical 시사와 관련된[뉴스 영화] ③ typical 전형적인 ④ tipsy (취해서) 비틀거리는, (건물이) 기울어진 ☞ readings→『경야의 서』, ALP의 편지, 코란 등의 해석[이해]

| 020:16 | Doublends Jined (may his forehead be darkened with mud who |
|---|---|
| | 조금도 없다. (죄를 지은 그의 이마가 진흙으로 더럽혀지기를!) |

* Doublends Jined: ① double-ends joined 양 끝이 결합(riverrun...the)되는 순환 구조의 『경야의 서』
② Dublin's Giant→HCE 더블린의 거인-HCE【003:21】

* may his forehead be darkened with mud→영국의 동양학자이자 고고학자 Stanley Edward
Lane-Poole(1854-1931)의 *Speeches and Table-Talk of the Prophet Mohammad*(예언자 모하마드의 연설과
탁상 강연): "The worst expression he ever made use of in conversation was, 'What has come to
him? May his forehead be darkened with mud!'(그가 대화에서 사용한 최악의 표현은 '그에게 무슨 일이 생겼습니까?
그의 이마가 진흙으로 더럽혀지기를!')"

| 020:17 | would sunder!) till Daleth, mahomahouma, who oped it closeth |
|---|---|
| | 그것을 열었던 영겁의 시간, 즉 죽음이 그것의 |

* sunder→sunder...till Daleth: (결혼의 엄숙) 'What God hath joined, let no man put asunder...till
death us do part(하나님이 짝지어 주신 것을 아무도 나누지 못하게 하라...죽음이 우리를 갈라놓을 때까지)'

* sunder→sünder〔독일어〕=sinner (종교·도덕상의) 죄인 ☞ 『경야의 서』의 두 끝(시작과 끝), 즉 끝부분의
ALP가 첫 부분의 HCE와 연결됨

* mahomahouma: ① mahamanvantara〔산스크리트어〕=world cycle 세계 순환 ② Mahoun[Ma-
hound] 기독교에 의해 무하마드를 비방하기 위해 사용됨. 특히 무하마드를 이교도들이 숭배하는
신, 또는 거짓 종교에 영감을 준 악마로 묘사. ③ Mahoma〔스페인어〕=Mohammad 모하마드 ④
mahma〔아랍어〕=whatever ☞ Yuga[Age of Time' in Hinduism: ▶1 mahayuga=4,320,000 years ▶71 mahayugas=1
manvantara=306,720,000 years ▶2,000 mahayugas=1 day and night of Brahma=8,640,000,000 years ▶720,000 mahayugas=1
year of Brahma=3,110,400,000,000 years ▶100 years of Brahma=1 mahamanvantara[mahakalpa]=311,040,000,000,000 years

* who oped it: ① ope=open〔고어〕 ② who opened it 'Daleth'가 ALP의 편지를 열다 ③ who
opened closeth thereof the door: 'These things saith the holy and true, that hath the key of
David; that openeth and no man closeth, closeth, and no man openeth. I know thy works,
and lo! I gave before thee a door opened which no man may close...(다윗의 열쇠를 가지신 이 거룩하고
참되신 이가 말씀하시되 열면 닫을 사람이 없고 열 사람이 없나니 내가 네 행위를 아노니 보라, 사람이 닫을 수 없는 문이 열리기 전에 주었노
라...)'《요한계시록 3장 7절~8절)》

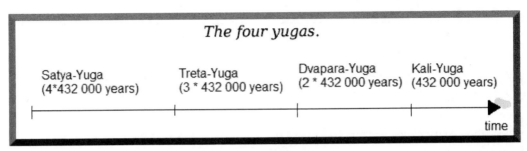

• Yuga[Age of Time] -stackexchange

| 020:18 | thereof the. Dor. |
|---|---|
| | 문을 닫을 때까지. |

* thereof→of that[from that case] 그것의, 그것에 대해서[거기서부터]
* the. Dor.: ① 『경야』의 마지막 단어 'the'는 작품의 끝과 시작을 연결하는 출구이자 입구 ② the Dor→ALP의 편지 끝부분은 Belinda(Biddy) Doran에 의한 차 얼룩으로 지워져있다: the→thé=tea ③ dor=a kind of beetle→HCE는 earwigs(집게벌레)로 나타난다 ④ door 히브리어 알파벳의 네 번째 글자, 즉 Daleth ⑤ at death's door=very close to death (병세가 위독하여) 죽음의 문턱을 오가는 ☞ dor→generation[히브리어]세대, earth[콘월어]지구, pain[포르투갈어]통증

| 020:19 | Cry not yet! There's many a smile to Nondum, with sytty |
|---|---|
| | 아직 외치지 마라! 런던까진 아주 먼 거리다. 30마일 하고도 10마일 |

* Cry not yet!: ① not yet 아직도(~않다)【003:04~14】 ② cry not yet→쌍둥이가 울기 시작하는가? ③ 「Fly Not Yet, 'Tis Just Hour(아직 날지 말라, 단지 한 시간)」: 토마스 무어(Thomas Moore:1779~1852)의 시 ④ cry(외침) 영국의 동양학자이자 고고학자 Stanley Edward Lane-Poole(1854~1931)의 *Speeches and Table-Talk of the Prophet Mohammad*(예언자 모하마드의 연설과 탁상 강연): 'Cry! in the name of thy Lord. (당신의 주님의 이름으로 외쳐라!)'
* many a smile→how many miles:(동요) 'How many miles to Babylon? Three score and ten, sir. Will we be there by candlelight?(바빌론까지 몇 마일? 30마일 하고도 10마일. 촛불을 켜고 거기에 도착할 수 있을까?)'【020:15】
* Nondum: ① non dum[라틴어]=not yet 아직도 ~않다 ② non dum=not now 지금은 이미 ~아니다[지금은 안 된다]【020:05】 ③ London
* sytty maids per man, sir: ① Three score and ten, sir 30마일하고도 10마일 ② sytti[노르웨이어]=70 ③ sette[이탈리아어]=7→【003:04~14】에서 not yet(또는 그 변형형)이 7번 반복되어 나옴 ④ al-Mansur 이슬람 칼리프(과거 이슬람 국가의 통치자를 가리키던 칭호)의 이름으로 '승리자'라는 뜻 ⑤ seventy maids per man 이슬람 전통에 의하면 남자 1명당 72명의 님프[처녀]들이 있음

| 020:20 | maids per man, sir, and the park's so dark by kindlelight. But |
|---|---|
| | 더 떨어진 곳이니까, 그대여. 그리고 촛불로는 공원이 너무 어둡다. 그러나 |

* the park's so dark by kindlelight: ① Will we be there by candlelight?: (동요) 'How many miles to Babylon?...Will we be there by candlelight?(바빌론까지 몇 마일?...촛불을 켜고 거기에 갈 수 있을까?)' ② Phoenix Park ③ kindle 불을 피우다[빛나게 하다] ④ Kindl[독일어]=child[diminutive] 아이[아주 작은] ⑤ park...by kindlelight: 'So he drove out the man; and he placed at the east of the garden of Eden Cherubims, and a flaming sword which turned every way, to keep the way of the tree of life(이같이 하나님이 그 사람을 쫓아내시고 에덴동산 동쪽에 그룹들과 두루 도는 불 칼을 두어 생명 나무의 길을 지키게 하시니라)'《창세기 3장 24절》

| 020:21 | look what you have in your handself! The movibles are scrawl- |
|---|---|
| | 그대 손에 쥐어진 것을 들여다보시라! 필체는 서툴게 휘갈겨져 있고, |

* handself!: ① handsel 새해[축하] 선물, 첫 시작  ② hand itself 필기용 펜, 자위용 페니스
* movibles: ① movables 동산(動産)  ② movable type 구텐베르그가 유럽에 도입한 활자 형식 ☞ 주조 활자[가동 활자]→낱낱으로 독립된 활자
* scrawling: ① crawling 가만가만 기어가는[느릿느릿 걷는]  ② scrawling 휘갈겨 쓰다[낙서하다] ☞ scrawl (서투른 글씨로) 갈겨쓴 편지[필적]

| 020:22 | ing in motions, marching, all of them ago, in pitpat and zingzang |
|---|---|
| | 동작은 끊임없이 계속 진행되고, 조곤조곤 노래하듯 가락을 넣어 |

* in motions: ① in motion 움직이고 (있는)[운전중인]  ② motions→faecal stools 대변(大便)[똥]
* all of them ago: ① ago  ② a-go=on the go[moving] 끊임없이[계속] 일하는  ③ agog (기대감에) 들뜬[몹시 궁금해 하는]→'Agog and magog and the round of them agrog'【006:19】 ☞ 곡(Gog)과 마곡(Magog): ① 곡과 마곡(사탄에 미혹되어 하늘나라에 대항하는 두 나라)  ② 영국 전설에서 거인 종족의 유일한 생존자[악마의 자손]
* pitpat: ① pit-pat[pit-a-pat] (심장이) 두근두근[팔딱팔딱], (발걸음이) 자박자박  ② pitter-patter 후드득[빗소리], 후닥닥[발소리]  ③ pitter 메뚜기 소리를 내다→The Ondt and Gracehoper【414~419】
* zingzang: ① sing-song (노래하듯) 가락을 넣어 말하기, 억양 없는 단조로운 말투  ② zig-zag 지그재그[갈지자형]  ③ zing 붕붕 소리를 내며 질주하다[세게 잘 나아가다]  ④ pit pat and zingzang 인쇄기 돌아가는 소리

| 020:23 | for every busy eerie whig's a bit of a torytale to tell. One's upon |
|---|---|
| | 이어위커 이야기를 들려준다고 분주하다. 한 놈은 백리향 위에 |

* eerie whig's: ① earwig=Earwicker[HCE]  ② Whig 휘그당(17세기~18세기에 일어난 민권당으로 Tory당과 대립하여 19세기에 지금의 Liberals(자유당)가 된 정당)  ③ eerie 등골이 오싹하는[무시무시한], 기괴한  ④ whig 힘차게 나아가다

* torytale to tell: ① Tory 토리당(1688년 James 2세를 옹호하고 혁명에 반대한 왕권파(王權派), 그후는 Stuart 왕가에 편들고, Anne 여왕이 죽은 후 George 1세의 등극에 반대하고, 1832년의 Reform Bill에 반대한 후 Conservative Party 가 됨)  ② storytale to tell 들려줄 이야기  ③ sorry tale 안타까운 이야기 ☞ tall tale[tall story] 거짓말 같은[믿기 힘든] 이야기

• British Politics, 1793~1815: Whigs, Tories, and Radicals -thenapoleonicwars

* One's upon a thyme: ① Once upon a time (이야기 시작 부분에서) 옛날 옛적에  ② Athy 골웨이(Galway) 카운티의 마을  ③ thyme 백리향

| 020:24 | a thyme and two's behind their lettice leap and three's among the |
| --- | --- |
| | 두 놈은 양상추 잎 뒤에 그리고 세 놈은 딸기밭에 있다. |

* lettice leap: ① lettuce leaf 양상추 잎 ② lattice 격자 모양 ③ Leixlip 리피강 변의 마을 ④ Let us sleep→HCE와 ALP의 동침(同寢)
* three's: ① there's=there is ② three=triad=Shem·Shaun·Shem-Shaun

| 020:25 | strubbely beds. And the chicks picked their teeths and the domb- |
| --- | --- |
| | 병아리들은 그들의 이빨을 쪼아대고 당나귀들은 말을 더듬거리기 시작했다. |

* Strubbely beds: ① The Strawberry Beds 피닉스 공원의 서쪽 변두리를 따라 Chapelizod와 Lucan 사이를 흐르는 리피강의 북쪽 강둑에 있는 정원[딸기 재배지] ② strubbeling[네덜란드어]=difficulty 어려움 ③ trundle beds (높은 침대 밑으로 밀어 넣어 놓을 수 있는) 바퀴 달린 낮은 침대 ④ strubbelig[독일어 구어]=tousled 머리카락이 헝클어진 ⑤ beds→Before we lump down upown our leatherbed=before we take a siesta(오후 낮잠을 자기 전): 독실한 무슬림이 기도해야 하는 다섯 시간 중 하나인 오후 중반

• Strawberry Beds -Wikiwand

* chicks picked their teeths: ① chicks picked their teeth 루마니아 출생의 언어학자 Lazare Sainéan(1859~1934)의 *La Langue de Rabelais*: 16세기 이야기꾼들은 'Il ya de cela bien longtemps quand les poules avaient des dents'='It has been a long time since then, when hens had teeth(암탉이 이빨을 가진 이후로 오랜 시간이 흘렀다)'라는 공식으로 이야기를 끝맺는다. ② toothpick=toothmick 이쑤시개

| 020:26 | key he begay began. You can ask your ass if he believes it. And |
| --- | --- |
| | 그걸 믿는지 아닌지 주의를 기울여 보시오. 그리고 누군가가 엿듣고 있을지도 |

* dombkey he begay began: ① donkey=ass 4 노인의 당나귀 ② dumb 벙어리의[말을 못 하는] ③ domb[헝가리어]=hill 언덕 ④ he began to bray 루마니아 출생 언어학자 Lazare Sainéan(1859~1934)의 *La Langue de Rabelais*: 16세기 이야기꾼들은 'Au temps que les bêtes parlaient'='In the days when animals could speak(동물이 말할 수 있었던 시대에)'라는 공식으로 이야기를 시작한다 ⑤ bégayeur=stutter 말을 더듬다
* ask your ass if he believes it: ① ask your ass 루마니아 출생의 언어학자 Lazare Sainéan(1859~1934)의 *La Langue de Rabelais*: 16세기 이야기꾼들은 'Au temps que les bêtes parlaient'='In the days when animals could speak(동물이 말할 수 있었던 시대에)'라는 공식으로 이야기를 시작한다 ② if he believes it→Lazare Sainéan이 *La Langue de Rabelais*에서 François Rabelais의 *Pantagruel*의 결말 부분을 인용하면서: 'Car si ne le croiez, non foys je, fist elle'='For if you do not believe it-"Indeed I don't!" said she(당신이 믿지 않는다면 나도 믿지 않는다고 그녀가 말했다)' ③ aas[노르웨이어]=hill 언

덕→wallops have heels(=walls have ears)  ④ consult-ing the camel/ass→Heed! Heed. 조심[주의]

| 020:27 | so cuddy me only wallops have heels. That one of a wife with |
| | 모르니 나를 도와주시오. 40개의 보닛 모자를 가진 여자 중의 |

* cuddy me: ① cuidiú liom[아일랜드어]=help me 도와주세요  ② cuddy=donkey 당나귀  ③ cod(in 'cod's wallop'에서)→wallops have heels(=walls have ears) ☞ cod's wallop=nonsense[drivel] 실없는 소리[헛소리]
* wallops have heels: ① walls have ears 낮말은 새가 듣고 밤말은 쥐가 듣는다  ② wallop[속어] =beer 맥주  ③ hills  ④ cod's wallop=nonsense[drivel] 넌센스[쓸데없는 말]

| 020:28 | folty barnets. For then was the age when hoops ran high. Of a |
| | 한 사람. 왜냐하면 그때는 희망이 고조되던 시절이었으므로. |

* folty barnets: ① Forty Bonnets: Galway의 Tommy Healy 부인의 닉네임(Nora Barnacle의 어머니 동생의 아내, 결혼 전 이름은 Annie Healy, 온갖 종류의 다양한 모자와 보닛을 가진 그녀는 몸집이 작고 자녀는 없음)  ② time of the tall bonnets 루마니아 출생의 언어학자 Lazare Sainéan(1859~1934)의 *La Langue de Rabelais*: 'The tall bonnets of the fifteenth century, a hair-style raised high above the forehead, had passed into proverb by the next century, and the expression from the time of the tall bonnets reappears often under the quill of Rabelais(15세기의 기다란 보닛, 이마 위로 높이 올린 머리 스타일은 다음 세기에 이르러 속담으로 전해졌으며, 기다란 보닛 시대의 표현은 Rabelais의 펜촉에서 다시 등장한다)'  ③ barnet[덴마크어]=the child 어린이 →barnets[덴마크어]=the child's 어린이의  ④ barnet=hair (런던 토박이의 압운 속어) 머리
* when hoops ran high=Lazare Sainéan의 *La Langue de Rabelais*: 'From the time of high bonnets'→'All we can say is that life ran very high in those days.(우리가 말할 수 있는 것은 그 당시 삶이 매우 고귀했다는 것뿐입니다)'《율리시스 196:09》☞ hoop→① hope  ② hoop skirt 후프 스커트(탄력이 좋은 철사나 고래 뼈로 도련을 펼쳐서 로맨틱한 무드를 낸 스커트. 주로 이브닝 드레스에 많이 애용된다.) ☞ run high 고조되다, 격해지다

| 020:29 | noarch and a chopwife; of a pomme full grave and a fammy of |
| | HCE와 ALP에 관하여. 진중한 남자와 경박한 여자에 관하여. |

* noarch: ① Noah→HCE  ② Noah's Ark 노아의 방주  ③ anarch 무정부 상태(anarchy)의 지도자를 의미하는 모순된 표현  ④ no-arch[그리스어]=no leader 지도자가 없음→archon 지도자
* chopwife: ① shopwife(주부)=ALP  ② chapwoman 물건을 사고 파는 여성  ③ Coba=Noah's wife (아일랜드 역사가들이 말하는) 노아의 아내 ☞ 노아의 아내는 성경에서 이름이 없다. F.L.Utley에 따르면 외경 문헌(apocryphal litera-ture)은 그녀의 이름과 성격의 103가지 변형을 열거하고 있다.
* pomme full grave: ① pomme[프랑스어]=apple 사과:Garden of Eden  ② homme[프랑스어] =man 남자: Adam=HCE  ③ fall=Fall of Man 인간의 타락  ④ grave 무덤; 심각한↔levity 경박함 【020:30】⑤ a pomme full grave 여기에서 'grave'는 'in the ground'로 간주되는 경우 'pomme' 가 완전히 땅에 있다는 의미이며 프랑스어로 'la pomme de terre', 즉 '감자'를 말함
* fammy of levity: ① fammy=waistcoat-pocket 조끼 주머니  ② femme[프랑스어]=woman 여성

→Eve→ALP ③ affamé〔프랑스어〕=famished 배가 고파 죽을 지경인 ④ famine(기아[결핍])↔pom-me full(꽉 참) ⑤ levity=frivolity 경박함[천박함] ☞ fammy of levity=family of Levi 레위 가족: 모세(Moses), 아론(Aaron), 미리암(Miriam)

| 020:30 | levity; or of golden youths that wanted gelding; or of what the |
| | 겉치레를 바라던 상류층 젊은이들에 관하여. 장난기 넘치는 소녀가 |

* golden youths that wanted gelding: ① golden lads: Shakespeare의 *Cymbeline*: 'Golden lads and girls all must/As chimney-sweepers come to dust(황금 소년과 소녀는 모두 반드시/굴뚝 청소부가 먼지가 되면서)'→워릭셔(Warwickshire)에서는 만발한 노란 민들레(dandelions)를 황금 청년(golden lads)이라고 불렀고 열매를 맺은 흰 민들레는 굴뚝 청소부(chimney-sweepers)라고 불렀다 ② gelding 거세[거세한 짐승]; 과세(taxing) ③ gilding 도금, 겉치레[아름답게 꾸밈] ④ gilded youth (돈 많은) 상류층 젊은이들[재산과 지위가 있는 젊은 신사들]

| 020:31 | mischievmiss made a man do. Malmarriedad he was reverso- |
| | 사내를 부추긴 것에 관하여. 결혼 생활이 서툰 그는 |

* mischievmiss made: ① mischievous maid(장난기 어린 처녀)→Issy ② miss 놓치다 ③ Eve made Adam eat the apple 이브는 아담에게 사과를 먹였다
* Malmarriedad: ① mal maridade〔프랑스어〕=a Provençal dance 프로방스 춤: 불쌍한 결혼(poorly married)의 뜻 ② chansons de mal mariée 질투심 많은 남편으로부터 아내를 구출한다는 내용의 노래 ③ ill-married Dad 결혼을 잘못한 아버지 ④ Ma will marry Dad 엄마는 아빠와 결혼할 것이다
* reversogassed: ① revergasse 루마니아 출신의 언어학자 Lazare Sainéan(1859-1934)의 *La Langue de Rabelais*: 'an ancient dance in which the young girls tucked their skirts up to the thighs(어린 소녀들이 치마를 허벅지까지 밀어 넣고 추는 옛날 춤)' ② verso (펼친 책의) 왼쪽 페이지[짝수 페이지(reverse)]

| 020:32 | gassed by the frisque of her frasques and her prytty pyrrhique. |
| | 그녀의 장난스러운 춤과 매력적인 몸매에 정신이 팔렸다. |

* frisque: ① la Frisque〔프랑스어〕=dance 춤 ② frisky 기운찬[경쾌한]
* frasques〔프랑스어〕=tricks[pranks] 속임수[장난]→The Prankquean【021:05】
* prytty pyrrhique: ① Pyrrha 그리스 신화에 나오는 데우칼리온(Deucalion)의 아내→대홍수(the Flood)에 관한 그리스 신화에 나오는 노아의 아내 코바(Coba)에 해당→chopwife【020:29】 ② la pyrrichie〔프랑스어〕=a dance 춤 ③ pretty physique 훌륭한[매력적인]체격 ④ pretty peruke 멋진 가발(특히 17~18세기에 남자가 사용) ☞ ① Pyrrhic 고대 그리스의 무술 ② pyrrhic 너무 많은 희생[대가]을 치르고 얻은 승리

| 020:33 | Maye faye, she's la gaye this snaky woman! From that trippiery |
| | 놀랍게도, 그녀는 춤추는 교활한 여자다! 티퍼레리의 춤으로부터 가스코뉴의 |

* Maye faye: ① ma foi!〔프랑스어〕어머나![이크!], 이거 놀랐는걸! (놀라움이나 충격을 나타내는 감탄사) ② Mor-

gana le Fay 모르간 르 페이(=요정 모르간): 아서왕(King Arthur)의 여동생이자 연인인 마법사

* la gaye: ① la Gaye(프랑스어)=dance 춤  ② leggy 다리가 긴  ③ gay (남자)동성애자

* snaky woman: ① snaky woman 프랑스 민속학에서 Mélusine은 뱀-여자(snake-woman)로 변한 fée(요정)임→Scylla→Rabelais는 그녀를 Gargantua의 조상 중 하나로 만듦  ② this sneaky woman 이 교활한 여자  ③ Eve

* trippiery: ① Trippière(프랑스어)=dance 춤  ② Tipperary 티퍼레리(아일랜드 공화국 남부 Munster지방의 카운티)  ☞ trip ... toe=trip the light fantastic toe 춤추다[댄스하다]

| 020:34 | toe expectungpelick! Veil, volantine, valentine eyes. She's the |
|---|---|
| | 춤에 이르기까지! 면사포를 쓰고, 하늘을 날듯이 빠르고 경쾌하게, 발렌티노의 춤. |

* toe=to
* expectungpelick(프랑스어): ① Expect un pauc=dance 춤→a dance of Gascony 가스코뉴(프랑스 남서부 Garonne 강 좌안 지방, 백년 전쟁의 주무대)의 춤  ② expecting to lick(or like) 핥거나 좋아할 것으로 예상하는
* volantine: ① volant(프랑스어)=flying 하늘을 나는  ② volatile 휘발성의[변덕스러운]  ③ volante (음악) 하늘을 날듯이 빠르고 경쾌한[하게]
* valentine eyes: ① la Valentinoise(프랑스어)=dance 춤  ② Valentine 낭만적인 사랑과 관련된 기독교 성자  ③ Rudolph Valentino's eyes 이탈리아 출신 미국의 영화배우이자 댄서로 화려한 외모, 강렬한 눈빛, 잘생긴 얼굴, 뛰어난 춤 솜씨로 20세기 초반 젊은 여성들을 사로잡음

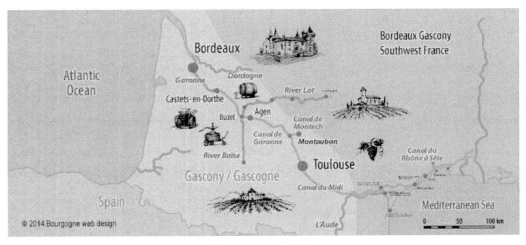

• Gascony(Gascogne) -Alchetron

| 020:35 | very besch Winnie blows Nay on good. Flou inn, flow ann. |
|---|---|
| | 그녀는 전적으로 나쁘진 않고 좋은 점도 있기 마련이다. 리피강, ALP. |

* Very besch Winnie blows Nay on good: ① It's an ill wind that blows nobody good (속담) 누구에게도 이득이 안 되는 바람은 불지 않는 법이다(갑의 손실은 을의 이득이 된다)  ② besch(프랑스어)=the

south-west wind 남서풍  ③ best  ④ wind  ⑤ Annie→ALP
* nay=no
* Flou inn: ① flouin〔프랑스어〕=boat 보트  ② flou〔프랑스어〕=loose[blurred] 느슨한[흐리게]  ③ flow in 유입(流入)→리피강, 즉 ALP  ☞ inn=the Mullingar Inn, HCE's tavern  ☞ flue=HCE의 침실에 있는 굴뚝
* flow ann: ① flow on 리피강, 즉 ALP  ② Ann=ALP=Anna Livia Plurabelle

| 020:36 | Hohore! So it's sure it was her not we! But lay it easy, gentle |
| --- | --- |
| | 들어보시라! 우리가 아니라 그녀임이 분명하다! 그러나 진정하시라, |

* Hohore: ① höre〔독일어〕=hear[listen!] 경청하세요!  ② Ho ho! 호호(놀람을 나타내는 소리)  ③ whore=창녀, 즉 ALP  ④ wh-wh-whore! 창-창-창녀→ALP(와 Eve)를 비난하려는 말더듬 시도로 드러난 HCE(와 Adam)의 죄책감
* lay it easy: ① take it easy 진정해요  ② say it quietly 조용히 말씀하세요
* gentlemien=gentlemen

| 021:01 | mien, we are in rearing of a norewhig. So weenybeeny- |
| --- | --- |
| | 신사 양반, 우리는 HCE가 부르는 소리가 들리는 곳에 있다. 어느 것으로 |

* in rearing of: ① within hearing[earshot] of ~에서(부르면) 들리는 곳에  ② in the rear[back] of ~의 뒤[그늘]에서  ③ In rearing of=in nurturing of 양육하다[돌보다]
* norewhig: ① earwig=HCE  ② Norvège〔프랑스어〕=Norway 노르웨이  ③ nore〔고어〕=north 북쪽  ☞ Nore 아일랜드 강: 1169년 노르만 제국의 침략자 스트롱보우(Strongbow)는 노어(Nore) 강가에 성을 세웠다  ☞ Whig 휘그당: 자유당(Liberal Party)의 전신인 영국 의회 정당(Parliamentary Party)
* weenybeenyveenyteeny: ① teenyweeny=very small[tiny] (애칭) 매우 작은  ② wee=small 작은  ③ Veni, vidi, vici=I came, I saw, I conquered 왔노라, 보았노라, 이겼노라(원로원에 대한 Caesar의 간결한 전황 보고)  ④ eeny meeny tipsey teeny→'Eeny, meeny, miny, moe'는 철자를 여러 가지 방법으로 조합할 수 있는 어린이들의 '술래 뽑기 노래(counting-out rhyme)'의 구절: 어느 것으로 할까 하나님의 말씀대로

| 021:02 | veenyteeny. Comsy see! Hetwis if ee newt. Lissom! lissom! |
| --- | --- |
| | 할까. 보러 오시라! 마치 그가 알고 있는 것 같다. 들으시라! 들으시라! |

* Comsy see!: ① comme ceci〔프랑스어〕=like this 이렇게  ② come see 보러오세요
* Het wis if ee newt: ① It was of a night 밤이었다  ② het was of ie wist〔네덜란드어〕=it was as if he knew it 마치 그가 그것을 알고 있는 것 같았다  ☞ Het〔러시아어〕=No 아니오  ☞ wissen〔독일어〕=know 알다  ☞ newt=Eye of newt 뉴트(영원[도롱뇽목 영원과의 동물])의 눈《멕베드》  ☞ Het wis if ee newt=Not wise if het wis if ee newt=Not wise if he it know
* Lissom!: ① Listen! 들어라!  ② lissom=lithesome 민첩한[융통성 있는]

| 021:03 | I am doing it. Hark, the corne entreats! And the larpnotes |
| | 내가 그러고 있다. 들으시라, 뿔피리의 애원하는 소리를! 하프 연주 |

* Hark, the corne entreats!: ① Hark, the corne entreats!→HCE  ② corne〔프랑스어〕=horn 뿔나
팔[피리] ☞ hark=listen (명령문으로만 쓰여) 잘 들어라 ☞ entreat=beseech 간청[애원]하다
* And the larpnotes prittle: ① And the larpnotes prittle→ALP  ② harp 하프  ③ lark 종달새

| 021:04 | prittle. |
| | 소리를. |

* prittle→prattle=chatter 재잘재잘 지껄이다[잡담하다]

## 7) Jarl van Hooter · The Prankquean · Finnegan Tries to Rise · The Arrival of HCE
### 야를 반 후터 · 프랭퀸 · 피네간의 기상 시도 · HCE의 도착

**[021:05~029:36]**

| 021:05 | It was of a night, late, lang time agone, in an auldstane eld, |
|---|---|
| | 아담은 땅을 파고 이브는 실을 뽑던 |

\* It was of a night 어느 날 밤이었다→Prankquean과 Jarl van Hoother의 이야기는 1575년에 발생한 것으로 추정되는 역사적 사건에 기반을 두고 있으며, 아일랜드의 해적 여왕 Grace O'Malley(Granuaile)와 Howth의 백작 Christopher St Lawrence가 관련된다【025:25】

· Grace O'Malley
- vagabondtoursofireland.com

· Howth Castle Entry Gates
-Artfactory

☞ ① Samuel Lewis *A Topographical Dictionary of Ireland* 'Howth': 1575년에 Grace O'Malley로 더 잘 알려진 Grana Uile 또는 Granuwail이 엘리자베스 여왕을 방문하고 돌아오는 길에 이곳 Howth에 상륙하여 성으로 향했다. 그러나 때마침 저녁 식사 시간이라 가문의 관습대로 문을 닫고 있는 것을 보고 분개한 그녀는 생 로랑스(St Laurence)의 어린 상속인을 붙잡아 Mayo에 있는 자신의 성으로 데려갔다. 그러면서 석방의 조건으로 '앞으로 이 성을 찾는 낯선 이방인을 항상 후하게 대접할 것, 그리고 왕실 소유지인 Deer Park는 모든 사람들에게 개방할 것'을 약속했으며, 그 약속은 오늘날에도 지켜지고 있다. ② Francis Elrington Ball *A History of the County Dublin* 'Under Elizabeth': Howth 가문의 상속자가 Sea Queen에 의해 아일랜드 서부 해안으로 끌려간 이야기와 그의 몸값이 Howth Castle의 낯선 사람에 대한 영원한 환대를 약속했다는 이야기는 널리 알려져 있다. 1575년경, Graina Uaile은 Elizabeth를 방문하고 돌아올 때 Howth에 상륙하여 성을 찾았지만 성문이 닫혀 있는 것을 발견했다. 마침 저녁 시간이라 문이 닫혀있다는 사실을 알게 된 그녀는 아일랜드식 환대를 소홀히 한 일에 대해 크게 분개하고 당시 그 집의 상속자를 Mayo 카운티에 있는 그녀의 집으로 데려간 뒤, 식사 시간에도 성문을 열어두고 낯선 손님을 위한 자리를 항상 남겨둔다는 약속이 있고 나서야 인질을 석방했다.

\* lang time agone: ① a long time ago 오래 전에 ② lang〔독일어〕=long 오랜 ③ gone 다 쓴, 넘은, 떠난 ④ Auld Lang Syne 스코틀랜드의 시인 Robert Burns의 시 제목, 그리운 옛날(good old times) 노래

\* auldstane eld: ① Old Stone Age=Palaeolithic Era 구석기 시대: Vico의 첫 시대 ② stane〔고대 영어〕=stone 돌 ③ auld=old ④ eld=old age[antiquity]노년[유물] ⑤ stone...elm→돌...느릅나무: 각각 Shaun과 Shem을 나타냄 ☞ It was of a night, late, lang time agone, in an auldstane eld→It was one night at a long time ago 아득한 그 옛날 어느 날 밤이었다.

| 021:06 | when Adam was delvin and his madameen spinning watersilts, |
| | 아득한 그 옛날 어느 날 밤이었다. |

* when Adam was delvin and his madameen spinning watersilts: ① When Adam delved and Eve span, who was then a gentleman?(아담이 땅을 파고 이브가 실을 뽑고 있을 때 신사는 누구였습니까?): 1381년 농민 반란(Peasants' Revolt)에서 중요한 역할을 한 14세기 신부 존 볼(John Ball)의 설교에서 인용 ② Delvin 더블린의 옛 이름 ③ From thee, sweet Delvin, must I part(그대, 사랑스러운 델빈이여, 그대와 헤어져야 합니까?)←Gerald Nugent의 「Ode Written on Leaving Ireland」 ③ delving=digging 채굴[발굴] ☞ spinning waterstilts(회전하는 물웅덩이)=dowsing 수맥 찾기 ☞ spinning her wheels 생산적인 일은 하지 않고 헛수고하다

| 021:07 | when mulk mountynotty man was everybully and the first leal |
| | 당시 몬테노테의 남자는 HCE였으며 그리고 여자는 ALP였는데 |

* mulk mountynotty man: ① mulk=malted milk 맥아(흑맥주 제조 재료) ② Montenotte(=Mount Night이라는 뜻): 1794년과 1796년에 걸쳐 두 번의 전투가 있었던 곳으로, 첫 번째 프랑스군이 오스트리아군을 패배시켰고, 두 번째 전투(1796년 4월 11일)는 나폴레옹의 이탈리아 전역에 대한 군사작전이었다 ③ mulk mountynotty man→HCE
* everybully: ① everybody: HCE ② bully (약자를) 괴롭히는 사람 ③ bull 황소 ④ Bully Hayes=William Henry Hayes 19세기 남태평양(South Sea)의 악명 높았던 해적
* leal: ① real (수학에서) 실수(實數)의, 진짜[실재]의 ② leal=lawful[loyal] 합법적인[충실한]

| 021:08 | ribberrobber that ever had her ainway everybuddy to his love- |
| | 그녀는 모든 사람을 상사병에 걸리게 하는 법을 알고 있었고 |

* ribberrobber: ① ribberrobber=Eve→ALP: 'And the Lord God caused a deep sleep to fall upon Adam, and he slept: and he took one of his ribs, and closed up the flesh instead thereof; And the rib, which the Lord God had taken from man, made he a woman, and brought her unto the man(여호와 하나님이 아담을 깊이 잠들게 하시니 잠들매 그가 그 갈빗대 하나를 취하고 닫으시고 그 대신 살을 하시고 주 하나님이 남자에게서 취하신 그 갈빗대로 여자를 만드시고 그를 남자에게로 이끌어 오시니라)'《창세기 2장 21절~22절》 ② river→ALP ③ river-lover
* had her ainway: ① had their own way: Canon W. Fleming의 St Patrick 'in those days, when rivers had at all times their own way(강이 항상 그만의 방식으로 흐르던 그 시절)' ② own way 자기만의 길 ③ ain(스코틀랜드어)=own 소유하다 ④ anyway 그런데[그래도]
* everybuddy to: ① everybody=ALP ② buddy 친구 ③ everybuddy to←everybuddy else to의 표기 오류

| 021:09 | saking eyes and everybilly lived alove with everybiddy else, and |
| | 모든 사람들이 다른 모든 이들과 사랑하며 살았다. |

* lovesaking eyes=lovesick 상사병에 걸린

* everybilly: ① everybody 모든 사람[모두] ② King Billy 영국의 윌리엄 Ⅲ(1650~1702). 북아일랜드와 스코틀랜드에서 비공식적으로 '빌리 왕'으로 알려져 있다. ③ billy[스코틀랜드 방언]=comrade 동료[친구]
* lived alove: ① lived alone 혼자 살았다 ② lived in love 사랑에 살았다
* everybiddy: ① everybody ② Biddy Doran: HCE의 선술집 뒷 마당에 있는 암탉→ALP(Kate)→Kathe ③ Biddy O'Brien: 민요 <Finnegan's Wake>에서 Tim Finnegan을 애도하던 사람 중 한 명 ④ biddy 까칠한 노파, 가사도우미

| 021:10 | Jarl van Hoother had his burnt head high up in his lamphouse, |
| | 야를 반 후터는 베일리 등대에서 발기된 페니스를 잡고 |

* Jarl van Hoother: ① Earl of Howth(호우드 백작)=HCE ② jarl 중세 스칸디나비아 귀족(왕 아래의 족장 또는 백작) ③ Van Houten's Cocoa 네덜란드의 Conard van Houten의 코코아 ④ JeHoVah 여호와 ⑤ van=of[from] 네덜란드 사람의 이름에 출신지를 나타내기 위해 쓰임
* burnt head: ① Burnt Head (캐나다 동해안의 섬과 Labrador 반도의 일부로 이루어진) Newfoundland주의 한 장소 ② burnt(불타버린): 화재(fire)로 인한 세계 시대(World Age)의 종말을 암시→물과 바람에 의한 파괴를 나타내는 baretholobruised heels와 hurricane hips ☞ burnt head: ① 성냥개비, 즉 성냥에 불을 붙임 ② 페니스의 머리, 즉 발기 ③ 불에 탄[태워서 만든]+맥주 거품=흑맥주(그는 술을 마시고 있다) ④ 불에 탄 머리=빨간 머리(그는 빨간 머리를 가지고 있다)
* lamphouse: ① lighthouse: Baily Lighthouse on Howth Head 호우드 헤드의 Baily 등대【004:17】 ② head(lamps are eyes) 머리(램프는 눈)

| 021:11 | laying cold hands on himself. And his two little jiminies, cousins |
| | 자위행위를 하고 있었다. 그리고 우리의 사촌인 그의 두 꼬마 쌍둥이 |

* laying cold hands on himself: ① Laying-on of Hands 안수(按手): 서품식[신앙 치료]에서 축복을 받는 사람의 머리[몸]에 성직자가 손을 얹는 일 ② masturbating 이 문구는 Jarl van Hoother가 자위행위(masturbation)를 하고 있음을 암시한다. 그리고 Jarl은 '그 자신과 따뜻한 악수(shaking warm hands with himself)'를 한 다음 '그의 허리케인 엉덩이를 식료품 저장고까지 올려놓고 네 배를 반추하는 것(his hurricane hips up to his pantrybox, ruminating in his holdfour stomachs)'으로 묘사된다. ③ cold...warm 동요에서 완두콩죽(pease porridge)은 뜨겁기도 하고 차갑기도 하다
* jiminies: ① Gemini[라틴어]=twins 쌍둥이: Shem/Shaun, Laurence Sterne(Tristopher)/Jonathan Swift(Hilary) ② Jiminy 허[으악](놀람·공포에서)

| 021:12 | of ourn, Tristopher and Hilary, were kickaheeling their dummy |
| | 트리스토퍼와 힐러리는 HCE의 낡은 마루 깔개 위에서 자신들의 인형을 |

* ourn[중세 영어]=ours 우리의 것
* Tristopher and Hilary: ① In tristitia hilaris, hilaritate tristis=Cheerful in the midst of sadness, sad in the midst of cheerfulness(슬픔 속에 쾌활함, 명랑함속에 슬픔)-Giordano Bruno의 좌우명【092:06~11】 ② Shem and Shaun[Laurence Sterne and Jonathan Swift]【021:36】 ③ triste[프랑스어]=sad

슬픈  ④ Hilary '명랑한(cheerful)'을 뜻하는 라틴어 hilaris에서 파생된 기독교 이름  ⑤ tryst 연인들 간의 낭만적인 사랑

* kickaheeling: ① kick up one's heels 생기 있게 뛰어다니다, 장난치다  ② kick one's heels 계속 기다리다(백작이 죽기를 기다리며 뒤를 이을 생각으로)  ③ were kickaheeling←were not yet kickaheeling의 표기 오류

* dummy: ① doll 인형  ② rubber teat 고무 젖꼭지  ③ penis 페니스  ④ dumb person 벙어리

| 021:13 | on the oil cloth flure of his homerigh, castle and earthenhouse. |
| | 가지고 장난치며 생기 있게 뛰어다니고 있었다. |

* oil cloth flure: ① old cloth floor 낡은 마루 걸레[깔개]  ② oilcloth 유포(油布): 물기가 스며들지 않도록 한쪽에 기름막을 입힌 천. 과거에 특히 식탁보로 쓰였음.→Lipoleum【008:16】  ③ Flur〔독일어〕=floor[meadow] 바닥[목초지]  ④ oilsheet=oilcloth→『젊은 예술가의 초상』에서 어린 Stephan Dedalus가 언급: 'When you wet the bed first it is warm then it gets cold. His mother put on the oilsheet. That had a queer smell.'

* homerigh, castle and earthenhouse: ① Homerigh, castle and earthen-house→HCE  ② Vanhomrigh 조너선 스위프트의 시 「Cadenus and Vanessa」에서 처음 등장한 이름으로, 그의 제자이자 친구의 이름이 모티브. 그녀의 이름 'Esther Vanhomrigh'에서 성씨 밴(Van)과 이름의 애칭 'Esse'를 떼어 만든 조어.  ③ castle: Howth Castle  ④ homeright 스칸디나비아와 영국의 침략자들에 대한 아일랜드 원주민의 토지소유권 주장 ☞ earthenhouse 흙집

| 021:14 | And, be dermot, who come to the keep of his inn only the niece- |
| | 아니, 이럴 수가! HCE를 찾아온 사람은 그의 조카며느리인, |

* and (듣고 놀라거나, 또는 확인하려 할 때) 아니, 정말로(and indeed).

* be dermot: ① be damned! 빌어먹을! 이럴 수가!  ② by Dermot! 더모트에 의해  ③ Dermot=Diarmuid 아일랜드 신화의 Finnian 전통에서 Diarmuid와 Gráinne은 Tristan과 Isolde에 해당. Diarmuid는 아일랜드 영웅 Finn Mac Cool의 조카였다. 대왕(High King)의 딸인 Gráinne은 Finn과 약조를 했지만 그가 너무 늙었다는 것을 알았을 때 그녀는 Diarmuid에게 사랑의 주문을 걸어 두 사람은 도피한다. 그러나 Finn의 추적으로 인해 같은 장소에서 이틀 연속으로 밤을 보낼 수 없었다. 아일랜드의 거석 기념물은 여전히 'Grainne과 Diarmuid의 침대'라고 불린다.

* keep of his inn: ① innkeeper→HCE  ② keep 성(城)의 중심탑, 본성(本城)  ③ keep=doorkeeper 문지기

* niece-of-his-in-law→niece-in-law[nephew's wife] 조카며느리

| 021:15 | of-his-in-law, the prankquean. And the prankquean pulled a rosy |
| | 바로 장난꾸러기 그레이스 오말리였다. 그녀는 장미꽃 한 송이를 꺾더니 |

* prankquean: ① prankquean 아일랜드 바다의 여왕 Grace O'Malley[Granuaile]. Joyce는 원래 그녀를 prankwench로 불렀다.【021:05】→ALP(Anna는 Grace에 해당하는 히브리어에서 유래)  ② Brangäne 이졸데의

258  제1부 『경야의 서』 한글 번역

하녀이자 어머니상→ALP  ③ prank=frolic 희롱하며 좋아하는  ④ quean=saucy girl 뻔뻔스러운[건
방진] 소녀

* pulled a rosy one: ① pulled a rosy one 스코틀랜드 민요 <Tam Lin>의 여주인공은 자신의 존재를
알리기 위해 성문에서 장미를 딴다  ② to pluck a rose[속어]=to urinate 오줌을 싸다  ③ red rose
장미전쟁(1455~1485)에서 랭커스터 가문(House of Lancaster)의 상징【022:03】

| 021:16 | one and made her wit foreninst the dour. And she lit up and fire- |
| | ALP 맞은편에서 오줌을 쌌다. 그리고 그녀가 불을 밝히자 |

* made her wit: ① made her water=urinated 오줌 싸다  ② made her wait 그녀를 기다리게 했다
③ made her wit=said something witty 재치 있는 말을 하다【022:04】 ④ wit[네덜란드어]=white
흰색: made her—the rose—white

* foreninst: ① forenenst[앵글로-아일랜드어]=opposite[facing] 맞은편[마주 봄]  ② forenenst=over
against 대조해서  ③ against 맞서서

* dour: ① door 'door'는 페니키아 문자 dalet에서 기원하며 Delta의 원래 의미→Delta(Δ)는 ALP의
상징  ② dour 시무룩한, 성미가 까다로운

* lit up[속어]=drunk 술 취한

* fireland→Ireland (on fire) 아일랜드(불타고 있음)

| 021:17 | land was ablaze. And spoke she to the dour in her petty perusi- |
| | 아일랜드가 환하게 빛났다. 그리고 그녀는 '어린 파리 시민' 잡지에서도 ALP |

* ablaze: ① ablaze 불타는 듯한→더블린
의 문장(coat of arms)에는 3개의 성(castle)
이 삼각형으로 배열되어 있으며 꼭대기
에 불꽃이 타오르고 있다. 불꽃은 시민의
열정을 상징한다.【022:34】 ② fireland
was ablaze 성 패트릭의 예지는 다음과
같은 세 가지 환상에서 비롯된 것이라고
함: 아일랜드가 모두 불타고 있다(Ireland
all ablaze), 산불만 타고 있다(only the moun-
tains on fire)【022:02~03】, 골짜기에 켜진
등불(lamps lit in the valley)【022:27~28】

• Arms of Dublin -wikimedia

• Le Petit Parisien -flickr

* petty perusienne: ① Le Petit Parisien(=The Little Parisian) 1920년대 잡지  ② Parisienne 파리 토박이
여자

| 021:18 | enne: Mark the Wans, why do I am alook alike a poss of porter- |
| | 에게 호소했다: 번호 1, 나는 왜 하나의 꼬투리 속 완두콩처럼 닮아 보이는 |

* Mark the Wans: ① King Mark 'Tristan과 Isolde'의 이야기에서 Tristan의 삼촌→HCE  ② mark

the wains〔앵글로-아일랜드어〕=look at the children 아이들을 보아라  ③ Mark the Ones=King Mark I  ④ mark the once 1번 표시[번호 1]→Mark the Twy 번호 2【022:05】, Mark the Tris 번호 3【022:29】 ☞ wan (질병·염려 따위로) 핏기 없는[창백한](pale)→wann〔고대 영어〕=dark [gloomy] 어두운[우울한]

* Why do I am alook alike a poss of porter pease?: ① to look as like as two peas in a pod(하나의 꼬투리 속 두 개의 완두콩처럼 꼭 닮아 보이는다)→똑같은 모양의 완두콩은 Shem과 Shaun을 상징  ② pease 완두콩 ☞ as like as(two) peas 똑 닮아, 쌍둥이같이 닮은 ☞ Prankquean의 3가지 수수께끼: ① Mark the wans, why do I am alook alike a poss of porterpease?【021:18】 번호 1, 나는 왜 하나의 꼬투리 속 완두콩처럼 닮아 보이는 걸까?  ② Mark the Twy, why do I am alook alike two poss of porterpease?【022:05】 번호 2, 나는 왜 두 개의 꼬투리 속 완두콩처럼 닮아 보이는 걸까?  ③ Mark the Tris, why do I am alook alike three poss of porter pease?【022:29】 번호 3, 나는 왜 세 개의 꼬투리 속 완두콩처럼 닮아 보이는 걸까? ☞ 수수께끼의 세 가지 형태(wans, twy, tris)는 『경야의 서』 도처에서 사용되는 매력적인 모티브이다. 예컨대 Kerrse가 노르웨이 대위를 위한 옷 한 벌을 어떻게 만들었는지, Buckley가 러시아 장군을 어떻게 쏘아죽였는지, 그리고 '세 번 시도의 동화 패턴과 마법의 오프닝'에서 사용되고 있다. Prankquean(ALP)은 Jarl van Hoother(HCE)에게는 하나의 수수께끼로 보인다. 동시에 원래 이야기에서 그녀는 Grace O'Malley가 Lord of Howth에게 환대를 구했던 것처럼 그에게 술을 청한다.

| | pease? And that was how the skirtmisshes began. But the dour |
|---|---|
| 021:19 | 걸까? 사소한 논쟁은 그렇게 시작되었다. 그러나 ALP는 네덜란드어로 |

* skirtmisshes: ① skirmishes 사소한 충돌[논쟁]  ② skirt 앞치마[ALP가 입는 praushkeen]  ③ mish HCE가 입는 셔츠  ④ skirt...misses 오줌(piss), 그녀(shes)등 HCE의 공원에서의 죄악의 은유
* dour【021:16】→a dour decent deblancer【049:22】

| | handworded her grace in dootch nossow: Shut! So her grace |
|---|---|
| 021:20 | 그레이스 오말리에게 대답했다. 제기랄! 그래서 그레이스 오말리는 |

* handworded: ① antwoordde〔네덜란드어〕=answered 대답  ② antwortete〔독일어〕=answered 대답  ③ made a sign with the hand 수기(手記)로 사인하다  ④ Hende-speche=Courteous Speech 공손한 말투→William Langland의 *Piers Ploughman*에서 누군가가 문을 통과하도록 문지기 Pees[Peace]와 대화하는 사람의 이름: 'Why do I am alook alike a poss of porter pease?'【021:18】 ☞ Piers Plowman[Visio Willelmi de Petro Ploughman]→William Langland의 중세 영어 우화적 서사시. 운율이 없고 비유적인 구절로 쓰여졌으며 passus(라틴어로 '단계')라고 불리는 섹션으로 나뉘어져 있다. 신학적 우화와 사회적 풍자가 혼합된 이 시는 중세 카톨릭의 맥락에서 진정한 그리스도인의 삶에 대한 몽상가의 탐구에 관한 것이다.
* her grace→Grace O'Malley 아일랜드의 16세기 해적이자 Prankquean의 주요 모델인 Sea Queen【021:15】
* dootch nossow: ① Dutch Nassau[House of Orange-Nassau] 오랫동안 네덜란드를 통치한 왕조. 보인 전투(Battle of the Boyne)의 승자이자 아일랜드의 개신교 대의를 옹호한 영국 왕인 윌리엄 3세(William III of Orange)는 이 가문의 일원.  ② in dutch 곤경에 처한[수감된]  ③ Nossow 러시아 성(姓)인 Nosov의 한

형태 ☞ nossow→native=native language

* Shut!: ① Shut! 문이 닫힌 채로 있다 ② Shit! 워털루 전투에서 프랑스 장군 Cambronne이 내뱉은 'Le mot Cambronne(=The Cambronne[Cumbrum] word), 즉 'Merde!'(=Shit!) 제기랄 ③ person's shadow 사람의 그림자→죽음의 형상(figure of death)을 상징한다.

| 021:21 | o'malice kidsnapped up the jiminy Tristopher and into the shan- |
| | 쌍둥이 크리스토퍼를 납치해서 서부 해안에 있는 자신의 떠들썩한 환희의 |

* grace o'malice: ① Grace O'Malley 또는 Granuaile. 아일랜드 이름은 Gráinne Ní Mháille, 그녀는 16세기에 골웨이 해안에서 200명의 해적단을 이끌었던 유명한 선장이었다. 두 번 과부가 되고 두 번 투옥되어 자신의 권리를 위해 아일랜드와 영국 모두와 싸웠다. 해적 행위로 유죄 판결을 받았으나 결국 엘리자베스 여왕에 의해 런던에서 사면되었다. 호전적인 그녀의 아들 Donal이 전투에서 사망한 후, O'Malley는 The Joyces 일가로부터 성(현재 Lough Corrib의 Hen's Castle)을 탈환했다. Cathleen Ni Houlihan처럼 그녀는 종종 아일랜드의 시적 상징으로 여겨진다. ☞ Grace O'Malley의 Howth Castle 전설【021:05】 ② Alice→ALP ③ out of malice 악의(惡意)가 있어서
* kidsnapped up: ① kidnapped 납치된 ② snapped up 덥석 사다[낚아채다]
* jiminy Tristopher: ① Jiminy (Christopher) 허[으악](놀람·공포 등을 나타내어) ② gemini〔라틴어〕=twins 쌍둥이 ③ Christopher 미래의 9th Baron Howth, 1575년(또는 아마도 1594년) Grace O'Malley에 의해 납치됨
* shandy: ① Shandy 아일랜드 태생 영국 소설가 Laurence Sterne(1713~1768)의 미완성작 *The Life and Opinions of Tristram Shandy, Gentleman*의 주인공. 여기에서는 Tristopher와 동일시됨.→St Lawrence는 Tristram Almeric이 설립한 Howth 백작의 성(姓)→「The Prankquean and Jarl van Hoother」이야기는 「Sir Tristram and Isoud[Tristan과 Isold]」의 이야기와 겹침 ② boisterous mirth 떠들썩한 환희

| 021:22 | dy westerness she rain, rain, rain. And Jarl van Hoother war- |
| | 성城으로 달리고, 달리고, 또 달렸다. 그러자 야를 반 후터가 그녀를 뒤쫓아 |

* westerness: ① Westernesse 혼(Horn)왕의 중세 영국 연애소설 속 가상의 왕국 ② west 오말리(Grace O'Malley)의 성(城)은 아일랜드 서부 해안의 Clew Bay에 있는 Clare Island에 있었다 ③ wilderness 황야
* rain, rain, rain: ① ran, ran, ran 달리다 ② rained 40일간의 Noachic Flood에 내린 비를 암시 ③ reigned, reigned, reigned 통치하다 ④ urinated 오줌 싸다→made her wit【021:16】
* Jarl van Hoother【021:10】
* warlessed: ① wired 전보를 보내다→Museyoom Episode에서의 dispatches(전투나 군사 작전 중에 장군이 보내는 메시지) ② wirelessed 무선 통신 ③ war loosed 전쟁이 느슨해지다

| 021:23 | lessed after her with soft dovesgall: Stop deef stop come back to |
| | 부드러운 러브콜 전보를 쳤다. 멈춰 도둑 멈춰! 에린으로 돌아오고 |

* soft〔앵글로-아일랜더어〕=wet[drizzling] 축축이 젖은[비가 보슬보슬 내리는]

* dovesgall: ① dove's call(비둘기의 울음소리)→Issy ② love call 러브콜 ③ Dubh Gall=black-haired foreigner 검은 머리의 외국인, 더블린에 있는 덴마크 통치자의 한 종파에 대한 아일랜드식 별명 ④ released...dove 노아가 방주에서 까마귀와 비둘기를 풀어주었다

* Stop deef stop: ① Stop, thief, stop! 멈춰, 도둑, 멈춰! ② stop (무선·전신 따위에서 종지 부호 대신에 완전한 철자로 발신하는) 'stop'이라는 단어 ③ dief(네덜란드어)=thief 도둑 ④ deaf 귀가 먼→come back to my earin(=come back with my earling!)→stop domb stop【022:10】 ☞ Stop, Thief! 미국의 출판업자 Samuel Roth(1893-1974)가 Ulysses를 불법적으로 해적질한 것에 항의하는 유명인 연대 서명의 편지 제목

| 021:24 | my earin stop. But she swaradid to him: Unlikelihud. And there |
| | 멈춰요. 그렇지만 그녀의 대답은 이랬다: 어림없는 소리. 그리고 에린 |

* come back to my earin: ① Come Back to Erin(에린으로 돌아오세요) 1866년 영국의 시인이자 작곡가 Claribel[Charlotte Alington 또는 Mrs Charles Barnard](1830~1869)이 작사·작곡한 감상적인 노래 ② come back with my earling! 내 귀걸이와 함께 돌아오세요 ③ hearing→Stop deef stop【021:23】, in rearing of【021:01】 ☞ Erin(영국-아일랜드어)=Ireland 아일랜드→Erin은 아일랜드어 Éirinn의 영어식 표기로 아일랜드 신화·민담에 따르면 밀레시안(Milesians: 아일랜드인의 전설적 조상)들이 에리우(Ériu) 여신의 이름을 딴 것

* swaradid: ① svarede=answered 대답하다 ② she swore, a did=she, swore, she did 그녀는 맹세했다, 그녀는 그렇게 했다→a=she ③ svara(고대 노르드어)=to answer 대답하다【022:24】

* unlikelihud: ① unlikelihood 사실일 것[진실] 같지 않음 ② not likely! 말도 안 돼!(어떤 진술·제의에 강한 반대를 나타냄) ③ hud: a husk껍질→pod 꼬투리 ④ hud(덴마크어)=skin 피부 ⑤ Hudson soap 허드슨 비누

• Come Back to Erin
-Library of Congress

| 021:25 | was a brannewail that same sabboath night of falling angles some- |
| | 어딘가에 타락한 천사의 이전과 다름없는 안식일 밤에 전혀 새로운 울부짖음이 |

* brannewail: ① Grannuaile[Gráinne Ní Mháille] Grace O'Malley의 아일랜드 이름 ② branne(덴마크어)=fire 불→fireland【021:16】 ③ bran new=brand-new 아주 새로운 ④ wail 울부짖다

* sabboath: ① Sabbath 안식일(유대인들에겐 토요일, 기독교도들에겐 일요일) ② sabaoth(히브리어)=armies 군대 ③ boat→Grace O'Malley는 바다의 해적

* falling angles: ① fallen angels 타락한 천사 ② Angels 브리튼(Britain)의 게르만 침략자와 잉글랜드(English)의 조상 ③ angels→Claribel의 「Come Back to Erin」 3절의 일부: O may the angels, O

wakin' and sleepin'/Watch o'er my bird in the land far away;/And it's my pray'rs will con-sign to their keepin'/Care o' my jewel by night and by day(오! 천사들이여, 오 와킨과 잠들게 하소서,/멀리 있는 땅에서 내 새를 지켜보소서!/그리고 밤낮으로 나의 보석을 지키는/그들의 간직에 맡겨지기를 기도하는 것이 나의 기도이니)【021:23】

| 021:26 | where in Erio. And the prankquean went for her forty years' |
| | 들렸다. 그리고 그레이스 오말리는 '여인의 땅'에서의 40년 산보散步를 |

* Erio: ① Erin←come back to my earin【021:24】에린(아일랜드의 옛 이름) ② erion[그리스어]=wool 양모 ☞ Eria 오늘날 Ireland's Eye로 알려진 Dublin Bay 외곽의 작은 섬의 옛 이름은 Eria's Island였다. Eria는 여성의 이름이었고 Ireland의 옛 이름인 Erin과 혼동되었다.
* prankquean【021:15】
* forty years': ① forty years 전설에 따르면 Grace O'Malley는 40년 동안 항해했다 ② forty years 모세와 이스라엘 백성이 40년 동안 광야에서 방황했다 ③ forty days 노아는 40일 동안의 비를 피하기 위해 방주를 만들었다

| 021:27 | walk in Tourlemonde and she washed the blessings of the love- |
| | 위해 떠났다. 그리고 그녀는 쌍둥이 몸에서 상처 입은 사랑의 반점을 |

* Tourlemonde: ① Tours du Monde en Quarante Jours=Around the World in 40 Days(40일간의 세계일주) 제1차세계대전 이전에 파리에서 널리 광고됨 ② Le Tour du Monde en Quatre-Vingts Jours=Around the World in 80 Days(80일간의 세계일주) 프랑스 작가 쥘 베른(Jules Verne)의 소설 ③ tout le monde[프랑스어]=everybody모두→everybully【021:07】, everybuddy【021:08】, everybilly【021:09】, everybiddy【021:09】 ④ Tír na mBan=Land of Woman(여인의 땅)→이곳의 100년은 1년과 같다. 따라서 프랜킨, 즉 그레이스 오말리가 호우드를 방문하는 사이에 '여인의 땅'에서 40년을 보낸다면 그녀는 호우드를 21주 동안 떠나있게 되는 것이다.
* blessings: ① blesser=injure[wound] 상처를 입히다 ② blessings 야곱은 속임수로 조상의 축복을 받는다

| 021:28 | spots off the jiminy with soap sulliver suddles and she had her |
| | 비누 거품으로 씻어냈다. 그녀는 4명의 늙은 양모 밀매업자들이 그에게 |

* love spots 사랑의 반점: 아일랜드 영웅 Finn MacCool의 조카이자 최고의 투사 Dermot[Diarmuid]는 이마에 반점이 있다. Cormac의 딸 Grania[MacCor-mack Ni Lacarthy]는 Finn과 결혼하기로 했으나 Dermot를 보는 순간 사랑에 빠지게 되고, Finn에게는 마주(魔酒)를 먹인 뒤 사랑의 도피를 한다. Finn이 추적하지만 결국 실패한다.
* jiminy→gemini[라틴어]=twins 쌍둥이【021:21】
* sulliver suddles: ① Gulliver's Travels 걸리버 여행기(영국의 Jonathan Swift작으로 당시의 사회·정치를 풍자한 작품(1726). Lemuel Gulliver라는 인물이 Lilliput, Brobdingnag, Laputa 및 Houyhnhnms의 여러 나라를 방문하는 항해기의 형식으로 됨.) ② sulphur 유황 ③ sully=taint 더럽히다 ④ suddle=stain[spot] 얼룩 ⑤ suds 비누 거품

| 021:29 | four owlers masters for to tauch him his tickles and she convor- |
|---|---|
| | 속임수를 가르쳐주도록 했으며 그래서 그녀는 그를 한 가지 확실한 |

* four owlers masters: ① The Four Masters 17세기, *Annals of the Four Masters*(4 대가의 연대기)를 편찬한 4명의 아일랜드 학자【014:28】≠Four Old Men(4명의 노인)【014:35】 ② four masters 성 패트릭은 4명의 주인을 섬겼다 ③ owlers(올빼미꾼) 불법 수출을 위해 밤에 양모를 해안으로 운반한 사람들 →Erio【021:26】 ④ The Four Evangelists(4명의 전도자) 복음서의 저자인 마태, 마가, 누가, 요한 ☞ the four masters: HCE 침대 4 모퉁이의 기둥(bedposts)

* tauch: ① teach ② tauchen=dip[submerge] (물에) 담그다 ③ taufen〔독일어〕=baptise→tauftauf【003:10】

* tickles: ① tricks 속임수 ② tickles 간지럼 태우다, 웃기다 ③ teach him his tackles 그에게 태클을 가르치다

* convorted: ① converted 변환[전환]된 ② convortare〔라틴어〕=transform 탈바꿈시키다, 변형하다

| 021:30 | ted him to the onesure allgood and he became a luderman. So then |
|---|---|
| | 호인好人으로 탈바꿈시켰다. 그리하여 그는 루터 교도가 되었다. 그런 다음 |

* onesure: ① one sure 한 가지 확실한 ② unsure 불확실[불안정]한

* allgood: ① allgood[Good-King-Henry] 명아주과(科)의 다년초 ② all-good 매우 좋은 ③ Allah god 알라 신 ④ Allgood=Sara Allgood(1883~1950) 「Anna Livia Plurabelle」을 낭독한 아일랜드 여배우

* luderman: ① Lutheran 루터 신봉자 ② Luder〔독일어〕=scoundrel 악당 ③ lúdramán〔아일랜드어〕=idler 게으름뱅이 ④ ludic 농담하고 놀기 좋아하는

| 021:31 | she started to rain and to rain and, be redtom, she was back again |
|---|---|
| | 그녀는 달리고 또 달리기 시작했다. 그런데 맙소사! 그녀는 늦은 밤 다른 시간에 |

* be redtom: ① be damned! 맙소사 ② by Dermot!【021:14】 ③ Dermot【021:28】 ☞ be red tom: Grace O'Malley는 종종 빨간 머리(red hair)로 묘사+tom은 'tomboy'에서와 같이 남성적 자질을 지닌 여자+평범한 사람들(Tom, Dick, 및 Harry): Tom=Shem-Shaun, Shaun=Dick, Shem=Harry→Touchole Fitz Tuomush【008:26~27】

| 021:32 | at Jarl van Hoother's in a brace of samers and the jiminy with |
|---|---|
| | 쌍둥이를 앞치마에 감싼 채 눈 깜빡할 사이에 |

* samers: ① summers 나이 ② sámhradh〔아일랜드어〕=summer 여름 ③ sammaron〔요크셔 방언〕=coarse cloth 굵은 천 ④ shakes→in a brace of shakes 즉시[당장]: in two shakes(눈 깜빡할 사이에)=in a very short time ⑤ sa mer〔프랑스어〕=his sea 그의 바다 ☞ she was back again at Jarl van Hoother's in a brace of samers, lace at night, at another time→she was back came raining back through the westerness again in a brace of samers back to Sir Howther another night at another time(그녀는 다른 날 다른 시간, 눈 깜빡할 사이에 비가 오는 서부 해안을 거쳐 후터 백작의 집으로 되돌아왔다)

| 021:33 | her in her pinafrond, lace at night, at another time. And where |
|---|---|
|  | 야를 반 후터 백작의 집으로 다시 돌아온 것이다. 그렇게 그녀가 |

* pinafrond: ① pinafore=apron 앞치마 ② <HMS Pinafore>=<The Lass that Loved a Sailor> Arthur Sullivan의 음악과 W. S. Gilbert의 리브레토(libretto)가 있는 코믹 오페라. 1878년 5월 25일 런던의 오페라 코미크(Opera Comique)에서 개막하여 571회 공연을 펼쳤는데, 이는 그때까지 뮤지컬 극장 작품 중 두 번째로 긴 공연이었다. H.M.S. Pinafore는 Gilbert와 Sullivan의 네 번째 오페라 공동 작업이자 첫 번째 국제적인 반향을 일으킨 작품.
* lace at night: ① late at night 늦은 밤 ② lace 레이스(갖가지 무늬를 짜 넣은 장식 천, 옷의 가장자리 장식·책상보·커튼 등에 쓰임) ③ Hugh de Lacy, Lord of Meath 1172년 노르만족이 아일랜드를 침공하는 동안 헨리 2세(Henry Ⅱ)에 의해 Meath 왕국의 땅을 양도한 앵글로-노르만 제국의 거물.

| 021:34 | did she come but to the bar of his bristolry. And Jarl von Hoo- |
|---|---|
|  | 도착한 곳은 정작 HCE의 선술집이었다. 야를 반 후터는 자신의 |

* bar of his bristolry: ① bar=HCE의 선술집 ② bar=Dublin bar: North Wall과 South Wall이 만들어지기 전에 Liffey강 어귀를 부분적으로 막은 모래톱(sandbank) ③ bar=toll-house gate[barrier] HCE 선술집의 주요 모델인 Cha-pelizod의 Mullingar Inn 근처에 요금소 게이트[장벽]가 있었다 ④ Bristol 영국 도시. 헨리 2세는 1172년에 더블린을 'to my men of Bristol(브리스툴의 부하)'에게 양도했다. ⑤ Bristols=breasts 젖가슴 ☞ hostelry=inn 여관[술집]

• Chapelizod Gate -archiseek

| 021:35 | ther had his baretholobruised heels drowned in his cellarmalt, |
|---|---|
|  | 상처 난 발꿈치를 포도주 저장고에 담근 채, |

* baretholobruised heels: ① Bartholomew=Bartholomew Vanhomrigh 스위프트(Jonathan Swift)의 Vanessa[Hester Vanhomrigh]의 아버지. Vanhomrigh는 1697~1698년에 더블린의 시장이었다→HCE ② Bartholomaeus 세비야(Seville)의 St Jerome과 Isidore에 따르면 Bartholomaeus는 '[홍수의] 물에 머물고 있는 자의 아들'을 의미→Prankquean 에피소드의 두 번째 부분은 Vico의 영웅 시대(heroic age)를 배경으로 한다. ③ Bartolo 로시니(Rossini)의 <Barbiere di Siviglia(세비야의 이발사)>와 Mozart의 <Nozze di Figaro(피가로의 결혼)>의 등장인물 ④ bruised heels(상한 발꿈치)《창세기 3장 14~15절》'And the Lord God said unto the serpent, Because thou hast done this, thou art cursed above all cattle, and above every beast of the field; upon thy belly shalt thou go, and dust shalt thou eat all the days of thy life: And I will put enmity between thee and the woman, and between thy seed and her seed; it shall bruise thy head, and thou shalt bruise his heel(여호와 하나님이 뱀에게 이르시되 네가 이렇게 하였으니 네가 모든 육축과 들의 모든 짐승보다 더욱 저주를 받아 배로 다니고 티끌이 질 것이요 네 평생에 먹으라 내가 원수를 그 여자와, 네 씨와 그 씨 사이에 두리니 그것이 네 머리를 상하게 하고 네가 그의 발꿈치를 상하게 할 것이라)'
* drowned→down 아래에

* cellarmalt→malt cellar 맥아(맥주·위스키의 원료) 저장고, 저장된 포도주

| 021:36 | shaking warm hands with himself and the jimminy Hilary and |
|---|---|
| | 자신에게 따뜻한 악수를 건넸다. 그리고 쌍둥이 힐러리와 첫 유아 |

* shaking warm hands with himself: Pierre V.R.Key의 *John McCormack: His own Life Story*(1918)는 세계적으로 유명한 아일랜드 테너 존 맥코맥 백작(1884~1945)의 전기: 'I saw him take his left hand in his right and press it with congratulatory fervor...that act of Rathborne's of shaking hands with himself on his assumed victory struck me as a trifle previous(나는 그가 오른손에 왼손을 잡고 축하의 열정으로 꼭 누르는 것을 보았다...Rathborne이 승리를 가정하고 악수를 하는 행위는 이전에 사소한 일처럼 느껴졌다)'→laying cold hands on himself【021:11】
* jimminy[jiminy]→gemini〔라틴어〕=twins 쌍둥이: Shem, Shaun, Prankquean 에피소드에서 Laurence Sterne(Tristopher)과 Jonathan Swift(Hilary) ☞ Tristopher and Hilary【021:12】

| 022:01 | the dummy in their first infancy were below on the tearsheet, |
|---|---|
| | 시절의 어리석은 젖먹이는 남매처럼 서로의 손을 꽉 잡은 채 |

* dummy: ① doll 인형 ② rubber teat 고무 젖꼭지→Issy ③ 어리석은 젖먹이 ④ dumb person 벙어리
* tearsheet: ① Doll Tearsheet 셰익스피어의 *Henry Ⅳ*(헨리 4세 2부)에서 할(Hal) 왕자와 관계를 맺고 있는 매춘부 ② tearsheet 오려낸 페이지(광고주에게 보내려고 책·잡지 따위에서 오려낸 것) ③ prayersheet 기도표

| 022:02 | wringing and coughing, like brodar and histher. And the prank- |
|---|---|
| | 찢어진 침대보 밑에 있었다. 프랭퀸이 해쓱해진 후터 백작을 |

* wringing→wring (남의 손을) 꽉 쥐다
* coughing→cuffing 손바닥으로 찰싹 때림, 연인끼리 수갑을 찬 것처럼 손을 꼭 잡고 다님
* brodar and histher: ① brother and sister←transvestism 복장 도착(倒錯. 이성의 옷을 입고 싶어하는 경향.) ② Brodar 1014년 클론타프 전투에서 브라이언 보루(Brian Ború)를 암살한 덴마크 군벌(warlord) ③ Hister=Danube River ④ Hester Vanhomrigh 스위프트(Swift)의 Vanessa와 더블린 시장(市長) Bartholomew Vanhomrigh의 딸→Issy【021:35】 ☞ brodar and histher→brother and sister 남매 ☞ transvestism 복장 도착으로 쌍둥이의 성별 불분명: ▶boy and girl: brother and sister ▶boy and boy: bro-here and his-there ▶girl and boy: broad and his-there ▶girl and girl: broad and sister
* prankquean【021:15】→Grace O'Malley[Granuaile]

| 022:03 | quean nipped a paly one and lit up again and redcocks flew flack- |
|---|---|
| | 잡아챈 뒤 다시 불을 밝히자 멧닭들이 언덕 능선으로부터 |

* nipped a paly one: ① white rose 요크가(1461-1485: 영국의 왕가, 장미전쟁 때 흰 장미를 문장(紋章)으로 삼음)

【015:01】→pulled a rosy one【021:15~16】 ② Napoleon=Napoléon Bonaparte(1769-1821) 프랑스 황제 ③ paly one→Jarl van Hoother

* lit up〔속어〕=drunk 취한
* redrocks: ① red cock=grouse 멧닭(사냥감 새) ② redcoats 영국 군인 ③ red cock〔완곡어법〕=arson 방화
* flackering: ① flacker=flap 날개를 퍼덕이다 ② flackern=flare 불이 확 타오르다 ③ flickering 깜박거리는

| 022:04 | ering from the hillcombs. And she made her witter before the |
|---|---|
| | 날개를 퍼덕이며 날아올랐다. 그녀는 사악한 후터 백작 앞에서 |

* hillcombs: ① hillcrests 언덕의 능선 ② combe=valley 좁고 깊은 골짜기 ③ coxcomb 헛된 사람, 멋쟁이, 바보: Jarl von Hoother→von ④ cock's comb 닭의 볏, 맨드라미 ☞ flackering from the hillcombs 아일랜드 성인의 3계급에 대한 성 패트릭(St Patrick)의 예지(foreknowledge)는 세 가지 환상에서 비롯된 것: ① 아일랜드가 온통 불타고 있다【021:16~17】 ② 산불만 타고 있다 ③ 산골짜기에 등불이 켜져있다【022.27~28】 ☞ von 여기에서 Jarl van Hoother는 'Jarl von Hoother'가 되고 나머지 이야기 동안에도 그대로 유지되며, jiminy도 'jimminy'가 된다. 'van'은 네덜란드어로서 평민과 귀족 가문 모두에서 사용했으며, 보통 특정한 지리적 장소(이 경우 Howth)를 나타낸다. 'von'은 독일어로서 중세까지 귀족 가문에서 주로 사용했으며, 그 이후에는 평민과 귀족 가문에서 모두 사용하게 되었다.
* witter: ① made her water 그녀가 소변보게 하다【021:16】 ② made her wait 그녀가 기다리게 하다 ③ wittier(재치 있는): made her wit【021:16】→ made her wittier【022:04】→made her wittest 【022:28】 ④ witter〔독일어〕=mark[sign] 표시[기호]

| 022:05 | wicked, saying: Mark the Twy, why do I am alook alike two poss |
|---|---|
| | 소변을 보면서 말했다: 번호 2, 나는 왜 두 개의 꼬투리 속 완두콩처럼 똑같아 |

* wicked: ① wicket-gate 작은 쪽문, 개찰구 ② window 창문 ③ a wicked person→Jarl van Hoother ☞ wicket=female pudendum 여성 음부(vulva)
* Mark the Twy: ① King Mark 'Tristan과 Isolde'의 이야기에서 Tristan의 삼촌→HCE ② Mark Twain 사무엘 클레멘스(Samuel Clemens)의 가명, *Tom Sawyer*와 *Huckleberry Finn*의 저자→HCE ③ mark the twice 2번 표시→Mark the Wans【021:18】, Mark the Tris【022:29】 ④ twy-=twi- 2 배[중]의

| 022:06 | of porterpease? And: Shut! says the wicked, handwording her |
|---|---|
| | 보이는 걸까? 그러자: 제기랄! 이라며 사악한 후터 백작이 오말리에게 |

* why do I am alook alike a poss of porter pease?: ① to look as like as two peas in a pod(꼬투리 속 두 개의 완두콩처럼 보이는)=to appear identi-cal 똑같아 보이는 ② porter Pees William Langland의 *Piers Plowman*(여기에는 Robin Hood와 그의 부하들에 대한 언급도 포함되어 있음)→Mulk mountynotty man: Peace('Pees')는 험담하거나 사악한 의도를 지닌 사람들이 들어가지 못하도록 교회문을 빗장으로 잠그

는 문지기로 설정된다  ③ poss 욕조에서 옷을 빨다; 폭포  ④ a pot of porter 흑맥주 한 병  ⑤ por-ter 문지기

* Shut!: ① Shut! 문이 닫힌 채로 있다  ② Shit! 워털루 전투에서 프랑스 장군 Cambronne이 내뱉은 '제기랄!'  ③ Schutt〔독일어〕=a batch of malt 한 덩어리[묶음]의 맥아  ④ shut〔이집트어〕=shadow 그림자

* handwording: ① antwoordde〔네덜란드어〕=answered 대답하다  ② hand-working 따뜻한 손을 놓다【021:36】

---

| 022:07 | madesty. So her madesty aforethought set down a jiminy and |
| | 대답한다. 그래서 오말리는 계획한 대로 트리스토퍼는 풀어주고 |

* madesty: ① modesty 겸손  ② majesty 위엄  ③ maid 처녀[하녀]  ☞ her madesty→her majes-ty→the Queen=Grace O'Malley=Granuaile[Gráinne Ní Mháille]
* aforethought=premeditated 미리[사전에] 생각한[계획적인]
* set down: ① 서면으로 기록하다  ② 내려놓다[휴식을 취하다]  ③ 미국 남부(즉 Laurens County)에 앉아서 휴식을 취하며 이야기할 수 있는 초대→set a spell=sit down to relax and engage in casual conver-sation
* jiminy【021:36】→Tristopher and Hilary

---

| 022:08 | took up a jiminy and all the lilipath ways to Woeman's Land she |
| | 힐러리를 빼앗은 다음, '여자의 땅'을 향해서 온 힘을 다해 |

* lilipath: ① Lilliput 릴리퍼트(Swift *Gulliver's Travels*에 나오는 난쟁이 나라)  ② Lilith 메소포타미아 신화의 여성 악마  ③ lily 백합
* Woeman's Land: ① woe to man 남자에게 화(禍)→니체의 『짜라투스트라는 이렇게 말했다』에 나오는 'woman, woe to man(여자는 남자에게 재앙[화])'  ② woman's land 여자의 땅→Tír na mBan=Land of Woman【021:27】

---

| 022:09 | rain, rain, rain. And Jarl von Hoother bleethered atter her with |
| | 달리고, 달리고, 달렸다. 그러자 후터 백작은 그녀의 뒤에다 대고 시끄러운 |

* rain, rain, rain【021:22】→ran, ran, ran
* Jarl von Hoother【022:04】
* bleethered: ① bleated 우는소리를 하다[푸념하다]  ② blethered〔앵글로-아일랜드어〕=blathered (쓸데없는 소리를) 주책없이 재잘거리다
* atter: ① after  ② atter=venom[gall] 독[담즙]→dovesgall【021:23】  ③ atter=again[once more] 다시[다시 한번]

| 022:10 | a loud finegale: Stop domb stop come back with my earring stop. |
|---|---|
| | 게일어로 지껄였다: 멈춰 서, 멍청이. 멈춰 서, 어린 백작과 함께 돌아오시오. |

* finegale: ① Finn Gall〔아일랜드어〕=fair-haired foreigner 금발의 외국인→중세에 더블린을 통치한 덴마크 바이킹의 파벌 중 하나에 대한 아일랜드 별명↔Dubh Gall[Dubh Gaill] ② Fingal=Finn Mac-Cumhail 아일랜드의 영웅→Prankquean 에피소드의 두 번째 부분은 Vico의 영웅 시대가 배경 ③ Fine Gael 아일랜드의 부족

* stop domb stop: ① dumb 벙어리[멍청이]→stop deef stop【021:23】 ② stop(무선·전신 따위에서 종지 부호 대신에 완전한 철자로 발신하는) 'stop'이라는 단어 ③ domb〔헝가리어〕=hill 언덕

* come back with my earring: ① earling=little earl 작은[젊은] 백작 ② 「Come Back to Erin」 【021:24】

| 022:11 | But the prankquean swaradid: Am liking it. And there was a wild |
|---|---|
| | 하지만 프랭퀸은 대답했다: 내가 좋아해요. 그리고 별똥별이 떨어지는 세인트 |

* prankquean【021:15】
* swaradid→answered【021:24】
* am liking it 취향이다, 마음에 든다

| 022:12 | old grannewwail that laurency night of starshootings somewhere |
|---|---|
| | 로렌스 축일, 에린의 어딘가에 거칠고 노련한 그레이스 오말리가 있었다. |

* grannewwail: ① grand new wail→brannewwail【021:25】 ② Granuaile[Gráinne Ní Mháille]→Grace O'Malley【021:21】 ③ Gráinne〔아일랜드어〕=grain[corn] 곡물[옥수수]【021:28】 ④ granule 작은 알갱이, (곡식의) 작은 낱알 ⑤ granny wail=keening (죽은 사람을 위해) 울면서 애가(哀歌)를 부르기, (일반적으로) 비통해하기

* laurency night of starshootings: ① St Lawrence(세인트 로렌스) 8월 10일 성인 축일에 그들의 조상이 중요한 전투에서 승리했기 때문에, 호우드 백작(Earls of Howth)의 성(姓) ② shooting stars(별똥별) 매년 발생하는 유성우(流星雨) 중 가장 잘 알려진 연간 페르세우스 유성우(annual Perseid meteor shower)는 8월 10일 그의 축일 무렵 나타나기 때문에 이탈리아에서는 'The Tears of St. Lawrence'라고 불림 ③ shoot for the stars 큰 꿈을 갖다

| 022:13 | in Erio. And the prankquean went for her forty years' walk in |
|---|---|
| | 그리고 그레이스 오말리는 '여인의 땅'에서의 40년 산보散步를 위해 떠났다. |

* Erio: ① Erin→come back to my earin【021:;24】 ② erion〔그리스어〕=wool 양모 ③ Eria→Erio 【021:26】 ④ Mayo→It was of a night【021:05】

| 022:14 | Turnlemeem and she punched the curses of cromcruwell with |
|---|---|
| | 그리고 그녀는 쌍둥이 힐러리의 정수리에 못을 박는 것으로 |

* Turnlemeem: ① Tourlemonde【021:27】 ② le même〔프랑스어〕=the same
* she punched the curses of cromcruwell with: ① She punched...the nail: 'Her [Jael the wife of Heber the Kenite's] hand reached for the tent peg, her right hand for the workman's hammer. She struck Sisera, she crushed his head, she shattered and pierced his temple.(그[겐 사람 헤벨의 아내 야엘]의 손은 장막 말뚝을 잡으며 오른손에 장인의 방망이를 들고 그 방망이로 시스라를 쳐서 머리를 뚫되 곧 관자놀이를 꿰뚫었더라)《사사기 5장 26절》 ② the curse of Cromwell(크롬웰의 저주) Grace O'Malley가 포로 상속인(captive heir)을 데리고 있던 Clare Island의 Caisleán na gCearca 성은 Cromwell에 의해 파괴됨 ③ Crom Cruach 아일랜드의 사신(邪神) ④ Tale of A Tub 스위프트(Swift)의 풍자 산문(散文) 『통(桶) 이야기[터무니없는 이야기]』 ☞ 크롬웰의 저주(The Curse of Cromwell): 1652년 아일랜드를 완전 정복한 올리브 크롬웰은 아일랜드 지주의 토지를 몰수하여 영국과 스코틀랜드 신교도들에게 배분한 것을 말함. 당시 아일랜드인들은 황량하고 척박한 코노트 지역으로 추방되거나 죽거나 해서 '지옥으로 갈 것인가 아니면 코노트로 갈 것인가?(To Hell or to Connaught?)'를 선택했어야 했다.

| 022:15 | the nail of a top into the jiminy and she had her four larksical |
|---|---|
| | 크롬웰의 저주에 일격을 가했다. 그리고 익살스러운 여자 감시원이 |

* the nail of a top 팽이의 못→머리[정수리]에 못을 박다
* four larksical monitrix: ① The Four Masters 17세기에 일련의 연대기를 편찬한 4명의 아일랜드 학자【014:28】 ② farsical 익살스러운 ③ larks 종달새 ④ monitrix〔라틴어〕=female monitor 여자 감시원

| 022:16 | monitrix to touch him his tears and she provorted him to the |
|---|---|
| | 그에게 기도문을 가르쳐주도록 했으며 그리하여 그를 한 가지 분명한 |

* touch him his tears=teach him his prayers→tearsheet【022:01】기도서
* provorted: ① provorto〔라틴어〕=I turn forwards 나는 앞으로 돈다 ② perverted 비정상적인[도착된] ③ converted 전환[변환]된

| 022:17 | onecertain allsecure and he became a tristian. So then she started |
|---|---|
| | 알라신에게로 개종시켰으며 그리고 그는 트리스탄이 되었다. 그런 다음에 |

* onecertain: ① one certain 한 가지 분명한 ② uncertain 불확실한
* allsecure→Allah 알라(이슬람교의 유일신)
* tristian: ① Christian 기독교 신자 ② Tristan 「트리스탄」은 중세 서사시인 고트프리트 폰 슈트라스부르크의 작품으로, 그 분량이 대략 2만 행에 달하는 미완성 서사시이다. '트리스탄과 이졸데'는 '아더 왕과 원탁의 기사', '성배 이야기'와 함께 중세 유럽에 사랑받던 소재이다. '트리스탄과 이졸데' 이야기는 브르타뉴(현재 프랑스 서부 지역)의 전설에서 유래하는 것으로, 구전을 통해 12세기 이전에 이미 프랑스, 영국, 에스파냐, 덴마크, 노르웨이, 슬라브 지방, 중부 그리스 등 전 유럽에서 다양한 버전으로

| 022:18 | raining, raining, and in a pair of changers, be dom ter, she was |
|---|---|
| | 그녀는 달리고, 달렸다. 그러더니 변장 차림으로, 빌어먹을 여자, 그녀는 |

* raining, raining→rain, rain, rain【021:22】=ran, ran, ran
* in a pair of changers: ① in a pair of changers 한 벌의 변장 차림, 한 쌍의 교환기 ② chang-er=switch 변경
* be dom ter: ① Dermot 디아르무이드(Diarmuid)와 그라인(Gráinne)의 켈트 신화에서 Tristan에 해당하는 아일랜드 이름 Diarmuid의 영어식 표현 ② be damned to her 에끼 빌어먹을[저주받을] 여자 ③ verdammter〔독일어〕=damned 저주[비난]받은 ④ ter〔라틴어〕=three times[thrice] 세 번

| 022:19 | back again at Jarl von Hoother's and the Larryhill with her under |
|---|---|
| | 야를 반 후터 백작의 저택으로 다시 돌아와 힐러리를 자기 앞치마 속으로 |

* Jarl von Hoother【022:04】
* Larryhill: ① Hilary 탄트리스(Tantris)와 함께 아일랜드에 있을 때 Tristan이라는 가명을 사용 ② St Lawrence 호우드 백작(Earls of Howth)의 성(姓) ③ Hill of Howth 호우드 언덕 ④ <Larry M'Hale> Charles Lever의 노래

| 022:20 | her abromette. And why would she halt at all if not by the ward |
|---|---|
| | 숨겼다. 삼세번만의 행운을 위해 또 다른 날 늦은 밤, 그의 저택이 있는 |

* abromette: ① apron 앞치마 ② apronette 작은 앞치마 ③ Broomette 1925년 암스테르담 빗자루 회사의 빗자루 브랜드 ④ armpit 겨드랑이
* ward: ① ward(성이나 요새의 안뜰) 요새를 둘러싸고 있는 두 개의 벽 사이의 땅[성벽의 회로] ② ward(행정구역) 'Mansion House Ward'와 같은 더블린의 행정구역 ③ Ward 호주의 강

| 022:21 | of his mansionhome of another nice lace for the third charm? |
|---|---|
| | 행정구역 옆이 아니라면 도대체 왜 그녀는 멈추려 했을까? |

* mansionhome: ① Mansion House 도슨가(Dawson Street)에 있는 더블린 시장의 관저 ② Mansion House Ward【022:20】 ③ (영주·지주의) 저택
* nice lace: ① late night ② lace【021:33】
* third charm→the third time's the[a] charm 삼세번만의 행운

• Mansion House -wikipedia

| 022:22 | And Jarl von Hoother had his hurricane hips up to his pantry- |
| | 야를 반 후터는 경계초소까지 허리케인 램프를 들어 올리고서, |

* Jarl von Hoother【022:04】
* hurricane hips 카리브해의 바람의 신 Hurakan의 이름을 따서 명명→baretholobruised heels(대홍수로 인한 파괴 암시)【021:35】, burnt head(불로 인한 파괴 암시) ☞ hurricane (감정 등의) 격렬, 대폭풍 hip 엉덩이[둔부]; (최근 유행의) 사정에 밝은 ☞ hurricane lamp 허리케인 램프(바람이 불어도 불꽃이 꺼지지 않게 유리 갓을 두른 램프)
* pantrybox: ① pantry 식료품 저장실 ② sentry-box 보초막[경계초소]

• Hirrican Lamp -labourandwait

| 022:23 | box, ruminating in his holdfour stomachs (Dare! O dare!), and |
| | 소가 되새김질하듯 깊은 생각에 잠겼다 (저런! 오 저런!), |

* ruminating in his holdfour stomachs: ① ruminants 소처럼 되새김질을 하는 동물. 반추[되새김]동물은 위가 4개. ② ruminate 숙고하다, 되새김질하다
* Dare! O dare!: ① Ah dearo dear 4 노인의 반복 구절 ② dare-dare=double quick 아주 빨리[급히] ③ Dear, oh dear! 친애하는 오 친애하는 ☞ dare〔이탈리아어·스페인어·라틴어〕=give 주다→다양한 로맨스 언어에서 o 는 'or'을 의미하기도 한다. 예를 들어 스페인어로 'iDaré! O daré!'는 'I will give! Or I will give!'라는 의미 ☞ 이런[저런,맙소사,어머나](놀람·충격·짜증·걱정 등을 표시)

| 022:24 | the jiminy Toughertrees and the dummy were belove on the |
| | 쌍둥이 트리스탄과 어리석은 젖먹이는 제2 유년기의 보잘것없는 |

* jiminy【021:36】
* Toughertrees→Tristopher 트리스탄(Tristan)이 아일랜드에서 사용한 가명
* dummy【022:01】 어리석은 젖먹이
* belove: ① below 아래에 ② above 위에 ③ beloved 총애받는[인기 많은]

| 022:25 | watercloth, kissing and spitting, and roguing and poghuing, like |
| | 사내아이와 순진한 여자처럼 입 맞추고 침 뱉으면서, 그리고 |

* watercloth: ① table-cloth 식탁보 ② watercloset=privy[toilet] 변소[화장실]
* spitting 침뱉기
* roguing: ① roguing 불한당처럼 행동하는 ② Ruhig〔독일어〕=quiet 조용한
* poghuing: ① pogue〔앵글로-아일랜드어〕=a kiss 키스 ② póg〔아일랜드어〕=a kiss 키스 ③ ploughing=having sex 쟁기질=섹스 ④ poking 찌르기[쑤시기]

| 022:26 | knavepaltry and naivebride and in their second infancy. And the |
|---|---|
| | 건들거리고 꾸물대면서 식탁보 밑에 있었다. 프랭퀸이 |

* knavepaltry: ① Naomh Pádraig〔아일랜드어〕=St Patrick 성 패트릭 ② a paltry knave 보잘것없는 사내아이
* naivebride: ① Naomh Brighid=St Bridget[Brigid/St Bride] 성(聖)브리지드(453-523) 아일랜드의 여자 수도원장. 아일랜드의 수호성인. ② a naïve bride 순진한 여자[새색시]
* in their second infancy→in their first infancy【022:01】

| 022:27 | prankquean picked a blank and lit out and the valleys lay twink- |
|---|---|
| | 널빤지를 주워 불을 밝히자 계곡이 반짝반짝 빛났다. |

* prankquean【021:15】
* picked a blank: ① blanc〔프랑스어〕=white 흰색 ② black 검은색 ③ pink 튜더 장미 (Tudor rose)는 랭커스터의 붉은 장미(red rose)와 요크의 하얀 장미(white rose)를 합친 것 ☞ blank→plank 널빤지 ☞ Tudor rose 튜더 로즈(다섯 꽃잎의 붉은 장미와 흰 장미를 짜 맞춘 무늬)
* lit out: ① hit out 맹공격하다 ② lit up 환하게 밝히다; (술·마약에) 취한, 화려하게 꾸민

• Pretty Girl milking Her Cow -flute tunes

* the valleys lay twinkling: ① 「The Valley Lay Smiling Before Me」 영국 시인 토마스 무어(Thomas Moore)의 시를 아일랜드 민요곡 <The Pretty Girl milking Her Cow>에 맞춘 노래 ② valleys...twinkling→ flackering from the hillcombs【022:04】

| 022:28 | ling. And she made her wittest in front of the arkway of trihump, |
|---|---|
| | 그리고 그녀는 승리의 아치길 앞에서 소변을 누며 말했다: |

* And (she): ▶made her wit【021:16】 ▶made her wittier【022:04】 ▶made her wittest【022:28】
* arkway of trihump: ① Arc de Triomphe 파리의 개선문 ② archway of triumph 승리의 아치길 ③ Humphrey=HCE ④ Noah's Ark 노아의 방주 ⑤ three-humped 3개의 혹이 있는→HCE ☞ arc-en-ciel〔프랑스어〕=rainbow

| 022:29 | asking: Mark the Tris, why do I am alook alike three poss of por- |
|---|---|
| | 번호 3, 나는 왜 세 개의 꼬투리 속 완두콩처럼 닮아 보이는 걸까? |

* Mark the: ▶Mark the wans, why do I am alook alike a poss of porterpease?【021:18】 번호 1, 나는 왜 하나의 꼬투리 속 완두콩처럼 닮아 보이는 걸까? ▶Mark the Twy, why do I am alook alike two poss of porterpease?【022:05】 번호 2, 나는 왜 두 개의 꼬투리 속 완두콩처럼 닮아 보이는 걸까? ▶Mark the Tris, why do I am alook alike three poss of porter pease?【022:29】 번호 3, 나는 왜 세 개의 꼬투리 속 완두콩처럼 닮아 보이는 걸까? ☞ Mark...tris→「Tristan과 Isolde」 이야기

의 두 등장인물인 Cornwall의 왕 Mark(HCE)와 그의 조카 Tristan ☞ tris〔그리스어〕=three 세 번[3]

| 022:30 | ter pease? But that was how the skirtmishes endupped. For like |
|---|---|
| | 사소한 논쟁은 그렇게 끝을 맺었다. 왜냐하면 갈퀴처럼 찢어진 |

* how the skirtmishes endupped=how the skirmishes ended→How Copenhagen ended 코펜하겐의 결말【010:21~22】: ① ended up 결국 (어떤 처지에) 처하게 되다  ② skirts...up 치마를...위로(들다)
* skirtmissshes【021:19】: ① skirmishes 소규모 접전[충돌], 작은 논쟁  ② skirt→앞치마, ALP가 입는 praushkeen→Prankquean【021:15】 ③ mish=shirt[smock] 셔츠[덧옷] ④ mishes→mishe mishe 【003:09】☞ skirt...misses→piss[shes] 공원에서 HCE가 저지른 죄악을 암시

| 022:31 | the campbells acoming with a fork lance of lightning, Jarl von |
|---|---|
| | 번개와 함께 나타난 캠벨 일당들처럼, 덴마크인들의 오랜 공포이면서 |

* the campbells acoming→The Campbells Are Coming=Baile Inneraora(=Town of Inveraray) 스코틀랜드 민요 ☞ campbell 스코틀랜드 고지인(Highland Scottish)들의 도당(clan), 파벌
* fork lance of lightning: ① foreglance 선견지명[예감]  ② fork lightning 갈퀴처럼 찢어진 번개
* Jarl von Hoother【022:04】

| 022:32 | Hoother Boanerges himself, the old terror of the dames, came |
|---|---|
| | 그 자신 천둥의 아들인 야를 반 후터는 세 개의 문 닫힌 성城의 아치형 |

* Boanerges=The Sons of Thunder 천둥의 아들: 'James son of Zebedee and his brother John(to them he gave the name Boanerges, which means "sons of thunder"/하늘로부터 소리가 있어 말씀하시되 이는 내 사랑하는 아들이요 내 기뻐하는 자라 하시니라)'《마태복음 3장 17절》
* terror of the dames→Terror of the Danes(덴마크인의 공포) 브라이언 보루(Brian Ború) 왕의 별명

| 022:33 | hip hop handihap out through the pikeopened arkway of his |
|---|---|
| | 통로를 어렵사리 쉬지 않고, |

* hip hop=with hopping movement[with successive hops] 연속적으로[쉬지 않고] 뛰면서
* handihap: ① handicap 불리한 조건[장애]  ② cap in hand(공손하게)=peti-tioning 청원
* pikeopened: ① pike 통행료 징수소, 뾰족한 창끝  ② open 개방된, 출입[통행, 사용] 자유의
* arkway【022::28】

| 022:34 | three shuttoned castles, in his broadginger hat and his civic chol- |
|---|---|
| | 챙 넓은 연한 적갈색 모자를 쓰고, 평범한 옷을 걸치고, |

* three shuttoned castles: ① three...castles【021:17】→라틴어 모토 Obedienta Civium Urbis Felicitas 또는 burger felicitates the whole polis는 '시민이 복종하는 행복한 도시'라는 뜻【023:14】 ②

Sutton 서튼 지협(Isthmus of Sutton)은 Howth 반도와 더블린 카운티 본토를 연결 ③ thrice shut castle 세 번 닫힌 성

* broadginger hat: ① broadginger hat HCE의 7가지 의류 중 첫 번째 의류→【022:34-023:01】 ② Brobding-nag Jonathan Swift의 *Gulliver's Travels*에서 Lemuel Gulliver가 방문한 거인국 ③ gingerbread 생강빵 ☞ ginger 생강색[연한 적갈색]

* civic chollar: ① civic collar 평범한 옷깃 (HCE의 7가지 의류 중 두 번째) ② choler=bile[anger] 담즙[분노] ③ civic crown 로마 시대에 전쟁에서 시민의 생명을 구한 사람에게 수여된 참나무 잎과 도토리 화환

• Dublin(Obedientia Civium Urbis Felicitas)
-Wikimedia Commons

| 022:35 | lar and his allabuff hemmed and his bullbraggin soxangloves |
|---|---|
| | 담황색 내의를 입고, 발브리간製 양말과 장갑을 끼고, |

* allabuff hemmed: ① buff=military leather 가죽제 군복 ② Hemd〔네덜란드어〕=vest[undershirt] 조끼[내의]→HCE의 7가지 의류 중 3번째 ③ Hemd=shirt[undershirt] 셔츠[내의] ④ buff 담황색

* bullbraggin soxangloves: ① Balbriggan 양말 제조(hosiery manufacture)로 유명한 더블린 카운티 북부의 마을이자 18세기에 실패한 면화 산업이 있었던 곳 ② bull 황소 ③ bragging 허풍 ④ socks and gloves 양말과 장갑→HCE의 류 7종 중 네 번째 ⑤ Saxon 색슨족(한때 독일 서북부에 살았던 민족. 그들 중 일부가 5~6세기에 영국에 정착함.)→Anglo-Saxon

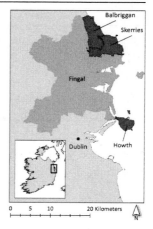

• Balbriggan Map
-Research Gate

| 022:36 | and his ladbroke breeks and his cattegut bandolair and his fur- |
|---|---|
| | 로드브로크 뱀 방지 바지를 입고, 동물 창자로 만든 탄약 벨트를 |

* ladbroke breeks: ① Ragnar Lodbrok 준 전설적인(semi-legendary) 바이킹 족장이자 더블린의 일부 북유럽 왕(Dublin's Norse kings)의 조상. 그는 한 켤레의 뱀 방지(snakeproof) 바지를 가지고 있었다. ② Lad-brokes 영국의 마권업자 ③ breeks〔스코틀랜드어〕=breeches[trousers] 반바지→HCE의 7개 의류 중 5번째 품목

* cattegut bandolair: ① catgut 장선(腸線)(현악기·라켓·외과 수술용 따위에 쓰임) ② Kattegat 덴마크 북부와 스웨덴 사이의 바다 ③ bandoleer 탄약을 나르는 어깨 벨트→HCE의 7개 의복 중 여섯 번째 항목 ④ bander〔프랑스어〕=have an erection 발기하다

* furframed: ① farfamed 널리 알려진[유명한] ② fur-fringed 가장자리를 모피로 장식한

| 023:01 | framed panuncular cumbottes like a rudd yellan gruebleen or- |
|---|---|
| | 차고, 일곱 색깔 무지개처럼 가장자리를 모피로 장식한 |

* panuncular〔라틴어〕: ① panuncula 실패[감개]에 감긴 실 ② Peninsular 반도전쟁(1808-1814) 영국·스페인·포르투갈 연합군이 이베리아 반도에 침입한 Napoleon 군대와 싸운 전쟁
* cumbottes: ① gumboots(고무장화)→HCE의 7가지 의류 중 7번째 ② com-bats 전투 ③ bottes〔프랑스어〕=boots 부츠 ④ botte〔이탈리아어〕=barrels 통
* rudd yellan gruebleen: ① ruddy, yelling, grumbling(or worried) 지긋지긋하게, 고함을 지르고, 투덜거리는(또는 걱정하는) ② red, yellow, green, blue 빨강, 노랑, 초록, 파랑 ③ rud=red 붉은→ruddy 붉게 물든 ④ yellan=yellow and ⑤ yella〔앵글로-아일랜드어〕=yellow→Orange, Loyalist, Unionist 노란색→오렌지당(북아일랜드가 영국에 계속 통합되어 있어야 한다고 믿는 신교도 정당), 왕[보수]당원(영국의 북아일랜드 합병을 지지하는 북아일랜드인), 통일 당원(아일랜드 자치안에 반대한 보수당원 또는 흔히 아일랜드 독립에 이르기까지의 보수당) ⑥ grüblend〔독일어〕=worried 걱정스러운

| 023:02 | angeman in his violet indigonation, to the whole longth of the |
|---|---|
| | 고무장화를 신은 채, 활잡이의 갈고리 창을 있는 대로 힘껏 뻗으며 |

* orangeman in his violet indigonation: ① orange and 오렌지[주황색]와 ② violet 제비꽃[보라색] ③ violent 폭력적인 ④ indigo 남색[쪽빛] ⑤ indig-nation 분노 ☞ Orangeman: ① 아일랜드 사람 ② 네덜란드 왕가의 일원 ③ 네덜란드 사람 ④ 오렌지당의 일원. 얼스터 연합주의자 또는 충성주의자.→오렌지당(1795년 아일랜드 신교도가 조직한 비밀 결사. 당의 기장(記章)이 오렌지색 리본.)

☞ <u>Rudd yellan grue bleen orange</u>man in his <u>violet indigo</u>
빨    노    초  파  주             보    남

* nation→노아는 방주에서의 40일 후 무지개를 본다
* whole length→full length 전장(全長)

| 023:03 | strength of his bowman's bill. And he clopped his rude hand to |
|---|---|
| | 뛰어왔다. 그리고 자신의 편안한 수레를 오른손으로 가볍게 |

* strength of his bowman's bill: ① strength 힘[기운] ② strong 힘이 센 ③ Strongbow→Pembroke 백작인 Richard de Clare는 1170년에 앵글로-노르만인의 아일랜드 침공을 이끌었다. 그는 Eve MacMurrough와 결혼하여 1176년에 죽을 때까지 Leinster를 통치했다. 그는 Christ Church 대성당에 묻혔는데 그의 무덤은 오랫동안 더블린의 랜드마크였다. ④ bill 갈고리 창(옛 무기의 일종), 계산[청구]서

The Resting Place of Strongbow in Christ
Church -humphrysgenealogy

* clopped: ① clapped 가볍게 두드리다, 소리 내어 치다 [박수치다] ② cowclap=cowpat 소똥→ordurd【023:04】
* rude hand: ① right hand 오른손 ② Red Hand of Ulster 얼스터의 고대 전령 상징 ③ red right hand

| 023:04 | his eacy hitch and he ordurd and his thick spch spck for her to |
|---|---|
| | 두드리며 그녀에게 탁한 목소리로 어리석은 짓 그만 집어치우라고 |

* eacy hitch: ① E-C-H→HCE ② easy ③ to ease his itch 가려움을 해소[완화]하다 ④ hitch=butt 엉덩이 ☞ hitch (말이나 소를) 수레에 연결하다
* ordurd: ① ordure 대변[똥]→HCE가 집에서 배변을 하는 Museyroom 에피소드와 Prankquean 에피소드 ② turd 똥 ③ ordered 지시[명령]하다 ④ odour 냄새 ⑤ ord〔노르웨이어〕=word 단어
* spch spck: ① speech spoke 연설하다 ② the sound of defecating 대변[용변]보는 소리→ordure

| 023:05 | shut up shop, dappy. And the duppy shot the shutter clup (Per- |
|---|---|
| | 명령했다. 그러자 그녀는 하던 짓을 딱 멈췄다 (우르르 |

* shut up shop, dappy: ① shut up shop 사업을 접다[걸어치우다], (그날 하루의) 일을 접다 ② daffy=silly[crazy] 어리석은[미친] ③ dippy=silly[crazy] 멍청한[미친]
* shot the shutter clup: ① shut the shutter up 덧문을 닫다→천둥소리로 연결된다 ② shut the shitter up 변기 뚜껑을 닫다 ③ shot the shitter(총을 쏘다)→How Buckley Shot the Russian General【008:10】 ④ Shot the shudder clap 떨리는 박수를 치다→몸을 떨게 하는 천둥소리 ⑤ put up the shutters=stop doing business 하던 일을 멈추다 ☞ shut the shutters up [HCE와 ALP의 방] 북동쪽 벽, 뒤뜰을 바라보는 창문, 저 너머에 있는 휘닉스 파크와 더블린만을 향한...북동쪽은 또한 바이킹 침공의 역사적 근원지이며, 문(door)처럼 창(window)도 실제 종종 외부 세계로부터의 공격에 대한 몽상가의 불안, 일찍이 그의 창과 창틀을 두드리는 우박에 의해 불안은 증폭된다.

| 023:06 | kodhuskurunbarggruauyagokgorlayorgromgremmitghundhurth- |
|---|---|
| | 르르르르르르르르르르르르르르르르르르르르르르르르르르르르르르르 |

* Perkodhuskurunbarggruauyagokgorlayorgromgremmitghundhurth→Thun-dred-let-ter-word=Thunderwords ① Perkodhus: ▶perkons〔라트비아어〕=thunder 천둥 ▶Perkun〔리투아니아어〕=god of thunder 천둥의 신 ▶Perun〔슬라브어〕=god of thunder 천둥의 신 ▶Zeus〔그리스어〕=god of hunder 천둥의 신 ▶Perkunas〔발트어〕=god of thunder 천둥의 신 ▶Perkwunos〔인도 게르만 공통 조어〕=god of thunder 천둥의 신 ▶Orko〔바스크어〕=god of thunder 천둥의 신 ☞ Basque 바스크인(人)·어(語): 스페인의 서부 피레네(Pyrenees) 산맥 지방에 살고 있는 종족 ▶gods 제신(諸臣) ② kurun〔브르타뉴어〕=thunder 천둥 ③ barg: ▶barg〔페르시아어〕=thunder 천둥 ▶baraq〔히브리어〕=lightning 번개 ④ gruauya→griauja〔리투아니아어〕=it thunders 천둥이 치는 ⑤ gokgorlayor→gök gürliyor〔터키어〕=thundering sky 천둥 번개 치는 하늘 ⑥ gromgremmit→gromgremit〔러시아어〕=thunder thunders 천둥이 우르릉거리다 ⑦ ghundhur→guntur〔말레이어〕=thun-der 천둥

| 023:07 | rumathunaradidillifaititillibumullunukkunun!) And they all drank |
|---|---|
| | 르르르르르르르르르르르르르르르르르르르르르르르쿵꽝!) 그리고 그들 모두 |

* rumathunaradidillifaititillibumullunukkunun! ⑧ thruma〔아이슬란드어〕=thunder 천둥 ⑨

thuna→thuner〔중세 영어〕=thunder 천둥  ⑩ radi〔스와힐리어〕=thunder 천둥  ☞ Kiswahili[Swahili] 스와힐리어(동부 아프리카에서 널리 사용되는 공용어)  ⑪ dilli→dill〔아라비아어〕=thunder 천둥  ⑫ faititilli→faititily〔사모아어〕=thunder 천둥  ⑬ bumullun→bumulloj〔알바니아어〕=thunder 천둥  ⑭ ukkunun→ukkonen〔핀란드어〕=thunder 천둥

* And they all drank free: ① They put the kettle on and they all had tea(주전자에 물을 끓여 모두가 차를 나눠 마셨다) 아일랜드 민담의 상투적인 결말  ② Polly Put the Kettle On 1803년 런던의 Joseph Dale 에 의해 출판된 <Molly Put the Kettle On[Jenny's Baubie]>이라는 제목의 동요. 1790년~1810년경 더블린과 1803년~1807년경 뉴욕에서 Molly가 Polly로 바뀌어 출판된다.  ③ tea 차  ④ drank freely 실컷 [자유롭게] 마시다

---

| 023:08 | free. For one man in his armour was a fat match always for any |
|---|---|
| | 차를 실컷 마셨다. 왜냐하면 술의 힘을 빌린 남자는 속옷 차림의 소녀에 대해 |

* one man in his armour: ① one man in his armour→'Eleven men well armed will certainly subdue one single man in his shirt(잘 무장한 11명의 남자가 셔츠를 입은 한 남자를 확실히 제압할 것이다)' Jonathan Swift의 Drapier's Letters  ② one man in his armour 피임 기구(contraceptive)를 암시한다  ③ one man in his amour 사랑에 빠진[성적으로 흥분한] 남자  ④ in armour〔속어〕=pot valiant 술김에 용감한 [술의 힘을 빌린]

* fat match: ① bad match 불협화음(마음이 잘 맞지 않아 논쟁이 있는 상태)  ② fat match=no match 상대[적수] 가 안되는  ③ fair match 공정한 시합

---

| 023:09 | girls under shurts. And that was the first peace of illiterative |
|---|---|
| | 상대가 안 되기 때문이었다. 그리고 그것은 만물 근원의 모든 |

* under shurts: ① undershirts 속옷  ② Schrze〔독일어〕=apron 앞치마→Prankquean은 아일랜드어 priscn에서 유래한다  ③ shurt 'short'의 옛말

* illiterative porthery: ① alliterative poetry 두운(頭韻)을 맞춘 시  ② illiterate 읽고 쓸 줄 모르는  ③ porthor〔웨일스어〕=porter[doorkeeper] 문지기  ④ Peace...porter 평화...문지기→'Why do I am alook alike a poss of porter pease?'【021:18】William Langland의 Piers Ploughman  ⑤ portery 플랑드르 또는 네덜란드 도시의 시민권[burghership]  ⑥ pother 소란[소음]  ☞ illiterate=unwritten 기록되어 있지 않은, 구전(口傳)의

---

| 023:10 | porthery in all the flamend floody flatuous world. How kirssy the |
|---|---|
| | 원소에서 구전口傳되는 최초의 평화로운 소리였다. 재단사 커스가 노르웨이 |

* flamend floody flatuous world: ① flaming→fire (만물 근원의) 4대 원소의 첫 번째: 화(火)  ② flame end 화염의 끝부분  ③ flood=Noah's Flood→water (만물 근원의) 4대 원소의 두 번째: 수(水)  ④ flat 평평한  ⑤ fatuous 어리석은[얼빠진]  ⑥ flatuous=windy 바람이 많이 부는→air (만물근원의) 4대 원소의 세 번째: 풍(風)  ⑦ world 지구→흙 (만물 근원의) 4대 원소의 네 번째: 지(地)

* How kirssy: ① How Kersse the tailor made a suit of clothes for the Norwegian cap-

tain=Kersse 재단사가 노르웨이 선장을 위해 양복을 만든 방법→【311:07~09】 ② kirss〔에스토니아어〕=cherry 체리

| 023:11 | tiler made a sweet unclose to the Narwhealian captol. Saw fore |
|---|---|
| | 선장을 위해 양복 한 벌을 만든 방법. 그대는 여기까지만 알 수 있을 것이다. |

* the tiler made a sweet unclose to the Narwhealian captol: ① tiler 프리메이슨 집회소의 문지기 →Jarl van Hoother는 Howth Castle의 문지기였다; tile-layer 기와공 ② sweet 아일랜드에서는 종종 'to follow suit(방금 남이 한 대로 따라하다)'가 'to follow suite(일행을 미행하다)'로 발음된다 ③ unclose 호우드의 백작(Earl of Howth)은 자신의 성문(城門)을 열어 놓았다 ④ narwhal 일각(一角)고래. 북극양에 서식하는 고래의 일종; 수컷에는 위턱에서 앞쪽으로 길게 나선형으로 뻗은 엄니가 있다.
* saw fore shalt thou sea: ① so far 지금까지 ② Hitherto shalt thou come, but no further 네가 여기까지는 오나 더 이상 가지 못하리니《욥기 38장 11절》→1885년 코크(Cork)에서 Charles Stewart Parnell은 "No man has a right to say to the march of any nation, Thus far shalt thou go and no farther"라는 연설을 했다 ③ see ④ salt sea→the Salt Sea=the Dead Sea 사해(死海)

| 023:12 | shalt thou sea. Betoun ye and be. The prankquean was to hold |
|---|---|
| | 그대와 나 사이. 프랭퀸은 해적선을 보유했고 |

* Betoun ye and be: ① between you and me→'the covenant which I make between me and you(내가 너와 세우는 언약)'《창세기 9장 12절》 ② betune〔앵글로-아일랜드어〕=between 사이

| 023:13 | her dummyship and the jimminies was to keep the peacewave |
|---|---|
| | 쌍둥이들은 평화를 유지했으며 |

* dummyship: ① ship(배→해적선) O'Malley의 해적선 ② dummy【022:01】
* jimminies【021:11】
* to keep the peacewave=keep the peace 평화[치안]를 유지하다→be bound over【020:14】

| 023:14 | and van Hoother was to git the wind up. Thus the hearsomeness |
|---|---|
| | 그리고 반 후터는 긴장했다. 이렇게 하여 |

* van Hoother was to git the wind up: ① van←von【022:04】 ② to git=to get ③ wind→Grace O'Malley의 배를 위한 바람 ④ git the wind up=git the band up【009:09】 깜짝 놀라다, 긴장하다 ⑤ wind-up 마무리[마감], 농담[장난]
* hearsomeness of the burger felicitates the whole of the polis→Obedientia civium urbis felicitas=Happy the city where citizens are obedient(시민이 복종하는 행복한 도시)【022:34】
* hearsomeness: ① gehoorzaam〔네덜란드어〕=obedient 순종하는 ② gehor-sam〔독일어〕=obedient 순종하는

| 023:15 | of the burger felicitates the whole of the polis. |
|---|---|
| | 시민이 순종하면 도시 전체가 행복해진다. |

* burger〔네덜란드어〕=citizen 시민
* felicitate=make happy 행복하게 하다
* polis: ① 〔그리스어〕도시 ② 〔네덜란드어〕정책 ③ police←아일랜드 일부 지역에서 'PO-liss'로 발음된다

| 023:16 | O foenix culprit! Ex nickylow malo comes mickelmassed bo- |
|---|---|
| | 오 복된 죄! 무無에서는 아무것도 나오지 않는다. |

* O foenix culprit!: ① O felix culpa〔라틴어〕=O happy fault 오 복된 탓이여!→성 토요일의 가톨릭 예배 중 부활초(paschal candle)에 불을 붙일 때 나오는 라틴어 성가(Latin chant)에 대한 암시, 즉 'Exsultet iam Angelica turba caelorum'=Now let the Angelic host of Heaven rejoice(용약하여라, 하늘나라 천사들 무리) 행으로 시작하여 'O certe necessarium Adae peccatum, quod Christi morte deletum est! O felix culpa, quae talem ac tantum meruit habere Redemptorem!'=O truly

• O Felix Culpa![Oh Happy Fault!] -chnetwork

necessary sin of Adam, which the death of Christ has blotted out! O happy fault, which merited such and so great a redeemer(오, 참으로 필요했네, 아담이 지은 죄. 그리스도의 죽음이 그 죄를 없애셨네. 오, 복된 탓이어라! 그 탓으로 위대한 구세주를 얻게 되었네)→아담과 이브의 불순종(즉 'happy fault')은 더블린 문장(coat of arms)에 명시된 모토 'Obedientia Civium Urbis Felicitas'=The Obedience of thecitizens produces a happy city(시민이 복종하는 행복한 도시)와는 상반된다【022:34】 ② Phoenix Park: HCE의 범죄와 관련이 있는 더블린의 큰 시립 공원이자 1882년 5월의 Phoenix Park 살인 사건과 관련이 있다
* Ex nickylow malo comes mickelmassed bonum: ① ex nihilo malo〔라틴어〕=from nothing bad 아무것도 나쁘지 않은 ② ex nihilo nihil fit〔라틴어〕=out of nothing comes nothing 무에서는 아무것도 나오지 않는다 ③ nullam rem e nihilo gigni divinitus umquam 무에서 신의 능력으로 창조될 수 있는 것은 아무것도 없다 ④ De nihilo nihilum 아무것도 무에서 나올 수 없다 ⑤ ex malo bonum fit=out of evil good is made 전화위복이 되다

| 023:17 | num. Hill, rill, ones in company, billeted, less be proud of. Breast |
|---|---|
| | 언덕, 강, 목록에 포함된, 사람들 속의 인물들, 자랑스럽지만 |

* Hill, rill→Hill(언덕)=HCE, Rill(개울)=ALP→Joyce의 「Letters(13-05-1927)」(Harriet Shaw Weaver에게 보낸 편지)
* ones in company, billeted: ① Sons & Company, Limited=Arthur Guinness, Sons & Company, Ltd→Joyce의 「Letters(13-05-1927)」(Harriet Shaw Weaver에게 보낸 편지) ② ones in company, billeted 사람들 틈 속의 사람들, 숙소를 배정받은 ③ ones in company 사람들 틈 속의 사람들(3가지 질병[죄악]과 함께)

* less be proud of: ① let's be proud of 자랑스럽게 생각하자  ② less proud of 덜 자랑스러운: 'be proud of them but naturally, as hill (go up it) as river(jump it)(자랑스러워 하지만 자연스럽게, 언덕처럼(올라가기) 강처럼(뛰어넘기)'→Joyce의 「Letters(13-05-1927)」(Harriet Shaw Weaver에게 보낸 편지)

| | |
|---|---|
| 023:18 | high and bestride! Only for that these will not breathe upon |
| | 자연스럽게 언덕처럼 올라가서 강처럼 뛰어넘어라! 단지 그것만으로 고대 |

* Breast high and bestride: ① breast high 가슴 높이→냄새를 쫓는 사냥개는 머리를 꼿꼿이 세우고 달린다  ② to breast a hill=surmount a hill 언덕을 오르다  ③ bestride 개울을 건너뛰다  ④ best ride 최고[최상]의 탈것
* breathe upon 입김을 불다, ~을 흐리게 하다[~을 더럽히다], 헐뜯다

| | |
|---|---|
| 023:19 | Norronesen or Irenean the secrest of their soorcelossness. Quar- |
| | 노르웨이 전사 또는 아일랜드 태생에게 출처의 비밀을 발설하지 않을 것이다. |

* Norronesen: ① Norronesen=Old Norse, warrior 고대 노르웨이, 전사→Joyce의 「Letters(13-05-1927)」(Harriet Shaw Weaver에게 보낸 편지)  ② norroenn〔고대 노르드어〕=norse 노르드[노르웨이]어  ③ no one 아무도~않다
* Irenean: ① Irenean=Irish born, peace[eirene] 아일랜드 태생, 평화→Joyce의 「Letters(13-05-1927)」(Harriet Shaw Weaver에게 보낸 편지)  ② Irena 아이리나(아일랜드의 의인명)  ③ eirēnē〔그리스어〕=peace 평화  ④ Irenaeus 리옹(Lyon)의 주교. '리옹의 이레나이우스(Irenaeus of Lyons)'로도 불린다. 초대 교회 교부(130년~200년).
* the secrest of their soorcelossness: ① the secret of their source 출처의 비밀→출처의 비밀을 결코 발설하지 않을 것→나일강의 근원에 대한 빅토리아 시대의 탐색  ② secresy←William Blake의 「To Nobodaddy」  ③ crest 가문(家紋)(family crest)  ④ sourcelessness 출처 없음  ⑤ loss 분실  ⑥ the secrest of their soorcelossness 주술(呪術)의 비밀→그들의 마법(sorcery)은 파도 속에서 길을 잃었다
* Quarry silex: ① The quarry and the silexflint suggest HCE silent 채석장과 부싯돌은 HCE의 침묵을 상징한다  ② Quare siles〔라틴어〕=why are you silent? 당신은 왜 침묵합니까?  ③ silex〔라틴어〕=flint 부싯돌  ④ quarry 채석장, 사냥감  ⑤ Why art thou silent 당신은 왜 침묵합니까?→William Blake의 「To Nobodaddy」

| | |
|---|---|
| 023:20 | ry silex, Homfrie Noanswa! Undy gentian festyknees, Livia No- |
| | 그대는 왜 침묵하는가? HCE는 무응답! 무슨 까닭으로 서두르는가, ALP? |

* Homfrie: ① Humphrey→HCE  ② home fire(난롯불, 가정 생활)→keep the home fires burning 후방 生活을 지키다[가정 생활을 이어가다](제1차세계대전 중 영국에서 유행한 노래의 한 구절에서)  ③ Vanhomrigh→조너선 스위프트의 시 「Cadenus and Vanessa」에서 처음 등장한 Vanesse라는 이름은 그의 제자이자 친구의 이름인 'Esther Vanhomrigh'에서 성씨 밴(Van)과 이름의 애칭 'Esse'를 떼어 만든 조어. Vanesse는 그리스어로 '나비'라는 뜻.
* Noanswa: ① nyanza〔반투어〕=a lake 호수  ② Albert Nyanza→Joyce의 「Letters(13-05-1927)」(Harriet

Shaw Weaver에게 보낸 편지) ③ Albert Nyanza 나일강의 주요 원천 중 하나인 동아프리카의 Albert 호수【023:19】 ④ No answer→Mark Twain *Tom Sawyer* ⑤ ní hannsa=[it] is not difficult〔아일랜드어〕그것은 어렵지 않다→중세 아일랜드 문학에서 질문이나 수수께끼에 대한 답을 소개하는 데 사용되는 표준 공식이었다

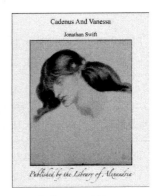

• Cadenus and Vanessa
-rakutenkobo

* Undy gentian festyknees: ① where the dickens are you hurrying from?→Joyce의 「Letters(13-05-1927)」(Harriet Shaw Weaver에게 보낸 편지) ② unde gentium festines=whence in the world are you hurrying? 도대체 왜 서두릅니까? ③ undae〔라틴어〕=waves파도 ④ gentian 용담(종 모양의 파란색 꽃이 피는 야생화의 일종) ⑤ Festy King 중앙 형사 법원 (Old Bailey) 소송 사건의 피고→【085:23】

* Livia Noanswa: ① Anna Livia→ALP ② nyanza〔반투어〕=a lake 호수 ③ Victoria Nyanza→Joyce의 「Letters(13-05-1927)」(Harriet Shaw Weaver에게 보낸 편지) ④ Victoria Nyanza 나일강의 주요 저수지 중 하나인 동아프리카의 빅토리아 호수【023:19】

| 023:21 | answa? Wolkencap is on him, frowned; audiurient, he would |
| | 구름모자가 그에게 씌워져 있다. 인상을 찌푸린 채, 가까운 곳의 |

* Wolkencap: ① woollen cap of clouds 양털 모자 구름→Joyce의 「Letters(13-05-1927)」(Harriet Shaw Weaver에게 보낸 편지) ② wolkenkap〔네덜란드어〕=cloud cap 구름 모자→호우드 언덕은 종종 구름에 덮인다

* frowned: he is crowned with the frown of the deaf 귀머거리의 인상을 쓰고 있다→Joyce의 「Letters(13-05-1927)」(Harriet S. Weaver에게 보낸 편지)

* audiurient: ① Audi urio(I long to hear) Es urio(I long to eat) 정말 듣고 싶다 정말 먹고 싶다→Joyce의 「Letters(13-05-1927)」(Harriet Shaw Weaver에게 보낸 편지) ② esurient 굶주린〔게걸스러운〕 ③ Aures habent et non audient=They have ears, but they hear not 그들은 귀가 있어도 듣지 못한다《라틴어 성서—시편 113장 6절》

| 023:22 | evesdrip, were it mous at hand, were it dinn of bottles in the far |
| | 생쥐 소리인지, 먼 곳의 전쟁 소음인지 잔뜩 궁금해진 그가 몰래 엿듣고 있다. |

* evesdrip: ① his house's e(a)ve ALP water 처마에서 떨어지는 ALP의 물 ② eavesdrop 도청하다(처마 밑 창밖에서 안의 말을 듣는 데서)→to earwig〔속어〕=to eavesdrop 엿듣다 ③ Eve's drip(이브의 물방울)→ALP's water(ALP의 물) ④ eavesdrip 집 처마에서 떨어지는 물 ⑤ evesdrip 낙숫물, (처마 밑의) 낙숫물 자국

* mous at hand: ① close at hand 쉽게 손닿는[가까운] 곳에 ② mous=mouse 쥐 ③ mus〔라틴어〕=mouse 쥐

* dinn of bottles: ① din of battles 전쟁의 소음 ② djinn in a bottle 병 속의 정령[신령]

* far ear: ① far east 극동 ② far air 먼 공기

| 023:23 | ear. Murk, his vales are darkling. With lipth she lithpeth to him |
|---|---|
| | 봐라, 그의 두 눈이 몽롱해진다. 그녀는 어린애처럼 혀짤배기 말로 그에게 |

* Murk: ① murk=darkness[dark] 어둠[어두운]  ② Mark!=look! take notice! 살펴! 조심해!  ③ King Mark '트리스탄과 이졸드'의 전설 속 콘월(Cornwall)의 왕→HCE
* his vales are darkling: ① His hill begins to be clouded over in the effort to hear 들어보고자 하는 노력의 일환으로 그의 언덕 위 하늘은 온통 흐려지기 시작한다  ② darkling 몽롱한  ③ Oculos habent et non videbunt[라틴어]=They have eyes, but they see not(눈이 있어도 보지 못함)《라틴어 성서—시편 113장 5절》 ④ vales=eyes
* lipth: ① lips 입술, 속삭이다  ② lisp 혀 짧은 소리로[어린애처럼] 발음하다([s, z]를 [θ, ð]라 발음하는 따위)
* lithpeth: ① lisps 혀짤배기 말을 하다  ② listens 듣다  ③ whispers 속삭이다


| 023:24 | all to time of thuch on thuch and thow on thow. She he she ho |
|---|---|
| | 이러쿵저러쿵 어쩌고저쩌고 쉴 새 없이 지껄여댄다. 히히! 호호! 그녀는 웃지 |

* all to time: ① all the time 쉴 새 없이, 줄곧  ② to[그리스어]=the 쪽으로
* thuch on thuch→such and such 이러이러한[여차여차한]
* thow on thow→so and so 아무개[무엇무엇]
* She he she ho→Hee! Hee! Ho! Ho! (웃음소리) 히히 호호


| 023:25 | she ha to la. Hairfluke, if he could bad twig her! Impalpabunt, |
|---|---|
| | 않을 수 없었다. 젠장, 그녀를 이해할 수만 있다면! 쉽게 이해할 수 없어, |

* she ha to la=she had to laugh→She had to kick a laugh【583:26】
* Hairfluke: ① Herrfluch=the curse of the Lord on you for not talking louder, he tries to grab her hair which he hopes to catch by a fluke 더 큰 소리로 말하지 않은 것에 대한 주님의 저주, 그는 요행히 그녀의 머리카락을 잡으려고 시도한다→Joyce의 「Letters(13-05-1927)」(Harriet S. Weaver에게 보낸 편지)  ② verflucht[독일어]젠장![저주받은]  ③ a fluke of wind 우연한 바람
* if he could bad twig her: ① twig[앵글로-아일랜드어]=understand 이해하다→Joyce의 「Letters(13-05-1927)」(Harriet Shaw Weaver에게 보낸 편지)  ② tuig[아일랜드어]=understand  ③ twig=beat with a twig 나뭇가지로 치다[맞히다] ☞ if he could but twig her 그녀를 이해할 수만 있다면
* Impalpabunt: ①《라틴어 성서—시편 115장 7절》Manus habent et non palpabunt=They have hands, but they handle not...(그들은 손이 있지만 다루지 않는다...)→Joyce의 「Letters(13-05-1927)」(Harriet Shaw Weaver에게 보낸 편지)  ② impalpable 손으로 만져서 알 수 없는[쉽게 이해할 수 없는]


| 023:26 | he abhears. The soundwaves are his buffeteers; they trompe him |
|---|---|
| | 그는 귀를 기울인다. 음파音波가 그를 못살게 군다. 음파는 나팔같이 큰소리로 |

* he abhears: ① His ear having failed, he clutches with his hand & misses & turns away hopeless and unhearing (he abhears) 그의 귀가 고장 나서 손으로 움켜쥐고 그리워하고 절망하고 귀를 기울

이지 않고 외면한다(그는 참는다)→Joyce의 「Letters(13-05-1927)」(Harriet Shaw Weaver에게 보낸 편지)  ② abhören
〔독일어〕=listen to 귀를 기울이다  ③ appears 출현하다

* soundwaves: ① The Four Waves of Ireland 아일랜드의 4대 파도→Tonn Rudraige(Dundrum Bay in Down-동쪽), Tonn Tuaige(Ballintoy in Antrim-북쪽), Tonn Clíodhna(Glandore Bay in Cork-남쪽) 및 Tonn Scéine(Shan-non in Limerick[Clare]-서쪽)  ② soundwaves=acoustic waves 음파(音波)
* buffeteers: ① buffeters 뷔페에 자주 가는 사람  ② buffet ears 귀를 치다  ③ profiteers 부당이득자  ④ buccaneers 해적  ⑤ blindman's-buff 술래잡기  ☞ buffet=blow[stroke] (파도·불운 따위가 사람을) 못살게 굴다→buffeter 못살게 구는 사람, 싸우는 사람
* trompe: ① tromper〔프랑스어〕=deceive 속이다  ② trump 카드 게임에서 으뜸 패를 쓰다(써서 이기다)

| 023:27 | with their trompes; the wave of roary and the wave of hooshed |
| --- | --- |
| | 그를 현혹한다. 동쪽 다운주의 루드래기 파도와 북쪽 안트리움주의 투아게 |

* trompes: ① trompe (용광로에 바람을 보내는) 낙수(落水) 송풍기  ② trombe〔이탈리아어〕=trumpets 트럼펫 ☞ trumpet 나팔같이 큰 소리
* wave of roary: ① the Four Waves of Ireland【023:26】  ② Tonn Rudraige 아일랜드의 4대 파도 중 하나인 Wave of Rory→County Down의 Dundrum Bay  ③ roar 포효  ④ north (지도상의) 북쪽, 윗쪽 ☞ hoary(서리같이 하얀): 고대인들은 종종 '바다'를 'hoary(=white-haired 또는 grey-haired)'라 함
* wave of hooshed: ① the Four Waves of Ireland 아일랜드의 4대 파도  ② Tonn Thuaige 아일랜드의 4대 파도→The Wave of Tuag  ③ whisht!〔앵글로-아일랜드어〕listen! silence! 들어요! 조용!  ④ hoosh 동물을 앉힐 때 내는 소리

| 023:28 | and the wave of hawhawhawrd and the wave of neverheedthem- |
| --- | --- |
| | 파도 그리고 남쪽 코크주의 클리오드나 파도와 서쪽 클레어주의 씨너 |

* wave of hawhawhawrd: ① the Four Waves of Ireland 아일랜드의 4대 파도  ② haw 저라, 이랴!(소·말을 왼쪽으로 돌릴 때 지르는 소리)  ③ Haw! Haw! 웃음소리→She he she ho【023:24】  ④ h-h-hawrd 말더듬(HCE의 죄악)
* wave of neverheedthem-: ① the Four Waves of Ireland 아일랜드의 4대 파도  ② east→Tonn Rudraige, Dundrum Bay in Down【023:26】

| 023:29 | horseluggarsandlistletomine. Landloughed by his neaghboormis- |
| --- | --- |
| | 파도. 교양 없는 시골뜨기 여자 주인에 둘러싸인 채 |

* horseluggarsandlistletomine: ① lugger 배[선원]  ② lügner〔독일어〕=liar 거짓말쟁이  ③ listen to me
* landloughed: ① landlocked 육지에 둘러싸인  ② Lochlainn〔아일랜드어〕=Scandinavia  ③ lough 〔앵글로-아일랜드어〕=lake
* neaghboormistress: ① Lough Neagh 아일랜드 최대의 호수  ② neighbours  ③ boor 교양 없는 시골뜨기[천박한 사람]  ④ mistress 여자 주인, 정부(情婦)

| 023:30 | tress and perpetrified in his offsprung, sabes and suckers, the |
|---|---|
| | 그리고 자신의 자손, 풋내기 철부지들 속에서 영속된 채, 한탄하던 뜨내기 |

* perpetrified: ① petrified 석화(石化)된 ② perpetuated 영속된[영구적인] ③ per-=thoroughly[completely] 철저히[완전히]
* offsprung: ① offspring 자손 ② Aufsprung[독일어]=bound 도약
* sabes and suckers: ① babes and tuckers 아가씨와 장식 주름 잡는 사람 ② Babes and sucklings 아기와 젖먹이 ③ baby tuckoo ④ saints and sages 성인과 현자→Ireland, isle of saints of sages(성인과 현자의 섬, 아일랜드) ⑤ sabres and swords 군도(軍刀)와 검(劍)

| 023:31 | moaning pipers could tell him to his faceback, the louthly one |
|---|---|
| | 피리쟁이는 자신의 이면을 털어놓았는데, 그에게는 우리가 게걸스럽게 |

* moaning pipers: ① the morning papers 아침 신문 ② moaning pipes 애달픈 피리 소리 ③ moan 한탄하다 ☞ piper 피리 부는 사람, 뜨내기 음악가
* faceback 이면裏面을 직시하다
* louthly: ① loudly 큰소리로 ② loathly 혐오스러운 ③ County Louth 아일랜드에서 가장 작은 카운티

| 023:32 | whose loab we are devorers of, how butt for his hold halibutt, or |
|---|---|
| | 먹고 있는 라우스산産 빵, 풍성한 넙치에 어울리는 술 1통에 관해서, 또는 |

* loab: ① loaf 덩어리 ② Leib=body 몸→der Leib des Herrn(=the body of Christ) 그리스도의 몸[성찬의 빵, 성체(聖體)] ③ lobe 둥근 돌출부[귓불]
* devorers: ① devourers→mastication of the host 숙주 씹기 ② devoro[라틴어]=swallow[devour] 삼키다
* butt: ① Isaac Butt(1813-1879) 아일랜드 민족주의 정당의 창립자이자 첫 번째 지도자 ② butt=push[blow] 머리로 들이받다 ③ butt=cask 술 1통의 분량 ④ bet 내기에 돈을 걸다
* hold halibutt: ① hold[독일어]=handsome 잘생긴 ② old ③ whole ④ halibut 넙치(가자미의 일종)→holy butte[holy flatfish](기독교의 축일에 먹기 때문에 '성스러운 넙치'라고도 불린다) ⑤ cold halibut ⑥ old habit 낡은 습관

| 023:33 | her to her pudor puff, the lipalip one whose libe we drink at, how |
|---|---|
| | 그녀에게는 그녀의 화장용 분첩, 우리가 마시는 입술 대 입술 포도주, 굴러들어온 |

* pudor puff: ① powder puff (얼굴에) 파우더를 바르는 데 쓰는 분첩 ② pudor[라틴어]=shame 수치심 ③ puder[독일어]=powder 분말 ④ pudern[독일어 속어]=fuck 제기랄![우라질!] ⑤ Puff[독일어 속어]=brothel 매춘굴
* lipalip: ① ALP→ALP ② lip to lip 입술 대 입술
* libe: ① life ② libas[그리스어]=stream ③ Leib[독일어]=body ④ Liebe[독일어]=love ⑤ liber[라틴어]=wine

* drink: ① think→'Do ye think I'm dead?(내가 죽었다고 생각하는 겁니까?)' 민요 <피네간의 경야> ② 경야의 현장에 엎질러진 위스키 한 잔(a drink of whiskey)

| 023:34 | biff for her tiddywink of a windfall, our breed and washer givers, |
| | 뜻밖의 술에 어울리는 요리용 사과, 우리의 밥벌이 수단들에 관해서 털어놓았다. |

* biff for: ① but for ~이 아니라면 ② biffin 요리용 사과 ③ biff=whack 세게 치다[찰싹 때리다]
* tiddywink: ① kiddywinks〔애칭〕=child 아이 ② tiddlywink〔운율이 있는 속어〕=strong drink 독한 술
* windfall: ① windfall 뜻밖의 횡재[행운] ② windfall 바람에 떨어진 과일→에덴동산→'Exsultet jam angelica turba caelorum'으로 시작되는 그리스도 부활의 기쁨을 부르는 찬미가를 동반하는 부활제 축문【023:16】
* breed and washer: ① bread and butter 버터 바른 빵[생계 수단] ② washer 제1권 제8장의 '강변의 빨래하는 여인들(The Washers at the Ford)'

| 023:35 | there would not be a holey spier on the town nor a vestal flout- |
| | 마을에는 성스러운 교회 첨탑도 없고 또한 부두에는 떠있는 |

* holey spier: ① Holy Spear→Holy Lance=Spear of Christ 성스러운 창(槍) ② holey 구멍이 뚫린 ③ spier 정찰하는 사람[스파이] ④ spying through holes→voyeur→Finnegan's fall 피네간의 추락을 가져온 관음증 ⑤ Holy Spirit 성령 ⑥ holy spire 성스러운 교회 뾰족탑[첨탑(尖塔)]
* vestal flouting: ① vessel floating 선박을 물 위에 띄움 ② vest floating 구명조끼 ③ vestal〔속어〕매춘부

| 023:36 | ing in the dock, nay to make plein avowels, nor a yew nor an eye |
| | 배도 없다. 그게 아니라 솔직히 고백하건대, 램플라이트 세탁소에서 |

* in the dock: ① in the harbor 항구[부두]에서 ② on trial 법정에서 재판 중
* nay=no 그게 아니라(방금 한 말보다 더 강한 어구를 도입할 때 씀)
* plein avowels: ① à plein voiles〔프랑스어〕=in full sail (배가)전속력으로 ② plein〔프랑스어〕=전체, 취한 ③ plain 솔직한 ④ avowal 맹세[고백] ⑤ vowels 모음→a-vowels=without vowels
* nor a yew nor an eye: ① neither a u nor an i→vowels ② neither you nor I ③ yew 주목 나무

| 024:01 | to play cash cash in Novo Nilbud by swamplight nor a' toole o' |
| | 숨바꼭질 놀이하던 그대와 내가 없을 뿐만 아니라 시끄러운 비난도 전혀 |

* cash cash: ① cache-cache〔프랑스어〕=hide-n-seek 숨바꼭질 ② cash→IOU 차용증
* Novo Nilbud: ① novo〔라틴어〕=new ② Dublin ③ Nil〔프랑스어〕=Nile【023:19~21】 ④ Nizhni Novgorod 러시아의 바이킹 도시→더블린은 바이킹(8세기-10세기에 유럽 연안을 약탈한 스칸디나비아의 해적)의 도시였다

* swamplight: ① lamplight 램프 불빛 ② Dublin-by-Lamplight Laundry 개신교들이 운영하는 자선 기관인 램플라이트 세탁소(Magdalene Laundries)
* a' toole: ① Saint Laurence O'Toole 더블린의 수호성인 ② a' tolle〔프랑스어〕=a hue and cry 시끄러운 비난, 대소동

• Irish Magdalene Laundry(1900s) -wikipedia

| 024:02 | tall o' toll and noddy hint to the convaynience. |
| | 없고 여주인에 대한 불필요한 설명도 없다. |

* o' tall o' toll: ① at all at all〔앵글로-아일랜드어〕전혀 ② o' tall o' toll='a way a lone a last a loved a long(한 가닥 외줄기 마지막 사랑의 기나긴)'【628:15】 ③ a toll, a toll 통행료, 통행료【004:08】
* noddy hint: ① not a hint 힌트가 아니라 ② a nod's as good as a wink to a blind horse 더 이상의 설명은 불필요해[척하면 척이지(무슨 말인지 다 알아)] ③ noddy=silly 어리석은[유치한], drowsy 졸리는
* convaynience: ① convenience 편리 ② conveniency=mistress 여주인→neaghboormistress 【023:29】 ③ convenience=privy 변소 ④ conveyance=theft 절도[도둑] ⑤ conveyance 운송[전달]

| 024:03 | He dug in and dug out by the skill of his tilth for himself and |
| | 그는 자기 자신과 자기가 소유하고 있는 모든 것을 위해 날이면 |

* dug in and dug out: ① day in and day out 날이면 날마다[하루도 빠짐없이] ② dug-out 대피호 ③ dug-in 무덤↔dug-out 재생[부활] ④ dig in 꾹 참고 기다리다[견디다] ⑤ dig out=depart 출발하다 ⑥ dig-out=helping hand 도움의 손길
* skill of his tilth: ① by the skin of his teeth 가까스로, 하마터면[간신히]→'I am nothing but skin and bones; I have escaped with only the skin of my teeth(내 피부와 살이 뼈에 붙었고 남은 것은 겨우 잇몸뿐이로구나)'《욥기 19장 20절》 ② tilth 경작지[(토지의) 경작 상태]

| 024:04 | all belonging to him and he sweated his crew beneath his auspice |
| | 날마다 간신히 지냈으며 또한 생계를 위해 이마에 땀을 흘리며 |

* sweated his crew: ① sweat 땀→'In the sweat of thy face shalt thou eat bread(네 얼굴에 땀을 흘려야 떡을 먹으리라)'《창세기 3장 19절》 ② sweat of one's brow 땀투성이가 되어서 일하다
* beneath his auspice for the living: ① under the auspices of ~의 후원하에 ② Hospice for the Dying 더블린에 있는 호스피스 시설 ③ for the living 생계를 위하여

| 024:05 | for the living and he urned his dread, that dragon volant, and he |
|---|---|
| | 열심히 일했다. 그리하여 날쌔고 용감한 그는 생활비를 벌었다. 그리고 그는 |

* urned his dread: ① earned his bread 생활비를 벌다[생계를 세우다] ② urned his dead 시체를 유골 단지['무덤'의 비유적 표현]에 묻다
* dragon volant: ① dragon volant[프랑스어]=flying dragon 프랑스 해군의 옛 무기 이름 ② dragon volant 날아다니는 용→문장(coat-of-arms)의 도안 ③ dragon→St Michael and the Dragon HCE 의 침실 벽난로 위에 걸려 있는 용을 죽이는 성 미카엘의 그림【559:11~12】

| 024:06 | made louse for us and delivered us to boll weevils amain, that |
|---|---|
| | 우리를 위한 법을 만들어 모든 악으로부터 진실로 우리를 구제했다. |

* louse: ① house ② laws ③ louse 이(蝨)→초기의 S, 즉 HCE 선술집의 남자 하인은 벼룩(flea)
* delivered us to boll weevils amain: ① 'delivered us from all evils, Amen(우리를 모든 악에서 건지셨느 니라 아멘)'《주기도문》 ② boll weevil 바구미의 일종(목화의 깍지(boll)를 갉아먹는 해충), 비협조적인 이단자 ③ Éamon=Éamon de Valera 1937년 이후 아일랜드 자유국의 Taoiseach(수상) 및 1916년 봉기의 베테 랑 ④ a man 필부匹夫, 사내대장부 ⑤ amen 진실로, 거짓 없이

| 024:07 | mighty liberator, Unfru-Chikda-Uru-Wukru and begad he did, |
|---|---|
| | 저 강력한 해방자, 험프리 침던 이어위커 그리고 하느님 맙소사! |

* liberator→The Liberator(해방자) 아일랜드 의원이자 정치선동가인 다니엘 오코넬(Daniel O'Connell)의 별 명으로 가톨릭 해방에는 성공했으나 연합법 폐지에는 실패했다
* Unfru-Chikda-Uru-Wukru→Humphrey Chimpden Earwicker
* begad he did: ① by God! 하느님께 맹세코![하느님 맙소사!] ② begat 낳았다(낳다: beget)→Isaac begat Jacob(이삭은 야곱을 낳았다) ③ 민요 <피네간의 경야> 'Bedad he revives, see how he rises(Bedad가 되살 아나고 그가 어떻게 일어나는지 보라)' ④ begad he did→'miss Dubedat? Yes, do bedad. And she did be- dad(두베다트 씨? 네, 잘하세요. 그리고 그녀는 잘했다)'【U 167:17】

| 024:08 | our ancestor most worshipful, till he thought of a better one in |
|---|---|
| | 최고로 숭배받는 우리의 선조. 마침내 그는 매년 겨울 궁에서 |

* ancestor 조상[선조]
* worshipful=distinguished[worshipable] 숭배[예배]할 수 있는[존경할 수 있는]

| 024:09 | his windower's house with that blushmantle upon him from ears- |
|---|---|
| | 붉은 망토를 걸친 더 나은 인물을 생각했다. 불에 타고 |

* windower's house: ① Widowers' Houses(홀아비의 집) George Bernard Shaw의 희곡 ② widows' houses→'They devour widows' houses..(그들이 과부의 집을 삼키며..)'《마가복음 12장 40절》 ③ winter's house 한 해의 끝, 12월→earsend ④ Castletown House 보잘것없는 신분에서 아일랜드 하원 의회

대변인이자 아일랜드 최고의 거부 자리에 오른 윌리엄 코놀리를 위해 지어진 캐슬 타운 하우스는 아일랜드에 지어진 가장 인상적인 팔라디오 양식의 시골 저택이다. 완벽한 비례 때문에 워싱턴 DC의 백악관 설계에 영향을 주었다는 설이 있다. ☞ winter house 겨울 궁(왕이나 부자들이 추위를 피하고 겨울을 나기 위해 마련한 별도의 궁전이나 가옥)

• Castletown House -Wikipedia

* blushmantle: ① blush 홍조[장밋빛] ② mantle=cloak 망토→Daniel O'Connell의 망토 ③ blue mantle 영국 문장원(紋章院)의 문장관보(紋章官補)(pursuivants)의 하나→poursuivant

---

| 024:10 | end to earsend. And would again could whispring grassies wake |
| | 남은 재에서 불사조가 날아오를 때 등 붉은 앵무새들이 |

* earsend: ① from earsend to earsend=from year to year 해마다, 매년 ② Year's End=December 연말, 12월 ③ from ear to ear 입을 크게 벌리고
* whispring grassies: ① whispering grassies 경찰 정보원 ② Spring→May와 December가 대비되는 것처럼 Spring은 Winter와 대비된다 ③ grassie=red backed parrot 등 붉은 앵무새
* wake him: ① awaken him 그를 깨우다 ② hold a wake for him 그를 위해 경야[밤샘]를 하다

---

| 024:11 | him and may again when the fiery bird disembers. And will |
| | 또다시 그를 깨울 것이다. 그리고 만약 또다시 그렇게 한다면 |

* fiery bird: ① phoenix 불사조(아라비아 사막에 살며 500년~600년마다 스스로의 몸을 불태워 죽고 그 재 속에서 재생한다는 전설상의 영조(靈鳥). 영원 불멸의 상징.)《이집트 신화》 ② Phoenix Park[Páirc an Fhionnuisce] 더블린 교외의 도시자연공원으로 『경야』의 공간적 배경이며 HCE가 죄악을 저지른 장소이다.
* disembers: ① embers 불사조(phoenix)가 날아오르면서 나오는 재→disembers: Phoenix separates from the ashes 불사조는 불에 타고 남은 재로부터 분리되어 나온다 ② dissembles 시치미 떼다[모르는 척하다] ③ disembarks 짐을 내리다[상륙하다] ④ December→May

• Phoenix Park -peterchrisp

---

| 024:12 | again if so be sooth by elder to his youngers shall be said. Have |
| | 원로는 젊은이들에게 진실을 말해줄 것이다. 그대는 나의 결혼을 위해 |

* sooth by elder to his youngers shall be said: ① sooth=truth[truly] 진실[진실로] ② Jünger[독일어]=disciple 제자 ③ elder 연장자[원로] ④ younger 연하자[젊은이]

| 024:13 | you whines for my wedding, did you bring bride and bedding, |
|---|---|
| | 포도주로 대접했는가? 그대는 신부와 침구를 가져왔는가? |

* whines→wines '가나의 결혼식(Marriage of Cana[Les Noces de Cana])'에서 예수 그리스도는 항아리 속의 물을 포도주로 바꾸는 첫 번째 기적을 행한다
* bedding=supply of bed-clothes 침구(흔히 베개와 매트리스 포함)

| 024:14 | will you whoop for my deading is a? Wake? *Usqueadbaugham!* |
|---|---|
| | 그대는 내 사랑이 깨어났다고 고함치겠는가? *생명의 물!* |

* whoop for my deading: ① whoop...dead 사냥에서 외침소리(whoop)는 사냥감(game)의 죽음 신호 ② deading is a='dead in Giza' ③ my darling='whoop for my darling is awake' 내 사랑이 깨어있도다 ④ *When We Dead Awaken* 노르웨이 희곡 작가 헨릭 입센(1828-1906)의 희곡
* Usgueadbaugham: ① usquebaugh[영국-아일랜드어]=whiskey 위스키→게일어로 '생명의 물' ② uisge beatha[아일랜드어]=whiskey ③ usque ad necem[라틴어]=even unto death 죽음까지 ④ usque ad[라틴어]=all the way to ~까지 내내[줄곧] ⑤ bacam[라틴어]=grape ⑥ ..ad..am=Adam 아담

• When We Dead Awaken
-goodreads

| 024:15 | Anam muck an dhoul! Did ye drink me doornail? |
|---|---|
| | 악마의 자식! 그대는 내가 아주 죽은 줄로 생각했는가? |

* Anam muck an dhoul: ① anam[아일랜드어]=soul ② Thanum-on-dioul[영국-아일랜드어]=The Devil take you! 악마가 데려갈 놈 같으니라구! ③ D'anam 'on Diabhal[아일랜드어]=Your soul to the Devil! 네놈 영혼 따위 악마에게나 주라지 ④ mac an dhiabhail[아일랜드어]=son of the devil 악마의 자식 ☞ Thanam o'n dhoul=do ye think I'm dead?→'Thanam o'n Dhoul! D'ye think I'm dead?'<Finnegan's Wake>
* doornail: ① as dead as a doornail 아주[완전히] 죽은 ② drink...door=deoch dorais[아일랜드어]작별의 음료 ③ at Death's door=on one's deathbed (병세가 위독하여) 죽음의 문턱을 오가는 ④ Do ye think me dead?→'Did ye think me dead?(내가 죽은 줄 알았지?)'<Finnegan's Wake>

| 024:16 | Now be aisy, good Mr Finnimore, sir. And take your laysure |
|---|---|
| | 이제 안심하시라, 선량한 피네간 선생. 그리고 시온산 위의 신처럼 |

* aisy: ① easy ② aisé[프랑스어]=easy[well-to-do] 쉬운[부유한] ③ aise[프랑스어]=ease[comfort] 용이함[편안함] ☞ be aisy→be easy! 안심하시오!
* Mr Finnimore: ① Finnegan→HCE ② mór[아일랜드어]=big 큰

* laysure: ① leisure 여가  ② lay sure=lie secure 안심하다

| 024:17 | like a god on pension and don't be walking abroad. Sure you'd |
|--------|-------------------------------------------------------------|
|        | 여유를 누리시고 나타나지 마시라. 분명 그대는 |

* on pension→upon Sion[Zion] 시온산(예루살렘에 있는 언덕, 이곳에 David과 그 외 자손이 왕궁과 신전을 세워서 유대인 정치의 중심이 되었음)에서 ☞ pension 하숙집[작은호텔], 연금[부양금]
* don't be walking abroad→'Now be aisy...don't be walking abroad'(HCE는 이집트인들이 죽은 자들에게 연설한 것처럼 연설을 하고 있다. 그는 자신이 필요한 모든 것을 가지고 있다고 전해진다.) James Atherton 『The Books at the Wake』 ☞ walk abroad 나타나다, 만연하다

| 024:18 | only lose yourself in Healiopolis now the way your roads in |
|--------|-------------------------------------------------------------|
|        | 더블린에서 길을 잃었을 뿐이고 이제 낯선 땅에서 그대가 갈 길은 |

* Healiopolis: ① Healiopolis TM Healy 총독 시절 Phoenix Park에 있던 Viceregal Lodge에 대해 더블린 사람들이 붙인 별명. 현재는 아일랜드 대통령 관저인 Áras an Uachtaráin이다.  ② Heliopolis〔그리스어〕=City of the Sun(태양의 도시). 이집트 북부 Nile강 삼각주에 있었던 고대 도시(성서에서는 On이라 함) ☞ Healiopolis=Dublin

| 024:19 | Kapelavaster are that winding there after the calvary, the North |
|--------|-----------------------------------------------------------------|
|        | 골고다 언덕, 노섬벌랜드 로드, 핍스버러 로드, 워틀링 스트리트, |

* Kapelavaster: ① Kapilavastu〔산스크리트어〕가비라위(迦毘羅衛) 석가모니 탄생지  ② Capall an mháistir〔아일랜드어〕=master's horse 주인의 말  ③ il paese di Vattelappesca〔이탈리아어〕=Nowhere Land 어디에도[아무 곳에도] 없는 땅→낯선 땅
* winding: ① winding=twisting 구불구불한  ② winding of a horn 사냥용 뿔 나팔 소리
* calvary: ① calvalry 기병대(騎兵隊)  ② Calvary 갈보리[골고다]의 언덕. 예루살렘(Jerusalem) 근처의 '해골'이라 불리던 언덕으로, 예수가 십자가에 못 박힌 곳. Calvary는 '해골'의 라틴어 이름이고, Golgotha는 히브리어 이름.《누가복음 23장 33절》
* North Umbrian: ① Northumberland Road 더블린 동부의 거리  ② North-umbrian 고대 앵글(Angles) 왕국 중 하나인 노섬브리아(Northumbria)  ③ Umbrians 고대 이탈리아의 민족

• Golgotha Calvary Skull Rock -Wikimedia Commons

• Northumberland Road -Wikimedia Commons

| 024:20 | Umbrian and the Fivs Barrow and Waddlings Raid and the |
|---|---|
| | 무어 스트리트 뒤로 구불구불 나있으며, |

* Fivs Barrow: ① Phibsborough Road 더블린 북부의 거리  ② five barrows 5개의 무덤→barrow 고
대의 무덤
* Waddlings Raid: ① Watling Street 더블린 남부의 거리  ② Watling Street: 영국의 로마 도로  ③
sráid:〔아일랜드어〕=street

• Phibsborough Road -wikipedia          • Walting Street –flickr

| 024:21 | Bower Moore and wet your feet maybe with the foggy dew's |
|---|---|
| | 사방으로 안개 낀 이슬에 어쩌면 그대 발이 젖을 것이다. |

* Bower Moore: ① bóthar mór〔아일랜드어〕
=main road 간선도로  ② Moore Street 시인이
자 작곡가인 Thomas Moore의 이름을 딴 더블린
의 거리  ③ bower (숲·정원의 시원한) 나무 그늘  ④
borrow more 더 빌리다

• Moore Street -wikipedia

| 024:22 | abroad. Meeting some sick old bankrupt or the Cottericks' donkey |
|---|---|
| | 늙고 병든 몇몇 파산자 또는 자신의 신발을 절꺼덕거리며 대롱대롱 매달고 있는 |

* Meeting some sick old bankrupt→'Buddha met an old man, a sick man and a corpse outside
a palace, thus learning of age, sickness and death(붓다는 궁전 밖에서 노인·병자·시체를 만나 늙음과 병·죽음을 배
웠다)' Herold의 *La vie de Bouddha*
* Cottericks' donkey: ① Cothraige〔아일랜드어〕성 패트릭의 옛 게일 이름  ② donkey→The Four
Old Men's ass 4 노인의 엉덩이

| 024:23 | with his shoe hanging, clankatachankata, or a slut snoring with an |
|---|---|
| | 네 노인의 엉덩이 또는 게저분한 젖먹이를 데리고 벤치에서 코를 골고 있는 |

* clankatachankata: ① Katachanka 마호메트의 말(馬) ② Kantaka 석가모니의 말(馬) ③ clang[clang-a-ta-chang-a-ta]=clakety clank 땡그랑[쨍그랑] 금속이 서로 부딪치는 소리→절꺽절꺽(울리는 소리)
* slut 처신없는 여자, 단정치 못한 여자[행실이 나쁜], 매춘부

| 024:24 | impure infant on a bench. 'Twould turn you against life, so |
|---|---|
| | 처신없는 여자를 만나게 되면서 그대는 삶에 등을 돌릴 것이다. 그렇게 |

* impure=unclean 게저분한, 깨끗하지 않은
* turn you against life 인생을 등지게 하다

| 024:25 | 'twould. And the weather's that mean too. To part from Devlin |
|---|---|
| | 될 것이다. 더구나 날씨마저 저토록 심술궂다. 더블린을 떠나는 것은 |

* mean 심술궂은[사나운]
* To part from Devlin is hard as Nugent knew: ① From thee, sweet Delvin, must I part(그대로부터, 달콤한 더블린이여, 나는 떠나야 하리)→Nugent, Gerald의 시 「Ode Written on Leaving Ireland」: 'From thee, sweet Delvin, must I part;/Oh! hard the task-oh! lot severe,/To flee from all my soul holds dear' ② Devlin 더블린의 중세 이름 ③ delving 탐구 ④ the devil 악마 ⑤ living 생활

| 024:26 | is hard as Nugent knew, to leave the clean tanglesome one lushier |
|---|---|
| | 뉴젠트가 생각한 것처럼 힘든 일이다. 신선한 위스키를 이웃의 |

* tanglesome: ① tangled[confused] 헝클어진[혼란스러운] ② tanglefoot〔속어〕=whiskey 위스키
* lushier: ① lushier〔속어〕=drunker 술 취한 사람 ② lusher (식물이) 무성한

| 024:27 | than its neighbour enfranchisable fields but let your ghost have |
|---|---|
| | 폐쇄된 벌판이 아닌 술 취한 사람에게 남겨주되 그대의 영혼이 불만 없도록 |

* enfranchisable: ① infranchissable〔프랑스어〕=impassable 통과할 수 없는 ② en franchise〔프랑스어〕=duty-free 면세의

| 024:28 | no grievance. You're better off, sir, where you are, primesigned |
|---|---|
| | 하시라. 독수리 형상의 조끼 등으로 한껏 곱게 잘 차려입은 그대의 옷에 |

* grievance(비애): ① ghost...grievance→'a sound that a ghost makes when it wants to tell about something that's on its mind and can't make itself understood, and so can't rest easy in its grave and has to go about that way every night grieving(유령이 마음속에 있는 무언가에 대해 말하고 싶을 때 내는 소리이고 스스로 이해하지 못해 무덤 속에서 쉬지 못하고 매일 밤 슬퍼하며 걸어야 한다)' Mark Twain의 *Huckleberry*

*Finn* ② grieve the ghost→'And grieve not the Holy Spirit of God(하나님의 성령을 근심하게 하지 말라)'《에베소서 4장 30절》

* better off=in better circumstances 형편이 더 나은
* primesigned: ① prime-signing 10세기경 사람 몸에 십자가 표시를 하는 것 ② primo signatio〔라틴어〕=first signing 첫 번째 서명

| 024:29 | in the full of your dress, bloodeagle waistcoat and all, remember- |
|---|---|
| | 성호가 그어진 지금의 모습이 더 좋아 보인다. 차가운 강물 옆 |

* bloodeagle waistcoat: ① blood eagle 고대 노르웨이 방식의 야만적 고문 중 하나. 사형수의 양팔을 벌린 채로 사슴뿔이나 나무 등에 고정시킨다. 등 가죽을 칼로 잘라내고 갈비뼈가 보이도록 한다. 상처에 소금을 뿌린다. 도끼로 갈비뼈를 모두 척추에서 끊어낸다. 벌어진 틈으로 폐를 길게 늘어뜨려 뼈와 폐가 날개를 펼친 독수리 형상을 만든다. ② Blutegel〔독일어〕=leech 거머리 ☞ waistcoat 조끼

| 024:30 | ing your shapes and sizes on the pillow of your babycurls under |
|---|---|
| | 무화과나무 아래에서 곱슬머리로 베개를 베고 있는 그대의 체형과 |

* remembering your shapes and sizes→깨달음 후에, 붓다는 자신의 과거 화신(incarnation)을 기억했다.
* babycurls→곱슬머리(ringlet curls)를 한 부처의 머리[두상]

| 024:31 | your sycamore by the keld water where the Tory's clay will scare |
|---|---|
| | 크기를 기억하시오. 그곳은 토리섬의 찰흙으로 해충을 퇴치할 것이고 |

* sycamore: ① 예수 그리스도는 플라타너스 무화과(Ficus sycomorus)로 만든 십자가에 못 박혔다 ② 세금징수원 삭개오(Zacchaeus)의 이야기《누가복음 19장 1절~9절》는 돌무화과나무에서 시작해서 그가 재산을 나누어 주는 것으로 끝이 난다→have all you want【024:32】 ③ 이집트 신화에서 오시리스(Osiris)의 시체는 무화과나무 그늘 아래 무덤에 숨겨져 있었다(무화과나무는 치유의 나무였기 때문에 수많은 고대 이집트 약의 근원이었다) ④ 석가모니가 깨달음을 증득한 보리수나무(Bodhi Tree)를 암시한다
* keld: ① cold 차가운 ② kelt 산란 직후의 연어
* Tory's clay will scare the varmints: ① Tory's clay 아일랜드 북서쪽 해안에 있는 토리섬의 점토는 쥐를 퇴치하는 것으로 알려져 쥐가 토리섬에서 살 수 없다고 믿었기 때문에 본토인들은 쥐의 침입을 막기 위해 섬의 진흙을 사용했다 ② vermin 쥐(rat)와 같은 해충

| 024:32 | the varmints and have all you want, pouch, gloves, flask, bricket, |
|---|---|
| | 그렇게 되면 그대는 호메로스, 브라이언 보루, 로난 족장, 네부카드네자르 왕 |

* have all you want→자신의 재산을 나누어 주는 삭개오(Zacchaeus)이야기의 결말 부분을 암시: 'But Zacchaeus stood up and said to the Lord, "Look, Lord! Here and now I give half of my possessions to the poor, and if I have cheated anybody out of anything, I will pay back four

times the amount"(그러나 삭개오는 일어서서 주님께 말했습니다. 가련한 자니 만일 남을 속여 궤휼한 일이 있으면 네 배로 갚겠다)'《누가복음 19장 8절》

* pouch, gloves, flask, bricket, kerchief, ring and amberulla: ① pouch, gloves, flask, bricket, kerchief, ring and amberulla 7가지 HCE의 의복 품목→이집트 신화처럼 HCE와 함께 무덤에 매장될 품목 ② briquette〔프랑스어〕조개탄 ③ briquet〔프랑스어〕연탄 ④ umbrella 우산 ⑤ amber 호박(琥珀) ⑥ ampulla〔라틴어〕=flask

---

| 024:33 | kerchief, ring and amberulla, the whole treasure of the pyre, in the |
| | 그리고 징기스칸 황제와 함께 영혼의 땅에서 그대가 원하는 모든 것, |

* kerchief=handkerchief
* whole treasure of the pyre→treasure and pyre(보물과 장작더미) Wagner의 *Ring Cycle*: Siegfried는 용을 죽여 보물을 얻게 되고 그의 시체는 발키리(Valkyrie: 오딘(Odin) 신의 12시녀 중 한 명), 브룬힐데(Brünnhilde: Wagner의 <니벨룽겐의 반지>의 여자 주인공, 아버지 Wotan에 의해 불에 휩싸이나 Siegfried에게 구출되는 Valkyri), 반지와 함께 거대한 장작더미 속 불구덩이에 던져진다 ☞ pyre (화장火葬을 위해 쌓아 놓은) 장작더미

---

| 024:34 | land of souls with Homin and Broin Baroke and pole ole Lonan |
| | 즉 주머니, 장갑, 플라스크, 조개탄, 손수건, 반지와 우산, 장작더미에 |

* Homin: ① Homer 호머(호메로스: 고대 그리스의 시인, Iliad와 Odyssey의 작가) ② Homin〔라틴어〕=human 인간
* Broin Baroke: ① Brian Ború=Irish High King【015:11】 ② Baruch 바룩(예언자 Jeremiah의 친구로 그의 예언의 기록자) ③ baroque 바로크식의(16세기 이탈리아에서 발달하여 18세기까지 계속된 건축 양식이며 과장된 장식이 특징) ④ Browne & Nolan 더블린의 서점→Bruno of Nola→Shaun and Shem
* pole ole Lonan: ① poor old woman 아일랜드의 의인화 표현, Kathleen Ni Houlihan의 별칭 ② Lonan 성 패트릭에 의해 기독교로 개종한 아일랜드의 족장 ③ Onan(오난) 유다의 아들. 그의 형 엘(Er)이 죽은 뒤 아버지의 명으로 형의 대를 잇기 위하여 형수와 살게 되었으나 이를 어기고 땅에 사정(射精)했으므로 신의 노여움을 받아 죽었다. onanism(=masturbation)이라는 용어는 이 이야기에서 파생한다.《창세기 38장》 ④ Browne & Nolan 더블린의 서점

---

| 024:35 | and Nobucketnozzler and the Guinnghis Khan. And we'll be |
| | 던져질 보석 등을 손에 쥐게 될 것이다. 그리고 우리는 |

* Nobucketnozzler: ① Nebuchadnezzar 예루살렘을 정복하고 유대인들을 바빌론 포로로 끌고 갔던 Chaldaean의 바빌론 통치자 ② no bucket nozzler 양동이에 받지 않고 꼭지로 바로 마시는 사람 ③ Nebuchadnezzar→노래 <The Groves of Blarney> '그러나 나는 호메로스인가 느부갓네살인가'
* Guinnghis Khan: ① Genghiz Khan 몽골의 황제 ② Guinness 기네스 흑맥주(Guinness's stout). Dublin에 있는 양조 회사의 이름 ③ khan〔아라비아어〕=inn 선술집〔여관〕 ④ Ginnunga Gap 긴눈가갑: Niflheim과 Muspelheim 사이에 있는, 안개가 자욱한 태고의 거대한 공백(primordial void)

| 024:36 | coming here, the ombre players, to rake your gravel and bringing |
|---|---|
| | 이곳에 올 것이다, 옴버 도박사들, 그대의 묘지 흙을 긁어 헤쳐서 그대를 |

* ombre: ① 옴버(세 사람이 하는 카드놀이. 17세기~18세기에 유행.) ②
ombre〔이탈리아어〕그림자[유령]
* rake your gravel→rake gravel 자갈을 긁어 모으다

• Ombre Game -worldofplayingcards

| 025:01 | you presents, won't we, fenians? And it isn't our spittle we'll stint |
|---|---|
| | 선물로 주려고, 그렇죠? 페니언 단원 여러분? 우리가 그대를 아깝게 여기는 것은 |

* fenians ① 페니어 결사의 비밀 회원 (아일랜드의 독립을 목
적으로 미국 New York에서 1858년에 결성된 비밀 결사) ② (아일랜드 신
화에서) 2~3세기에 아일랜드에서 활약하던 기사단(騎士團,
Fianna)의 기사
* spittle: ① 거품 ② 침[타액](saliva)→무당들이 주술 의식
에서 침을 바른다
* stint 아끼다[제한하다]

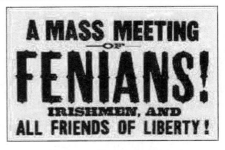

• Fenians -adirondack almanack

| 025:02 | you of, is it, druids? Not shabbty little imagettes, pennydirts and |
|---|---|
| | 거품이 아니다, 그렇지 않니, 드루이드? 그대는 지저분한 상점에서 살 수 있는 |

* druids→드루이드(크리스트교로 개종하기 전의 Gaul, Britain의 켈트족
의 성직자; 예언자·시인·재판관·요술쟁이 등을 포함함)
* shabbty: ① shabby 초라한 ② Shabti 고대 이집트에서
죽은 자와 함께 묻힌 형상 ③ Shabbtai Tzvi 이슬람으로
개종한 17세기 유대인 거짓 메시아
* imagettes: ① imagettes〔프랑스어〕=little images 작은
이미지 ② images 이미지 ③ ushabti[shawabti]=이집트
무덤 속의 작은 인형
* pennydirts: ① penny dreadfuls 통속적인 너절한 소설
[서푼짜리 소설] ② pennyworts 동전을 닮은 작고 둥근 잎
을 가진 특정 유형의 꽃 피는 식물 ③ paydirt 귀중한 광
석[뜻밖의 횡재]

• Ancient Druids -Wikimedia Commons

| 025:03 | dodgemyeyes you buy in the soottee stores. But offerings of the |
|---|---|
| | 초라한 작은 인형이랄지, 서푼짜리 소설이랄지, 외설물이 아니다. 그러나 |

* dodgemyeyes→dodge-my-eyes: ① 포르노그래피 ②
죄책감 때문에 내 눈을 쳐다보지 못하나요?
* soottee stores: ① city stores 도시 상점 ② sweet
stores 과자점 ③ soot 맛이나 냄새가 달달한 ④ sut-
tee[sati] 살아있는 아내가 죽은 남편의 시신과 함께 화장
되던 힌두교 풍습[sati를 행하는 아내] ⑤ smutty stores[sooty
stores] 지저분한[검댕이 묻은] 상점→포르노그래피 판매

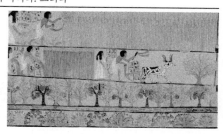
• Aaru[Field of Reed] -assassin'screedwiki

* offerings of the field→Osiris field of reeds 농사와
목축에 주로 종사했던 고대 이집트인들은 죽어서도 '갈대의 들판(Field of Reed)'[Aaru]이라는 저승에서
Osiris를 위해 노동을 제공했다: 저승의 공물(供物)

| 025:04 | field. Mieliodories, that Doctor Faherty, the madison man, |
|---|---|
| | 저승의 공물. 아편과 치료 주술사인 파허티 의사가 |

* Mieliodories: ① míle deóra[아일랜드어]=a thousand tears 천 개의 눈물 ② miel[프랑스어]
=honey 꿀 ③ dōron(δωρον)[그리스어]=gift 선물 ④miliodôros[그리스어]=thousand gifts 천 개의
선물→opium 아편
* Doctor Faherty, the madison man: ① medicine man (특히 북미 원주민의) 치료 주술사(→witch doctor)
② James Madison 미국의 4대 대통령 ③ madison avenue man 매디슨가(街)[미국 광고업계]→ad man
광고인

| 025:05 | taught to gooden you. Poppypap's a passport out. And honey is |
|---|---|
| | 그대를 호전시켰다. 아편은 만병통치약. 벌꿀은 세상에서 가장 |

* gooden=make good[improve] 나아지다[개선하다]
* Poppypap's: ① Pappie=John Stanislaus Joyce ② poppy 양귀비[아편] ③ pap 여성의 유방[젖꼭지]
* passport out: ① passe-partout[프랑스어]=skeleton key[master key] (여러 자물쇠를 여는) 곁쇠 ②
passepartout 곁쇠→Jules Verne의 Around the World in Eighty Days에 나오는 등장인물 ③
passport ④ passport out 양귀비의 효과로 황홀경에 들어가다

| 025:06 | the holiest thing ever was, hive, comb and earwax, the food for |
|---|---|
| | 고귀한 성약聖藥. 벌통, 벌집과 밀랍, 영광을 위한 식품, |

* honey is the holiest thing ever was: ① Swift의 Battle of the Books '[wisdom of the ancients
is] honey and wax···furnishing Mankind with the two Noblest of things([고대인의 지혜는] 꿀과 밀랍…인
류에게 두 가지 고귀한 것 제공)' ② mead 벌꿀 술은 꿀에서 얻어진다
* hive, comb and earwax: ① HCE ② earwig 집게벌레(잠자는 사람의 귓속에 기어 들어가 해를 입힌다고 여겨졌
음)→Earwicker ③ beehive 벌집 ④ honeycomb 벌집 ⑤ beeswax 밀랍(蜜蠟)

| 025:07 | glory, (mind you keep the pot or your nectar cup may yield too |
|---|---|
| | (항아리를 잘 지켜라, 만약 그렇지 않으면 꿀을 찻종 가득 너무 쉽게 내어줄 |

* your nectar cup may yield too light!→이집트 『사자(死者)의 서(書)』: 오시리스(Osiris) 앞에서 고인의 마음의 무게에 대한 암시

| 025:08 | light!) and some goat's milk, sir, like the maid used to bring you. |
|---|---|
| | 것이다!) 그리고 하녀가 그대에게 가져다주곤 했던 약간의 산양 우유. |

* some goat's milk, sir, like the maid used to bring you→maid 석가모니에게 kheer(우유-쌀 푸딩)를 먹인 우유 짜는 여자 Sujatā에 대한 언급. 이로써 장시간 단식이 끝난다.

| 025:09 | Your fame is spreading like Basilico's ointment since the Fintan |
|---|---|
| | 그대의 평판은 핀탄 라로르 악단이 국경 너머 당신 위해 백파이프를 연주한 |

* Basilico's ointment: ① basilico〔이탈리아어〕=basil 바질(한때 피부 질환을 치료하는 데 사용되었다) ② basilikos〔그리스어〕=kingly 임금〔왕〕의 ③ Don Basilio 로시니(Rossini)의 오페라 <The Barber of Seville>에서 중상모략의 확산에 대해 아리아를 부르는 등장인물 ④ basilicon ointment 바실리 연고(송진에서 채취하는 로진을 사용한 연고)
* Fintan Lalors: ① Fintan Lalor=James Fintan Lalor (1807~1849) 토지 개혁을 주창한 아일랜드의 정치 선동가 ② The Fintan Lalor Pipe Band of Dublin 아일랜드 전통 음악 밴드

• Irish Bagpipes -pipingpress

| 025:10 | Lalors piped you overborder and there's whole households be- |
|---|---|
| | 이후로 바실리 연고처럼 사방으로 퍼지고 있다. 가족들은 모두 |

* pipe=play tune upon a pipe 관악기로 연주하다
* overborder: ① overboard→burial at sea 수장(水葬) ② over the border 국경을 넘어서
* whole households 전체 가구

| 025:11 | yond the Bothnians and they calling names after you. The men- |
|---|---|
| | 보스니아 너머에 있는데 그들은 그대의 이름을 부르고 있다. 이곳 남자들은 |

* Bothnians: ① Bosnians 발칸 반도의 보스니아 주민 ② Gulf of Bothnia 스웨덴과 핀란드 사이의 발트해 일부
* menhere's: ① menhirs 멘히르(서유럽의 선사 시대 수직 거석 유물) ② the men here is... 이곳 남자들은... ③ meinherr〔독일어〕=gentleman 신사

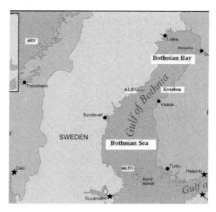

• Gulf of Bothnia -researchgate

| 025:12 | here's always talking of you sitting around on the pig's cheeks |
| | 채플리조드 선술집의 성스러운 마룻대 아래에서 돼지 엉덩이 고기를 두고 |

* sitting around→sitton aroont【012:22】피닉스 공원에서의 열병식 참관(The Hollow에서는 군악대 연주)
【007:34】
* cheeks〔구어〕엉덩이, 궁둥이

| 025:13 | under the sacred rooftree, over the bowls of memory where every |
| | 빙 둘러앉아 술 찌꺼기 남을 때까지 약속을 걸고 매사가 팔자소관인 |

* rooftree: ① rooftree 지붕[마룻대], 들보 ② pig's cheeks under the sacred rooftree 한자어에서 갓
머리(宀) 부수 아래 돼지(豕)의 결합이 곧 집(家)이 된다 ③ sacred roof tree 오시리스의 상징→세트
(Seth)는 이시스(Isis)의 짝이었던 오시리스(Osiris)를 속여 관에 가두고 죽여버린다. 그 관은 나일강에 버
려졌는데, 바다를 떠내려가다가 비블로스 왕국에 있는 한 나무에 걸려 멈춘다. 갑작스럽게 빠르게 자
라난 나무가 관을 에워싸는 바람에 이는 마치 거대한 하나의 나무줄기처럼 보이게 된다. 얼마 뒤 그
나무는 잘려 비블로스 궁전의 지붕을 받치는 기둥으로 쓰이게 되고, 달빛이 밝은 날 밤 사냥을 하던
세트는 Osiris의 관을 발견하고 시신을 열네 조각으로 잘라 이집트 전역에 뿌린다.【024:31】④ Bro-
ken is the rooftree of the house of Self→'Housebuilder, thou art seen. Thou shalt build the
house no more.(집 짓는 자여, 네가 보이니, 그 집을 다시 짓지 못하리라.)' 석가모니가 깨달음을 얻을 때 한 말

| 025:14 | hollow holds a hallow, with a pledge till the drengs, in the Salmon |
| | 기억의 술잔을 기울이면서 언제나 그대에 관한 이야기꽃을 피운다. |

* hollow=valley[basin] 골짜기[분지]
* hallow=holy personage[saint] 성인(聖人)→Every bullet has its billet(모든 총알은 자기 자리를 가지고 있다)→
총알에 맞고 안 맞고는 팔자소관이다
* drengs: ① dregs 찌꺼기[쓰레기] ② dreng〔덴마크어〕=boy
* Salmon House→Sheridan Le Fanu의 House by Churchyard에서 언급된 Chapelizod의 public

house(선술집) ☞ HCE 침실의 salmonpapered walls(=salmon-coloured wallpaper) 연어색 벽지【559:02】

| 025:15 | House. And admiring to our supershillelagh where the palmsweat |
|---|---|
| | 땀에 젖은 손바닥으로 하늘 높이 올린 인간에 대한 기념물인 |

* supershillelagh: ① shillelagh[blackthorn cudgel(야생 자두나무 곤봉)]→더블린의 Wellington Testimonial→HCE의 지팡이 또는 우산 ② supercilious 거만한[남을 얕보는]
* palmsweat: ① palm tree 에덴동산의 생명의 나무(Tree of Life) ② sweet palm 달콤한 종려나무 ③ palm of the hand→sweaty palm 땀에 젖은 손바닥

| 025:16 | on high is the mark of your manument. All the toethpicks ever |
|---|---|
| | 우리의 웰링턴 기념비에 존경을 표시한다. 아일랜드인들이 여태까지 |

* on high 높은 곳에, 하늘에
* manument: ① monumen=the Wellington Monument (피닉스 공원의) 웰링턴 기념비 ② man you meant 당신이 말하던 사람 ③ HCE ④ a monument to man 인간에 대한 기념물 ⑤ manus〔라틴어〕=hand→palmsweat 손바닥 땀
* toethpicks: ① toothpicks 이쑤시개→마호메트가 사용함【005:19】 ② toes ③ toothpick〔속어〕=shillelagh【025:15】

| 025:17 | Eirenesians chewed on are chips chepped from that battery |
|---|---|
| | 생각해온 모든 기념물은 하나같이 서로 폭 닮았다. |

* Eirenesians:① eirēnē(ειρηνη)〔그리스어〕=peace ② Éire〔아일랜드어〕=Ireland ③ nēsos〔그리스어〕=island
* chew on 곰곰이 생각하다, 우물우물 씹다
* chips: ① chip off the old block (부모와 아주 닮은) 판박이, 조상의 피를 이어받은 사람 ② Salute Battery 예포대(禮砲隊)→오래된 Salute Battery 자리에 Wellington Testimonial이 건립되었다
* chep=chip(조각[부스러기])+chip off the old block(판박이)
* battary block 포대 받침

| 025:18 | block. If you were bowed and soild and letdown itself from the |
|---|---|
| | 만약 그대가 뇌물에 매수당하여 토지 소유자의 기대를 저버렸다면 |

* bowed and soild: ① to bought and sold→to be betrayed for a bribe 뇌물에 매수당하다 ② soiled 때 묻은
* let down=lower in position[abase] 낮추다[깎아 내리다]

| 025:19 | oner of the load it was that paddyplanters might pack up plenty and |
|---|---|
| | 그건 영국 식민지 개척자들이 충분한 배당을 챙겼기 때문이다. |

* oner of the load: ① owner of the land 땅 소유자 ② honour of the lord 주님의 영광 ③ onus 부담[책임] ④ onero[라틴어]=I burden 부담스럽다
* paddyplanters: ① Paddy '아일랜드 사람'을 가리키는 비속어 ② paddy fields 논 ③ planters 17세기에 아일랜드 땅을 몰수했던 영국 식민지 개척자→아일랜드의 플랜테이션
* pack up (떠나기 위해) (짐을) 싸다[챙기다]
* plenty 충분한 배당[지급](ample supply)


| 025:20 | when you were undone in every point fore the laps of goddesses |
|---|---|
| | 인간의 힘이 미치지 않는 모든 면에서 그대가 몰락했을 때 |

* undone in every point: ① undone 파멸[몰락]한 ② in every points 모든 점에서, 어느 모로 보나
* fore: ① for his feet ② afore[고어]=before
* fore the laps of goddesses→in the lap of the gods=beyond human control 인간의 힘이 미치지 않는[인간의 통제를 벗어난]


| 025:21 | you showed our labourlasses how to free was easy. The game old |
|---|---|
| | 그대는 우리 노동 계층에게 마음 편한 것이 어떤 것인지 보여주었다. 즐거운 |

* labourlasses: ① labour classes=working classes 노동계급 ② lasses=girls
* free was easy→free and easy=unconstrained[natural] 자유스러운[마음 편한]
* game old Gunne: ① Michael Gunn 더블린 Gaiety Theatre의 매니저 ② same old...흔히[보통] 있는[늘 똑같은] ③ gay old... 즐거운 ④ grand old Gunn→Grand Old Man (정계·예술계 등의) 원로(W.Gladstone, W. Churchill 등을 지칭함; G.O.M.)


| 025:22 | Gunne, they do be saying, (skull!) that was a planter for you, a |
|---|---|
| | 거물급 원로, 사람들이 그렇게 말한다, (건배!) 그들 모두의 노상강도 |

* Gunne=gun 거물[유력자]+Michael Gunn【025:21】
* skull→skaal[덴마크어]=cheers 건배
* planter: ① 훔친 물건[장물(臟物)]을 숨기는 사람 ② 아일랜드의 몰수지(沒收地)에 이주한 잉글랜드 이민


| 025:23 | spicer of them all. Begog but he was, the G.O.G! He's dudd- |
|---|---|
| | 그대를 위한 잉글랜드 이민자였다. 맹세코, 그는 원로 글래드스톤! 그는 |

* spicer: ① apothecary 약제사 ② footfad 노상강도(=highwayman)
* Begog but he was→Begad he did【024:07】=by God 맹세코
* G.O.G!: ① game old Gunne【025:21】 ② The Grand Old Man(거물, 원로)=William Ewart Gladstone 영국 총리

* duddandgunne: ① dead and gone 죽고 없는, 완전히 잊혀진[쇠퇴한] ② Michael Gunn【025:21】

| 025:24 | andgunne now and we're apter finding the sores of his sedeq |
|---|---|
| | 이제 죽고 없는데도 우리는 그의 정의의 뿌리를 더 쉽게 발견한다. |

* apter: ① after ② apteron(απτερον)〔그리스어〕=wingless 날개가 없는[날지 못하는] ③ apter=more apt to 더 쉬운[-할 것 같은]
* sores of his sedeq: ① sores〔히브리어〕=root 뿌리 ② çedeq〔히브리어〕=justice 정의 ③ source of his headache 그의 두통의 근원

| 025:25 | but peace to his great limbs, the buddhoch, with the last league |
|---|---|
| | 타스카 등대의 백만 촉광 빛이 모일 해협을 훑듯이 비추는 동안 |

* peace: ① piece 조각 ② peace 평화→Grace O'Malley와 Howth 백작이 체결한 평화 조약 【021:05】
* limb 사지(四肢), 팔다리
* buddhoch: ① Buddha→보리수 아래 앉아있는 석가모니【025:13】 ② lout 시골뜨기 ③ buttock 엉덩이

| 025:26 | long rest of him, while the millioncandled eye of Tuskar sweeps |
|---|---|
| | 그의 커다란 팔다리, 엉덩이에 오랜 안식의 마지막 맹약과 함께 |

* league long=리그(a league=3 miles)의 길이로 뻗친→league 동맹, 맹약(盟約)
* millioncandled eye of Tuskar: ① Tuskar Rock Lighthouse 아일랜드 남동쪽 해안의 등대. 100만 촉광의 빛을 비춘다. ② Tosca 자코모 푸치니의 오페라[그 주인공](1900)

• Tuskar Rock Lighthouse -wikipedia

| 025:27 | the Moylean Main! There was never a warlord in Great Erinnes |
|---|---|
| | 평화가 깃들지라! 아일랜드와 영국에 군 지도자는 결코 없었다. |

* Moylean Main!: ① Moyle 영국 스코틀랜드 서남부와 아일랜드 동북부 사이의 노스 해협(North Channel)=Sea of Moyle[Straits of Moyle] 모일 해협 ② moil 부지런히[흙투성이가 되어] 일하다
* warlord 군사 지도자[장군]
* Erinnes: ① Erin=Ireland 아일랜드의 옛 이름 ② Erinnyes 그리스 신화에 등장하는 복수의 여신들(알렉토, 티시포

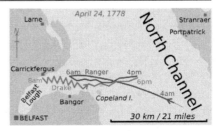

• North Channel -wikipedia

네, 메가이라). 세 명 모두 추악한 노파의 모습을 하고 있으며 회색 머리카락은 뱀의 형상을 하고 있다.

| 025:28 | and Brettland, no, nor in all Pike County like you, they say. No, |
|---|---|
|  | 아니, 그대처럼 항간에 떠도는 바에 의하면 파이크 카운티에도 없었다. 아니, |

* Brettland: ① Bretland 원래는 Wales, 지금은 Great Britain의 시
  적인 이름 ② Great Britain(England+Scotland+Wales)→Britain+En-
  gland=Brettland
* Pike County→Missouri주의 Pike County와 Illinois주의 Pike
  County. 소위 Pike County 방언은 Mark Twain이 *Huckleberry
  Finn*에서 사용했다

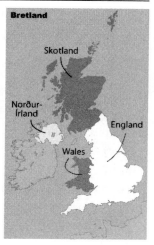

• Bretland -wikimedia

| 025:29 | nor a king nor an ardking, bung king, sung king or hung king. |
|---|---|
|  | 어떤 왕도, 어떤 상급 왕도, 허풍 떠는 왕도, 노래하는 왕도, 숙취한 왕도 없었다. |

* ardking→Ardrí〔아일랜드어〕=High King 중세 후기에 이것은 아일랜드의 대왕(High King)으로 여겨졌
  던 Tara 왕의 명칭 중 하나였으며 지역 및 지방 왕들보다 우월했다
* bung king: ① bung=drunk 취한 ② bunking→bunk 허튼소리[허풍]
* sung king: ① Sun King=Louis XIV 프랑스 루이14세 ② Sung=Song dynasty 중국의 송(宋)나라
* hung king: ① Hong Kong 홍콩 ② hanged king 교수형에 처해진 왕 ③ hung(as in 'long penis') king
  페니스가 긴 왕 ④ 숙취인[술에 흠뻑 취한]

| 025:30 | That you could fell an elmstree twelve urchins couldn't ring |
|---|---|
|  | 그대는 남자아이 12명이 둥글게 에워쌀 수 없을 정도의 느릅나무를 |

* fell (나무를) 베어 넘어뜨리다
* elmstree: ① elm 『경야』에서 느릅나무는 Shem을 상징→Shem과 Shaun은 종종 나무와 돌로 표현
  된다 ② elm tree→Sheridan Le Fanu의 *The House by the Churchyard*에서 Chapelizod의 마을
  광장에 느릅나무가 있다 ③ Gladstone【025:23】나무를 베는 것을 좋아했으며 노년까지 이 습성은
  계속된다
* urchin 개구쟁이[장난꾸러기], 소년
* ring round 둘레를 둥글게 에워싸다

| 025:31 | round and hoist high the stone that Liam failed. Who but a Mac- |
|---|---|
| | 넘어뜨릴 수 있었고 타라의 대관식 돌을 들어 올릴 수 있었다. |

* stone that Liam failed: ① stone→Shaun【025:30】 ② Lia Fáil〔아일랜드어〕=Stone of Destiny 아일랜드의 왕들을 위한 대관식 돌 역할을 했던 아일랜드 미트(Meath) 카운티의 타라 언덕(Hill of Tara)에 있는 취임식 마운드(Inaugu-ration Mound)〔아일랜드어로 Forrad〕의 돌이다. '타라의 대관식돌(Coronation Stone of Tara)'로도 알려져 있다. ③ William=William of Orange→Liam은 William의 아일랜드어 표기 ☞ stone that Liam felled 윌리엄이 떨어뜨린 돌

| 025:32 | cullaghmore the reise of our fortunes and the faunayman at the |
|---|---|
| | 우리의 운명을 일으켜 세우고 또 장례식에서 우리의 명분을 알아준 자, |

* Macullaghmore: ① James Maculla 아일랜드를 위한 구리(copper) 주화 설계자 ② Finn MacCool 아일랜드 신화 속 인물 ③ mór〔아일랜드어〕=great[big] 위대한[큰] ☞ Finn mac Cumhail[Finn Mac-Cool] ① 스코틀랜드와 맨섬(Isle of Man)에서도 알려진 아일랜드 신화의 사냥꾼이자 전사였다. Fionn과 그의 추종자 Fianna의 이야기는 Fenian 주기를 형성하며, 대부분은 Fionn의 아들인 시인 Oisin이 서술한 것으로 추정된다. Fenian Brotherhood는 이러한 전설에서 이름을 따왔다. ② 핀은 종종 거인으로 묘사된다. Joyce는 그를 호우드 언덕(Hill of Howth: howth는 덴마크어로 hoved이며 '머리'의 뜻) 아래에 그의 머리를 두고, Castleknock에 발가락이 튀어나와 있는 잠자는 거인(sleeping giant)으로 상상했다.
* reise: ① rise 증가[상승] ② Reise〔독일어〕=journey 여행
* faunayman: ① fauneyman[fawneyman] 가짜 보석 행상인 ② funny man 익살스러운 사람[어릿광대] ③ fauna 특정 지역에 서식하는 동물 ④ faun 파우누스(고대 로마 신화에서 숲의 신. 남자의 얼굴·몸에 염소 다리·뿔이 있는 모습)

| 025:33 | funeral to compass our cause? If you was hogglebully itself and |
|---|---|
| | 핀 맥쿨이 아니면 그 누구겠는가? 만약 그대가 언쟁을 일삼는 불한당이거나 |

* compass=encompass[comprehend 포함하다[이해하다]
* cause=reason for action 명분
* hogglebully→haggle(말다툼[언쟁])+bully(불한당[골목대장])

| 025:34 | most frifty like you was taken waters still what all where was |
|---|---|
| | 그대처럼 거의 50인 사람이 물러가면 도대체 어디에서 |

* frifty→fifty 마크 트웨인(Mark Twain)의 *Huckleberry Finn*: 'He was most fifty, and he looked it. His hair was long and tangled and greasy, and hung down, and you could see his eyes shining through like he was behind vines.(그는 거의 50이었고, 그렇게 보였다. 그의 머리카락은 길고 엉클어져 기름기가 번득거리며 뒤로 넘겨져 있었다. 덩굴 뒤에 있는 것처럼 그의 눈은 반짝거리는 것을 볼 수 있었다.)' ☞ ① almost fifty 거의 50 ② thrifty 절약하는, 번성한, 무성한
* take (the) water〔미국 속어〕물러가다

| 025:35 | your like to lay the cable or who was the batter could better |
|---|---|
| | 그대처럼 식탁을 차리고 또는 누가 식사 전 기도를 하겠는가? |

* lay the cable: ① lay the table 식탁[식사]을 준비하다  ② lay the cable 케이블을 설치하다[밧줄을 깔다]
* batter: ① (밀가루·우유·달걀 따위를 섞은) 반죽  ② 타자(打者)

| 025:36 | Your Grace? Mick Mac Magnus MacCawley can take you off to |
|---|---|
| | 맥컬리의 아들 마이클은 그대를 완벽하게 흉내 낼 수 있고 |

* Your Grace: ① W.G. Grace 영국의 유명한 크리켓 선수  ② grace before meals 식사 전 기도  ③ Your Grace 주교(bishop)를 부를 때 쓰는 호칭
* Mick Mac Magnus MacCawley: ① magnus〔라틴어〕=great[big]→Maccullaghmore【025:32】  ② MacCool=Finn MacCool【025:32】  ③ James Maculla→Mac-cullaghmore  ④ Mick Mac Magnus MacCawley→Great MacCawley의 아들 Michael(즉, Shaun)
* take you off: ① 당신 흉내를 잘 내다  ② Mick Mac Magnus MacCawley가 Shaun을 지칭한다고 가정할 때, 이 구절은 Shaun이 Finnegan을 대신하여 괜찮은 역할을 할 것이라고 말하고 있다

| 026:01 | the pure perfection and Leatherbags Reynolds tries your shuffle |
|---|---|
| | 토마스 레이놀즈는 카드를 섞은 다음 그대의 패 떼기를 시도한다. |

* Leatherbags Reynolds: ① Leatherbags Donnel→Stanford *Complete Collection of Irish Music*: 'Leather bags Donnel'  ② Thomas Reynolds→United Irishmen에 대한 정보를 제공한 대가로 £5,000를 받은 정보원
* shuffle and cut: ① shuffle and cut 카드 1벌을 잘 섞고 나누다  ② the shuffle, and the cut→아일랜드 민요 <Phil the Fluter's Ball>의 가사

| 026:02 | and cut. But as Hopkins and Hopkins puts it, you were the pale |
|---|---|
| | 홉킨스 앤 홉킨스 보석상이 언급하고 있는 것처럼, 그대는 창백한 바보이면서 |

* Hopkins and Hopkins=Dublin jewellers 더블린 보석상
* the pale: ① The Pale 중세(12세기 이후) 더블린 주변의 잉글랜드 통치 지역  ② pale=white→계란의 알부민(albumen)

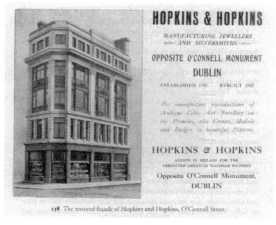

138 The restored façade of Hopkins and Hopkins, O'Connell Street.

• Hopkins&Hopkins -facebook

| 026:03 | eggynaggy and a kis to tilly up. We calls him the journeyall |
|---|---|
| | 비밀 폭로자이다. 우리는 그를 보브리코프 장군이라 부르는데 |

* eggynaggy: ① eggnog 에그노그(계란·우유·설탕을 섞은 것에 술을 탄 음료) ② naggin[영국-아일랜드어] =noggin 작은 맥주잔[손잡이 달린 작은 통], 머저리[바보] ③ everybody 모든 사람, 만인(萬人)
* kis to tilly up: ① kiss and tell (보통 돈을 노리고 유명인과 과거에 맺었던) (성)관계를 공개하다→비밀을 폭로하는 ② tilly[영국-아일랜드어]추가 금액 ③ kish 계란 바구니 ④ Tilly→「Pomes Penny-each」에 있는 Joyce의 시 ⑤ tally up 집계(集計)
* journeyall Buggaloffs: ① General Bo-brikoff=General Nikolai Ivanovitch Bo-brikoff(1857~1904) 핀란드 주재 러시아 총독. 그는 1904년 6월 16일 Bloomsday 오전 11시에 Eugen Schaumann에게 암살당한다. ② Buck-ley→'How Buckley Shot the Russian Gener-al'【008:10】 ③ buggerlugs=a term of abuse 학대 용어 ④ bugger off 꺼지다(=go away)

• General Bobrikoff -youtube

GENERAL BOBRIKOFF SHOT.

FULL NARRATIVE.
SUICIDE OF HIS ASSAILANT.
SCHAUMAN'S MESSAGE TO THE EMPEROR.
SCHAUMAN'S CHARACTER AND CAREER.
GENERAL BOBRIKOFF—AN APPRECIATION.
WHO IS RESPONSIBLE?

• General Bobrikoff -digitalaliset

| 026:04 | Buggaloffs since he went Jerusalemfaring in Arssia Manor. You |
|---|---|
| | 그 이유는 그가 아나톨리아 지방의 예루살렘에 갔었기 때문이다. 그대는 |

* Jerusalemfaring: ① Sigurd the Jerusa-lemfarer 노르웨이의 Sigurd I, 그의 형제 Olaf 및 Eystein과 함께 노르웨이의 12세기 공동 통치자 ② to be going to Jeru-salem[속어]=to be drunk 취하다
* Arssia Manor: ① Asia Minor 아나톨리아(Anatolia) 지방에 대한 로마식 이름 ② Arsia Mons 화성의 사화산(死火山) ③ 「Ars Minor」로마 문법학자 Aelius Donatus가 쓴 두 개의 문법 논문 중 하나

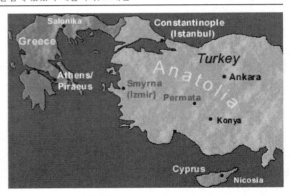

• Asia Minor[Anatolia] -brechtcastel

| 026:05 | had a gamier cock than Pete, Jake or Martin and your archgoose |
|---|---|
| | 피터, 제이크 그리고 마틴보다 더 사냥감 냄새가 나는 수탉을 가졌고, 그대의 |

* gamier cock: ① gamecock 싸움닭→불굴의 투사 ② gamey 사냥감 냄새가 나는(요리를 하기 전에 어느 정도 시간이 경과해서)
* Pete, Jake or Martin→Peter, Jack and Martin 조나단 스위프트의 *A Tale of the Tub*의 세 형제는

교황(성 베드로의 가톨릭 교회), 개신교 반대자(장 칼뱅의 칼뱅주의), 영국 국교회(마틴 루터의 루터교)를 대표한다→라이벌 형제 Shem과 Shaun, 결합된 Shem-Shaun

* archgoose→archduke 대공(大公), 왕자(1918년까지의 옛 오스트리아 황태자의 칭호)

| 026:06 | of geese stubbled for All Angels' Day. So may the priest of seven |
| | 거위 중 왕자 거위는 만성절 축일을 위해 털을 깎았다. 그래서 보름스 회의와 |

* stubbled: ① stubble goose 그루터기에서 풀을 뜯는 거위 ② stumbled 발이 걸리다[발을 헛디디다]
* All Angels' Day→All Saints' Day 만성절(11월 1일에 열리는 가톨릭 축일)
* priest of seven worms: ① E.A. Wallis Budge의 *The Book of the Dead*(1920) 물질적 몸(material body)이 매장된 직후 투아트(Tuat)에 들어갈 수 있는 권한을 사후(sahu) 또는 "영체(spirit-body)"에 부여하고, 죽은 자 위에 살았던 아홉 벌레(Nine Worms)로부터 그것을 전달했다 ② 독일 서부 Rhineland-Palatinate주(州)의 Rhine 강변 도시→Diet of the Worms(보름스 회합[회의]): Luther가 이단자라고 선고를 받은 곳(1521). 보름스 칙령(Wormser Edikt).

| 026:07 | worms and scalding tayboil, Papa Vestray, come never anear you |
| | 찻주전자로 진실을 가리게 될 신부와 교황은 결코 그대 가까이 오지 않을 |

* scalding tayboil: ① E.A. Wallis Budge의 *The Book of the Dead*(1920): LXIII 장의 낭독을 통해 고인은 투아트(Tuat)의 끓는 물을 마시지 않아도 되었다. 물은 진실을 말하는 사람들에게 시원하고 상쾌했지만, 악인들이 마시면 화상을 입었다. ② tay〔영국-아일랜드어〕=tea ③ tae〔아일랜드어〕=tea
* Papa Vestray: ① Papa Westray 바이킹 시대의 켈트 성직자 파파에(Papae)에서 명명된 오크니(Orkney) 제도 중 하나 ② vester pater〔라틴어〕=Pope 교황 ③ Lucia Elizabeth Vestris=Madame Vestris(1797-1856) 모차르트와 로시니 작품에 등장하는 영국 여배우이자 콘트랄토(contralto) 오페라 가수. 특히 코벤트 가든(Covent Garden)에서 극장 프로듀서이자 매니저로 더 유명했다.
* anear〔고어〕=near

• The Book of the Dead -goodreads

| 026:08 | as your hair grows wheater beside the Liffey that's in Heaven! |
| | 것이다. 그대의 머리카락이 천상의 리피 강변에서 더 백발이 되기 때문에! |

* wheater: ① wetter 더 습한 ② wheat grows 밀이 자라다 ③ whiter 더 하얀[흰]
* Liffey: ① liffey→livy→livvy ② Liffey=River Liffey 리피강(아일랜드의 수도 더블린의 중심을 통과해 아일랜드 해로 흐르는 강) ③ Since devlinsfirst loved livvy 더블린이 리피강을 따라 처음 자리를 잡은 이후 ④ ALP=Anna Livia Plurabelle 『경야』에서 River Liffey가 의인화되고 있다.

| 026:09 | Hep, hep, hurrah there! Hero! Seven times thereto we salute |
|---|---|
| | 만세, 만세, 그곳에 만세! 영웅이여! 일곱 번 우리는 그대에게 절한다! |

* Hep, hep, hurrah: ① Hip Hip Hurray! 만세, 만세, 만세!(응원의 선창을 하는 소리) ② E.A. Wallis Budge의 *The Book of the Dead*(1920): '당신[Ra]은 땅과 사람을 창조했고, 하늘과 천상의 강[Hep=river in heaven]을 만들었습니다. 당신은 물을 만들고 그 안에 있는 모든 것에 생명을 주었습니다.' ③ hep: a rosehip 들장미의 열매 ④ hepta(그리스어)=seven

* La Vie du Boudha -amazon

* Hero!→Herold의 *La vie de Bouddha*: 승려가 부처를 '영웅'이라고 불렀다
* Seven times thereto we salute you→Herold의 *La vie de Bouddha*: 깨달음을 얻은 부처님에게 일곱 번 경의를 표했다

| 026:10 | you! The whole bag of kits, falconplumes and jackboots incloted, |
|---|---|
| | 그대의 옷가지와 깃털 장식 그리고 가죽 부츠가 들어있는 가방이 |

* bag of kits: ① bag of tricks 온갖 수단[특별한 기술이나 방법을 모은 것] ② kit bag=knapsack 배낭 ③ sack...kits→이 단락의 '7' 주제와 관련하여 *As I was going to St. Ives*에 대한 암시: 'Each wife had seven sacks,/Each sack had seven cats,/Each cat had seven kits:/Kits, cats, sacks, and wives,/How many were there going to St. Ives?(부인들은 7개의 배낭을 가지고 있었다/배낭에는 7마리의 고양이가 들어있었다,/각 고양이는 7개의 키트를 가지고 있었습니다:/키트, 고양이, 배낭 및 부인,/몇 마리가 세인트 아이브스에 갔습니까?)' ④ 옷, 장비
* falconplumes→falcon plumes(매 깃털 장식) 고대 이집트에서 한 쌍의 매 깃털로 구성된 머리 장식은 다산의 신 Min과 창조주 Amun을 포함한 여러 신들이 착용했다
* jackboots: ① 무릎까지 오는 큰 가죽 군용 부츠 ② 권위주의[잔인한 정권의 상징]
* incloted: ① included 포함된 ② enclothed 옷을 입은 ③ enclosed 에워싼 ④ incloted 응고된 혈액

| 026:11 | is where you flung them that time. Your heart is in the system |
|---|---|
| | 그때 내던져 버렸던 곳에 있다. 그대의 심장은 암늑대의 |

* where you flung them that time→Herold의 *La vie de Bouddha*: 부처는 사치를 포기했으며, 머리카락을 잘라 하늘로 던졌다
* Your heart is in the system→your x is in y: 다음 몇 줄은 오시리스의 신체 부위가 분해되어 흩어지거나, 우주를 만들기 위한 푸루샤(Purusha)의 분해를 연상시킨다【025:13】 ☞ system (사람·동물의) 몸, 신체

| 026:12 | of the Shewolf and your crested head is in the tropic of Copri-<br>몸속에 있고 그대의 볏 장식 머리는 남회귀선에 있다. |
| --- | --- |

* Shewolf: ① lupa 암늑대, 매춘부 ② Lupus 이리자리(전갈자리의 남쪽에 있는 별자리)
* your crested head is in the tropic of Copricapron: ①「Hymn to Ptah Tanen」: 'Ptah Tanen(고대 이집트 신화의 창조신)'에 대한 이집트 찬송에 그의 머리가 하늘에 있다고 명시되어 있다 ② Tropic of Capricorn 남회귀선: 북반구의 동짓날 태양의 남중고도가 90°로 되어 천정(天頂)을 통과하는 위선이며, 남반구에서는 열대와 온대를 구분하는 경계선 ③ Capricorn 염소(별자리) ④ koproi kaprōn〔그리스어〕=pigshit 하찮은 일 ⑤ capon (식용의) 거세한 수탉, 〔미국 속어〕여자 같은 남자 ☞ crested head 볏[도가머리] 장식 머리

| 026:13 | capron. Your feet are in the cloister of Virgo. Your olala is in the<br>그대의 발은 처녀자리 은하단에 있다. 그대가 놀랄 일은 해변 근처에 |
| --- | --- |

* Your feet are in the cloister of Virgo: ①「Hymn to Ptah Tanen」Ptah Tanen에 대한 이집트 찬송은 그의 발이 땅에 있다고 명시되어 있다 ② cluster 무리→convent 수도원 ③ Virgo Cluster 처녀 자리 은하단
* olala→O la la〔프랑스어〕놀라움이나 감탄을 나타내는 감탄사
* in the region of=round about 부근[근처]에

• Ptah: Ancient Egyptian God of Creation -wikipedia

| 026:14 | region of sahuls. And that's ashore as you were born. Your shuck<br>있다. 그리고 그곳이 그대가 태어난 해변이다. 그대의 매트리스는 |
| --- | --- |

* sahuls: ① sahel〔아라비아어〕=shore 해안 ② Sahu 이집트 신화에서 영혼의 썩지 않는 거주지→오리온(Orion) 별자리 ③ sheol 죽은 자가 가는 암흑의 처소《히브리어 성경》
* ashore as you were born: ① sure as you are born(태어날 때부터 확실합니다)→Mark Twain *Huckleberry Finn*(29장) ② ashore=shore 기슭[해안]
* shuck tick's 매트리스의 일종→Mark Twain의 *Huckleberry Finn*(20장)

| 026:15 | tick's swell. And that there texas is tow linen. The loamsome |
|---|---|
| | 최고급이었다. 갑판실은 토우 리넨 제품이다. 리피강으로 가는 외로운 |

* swell=first-rate[distinguished] 일류의, 최고급의, 부풀어 오름
* texas: ① (미국 미시시피강의 증기선의) 최상층의 갑판실(고급 선원용)→Mark Twain의 *Huckleberry Finn*(12장)
  ② Finnegan의 매트리스는 부풀어 올랐으며(swell) 베개는 토우 리넨(tow linen)이다 ☞ tow linen 셔츠를 만드는 데 사용되는 재료[토우 리넨 제품]→Mark Twain의 *Huckleberry Finn*(20장)
* loamsome: ① lonesome 외로운, 쓸쓸한 ② <Lonesome Road> Nathaniel Shilkret의 음악과 Gene Austin의 가사로 된 노래(1927년) ③ loam 롬(진흙·모래·유기물로 된 흙), 찰흙(모래·진흙·톱밥·짚 등의 혼합물)

| 026:16 | roam to Laffayette is ended. Drop in your tracks, babe! Be not |
|---|---|
| | 진흙 길은 끝났다. 그대의 길을 걸어가라, 풋내기! 불안해하지 |

* roam to Laffayette: ① the road to Lafayette→Mark Twain의 *Huckleberry Finn*(31장) ② Liffey 리피강
* Drop in your tracks: ① dropped in my tracks→Mark Twain의 *Huckleberry Finn*(31장) ② drop in your tracks→drop in one's track 갑자기 죽다

| 026:17 | unrested! The headboddylwatcher of the chempel of Isid, |
|---|---|
| | 말라! 채플리조드의 선술집 남자 하인은 아주 침착하게 |

* unrested→onrustig〔네덜란드어〕=disturbed 방해하는[신경증 증세가 있는]
* headboddylwatcher: ① head bottlewasher 채플리조드에 있는 HCE 선술집의 남자 하인 S→rancing there smutsy floskons【370:33】 ② bodysnatcher 시체 도둑(과거 특히 의학 실험용으로 팔기 위해 무덤에서 시체를 도굴하던 사람) ③ watcher 연구자[경비원]
* chempel of Isid: ① Chapelizod 『경야』의 공간적 배경을 이루는 더블린 서쪽의 마을. 지명은 '이소드[이졸데]의 예배당'이라는 뜻. ② Isolde 이졸데(아서왕 전설에서 Cornwall 왕의 아내이자 Tristram의 애인) ③ Temple of Isis 이집트의 남쪽 끝, 수단과의 경계 지역인 누비아 지역 아길리카섬(Agilika I.)에 있는 신전 ④ CHEmpel→HCE=Howth Castle and Environs=Humphrey Chimp-den Earwicker=Here Comes Everything

| 026:18 | Totumcalmum, saith: I know thee, metherjar, I know thee, sal- |
|---|---|
| | 말했다: 나는 심부름 하는 그대를 안다, 나는 구조선 모는 그대를 안다. |

* Totumcalmum: ① Tut-ankh-amun 이집트 신왕국 제18왕조의 왕(BC 1361-BC 1352). 계부 아멘헤테프의 아톤 신앙 강제를 폐지하고 아몬신 신앙을 부활하였다. 도읍을 테베로 옮기고 투탕카멘(태어나는 아몬의 모습이라는 뜻)이라고 이름을 고쳤다. 재위 9년 후 그의 나이 18세에 사망하고, '왕가의 계곡'에 대장되었다. ② totum calmum〔라틴어〕=all is calm 모든 것이 고요하다 ③ totally calm 아주 침착한, 완전 고요한
* I know thee→이집트의 *Book of the Dead*에서 죽은 자가 Amenti[Elysian Fields(천당, 천국)]로 가는 길에 장애물을 만나면 이 구절을 읊는다

* metherjar: ① mother dear ② Methyr 이시스(Isis)의 이름 ③ mether〔앵글로-아일랜드어〕사각 나무 술병 ④ meadar〔아일랜드어〕네모난 술병 ⑤ methu〔그리스어〕포도주병 ⑥ messenger 심부름꾼 [사자(使者)], 우편집배원

• Tut-ankh-amun
-Wikimedia Commons

| 026:19 | vation boat. For we have performed upon thee, thou abrama- |
|---|---|
| | 왜냐하면 우리는 그대가 혐오하는 것, 즉 |

* salvation boat: ① 노아의 방주 ② 이집트 *Book of the Dead*에 나오는 신성한 배의 형상→Ra(고대 이집트의 태양신)의 배

| 026:20 | nation, who comest ever without being invoked, whose coming |
|---|---|
| | 신원 미상의 불청객으로 성가대 선창자와 |

* abramanation: ① Abram nation(아브라함 민족)→'Neither shall thy name any more be called Abram, but thy name shall be Abraham; for a father of many nations have I made thee(다시는 네 이름을 아브람이라 하지 아니하고 아브라함이라 하리니 이는 내가 너를 많은 민족의 아비로 지었음이니라)'《창세기 17장 5절》, 'Seeing that Abraham shall surely become a great and mighty nation, and all the nations of the earth shall be blessed in him(이는 아브라함이 정녕 강대국이 되고 천하 만민이 그를 인하여 복을 받을 것임이니라)'《창세기 18장 18절》 ② *The Book of the Dead*(40)→'thou abramation of Osiris(당신은 오시리스의 아브람입니다)' ③ abomination 증오[혐오] ④ Abram-man 미친 사람인 척하는 거지
* invoke (이름을) 부르다, 간청하다

| 026:21 | is unknown, all the things which the company of the precentors |
|---|---|
| | 패트릭 성당의 고전어 학자 일행이 |

* company (찾아오는) 손님, 방문객, 일행[단체]
* precentors (교회 성가대의) 선창자, 주창자

| 026:22 | and of the grammarians of Christpatrick's ordered concerning |
|---|---|
| | 그대를 매장하는 작업에 관한 문제에 있어서 |

* grammarians→Arssia Manor【026:04】 문법학자, 고전어 학자
* Christpatrick's: ① Christchurch Cathedral, Dublin 노르만이 지배하고 있던 시대인 1030년, 더블린의 초대 주교 듀난(Dunan)이 세운 교회로 더블린에서 가장 오래되고 역사적인 곳 ② St Patrick's

Cathedral, Dublin 1191년에 존 코민(John Comyn) 대주교가 로마 카톨릭 대성당으로 설립하였으며 현재 아일랜드 교회의 국립 대성당

• St Patrick's Cathedral -Wikimedia Commons

| 026:23 | thee in the matter of the work of thy tombing. Howe of the ship- |
|---|---|
| | 그대에 관해 지시한 모든 것들을 실행했기 때문이다. 선원들의 무덤이여, |

* Howe: ① Howe 더블린의 Norse Thingmote(의회)가 있던 자리  ② howe 언덕[무덤]  ③ howe! 닻을 올릴 때 선원들의 외침[고통이나 슬픔의 외침]  ④ Howth Castle(호우드 성) 아일랜드의 더블린 카운티에 있는 Howth 마을의 외곽에 있다. 성은 1180년 노르만 침공 이후 이 지역을 지켜온 세인트 로렌스 가계의 조상이 살던 집으로, 1425년경까지 하우스의 영주인 남작의 칭호를 유지했다. 성과 재산은 1909년부터 그들의 상속인인 Gaisford-St Lawrence 가족이 소유하고 있다.【010:27】

| 026:24 | men, steep wall! |
|---|---|
| | 고이 잠들지어다! |

* steep wall→sleep well 푹[단잠을] 자다

| 026:25 | Everything's going on the same or so it appeals to all of us, |
|---|---|
| | 이곳 오랜 농가에서는 모든 일이 한결같이 굴러가고, 아니면 |

* Everything's going on the same: ① es geht an〔독일어〕=it is beginning[started] 시작하다  ② Things go on same 상황은 똑같이 진행된다
* appeals→appears 나타나다[-인 것같이 보이다]

| 026:26 | in the old holmsted here. Coughings all over the sanctuary, bad |
|---|---|
| | 우리 모두의 눈에는 그렇게 보인다. 교회 주위에는 온통 기침 소리, 빌어먹을 |

* holmsted:① homestead 주택[농가]  ② holmsted〔덴마크어〕=homestead 농가
* Coughings all over the sanctuary: ① coffins 관  ② churchyard cough 곧 죽을 것 같은 기침 ☞

| 026:27 | scrant to me aunt Florenza. The horn for breakfast, one o'gong |
|---|---|
| | 유행성 감기. 아침 식사를 알리는 뿔피리 소리, 점심 식사를 알리는 징 소리 |

* bad scrant to: ① bad scran to〔앵글로-아일랜드어〕=bad luck to 불운 ② scant 부족한
* aunt Florenza→influenza 인플루엔자[유행성 감기]
* horn for breakfast→breakfast-horn 아침 식사를 알리는 뿔피리: Mark Twain의 *The Adventures of Huckleberry Finn*(35장)
* one o'gong: ① one o'clock ② dinner gong 식사를 알리는 징 소리

| 026:28 | for lunch and dinnerchime. As popular as when Belly the First |
|---|---|
| | 저녁 시간을 알리는 종소리. 정복자 윌리엄이 왕이 되어 |

* dinnerchime: ① dinner-time (저녁) 식사 시간 ② chime (시간을) 종소리로 알리다
* Belly the First: ① King Billy 아일랜드에서 William III(William of Orange)의 대중적 이름 ② William I=William the Conqueror 정복자 윌리엄 ☞ belly→이솝우화 *The Belly and the Members*(배와 그 일원들)

• King Billy –en.wikipedia.org

| 026:29 | was keng and his members met in the Diet of Man. The same |
|---|---|
| | 그의 관리들이 맨섬 의회에서 만났을 때처럼 평판이 좋다. 상점 진열장에는 |

* keng→king
* Diet of Man: ① Tynwald=Parliament in the Isle of Man 맨섬의 의회 ② Diet→priest of seven worms【026:06】

• Isle of Man -BBC

| 026:30 | shop slop in the window. Jacob's lettercrackers and Dr Tipple's |
|---|---|
| | 똑같은 싸구려 기성복. 제이콥 제과의 비스킷 그리고 닥터 티플점店의 |

* slop: ① shop slop 상점 약품을 경멸적으로 표현  ② slop 돼지고기, 〔속어〕맥주, 차(tea), 싸구려 기성복
* Jacob's lettercrackers: ① Jacob's creamcrackers→Jacob's Biscuits 더블린의 Jacob's Biscuit Factory에서 만든 비스킷  ② Jacob's Ladder 야곱의 사닥다리(야곱이 꿈에서 본 하늘까지 닿는 사닥다리. 천사들이 그 사닥다리를 오르내리는 것이 보였다고 함.)《창세기 28장 11절~19절》  ③ Jacob→Shem

• Jacob's Biscuit –europeana

| 026:31 | Vi-Cocoa and the Eswuards' desippated soup beside Mother Sea- |
|---|---|
| | 버지니움 코코아 그리고 마더 시겔의 시럽 이외에 에드워즈점의 |

* Dr Tipple's Vi-Cocoa→Dr Tibble's Vi-Cocoa(닥터 티블점)『율리시스(619)』
* Eswuards' desippated soup: ① Edwards' Desiccated Soup(에드워드의 건조 수프)→Esau's mess of potage(에서의 엉망진창 수프)  ② Esau=Jacob's elder brother【003:11】→Shaun  ③ dissipated 방탕한(낭비된)
* Mother Seagull's syrup→Mother Siegel's Syrup=a tonic 토닉(진·보드카 등에 섞어 마시는 탄산음료), 강장제

• Dr Tibble's Vi-Cocoa -worthpoint

• Edwards' Desiccated Soup -etsy

| 026:32 | gull's syrup. Meat took a drop when Reilly-Parsons failed. Coal's |
|---|---|
| | 건조 수프. 퍼스 오레일리 즉 HCE가 추락했을 때 육류 가격이 폭락했다. |

* Meat took a drop: ① The price of meat fell 육류 가격이 떨어졌다  ② HCE's erect penis became flaccid 발기된 HCE의 페니스가 축 늘어졌다
* Reilly-Parsons→Persse O'Reilly: HCE의 여러 화신들(avatars) 중 하나 ☞ perce oreille〔프랑스어〕=earwig→Earwicker=HCE: 퍼스 오레일리의 민요 <The Ballad of Persse O'Reilly>

• Mother Siegel's Syrup -Shaker Museum.us

| 026:33 | short but we've plenty of bog in the yard. And barley's up again, |
| | 석탄은 모자라지만 집 뜰에 이탄은 풍부하다. 그리고 보리가 다시 자라면서 |

* bog in the yard: ① bog=turf[peat] 잔디[이탄] ② bog in the yard(마당의 습지) 채플리조드의 HCE 선술 집 뒤 뜰에 있는 별채→museyroom
* barley 보리[대맥]

| 026:34 | begrained to it. The lads is attending school nessans regular, sir, |
| | 낱알이 맺혔다. 사내아이들은 정상적인 학교 수업에 참석하고 있소, 선생. |

* begrained: ① begründet〔독일어〕=well-founded[reasoned] 근거가 충분한[조리정연한] ② big rain 큰 비
* school nessans=school lessons 학교 수업 ☞ nessans→Ireland's Eye에 있는 Church of the Three Sons of Nessan 성당

• Church of the Three Sons of Nessan
-wikimedia

| 026:35 | spelling beesknees with hathatansy and turning out tables by |
| | 머뭇거리면서도 완벽하게 쓰고 말하며, 구구단으로 형세를 완전히 |

* spelling beesknees: ① spelling bees 뜻과 예문을 말해주면 단어를 맞추는 대회 ② bee's knee〔속어〕=acme of perfection 완벽함의 극치→Shaun ③ business 사업
* hathatansy: ① hesitency 위조자[날조자] Pigott의 hesitancy 맞춤법 오류→Pigott는 HCE의 경쟁자 인 Shem-Shaun 캐릭터의 결합 형태를 나타낸다 ② hath a tansy→tansy(쑥국화)는 요리와 약에 쓰임

* turning out tables: ① turn the tables on someone 형세를 역전시키다[우위를 점하다] ② 「The Tables Turned」 윌리엄 워즈워드(William Wordsworth)의 시로 학자들에게 책을 치워두고 밖으로 나가 "자연이 당신의 스승이 되게 하라"라고 말한다 ③ multiplication tables 구구단

| | |
|---|---|
| 026:36 | mudapplication. Allfor the books and never pegging smashers |
| | 역전시켰다. 모두를 위한 알파벳 책 그리고 톰 보우 또는 티미 토스 이후로 |

* mudapplication: ① multiplication tables 구구단 ② misapplication 오용 ③ mud(진흙)→Shem-↔Shaun ④ application of mud 진흙 바르기(흙벽 또는 도자기 제작 등)
* Allfor the books: ① all for 모두를 위한 ② alphabet books 알파벳 책
* Pegging smashers: ① pegging=throwing 던지기 ② smasher (상대방을 꼼짝 못하게 하는) 결정적인 대답 [주장]

| | |
|---|---|
| 027:01 | after Tom Bowe Glassarse or Timmy the Tosser. 'Tisraely the |
| | 결정적인 주장을 던지는 사람은 없다. 디즈레일리 그가 진실! |

* Tom Bowe Glassarse: ① tombeau(프랑스어)=tomb ② Tom→Tim ③ tom-boy 사내 같은 계집아이[말괄량이] ④ glassy alley 대리석(marble)의 일종←glassy(유리구슬)+ally[alley](공깃돌) ⑤ glass house=greenhouse ☞ glass house+with pegging smashers→[속담]'People who live in glass houses shouldn't throw stones(자신의 처지, 상황은 알지 못하고 남만 탓해서는 그 해를 자신이 입는다)'
* Timmy the Tosser: ① Tim→Tom ② tosser 학대 용어(글자 그대로 '자위행위자') ③ toss[속어]=masturbate ④ toss 던지기→따라서 Timmy Tosser는 친구 Tom Bowe와 함께 구슬을 던지고 있을 수 있다
* 'Tisraely→Benjamin Disraeli(영국 보수당 총리): Tom Bowe Glassarse[Tim-my the tosser] 즉 William Ewart Gladstone의 반대자 ☞ 벤저민 디즈레일리: 영국의 정치가. 『비비언 그레이』 등 정치 소설을 남겼다. 재무 장관을 지내고 총리가 되어 제국주의적 대외 진출을 추진하였고 공중위생과 노동조건의 개선에 힘썼다. 빅토리아 시대의 번영기를 지도하여 전형적인 2대 정당제에 의한 의회 정치를 실현하였다. ☞ 윌리엄 글래드스턴: 영국의 정치가(1809~1898). 자유당 당수로서 1868년 이후 네 차례 수상을 지냈다. 아일랜드 자치법 통과에 힘썼으며, 제1차 선거법 개정에도 공헌하였다.

| | |
|---|---|
| 027:02 | truth! No isn't it, roman pathoricks? You were the doublejoynted |
| | 그렇지 않다, 로마 가톨릭의 성 패트릭이 아니지 않은가? 그들이 오던 날 |

* roman pathoricks: ① Roman Catholics 로마 가톨릭 ② Patrick 성 패트릭 Saint Patrick(389~461) 영국의 전도사로서 아일랜드의 사교(司敎). 아일랜드의 수호성인(守護聖人). ③ Roman pathics 고대 로마에서의 미동美童 ☞ Roman pathics=catamite 성인 남자가 섹스를 위해 노예로 부리던 소년
* doublejoynted: ① double-jointed 이중 관절이 있는 ② double joy→HCE의 쌍둥이가 태어났으므로 기쁨도 두 배 ③ double-faced=Janus→janitor 로마의 수호신[시작과 끝의 신]

| 027:03 | janitor the morning they were delivered and you'll be a grandfer |
| --- | --- |
| | 아침에 그대는 로마의 수호신이었고, 왼쪽 팔이 알고 있는 것을 오른손이 |

* janitor: ① progenitor 조상←쌍둥이의 아버지  ② ianitor〔라틴어〕=porter 문지기→HCE의 가족이
The Porters가 된다【560:22】
* grandfer: ① grandfather 할아버지  ② grand fells  ③ grandpère〔프랑스어〕=grandfather

| 027:04 | yet entirely when the ritehand seizes what the lovearm knows. |
| --- | --- |
| | 장악할 때 그대는 전적으로 시조始祖가 될 것이다. |

* ritehand→'Can thy right hand seize love upon thy left?(당신 오른손은 왼쪽 사랑을 잡을 수 있나요?)'《Venus
and Adonis(158)》+'let not thy left hand know what thy right hand doeth(네 오른손이 하는 것을 왼손이 모
르게 하라)《마태복음 6장 3절》
* lovearm: ① left arm 왼쪽 팔  ② love arm 사랑의 팔

| 027:05 | Kevin's just a doat with his cherub cheek, chalking oghres on |
| --- | --- |
| | 케빈은 통통한 뺨을 지닌 귀염둥이인데, 벽에다 분필로 도깨비를 |

* doat: ① doat〔앵글로-아일랜드어〕→dote 맹목적으로 사랑하다, 사랑의 대상인 귀여운 아이  ② dolt
얼간이[바보]
* cherub 천사(보통 날개가 달린 통통한 남자아이 모습)→『경야』에서 Shaun[=Kevin]은 천사와 동일시되고 그의 형
제 Shem은 악마와 동일시된다
* oghres: ① ogres (동화 등에 나오는) 사람을 잡아먹는 도깨비→[로마 신화] Orcus(죽음·저승의 신. 그리스 신화의 Plu-
to, Hades에 해당.)에서 유래  ② ochre 오커 (페인트·그림물감의 원료로 쓰이는 황토)  ③ ogham 오검 문자(20자로 이뤄
진 고대 브리튼 및 아일랜드 문자)  ④ chalking oghres on walls 벽에 분필로 도깨비 그리기→HCE(때때로 ogre
로 묘사되는) 우상화

| 027:06 | walls, and his little lamp and schoolbelt and bag of knicks, playing |
| --- | --- |
| | 그리는가 하면, 띠를 두른 램프와 자질구레한 장신구를 가지고 두엄 더미 |

* his little lamp and schoolbelt→his belted lamp 띠를 두른 램프【404:13】
* bag of knicks: ① bag of tricks 온갖 수단[특별한 기술이나 방법을 모은 것]  ② bag of Nick's 가방과 함
께 세인트 닉(St Nick)에 대한 언급일 가능성이 높으며, Shaun은 종종 그와 동일시되며, Shem과는 대
조적으로, Old Nick. Devil과 동일시된다  ③ knikkers〔덴마크어〕=marbles (놀이용)구슬 ☞ knick
knacks=trinket 값싼[자질구레한] 장신구

| 027:07 | postman's knock round the diggings and if the seep were milk |
| --- | --- |
| | 주위에서 우체국 놀이를 하고 있다. 그리고 만약 한 모금의 술이 우유라면 |

* postman's knock: ① postman's knock (아이들의) 우체국[키스] 놀이  ② postman 케빈(Kevin)은 Shaun
이다. 그는 HCE에게 ALP의 편지를 배달하는 사람이기 때문에 종종 우편배달부(Postman)라고도 한다.

* diggings: ① midden heap 두엄 더미→Kevin은 Biddy the Hen이 HCE 선술집 뒤뜰의 쓰레기 더미에서 편지를 찾는 것을 목격한다 ② 굴착[발굴]
* seep were milk: ① zeep〔네덜란드어〕=soap ② milksop 나약한[무력한] 사람 ③ seep=a sip of liquor 한 모금의 술

| 027:08 | you could lieve his olde by his ide but, laus sake, the devil does |
| --- | --- |
| | 그 우유는 모두 그의 곁에 두었을 것이다. 하지만, 제발, 악마는 이따금 |

* lieve his olde by his ide: ① 「Lay His Sword by His Side」【027:07】 ② leave 떠나다 ③ lief 기뻐서, 기꺼이[자진하여] ④ [leave/lief] Isolde by his side 그의 곁에 이졸드 ⑤ leave it all [the milk] by his side 우유는 모두 그의 곁에 두어라
* laus sake: ① law sakes→Lord's sake(제발)의 방언 ② laus〔라틴어〕=praise 칭찬 ③ Laus〔독일어〕=louse이(蟲)
* devil→Shem 또는 Jerry

| 027:09 | be in that knirps of a Jerry sometimes, the tarandtan plaidboy, |
| --- | --- |
| | 멋진 격자무늬 망토를 걸친 저 청년 제리에게 있다가 |

* knirps: ① 〔독일어〕=mannikin 마네킹 ② little chap 어린[꼬마] 녀석 ③ kid 젊은이[청년]
* Jerry→Shem(=the Penman) HCE에게 보내는 ALP의 편지를 쓴다
* tarandtan plaidboy: ① plaid 스코틀랜드 전통 의상, 격자무늬의 망토 ② tarraingteach〔아일랜드어〕=attractive 멋진 ③ The Playboy of the Western World→아일랜드 시인이자 극작가인 John Millington Synge(1871-1909)의 연극. 플레이보이 Christy Mahon은 『경야』에서 HCE의 선술집에서 일하는 남자 하인 S와 동일시된다. ④ taran〔웨일즈어〕=thunder ⑤ when the foeman bares his steel tarantara→Gilbert과 Sullivan의 Pirates of Penzance: '그의 옆에 있는 검(sword by his side)'이라는 주제로 계속 이어지며, 그 검은 제리(Jerry)의 경우에만 범죄 요소로 작용한다

| 027:10 | making encostive inkum out of the last of his lavings and writing |
| --- | --- |
| | 그의 목욕 끝물에서 자홍색 잉크를 제조한 다음 그의 벌거벗은 몸뚱이에다 |

* encostive: ① costive 변비의[동작이 굼뜬]=constipated 변비증의[융통성이 없는] ② encaustum〔라틴어〕=purple-red ink 자홍색 잉크 ③ encaustic 엔코스틱(밀랍과 수지를 안료에 혼합하여 만든 도료) 납화법(엔코스틱으로 그려서 열로 고정시키는 화법) ④ cost→셈(Shem)이 돈을 위해 글을 쓴다는 것을 암시 ⑤ encostive ink→ink made from shit 똥으로 만든 잉크
* inkum: ① income ② 「If All the Seas Were Ink」【027:07】 ③ dinkum=dinkum oil 사실 그대로의 진상[진실]
* lavings: ① washing[bathing] 세탁[목욕] ② leavings 남은 것[찌꺼기] ③ lave〔스코틀랜드어〕나머지

| 027:11 | a blue streak over his bourseday shirt. Hetty Jane's a child of |
|---|---|
| | 끝없이 이어진 글을 적어 나간다. 이씨는 '마리아의 자녀회' 일원이다. |

* blue streak: ① blue 'Shem penman'이 HCE에게 ALP의 편지를 보낼 때 사용한 펜 색상  ② blue 음란한[외설적인]  ③ blue streak 번갯불 사후 세계 빠른 것, 길게 이어지는 것  ④ constant stream of words 끝없이 이어진 글[말]
* bourseday shirt: ① birthday suit=complete nakedness 완전 벌거벗은[적나라한] 상태  ② La Bourse[프랑스어]파리 증권거래소  ③ Thursday→『율리시스』의 시간적 배경이 1904년 6월 16일 '목요일'이다
* Hetty Jane's: ① Esther Johnson→Issy  ② Pretty Jane 노래 제목  ③ Pretty Mary 노래 제목

| 027:12 | Mary. She'll be coming (for they're sure to choose her) in her |
|---|---|
| | 그녀는 행운의 날에 불꽃을 다시 지피기 위해 흰 바탕에 금빛 무늬 |

* child of Mary→Children of Mary 마리아의 자녀회(16세기 예수회 신부들이 어린이들의 교육을 위해 세운 모임)

| 027:13 | white of gold with a tourch of ivy to rekindle the flame on Felix |
|---|---|
| | 옷을 입고 담쟁이덩굴 횃불을 들고 올 것이다(그들은 분명 그녀를 선택할 |

* white of gold with a tourch of ivy: ① torch 횃불[빛]  ② with a touch of 접촉으로[손길로]  ③ green[ivy], white and orange 아일랜드 삼색의 색상(금색은 가끔 주황색으로 대체됨)  ④ 「The Holly and the Ivy」 크리스마스 캐럴
* rekindle=kindle again[arouse again] 다시 불붙이다[불러일으키다]
* Felix: ① felix[라틴어]=fortunate[blessed] 행운의[축복받은]→happy+O felix culpa!+Phoenix  ② Phoenix 불사조

| 027:14 | Day. But Essie Shanahan has let down her skirts. You remember |
|---|---|
| | 것이므로). 그러나 이씨는 자신의 치맛자락 길이를 늘렸다. 그대는 성모교회 |

* Essie Shanahan→Vanessa=Hetty Jane=Issy
* let down=lenghten(a garment) 옷의 길이를 늘리다

| 027:15 | Essie in our Luna's Convent? They called her Holly Merry her |
|---|---|
| | 수도원의 이씨를 기억하는가? 사람들은 그녀를 성모 마리아라 불렀다. |

* Luna: ① moon  ② Our Lady's→Our Lady's Church[St. Mary's]성모(마리아)교회
* convent=monastery 수도원
* Holly Merry: ① Holy Mary 성모 마리아  ② 「The Holly and the Ivy」 크리스마스 캐럴  ③ holly and merry 크리스마스를 연상시킨다

| 027:16 | lips were so ruddyberry and Pia de Purebelle when the redminers |
|---|---|
| | 그녀의 입술은 빨간색이었고 그녀 주변에서 광부들의 폭동이 일어났을 때는 |

* lips: Dion Boucicault의 희곡 *Arrah-na-Pogue* 또는 *Wicklow Wedding*에서 여주인공은 감옥에 있는 Shaun the Post의 입술에 키스를 하면서 쪽지를 건네준 데서 'Arrah of the Kiss'라는 이름을 얻게 된다→Lps. The keys to. Given!【628:15】
* ruddyberry: ① ruddy=reddish 붉은빛이 도는  ② <O ruddier than the berry> 헨델의 목가적인 오페라 Acis와 Galatea의 아리아
* Pia de Purebelle: ① pia e pura bella〔이탈리아어〕=holy and pure war→Vico의 Age of Heroes의 종교 전쟁  ② Anna Livia Plurabelle=ALP
* redminers→redminers'의 인쇄상 오류

| 027:17 | riots was on about her. Were I a clerk designate to the Williams- |
|---|---|
| | 거룩하고 순수한 전쟁이었다. 만약 내가 윌리엄 우즈 제과점의 점원이라면 |

* Were I a clerk→Thomas Moore의 노래 <You Remember Ellen>: 'You remember Ellen, our hamlet's pride'(멜로디: Were I a Clerk)
* Williamswoodsmenufactors: ① Williams & Woods Ltd. 윌리엄스&우드 제과점  ② manufacturers 제조업자  ③ manufactors 제조사 ☞ William Wood 1724년 아일랜드에 구리 주화를 도입하려 한 사기꾼【011:21】

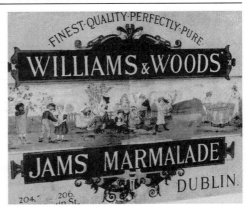

• Williams & Woods –Irish Pub Emporium

| 027:18 | woodsmenufactors I'd poster those pouters on every jamb in the |
|---|---|
| | 도시의 모든 문설주 기둥에 저 포스트를 게시할 것이다. |

* poster those pouters: ① post those posters 포스트를 게시하다  ② pou-ters→lips【027:16】 ☞ red pouting lips 새빨간 입술→ruddyberry【027:16】
* jamb: ① door jamb 문설주  ② jam→Williams & Wood's Jam  ③ jambe=greave 갑옷의 일부로 다리를 덮는 부분→다리는 성적인 의미를 암시

| 027:19 | town. She's making her rep at Lanner's twicenightly. With the |
|---|---|
| | 그녀는 래너즈 맥주 양조 회사에서 노래를 꽤 멋지게 하고 있다. |

* rep: ① reputation 평판  ② repertoire 연주(노래/공연)곡목[목록]
* Lanner's: ① Katti Lanner 19세기 유명한 오스트리아-영국 발레 무용수이자 안무가(『율리시스』에서 'Katty'로 두 번 언급됨): 'The Katty Lanner steps'【535】, 'what did he say I could give 9 points in 10 to

Katty Lanner and beat her'【697】② leannoir[lanor]〔게일어〕=brewer 맥주 양조 회사
* twicenightly→quite nicely 매우 근사하게

| 027:20 | tabarine tamtammers of the whirligigmagees. Beats that cachucha |
|---|---|
| | 미스터 윌리기그 매기 노래에 탬버린을 치면서. 카추차 내림음계 박자에 맞춰. |

* tabarine tamtammers: ① tambourine 탬버린 ② taborin 작은 북 ③ tam-tam (타악기)징 ④ faire du tam-tam〔프랑스어〕=kick up a row 시끄러운 소리를 내다[싸움을 시작하다]
* whirligigmagees: ① Mr Whirligig Magee 노래 ② whirligigs〔고대 속어〕=testicles 고환
* beats 리듬, 운율[박자]
* cachucha flat: ① cachucha 카추차(스페인의 Andalusia지방의 볼레로와 비슷한 춤) ② cachucha〔스페인 속어〕여성의 성기 ③ A flat 내림 A음[A음을 반음 내린 음]. b기호를 사용함.

| 027:21 | flat. 'Twould dilate your heart to go. |
|---|---|
| | 그 노래는 그대의 심장을 터지게 할 것이다. |

* dilate: ① delight 기쁨 ② dilate=swell 팽창하다

| 027:22 | Aisy now, you decent man, with your knees and lie quiet and |
|---|---|
| | 이젠 편히, 그대 점잖은 남자, 무릎을 가만히 내려놓고 누워있어요 |

* Aisy now: ① easy now 이제 편안한[안락한] ② aisé〔프랑스어〕=easy[well-to-do] 쉬운[잘사는]
* decent 점잖은[예절 바른]

| 027:23 | repose your honour's lordship! Hold him here, Ezekiel Irons, and |
|---|---|
| | 그대 팀 피네간이여! 그를 이곳에 붙잡아두어라, 에스겔, 그리고 하느님이 |

* repose 누워있다[휴식을 취하다]
* honour's lordship!→Timothy: Timothy는 '존경하는 신(honouring god)'라는 뜻의 그리스 이름 Timotheos에서 파생한다→Tim Finnegan
* Ezekiel Irons: ① Zekiel Irons→Sheridan Le Fanu의 The House by the Churchyard에서 교구 서기(parish clerk)와 어부 ② irons=shackles [res-traints] 족쇄[구속]→'Hold him...Irons'

| 027:24 | may God strengthen you! It's our warm spirits, boys, he's spoor- |
|---|---|
| | 그대를 강하게 만드시길! 이봐, 그건 우리의 따뜻한 증류주야, 그가 냄새 맡고 |

* spirits: ① the dead 고인故人 ② alcohol 증류주 ③ spirit 정신, 활기, 기분
* spooring: ① spoor (발자국·냄새 자국을 따라)(동물의) 뒤를 쫓다[추적하다] ② spüren〔독일어〕=sense 감지하다 ③ spawning (물고기 등의) 산란→아일랜드 신화 속 지식의 연어(Salmon of Knowledge)로서의 HCE【009:05】

| 027:25 | ing. Dimitrius O'Flagonan, cork that cure for the Clancartys! You |
|---|---|
| | 있다. 디미트리우스 오플라고난 노래, 에니스코시를 위한 증류주! 포르토벨로 |

* Dimitrius O'Flagonan: ① <Enniscorthy>→Dimetrius O'Flanigan McCarthy에 관한 노래  ② dimit=debouch(강·물줄기 따위가 좁은 곳에서 넓은 곳으로) 흘러나오다  ③ flagon 크고 넓은 병[술병]  ④ Onan 【024:34】
* cork that cure: ① Cork 아일랜드 남서부 Munster의 주(州)  ② cork that cure 치료제 병→our warm spirits
* Clancartys!→<Enniscorthy>

| 027:26 | swamped enough since Portobello to float the Pomeroy. Fetch |
|---|---|
| | 항구가 포메로이 마을을 물에 잠기게 한 후로 그대는 충분히 들이켰다. |

* swamp=swallow up 삼키다[빨아들이다]
* Portobello: ① Portobello(포르토벨로) 파나마의 Colon 동북쪽에 있는 카리브해 연안의 작은 항구 도시. 1502년 Columbus가 발견하여 명명(命名). 스페인의 아메리카 식민지의 주요 항구였다.  ② Portobello Road 더블린의 거리
* float: ① flot[프랑스어]=waves[tide] 파도[조수]  ② float (물 위에) 뜨다  ③ flood 물에 잠기다[범람하다]
* Pomeroy→얼스터(Ulster)주 타이론(Tyrone) 카운티에 있는 마을

• Portobello Panama -wikipedia

• Portobello Road & Grand Canal -Wikimedia Commons

| 027:27 | neahere, Pat Koy! And fetch nouyou, Pam Yates! Be nayther |
|---|---|
| | 영원한 안식! 영원한 기억! 그곳 아래 |

* Fetch neahere, Pat Koy! And fetch nouyou, Pam Yates!→'vechnyi pokoi, na vechnuyu pamyat'[러시아어]=eternal peace, for eternal memory(영원한 평화, 영원한 기억)=RIP(=Rest In Peace) 편히 잠드소서
* Be nayther: ① Binn Édair[아일랜드어]=Howth  ② be neither 둘 다 아닌  ③ beneath there 그곳 아래

| 027:28 | angst of Wramawitch! Here's lumbos. Where misties swaddlum, |
|---|---|
| | 유대인의 비통! 그가 편안히 잠자고 있다. 엷은 안개가 감싸고 있는 곳, |

* angst〔독일어〕=fear 두려움, anguish 비통[고뇌]
* Wramawitch→Avramovich〔러시아어〕=son of Abraham 유대인
* Here's lumbos: ① lumbus〔라틴어〕=loin 허리[둔부] ② limbo 지옥의 변방(지옥과 천국 사이에 있으며 그리
  스도교를 믿을 기회를 얻지 못했던 착한 사람과 세례를 받지 못한 어린이·백치 등의 영혼이 머무는 곳) ③ he slumbers 그가 잠
  들다
* misties swaddlum→mists swaddle him 호우드 언덕을 덮고 있는 구름


| 027:29 | where misches lodge none, where mystries pour kind on, O |
|---|---|
| | 쥐가 한 마리도 살지 않는 곳, 신비로움이 넘쳐나는 곳, 오 |

* misches lodge none: ① meddlers 중재자 ② miš〔세르비아어〕=mouse 쥐 ③ misty London
  【602:28】
* mystries pour kind on: ① mysteries ② pour on=suffuse 끼얹다[퍼지다]


| 027:30 | sleepy! So be yet! |
|---|---|
| | 졸려! 제발 그랬으면! |

* So be yet!: ① So be it! 그렇다면 좋다[알겠다](그대로 받아들이겠다는 뜻)→히브리어 아멘(amen)은 '그렇게 되
  십시오'라는 뜻이다 ② soviet→the Soviet Union 옛 소련


| 027:31 | I've an eye on queer Behan and old Kate and the butter, trust me. |
|---|---|
| | 나는 술 취한 남자 하인과 늙은 청소부 그리고 집사를 주시해왔다. 나를 믿으시라. |

* have an eye on 눈을 떼지 않고 감시하다[유의하다], 눈독을 들이다[탐내다]
* queer: ① queer〔속어〕=drunk 취한→HCE 선술집의 남자 하인 S는 【016:01】에서 'a quhare soort
  of a mahan'으로 묘사되고 있다 ② quer〔독일어〕=crooked 비뚤어진→ALP 편지의 줄이 비뚤비뚤
  하다
* Behan: ① S=HCE's manservant ② Behemah〔히브리어〕=beast[Behemoth] (거대한) 짐승 ③ Ó
  Beacháin〔아일랜드어〕=Behan 'beach=bee'에서 파생된 성(姓)→초기 S는 HCE의 침대에 있는 벼룩
  이었다
* Kate: ① K=cleaning lady→HCE 선술집의 청소부 ② Katharine Strong 17세기 더블린의 미움받던 청
  소부이자 세금 징수원이자 과부 ③ kathairō〔그리스어〕=I cleanse 나는 청소한다→K는 청소부이다
* butter: ① butler 집사 ② queer...butter→Charles Dickens(1812-1870)의 *Great Expectations*(위대한 유
  산): 'Here's the cook lying insensibly drunk on the kitchen floor, with a large bundle of fresh
  butter made up in the cupboard ready to sell for grease!(여기 요리사가 부엌 바닥에 무감각하게 취하여 누워있
  고 찬장에 기름을 위해 팔 준비가 된 신선한 버터 한 묶음이 채워져 있다!)'

| 027:32 | She'll do no jugglywuggly with her war souvenir postcards to |
|---|---|
| | 그녀는 내게 장례 추모관을 지어주기 위해 전쟁 기념 우편 엽서를 가지고 |

* jugglywuggly→jigglywiggly: jiggl 흔들리는[성적 흥미를 북돋우는]+wiggly 꿈틀거리는[몸을 비트는]
* war souvenir postcards→museyroom 에피소드【009~011】에서 Kate가 팁을 요구했을 가능성을 암시한다

| 027:33 | help to build me murial, tippers! I'll trip your traps! Assure a |
|---|---|
| | 몸을 씰룩씰룩거리지는 않을 것이오, 술꾼 양반들! 그대들의 입을 더듬거리게 |

* murial→burial(장례식)+memorial(기념비)+muria(소금물): 장례 추모관
* tippers→tipplers 술꾼
* trip your traps: ① set off your traps 덫을 놓다 ② trap[속어]=mouth ③ trip 말을 더듬다[머뭇머뭇 말하다]
* Assure a sure there→as sure as you're there=ashore as you were born 태어날 때부터 확실한 【026:14】

| 027:34 | sure there! And we put on your clock again, sir, for you. Did or |
|---|---|
| | 하리라! 틀림없이 확실하게! 그리고 그대를 위해 시간을 거꾸로 되돌렸다오, 선생. |

* we put on your clock: ① we put the clock forward one hour 시계를 1시간 앞당기다→일광 절약(Daylight Savings) 시간이 발효되다→이는 4월 중순에서 말(mid-to-late April)임을 의미 ② put on your head 머리에 두다('시계'는 '얼굴'을 의미)

| 027:35 | didn't we, sharestutterers? So you won't be up a stump entirely. |
|---|---|
| | 그랬소, 안 그랬소, 주주분들? 따라서 그대들은 전혀 당황스럽진 않을 것이오. |

* sharestutterers: ① actionnaire[프랑스어]=shareholder 주주(株主) ② auc-tioneers 경매인
* up a stump→Mark Twain의 The Adventures of Huckleberry Finn(32장): 'up a stump'=in diffi-culties 어찌할 바를 몰라, 곤경에 놓여, 당황하여

| 027:36 | Nor shed your remnants. The sternwheel's crawling strong. I |
|---|---|
| | 그대의 옷을 벗어 던지지 말라. 운명의 수레바퀴는 느릿느릿 나아가고 있다. |

* shed: ① Shah 이란과 인도의 황제[왕]와 영주에게 주어지는 칭호 ② People of the shed 육체 노동자, 상인
* remnants→raiments 의복[의류]: shed your remnants 옷을 벗어버리다, 찌꺼기를 흘리다
* sternwheel's→stern-wheel 선미외륜(船尾外輪)(선미에 있는 추진용 바퀴) ☞ stern 가혹한[험준한] wheel 운명의 물레[수레바퀴]
* crawl strong=drag along 느릿느릿 나아가다

| 028:01 | seen your missus in the hall. Like the queenoveire. Arrah, it's |
|---|---|
| | 나는 현관 마루에서 그대의 여주인을 봤다. 에이레의 여왕 같았다. 어렵소, |

* missus=wife[mistress] 주부[여주인]
* queenoveire: ① Queen of Éire 에이레의 여왕  ② Guinevere 영국 신화의 인물. 아서 왕의 아내이 자 론슬롯 경(Sir Lancelot)의 연인.→'아서-기네비어-랜슬롯'의 삼각관계에서 그녀는 Issy가 된다
* Arrah: ① arrah[앵글로-아일랜드어]어![어렵소!] (놀람 따위 격한 감정을 나타내는 소리)  ② yerrah[앵글로-아일 랜드어]감탄사 앞에 'O God' 맹세가 선행되는 'Arrah'의 한 형태  ③ Arrah-na-Pogue→아일랜드 극 작가 Dion Boucicault(1820~1890)의 희곡[그 주인공]=ALP

| 028:02 | herself that's fine, too, don't be talking! Shirksends? You storyan |
|---|---|
| | 아름다운 것 바로 그녀 자신, 역시나, 말해서 뭐 해! 악수? 그대의 털보 |

* Shirksends: ① Finnegans Wake 'shirks ends', 즉 '끝을 회피함'으로써 『경야』는 순환 소설(circular novel)이 된다  ② shakes hands 악수하다  ③ Shakespeare 셰익스피어
* storyan→historian 역사가

| 028:03 | Harry chap longa me Harry chap storyan grass woman plethy |
|---|---|
| | 친구 녀석이 만나 악수하고, 그리고 나의 털보 친구 녀석에게 이야기를 들려 |

* You storyan Harry chap longa me Harry chap storyan grass woman plethy good trout <pid-gin>=your hairy chap meeting(shaking hands [spears with]→shakeshands) and talking to(telling a story to) my hairy chap 만나서 악수하고 이야기를 들려주다 ☞ 피진어(어떤 언어의, 특히 영어·포르투갈어·네덜란드어의, 제한된 어휘들이 토착 언어 어휘들과 결합되어 만들어진 단순한 형태의 혼성어. 서로 다른 언어를 쓰는 사람들의 의사소통 필요에 의해서 형성됨.)

| 028:04 | good trout. Shakeshands. Dibble a hayfork's wrong with her only |
|---|---|
| | 준다. 악수. 그녀에게 잘못된 건 아무것도 없고 다만 그녀의 다리가 |

* Shakeshands→Shakespeare
* Dibble a hayfork's: ① devil a hap'orth[앵글로-아일랜드어]=nothing 아무것도 없음  ② dibble 구멍 파는 연장(씨나 모를 심을 때 쓰는 가늘고 뾰족한 작은 삽)  ③ divil[방언]=devil  ④ Tybalt 『로미오와 줄리 엣』의 등장인물. 캐퓰릿(Capulets)의 친족.  ⑤ hayfork 악마(devil)는 전통적으로 포크(fork)로 묘사된다 ☞ Dibble a hayfork's wrong with her only her lex's salig=Devil a hayfork's wrong with her only her leg's dirty

| 028:05 | her lex's salig. Boald Tib does be yawning and smirking cat's |
|---|---|
| | 더러워졌을 뿐. 늙은 대머리 암컷 고양이가 하품하면서 |

* lex's salig: ① Lex Salica[라틴어]후계자에서 여성을 배제한 프랑크족 법률집  ② her leg is  ③ sa-lach[아일랜드어]=dirty  ④ zalig[네덜란드어]=blessed  ⑤ selig[독일어]=blessed  ⑥ lax[고대 노 르드어]=salmon

* Boald Tib: ① Tib 이사벨(Isabel)의 단축형, 매춘부→Issy ② Boald Tib 이씨(Issy)의 애완 고양이 ③ Tybalt 『로미오와 줄리엣』의 등장인물. 캐풀릿의 친족. 머큐시오(Mercutio)는 그를 '고양이의 왕자(Prince of Cats)'라고 조롱한다. ④ Theobald 표절과 위조 혐의를 받는 18세기 극작가 루이스 테오발드 ⑤ Tibbald 포우프(Alexander Pope)의 풍자 *Dunciad*의 영웅 ☞ ① boald=bald+old ② tib cat=a female cat
* smirking→smirk 능청스럽게 웃다[억지로 웃다]

| 028:06 | hours on the Pollockses' woolly round tabouretcushion watch- |
|---|---|
| | 카스토르와 폴룩스 수호신의 양털 같은 둥근 방석 위에서 한참을 |

* cat's hours: ① Castor 폴룩스(Polydeuces)의 쌍둥이 형제이자 트로이의 헬레네(Helen of Troy)의 형제 ② cat's eyes 묘안석猫眼石, (도로에 박아넣은) 반사 장치 ③ all hours 어느 때든[언제든] ④ banker's hours=short work hours ☞ cat's hours→ donkey's years【014:35】=a very long time
* Pollockses': ① Pollux 카스토르(Castor)의 쌍둥이 형제이자 트로이의 헬레네의 형제 ② pollock[pollack] 대구류 ③ Castor and Pollux 카스토르와 폴룩스(뱃사람의 수호신)
* Tabouretcushion: ① tabour 작은 북 ② cushion←고대 프랑스어 'coussin' ③ tabouret 키가 낮은 의자 ④ favourite cushion 좋아하는 방석

• Castor and Pollux -artUK

| 028:07 | ing her sewing a dream together, the tailor's daughter, stitch to |
|---|---|
| | 웃고 있다. 재단사의 딸이 자기 일에만 몰두하여 솔기를 꿰매고 있는 것을 |

* sewing a dream together→sewing a seam together 바느질로 꿰매어 연결한 것처럼 『경야』의 구조는 시작과 끝이 맞닿아 있다
* tailor's daughter→How Kersse the Tailor Made A Suit of Clothes for The Norwegian Captain(Kersse 재단사가 노르웨이 선장을 위한 옷 한 벌을 만든 방법)【311】
* stitch to her last→stick to one's last 자기의 직분[본분]을 지키다, 모르는 일에 쓸데없이 참견하지 않다[자신있는 일만 하다]: 'last'는 신발을 수리하는 제화공의 모델이다

| 028:08 | her last. Or while waiting for winter to fire the enchantement, |
|---|---|
| | 쳐다보면서. 혹은 황홀경을 자극하는 겨울을 기다리는 동안, 등지를 틀고 |

* fire 자극하다, (열의·관심이) 불타게 하다
* enchantement→enchantment〔프랑스어〕매력[황홀], 마법

| 028:09 | decoying more nesters to fall down the flue. It's an allavalonche that |
|---|---|
| | 있는 새들이 굴뚝 아래로 떨어지도록 유인하면서. 아무리 안 좋은 일이라도 |

* decoying more nesters to fall down the flue: ① decoying more nesters to fall down the flue→Issy의 고양이 Boald Tib은 굴뚝으로 새를 유인하려고 시도한다 ② nester 둥지를 틀고 있는 새 ③ Esther→Jonathan Swift의 Stella(Esther Johnson) and Vanessa(Hester Vanhomrigh) ④ to fall down 넘어지다 ⑤ Nestor 호머의 『일리아드』에서 늙은 지도자→Nesters 젊은 여성에게 끌리는 노인, 즉 Issy에 있어서 HCE
* It's an allavalonche that blows nopussy food: ① avalanche 눈사태→Issy의 방은 마치 알프스에 있는 것처럼 HCE 선술집 꼭대기 지붕 아래에 있다 ② Avalon (켈트 전설에서) 아발론 섬→서방 해상의 극락도(極樂島): Arthur 왕이나 영웅들이 사후(死後)에 이곳으로 갔다고 한다 ③ à l'aval〔프랑스어〕=down-stream 하류 ④ a hell of a lunch 엄청난 점심

| 028:10 | blows nopussy food. If you only were there to explain the mean- |
|---|---|
| | 좋은 점은 있기 마련. 만약 그대가 부처의 뜻을 설명하고 |

* ① cat food 고양이 먹이 ② nobody's food→Forbidden Fruit, 즉 사과: Avalon은 'Apple-Land'라는 뜻 ☞ It's an ill wind that blows nobody good →Ill blows the wind that profits nobody 아무 소용없이 부는 바람은 없다: 우는 사람이 있으면 웃는 사람도 있다(아무리 안 좋은 일이라도 좋은 점은 있기 마련이다)

| 028:11 | ing, best of men, and talk to her nice of guldenselver. The lips |
|---|---|
| | 선악의 미묘함에 관해 말해주려 그렇게 있어주기만이라도 한다면, 입술은 |

* best of men 가장 훌륭한 사람→부처(Buddha)
* guldenselver: ① gold and silver 금은 ② good and evil 선악(善惡) ③ gulden〔네덜란드어〕=golden 황금빛의[금으로 된] ④ elver 장어 새끼
* lips【027:16】

| 028:12 | would moisten once again. As when you drove with her to Fin- |
|---|---|
| | 다시 한번 촉촉이 젖을 텐데. 그대가 그녀를 데리고 백색 청동 바자회에 |

* Findrinny Fair: ① findrinny〔앵글로-아일랜드어〕=silver-bronze[white-bronze] 은청동[백색 청동] ② findruine〔아일랜드어〕=silver-bronze 은청동 ③ findrinny(=white-bronze)→William Butler Yeats가 The Wanderings of Oisin(어신의 방랑)에서 이 단어를 사용했다 ☞ The Wanderings of Oisin: 예이츠는 아일랜드의 민담과 신화에 근거하여 마술이나 요정이 등장하는 신비한 이야기들을 소재로 다룬 시집 『어신의 방랑 외 시편들(The Wanderings of Oisin and other poems)』을 발표했다. 이 시집은 잡지에 실렸던 시들을 제외하고는 예이츠의 첫 공식적인 출판물이었으며, 이로써 예이츠는 명성을 얻게 된다.

| 028:13 | drinny Fair. What with reins here and ribbons there all your |
|---|---|
| | 갔을 때처럼. 이 손에는 고삐를 그리고 저 손에는 대판帶板을 그대 양손에 |

* reins here and ribbons there: ① reins〔고어〕=kidneys[loins] 신장[허리] ② ribs 갈비 ③ ribbons (말을) 고삐로 다루다 ④ ribbing 늑골 모양으로 나란히 하기[이랑 만들기] ☞ ribbon 선박의 늑재(肋材)를 임시로 받치는 대판(帶板), 좁고 긴 널빤지

| 028:14 | hands were employed so she never knew was she on land or at |
|---|---|
| | 잡고 있으니 그녀는 자기가 땅 위에 있는지 아니면 바다에 있는지 아니면 |

* employ=use (물건·수단을) 사용하다
* on land or at sea 육·해상을 불문하고, 전 세계 도처에서

| 028:15 | sea or swooped through the blue like Airwinger's bride. She |
|---|---|
| | 에린의 신부처럼 창공을 날고 있는지 전혀 몰랐다. 그때 그녀는 들떠 |

* swoop 급습하다[재빠르게 잡아채다]
* Airwinger's bride: ① Earwicker's bride 이어위커의 신부 ② Erin's bride 에린의 신부 ③ Bride[Brigid]=St Bridget 성녀 브라이드: St. Patrick과 함께 아일랜드의 제2 수호성인이다. 아일랜드의 처녀들의 이름에 Brigid 또는 Bridget이 들어있는 경우가 많다.

| 028:16 | was flirtsome then and she's fluttersome yet. She can second a |
|---|---|
| | 있었으며 그리고 아직도 그녀 가슴은 뛰고 있다. 그녀는 노래의 반주를 할 |

* flirtsome=flirtatious 추파를 던지는[희롱하기 좋아하는]
* fluttersome=fluttering 안절부절못하는[가슴이 뛰는]
* second a song: ① sing second voice 제2의 목소리로 노래하다 ② accompany a song 노래의 반주를 하다

| 028:17 | song and adores a scandal when the last post's gone by. Fond of |
|---|---|
| | 수 있고 또 마지막 우편물이 지나가고 나면 스캔들을 즐긴다. 콜캐논 요리와 |

* adore 마음에 들어하다, 즐기다→scandal 피닉스 공원에서 행한 HCE의 죄악
* the last post's: ① 「The Last Post」 취침[일과 종료] 나팔, 장례식에서의 나팔 취주 ② last post (우체통·우체국의) 마지막 우편물 수집 ③ Shaun the Post 디온 부시코(Dion Boucicault) 희곡 Arrah-na-Pogue(The Wicklow Wedding)의 등장인물 ☞ Dion Boucicault 아일랜드계의 영국 극작가 겸 배우. 건필가로 약 150편의 희곡을 썼는데 프랑스극의 번안과 소설의 각색이 많다. 대표작으로는 번안극인 『코르시카의 형제』와 아일랜드를 다룬 『귀여운 여자』가 알려져 있다.

| 028:18 | a concertina and pairs passing when she's had her forty winks |
| | 사과 경단을 먹은 후 저녁 식사를 위해 낮잠 자는 시간에 콘서티나 |

* concertina(콘서티나 손풍금) 1829년 영국의 휘트스토운(Wheatstone)이 특허를 얻은 어코디언과 비슷한 악기인데, 건반은 없고 6각형이며, 반음계적으로 배열된 버튼이 있다. 잉글리시 콘서티나, 저먼 콘서티나 등이 있다.
* pairs (카드놀이) 동점의 패 2장
* forty winks=short nap 짧은 낮잠, 특히 식후의 선잠

• Concertina -viquipedia

| 028:19 | for supper after kanekannan and abbely dimpling and is in her |
| | 손풍금 연주와 카드놀이로 시간 보내기를 좋아한 그녀는 환자용 휠체어에 |

* kanekannan: ① colcannon 콜캐논(감자와 양배추로 만드는 아일랜드·스코틀랜드 요리) ② cancanning 캉캉 ③ Cain 카인(아우 Abel을 죽인 Adam의 장남)《창세기 4장》
* abbely dimpling: ① apple dumpling 사과 경단(사과를 넣고 찐 경단) ② Abel 아벨(Adam과 Eve의 둘째 아들)

| 028:20 | merlin chair assotted, reading her Evening World. To see is |
| | 앉아서 이브닝 월드 신문을 읽고 있다. 보고 있는 것은 속 쓰린 기사, |

* merlin chair: ① Merlin chair 멀린이 발명한 환자용 휠체어 ② Merlin 멀린(Arthur왕 이야기에 나오는 마법사)
* assotted: ① aseated=sitting down 앉아있는 ② besotted 취해서 정신을 못 가누게 된, 마법(魔法)에 걸린
* Evening World(1887~1931) 뉴욕시의 신문

| 028:21 | it smarts, full lengths or swaggers. News, news, all the news. |
| | 무삭제 기사 혹은 과장 기사. 뉴스, 뉴스, 모든 뉴스. 사망 소식, |

* smarts: ① shorts 반바지 ② smart jacket[coat] 맵시 좋은 상의[코트] ③ 쓰라린[따끔따끔 쑤시는]
* full lengths: ① full-length coats 전신 코트 ② 무삭제의
* swaggers: ① swagger coat 스왜거 코트 ② 허풍 떨기, 과장
* News, news, all the news→신문 배달원이 외는 소리

| 028:22 | Death, a leopard, kills fellah in Fez. Angry scenes at Stormount. |
| | 표범 한 마리가 페즈 마을에 사는 농부를 물어 죽임. 스토몬트의 성난 바다. |

* Death【028:22】...Zee End【028:29】→ALP가 읽고 있는 신문 기사 내용
* fellah: ① fellah (이집트·아랍 여러 국가의) 농부 ② fellow 한패[녀석]
* Fez: ① 페즈(모로코 북부의 도시, 옛 이슬람 왕조의 수도) ② 터키 모자(이슬람교 남자가 쓰는 붉은색 모자로 검정 술이 달렸으며

양동이를 엎어놓은 모양)

* Angry scenes at Stormount: ① Stormont 스토몬트(Belfast 동쪽 교외 지역. 북아일랜드의 정부가 있음.) ② Angry scenes at Stormont→Blubby wares upat Ublanium【013:34~35】 ③ angry seas 성난 바다

• Fez, Morocco -mungfali

• Stormont -wikipedia

| 028:23 | Stilla Star with her lucky in goingaways. Opportunity fair with |
|---|---|
| | 여행 중인 그녀의 행운을 품은 별똥별. 중국 대홍수와도 같은 허영으로 |

* Stilla Star: stilla〔이탈리아어〕=drop (귀고리·장식품 같은) 물방울 모양의 것 ② stella〔이탈리아어〕=star
* goingaways: ① 여행을 떠나는 사람을 위한, 이별의 ② going-away (clothes) (신부의) 신혼여행용 (의상)
* Opportunity fair→Vanity Fair=Vanessa: Jonathan Swift가 Esther Vanhomrigh에게 붙인 이름: 허영으로 가득 찬 세상, 상류 사회

| 028:24 | the China floods and we hear these rosy rumours. Ding Tams he |
|---|---|
| | 가득 찬 세상에 이런 희망적인 풍문을 듣는다. 그는 기껏 구석기시대 |

* China floods: ① Flooding in China 황하강과 양쯔강 유역에서 발생하는 홍수 ② Great Flood in ancient China 1887년 중국 황하의 대홍수
* rosy 장밋빛의, 희망적인
* Ding Tams: ① Ding〔독일어〕=thing 사물〔물건〕 ② ding trams 전차의 '땡땡' 소리(신호)

| 028:25 | noise about all same Harry chap. She's seeking her way, a chickle |
|---|---|
| | 사람 같은 지식을 가지고 있다. 그녀는 자신만의 방식을 궁리하면서, 낄낄 |

* he noise about all same Harry chap: ① damn the thing he knows about= he knows nothing about 그는 아무것도 모른다 ② hairy chap【028:2~3】→hairyman 문자적으로는 '털의 사람'이며, '몸에 털이 많이 난 사람'을 가리킨다《창세기 27장 1절》개역개정판은 '털이 많은 사람'으로 번역했다 ③ same→save=except 제외하고: Damn thing he knows about all save Harry chap=he only has Neanderthal knowledge ☞ neanderthal (변화를 싫어하여) 구석기시대 사람 같은 ☞ Tom, Dick & Harry→Shem, Shaun & Shem-Shaun

| 028:26 | a chuckle, in and out of their serial story, *Les Loves of Selskar* |
|---|---|
| | 깔깔, 연재소설 '셀스카와 경단고동의 사랑'을 수시로 들춰보다가 |

* chuckle=quiet laugh 킬킬 웃음[속으로 웃음]
* Les Loves of Selskar et Pervenche: ① Selskar Gunn 더블린Gaiety Theatre의 매니저인 Michael
 Gunn의 아들【025:22】 ② elsker〔덴마크어〕=loves 사랑하다 ③ pervenche〔프랑스어〕=periwinkle
 경단[총알]고동(달팽이 비슷하게 생긴 것으로 식용함)

| 028:27 | *et Pervenche*, freely adapted to *The Novvergin's Viv.* There'll |
|---|---|
| | '노르웨이인의 아내'로 자기 마음대로 각색했다. 그녀가 마지막 |

* The Novvergin's Viv: ① nova〔라틴어〕=new ② virgin 처녀 ③ Virginia 여자 이름 ④ Vergil=-
 Virgil 베르질리우스, 버질(전 70-19) 로마의 라틴 시의 왕자. Mantova의 부유한 시민의 아들로 태어
 나 Cremona, Milano, Roma에서 교육받고 정치인이 되려고 했다. 얼마 후에 수사학과 정치학을 버
 리고 나폴리 근처에서 그리스의 에피쿠로스학파 Siron 밑에서 철학을 공부한다. ⑤ viv〔덴마크어〕
 =wife ⑥ viva〔라틴어〕=life ☞ The Norwegian's Wife→Kersse 재단사가 노르웨이 선장을 위해 옷
 한 벌을 만든 방법

| 028:28 | be bluebells blowing in salty sepulchres the night she signs her |
|---|---|
| | 눈물로 한숨짓는 밤, 소금기 있는 무덤에는 바람에 날리는 거품이 |

* Bluebells→bubbles 거품
* blowing: ① blow=to be windy→it's blowing=it's windy ② blow 펠라티오[구강성교]를 하다
* sepulchre=grave 무덤
* signs: ① sighs 한숨 쉬다 ② signs→ALP는 자신의 편지에 서명을 한다

| 028:29 | final tear. Zee End. But that's a world of ways away. Till track |
|---|---|
| | 생길 것이다. 끝. 하지만 세상사 그렇게 굴러가는 것. 시간 가는 줄 |

* zee: 'z'+the end+zee〔네덜란드어〕=sea+see 마지막 바다를 보다→『경야의 서』의 결말
* world of ways away: ① *The Way of the World*←William Congreve의 희곡 ② A long time to
 go till the end of the book 책(『경야』)의 결말까지 남은 많은 시간
* till track laws time: ① track law 경마(horse-racing) 용어 ② lose track of time 시간 가는 줄 모르
 다 ③ lost time: Marcel Proust의 소설 *À la recherche du temps perdu*(In Search of Lost Time)→lost
 time(잃어버린 시간)=wasted time(낭비된 시간) ④ trackless time 뚜렷한 사건이 없는 기나 긴 시간=영원
 [(영겁처럼 느껴지는)오랜 시간]

| 028:30 | laws time. No silver ash or switches for that one! While flattering |
|---|---|
| | 모르도록. 거기에는 은색 유골도 가발 태도 없다! 바람에 흔들리며 촛불이 |

* silver ash: ① 플린더시아(Flindersia)에 속하는 호주산 목재 나무 ② 은색 유골[유해]

* switches: ① a bunch of false hair (여자의 머리 모양을 만들 때 쓰는) 가발 타래  ② flexible stick 유연한 막대기
* flattering: ① fluttering 펄럭이는  ② flattern〔독일어〕=waver[flutter] 흔들리다[펄럭이다]

| 028:31 | candles flare. Anna Stacey's how are you! Worther waist in the |
| | 너울거리는 동안. 부활. 터무니없는 소리 마! 대단히 귀중한 그녀, 라고 |

* flare (불길이) 너울거리다[훨훨 타오르다]
* Anna Stacey's: ① anastasē〔그리스어〕=resurrection 부활[재생]  ② Anastasia(아나스타샤) 러시아 Romanov 왕조 마지막 황제 Nicholas Ⅱ의 딸; 1918년 볼셰비키에 의해서 Romanov가(家)의 다른 사람들과 함께 처형된 것으로 알려졌으나, 그 후 수명의 여성이 아나스타샤라고 자처함
* how are you!→don't be absurd! 터무니없는 소리[짓] 하지 마!, 바보 같은 소리 마!
* Worther waist: ① what a waste 정말 낭비다[아깝다]  ② Werther 괴테의 The Sorrows of Young Werther(젊은 베르테르의 슬픔)과 프랑스의 오페라 작곡가 마스네(Massenet)의 오페라 <Werther(베르테르)>의 주인공  ④ Worter〔독일어〕=words  ⑤ Charles Worth(1825-1895) Lincolnshire 출신의 재봉사(dressmaker) ☞ worther waist in the noblest→worth her weight in gold 대단히 귀중한[소중한] 그녀

| 028:32 | noblest, says Adams and Sons, the wouldpay actionneers. Her |
| | 자칭 더블린의 경매인이 말한다. 그녀의 머리카락은 예전처럼 |

* Adams and Sons: ① J. Adams & Sons 더블린의 경매인  ② Adam & Sons=human race 인간[인류]
* wouldpay→would-be 자칭의[예비의], (장차) …이 되려고 하는[…을 지망하는]
* actionneers: ① auctioneers 경매인  ② actionnaire〔프랑스어〕=shareholder 주주→sharestutterers【027:35】

• Adam & Sons Auctioneers -Adam's

| 028:33 | hair's as brown as ever it was. And wivvy and wavy. Repose you |
| | 갈색이다. 생기 있고 웨이브 머리카락이다. 이제 고이 잠드시라 그대! |

* wivvy: ① vivi〔라틴어〕=alive 살아있는[생체의]  ② wifey=little wife 아내(wife)의 애칭, 어린 아내【004:28】
* Repose you→reposez-vous〔프랑스어〕=lie down 눕다[누워있다]

| 028:34 | now! Finn no more! |
| | 다신 죄짓지 마시라! |

* Finn no more!: ① sin no more 다시는 죄를 짓지 말라《요한복음 8장 11절》  ② Finn no more 'Finnegan'이 죽은 것과 동시에 깨어있는 존재라면(finn-again), 'Finn no more(즉, Finn-not-again)'는 죽은

것이 아니라 단지 잠자고 있는 것이며 자신을 필요로 하는 때에 돌아올 준비가 된 존재이다  ③ Fin-negas 젊은 Fionn mac Cumhail은 Boyne강 근처에서 시인 Finn Eces[Finneces, Finegas, Finnegas]를 만나 그의 밑에서 공부했다. Finneces는 Boyne의 웅덩이에 사는 지식의 연어(Salmon of Knowledge)를 잡으려고 7년을 보냈다. 연어를 먹는 사람은 세상의 모든 지식을 얻게 될 것이었다. 마침내 잡아 올린 연어 요리를 하던 중 Fionn은 엄지손가락에 화상을 입자 본능적으로 엄지손가락을 입에 물고 연어 껍질 한 조각을 삼킨다. 그러자 연어의 지혜가 그의 몸속으로 들어왔다.

| 028:35 | For, be that samesake sibsubstitute of a hooky salmon, there's |
| | 왜냐하면 매력적인 연어의 이름을 딴 쌍둥이에 의해, 내게 말했듯이, |

* be=by
* samesake: ① namesake 어떤 사람의 이름을 따서 명명된 사람. 이름이 같은 사람[물건]→same-sake는 자신의 이름을 따서 명명된 것  ② same=twin[doppelganger] 쌍둥이[도플갱어]
* sibsubstitute: ① sib=sibling→a sibling substitute(형제자매 대체)=twin[doppelganger](쌍둥이)  ② s-substitute 말더듬(s-s)←HCE는 자신의 죄의식으로 말을 더듬는다
* hooky: ① play hooky 수업을 빼먹다  ② hook 갈고리[낚싯바늘]  ③ holy sermon 거룩한 설교  ④ hoc〔라틴어〕=this→'hoc est corpus meum'=this is my body(이것이 나의 몸이다)  ⑤ hook(e)y 매력적[매혹적]인

| 028:36 | already a big rody ram lad at random on the premises of his |
| | 키 크고 혈색 좋은 건장한 청년이 임의로 콘 케트하흐 대왕의 |

* big rody ram lad: ① 영국 소설가 Tobias Smollett(1721-1771)의 초기작 *The Adventures of Roderick Random*(1748)→'smollett'(작가)의 초기작이면, 연어의 초기는 'smolt(바다로 내려가는 2년생 연어)'라는 유사성을 갖는다  ② 'an old black ram(늙은 검은 숫양)《오셀로(1.1.88)》  ③ rod 지식의 연어를 잡는 낚시대  ④ ram〔히브리어〕=high→High King 대왕(상급왕); 호색가(lecher)  ⑤ Aries, the Ram 양자리→점성술에서 태양은 3월 21일부터 4월 20일까지 양자리(Aries)고 그다음 물고기자리(Pisces the Fish, Salmon)로 이동한다  ⑥ lad 소년, 청년 ☞ rody→ruddy 색깔이 붉은, 혈색 좋은: the pinkness of the salmon 연어의 분홍색
* at random: ① at random=in full flight 임의로  ② at large 잡히지 않은[자유로이]  ③ Smollett의 소설 *The Adventures of Roderick Random*→smolt=a young river salmon(2년생 연어)
* premises 지역[구역], 부지

| 029:01 | haunt of the hungred bordles, as it is told me. Shop Illicit, |
| | 영지에 이미 버티고 있기 때문이다. 무허가 불법 주점은 시장市長 또는 |

* haunt of the hungred bordles: ① Conn of the Hundred Battles[Conn Cétchathach] 아일랜드의 전설적인 대왕(High King)  ② hungry 갈망하는[욕정을 지닌], 배고픈  ③ hundred 다수의[수많은], 100  ④ bottles 매춘, 한 병의 분량  ⑤ bordels=brothels 매음굴
* Shop Illicit: ① Chapelizod 더블린 서쪽 외곽에 있는 마을  ② illicit shop 불법 주류를 판매하는 상점: Mullingar

| 029:02 | flourishing like a lordmajor or a buaboabaybohm, litting flop |
|---|---|
| | 월계수나무처럼 번창하면서, 다 닳은 올가미를 바람 불어가는 쪽으로 |

* lordmajor: ① lord mayor 1665년부터 더블린의 시장(市長)은 'mayor'에서 'Lord Mayor'로 호칭이
바뀐다 ② lord〔속어〕=hunchback(곱추)→HCE
* buaboabaybohm: ① bua〔아일랜드어〕=victory ② buah〔말레이어〕=fruit《창세기 3장》 ③ boa 보
아뱀《창세기 3장》 ④ Baum〔독일어〕=tree ⑤ bay 월계수나무 ⑥ baobab 바오밥나무
* litting flop: ① letting flap 펄럭거림 ② flop 실패, 펄썩 주저앉음 ③ flop 싸구려 여인숙 ④ lit-
ting→lit off=let off 폭발과 함께 방출하다[농담이나 연설을 시작하다]

| 029:03 | a deadlop (aloose!) to lee but lifting a bennbranch a yardalong |
|---|---|
| | 축 늘어뜨린다 (아아!) 그러나 바람이 불어오는 쪽으로 (눈치레로!) |

* deadlop: ① dewlap 턱밑에 늘어진 살 ② lop 쳐낸 가지[잔가지], 벼룩 ③ dollop 덩어리, 어수선한 여
자 ④ dead loop 더 이상 사용할 수 없는 올가미
* aloose!: ① alas 슬프도다![가엾도다!] ② a louse 이(蝨) ③ a noose 올가미→dead loop
* lee: ① leeward 바람 불어가는 쪽의 ② Benjamin Lee Guinness 더블린 시장(1851)이자 아서 기네스
의 손자
* bennbranch: ① Benjamin Lee Guinness ② beann〔아일랜드어〕=promon-tory[headland] 곶 ③
Bennu 이집트 불사조 ④ bent branch 구부러진 나뭇가지 ⑤ ben 고추냉이 나무
* Yardalong→Lord Ardilaun=Arthur Guinness(1725~1803) 아일랜드의 양조업자·기업가·자선가 ☞ a
yard long 1야드 길이

| 029:04 | (ivoeh!) on the breezy side (for showm!), the height of Brew- |
|---|---|
| | 굽은 나뭇가지를 선술집 굴뚝 높이로 그리고 바넘의 쇼 무대 넓이로 |

* ivoeh!: ① Lord Iveagh=Edward Cecil Guinness→Arthur Guinness의 증손자 ② evoe〔라틴어〕
=a shout of joy 기쁨의 외침
* breezy side→windward (배의) 바람맞이 쪽의 뱃전, 바람이 불어오는 쪽
* for showm!: ① for shame! 무슨 꼴이야, 아이 망측해라! ② for show (사용하기 위한 것이 아니라) 보여주
기 위한[전시용의]
* Brewster's chimpney: ① Brewer's→HCE는 선술집 주인 ② chimney 굴뚝 ③ chimp 침팬지 ④
Francis Brewster 1674년~1675년간 더블린의 시장

| 029:05 | ster's chimpney and as broad below as Phineas Barnum; humph- |
|---|---|
| | 1야드 길이만큼 들어 올리면서 (좋아!) 양어깨에 자신의 몫을 짊어지고 |

* Phineas Barnum=P.T. Barnum(1810~1891) 미국의 유명 쇼맨
* humphing: ① Humphrey: Tobias Smollett의 Humphrey Clinker's Expedition→Humphrey라
는 이름은 고대 이집트인 'wn nfr', 즉 '좋은 사람, 완벽한 사람(Osiris의 별칭)'에서 따온 것 ② humping
(크고 무거운 것을) 등이나 어깨에 짊어지고 나르다

| 029:06 | ing his share of the showthers is senken on him he's such a |
| --- | --- |
| | 몸을 낮춘다. 이처럼 그는 훌륭한 사람으로서, 개똥벌레 한 마리와 |

* showthers: ① shoulders 어깨 ② show→showman【029:05】
* senken: ① sinking 가라앉음, 움푹 파임 ② shekhem〔히브리어〕=shoulder ③ senken〔독일어〕
=lower[submerge] 낮추다[잠기다]

| 029:07 | grandfallar, with a pocked wife in pickle that's a flyfire and three |
| --- | --- |
| | 세 개의 기생충 알 덩어리, 두 마리 쌍둥이 벌레와 한 마리 작은 벼룩으로 |

* grandfallar: ① grand fellow 훌륭한[대단한] 동료 ② grand faller=Finnegan 추락하는 피네간 ③
grandfather ④ farfalla〔이탈리아어〕=butterfly
* pocked wife: ① pocket wife 남편보다 훨씬 작은 여자→『율리시스』에서 거티 맥도웰(Gerty MacDowell)
이 전형적인 pocket wife의 이미지 ② pocked 천연두에 의해 얼굴이 훼손된 ③ a pig in a poke 미
리 알아보지 않고 산 물건[무턱대고 산 물건] ④ poke=syphilis 매독
* pickle: ① Tobias Smollett의 소설 *Peregrine Pickle*→smolt=salmon【028:36】 ② in pickle〔속어〕
=venereally infected 곤경에 처한[성병에 걸린]
* flyfire→firefly 반딧불이[개똥벌레]

| 029:08 | lice nittle clinkers, two twilling bugs and one midgit pucelle. |
| --- | --- |
| | 곤경에 처한 몸집 작은 아내와 함께 지낸다. |

* lice nittle clinkers: ① nice little→spoonerism ② lice 이(蝨) ③ nit 이(蝨) 등 기생충의 알 ④
*Humphrey Clinker's Expedition*: Tobias Smollett의 소설→smolt=salmon ⑤ clinkers 항문 털
의 대변 침전물 ⑥ clinker 논쟁[토론]의 결말을 짓는 사람→개신교도들은 '논쟁을 끝장내는 사람들(A
Protestant's a special clinker)': J. Swift의 *Verses on the Death of Dr Swift* ☞ spoonerism 두음 전환(頭音
轉換: well-oiled bicycle(기름질이 잘 된 자전거)을 well-boiled icicle(푹 삶은 고드름)과 같이 발음하는 경우처럼, 두 단어의 첫 음을 잘못
말하여 흔히 우스꽝스러운 결과가 생기게 하는 실수)
* twilling bugs: ① twin boys→Shem and Shaun ② tvilling〔덴마크어〕=twin ③ bug=louse, 〔속어〕
boy ④ bucks 남자[건강한 젊은이]
* midgit pucelle: ① midget→P.T. Barnum은 자신의 쇼에서 난쟁이를 선보였다 ② midge 작은 벌
레[곤충] ③ puce〔프랑스어〕=flea 벼룩 ④ pucelle〔프랑스어〕=maiden 처녀

| 029:09 | And aither he cursed and recursed and was everseen doing what |
| --- | --- |
| | 게다가 그는 악담에 악담을 퍼부으면서 그대의 조상들이 보았던 것을 |

* aither: ① either 게다가 ② aithēr〔그리스어〕=heavens 하늘
* cursed; ① curse 저주하다 ② cursare〔라틴어〕=run about 바삐 뛰어다니다
* everseen→evergreen 오래 계속되는, …을 언제까지나 간직한 ☞ evergreen 상록수

| 029:10 | your fourfootlers saw or he was never done seeing what you cool- |
|---|---|
| | 오래도록 실행하거나 혹은 그대 밀고자가 알고 있는 내용을 들여다보는 행위는 |

* fourfootlers: ① forefathers 조상들  ② Fourbottle men=topers 술고래  ③ fourfooted 네발[짐승]의  ④ footler=trifler 농담하는[경솔한] 사람  ⑤ footle[속어]어리석은 짓을 하다, 쓸데없는 말을 하다  ☞ what the butler saw 섹스에 대한 완곡어법
* coolpigeons: ① stool pigeons=informer 정보원[밀고자]  ② coo 달콤하게 속삭이다  ③ pigeon→Issy는 종종 비둘기로 의인화된다.

| 029:11 | pigeons know, weep the clouds aboon for smiledown witnesses, |
|---|---|
| | 결코 하지 않았고, 미소 짓는 증인들이 구름떼처럼 둘러싸고 있으니 |

* weep the clouds aboon for smiledown witnesses: ① with the clouds above 하늘엔 구름이 떠 있고 ② alone ③ compassed about with so great a cloud of witnesses(구름 떼와 같이 수많은 증인이 우리를 둘러싸고 있으니)《히브리서 12장 1절》

| 029:12 | and that'll do now about the fairyhees and the frailyshees. |
|---|---|
| | 그것으로 그와 그녀에 관한 이야기는 이제 충분하다. |

* that'll do=that is sufficient 그것으로 충분할 것이다[족할 것이다]
* fairyhees: ① Fairyhouse 아일랜드 그랜드 내셔널(Grand National)이 운영되는 카운티 Meath의 경마장【013:32】 ② he(fairyhees)↔she(frailyshees) ③ Pharisees 바리새파의 사람(옛날 유대에서 형식적 의식이나 전통만을 중요시한 나머지 도리어 그 정신을 몰각한 종파의 사람)→(바리새 사람 식의) 독선가
* frailyshees: ① frailties 약점 ② shee[영국-아일랜드어]=fairy[magic] 요정[마술], 켈트족의 사후 세계, 고분 ③ sí, síodh, sídhe[아일랜드어]=fairy[magic] 요정[마술], 켈트족의 사후 세계, 고분

| 029:13 | Though Eset fibble it to the zephiroth and Artsa zoom it round |
|---|---|
| | 여신 이시스가 산들바람에 만지작거리고 별들이 하늘 주위로 쉴 새 없이 |

* Though Eset fibble it to the zephiroth and Artsa zoom it round: ① though Aesop fable it→Aesop's Fables  ② Eset→East  ③ fiddle→violin  ④ zephyr 산들바람, (의인화된) 서풍  ⑤ astra[라틴어]=a star  ⑥ zoom 응응 소리내며 급격히 움직이다  ☞ ① Eset→Aset=Isis 이시스(고대 이집트 풍요의 여신)  ② fiddle 바이올린을 켜다, 만지작거리다[가지고 놀다]

• Isis -Wikipedia

| 029:14 | her heavens for ever. Creator he has created for his creatured |
|---|---|
| | 가속시키고 있긴 하지만. 자신의 창조물을 위해 그가 만들어낸 창조주. |

* her heavens for ever: for ever and ever←*sæcula sæculorum*(영원히 영원히), 쉴 새 없이  ☞ 'Es-

et…Artsa'→Swift의 *Vanessa and Stella*: 'the two are evoked merely by the words east and west(그 둘은 단지 동쪽과 서쪽이라는 단어에 의해 연상된다)'

| 029:15 | ones a creation. White monothoid? Red theatrocrat? And all the |
|---|---|
| | 백색왜성? 적색거성? 그리고 모든 |

* White monothoid?: ① white dwarf 백색왜성(밀도가 높고 흰빛을 내는 작은 별) ② white (정치적으로)초보수적인[반공산주의의] ③ White Terror 백색테러(정치적 목적 달성을 위해 암살·파괴 등을 수단으로 하는 테러)→(프랑스 역사에서) 백색테러(1795년 왕당파가 혁명파에게 행한 잔혹한 보복 행위) ④ monotheistic 일신교의 ⑤ Monothetic 단일 요소 또는 아이디어를 기반으로 하는 이론[시스템]

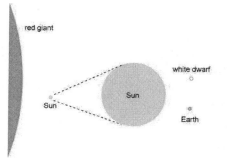

• White Dwarf and Red Giant -sciencelearninghub

* Red theatrocrat?: ① red giant 적색거성(진화 중간 단계의 항성으로, 표면 온도가 낮고 붉게 빛나는 큰 별) ② red (정치적으로) 급진[혁명]적인 ③ Red Terror 적색테러(혁명 후에 행하는 공포 정치)→1919년 3월부터 8월까지 헝가리 소비에트 공화국의 공산당 정부가 저지른 만행 ④ theatrocracy 고대 그리스의 시민 의회(assembly of Citizens)에 의한 정부 ⑤ theocracy 신권 정치[신탁에 의한 정치]

| 029:16 | pinkprophets cohalething? Very much so! But however 'twas |
|---|---|
| | 백색과 적색의 합체? 정말 그렇다! 하지만 아무리 그랬다 하더라도 |

* pinkprophets: ① pink→pink=white+red ② Prophets (기독교·유대교·이슬람교의) 선지자[예언자]
* cohalething: ① coalescing 합체(合體)→red+white=pink ② qoheleth〔히브리어〕=preacher 설교자

| 029:17 | 'tis sure for one thing, what sherif Toragh voucherfors and |
|---|---|
| | 지금 한 가지 확실한 것은, 세라핌 천사가 율법으로 보증하고 |

* sherif: ① sheriff ② sherif〔아랍어〕=descendant of Muhammad 마호메트의 후손 ③ sharaph〔히브리어〕=a snake[angel] 뱀[천사] ☞ sherif→seraph 세라핌: 인간의 모습을 하고 세 쌍의 날개를 가진 천사, 치품천신(熾品天神)
* Toragh: ① Torah〔히브리어〕=law 율법(특히 모세의 5서) ② To-raigh[tori]〔게일어〕=Towery 북서부 아일랜드 연안의 섬, 영국의 토리당(anglic Tory), (아일랜드의) 노상강도, 무법자(17세기에 재산을 몰수당한 사람들. 뒤에 왕당파라고 자칭하였음.)
* voucherfors: ① vouches for 보증하다 ② vouchers (현금 대용의)교환권[상품권] ③ 인용하다

• Seraph -en.wikipedia.org

| 029:18 | Mapqiq makes put out, that the man, Humme the Cheapner, |
| | 제본으로 세상에 나온 것, 즉 그 남자, HCE가 |

* Mapqiq: ① mappiq〔히브리어〕=extending 확대  ② maqqeph〔히브리어〕=binding 제본
* put out=utter[pronounce] 입 밖에 내다
* Humme the Cheapner, Esc: ① ḥamma〔히브리어〕=sun  ② homme〔프랑스어〕=man  ③ cheap-
  ener 값싸게 구는 사람  ④ cheapman 행상인[도붓장수]  ☞ **Humme the Cheapner, Esc**→HCE

| 029:19 | Esc, overseen as we thought him, yet a worthy of the naym, |
| | 술 취한 것으로 우리는 생각했지만, 그 이름에 걸맞게, |

* Esc: ① escape 탈출  ② esquire 귀하(편지에서 수취인 성명 뒤에 붙이는 경칭)  ③ 향사(鄕土. 신사 계급에 속하며 knight
  다음가는 사회적 신분.)
* overseen: ①〔속어〕=slightly drunk 약간 취한  ② supervise 감독[감시]하다
* naym: ① name  ② mayim〔히브리어〕=waters  ③ nayim〔아랍어〕=asleep  ④ nayim〔히브리어〕
  =pleasant

| 029:20 | came at this timecoloured place where we live in our paroqial |
| | 이 유서 깊은 곳에 왔다. 그곳은 터빈이 두 개인 범선을 타고 |

* timecoloured→time-honoured 전통 있는[유서 깊은]
* paroqial fermament: ① parochial 편협한[한정된]  ② raqia'〔히브리어〕=firmament 하늘[창공]  ③
  ferment 발효

| 029:21 | fermament one tide on another, with a bumrush in a hull of a |
| | 서둘러 강제로 들어온 *더블린만灣*, 이따금 우리가 한 번쯤은 |

* one tide on another: ① one time or another 한 번쯤은[때때로]  ② 「time and tide wait for no
  man」 세월은 사람을 기다리지 않는다
* bumrush: ① bulrushes 이스라엘의 창건자이며 입법자인 모세(Moses)는 생후 3개월 때 갈대(bulrushes)
  상자에 담겨 나일강에 버려졌으나 애굽 공주의 도움으로 구출된다. '모세'는 '물에서 건져내다'란 뜻.
  ② get the bum's rush 매 맞고 쫓겨나다  ☞ bumrush=bum's rush 강제 퇴거, 강제로 몰아내기
* in a hull of a wherry: ① in a hell of a hurry 몹시 서둘러  ② wherry 바닥이 평평한 거룻배

| 029:22 | wherry, the twin turbane dhow, *The Bey for Dybbling*, this |
| | 살게 되는 천계天界이다. 이 군도에 최초로 들어온 |

* twin turbane: ① twin-turbine 두 개의 터빈 또는 프로펠러가 있는 것  ② turban 터번(인도인이나 이슬
  람교도의 남자가 머리에 두르는 두건)
* dhow 다우(아라비아해·동아프리카 등지의 큰 삼각돛을 단 연안 항해용 범선)
* *The Bey for Dybbling*→Dublin Bay【003:01~02】 더블린만灣

| 029:23 | archipelago's first visiting schooner, with a wicklowpattern |
| --- | --- |
| | 그 범선은 뱃머리에 버들 무늬의 밀랍으로 된 |

* archipelago 다도해[군도]
* schooner 스쿠너(돛대가 두 개 이상인 범선)
* wicklowpattern: ① Willow Pattern 버드나무 무늬(흰 바탕에 푸른색으로 버드나무·다리·두 마리의 새 등을 그린 영국제 도자기의 장식 무늬) ② Wicklow 위클로(아일랜드 공화국 동부, Leinster 지방의 도)

| 029:24 | waxenwench at her prow for a figurehead, the deadsea dugong |
| --- | --- |
| | 여자 머리 조각상이 장식되어 있고, 심해 동물인 듀공이 |

* waxenwench: ① waxen 밀랍으로 만든 [밀랍 같은] ② wench 처녀, 매춘부 ③ wax and wane 달이 차고 기울다[영고성쇠를 거듭하다]
* prow: ① brow 이마 ② marine fish 해양 물고기 ③ penis 음경 ④ wet of his prow=sweat of his brow 이마의 땀 ⑤ 이물[뱃머리]
* figurehead 선수상(船首像. 이물의 물갈음 바로 위를 장식한 전신·반신 또는 머리만의 조상.)

• Figurehead -Wikipedia

* deadsea: ① The Dead Sea 사해(死海, 이스라엘과 요르단 사이에 있는 염수호: 세계에서 가장 수면이 낮다) ② deep sea 깊은 바다
* dugong 듀공(인도양에 사는 돌고래 비슷한 수생 포유동물. 옛날 중국에서 '인어'라고 부르던 것.)

| 029:25 | updipdripping from his depths, and has been repreaching him- |
| --- | --- |
| | 해저에서 수면으로 올라오는 곳. 그는 근 70년 동안 |

* updipdripping→up dip 밑면을 따라 위쪽 방향으로 위치한
* repreaching: ① reproaching 비난[책망] ② preaching 설교→cohalething【029:16】☞ repreach himself→reproach himself 자책하다

| 029:26 | self like a fishmummer these siktyten years ever since, his shebi |
| --- | --- |
| | 무언극의 배우처럼 자책해 오고 있다. 그의 옆에는 언제나 ALP, |

* fishmummer: ① fishmonger 생선 장수[가게] ② mummer 무언극 배우
* siktyten: ① soixante-dix[프랑스어]=70 ② sixteen 16
* shebi: ① shebi[터키어]=likeness 비슷함 ② shebi[히브리어]=captivity 포로 ③ sheva[히브리어] =seven ④ Sheba=Queen of Sheba(시바의 여왕)=ALP→Solomon=HCE ⑤ sheb[아랍어]=rock 바위

| 029:27 | by his shide, adi and aid, growing hoarish under his turban and |
|--------|---|
| | 그는 터번 아래에 백발을 기르고 있고 |

* shide→side 옆[측면]
* adi and aid: ① adi[터키어]=ordinary ② 'ade 'ad[히브리어]=for evermore 항상[언제나] ③ adi[히브리어]=wreath ④ Aida→베르디의 오페라(1871) ⑤ Adam and Eve 아담과 이브
* hoarish: ① hoary 하얗게 센[백발인] ② Horus 고대 이집트의 생명의 신 ③ hoarse 목 쉰(소리의)

| 029:28 | changing cane sugar into sethulose starch (Tuttut's cess to him!) |
|--------|---|
| | 사탕수수 설탕을 전분 섬유소로 바꾼다 (제기랄!) |

* sethulose: ① cellulose 물의 세포벽에서 발견되는 다당류 ② Set 세트(형인 Osiris를 죽인 악(惡)과 밤의 신(神)으로 모습은 짐승 머리에 뾰족한 코; 그리스의 Typhon에 해당) ③ Seth '대신 주셨다'라는 뜻. 카인에 의해 살해된 아벨 대신 주어진 아담의 셋째 아들. ④ sedulous 부지런한, 정성 들인 ☞ starch cellulose 전분 섬유소
* Tuttut's cess to him!: ① Tuttut 투탕카멘(Tutankhamen)에 대한 불만과 더듬거리는 발음 ② bad cess to him[아일랜드영어]제기랄, 뒈져버려라! ③ Tut's [Tutankhamen's] curse on him 그를 향한 투탕카멘의 저주 ④ tutto cessa[이탈리아어]=everything comes to an end 모든 것은 끝이 난다→every telling has a taling(=Every story tails off)【213:12】 ⑤ tutto un cesso[이탈리아어 구어]=dump[mess] 쓰레기장[엉망진창]

| 029:29 | as also that, batin the bulkihood he bloats about when innebbi- |
|--------|---|
| | 예나 지금이나 썰물이 되자 그는 물에 띄운 배의 칸막이를 널빤지로 |

* batin: ① batin[터키어]=belly 배[복부] ② beten[히브리어]=belly ③ bating=excepting ④ batten the bulkhead 배가 물이 새는 것을 방지하기 위해 나무 조각(batten)으로 배의 격벽(bulkhead)을 밀봉하다
* bulkihood: ① batten the bulkhead ② likelihood 가능성[가망]
* bloats: ① bloated 부풀어 오른→HCE의 beer-belly(배불뚝이) ② float
* innebbiated: ① inebriated: drunk 취한 ② inn 여인숙 ③ ebb 썰물 ④ annebbiato[이탈리아어]=cloudy[foggy] 흐린[안개 낀]→호우드언덕 주변의 구름

| 029:30 | ated, our old offender was humile, commune and ensectuous |
|--------|---|
| | 덧댄다. HCE는 천성적으로 겸손하고, 친화적이면서도 배타적으로 |

* our old offender 원죄를 저지른 사람【356:13】→에덴동산의 Adam=HCE
* humile, commune and ensectuous: ① humilis[라틴어]=humble 겸손한 ② communis[라틴어]=common 일반의 ③ incestuous 배타적으로 어울리는 ④ insect→earwig 집게벌레 ☞ humile, commune and ensectuous→HCE

| 029:31 | from his nature, which you may gauge after the bynames was |
|---|---|
| | 어울리는 사람인데 그건 그에게 수많은 말로 씌워진 |

* gauge=take the measure 측정[판단]하다
* byname=nickname 별칭[별명]


| 029:32 | put under him, in lashons of languages, (honnein suit and |
|---|---|
| | 별명으로 판단할 수 있다 (사악한 마음을 가진 자에게 |

* put under him: ① put on him 놀리다[가장하다] ② cuir faoi〔아일랜드어〕péint (paint), tarra(tar) 등과 함께 사용해서→타르를 바르다[오명을 씌우다]
* lashons:① lashings〔방언〕=lots 풍부【005:03】 ② lashon〔히브리어〕=tongue
* honnein suit: ① Honi soit qui mal y pense〔중세 프랑스어〕=Evil be to him who evil thinks of this(사악한 마음을 가진 자에게 치욕 있으라) ② ḥanneni〔히브리어〕=pity me 가엾게 여기다 ☞ Order of the Garter 가터 훈장. 1348년 Edward 3세에 의해 제정되고 훈장에는 'Honi soit qui mal y pense'라고 새겨져 있음.


| 029:33 | praisers be!) and, totalisating him, even hamissim of himashim |
|---|---|
| | 치욕 있으라!) 그리고, 그를 총평하면, 바로 모세 5경 격인데, 그는 |

* totalisating him→totalisator 경마 베팅(betting)에서의 토트(각 경마에 걸린 돈을 이긴 사람들끼리 나눠 갖는 방식)
* hamissim of himashim: ① hamisen〔터키어〕=fifthly 5번째 ② ḥamishim〔히브리어〕=fifty 50 ③ ḥamisha ḥumshe〔히브리어〕=five fifths 5/5→Penta-teuch 모세 5경(구약성서의 맨 앞의 5권: 창세기·출애굽기·레위기·민수기·신명기)→five fifths of Ireland=five medieval provinces(중세의 5개 속주)


| 029:34 | that he, sober serious, he is ee and no counter he who will be |
|---|---|
| | 매우 진지한 사람이며, 그는 다름 아닌 바로 HCE이며, 그는 |

* sober serious: ① so very serious 매우 심각한[진지한] ② uber〔독일어〕=over[very] 이상[매우] ☞ sober serious 웨일스의 소설가 David Caradoc Evans(1878-1945)의 *My People: Stories of the Peasantry of West Wales*: 'What nonsense you talk out of the back of your head! Sober serious, mouth not that you have thrown gravel at Sara Jane's window!(당신 머리 뒤에서 무슨 말도 안 되는 소리를 하는 겁니까! 냉정하고 진지합니다. 사라 제인의 창문에 자갈을 던진 것이 아닙니다!)'
* ee and no counter he: ① Dear E!...let there be an end of this hesitency→Pigott의 위조된 Parnell 편지 중 하나가 이렇게 시작된다 ② he is ee=HCE=he is he and no other he ☞ ee and no counter he→ECH ☞ am that I am=I am who[what] I am=I will be what I will be


| 029:35 | ultimendly respunchable for the hubbub caused in Eden- |
|---|---|
| | 에덴 부두와 버러 부두에서 발생한 소동에 대해 궁극적으로 책임을 |

* ultimendly respunchable: ① ultimately responsible 궁극적으로 책임 있는 ② until the end of

time 세상 끝까지　③ timendum〔라틴어〕=to be feared 두려워하다

* hubbub: ① hubbub 소동(din)　② hibbub〔히브리어〕=love　③ hubbub→밀턴(Milton)의 『실낙원(Para-dise Lost)』: 'And looking down, to see the hub-bubb strange And hear the din(그리고 아래를 내려다보면, 이상한 소리가 나는 것을 보기 위해 그리고 소음을 들어라)'

| 029:36 | borough. |
| | 질 것이다. |

* hubbub caused in Edenborough(→HCE) 에덴버러에서 발생한 소동 ☞Eden-borough=Eden+Burgh→더블린의 리피강을 사이에 두고 서로 마주보는 Eden 부두와 Burgh 부두를 지칭함

• Eden Quay -wikipedia

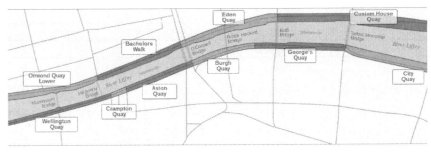

• Burgh Quay -wikipedia

# 3. 『경야의 서』순환 구조

The ending line is the beginning line

마지막 문장이 작품의 첫 문장이다

『경야』는 글이 시작되는 첫 문장을 사실상 마지막 문장의 끝에 배치하는 파격을 보임으로써 이른바 무한 순환infinite circle의 문장 구조를 갖추고 있다.

---

○ 첫 문장: **riverrun**, past Eve and Adam's from swerve of shore to bend of bay,【003:01-03】
<u>강은 흐르고 흘러</u>, 아담과 이브 성당을 지나, 굽이진 해안으로부터

○ 끝 문장: A way a lone a last a loved a long **the**【628:15-16】
한 가닥 외줄기 마지막 사랑의 기나긴 <u>그</u>

○ 원 문장: A way a lone a last a loved a long **the riverrun**, past Eve and Adam's, from swerve of shore to bend of bay,
한 가닥 외줄기 마지막 사랑의 기나긴 <u>그 강은 흐르고 흘러</u>, 아담과 이브 성당을 지나, 굽이진 해안으로부터,

---

| 628:15 | ~~endsthee. Lps. The keys to. Given!~~ A way a lone a last a loved a |
|---|---|
| | ~~마지막 입맞춤. 새 삶의 열쇠를. 손에 쥐고서!~~ 한 가닥 외줄기 마지막 사랑의 |

\* Lps(Lips)=ALP's letter ends with kisses ALP의 편지는 입맞춤으로 끝을 맺는다. ☞ 아일랜드 극작가 Dion Boucicault의 *Arrah-na-Pogue*[=Anna of Kiss=Wickow Wedding]에서, Arrah가 한번은 자신의 입속에 탈옥 방법이 담긴 메시지를 숨기고 있다가 키스를 통해 투옥된 반군 Beamish에게 전달하여 그가 감옥에서 탈출하는 것을 도와주었다고 해서 '키스의 Arrah'라는 별명을 얻게 된다. ☞ The keys to=Giving the prison key to her lover and thus freeing him 연인에게 감옥의 열쇠를 주어 자유의 몸이 되게 하다

• Arrah-na-Pogue -postermuseum.com

\* The keys to. Given!→The keys to Heaven: (예수가 베드로에게 말하기를) 'I will give you the keys to the kingdom of heaven. Whatever you bind on earth shall be bound in heaven; and whatever you loose on earth shall be loosed in heaven(내가 천국 열쇠를 네게 주리니 네가 땅에서 무엇이든지 매면 하늘에서도 매일 것이요 네가 땅에서 무엇이든지 풀면 하늘에서도 풀리리라)《마태복음 16장 19절》

| 628:16 | long the |
|---|---|
| | 기나긴 그 |

* the: ① dead end 막다름[종점] ② oblivion 잊혀짐[망각] ③ waters of the Lethe 레테[망각]의 강물→Le thé[프랑스어]=tea(속어로는 urine[오줌], whiskey의 뜻). obliffious. 【317:32】 river of Death[the Lethe] meets the water of Life[the Liffey]←the […] riverrun 『경야의 서』의 순환 구조

☞ 1938년 9월 조이스는 『경야의 서』 마지막 단어를 고민하면서, 『율리시스』의 최종적인 단어를 Yes로 선정할 때와 마찬가지로 신중을 기했다: "In *Ulysses*, to depict the babbling of a woman going to sleep, I had sought to end with the least forceful word I could possibly find. I had found the word 'yes,' which is barely pronounced, which denotes ac-

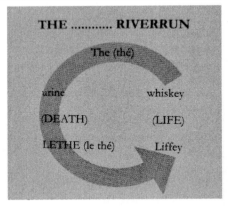

• Night Joyce of a Thousand Tiers
-Petr Škrabánek

quiescence, self-abandon, relaxation, the end of all resistance. In *Work in Progress*, I've tried to do better if I could. This time, I have found the word which is the most slippery, the least accented, the weakest word in English, a word which is not even a word, which is scarcely sounded between the teeth, a breath, a nothing, the article the.(『율리시스』에서, 침실에 들어가는 Molly가 중얼거리며 내뱉는 마지막 말을 묘사하기 위해 될 수 있으면 가장 힘이 없는 단어를 물색하다가 이윽고 "yes"를 찾은 적이 있는데, 이 단어는 거의 발음이 되지 않으면서, 묵인默認, 자포자기, 긴장 완화, 모든 저항의 종말 등을 내포한다. 『진행 중인 작품』의 마지막 단어는 이보다 더 멋진 것으로 하고 싶었다. 그래서 이번에는 영어에서 의미가 가장 불투명하고, 강세가 거의 없으며, 표현력이 가장 약하면서, 온전한 단어의 형태도 아닌 단어를 찾아냈는데, 그것은 치아 사이로는 거의 소리가 나지 않고, 한 호흡에 소리 나는, 중요하거나 흥미롭지도 않은 단어, 바로 정관사 the였다.)"

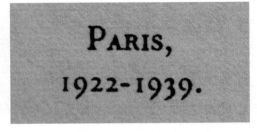

• The Ending of *Ulysses* -medium
『율리시스』의 결미(結尾)

• The Ending of *Finnegans Wake* -medium
『피네간의 경야』의 결미(結尾)

| 628:23 | ~~PARIS,~~ |
| | ~~파리~~ |

* 파리의 '7 Rue Edmond Valentin':

> ▶1938. 10. 11. 『경야의 서』 집필 작업이 사실상 종료되다.

> ▶1938. 11. 14. 『경야의 서』 집필 작업이 실제로 종료되다.

> (Weaver 여사에게 감사를 표하다)

> ▶1939. 01. 01. 『경야의 서』 교정 작업이 실제로 완료되다.

> ▶1939. 02. 02. 『경야의 서』 Unbound Copy가 조이스의 생일에 맞추어 나오다.

* 파리의 '34 Rue des Vignes':

> ▶1939. 05. 04. 런던의 Faber and Faber에서 출판되다.

> ▶1939. 05. 04. 뉴욕의 The Viking Press에서 출판되다.

• 7 Rue Edmond Valentin
-Wikimedia Commons

• 34 Rue des Vignes
-Wikimedia Commons

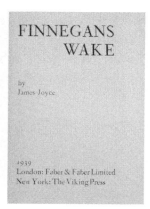
• Finnegans Wake

| 628:24 | ~~1922-1939.~~ |
| | ~~1922년에 펜을 잡고 1939년에 펜을 놓다.~~ |

* Nice, Paris, Bognor Regis, Fecamp, Dieppe, Salzburg, Neuilly, Tours, Saint-Malo, Ostend, Antwerp, London, The Hague, Brussels, Rouen, Amsterdam, Torquay, Llandudno, Copenhagen, Hamburg, Zurich, Le Havre 등지를 주유천하周遊天下하듯, 조이스는 거처를 무수히 옮겨 다니며 『경야의 서』를 집필하였다.

| 003:01 | riverrun, past Eve and Adam's, from swerve of shore to bend |
| | 강은 흐르고 흘러, 아담과 이브 성당을 지나, 굽이진 해안으로부터 |

* riverrun: ① 《창세기 2장 10절》 'And a river went out of Eden to water the garden; and from thence it was parted, and became into four heads(강이 에덴에서 흘러 나와 동산을 적시고 거기서부터 갈라져 네 근원이 되었으니)' ② Samuel Taylor Coleridge의 *Kubla Khan: Or, A Vision in a Dream. A Fragment* 'Where Alph, the sacred river, ran/Through caverns measureless to man/Down to a sunless

sea.(그곳 신성한 강 알프가/인간이 측정할 수 없는 거대한 동굴을 관통하여/햇빛이 못 미치는 깊은 바닷속으로 흘러갔다)'→Alph: 땅속으로 흘러 이오니아해(Ionian Sea)에 도달하는 고대 그리스의 전설적 강 Alpheus와 그리스어 첫 글자 Alpha의 조합. 이 단어가 『경야』의 Alpha이자 ALP임을 암시. ③ riveran〔이탈리아 방언〕=they will arrive 그들이 도착할 것이다 ☞ riverrun=river flows (리피)강은 흘러간다→River Liffey[An Life] 더블린의 중심을 흐르는 리피강: 원래 이름은 '빠른 주자(fast runner)'라는 뜻의 '안루이데크(An Ruirthech)'. Abhainn na Life의 영어 표기 Anna Liffey로도 불리며, 『경야』에서는 Anna Livia Plurabelle로 구현.

* past: ① passed 통과하여 ② beside 옆에 ③ past Eve=after evening 저녁 이후→『경야』의 시작 시점을 암시

* Eve and Adam's: ① Adam and Eve's Church=Church of St Francis of Assisi=Franciscan Church of the Immaculate Conception of Our Lady 아담과 이브의 교회 ② Eve and Adam's 더블린의 Rosemary Lane에 있는 선술집 ③ Adam/Eve가 인류 역사를 잉태한 부모의 원형이듯, HCE/ALP는 『경야』의 이야기를 품고 있음 ☞ Eve and Adam's: 단테의 『신곡』 「연옥(Purgatorio)」 편에서 지상낙원을 흐르는 '망각(Oblivion)'의 강 Lethe와 '좋은 기억(Good Remembrance)'의 강 Eunoë→riverrun(Erinnerung=기억)

* swerve of shore: ① curving shoreline of Dublin Bay 더블린만의 굽이진 해안 ② swerve of shore→Swords on shore→Swords[Sord Cholmcille] 더블린만 북쪽의 작은 교외

# Finnegan's Wake[Finigin's Wake]

The sweetest song in the world?【617:32-33】

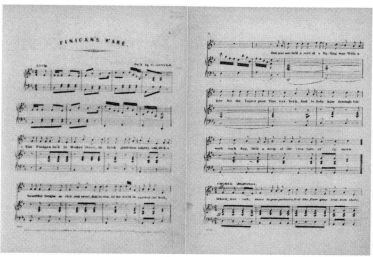

1850년대에 쓰인 것으로 알려진 아일랜드 민요 <Finnegan's Wake>
이는 제임스 조이스 최후의 걸작 『경야經夜의 서書』의 근간이 된다.
An Irish street ballad thought to have been written in the 1850s.
It is the basis of James Joyce's novel Finnegans Wake.

# Lyrics of <Finnegan's Wake>

## 민요 <피네간의 경야> 가사

Tim Finnegan lived in Watling Street*
A gentleman Irish, mighty odd*;
He'd a beautiful brogue* so rich and sweet
And to rise in the world he carried a hod*.
Now Tim had a sort o' the tipplin' way*
With a love of the liquor poor Tim was born
And to help him on with his work each day
He'd a drop of the craythur* ev'ry morn.


팀 피네간은 월팅가街에 살았다네
나이가 꽤 지긋한 아일랜드 신사였다네
그의 멋진 아일랜드 억양은 낭랑하고 감미로웠다네
출세하기 위해 그는 벽돌 통을 들었다네
그에게는 술버릇이 있었다네
그는 이 세상에 술꾼으로 태어났다네
매일 노동의 고단함을 털어내려고
아침마다 위스키 한 잔으로 시작했다네


* Watling Street[Walkin Street] 미국 맨하탄의 Walker Street로 현재는 Tribeca 지역. 대기근 이후 수십
  년 동안 이 지역은 아일랜드 이민자들로 가득 찬 빈민가였음.
* mighty odd=very old 나이가 아주 많은[꽤 지긋한]
* brogue=Irish[Scottish] accent 아일랜드 억양[말투]
* rich and sweet (음성이) 낭랑하고 듣기 좋은
* hod=brick carrier 벽돌 통, 자재 운반 통
* tippler's way 술버릇
* a drop of the craythur=a drop of whiskey 위스키 한 방울

Chorus

Whack fol the dah* now dance to your partner
Welt the flure*, your trotters* shake;
Wasn't it the truth I told you
Lots of fun at Finnegan's wake!
파트너와 발 맞춰 신나게 춤을 춰봐
바닥을 두드리고 발을 흔들며
거봐, 내가 한 말이 맞지 않아?
피네간의 경야에는 즐거운 일이 정말 많단 말이야!

* Whack fol the dah=lilting 경쾌한, 즐겁고 신나는
* welt the flure=beat the floor 바닥을 두드리다
* trotters=feet
* wake=vigil 경야(經夜). 장례식 전야의 철야[밤샘].

One mornin' Tim was rather full*
His head felt heavy which made him shake,
He fell from the ladder and broke his skull
And they carried him home his corpse to wake.
They wrapped him up in a nice clean sheet
And laid him out across the bed,
With a gallon of whiskey at his feet
And a barrel of porter at his head.

어느 날 아침 팀은 거나하게 취했다네
머리가 찌뿌둥하여 몸이 비틀거리더니
그만 사다리에서 떨어져 두개골이 부서졌다네
그가 깨어나게 하려고 시체를 집으로 가져갔다네
사람들은 그를 깨끗한 천으로 감싸고
침대 위에 가로로 눕히고 나서
그의 발치에는 위스키 한 병을
그리고 그의 머리맡에는 흑맥주 한 통을 두었다네

* rather full=rather drunk 거나하게 (술에) 취한

His friends assembled at the wake
And Mrs. Finnegan called for lunch,
First they brought in tea and cake
Then pipes, tobacco and whiskey punch*.
Biddy O'Brien began to cry
"Such a nice clean corpse, did you ever see?"
"Arrah, Tim, mavourneen*, why did you die?"
"Ah, shut your gob*" said Paddy McGee!

그의 친구들이 한 명 두 명 모여서 밤샘을 했다네
피네간의 아내가 점심을 내왔다네
먼저 차와 케이크가 나왔고
그다음 담뱃대, 담배 그리고 위스키 펀치가 나왔다네
비디 오브라이언이 울기 시작했다네
"어쩜 죽은 사람의 몸이 이토록 말끔할까?"
"아 아, 내 사랑, 팀, 네가 죽다니?"
"아, 그 입 좀 다물어" 패디 맥기가 말했다네!

* lunch 간단한[가벼운] 식사
* whiskey punch=whiskey diluted with boiling water and sweetened with sugar 끓는 물로 희
  석하고 설탕으로 달콤한 향을 더한 위스키
* mavourneen=my darling 내 사랑, 여보
* hould your gob=shut up 입 닥쳐

Then Maggy O'Connor took up the job
"O Biddy," says she, "You're wrong, I'm sure":
Biddy gave her a belt in the gob*
And left her sprawlin' on the floor.
And then the war did soon engage
'Twas woman to woman and man to man,
Shillelagh law* was all the rage
And the row and the ruction* soon began.

다음에는 매기 오코너가 끼어들었다네
"오 비디," 그녀가 말했다네, "분명히 말하지만, 넌 글러먹었어"
비디는 그녀의 입에 주먹 한 방을 날렸다네

그러자 매기가 바닥에 벌렁 나뒹굴었다네
이내 한바탕 싸움판이 벌어졌다네
여자 대 여자, 남자 대 남자
난리판도 그런 난리판이 없었다네
이윽고 주먹다짐 소동이 제대로 시작되었다네

* belt in the gob=punch in the mouth 입에 주먹 한 방 날리다
* Shillelagh law=a brawl 소동, 다툼
* ruction=a fight 주먹다짐, 싸움

Then Mickey Maloney ducked his head
When a flagon of whiskey flew at him,
It missed, and fallin' on the bed
The liquor scattered over Tim.
Tim revives! See how he rises!
Timothy rising from the bed
Sayin': "Whirl your liquor around like blazes!
Thanam o'n Dhoul*! D'ye think I'm dead?"

위스키 한 병이 미키 말로니를 향해 날아오자
그는 머리를 숙여 피했다네
빗나간 술병은 침대 위로 떨어졌다네
술은 누워있는 팀의 온몸에 뿌려졌다네
그러자 팀이 깨어났다네! 그가 살아나는 모습을 볼지라!
침대에서 일어난 티모시는
말한다네: "술병 좀 빨리 돌려봐라!
맙소사! 너희들은 내가 죽은 걸로 생각했느냐?"

* Timothy 티모시→Tim 팀(애칭)
* whirl around 빙빙 돌리다
* Thanam 'on dhoul[D'anam 'on diabhal]=your soul to the devil 네 영혼은 악마에게→제기랄[빌어먹을]

[Source: C. George Sandulescu, The Language of the Devil: Texture and Archetype in Finnegans Wake, Colin Smythe, Gerrards Cross, 1987. pp.193-195.]

【021:22-022:02】

**And Jarl van Hoother warlessed after her with soft**

warred>war 전쟁하다

watered>water 물을 공급하다

wailed>wail (사이렌이) 울리다

warbled>warble (전자 장치가) 진동음을 내다

warison 공격 개시의 신호

wirelessed>wireless 무전을 치다

**dovesgall: Stop**

dove's call 비둘기 울음소리

Donegal gall, bitter dark stranger→black-haired foreigner 검은 머리의 외국인

Swift? 조나단 스위프트(아일랜드 태생의 영국 작가)

Saints Columcille & Gall 성 콜럼바(아일랜드 선교사)와 성 갈로(아일랜드 선교사)

**deef stop come back to my earin stop. But she swaradid to him:**

| | | |
|---|---|---|
| deaf 귀가 먼 | Erin 아일랜드 | swore>swear 맹세하다 |
| thief 도둑 | erring 잘못되어 있는 | did swear 맹세하다 |
| | hearing 경청 | sword 칼[무력] |
| Come back to Erin 에린으로 돌아와요<노래> | | svare[answer] 대답하다 |
| | earstopper 귀마개 | svara[voice] 목소리 |
| | | war 전쟁 |

**Unlikelihud. And there was a brannewail that same**

unlikelihood 있을[일어날] 것 같지 않음
unlikely head 믿기 힘든 두뇌
       hud[skin] 껍질[피부]

banshee wail 공습경보
brand new wail 아주 새로운 소리
brain wave 뇌파, (갑자기 떠오른) 묘안
brand ale 브랜드 상품의 맥주
brennen[burn] 불이 타다
Brangäne 이졸드(Isolde)의 하녀
Bran[Finn's dog] 핀 맥쿨(Finn McCool)의 사냥개

---

**sabboath night of falling angles somewhere in Erio. And the**

sabbath 안식일
sobbeth>sob 흐느껴 울다
Sabaoth 만군(萬軍)<성서>
boat 보트[배]
Boat Night→Night Boat 밤에 항행하는 배
oath 서약[선서]
both 둘 다

angels 천사들
Angles 앵글족[서게르만족]
shooting stars 별똥별

Eire 에이레[옛 아일랜드]
air, aria 곡조, 아리아[곡조]
eerie 기괴한
rio[river] 강
Erin 에린[옛 아일랜드]
Erewhon 새무얼 버틀러 소설

---

**prankquean went for her forty years' walk in**

30-years' war 30년 전쟁
40 days of rain 40일간의 비

---

**Tourlemonde and she washed the    blessings of the    lovespots off the**

tour the world 세계 일주
world tower 월드 타워
turley whale 흰긴수염고래
    lemon 매력 없는 여성
    leman, lover 애인[연인]
    Mund[mouth] 입
    Mond[moon] 달
    onde[wave] 파도

cleansed 정화하다
baptized 세례하다
wished 축원하다

blushings 얼굴을 붉힘
wounds 상처[부상]

Dermot 핀 맥쿨의 조카
    pots 냄비[병]
venereal disease 성병

## jiminy with soap sulliver

soap suds 비누 거품

saddle soap 가죽 닦는 비누

Sullivan 셜리번(영국 작곡가)

sully 더럽히다

soul 영혼

liver 간(肝)

Gulliver's Travels 조나단 스위프트 소설

Oliver[Cromwell] 올리브 크롬웰(영국 정치인)

## suddles and she had her four owlers masters for to

subtle 섬세한

sudlen[to dirty] 더럽히다

sud[south] 남쪽

old 늙은

wise 현명한

owler, smuggler 밀수업자

4 Master Annalists 4대 연대기 편찬자

4 Evangelists 4대 복음서의 저자들

howlers (장례식 때에 고용되는) 곡하는 남자

Aule (고대 노르웨이의) 초자연적 존재

## tauch him his | tickles and she | convorted him to

teach 가르치다  history 역사

touch 접촉하다

torture 고문하다

tauchen[to dip] (살짝) 담그다

Tau[dew] 이슬

tricks 속임수

merriments 유쾌하게 떠듦

catechism 교리 문답서

canticles 찬송가

testicles 고환(睾丸)

converted>convert 변환시키다

distorted>distort 왜곡하다

cavorted>cavort 뛰어다니다

consorted>consort 일치하다

conveyed>convey 운반하다

## the onesure allgood and he became

unsure 불확실한

Almighty God 전능의 신

all-in-one 일체형 여성 속옷

omniscient 전지(全知)의

one-for-all 모두를 위한 하나

**a luderman. So then she started to rain and to rain and,**

Lutheran 루터교도

lewder man 음탕한 남자

ladder man 소방대원

Leute, Mann 세상 사람들

laundryman 세탁업자

lawndamaun[lout] 시골뜨기

lud[bleach] 표백하다

ludere[to play] 장난하다

Luder[scoundrel] 악당

pour 퍼붓다

run 달리다

terrain 지형

Touraine 프랑스 북서부의 옛 주

**be redtom, she was back again at Jarl van Hoother's in a**

Dermot 핀 맥쿨의 조카

Atum 아툼(이집트의 신)

soldier 군인

beredt[talkative] 수다스러운

**brace of          samers and the jiminy with her in her pinafrond,**

pair 짝[쌍]

embrace 포옹하다

doubles 두 배[갑절]

summers 여름

Samhain (고대 켈트족의) 삼하인 축제

Same[semen] 정액

pinafore 앞치마

frond pinned in front (조각상의) 치부 가리개

**lace at night, at another time. And where did she come but to**

late 늦은

**the bar of his bristolry. And Jarl von Hoother had**

inn 주막

sandbar 모래톱

Bristol 영국 서부의 항구

bristle 거센 털

history 역사

hybris 자만심

van 승합차

## his baretholobruised  heels                          drowned  in  his

bare-thole-bruised 나무못에 상처 입은 맨발      down 아래로

Achilles' heel 유일한 약점

Bartholomew 성(聖) 바르톨로뮤(그리스도의 12사도 중의 한 사람)

St. Bartholomew's Day Massacre 성바돌로매 축제일의 대학살(1572년 8월 24일 파리의 구교도가 신교도 약 2천 명을 학살한 사건)


## cellarmalt, shaking warm  hands  with  himself  and  the

cell 밀실

cellar vault 지하 납골당

malt liquor 맥주

alt 중고음

larme[tear] 눈물

Larm[noise] 소음

c'est la morte 그것은 죽음[파멸]


## jimminy Hilary and the  dummy  in  their  first  infancy  were

Sunny Jim (상품광고) 만화 캐릭터                          fancy 환상

St. Hilary 성 힐라리우스(프랑스 성직자)


## below on the    tearsheet,              wringing  and      coughing,

bellow 고함치다    torn sheet 오려낸 페이지        ringing 올려 퍼지는    coffin 관

blow 바람이 불다    crying sheet 큰 소리로 외치는 신문  wrangling 논쟁

be low 나지막하다  Doll Tearsheet 셰익스피어의 희곡 『헨리 4세』 2부에 등장하는 가상의 인물


## like brodar and                  histher.【021:22-022:02】

brother 형제                  sister 자매

Bruder 수사(修士)          Hester, Esther 에스더(자기 종족을 학살로부터 구한 유대 여자)

brood 생각에 잠기다        hiss 쉿 하는 소리를 내다

brooder 생각에 잠기는 사람    hysteria 병적 흥분

Brodhar-slew Brian history 브라이언 보루 왕의 역사

Boru 보루(Brian Boru: 클론타프[Clontarf]전투에서 데인[Dane]족을 격파하고 전사함)

[Source: Roland McHugh, Annotations to Finnegans Wake, Johns Hopkins University Press, Baltimore & London, 1980. pp.21-22.]

【021:22-022:02】

| wirelessed | Dubh-ghall: Dane | dief: thief | deaf |
|---|---|---|---|
| 무전을 치다 | 검은 머리 외국인: 데인족 | 도둑 | 귀가 먼 |

| | lovecall | Come back to Erin |
|---|---|---|
| | 러브콜 | 에린으로 돌아오라 |

| | savarede: answered | not likely! |
|---|---|---|
| | 대답했다 | 말도 안 돼! |

| Grannuaile: another name of Grace O'Malley | sabaoth: armies |
|---|---|
| 그레이스 오말리의 별칭 | 만군(萬軍) |

| branne: fire | angels |
|---|---|
| 불 | 천사들 |

| Legend that Grace O'Malley sailed for 40 years |
|---|
| 그레이스 오말리가 40년을 항해했다는 전설이 있음 |

| 'Tours du Monde en Quarante Jours', widely advertised in Pairs before WWI | Dermot had a 'lovespot' |
|---|---|
| '40일간의 세계 일주'가 1차대전 이전 파리에서 널리 광고됨 | 더멋(핀 맥쿨의 조카)은 이마에 '반점'이 있었다 |

| Gulliver |
|---|
| 걸리버 |

owlers: those who carried wool to the coast by night,
for illegal export

불법 수출을 위해 밤에 양모를 해안으로 운반한 사람들

Annals of the Four Masters    tauchen: dip    convorto: turn around

4대가의 연대기                        담그다            탈바꿈하다

St Patrick said to have served 4 masters        Lutheran   Luder: scoundrel

성 패트릭이 4대가들을 시중든 것으로 알려졌다          루터교도          악당

ludraman: lazy idler

게으름뱅이

Dermot

더멋(핀 맥쿨의 조카)

summers

나이

Henry II granted D to the citizens of Bristol

헨리 2세는 브리스톨 시민들에게 더블린을 인정했다

hostelry

여관[술집]

Bartholomew Vanhomrigh        down

바네사의 아버지(더블린 시장)            아래에

ringen: to wrestle            Brodar assassinated Brian Boru
                                    at ✕Clontarf, 1014

                              1014년 클론타프 전투에서 바이킹 장수
                              브로다가 브리안 보루를 참수했다

brother & sister

남매←transvestism 복장 도착[이성의 옷을 입고 싶어 하는 경향]으로
쌍둥이의 성별 불분명

제2부

『경야의 서』작품 해설

# 모순적 존재

## A Man of Contradictions

대부분의 천재 작가들이 그러하듯, 조이스의 성향도 자기 모순적이었다. 그는 아버지를 사랑했으나 그의 포악함에는 반발했고, 어머니를 사랑했으나 그녀의 극성맞은 가톨릭 신앙에는 냉담했으며, 고국 아일랜드를 사랑했으나 낭만적 애국주의는 경멸했고, 아일랜드 민족주의자의 가정에서 자랐으나 민족주의가 이룩한 고국 아일랜드는 거부했으며, 영어를 사랑했으나 다시 뜯어고쳐 재창조했고, 영국을 적대시하는 환경에서 성장했으나 오래도록 영국에게 애착했다.

Like most writers of genius, Joyce was a man of contradictions. He loved his father yet reacted against his tyranny; he loved his mother but spurned her intense Catholicism; he loved Ireland but not its romanticization; he grew up an Irish nationalist but rejected the Ireland that nationalism created; he loved the English language yet attempted to reshape and reinvent it; he grew up hostile to Britain but had lingering attachment to it.

- 고든 보커(Gordon Bowker), 『제임스 조이스: 새로운 전기(James Joyce: A New Biography)』

• booknormblog.wordpress.com

Joyce in south of France, 1922
1922년, 프랑스 남부에서의 조이스

# 1. 『경야의 서』 개관

The Book of the Wake: An Overview

『율리시스(Ulysses)』 집필 완성으로 쇠진한 조이스는 이후 1년 동안 단 한 줄의 글도 쓰지 않고 있다가, 1923년 3월 10일 자신의 후원자인 헤리엇 위버(Harriet Weaver) 여사에게 보낸 "어제 나는, 『율리시스』의 마지막 단어 Yes 이후 처음으로 두 쪽의 글을 썼습니다(Yesterday I wrote two pages — the first I have since the final Yes of Ulysses)."라는 편지로 『경야』의 태동胎動을 알린다. 『경야』는 제목을 비밀에 부친 채 『진행 중인 작품(Work in Progress)』이라는 제명題名으로 1928년부터 1937년까지 The Transatlantic Review와 transition 등의 잡지에 연재되다가, 1939년 5월 4일 제임스 조이스의 최후의 역작(magnum opus)으로서 『피네간의 경야(Finnegans Wake)』라는 이름을 달고 이 세상에 나오게 된다. 17년에 걸친 대장정이었다.

Finnigan's Wake

Score 105

Irish Traditional

Tim Fin-nig-an lived in Wal-ker Street a gen-tle Ir-ish man, might-y odd he

had a brogue both rich and sweet, and to rise in the world he car-ried a hod ah but

Tim had a bit of a tip plers way with a love of liq uor, he was born and to

send him on his way each day he'd a drop of the crea - ture ev - ery morn

Whack for the dah when you dance to your part ners, around the floor with your trot - ters shake

isn't it the truth I told you lots of fun at Fin - ni - gan's wake

◆ 제목題目

『피네간의 경야』라는 책명은 팀 피네간Tim Finnegan이라는 한 벽돌 운반공이 사다리에서 떨어져 죽게 된다는 내용의 아일랜드 전래 민요의 제목이다. 피네간의 죽음은 곧 신들의 죽음과 신앙 시대의 종말을 상징한다. 민요의 제목 <The Ballad of Finnegan's Wake>에는 소유격 부호(')가 표시되어 있으나 조이스의 작품명에서는 생략되었다. 그 이유에 대한 설명은 무성하지만, 적어도 조이스는 일개인에 국한하는 단수 소유격에 더하여 만인으로 확장하는 복수 주어를 염두에 두어 Finnegans로 표기했다. 그리고 '경야'는 장례식에 모인 추모객들의 '모임'[명사]이 아니라 잠에서 '깨어나다'[동사]라는 의미가 된다. 따라서 '피네간의 경야'라는 제목 그 자체가 하나의 짧은 문장으로 읽힐 수 있다: 즉 수많은 피네간들—어쩌면 모든 아일랜드 사람들이거나 모든 일반 시민들, 혹은 세상 모든 사람들이 잠에서 깨어난다. 이렇게 보면 꿈이라는 주제(dream motif)와 역사의 순환(cycles of history)이라는 작품의 대의와도 절묘하게 결부된다.


◆ 시점視點과 화자話者

『경야의 서』는 포터Porter라는 이름을 가진 아일랜드의 한 술집 주인과 그의 아내가 어느 날 밤에 꾼 꿈을 포터의 꿈속 자아(dream self)인 험프리 침던 이어위커(Humphery Chimpden Earwicker)의 시점에서 말하고 있는 이야기다. 포터의 밤사이 꿈이 이야기를 지배하고 있는 구조이며, 다음 날 아침이 밝아오면서 그의 아내의 꿈이 이야기의 결론을 맺는다.


◆ 시제時制

『경야의 서』는 1938년 2월 21일 월요일 하룻밤에 더블린(Dublin)에서 일어난 일을 현재 시제present tense로 서술하고 있다. 그러나 꿈의 세계에서 일어난 일을 이야기하고 있으므로 시간과 장소를 특정하기에 종종 모호한 경우가 있다.

# 2. 『경야의 서』 설계

## The Book of the Wake: A Plan

| 권/장 Chap. | 범위 Pages | 시간 Time | 장소 Place — 사실적 관점 Naturalistic Level | 상징적 관점 Symbolic Levels | 주요 상징 Major Symbols | 분야 Art | 기법 Technique |
|---|---|---|---|---|---|---|---|
| I.1 | 003-029 | 오전 11시 32분에 시각 | 습지 | 더블린과 주변 지역 | 거인, 산 | 고고학, 건축학 | 신화, 전설, 연대기 |
| I.2 | 030-047 | 불확정적 시간 | 습지 | 더블린과 주변 지역 | 성배聖杯, 민요 | 인류학 | 소문, 일련의 일화逸話 |
| I.3 | 048-074 | 불확정적 시간 | 습지 | 더블린과 주변 지역 | 바이킹, 관棺 | 정치학 | 저널리즘, 수사학修辭學 |
| I.4 | 075-103 | 불확정적 시간 | 습지 | 법원[재판소] | 여우, 사자 | 법학 | 법률 보고서 |
| I.5 | 104-125 | 불확정적 시간 | 습지 | 강의실 | 편지, 암탉 | 고문서학 | 강의 |
| I.6 | 126-168 | 불확정적 시간 | 습지 | 키즈 쇼 발표장 | 가족 | 사회학 | 문답식 교수법 |
| I.7 | 169-195 | 불확정적 시간 | 습지 | 더블린-트리에스테-취리히-파리 | 딱정벌레, 펜, 고난의 길 | 문학 | 독배(남자) |
| I.8 | 196-216 | 오후 6시에 종료 | 습지 | 강가음 | 삼각주(△) | 지리학 | 대화(여자) |
| II.1 | 219-259 | 오후 8시 30분-9시 | 채플리조드 거리 | 극장 | 악마와 천사 | 드라마 | 드라마 |
| II.2 | 260-308 | 오후 9시-10시 | 아이들 방 | 우주 | 오점형五點形 | 교육학, 우주론 | 교과서 |
| II.3 | 309-382 | 오후 10시-11시 | 습지 | 세바스토폴리(군항 도시) | TV 스크린 | 대중(공공)통신 | 라디오 방송 |
| II.4 | 383-399 | 오후 11시-11시 32분 | 습지 | 마크 왕의 배 | 배, 갈매기 | 역사 | 회상록 |
| III.1 | 403-428 | 자정-다음 날 오전 1시 | 침실 | 더블린 거리 | 당나귀, 유령 | 음악 | 대화(남자) |
| III.2 | 429-473 | 오전 1시-2시 30분 | 침실 | 교회, 강변 | 감사의 미사 | 신학 | 설교법 |
| III.3 | 474-554 | 오전 2시 30분-3시 30분 | 침실 | 경계석 | 배틀, 남근 | 심령론 | 집회 보고서 |
| III.4 | 555-590 | 오전 3시 30분-4시 32분 | 침실 | 피닉스 공원 | 영아이, 통, 도로 | 사진술 | 자연주의, 공상(상상) |
| IV | 593-628 | 오전 6시 | 욕실, 거실 | 교회, 강변 | 태양 | 종말신학(종말론) | 종합, 편지, 독백(여자) |

Hart, Clive. Structure and Motif in "Finnegans Wake" Evanston: Northwestern University Press, 1962.

# 3. 『경야의 서』 도해

## The Book of the Wake: A Chart Adjustment

◆ 『경야經夜의 서書』 구분 Sections of The Book of the Wake

| | 범위<br>(628면 21,490행) | | 캠벨과 로빈슨<br>Campbell and Robinson | 틴달<br>Tindall |
|---|---|---|---|---|
| 경야서經夜書 Ⅰ권<br>Book I | 003-216 | 214면 7,441행 | 부모들의 서書<br>The Book of the Parents | 인간의 타락墮落<br>The Fall of Man |
| 경야서經夜書 Ⅱ권<br>Book II | 219-399 | 181면 6,117행 | 자식들의 서書<br>The Book of the Sons | 갈등葛藤<br>Conflict |
| 경야서經夜書 Ⅲ권<br>Book III | 403-590 | 188면 6,666행 | 사람들의 서書<br>The Book of the People | 인간애人間愛<br>Humanity |
| 경야서經夜書 Ⅳ권<br>Book IV | 593-628 | 036면 1,264행 | 회귀回歸<br>Recorso | 회복回復<br>Renewal |

Benstock, Bernard. Joyce-Again's Wake. Seattle: University of Washington Press, 1965.

◆ 『경야經夜의 서書』 표제 Chapter Titles of The Book of the Wake

| 권 | 쪽[면] | 캠벨과 로빈슨<br>Campbell and Robinson | 글라신<br>Glasheen | 틴달<br>Tindall |
|---|---|---|---|---|
| 경야서 Ⅰ권<br>Book I | 1장<br>003[27] | 피네간의 추락墜落<br>Finnegan's Fall | 경야經夜<br>The Wake | 인간의 타락<br>The Fall of Man |
| | 2장<br>030[18] | HCE의 별명과 평판<br>H.C.E.-His Agnomen & Reputation | 민요<br>The Ballad | 부랑자 캐드<br>The Cad |
| | 3장<br>048[27] | HCE의 재판과 투옥<br>H.C.E.-His Trial & Incarceration | 소문<br>Gossip | 소문과 현관 노크<br>Gossip & the Knocking<br>at the Gate |
| | 4장<br>075[29] | HCE의 죽음과 소생蘇生<br>H.C.E.-His Demise & Resurrection | 사자<br>The Lion | 재판<br>The Trial |
| | 5장<br>104[22] | ALP의 선언문<br>The Manifesto of A.L.P. | 암탉<br>The Hen | 편지<br>The Letter |
| | 6장<br>126[43] | 수수께끼-선언문의 인물들<br>Riddles-The Personages of the Manifesto | 12가지 질문들<br>Twelve Questions | 퀴즈<br>The Quiz |
| | 7장<br>169[27] | 문필가文筆家 솀<br>Shem the Penman | 문필가文筆家 솀<br>Shem the Penman | 솀<br>Shem |
| | 8장<br>196[21] | 강변의 빨래하는 여인들<br>The Washers at the Ford | 애나 리비아 플루라벨<br>Anna Livia Plurabelle | ALP<br>A.L.P. |

| | | | | |
|---|---|---|---|---|
| 경야서 II 권<br>Book II | 1장<br>219[41] | 아이들의 시간<br>The Children's Hour | 믹, 닉, 매기의 무언극<br>The Mime of Mick, Nick & the Maggies | 아이들의 놀이<br>Children at Play |
| | 2장<br>260[49] | 공부 시간-삼학三學과 사과四科<br>The Study Period-Triv & Quad | 수업<br>Lessons | 숙제<br>Homework |
| | 3장<br>309[74] | 환락歡樂의 술집<br>Tavernry in Feast | 술집<br>The Tavern | 술집의 잡담<br>The Tale of a Pub |
| | 4장<br>383[17] | 신부新婦의 배선船와 갈매기<br>Bride-Ship and Gulls | 마태·마가·누가·요한<br>Mamalujo | 트리스탄<br>Tristan |
| 경야서 III 권<br>Book III | 1장<br>403[26] | 사람들 앞의 숀<br>Shaun before the People | 우편배달원 숀<br>Shaun the Post | 우편배달원 숀<br>Shaun the Post |
| | 2장<br>429[45] | 성 브라이드 학교 앞의 존<br>Jaun before St.Bride's | 존<br>Jaun | 존의 설교<br>Jaun's Sermon |
| | 3장<br>474[81] | 심문審問받는 욘<br>Yawn under Inquest | 욘<br>Yawn | 욘<br>Yawn |
| | 4장<br>555[36] | HCE와 ALP의 동침同寢 시도<br>H.C.E. & A.L.P.-Their Bed of Trial | 부모<br>Parents | 침실<br>The Bedroom |
| 경야서 IV 권<br>Book IV | 1장<br>593[36] | 회귀回歸<br>Recorso | 새벽<br>Dawn | 새로운 날<br>New Day |

Benstock,Bernard. Joyce-Again's Wake. Seattle: University of Washington Press, 1965.

◆ 『경야經夜의 서書』의 개요 A Working Outline of The Book of the Wake

| 경야서經夜書 I 권 1장<br>BOOK I CHAPTER 1(003-029: 27면, 960행) | |
|---|---|
| 003 | 주제 진술陳述<br>Statement of themes |
| 004 | 천상天上의 전쟁과 피네간 소개<br>Battle in Heaven and introduction of Finnegan |
| 005 | 피네간의 추락과 소생蘇生의 가망<br>Finnegan's fall and promise of resurrection |
| 005-006 | 시내市內<br>The City |
| 006-007 | 경야<br>The Wake |
| 007-008 | 전경全景, HCE와 ALP의 복선伏線을 깔다<br>Landscape foreshadows HCE and ALP |
| 008-010 | 웰링턴 박물관 방문<br>Visit to Willingdone Museyroom |
| 010 | 이어위커의 집<br>The Earwicker house |
| 010-012 | 암탉 비디, 쓰레기 더미에서 편지를 발견하다<br>Biddy the hen finds the letter in the midden heap |
| 012-013 | 더블린 전경全景<br>Dublin landscape |

| | |
|---|---|
| 559-563 | 매트, 침대 위 부모의 모습을 보다: 조화의 제1 체위<br>Matt's view of the parents in bed: First Position of Harmony |
| 564-582 | 마크, 침대 위 부모의 모습을 보다: 부조화의 제2 체위(법원의 공판 포함)<br>Mark's view: Second Position of Discordance (includes: the court trials, pp. 572-576) |
| 582-590 | 누가, 침대 위 부모의 모습을 보다: 일치의 제3 체위(새벽 수탉 울음소리가 성교 방해)<br>Luke's view: Third Position of Concord: unsuccessful union disturbed by the crowing of cock at dawn |
| 590 | 요한, 침대 위 부모의 모습을 보다: 해결의 제4 체위<br>John's view: Fourth Position of Solution |

## 경야서經夜書 IV권 1장
### BOOK IV CHAPTER 1(593-628: 36면 1,264행)

| | |
|---|---|
| 593-601 | 새로운 시대의 새벽이 잠자는 거인을 깨우다<br>Dawn of new era awakens the sleeping giant |
| 601 | 29명의 소녀들, 케빈을 축하하다<br>29 Girls celebrate Kevin |
| 601-603 | 아침 신문에 HCE의 불미스러운 행위에 관한 기사가 실리다<br>Morning newspaper carries the story of HCE's indiscretion |
| 603-606 | 은둔 수행자 케빈, 욕조-제단에서 명상에 들다<br>St.Kevin the hermit meditates in his bathtub-altar |
| 606-609 | HCE의 불미스러운 행위가 일어난 공원 현장 재방문<br>The park scene of HCE's indiscretion revisited |
| 609-613 | 뮤타[솀]와 쥬바[숀], 성 패트릭과 드루이드의 만남을 주시하다<br>Muta and Juva watch the encounter of St.Patrick and the Archdruid |
| 613-615 | 아침이 새로운 순환의 시작을 알리다<br>Morning brings the cycle to its beginning |
| 615-619 | ALP가 서명을 남긴 편지, 아침 우편물에 들어가다<br>The Letter signed by ALP is in the morning mail |
| 619-628 | 애나 리비아, 마지막 독백을 내뱉으며 바다로 흘러 들어가다<br>Anna Livia's final soliloquy as she goes out to sea |

Benstock, Bernard. Joyce-Again's Wake. Seattle: University of Washington Press, 1965.

# 4. 『경야의 서』 구성

## The Book of the Wake: A Plot Diagram

| 단계 | | 표제 | 줄거리 |
|---|---|---|---|
| 발단<br>Introduction | ① | 경야서 I 권 1장<br>003 | 팀 피네간이 추락하게 되고, 신들의 시대가 끝이 나다<br>Tim Finnegan falls, ending the age of gods |
| 전개<br>Rising Action | ② | 경야서 I 권 2장<br>030 | 험프리 침던 이어위커의 반도덕적 행위에 관한 소문이 나돌다<br>Rumors grow about Humphrey Chimpden Earwicker's crime. |
| | ③ | 경야서 I 권 3장<br>048 | 이어위커가 재판에 회부되고, 투옥되다<br>Earwicker is on trial and incarcerated |
| | ④ | 경야서 I 권 5장<br>104 | 애나 리비아 플루라벨이 자신의 남편을 옹호하는 편지를 쓰다<br>Anna Livia Plurabelle defends her husband in a letter |
| 절정<br>Climax | ⑤ | 경야서 II 권 1장<br>219 | 이어위커가 스스로를 변호하지만, 자신의 아이들이 대신하다<br>Earwicker defends himself but is displaced by his sons |
| 하강<br>Falling Action | ⑥ | 경야서 III 권 1장<br>403 | 숀, 편지를 잘못 배달하여 자기 아버지를 대신할 자격이 없어지다<br>Shaun misdelivers the Word — unworthy to replace his father |
| 결말<br>Resolution | ⑦ | 경야서 IV 권 1장<br>593 | 핀이 소생하고, 애나는 리피강으로 흘러 바다로 들어가다<br>Finn returns. Anna, as the river Liffey, flows to the sea. |

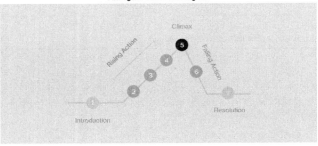

**Finnegans Wake Plot Diagram**

**Introduction**

1 Tim Finnegan falls, ending the age of gods.

**Rising Action**

2 Rumors grow about Humphrey Chimpden Earwicker's crime.

3 Earwicker is on trial and incarcerated.

4 Anna Livia Plurabelle defends her husband in a letter.

**Climax**

5 Earwicker defends himself but is displaced by his sons.

**Falling Action**

6 Shaun misdelivers the Word— unworthy to replace his father.

**Resolution**

7 Finn returns. Anna, as the river Liffey, flows to the sea.

• www.coursehero.com/lit/Finnegans-Wake/plot-summary/

# 5. 『경야의 서』 인물

The Book of the Wake: A Character Map

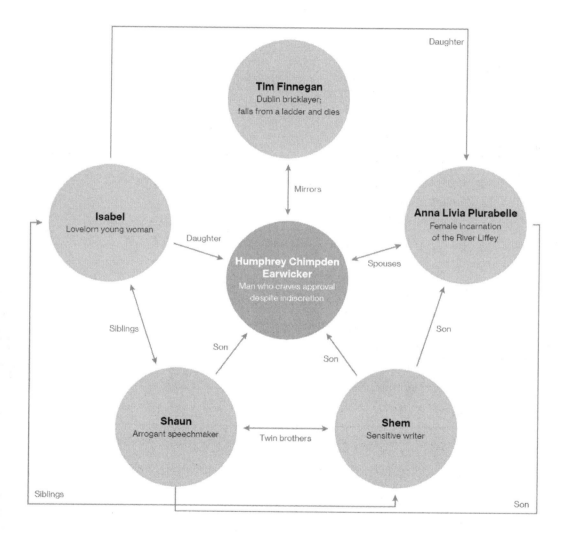

• www.coursehero.com/lit/Finnegans-Wake/character-map

#### ◆ 『경야의 서』 주요 등장인물

| | | |
|---|---|---|
| 주인공<br>Main Character | 험프리 침던 이어위커<br>Humphery Chimpden Earwicker | 불미스러운 행위가 있었으나 결백을 호소하는 술집 주인 |
| | | 포터 씨(Mr.Porter)의 꿈속 화신化身, HCE |
| 주요 인물[주역]<br>Other Major Character | 애나 리비아 플루라벨<br>Anna Livia Plurabelle | 리피강의 화신化身 |
| | | 포터 부인(Mrs.Porter)의 꿈속 화신, ALP |
| | 이사벨<br>Isabel | 사랑에 병든 어린 여자 |
| | | 이씨Issy의 꿈속 화신 |
| | 숀<br>Shaun | 오만하여 젠체하는 연설가 |
| | | 케빈Kevin의 꿈속 화신 |
| | 셈<br>Shem | 감수성이 강한 작가 |
| | | 제리Jerry의 꿈속 화신 |
| 조연[단역]<br>Minor Character | 팀 피네간<br>Tim Finnegan | 사다리에서 떨어져 죽게 되는 더블린의 벽돌공 |
| | | 민요와 『경야』 속의 인물 |

#### ◆ 주요 등장인물 관계도

| | |
|---|---|
| 팀 피네간 ↔ 험프리 침던 이어위커 | 작중作中 동일 인물 |
| 험프리 침던 이어위커 ↔ 애나 리비아 플루라벨 | 남편과 아내 |
| 이사벨 → 애나 리비아 플루라벨 | 딸 |
| 이사벨 → 험프리 침던 이어위커 | 딸 |
| 이사벨 ↔ 숀 | 남매 |
| 이사벨 ↔ 셈 | 남매 |
| 숀 ↔ 셈 | 쌍둥이 형제 |
| 숀 → 험프리 침던 이어위커 | 아들 |
| 셈 → 험프리 침던 이어위커 | 아들 |
| 셈 → 애나 리비아 플루라벨 | 아들 |
| 숀 → 애나 리비아 플루라벨 | 아들 |

#### ◆ 그 밖의 등장인물

| | |
|---|---|
| 버클리<br>Buckley | 바트[셈]와 타프[숀]가 TV극 중에서 언급하는 크리미아 전쟁 참전 아일랜드 군인 |
| 캐드<br>The Cad | 이어위커가 자신이 피닉스 공원에서 저질렀던 일을 설명해준 인물 |
| 4명의 늙은 남자들<br>The Four Old Men | 이어위커 스토리의 기록자이면서 재판관, 마태·마가·누가·요한=Mamalujo |
| 하느님<br>God | 하나님은 주인공의 등장과 퇴장 시 천둥소리(thunderwords)로 존재함 |
| 호스티<br>Hosty | 거리의 악사이자 'The Ballad of Persse O'Reilly'의 작곡자 |
| 캐이트<br>Kate | 이어위커 술집(Earwicker's tavern)의 청소부, 애나 리비아 플루라벨 늙은 화신 |
| 러시아 장교<br>The Russian General | 크리미아 전쟁 참전 러시아 군인, 버클리의 총에 사살됨 |

| 12명의 사람들<br>The 12 Men | 포터 술집(Porter's pub)의 손님들이자 이어위커 꿈속의 배심원들 |
|---|---|
| 2명의 빨래하는 여자들<br>The Two Washerwomen | 포터 가족의 옷을 세탁하고, 각각 강둑의 나무와 돌로 변하게 됨 |

## ◆ 등장인물들의 별칭

| 험프리 침던 이어위커<br>Humphery Chimpden Earwicker | Howth Castle and Environs<br>Hush! Caution! Echoland!<br>The High Church of England<br>Egg<br>The Father | Here Comes Everbody<br>How charmingly exquisite<br>Humphrey<br>Humpty Dumpty<br>The Husband | HC Earwicker<br>Earwig<br>Festy King<br>Hek<br>Shaun |
|---|---|---|---|
| 애나 리비아 플루라벨<br>Anna Livia Plurabelle | Anna Livey   The Letter<br>The Wife   The River Liffey | The Mamafesto   The Mother<br>The Widow   Kate | Issy |
| 셈과 숀<br>Shem and Shaun | Shem the Penman & Shaun the Post<br>The Gracehoper and the Ondt<br>Shem only: Shem the Punman<br>The Sons   Kev and Dolph<br>Butt and Taff   Justice and Mercy<br>Glugg and Chuff   Sean and Seumas<br>Caddy and Primas   Castor and Pollux | | Shaun only: Jaun and Yawn<br>Mutt and Jute<br>The Tree and the Rock<br>Wastenot and Want |
| 이씨<br>Issy | isst   Isabel   Isolde   Isot   Iseult   Izzy   fizz   Sissy | | |
| 팀 피네간<br>Tim Finnegan | The landscape of Dublin   Finn MacCool<br>Finn the Flinter   Thor<br>A mound of dirt   Humpty Dumpty | | Finnyland<br>The Father |
| 4명의 늙은 남자들<br>The Four Old Men | The Four Provinces of Ireland<br>The Four Corners of the World<br>Matthew·Mark·Luke·John<br>Mamalujo | The Four Evangelicals<br>The Four Masters | |

## ◆ 주요 등장인물과 기호 일람 The Principal Characters and their Sigla

| 기호<br>Siglum | 이름<br>Name | 주요 역할<br>Principal Roles | 변장<br>Guises | 약어<br>Initialisms | 출신<br>Origin |
|---|---|---|---|---|---|
| HCE | HCE | Male protagonist<br>Father<br>Husband | Tim Finnegan<br>Humphery Chimpden Earwicker<br>Adam<br>Finn MacCool<br>Wellington<br>Russian General | H-C-E | Inn<br>Landlord |
| ALP | ALP | Female protagonist<br>Mother<br>Wife | Anna Livia Plurabelle<br>River Liffey<br>Eve | A-L-P | Inn<br>Landlady |

| | | | | | |
|---|---|---|---|---|---|
| Shem | Shem | Evil twin | Shem<br>James Joyce<br>Esau | | Son |
| Shaun | Shaun | Good twin | Shaun<br>Stanislaus Joyce | | Son |
| Izzy | Issy | Daughter<br>Temptress<br>Split Personality | Issy<br>Isolde | -ii- | Daughter |
| Shem-Shaun | Shem-Shaun | Oedipal figure<br>HCE's rival | Tristan<br>Diarmuid<br>Naoise<br>St Patrick<br>Buckley<br>Kersse the Tailor | | |
| S | Jo | Man Servant | Sackerson<br>Sigurd<br>Mahan<br>Behan | | Flea on quilt |
| K | Kate | Cleaning Lady<br>Poor Old Woman<br>Grandmother | Countess Cathleen<br>Cathleen Ni Houlihan<br>Katherine Strong<br>Kate the Shrew | | Inn Slavery |
| MMLJ | Four Old Men<br>The Four | Four Judges<br>The Four Masters<br>The Four Evangelists | Matthew Gregory<br>Mark Lyons<br>Luke Tarpey<br>Johnny MacDougal | | Bedposts |
| CIRCLE | Sullivans & Doyles | 12 Jurymen<br>12 Tables of Law<br>12 Months<br>12 Zodiacal Signs | Sullivans<br>Doyles | | Watchdial on HCE's fobwatch on the bedside table |
| Ellipse | The Twenty-Eight | Flower Maidens<br>Heliotrope<br>Rainbow | St Bride's Schoolgirls | | |
| Book | Square | Finnegans Wake | HCE's Coffin<br>ALP's Letter<br>FW | | Flagpatch quilt on HCE's bed |
| Mandala | Mandala | Viconian Cycle | Four Seasons | | |

## The Book of the Wake: A Language

19세기 말 20세기 초, 유럽의 작가들은 제1차세계대전(1914. 7. 28.~1918. 11. 11.)에 따른 파괴와 혼돈에 대한 반발로서 이른바 모더니즘이라는 새로운 문학 운동을 통해 기존의 형식과 스타일에 파괴적인 실험을 단행했는데, 그 모더니즘의 선도적 위치에 제임스 조이스가 있다.

이러한 세기적 실험의 하나로서, 독일의 빌헬름 분트(Wilhelm Wundt)와 더불어 근대 심리학의 창시자로 일컬어지는 미국의 심리학자 윌리엄 제임스(William James, 소설가이자 비평가인 헨리 제임스Henry James의 형)가 1890년 사람의 정신 속에서 생각과 의식은 끊어지지 않고 연속된다면서 처음으로 '의식의 흐름'이라는 용어를 언급한 이후 조이스를 비롯하여 버지니아 울프(Virginia Woolf)와 T.S.엘리엇(T.S.Eliot) 등이 이 기법을 사용했다.

소설에서 의식의 흐름(또는 내적 독백, interior monologue)은 외적 사건보다 등장인물의 내적 실존과 잡다雜多한 의식 세계를 자유로운 연상 작용(free association)을 통해 드러내는데, 한편 조이스의 『피네간의 경야』에서는 '무의식의 흐름(stream of unconsciousness)'이 도도한 물결로 관류貫流하고 있다. 즉 『경야』에서 조이스는 의식의 경계를 무너뜨리고 무의식의 영역까지 밀어붙이고 있는데, 그래서 이야기의 전모는 무의식의 발현인 꿈으로 점철되어 있다.

조이스가 「진행중인 작품(Work in Progress)」이라는 가제로 『경야』를 발표할 당시 에즈라 파운드는 Work in Progress를 패러디하여 Joyce in Regress, '즉 퇴보하는 조이스'라고 폄하했으며, 또한 해리엇 쇼 위버는 조이스가 언어 체계(language system) 자체를 다분히 의도적으로 뒤얽혀놓음으로 말미암아 '경야의 언어'(Wakese)가 담고 있는 모호함(darkness)과 난해함(unintelligibility)을 못마땅해했다. 한편 조이스의 동생 스태니스라우스는 『경야』를 가리켜 '말할 수 없을 정도로 지루하기 짝이 없는(unspeakably wearisome)' 글 나부랭이에 지나지 않는다면서 '제정신을 잃은 듯 문학 언저리를 헤매다가 끝내 사라지고 말 것(the witless wandering of literature before its final extinction)'이라 했다.

<stancarey.wordpress.com>

『경야』에는 조이스 고유의 언어들이 광범위하게 동원되고 있는데, 표준 영어(sandard English)와 신조어(neologistic word), 혼성어(portmanteau word), 의성어(onomatopoeia word), 다국 혼합어(polyglot idioms), 그리고 다의어多義語와 동음이의어同音異議語를 이용한 말장난(pun) 등이 혼재되어 있는 'Wakese'가 그것이다. 이처럼 경야어經夜語는 '읽을 수 없는' 더 나아가 '번역할 수 없는', 언어 아닌 언어이다.

조이스의 이러한 언어 전략(linguistic tactics)은 아일랜드의 언어와 신화를 다른 문화권의 언어와 신화로 조화롭게 혼합하면서 인간 내면의 의식과 무의식의 관계를 나타내려는 의도에서 나온 것이다. 이렇게 보면 『경야』의 언어는 전치(displacement: syntax/sintalks, thinking/tinkling, everybody/aperybally)와 압축(condensation: collupsus←collapse+colossus, phoenish←phoenix+finish) 등이 지배하는 무의식 세계, 즉 꿈의 세계를 나타내기 위한 도구가 된다.

조이스는 자신의 후원자인 해리엇 위버(Harriet Weaver) 여사에게 보낸 편지에서 자기 자신을 '세상에서 가장 위대한, 그것이 아니면 가장 위대한 언어 기술자 중 한 사람(one of the greatest engineers, if not the greatest, in the world)'이라 쓰고 있다.

◆ 『경야의 서』에 동원된 언어 일람표

| 1 | Albanian | 알바니아어 |
|---|---|---|
| 2 | Amaro | 아마로어(이탈리아 암흑가의 은어) |
| 3 | Anglo-Irish | 아일랜드 영어 |
| 4 | Anglo-Indian | 인도 영어 |
| 5 | Armenian | 아르메니아어(동부 방언) |
| 6 | Arabic | 아랍어 |
| 7 | Basque | 바스크어(스페인 피레네 산맥 지방의 방언) |
| 8 | Bog Latin | 보그 라틴어(변칙 라틴어) |
| 9 | Beche-la-Mar | 비치 라 마르(멜라네시아 사투리 영어) |
| 10 | Bearlagair Na Saer | 베어래거 나 세르(아일랜드 벽돌공의 은어) |
| 11 | Breton | 브르타뉴어(프랑스 브르타뉴 지방의 켈틱어) |
| 12 | Bulgarian | 불가리아어 |
| 13 | Burmese | 버마어 |
| 14 | Chinese | 중국어 |
| 15 | Chinese with French romanisation of characters | 프랑스 로마자 표기법의 중국어 |
| 16 | Chinese pidgin | 혼성 중국어 |
| 17 | Czech | 체코슬로바키아어 |
| 18 | Danish | 덴마크어 |
| 19 | Dutch | 네덜란드어 |
| 20 | Esperanto | 에스페란토어 |
| 21 | French | 프랑스어 |
| 22 | Finnish | 핀란드어 |
| 23 | German | 독일어 |
| 24 | Gipsy | 집시어 |
| 25 | Greek (ancient) | 그리스어(고대) |
| 26 | Hebrew | 히브리어 |
| 27 | Hindustani | 힌두스타니어(북부 인도의 상용어) |
| 28 | Hungarian | 헝가리어 |
| 29 | Irish (modern spelling) | 아일랜드어(현대 철자법) |
| 30 | Icelandic | 아이슬란드어 |
| 31 | Italian | 이탈리아어 |
| 32 | Japanese | 일본어 |
| 33 | Kiswahili | 스와힐리어(동부 아프리카의 공용어) |

| 34 | Latin | 라틴어 |
|---|---|---|
| 35 | Lithuanian | 리투아니아어 |
| 36 | Malay | 말레이어 |
| 37 | Middle English | 중세 영어 |
| 38 | Modern Greek | 근대[현대] 그리스어 |
| 39 | Norwegian | 노르웨이어 |
| 40 | Old Church Slavonic | 고대 교회 슬라브어 |
| 41 | Old English | 고대 영어 |
| 42 | Old French | 고대 프랑스어 |
| 43 | Old Icelandic | 고대 아이슬란드어 |
| 44 | Old Norse | 고대 스칸디나비아어 |
| 45 | Persian | 페르시아어 |
| 46 | Portuguese | 포르투갈어 |
| 47 | Provençal | 프로방스어 |
| 48 | Pan-Slavonic | 범汎슬라브어 |
| 49 | Russian | 러시아어 |
| 50 | Rhaeto-Romanic(Roumansch) | 레토르만어(스위스 남동부·티롤·이탈리아 북부의 로맨스어) |
| 51 | Rumanian | 루마니아어 |
| 52 | Ruthenian(Ukrainian) | 루테니아어(우크라이나어) |
| 53 | Samoan | 사모아어 |
| 54 | Serbo-Croat | 세르보 크로아티아어 |
| 55 | Shelta | 셸터어(아일랜드 집시들의 은어) |
| 56 | Sanskrit | 산스크리트어[범어] |
| 57 | Spanish | 스페인어 |
| 58 | Swedish | 스웨덴어 |
| 59 | Swiss German | 스위스 독일어(스위스에서 쓰는 독일어 방언) |
| 60 | Turkish | 터키어 |
| 61 | Volapük | 볼라퓌크어(1880년 독일 목사 슐라이어가 창시한 인공 언어) |
| 62 | Welsh | 웨일스어 |

McHugh, Roland. Annotations to "Finnegans Wake." Baltimore: Johns Hopkins University Press, 1980.

Holograph List of the 40 Languages used by James Joyce in writing *Finnegans Wake*.

English
Irish
Norwegian
Latin
Greek
Chinese
Japanese
Esperanto
Volapük
Novial
Flemish
French
Italian
Burmese
Basque
Welsh
Roumansh
Dutch
German
Russian
Breton
Hebrew
Sanskrit
Kiswaheli
Swedish

Spanish
Persian
Rumanian
Lithuanian
Malay
Finnish
Albanian
Icelandic
Arabic
Portuguese
Czech
Turkish
Polish
Ruthenian
Hungarian

James Joyce

## ◆ 암호어暗號語: 천둥소리 Cryptograms of the Thunder

| | | |
|---|---|---|
| ① | 003:15-17 | 최초의 천둥소리로서 추락의 주제(fall motif) |
| | bababadalgharaghtakamminarronnkonnbronntonnerronntuonnthunntrovarrhounawnskawntoohoohoordenenthurnuk (100 letters) | |

| | | |
|---|---|---|
| ② | 023:05-07 | 후터(Jarl van Hoother)의 성문城門이 닫히는 소리 |
| | Perkodhuskurunbarggruauyagokgorlayorgromgremmitghundhurthrumathunaradidillifaititillibumullunukkunun (100 letters) | |

| | | |
|---|---|---|
| ③ | 044:20-21 | 호스티(Hosty)의 퍼시 오레일리의 민요 <Ballad of Persse O'Reilly>로 이어지는 박수 소리 |
| | klikkaklakkaklaskaklopatzklatschabattacreppycrottygraddaghsemmihsammihnouithappluddyappladdypkonpkot (100 letters) | |

| | | |
|---|---|---|
| ④ | 090:31-33 | 페스티 킹(Pesty King)의 재판 도중, 공원에서의 추락[타락]을 암시하는 음란한 소리 |
| | klikkaklakkaklaskaklopatzklatschabattacreppycrottygraddaghsemmihsammihnouithappluddyappladdypkonpkot (100 letters) | |

| | | |
|---|---|---|
| ⑤ | 113:09-11 | 소문을 담은 편지(gossify letter) 묘사에 대해서 왁자지껄거리는 소리 |
| | Thingcrooklyexineverypasturesixdixlikencehimaroundhersthemaggerbykinkinkankanwithdownmindlookingated (100 letters) | |

| | | |
|---|---|---|
| ⑥ | 257:27-28 | 아이들이 시합에서 돌아오면서 이어위커의 문을 쾅하고 닫는 소리 |
| | Lukkedoerendunandurraskewdylooshoofermoyportertooryzooysphalnabortansporthaokansakroidverjkapakkapuk (100 letters) | |

| | | |
|---|---|---|
| ⑦ | 314:08-09 | 이어위커의 평판이 추락하고, 피네간이 사다리에서 떨어질 때 술집에서 새어 나오는 시끄러운 소리 |
| | Bothallchoractorschumminaroundgansumuminarumdrumstrumtruminahumptadumpwaultopoofoolooderamaunsturnup (100 letters) | |

| | | |
|---|---|---|
| ⑧ | 332:05-07 | 크리미아 전쟁을 방송하기 전의 라디오 잡음과 애나 리비아(Anna Livia)가 섹스의 절정에서 뱉는 신음 소리 |
| | Pappappapparrassannuaragheallachnatullaghmonganmacmacmacwhackfalltherdebblenonthedubblandaddydoodled (100 letters) | |

| | | |
|---|---|---|
| ⑨ | 414:19-20 | 숀이 개미와 베짱이(Ondt-Gracehoper) 이야기를 하기 전에 목청을 가다듬기 위해서 내뱉는 기침 소리 |
| | husstenhasstencaffincoffintussemtossemdamandamnacosaghcusaghhobixhatouxpeswchbechoscashlcarcarcaract (100 letters) | |

| | | |
|---|---|---|
| ⑩ | 424:20-22 | 솀의 언어에 대해 숀이 예술가적 힘의 공포를 느끼는 순간의 천둥소리 |
| | Ullhodturdenweirmudgaardgringnirurdrmolnirfenrirlukkilokkibaugimandodrrerinsurtkrinmgernrackinarockar (101 letters) | |

◆ 『경야의 서』 외래어 일람 The Occurrence of Words of Foreign Origin

| 언어<br>Language | 빈도<br>Occurrences | 비율<br>Percentage | 외래어<br>Words and Phrases |
|---|---|---|---|
| 독일어<br>Gerlibeman | 143 | 19.89 | Bey |
| | | | Ding |
| | | | Elters |
| | | | Fear |
| | | | Fieldgaze thy tiny frow |
| | | | Finnlambs |
| | | | Futter |
| | | | Goat strip Finnlambs |
| | | | Gut |
| | | | Gut |
| | | | aftermeal |
| | | | Gutenmorg |
| | | | Hairfluke |
| | | | Heidenburgh |
| | | | Herrschuft |
| | | | Hohore |
| | | | Leaper |
| | | | Meldundleize |
| | | | Nixy |
| | | | Orthor |
| | | | Primas |
| | | | Primas |
| | | | Punct |
| | | | Puppette |
| | | | Riesengeborg |
| | | | Shize |
| | | | Taubling |
| | | | Underwetter |
| | | | Whallfisk |
| | | | What then agentlike |
| | | | Wolkencap |
| | | | Zmorde |
| | | | a bitskin |
| | | | abhears |
| | | | ahnsire |
| | | | all so |
| | | | angst |
| | | | aufroofs |
| | | | be dom ter |
| | | | behoughted |
| | | | bergins |
| | | | bier |

| 독일어<br>Gerlibeman | 143 | 19.89 | bissmark |
|---|---|---|---|
| | | | brodar |
| | | | buaboabaybohm |
| | | | buildung |
| | | | buildung |
| | | | butteler |
| | | | choruysh |
| | | | clever |
| | | | craching |
| | | | duncle |
| | | | endlike |
| | | | erde |
| | | | erde |
| | | | eyegonblack |
| | | | feige |
| | | | fimmieras |
| | | | floote |
| | | | forfall |
| | | | forover |
| | | | fredeland's |
| | | | frow |
| | | | funk |
| | | | gen |
| | | | graab |
| | | | gross |
| | | | handworded |
| | | | handwording |
| | | | hearsomeness |
| | | | heegills |
| | | | helfalittle |
| | | | hellish |
| | | | hemmed |
| | | | himals |
| | | | himples |
| | | | huroldry |
| | | | iz |
| | | | iz leebez |
| | | | kim-mells |
| | | | kirssy |
| | | | knirps |
| | | | krieging |
| | | | larms |
| | | | leebez |
| | | | libe |
| | | | loab |

| 독일어 Gerlibeman | 143 | 19.89 | luderman |
|---|---|---|---|
| | | | lumpend |
| | | | marmorial |
| | | | mau-rer |
| | | | milch |
| | | | misches |
| | | | mormorial |
| | | | mush |
| | | | mutteringpot |
| | | | netherfallen |
| | | | norgels |
| | | | num-mered |
| | | | on shower |
| | | | papeer |
| | | | pass how |
| | | | plodsfoot |
| | | | pudor |
| | | | pudor puff |
| | | | rede |
| | | | regginbrow |
| | | | reise |
| | | | ringsome |
| | | | ruhmuhrmuhr |
| | | | rutterdamrotter |
| | | | saack |
| | | | salig |
| | | | schlice |
| | | | schlook |
| | | | senken |
| | | | spier |
| | | | spooring |
| | | | sprids |
| | | | starck |
| | | | sterne |
| | | | stonengens |
| | | | strom |
| | | | stummer |
| | | | summan |
| | | | tauftauf |
| | | | thundersday |
| | | | thurum |
| | | | thurum |
| | | | tintingfast |
| | | | tonner |
| | | | trink |

| | | | trink gilt |
|---|---|---|---|
| 독일어<br>Gerlibeman | 143 | 19.89 | um |
| | | | um—scene |
| | | | uproor |
| | | | was iz |
| | | | watsch |
| | | | wielderfight |
| | | | wis |
| | | | woebecanned |
| | | | wondern |
| | | | yestern |
| 라틴어<br>Latin | 143 | 19.89 | Amni |
| | | | Apud |
| | | | Apud libertinam parvulam |
| | | | Aput |
| | | | Artsa |
| | | | Cave! |
| | | | Culpenhelp |
| | | | Dare |
| | | | Duum |
| | | | Ex |
| | | | Ex nickylow malo comes mickelmassed bonum |
| | | | Felix |
| | | | Fiatfuit |
| | | | Finishthere |
| | | | Forticules |
| | | | Forsin |
| | | | Helviticus |
| | | | Hic |
| | | | Hic cubat edilis |
| | | | Hirculos |
| | | | Ivoeh |
| | | | Liber |
| | | | Lividus |
| | | | Luna |
| | | | Monomark |
| | | | Mons |
| | | | Neblas |
| | | | Nondum |
| | | | Novo |
| | | | O foenix culprit |
| | | | Olim |
| | | | Papa |
| | | | Papa Vestray |
| | | | Primas |

| | | | |
|---|---|---|---|
| 라틴어<br>Latin | 143 | 19.89 | Primas |
| | | | Punct |
| | | | Puropeus |
| | | | Quarry silex |
| | | | Quodlibus |
| | | | Rooks |
| | | | roarum rex roome |
| | | | Salmosalar |
| | | | Saloos |
| | | | Tarra's |
| | | | Totities! |
| | | | Triom |
| | | | Typus |
| | | | Ub-lanium |
| | | | Undy gentian festyknees |
| | | | Unum |
| | | | Usgueadbaugham |
| | | | Vestray |
| | | | ancillars |
| | | | arminus |
| | | | audiurient |
| | | | balbulous |
| | | | bonum |
| | | | carina |
| | | | carina |
| | | | cele |
| | | | collupus |
| | | | convorted |
| | | | cubat |
| | | | culprit |
| | | | dare |
| | | | deepbrow |
| | | | devorers |
| | | | dusty fidelios |
| | | | edilis |
| | | | encostive |
| | | | erigenating |
| | | | exaggerated |
| | | | excelsissimost |
| | | | fammy of levity |
| | | | fidelios |
| | | | foenix |
| | | | gallous |
| | | | gynecure |
| | | | habitacularly |

| 라틴어<br>Latin | 143 | 19.89 | haud |
|---|---|---|---|
| | | | humus |
| | | | idim |
| | | | in nillohs dieybos |
| | | | inimy |
| | | | innocens |
| | | | insoult |
| | | | jiminies |
| | | | jiminy |
| | | | jiminy |
| | | | jiminy |
| | | | jiminy |
| | | | jiminy |
| | | | jiminy |
| | | | jiminy |
| | | | jimminies |
| | | | jimminy |
| | | | laus |
| | | | lex's |
| | | | lex's salig |
| | | | libe |
| | | | liberorumqueue |
| | | | libertinam |
| | | | lumbos |
| | | | magnate's |
| | | | malo |
| | | | manument |
| | | | minxt |
| | | | monitrix |
| | | | mormorial |
| | | | mure |
| | | | murial |
| | | | nubo |
| | | | obscides |
| | | | omniboss |
| | | | oner |
| | | | pacts |
| | | | panuncular |
| | | | parvulam |
| | | | pastor |
| | | | pax |
| | | | pomme full grave |
| | | | primesigned |
| | | | provorted |
| | | | quid |

| | | | |
|---|---|---|---|
| 라틴어<br>Latin | 143 | 19.89 | quod |
| | | | recursed |
| | | | rex |
| | | | roarum |
| | | | rory |
| | | | sabes |
| | | | silex |
| | | | strupithump |
| | | | supra |
| | | | surd |
| | | | surssurhummed |
| | | | suso |
| | | | tegotetab |
| | | | terricolous |
| | | | thurum and thurum in fancymud murumd |
| | | | tum |
| | | | ultimendly |
| | | | unda |
| | | | varminus |
| | | | vicus |
| 프랑스어<br>French | 129 | 17.94 | Assaye |
| | | | Assiegates |
| | | | Bowe |
| | | | Cherry |
| | | | Come on, fool porterfull, hosiered women blown monk sewer? |
| | | | Comsy see |
| | | | Damn fairy ann, Voutre |
| | | | Figtreeyou |
| | | | Flou |
| | | | Lave |
| | | | Les |
| | | | Les Loves of Selskar et Pervenche |
| | | | Louee |
| | | | Lumproar |
| | | | Maye faye |
| | | | Mieliodories |
| | | | Mont |
| | | | Mont |
| | | | Pervenche |
| | | | Pied |
| | | | Pied de Poudre |
| | | | Poor the pay |
| | | | Poudre |
| | | | Puppette |

| 프랑스어<br>French | 129 | 17.94 | Purebelle |
| | | | Sang |
| | | | Sophy-Key-Po |
| | | | Tom |
| | | | Tonnerre |
| | | | Toucheaterre |
| | | | Voutre |
| | | | Who ails tongue coddeau, aspace of dumbillsilly? |
| | | | Zmorde |
| | | | actionneers |
| | | | age |
| | | | arkway of trihump |
| | | | assaye |
| | | | balistics |
| | | | begay |
| | | | besch Winnie blows Nay on good |
| | | | beuraly |
| | | | blessed |
| | | | bordles |
| | | | bottes |
| | | | bourseday |
| | | | branlish |
| | | | bricket |
| | | | brookcells |
| | | | cash cash |
| | | | cassay |
| | | | chosies |
| | | | coddeau |
| | | | collines |
| | | | corne |
| | | | craching |
| | | | cued peteet peas |
| | | | de |
| | | | de |
| | | | dormont |
| | | | dragon volant |
| | | | droit |
| | | | droit of signory |
| | | | d'amores |
| | | | ells |
| | | | enfranchisable |
| | | | engravure |
| | | | erde |
| | | | erde |
| | | | et |

| | | | expectungpelick |
|---|---|---|---|
| | | | fammy |
| | | | fassil |
| | | | fay |
| | | | floote |
| | | | footing the camp |
| | | | frasques |
| | | | from |
| | | | froriose |
| | | | goliar's |
| | | | honnein suit |
| | | | ills |
| | | | larms |
| | | | larrons |
| | | | louee |
| | | | mound |
| | | | naperon |
| | | | parr |
| | | | passe |
| | | | passen-core |
| | | | passport out |
| | | | peteet |
| 프랑스어<br>French | 129 | 17.94 | pftjschute |
| | | | pharce |
| | | | plage |
| | | | plein |
| | | | plein avowels |
| | | | pleures |
| | | | pollyfool fiansees |
| | | | pomefructs |
| | | | pomme |
| | | | pouriose |
| | | | pourquose |
| | | | poussepousse |
| | | | poussey |
| | | | pre-tendant |
| | | | ptee |
| | | | pucelle |
| | | | quarterbrass |
| | | | review of the two mounds |
| | | | sabboes |
| | | | shoesets |
| | | | signory |
| | | | siktyten |
| | | | silvoor plate |

| | | | |
|---|---|---|---|
| 프랑스어<br>French | 129 | 17.94 | sosie |
| | | | surd |
| | | | tamtammers |
| | | | tete |
| | | | th'estrange |
| | | | tombed |
| | | | tombles |
| | | | tonner |
| | | | tourch |
| | | | trompe |
| | | | trompes |
| | | | troublant |
| | | | vert |
| | | | violer |
| | | | volant |
| 게일어<br>Irish Gaelic | 105 | 14.60 | Adar |
| | | | Anam |
| | | | Anem |
| | | | Baily |
| | | | Be nayther |
| | | | Benn |
| | | | Boos-laeugh |
| | | | Bower Moore |
| | | | Cead |
| | | | Cead mealy faulty rices |
| | | | Cottericks |
| | | | Dare |
| | | | Elters |
| | | | Fake |
| | | | Finn |
| | | | Finnimore |
| | | | Fire—bugs |
| | | | Formoreans |
| | | | Gall |
| | | | Gambariste della porca |
| | | | Heather |
| | | | Irenean |
| | | | Isout |
| | | | Kapelavaster |
| | | | Kevin |
| | | | Knockmaroon |
| | | | Lanner's |
| | | | Liam failed |
| | | | Maccullaghmore |
| | | | Mieliodories |

| | | | Morthering rue Noanswa |
|---|---|---|---|
| | | | Priam Olim |
| | | | Seeple |
| | | | Shimar |
| | | | Shimar |
| | | | Shin |
| | | | Shin |
| | | | Shopalist |
| | | | Slain |
| | | | Tarra's |
| | | | Toragh |
| | | | Touchole |
| | | | Tuo |
| | | | Ualu |
| | | | Ualu |
| | | | Ualu |
| | | | Usgueadbaugham |
| | | | Waddlings Raid |
| | | | Wassaily |
| | | | ardking |
| | | | aroun |
| 게일어<br>Irish Gaelic | 105 | 14.60 | baile's |
| | | | beuraly |
| | | | blay |
| | | | bode |
| | | | boord |
| | | | brawdawn |
| | | | carhacks |
| | | | cearc |
| | | | collines |
| | | | cuddy |
| | | | cute goes siocur and shoos aroun |
| | | | dare |
| | | | dhoul |
| | | | dovesgall |
| | | | essavans |
| | | | fargobawlers |
| | | | fear |
| | | | finisky |
| | | | glav |
| | | | hinndoo |
| | | | hinndoo |
| | | | hinndoo Shimar Shin |
| | | | hinnessy |
| | | | hinnessy |

| 게일어 Irish Gaelic | 105 | 14.60 | hinnessy |
|---|---|---|---|
| | | | issavan |
| | | | issavan essavans |
| | | | kanekannan |
| | | | kinkin |
| | | | kis |
| | | | knavepaltry |
| | | | lashons |
| | | | luderman |
| | | | mishe |
| | | | mishe |
| | | | muck |
| | | | my Elters |
| | | | naivebride |
| | | | oghres |
| | | | poghuing |
| | | | salig |
| | | | scrant |
| | | | shoos |
| | | | siocur |
| | | | solphereens |
| | | | strengly |
| | | | surssurhummed |
| | | | tarandtan |
| | | | thangas |
| | | | the bore the more |
| | | | thigging |
| | | | thur |
| | | | too-ath |
| 그리스어 Greek | 58 | 8.07 | Ag-apemonides |
| | | | Anna Stacey's |
| | | | Basilico |
| | | | Boos-laeugh |
| | | | Bronto |
| | | | Brékkek |
| | | | Copricapron |
| | | | Delian |
| | | | Eirenesians |
| | | | Irenean |
| | | | Kékkek |
| | | | Kékkek |
| | | | Kékkek |
| | | | Kóax |
| | | | Kóax |
| | | | Kóax |

| 그리스어 Greek | 58 | 8.07 | Mieliodories |
|---|---|---|---|
| | | | Monomark |
| | | | Pious |
| | | | Ptollmens |
| | | | Shize |
| | | | Tope |
| | | | Tris |
| | | | Typus |
| | | | Wassaily |
| | | | autokinotons |
| | | | basili |
| | | | boes |
| | | | bron |
| | | | brontoichthyan |
| | | | curios |
| | | | epsilene |
| | | | gamier |
| | | | hathatansy |
| | | | helio |
| | | | herodotary |
| | | | hippo |
| | | | holos |
| | | | hoyth |
| | | | huemeramybows |
| | | | isges |
| | | | isges |
| | | | isthmus |
| | | | libe |
| | | | minion |
| | | | moony |
| | | | ontophanes |
| | | | peri |
| | | | peri potmother |
| | | | perihelygangs |
| | | | phonio |
| | | | potmother |
| | | | pyrrhique |
| | | | thanacestross |
| | | | to |
| | | | tragoady |
| | | | triboos |
| | | | turnpaht |
| 덴마크어 Danish | 47 | 6.54 | Baal |
| | | | Brettland |
| | | | Byggning |

| 덴마크어<br>Danish | 47 | 6.54 | Culpenhelp |
|---|---|---|---|
| | | | Dungtarf |
| | | | Elsekiss thou may, mean Kerry piggy? |
| | | | Hanandhun |
| | | | Hwaad |
| | | | Ore |
| | | | Selskar |
| | | | Skud |
| | | | Viv |
| | | | Whallfisk |
| | | | atter |
| | | | bagsides |
| | | | barnets |
| | | | brannewail |
| | | | brodar |
| | | | cattegut |
| | | | drengs |
| | | | drukn |
| | | | du-ran |
| | | | forfall |
| | | | forover |
| | | | forsstand |
| | | | fredeland's |
| | | | holmsted |
| | | | howd |
| | | | hwide |
| | | | ilandiskippy |
| | | | kvarters |
| | | | lipsyg |
| | | | liv |
| | | | med |
| | | | peacefugle |
| | | | sair |
| | | | salig |
| | | | skull |
| | | | smal |
| | | | swaradid |
| | | | till |
| | | | till the drengs |
| | | | toller-day donsk? |
| | | | tom |
| | | | toohoohoorden |
| | | | twilling |
| | | | wilby |

| 네덜란드어<br>Dutch | 46 | 6.40 | Boos-laeugh |
| | | | Het wis if ee newt |
| | | | Hugacting |
| | | | Onheard |
| | | | Play |
| | | | Wolkencap |
| | | | Zee |
| | | | agent |
| | | | angst |
| | | | baken |
| | | | bier |
| | | | blooty |
| | | | boom |
| | | | buaboabaybohm |
| | | | bucklied |
| | | | calvers |
| | | | deef |
| | | | fredeland's |
| | | | groot |
| | | | guldenselver |
| | | | handworded |
| | | | handwording |
| | | | hemmed |
| | | | honds |
| | | | hoops |
| | | | ilandiskippy |
| | | | kerks |
| | | | kraaking |
| | | | kraals |
| | | | marrog |
| | | | men—here's |
| | | | met |
| | | | min |
| | | | num-mered |
| | | | pringlpik |
| | | | rust |
| | | | salig |
| | | | seep |
| | | | slaaps |
| | | | soort |
| | | | strengly |
| | | | strengly fore-bidden |
| | | | strubbely |
| | | | swaradid |
| | | | unrested |

| 네덜란드어<br>Dutch | 46 | 6.40 | waast |
|---|---|---|---|
| 이탈리아어<br>Italian | 40 | 5.56 | Basilico |
| | | | Brontolone |
| | | | Dalaveras fimmieras! |
| | | | Gambariste |
| | | | Louee |
| | | | Luna |
| | | | Micgranes |
| | | | O carina! |
| | | | O carina! |
| | | | Pia |
| | | | Pia de Purebelle |
| | | | Stilla |
| | | | Tuttut's cess |
| | | | Zmorde |
| | | | alebrill |
| | | | bergagambols |
| | | | bergamoors |
| | | | bergincellies |
| | | | bergones |
| | | | cit |
| | | | citters |
| | | | della |
| | | | fimmieras |
| | | | gorgios |
| | | | grandfallar |
| | | | grass |
| | | | innebbiated |
| | | | louee |
| | | | noobi-busses |
| | | | ombre |
| | | | porca |
| | | | rimimirim |
| | | | riverrun |
| | | | sarch |
| | | | stralegy |
| | | | sytty |
| | | | toh |
| | | | tuon |
| | | | verdigrass |
| | | | wivvy |
| 아일랜드 영어<br>Anglo-Irish | 32 | 4.45 | Anam muck an dhoul |
| | | | Annie |
| | | | Anny |

| | | | |
|---|---|---|---|
| 아일랜드 영어<br>Anglo-Irish | 32 | 4.45 | Be in your whisht |
| | | | Betoun |
| | | | Bullsear |
| | | | Dibble a hayfork's |
| | | | Findrinny |
| | | | Killykill-killy |
| | | | Landloughed |
| | | | a toll |
| | | | a toll |
| | | | afreet |
| | | | aroont |
| | | | bad scrant to me |
| | | | bawn |
| | | | bleethered |
| | | | buddhoch |
| | | | cashels |
| | | | clittering |
| | | | doat |
| | | | een |
| | | | frailyshees |
| | | | horrid |
| | | | mahan |
| | | | metherjar |
| | | | ollaves |
| | | | orra |
| | | | shee |
| | | | signs on it! |
| | | | solphereens |
| | | | twig |
| 히브리어<br>Hebrew | 22 | 3.06 | Daleth |
| | | | Humme |
| | | | Mapqiq |
| | | | Toragh |
| | | | adi |
| | | | batin |
| | | | baubletop |
| | | | cohalething |
| | | | hamissim |
| | | | himashim |
| | | | honnein |
| | | | hubbub |
| | | | lashons |
| | | | naym |
| | | | nebo |
| | | | paroqial |

| | | | |
|---|---|---|---|
| 히브리어<br>Hebrew | 22 | 3.06 | peri |
| | | | sabboath |
| | | | sedeq |
| | | | shebi |
| | | | sherif |
| | | | sores |
| 세르보<br>크로아티아어<br>Serbo-Croatian | 19 | 2.64 | Wassaily |
| | | | Zmorde |
| | | | clever |
| | | | dugters |
| | | | duppy |
| | | | glav |
| | | | gleve |
| | | | gromgremmi |
| | | | inat |
| | | | loab |
| | | | locktoes |
| | | | militopucos |
| | | | misches |
| | | | nebo |
| | | | nubo |
| | | | quhare |
| | | | sewers |
| | | | shuttoned |
| | | | sin |
| 힌두스타니어<br>Hindustani | 14 | 1.95 | Assaye |
| | | | Shimar |
| | | | Shimar |
| | | | Shin |
| | | | Shin |
| | | | argaum |
| | | | assaye |
| | | | awghurs |
| | | | gharagh |
| | | | hinndoo |
| | | | hinndoo |
| | | | hinndoo Shimar Shin |
| | | | madrashattaras |
| | | | varrhou |
| 노르웨이어<br>Norwegian | 11 | 1.53 | Oye |
| | | | askes |
| | | | f t. |
| | | | fiord |
| | | | fjell |
| | | | hoddit |

| 노르웨이어<br>Norwegian | 11 | 1.53 | ild |
| | | | norgels |
| | | | ordurd |
| | | | swart goody |
| | | | sytty |
| 고대 영어<br>Old English | 11 | 1.53 | Thon |
| | | | Thon's |
| | | | Thon's |
| | | | Thon's |
| | | | abcedminded |
| | | | erde |
| | | | erde |
| | | | isges |
| | | | isges |
| | | | tha |
| | | | thorn |
| 아라비아어<br>Arabic | 9 | 1.25 | Jined |
| | | | Khan |
| | | | Nizam |
| | | | dill |
| | | | jebel |
| | | | nabir |
| | | | sahuls |
| | | | unkalified |
| | | | wesways |
| 체코어<br>Czech | 8 | 1.11 | Hney |
| | | | buddhoch |
| | | | hney |
| | | | hney |
| | | | nickylow |
| | | | peri |
| | | | sedeq |
| | | | strom |
| 고대<br>스칸디나비아어<br>Old Norse | 8 | 1.11 | Norronesen |
| | | | ginnandgo gap |
| | | | ragnar |
| | | | ruma |
| | | | thonthorstrok |
| | | | thorn |
| | | | wallhall's |
| | | | whirlworlds |

| | | | |
|---|---|---|---|
| 러시아어<br>Russian | 7 | 0.97 | Boos-laeugh |
| | | | Fetch neahere, Pat Koy |
| | | | Wramawitch |
| | | | brack |
| | | | cashels |
| | | | fetch nouyou, Pam Yates |
| | | | swete |
| 포르투갈어<br>Portuguese | 6 | 0.83 | Novo |
| | | | Tarra's |
| | | | orangotangos |
| | | | thangas |
| | | | tro |
| | | | widdars |
| 프로방스어<br>Provencal | 6 | 0.83 | Malmarriedad |
| | | | frisque |
| | | | la gaye |
| | | | pyrrhique |
| | | | reverso-gassed |
| | | | valentine eyes |
| 인도 영어<br>Anglo-Indian | 5 | 0.70 | Ap Pukkaru |
| | | | Pukka |
| | | | Yurap |
| | | | see-boy |
| | | | seeboy |
| 터키어<br>Turkish | 5 | 0.70 | Bey |
| | | | adi |
| | | | batin |
| | | | gokgorlay |
| | | | shebi |
| 에스페란토<br>Esperanto | 4 | 0.56 | audiurient |
| | | | militopucos |
| | | | planko |
| | | | pringlpik |
| 중세 영어<br>Middle English | 4 | 0.56 | Assaye |
| | | | assaye |
| | | | funk |
| | | | ourn |
| 로만시어<br>[스위스]<br>Rhaeto-Romansh | 4 | 0.56 | Fe |
| | | | Neblas |
| | | | fo |
| | | | fom |
| 스페인어<br>Spanish | 4 | 0.56 | Luna |
| | | | an—glease |
| | | | sobralasolas |
| | | | youstead |

| | | | |
|---|---|---|---|
| 우크라이나어<br>Ukranian | 4 | 0.56 | Hney |
| | | | du-ran |
| | | | hney |
| | | | hney |
| 웨일스어<br>Welsh | 3 | 0.42 | davy |
| | | | kisstvanes |
| | | | porthery |
| 핀란드어<br>Finnish | 2 | 0.28 | nkon |
| | | | ukkunun |
| 리투아니아어<br>Lithuanian | 2 | 0.28 | Per-ko |
| | | | gruauya |
| 페르시아어<br>Persian | 2 | 0.28 | barg |
| | | | peri |
| 산스크리트<br>Sanskrit | 2 | 0.28 | Kapelavaster |
| | | | mahomahouma |
| 알바니아어<br>Albanian | 1 | 0.14 | bumullu |
| 브르타뉴어<br>Breton | 1 | 0.14 | kuru |
| 중국어<br>Chinese | 1 | 0.14 | Shen |
| 집시어<br>Gipsy | 1 | 0.14 | gorgios |
| 일본어<br>Japanese | 1 | 0.14 | kamminar |
| 말레이어<br>Malay | 1 | 0.14 | hundhur |
| 고대<br>아이슬란드어<br>Old Icelandic | 1 | 0.14 | hrosspower |
| 고대 루마니아어<br>Old Romanian | 1 | 0.14 | thun |
| 루마니아어<br>Romanian | 1 | 0.14 | thuna |
| 사모아어<br>Samoan | 1 | 0.14 | faititill |
| 스와힐리어<br>Swahili | 1 | 0.14 | radi |
| 스웨덴어<br>Swedish | 1 | 0.14 | awnska |
| 스위스 독일어<br>Swiss-German | 1 | 0.14 | snore |

• joyce.obdurodon.org/analysis.html

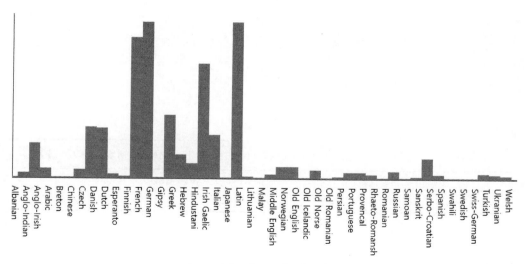

Albanian
Anglo-Indian
Anglo-Irish
Arabic
Breton
Chinese
Czech
Danish
Dutch
Esperanto
Finnish
French
German
Gipsy
Greek
Hebrew
Hindustani
Irish Gaelic
Italian
Japanese
Latin
Lithuanian
Malay
Middle English
Norwegian
Old English
Old Icelandic
Old Norse
Old Romanian
Persian
Portuguese
Provencal
Rhaeto-Romansh
Romanian
Russian
Samoan
Sanskrit
Serbo-Croatian
Spanish
Swahili
Swedish
Swiss-German
Turkish
Ukranian
Welsh

• joyce.obdurodon.org/analysis.html

# 해체와 재생: 경야어經夜語 의 원리
Emendation Type of the Waken Word

◆ 【원문 · 번역】

: takes a szumbath for his weekend and a wassarnap for his refreskment:【129:28-29】

자신의 주말을 위하여 토요일욕(土曜日浴)을 그리고 상쾌한 기분을 위하여
일요수탕(日曜水湯)을 택하도다[김종건 교수 번역]

◆ 【분석】

| 경야어<br>Waken Word | 조합 언어<br>Language Identi-ty | 통용어(通用語)<br>Conventional Word | 일반 영어<br>Meaning in English | 파자(破字) 원리<br>Emendation Type |
|---|---|---|---|---|
| szumbath | 영어 | sun | sun | z 탈락, m을 n으로 대체 |
| | | | | szum→sun |
| | | bath | bath | bath→bath |
| | | sunbath | sunbath | z 탈락, m을 n으로 대체 |
| | | | | szumbath→sunbath |
| | 헝가리어 | Szombat | Saturday | u를 o로 대체, h탈락 |
| | | | | Szombat |
| wassarnap<br>[wa¹s¹s²a²r] | 영어 | water | water | s¹ 탈락, s²를 t로 대체, a²를 e로 대체 |
| | | | | wassar→water |
| | | nap | nap | nap→nap |
| | 헝가리어 | Vasárnap | Sunday | w를 V로 대체, s¹탈락, a²를 á로 대체 |
| | | | | wassar→Vasár |
| | | nap | day | nap→nap |
| | | Nap | Sun | Nap→Nap |
| | 독일어 | wasser | water | a²를 e로 대체 |
| | | | | wassar→wasser |
| | | napf | Cup | f 첨가 |
| | | | | nap→napf |

| | | | | |
|---|---|---|---|---|
| refreskment [re¹fre²sk] | 영어 | refreshment | refreshment | k를 h로 대체 |
| | | | | refreskment→refreshment |
| | | refresh | refresh | k를 h로 대체 |
| | | | | refresk→refresh |
| | | meant | meant | a 첨가 |
| | | | | ment→meant |
| | | went | went | m을 w로 대체 |
| | | | | ment→went |
| | 노르웨이어 | frisk | fresh | e²를 i로 대체 |
| | | | | fresh→frisk |
| | 헝가리어 | friss | fresh | e²를 i로 대체, k를 s로 대체 |
| | | | | fresk→friss |
| | | ment | went | ment→ment |
| his | 영어 | he is | he is | 분리 현상, i를 e로 대체 |
| | | | | his→he is |
| weekend [we¹e²ke³nd] | 영어 | weak end | weak end | 분리 현상, e²를 a로 대체 |
| | | | | week→weak |

Edina, Vass. The Conundrum of Language. Saarbrücken: VDM Verlag Dr.Müller, 2008.

# 7. 『경야의 서』 현장

## 1 리피강

조이스 문학에서, 리피강은 『젊은 예술가의 초상』과 『율리시스』의 세계로 처연하게 흘러 들어가고 다시 그곳으로부터 애잔하게 흘러나와 이윽고 물살을 휘몰아 취한 듯 곤두박질치며 『피네간의 경야』의 영토를 적신다.

The sorrowful Liffey flows in and out of *A Portrait of the Artist as a Young Man* and *Ulysses*, and it runs and eddies and pitches drunkenly throughout *Finnegans Wake*.

- Bowker, Gordon: *James Joyce: A New Biography*

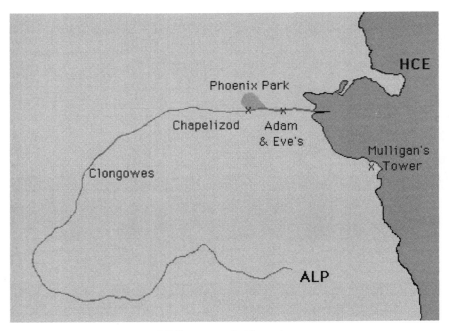

• phillyfinneganswake.blogspot.com

"riverrun, past Eve and Adam's, from swerve of shore to bend of bay"【003:01-02】
강은 흐르고 흘러, 아담과 이브 성당을 지나, 굽이진 해안으로부터 더블린만灣까지

• McHugh, Roland. The Sigla of Finnegans Wake. Austin: University of Texas Press, 1976.

'피닉스 공원'은 『경야』 전반에 걸쳐 300여 차례 이상 직·간접으로 언급되고 있다.

Over 300 direct references to the Phoenix park and its features are distributed more or less evenly throughout the book.

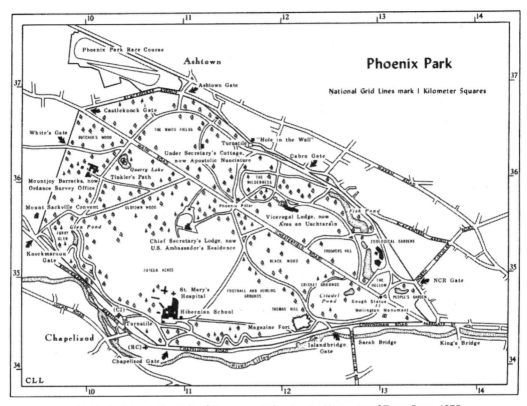

• McHugh, Roland. The Sigla of Finnegans Wake. Austin: University of Texas Press, 1976.

원래 아일랜드어로 '맑고 고요한 물(clear or still water)'이라는 뜻의 'Fhionnuisce'가
영어의 'Phoenix'와 발음이 비슷하다 하여 '피닉스'라 불리게 되었다.
1662년에 개장하였으니 359년의 역사가 유장悠長하다.

### 4 채플리조드

'이졸데의 예배당(Iseult's Chapel)'이란 뜻을 가진 지명. 셰리던 르파누(Sheridan Le Fanu)(1814-1873)가 채플리조드를 무대로 『교회 묘지 옆의 집(The House by the Churchyard)』(1863)이라는 소설을 썼는데, 『경야의 서』에 영향을 주었다.

등장인물 포터(Porter) 가족이 더블린 교외, 바로 이곳 채플리조드(Chapelizod)에 살고 있다. 『경야의 서』와 『교회 묘지 옆의 집』의 공통된 사건의 핵심은 장례葬禮, 즉 funeral[funferall(FW 013:15)=fun for all]이다.

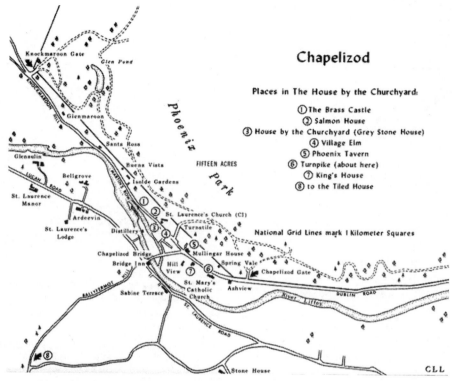

• McHugh, Roland. The Sigla of Finnegans Wake. Austin: University of Texas Press, 1976.

르파누 (셰리던의) 마차 주차장 옆의 낡은 집
Lefanu (Sheridan's) Old House by the Coachyard【213:01】

## Making The Book of the Wake : A Timeline

| 1923 | 1924 | 1925 | 1926 | 1927 |
|---|---|---|---|---|
| II. 3-4, IV., I. 2-5 | I. 7-8, III. 1-3 | III. 4 | I. 6, II. 2, I. 1 | I. 6 |

| 1928 | 1929 | 1930 | 1932 | 1939 |
|---|---|---|---|---|
| II. 2, III. 1, I. 8 | III. 3, II. 2, III. 4 | II. 1 | I. 6 | *Finnegans Wake* |

| 년도 | | 집필 역사 | 출판 역사 |
|---|---|---|---|
| 1923 | 3월 10일 | King Roderick O'Conor[FW 380-82] | |
| | 7~8월 | Tristram and Isolde[FW 384-86]; St. Kevin[FW 604-05]; Balkelly and St.Patrick[FW 611-12] | |
| | 9월 중순 | Mamalujo II.iv[FW 383-99] | |
| | 연말 | The Ballad; Goat; Lion; Hen; Shem; Anna Livia Plurabelle | |
| 1924 | 1~3월 | I.v [FW 104-25]; I.vii[FW 169-95]; I.iii[FW 196-210] | 'From Work in Progress'[FW II.iv 383-99] in transatlantic review |
| | 3월 | Shaun the Post; III.i, ii, iii, iv[FW 403-590] | |
| | 연말 | Revise the episodes in Part I | |
| 1925 | 연초 | Revise the episodes of Part I | 'From Work in Progress'[FW 30-34] in Contact Collection of Contemporary Writers |
| | 4월 | Correct copy for the Criterion; Proofs for the Contact Collection | 'Fragment of an Unpublished Work'[FW I.v 104-25] in Criterion |
| | 8월 | Begin Shaun III.iv[FW 555-90] | 'From Work in Progress'[FW I.iii 196-216] in Navire d'Argent 'Extract from Work in Progress'[FW I.vii 169-95] in This Quarter |
| 1926 | 4월 | Shaun II[FW 219-510] | |
| | 중순 | The Triangle; The Muddest Thick That Was Ever Heard Dump[FW 282-304] | |
| | 가을 | Draft I.i[FW 03-29] | |
| 1927 | 연중 | Revise Part I.[FW 03-216] for the transition | 'Opening Pages of a Work in Progress'[FW I.i] in transition |
| | 여름 | Compose I.vi[FW 126-68] | 'Continuation of a work in Progress'[FW I.ii] in transition |
| 1928 | | Revise Shaun[FW 403-55] for the transition; Rework Anna Livia | Anna Livia Plurabelle[FW I.iii 196-216] |
| 1929 | 연중 | The Mookse and the Gripes[FW 152-59]; The Muddest Thick That Was Ever Heard Dump[FW 282-304] | Tales Told of Shem and Shaun[FW 152-9, 282-304, 414-19] |
| 1930 | 연중 | Begin II.i[FW 210-59] | Haveth Childers Everywhere[FW 532-54] |
| | | | Anna Livia Plurabelle[FW I.iii] |
| 1932 | 연중 | Complete Finnegans Wake II.i[FW 219-59] | Two Tales of Shem and Shaun[FW 152-9] |

제3부

# 『경야의 서』지지地誌

# 현대문학과 예술의 선도자

## Precursor of Modern Literature and Art

· www.thecollector.com

제임스 조이스가 평생을 두고 기울여온 창의적이고 지적인 노력은 비단 아일랜드뿐만 아니라 현대문학에 이르기까지 꾸준히 영향력을 행사했다고 말할 수 있다. 그만의 독특한 글쓰기 스타일과 실험적인 기법은 문학 혁신의 새로운 기준을 끊임없이 제시함과 동시에 작가들에게 종래의 스토리텔링이 지닌 한계를 무너뜨릴 영감을 던져준다. 조이스가 가졌던 조국 아일랜드 문화에 대한 강한 애착과 독립을 향한 열망은 그의 작품에 고스란히 담겨있어 아일랜드 국민들에게 문화적·역사적 통찰의 중요한 원천을 제공한다. 그러므로 조이스가 20세기에 가장 영향력 있는 작가 중 한 명이라든가 그리고 그의 문학적 유산이 다가오는 다음 세대까지 계속 전해질 것이라는 지적은 놀랄 일이 아니다.

It can be said, therefore, that James Joyce's creative and intellectual endeavors had a lasting impact not only on his own Ireland but also on contemporary literature. His unique writing style and experimental techniques continue to set new standards in literary innovation and inspire writers to push the boundaries of conventional storytelling. Joyce's unwavering devotion to Irish culture and quest for independence both resonate today as his work remains an important source of cultural and historical insight for the Irish people. It is therefore not surprising that Joyce is considered one of the most influential authors of the 20th century and that his legacy is likely to continue for generations to come.

-www.thecollector.com

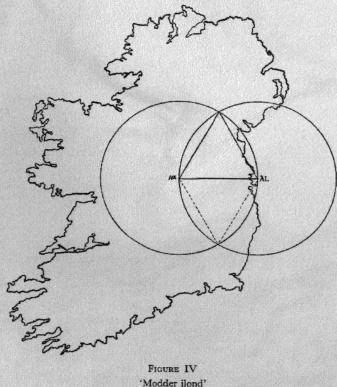

FIGURE IV
'Modder ilond'

• Clive Hart, Structure and motif in Finnegans Wake

『경야의 서』에서 ALP는 Modder ilond 즉 Mother Ireland 또는 Mud Island가 되며,
ALP 도해는 그녀의 genitalia를 상징한다

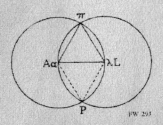

# 1. 『경야의 서』 지지地誌

## Topographical Allusion of the Book of the Wake

## 『경야經夜의 서書』 제 I 권 제1장

### 003~029

| 면/행<br>Pg./Li | 경야 지명<br>FW Allusion | | 실제 지명<br>Real Toponym | 경야 원문<br>Textual Citation |
|---|---|---|---|---|
| 003:01 | river | | River Liffey | riverrun, past<br>Eve and Adam's, from swerve |
| | | | 리피강 | |
| | Eve and Adam's | | Adam and Eve's | |
| | | | 아담과 이브 성당 | |
| 003:02 | bay | | Dublin bay | of bay, brings us by<br>a commodius vicus |
| | | | 더블린만灣 | |
| | vicus | | Vico Road | |
| | | | 비코 도로 | |
| 003:03 | Howth Castle and Environs | | Howth/Howth Castle | Howth Castle and Environs. |
| | | | 호우드 언덕/호우드 성 | |
| 003:04 | the short sea | | the Irish Sea | fr'over the short sea, |
| | | | 아일랜드해海 | |
| 003:05 | North Armorica | | Brittany [Bretagne] | core rearrived from<br>North Armorica |
| | | | 브르타뉴 | |
| 003:06 | isthmus | | Isthmus of Sutton | isthmus of Europe Minor<br>to wielderfight |
| | | | 서튼 지협地峽 | |
| | Europe Minor | | Ireland | |
| | | | 아일랜드 | |
| | penisolate | | Iberian Peninsula | his penisolate war: |
| | | | 이베리아 반도 | |
| 003:07 | stream Oconee | | Oconee River | by the stream<br>Oconee exaggerated |
| | | | 미국 조지아주의 오코니강 | |
| 003:08 | Laurens County's | | Laurens County | to Laurens County's gorgios<br>while |
| | | | 미국 조지아주 로렌스 카운티 | |
| | gorgios | | Georgia | |
| | | | 미국 동남부의 주: 조지아 | |
| | doublin | | Dublin (in Georgia) | they went doublin their<br>mumper |
| | | | 로렌스 카운티의 행정 도시 | |

| | | | |
|---|---|---|---|
| 003:15 | bababadal | Tower of Babel | bababadalgharaghtakamminarronnkonn-bronntonnerronntuonnthunntrovarrhoun-awnskaw ntoohoohoordenenthurnuk |
| | | (구약성경 창세기)바벨탑 | |
| 003:17 | wallstrait | Wall Street in New York | of a once **wallstrait** oldparr is retaled |
| | | 미국 뉴욕의 월스트리트 | |
| 003:18 | life | Liffey | on **life** down through all christian |
| | | 리피강 | |
| 003:20 | erse | Ireland | **erse** solid man, that the **humptyhillhead** |
| | | 아일랜드 | |
| | humptyhillhead | Howth | |
| | | 호우드 언덕 | |
| 003:22 | upturnpike-pointand-place | Turnpike | and their **upturnpike**pointandplace is at |
| | | 피닉스 공원의 출입문 | |
| | knock out | Castleknock (Hill)/ Knockmaroon (Hill) | at the **knock out** in the park |
| | | (피닉스 공원 서쪽)노크 언덕 | |
| | the park | Phoenix Park | |
| | | 피닉스 공원 | |
| 003:24 | livvy | Liffey | linsfirst loved **livvy**. |
| | | 리피강 | |
| 004:05 | Hoodie Head | Howth (Head) | the Whoyteboyce of **Hoodie Head.** |
| | | 호우드 헤드 | |
| 004:17 | phoenish | Phoenix Park | a setdown secular **phoenish**. |
| | | 피닉스 공원 | |
| 004:28 | Soangso | Hwang Ho River | banks for the livers by the **Soangso.** |
| | | 중국의 황하黃河강 | |
| 004:35 | waalworth of a skyerscape | Woolworth Building | a **waalworth of a skyerscape** of |
| | | (뉴욕의) 울워스 빌딩 | |
| 004:36 | eyeful hoyth | Eiffel Tower/Howth | of most **eyeful hoyth** entowerly |
| | | 에펠탑/호우드 언덕 | |
| 005:01 | the himals and all | Himalaya Mountains | celescalating **the himals and all** |
| | | 히말라야 산맥 | |
| 005:02 | baubletop | Tower of Babel | abob off its **baubletop** and |
| | | 바벨탑 | |
| 005:06 | Riesengeborg | Riesengebirge | laeugh of **Riesengeborg**. His crest of |
| | | (폴란드-체코 국경의) 크루코노체 산맥 | |
| 005:14 | cubehouse | Mecca [Kaaba] | Our **cubehouse** still rocks as earwitness |
| | | (아라비아의) 이슬람 신전 | |
| 005:15 | arafatas | Arafata Hill | to the thunder of his **arafatas** but |
| | | 메카 근처의 언덕 | |

| | | | |
|---|---|---|---|
| 005:23 | jebel | Nile River [Bahr-el-Jebel] | bedoueen the **jebel** and |
| | | 나일강 | |
| 005:23 | jpysian | Egyptian | the **jpysian** sea. Cropherb the crunch- |
| | | 이집트(의) | |
| 005:27 | collupsus | Colossus of Rhodes | due to a **collupsus** of his back |
| | | (그리스 로도스의) 태양신의 거상巨像 | |
| 005:31 | rollsrights | Rollright Stones | horrors of **rollsrights, carhacks, stonengens** |
| | | (영국 옥스퍼드의) 롤라이트 스톤 | |
| | carhacks | Carhaix | |
| | | (프랑스 브르타뉴지방의 포허에 있는 도시) 카라에즈 | |
| | stonengens | Stonehenge | |
| | | (영국 솔즈베리 평원의) 스톤헨지 | |
| 005:32 | streetfleets | Fleet Street | **streetfleets, tournintaxes, mega-** |
| | | (영국 런던 중심의) 신문·출판 거리 | |
| | tournintaxes | Thurn and Taxis | |
| | | (독일 레겐스부르크의) 투른 운트 탁시스 궁 | |
| 005:33 | aeropagods | Aeropagus (Athens) | and basilikerks and **aeropagods** |
| | | (그리스 아테네의) 아레스의 언덕 [Hill of Ares] | |
| 005:35 | mecklenburk bitch | Mecklenburgh Street | **mecklenburk bitch ... merlinburrow bur-** |
| | | 더블린의 거리명 | |
| | merlinburrow burrocks | Marlborough Barracks | |
| | | 더블린의 말버러 막사 | |
| 005:36 | fore old porecourts | The Four Courts | **fore old porecourts**, the **bore the more**, |
| | | (더블린)법원 재판소[대법원] | |
| | bore the more | Bothermore | |
| | | (더블린)주도로[main road] | |
| 006:01 | blightblack | Blue Stack Mountains | **blightblack** workingstacks at **twelvepins** |
| | | (도네갈의) 산맥 이름 | |
| | twelvepins | Twelve Bens (Mts.) | |
| | | (골웨이의) 산맥 이름 | |
| 006:07 | hugh butt | Butt Bridge | a reef for hugh **butt** under |
| | | (더블린 리피강의) 다리 | |
| 006:19 | Agog and magog | Gog and Magog | **Agog and magog** and the round |
| | | (성경)거짓과 악의 두 나라 | |

| | | | |
|---|---|---|---|
| 006:21 | kinkin corass | Kincora | Some in **kinkin corass**, more, |
| | | (클래어주)브라이언 보루(Brian Boru) 왕의 출생지 | |
| 006:27 | finisky | Phoenix Park | of **finisky** fore his feet. And a |
| | | 피닉스 공원 | |
| 006:33 | Shopalist | Chapelizod | Hum! From **Shopalist** to |
| | | (더블린의) 채플리조드 마을 | |
| 006:33 | Bailywick | Bailey Lighthouse | **Bailywick** or from **ashtun** to **baronoath** |
| | | (호우드의) 베일리 등대 | |
| | ashtun | Ashtown | |
| | | 피닉스 공원 근처의 마을 | |
| | baronoath | Howth | |
| | | 호우드 언덕 | |
| 006:34 | Buythebanks | Chapelizod[The Bank] | from **Buythebanks** to **Roundthehead** or |
| | | 채플리조드[강둑] | |
| | Roundthehead | Howth(Head) | |
| | | 호우드 헤드 | |
| 006:35 | ireglint's eye | Ireland's Eye | bill to **ireglint's eye** he calmly |
| | | 호우드 근처의 작은 무인도 | |
| 007:01 | livvylong | Liffey | all the **livvylong** night |
| | | 리피강 | |
| 007:05 | teary turty Taubling | Dear Dirty Dublin | **teary turty Taubling**. Grace before |
| | | 더블린 | |
| 007:07 | pool the begg | Poolbeg(Lighthouse) | So **pool the begg** and **pass the kish** for |
| | | Pigeon House의 방파제 | |
| | pass the kish | Kish Lightship | |
| | | (더블린만灣의) 등대선船 | |
| 007:11 | Kennedy bread | Peter Kennedy(bakery) | **Kennedy bread**. And whase hitched to |
| | | 더블린의 빵 가게 | |
| 007:12 | U'Dunnell's | Phoenix Brewery | Danu **U'Dunnell's** foamous olde **Dobbelin** |
| | | 피닉스 양조장 | |
| | Dobbelin | Dublin | |
| | | 더블린 | |
| 007:28 | Benn Heather | Howth[Ben Edar] | **Benn Heather**, in **Seeple Isout** too. |
| | | 호우드 언덕의 헤더숲 | |
| | Seeple Isout | Chapelizod | |
| | | 채플리조드 | |
| 007:30 | Whooth | Howth | **Whooth?** His clay feet, swarded in |
| | | 호우드 | |
| 007:31 | magazine wall / maggy seen all | Magazine Fort | **magazine wall**, ... our **maggy seen all**, |
| | | (피닉스 공원)탄약고 벽 | |

| | | | |
|---|---|---|---|
| 007:33 | belles' alliance | Waterloo | this belles' alliance beyind Ill Sixty |
| | | (벨기에)워털루 | |
| | Ill Sixty | Hill 60 | |
| | | (벨기에 Ypres의) 60고지 | |
| 007:34 | tarabom, tarabom | Tara | bom, tarabom, tarabom, lurk the |
| | | 아일랜드의 고대 수도 | |
| 007:35 | lyffing-in-wait | Liffey | the lyffing-in-wait of the upjock and |
| | | 리피강 | |
| 008:01 | Wallinstone national museum | Wellington Museum | now Wallinstone national museum |
| | | (런던 Hyde Park의) 웰링턴 박물관 | |
| 008:02 | waterloose | Waterloo | the charmful waterloose country |
| | | (벨기에)워털루 | |
| 008:03 | two quitewhite villagettes | Hougomont & La Haye Sainte | the two quitewhite villagettes who |
| | | (워털루의) 농장 지명 | |
| 008:06 | invalids | Le Invalides | Redismembers invalids of old |
| | | 앵발리드(센 강변의 건축물) | |
| 008:10 | Willingdone Museyroom | Wellington Museum | Now yiz are in the Willingdone Museyroom |
| | | (영국의) 웰링턴 박물관 | |
| 008:11 | Prooshious | Prussia | This is a Prooshious gunn. |
| | | | This is the flag of the Prooshious, |
| 008:13 | | (과거의) 독일제국, 프로이센 | that byng the flag of the Prooshious. |
| | | | the flag of the Prooshious. |
| 008:14 | Saloos | Loos(Battle) | Saloos the Crossgunn! Up with your |
| | | (1차 세계대전) 루스 전투 | |
| | Crossgunn | Corsica | |
| | | (지중해의 프랑스령) 섬 | |
| 008:17 | Cokenhape | Copenhagen | the Cokenhape. This is the big Sraughter |
| | | 덴마크의 수도 | |
| 008:18 | magentic | Magenta(Battle) | grand and magentic in his goldtin spurs |
| | | 프랑스-오스트리아 간 전쟁 | |
| | goldtin spurs | Battle of Golden | |
| | | 벨기에-프랑스 간 전쟁 | |
| 008:19 | quarterbrass | Quatre Bras | his quarterbrass woodyshoes and his |
| | | 카트르브라(워털루 전투의 전초전) | |
| 008:20 | bangkok's | Bangkok | and his bangkok's best and |
| | | 태국의 수도 | |
| | pulluponeasyan | Peloponnese (War) | and his pulluponeasyan wartrews. |
| | | 고대 아테네-스파르타 간 전쟁 | |

| | | | |
|---|---|---|---|
| 008:22 | boyne | Boyne River (Battle) | lipoleum **boyne** grouching down in the |
| | | 아일랜드 가톨릭군/영국·네덜란드 신교도 간 보인강 전쟁 | |
| 008:23 | inimyskilling | Enniskillen: the Inniskillings | **inimyskilling** inglis, this is a scotcher |
| | | (북아일랜드의) 에니스킬렌 | |
| 008:25 | Gallawghurs | Gawtighur (Battle) | **Gallawghurs argaumunt.** This is the petty |
| | | (인도-영국 간)가윌구르 전투 | |
| | argaumunt | Argaum(Battle) | |
| | | (인도-영국 간)아르가움 전투 | |
| 008:26 | Assaye | Assaye(Battle) | **Assaye, assaye!** Touchole Fitz Tuo- |
| | | (인도 중부의) 아사예 전투 | |
| 008:28 | Delian | Delos | This is **Delian alps**. This is Mont Tivel, |
| | | (에게해 그리스령)델로스섬 | |
| | alps | Julian Alps | |
| | | 알프스 동부의 산맥 | |
| 008:29 | Grand Mons Injun | Mons Waterloo: Mont St Jean | this is the **Grand Mons Injun**. This is the |
| | | (벨기에 몽스에서의) 영국-독일 간 전쟁 | |
| 008:30 | crimealine | Crimea | **crimealine** of the **alps** hooping to |
| | | 흑해 북부 연안의 크림반도 | |
| | alps | Alps | |
| | | 알프스 | |
| 008:31 | legahorns | Leghorn [Livorno] | with their **legahorns** feinting to read in |
| | | 이탈리아 토스카나주의 도시 | |
| 008:35 | Willingdone mormorial | Wellington Monument | **Willingdone mormorial** tallowscoop |
| | | (피닉스 공원)웰링턴 기념비 | |
| 009:01 | me Belchum | Belgium | me **Belchum** sneaking his **phillippy** out of his most **Awful Grimmest Sunshat Cromwelly.** |
| | | 벨기에(워틸루 소재) | |
| | phillippy | Philippi (Battle) | |
| | | 마케도니아의 고대 도시 | |
| | Awful Grimmest Sunshat Cromwelly | Guinness's Brewery | |
| | | (더블린의) 기네스 양조장 | |
| 009:02 | hastings | Hastings (Battle) | This is the jinnies' **hastings** dispatch |
| | | 영국 이스트서식스주 도시: 노르만 정복 당시 전투 | |
| 009:04 | me Belchum | Belgium | cross the shortfront of me **Belchum.** |
| | | 벨기에 | |
| 009:06 | fontannoy | Fontenoy(Battle) | tictacs of the jinnies for to **fontannoy** |
| | | 벨기에의 퐁트노이(전투) | |
| 009:07 | agincourting | Azincourt(Battle) | The jinnies is jillous **agincourting** |
| | | 프랑스 북부의 아쟁쿠르(전투) | |

| | | | |
|---|---|---|---|
| 009:08 | boycottoncrezy | Crécy(Battle) | lipoleums is gonn **boycottoncrezy** |
| | | 프랑스 북부의 크레시(전투) | |
| 009:10 | Belchum | Belgium | This is bode **Belchum**, bonnet to busby, |
| | | 벨기에 | |
| 009:12 | me Belchum | Belgium | the regions rare of **me Belchum**. |
| | | 벨기에 | |
| 009:13 | Salamangra | Salamanca(Battle) | **Salamangra!** Ayi, ayi, ayi! |
| | | 스페인 서부의 살라망카(전투) | |
| 009:15 | me Belchum | Belgium | This is **me Belchum** in his twelvemile |
| | | 벨기에 | |
| 009:16 | stampforth | Stamford Bridge(Battle) | tweet and **stampforth** foremost, |
| | | 잉글랜드 북부의 스탬퍼드 다리(전투) | |
| 009:21 | Tarra's widdars | Torres Vedras(Battle) | **Tarra's widdars!** This is jinnies in |
| | | 포르투갈의 토러스 베드라스 (전투) | |
| 009:23 | Cork | Cork | by the splinters of **Cork**, order fire. |
| | | 아일랜드 남부의 코크 | |
| 009:24 | Camelry | Battle of the Camel | This is **camelry**, this is **floodens**, |
| | | 이라크의 낙타 전투 | |
| | floodens | Flodden(Battle) | |
| | | 잉글랜드 동북부의 플로든 언덕 (전투) | |
| 009:25 | solphereens | Solferino(Battle) | **solphereens** in action, this is **their mobbily**, this is **panickbums** |
| | | 이탈리아 북부의 솔페리노 마을 (전투) | |
| | their mobbily | Thermopylae(Battle) | |
| | | 그리스의 테르모필레(전투) | |
| | panickburns | Bannockburn(Battle) | |
| | | 스코틀랜드 중부의 배녹번 (전투) | |
| 009:26 | Almeidagad | Almeida(Battle) | **Almeidagad!** |
| | | 포르투갈의 알메이다(전투) | |
| | Arthiz | Orthez(Battle) | **Arthiz too loose!** |
| | | 프랑스 남서부의 오르테즈 (전투) | |
| 009:26 | too loose | Toulouse(Battle) | **Arthiz too loose!** |
| | | 프랑스의 툴루즈(전투) | |
| 009:28 | Finnlambs | England+Finland+Ireland | Goat strip **Finnlambs!** |
| | | 영국+필란드+아일랜드 | |
| | ousterlists | Austerlitz(Battle) | rinning away to their **ousterlists** |
| | | 체코 중부의 아우스테를리츠 (전투) | |

| | | | |
|---|---|---|---|
| 009:29 | bunkersheels | Bunker Hill(Battle) | dowan a **bunkersheels**. |
| | | 미국 보스턴의 언덕 | |
| 009:30 | trip so airy | Tipperary | **trip so airy**. |
| | | 아일랜드 남부의 티퍼레리 | |
| | me Belchum's | Belgium | This is **me Belchum's** tinkyou tankyou |
| | | 벨기에 | |
| 009:33 | marathon | Marathon(Battle) | **marathon** merry of the jinnies |
| | | 그리스 남부의 마라톤(전투) | |
| 009:34 | marmorial | Wellington Monument | his same **marmorial** tallowscoop |
| | | 피닉스 공원의 웰링턴 기념비 | |
| 009:36 | Delaveras | Talavera de la Reina(Battle) | della porca! **Dalaveras fimmieras!** |
| | | 스페인 중부, 영국-프랑스 간 전투 | |
| | fimmieras | Vimeiro(Battle) | |
| | | 포르투갈의 비메이로(전투) | |
| 010:02 | Capeinhope | Copenhagen(Battle) | his big white harse, the **Capeinhope.** |
| | | 덴마크의 코펜하겐(전투) | |
| 010:04 | hiena | Jena(Battle) | This is **hiena** hinnessy laughing alout at |
| | | 프로이센의 예나-아우어슈테트 (전투) | |
| 010:05 | lipsyg | Leipzig(Battle) | This is **lipsyg** dooley krieging the funk |
| | | 독일의 라이프치히(전투) | |
| 010:13 | Culpenhelp | Copenhagen | harse of the Willingdone, **Culpenhelp** |
| | | 덴마크의 코펜하겐 | |
| 010:16 | madrashattaras | Mahratta War | **madrashattaras**, upjump and pumpim |
| | | 인도 마라타 제국의 전쟁 | |
| 010:17 | Ap Pukkaru | Aboukir(Battle) | **Ap Pukkaru!** Pukka Yurap! |
| | | 이집트의 아부키르만[나일] 해전 | |
| 010:17 | bornstable | Barnstaple | This is the Willingdone, **bornstable** |
| | | 영국 잉글랜드의 반스터플 | |
| 010:18 | ghentleman | Ghent | **ghentleman**, tinders his maxbotch to |
| | | 벨기에의 겐트 | |
| | cursigan | Corsica | the **cursigan** Shimar Shin. |
| | | 프랑스 남부의 코르시카섬 | |
| 010:19 | Basucker | Busaco(Battle) | **Basucker** youstead! This is the dooforhim |
| | | 포르투갈의 부사코(전투) | |
| 010:21 | Copenhagen | Copenhagen | How **Copenhagen** ended. This way |
| | | 덴마크의 코펜하겐 | |
| 010:27 | houthse | Howth | It's a candlelittle **houthse** of a month |
| | | 호우드 | |

| | | | |
|---|---|---|---|
| 010:29 | wagrant | Wagram(Battle) | such reasonable weather too! The **wagrant** wind's |
| | | 오스트리아의 바그람(전투) | |
| 010:30 | piltdowns | Piltdown Common | the **piltdowns** and on every blasted |
| | | 영국 서섹스주 필트다운 마을 | |
| 010:31 | spy | Spy | (if you can spot fifty I **spy** four more) |
| | | 벨기에의 스파이 동굴 | |
| 011:03 | niver | Nive River(Battle) | She **niver** comes out when Thon's on |
| | | 프랑스 니베강(전투) | |
| 011:05 | liv | Liffey | No nubo no! Nebals on you **liv**! |
| | | 리피강 | |
| 011:16 | nebo | Mount Nebo | Come **nebo** me and suso sing the day |
| | | 요르단의 느보산 | |
| 011:19 | rattlin buttins | Butt Bridge | curtrages and **rattlin buttins**, nappy |
| | | 더블린의 버트 다리 | |
| 011:21 | keys and woodpiles | Wood Quay | **keys and woodpiles** of **haypennies** and |
| | | 더블린의 우드퀘이 | |
| | haypennies | Wellington Bridge | |
| | | 아일랜드 웩스포드 카운티의 웰링턴브리지 마을 | |
| 011:22 | bloodstaned breeks | Barrack Bridge | **bloodstaned breeks** in em, **boaston** |
| | | 현재는 Rory O'More Bridge | |
| | boaston | Boston | |
| | | 미국 매사추세츠주 | |
| 011:32 | livving ... laffing | Liffey | She is **livving** in our midst ... **laffing** |
| | | 리피강 | |
| 011:35 | Gricks | Greece | Hou! Hou! **Gricks** may |
| | | 그리스 | |
| 011:36 | Troysirs | Troy | rise and **Troysirs** fall (there being two |
| | | 터키 서부의 트로이 | |
| 012:05 | Luntum | London | **Luntum** sleeps. Did ye save any tin? |
| | | 영국 런던 | |
| 012:20 | two mounds | Castleknock: Castleknock Hill and Windmill Hill | of the **two mounds** to see nothing of the |
| | | 더블린의 북부/영국 윌트셔 | |
| 012:23 | Wharton's Folly | Phoenix Park: Starfort | playing **Wharton's Folly**, |
| | | 피닉스 공원의 미완성 요새 | |
| 012:24 | purk | Phoenix Park | on the planko in the **purk**. Stand up, |
| | | 피닉스 공원 | |
| 012:27 | Corkhill | Cork Hill | **Corkhill** or ... bergamoors of **Arbourhill** |
| | | 더블린의 코크 힐 | |
| | Arbourhill | Arbour Hill | |
| | | 더블린의 아버 힐 | |

| 012:28 | Summerhill | Summerhill | of **Summerhill** or ... |
|---|---|---|---|
| | | 더블린의 섬머 힐 | **Miseryhill** or the |
| | Miseryhill | Misery Hill | |
| | | 더블린의 미저리 힐 | |
| 012:29 | Constitutionhill | Constitution Hill | **Constitutionhill** though |
| | | 더블린의 컨스티튜션 힐 | every crowd has |
| 012:31 | Olaf's on the rise | Olaf Road | **Olaf's on the rise** and |
| | | 아버힐 근처의 올라프 도로 | **Ivor's** |
| | Ivor's | Ivar Street | |
| | | 아버힐 근처의 이바르 거리 | |
| 012:32 | Sitric's place's | Sitric Road | and **Sitric's place's** between |
| | | 아버힐 근처의 시트릭 도로 | them. |
| 012:35 | macroborg of Holdhard | Howth: Howth Castle | as he lays dormont from the **macroborg** |
| | | 호우드/호우드 성 | |
| 012:36 | microbirg of Pied de Poudre | Magazine Fort Piepowder Court | of Holdhard to the **micobirg of Pied de Poudre.** |
| | | 피닉스 공원의 탄약고 영국의 고대 기록 재판소 | |
| 013:01 | Irish | Ireland | sound of **Irish** sense. |
| | | 아일랜드 | |
| | English | England | Here **English** might be seen. |
| | | 영국 | |
| 013:04 | Dyoublong | Dublin | So Th is Is **Dyoublong**? |
| | | 더블린 | |
| 013:14 | old butte new | Butt Bridge | see the **old butte new. Dbln.** |
| | | 더블린의 버트 다리 | |
| | Dbln | Dublin | |
| | | 더블린 | |
| 013:14 | mausolime wall | Magazine Fort | By the **mausolime wall.** |
| | | 피닉스 공원의 탄약고 | |
| 013:22 | Dyfflinarsky | Dublin: Dyfflinarsky | in **Dyfflinarsky** ne'er sall fail |
| | | 고대 더블린 왕국: 디피나르스키 | |
| 013:23 | Eire's ile | Ireland | and cloudweed **Eire's ile** sall pall. |
| | | 아일랜드 | |
| 013:24 | bulbenboss | Benbulben | A **bulbenboss** surmounted up- |
| | | 아일랜드 슬라이고의 벤불빈 | |
| 013:30 | leaves of the living | Liffey | the **leaves of the living** in the boke |
| | | 리피강 | |
| 013:31 | events grand and national | Fairyhouse Racecourse The Grand National | the cycles of **events grand and national,** |
| | | 영국 리버풀의 에인트리 경마장 에서 열리는 경마 | |

| 013:34 | Ublanium | Dublin: Eblana | Blubby wares upat **Ublanium**. |
| | | 더블린의 옛 지명: 에블러나 | |
| 014:02 | blay of her Kish | Dublin: Baile Átha Cliath | under the **blay of her Kish** as she ran |
| | | 더블린의 게일어 지명: 블라아 클리어 | |
| 014:03 | sackvulle | O'Connell Street | she found hersell **sackvulle** of swart |
| | | 더블린의 오코넬 거리 | |
| 014:05 | Hurdlesford | Dublin: Baile Átha Cliath | Blurry works at **Hurdlesford**. |
| | | 더블린의 게일어 지명: 블라아 클리어 | |
| 014:09 | Ballyaughacleeagh-bally | Dublin: Baile Átha Cliath | Bloody wars in **Ballyaughacleeaghbally**. |
| | | 더블린의 게일어 지명: 블라아 클리어 | |
| 014:13 | santryman | Santry | Primas was a **santryman** and drilled |
| | | 더블린의 북쪽 교외 마을 | |
| 014:14 | Winehouse | Paris | went to **Winehouse** and wrote |
| | | 프랑스 파리 | |
| 014:29 | Liber Lividus | Liffey | from the tome of **Liber Lividus** and, |
| | | 더블린의 리피강 | |
| 014:30 | eirenical | Ireland | (toh!), how paisibly **eirenical**, |
| | | 아일랜드 | |
| 014:31 | our fredeland's plain | Friedland(Battle) | selfstretches afore us our **fredeland's plain**! |
| | | 프로이센의 프리들란트(전투) | |
| 014:36 | Ballymun | Ballymun(North of Dublin) | have been staying at **Ballymun**, |
| | | 더블린 북쪽의 발리문 | |
| 015:01 | Goatstown's | Goatstown(South of Dublin) | has choosed out **Goatstown's** hedges, |
| | | 더블린 남쪽의 고츠타운 | |
| 015:02 | Rush | Rush(North East of Dublin) | pressed togatherthem by sweet **Rush**, |
| | | 더블린 북동쪽의 러쉬 | |
| 015:03 | mayvalleys | Movalley(North West of Dublin) | have fairygeyed the **mayvalleys** |
| | | 더블린 북쪽의 모블리 | |
| 015:04 | Knockmaroon | Knockmaroon(West of Dublin) | of **Knockmaroon**, and, though for rings |
| | | 더블린 서쪽의 녹마룬 | |
| 015:05 | tooath of the Danes | Denmark | have brittled the **tooath of the Danes** |
| | | 덴마크 | |
| 015:08 | Little on the Green | Little Green | and **Little on the Green** is childsfather |
| | | 더블린의 리틀 그린 시장 | |
| 015:11 | Killallwho | Killala/Killaloe | on the eve of **Killallwho**. |
| | | 아일랜드 북부의 킬랄라 | |
| 015:12 | babbelers | Tower of Babel | The **babbelers** with their thangas |
| | | 바벨의 탑 | |

| | | | |
|---|---|---|---|
| 015:14 | pollyfool fiansees | France | norgels were and **pollyfool fiansees.** |
| | | 프랑스 | |
| 015:33 | mousterious | Le Moustier | his mammamuscles most **mousterious.** |
| | | 프랑스의 르무스티에 유적 | |
| 015:35 | Comestipple Sacksoun | Saxony | is **Comestipple Sacksoun**, be it junipery |
| | | 독일 동부의 작센주 | |
| 016:04 | Hirculos pillar | Pillars of Hercules | the pillory way to **Hirculos pillar.** |
| | | 지브롤터 해협의 헤라클레스의 기둥 | |
| 016:06 | donsk | Denmark | You tollerday **donsk**? N. |
| | | 덴마크 | |
| | tolkatiff | Tolka | You **tolkatiff scowegian**? Nn. |
| | | 더블린의 톨카강 | |
| | scowegian | Norway | |
| | | 노르웨이 | |
| | anglease | England | You spigotty **anglease**? Nnn. |
| | | 잉글랜드 | |
| 016:07 | saxo | Saxony | You phonio **saxo**? Nnnn. |
| | | 독일 동부의 작센주 | |
| | Jute | Jutland | Clear all so! 'Tis a **Jute.** |
| | | 독일 북부의 유틀란트 반도 | |
| 016:21 | poddle | Poddle River | Whose **poddle**? Wherein? |
| | | 더블린의 포들강 | |
| 016:21 | Wherein | Ireland | Whose poddle? **Wherein?** |
| | | 아일랜드 | |
| 016:22 | Inns of Dungtarf | Clontarf | Mutt.— The **Inns of Dungtarf** where |
| | | 더블린 북부의 클론타프 | |
| 016:27 | rath in mine mines | Rathmines | I trumple from **rath in mine mines** |
| | | 더블린 남쪽의 라스마인 | |
| 016:31 | Ghinees | Guinness's Brewery | a piece of oak. **Ghinees** hies good |
| | | 더블린의 기네스 양조장 | |
| 016:35 | dabblin | Dublin | faulty rices for one **dabblin** bar. |
| | | 더블린 | |
| 017:02 | Minnikin passe | Brussels: Manneken-Pis | **Minnikin passe.** |
| | | 브뤼셀의 오줌싸개 소년 동상 | |
| 017:06 | brookcells | Brussels | a puddinstone inat the **brookcells** |
| | | 벨기에의 수도 브뤼셀 | |
| 017:07 | riverpool | Liverpool | by a **riverpool.** |
| | | 잉글랜드 북서부의 리버풀 | |

| | | | |
|---|---|---|---|
| 017:09 | bull | North and South Bulls | Somular with a **bull** on a **clompturf.** |
| | | 더블린만의 모래 제방 | |
| | clompturf | Clontarf | |
| | | 더블린 북쪽의 클론타프 | |
| 017:11 | neck I am sutton | Sutton | by the **neck I am sutton** on |
| | | 호우드 언덕과 본토의 연결 지역 | |
| 017:13 | Boildoyle | Baldoyle | **Boildoyle** and **rawhoney** on me |
| | | 더블린 북쪽의 발도일 | |
| | rawhoney | Raheny | |
| | | 더블린 북쪽의 라헤니 | |
| | beuraly | England | when I can **beuraly** |
| | | 잉글랜드 | |
| 017:14 | sturk | Turkey | a weird from **sturk** to **finnic** in such a |
| | | 터키 | |
| | finnic | Finland/Phoenix Park | |
| | | 핀란드/피닉스 공원 | |
| 017:15 | rutterdamrotter | Rotterdam | what as your **rutterdamrotter.** |
| | | 네덜란드 로테르담 | |
| 017:18 | this albutisle | Howth | roundward **this albutisle** and you skull |
| | | 더블린 근교의 호우드 | |
| 017:18 | olde ye plaine of my Elters | Moyelta | see how **olde ye plaine of my Elters** |
| | | 호우드 근처의 옛 평원 | |
| 017:23 | Finishthere Punct | Finisterre/Phoenix Park | whose **Finishthere Punct** |
| | | 스페인 서북부의 피니스테레(세상의 끝) 갑岬 | |
| | erehim | Ireland | Let **erehim** ruhmuhrmuhr. |
| | | 아일랜드 | |
| 017:33 | babylone | Babylon | also th'estrange **babylone** the great- |
| | | 바그다드 남쪽 메소포타미아의 고대 도시 | |
| 017:34 | alp | Alps/Liffey | **alp** on earwig, |
| | | 알프스/리피강 | |
| 018:06 | O'c'stle | Old Castle/Royal Manors of Dublin | rede it on all fours. **O'c'stle, n'wc'stle, tr'c'stle,** |
| | | 올드 캐슬/더블린의 왕실 영지領地 | |
| | n'wc'stle | Newcastle/Royal Manors of Dublin | |
| | | 뉴캐슬/더블린의 왕실 영지 | |
| | tr'c'stle | Dublin Coat of Arms/Royal Manors of Dublin | |
| | | 더블린의 문장紋章/더블린의 왕실 영지 | |

| | | Crumlin/Royal Manors of Dublin | crumbling! Sell me sooth |
|---|---|---|---|
| 018:07 | crumbling | 크럼린/더블린의 왕실 영지 | |
| | Humblin | Dublin | the fare for **Humblin**! |
| | | 더블린 | |
| 018:12 | Howe | [Thingmote] | Jute. — Howe? |
| | | 노르웨이 의회 소재지 | |
| 018:16 | thing mud | Thingmote [Site of Norse Parliament] | Oye am thonthorstrok, **thing mud**. |
| | | 노르웨이 의회 소재지 | |
| 018:22 | Meades | Medes | given to the **Meades** and **Porsons**. |
| | | 카스피해 남쪽 고대 도시 | |
| | Porsons | Persia | |
| | | 고대 페르시아 제국 | |
| | meandertale | Meander River | The **meandertale**, aloss and |
| | | 터키의 멘데레스강 | |
| 018:23 | Heidenburgh | Eden/Edinburgh/ Heidelberg | of our old **Heidenburgh** in the days when |
| | | 에덴/에던버러/하이델베르크 | |
| 019:12 | durlbin | Dublin | snake wurrums everyside! Our **durlbin** is |
| | | 더블린 | |
| 019:13 | triangular/ Toucheaterre | England(Angleterre) | from **triangular Toucheaterre** beyond |
| | | 잉글랜드(영국) | |
| 019:25 | meanderthalltale | Meander River | What a **meanderthalltale** to |
| | | 터키의 멘데레스강 | |
| 019:29 | dugters of Nan! | Paps of Anu | and sally of us, **dugters of Nan!** |
| | | 아일랜드 킬러니의 '아누의 가슴'산 | |
| 020:03 | charmian | Germany | before the tomb of his cousin **charmian** |
| | | 독일 | |
| 020:07 | cromagnom | Les Eyzies: Cromagnon Cave | Gutenmorg with his **cromagnom** charter, |
| | | 프랑스 남서부의 레 제지에 | |
| 020:16 | Doublends | Dublin | **Doublends** Jined (may his forehead be |
| | | 더블린 | |
| 020:19 | Nondum | London | There's many a smile to **Nondum**, with sytty |
| | | 런던 | |
| 020:24 | lettice leap | Leixlip | and two's behind their **lettice leap** and |
| | | 아일랜드 길데어주의 레익스립 | |
| 020:25 | strubbely beds | Strawberry Beds | **strubbely beds**. And the chicks picked |
| | | 더블린 피닉스 공원 서쪽 샤피소드와 루칸 마을 사이 | |

| | | | |
|---|---|---|---|
| 021:06 | delvin | Delvin River<br>더블린 북부의 델빈강 | when Adam was **delvin** and his madameen |
| 021:07 | mountynotty | Montenotte<br>이탈리아의 카이로 몬테노테 | when mulk **mountynotty** man was |
| 021:13 | homerigh, castle and earthenhouse | Howth: Howth Castle<br>호우드: 호우드 성 | his **homerigh, castle and earthenhouse.** |
| 021:16 | fireland | Ireland<br>아일랜드 | And she lit up and **fireland** was ablaze. |
| 021:17 | perusienne | Paris<br>파리 | to the dour in her petty **perusienne:** |
| 021:20 | nossow | Nassau<br>네덜란드 왕실, 가족: 오렌지 나소 | her grace in dootch **nossow:** Shut! |
| 021:23 | dovesgall | Dubh-Gall<br>스코틀랜드 남부의 더빙 갈 | after her with soft **dovesgall:** Stop |
| 021:24 | my earin | Ireland<br>아일랜드 | come back to **my earin** stop. But |
| 021:26 | Erio | Ireland<br>아일랜드 | of falling angles somewhere in **Erio.** |
| 021:27 | Tourlemonde | Tir na mBan<br>'브랜의 항해'에 나오는 가상의 섬[여인들의 땅] | for her forty years' walk in **Tourlemonde** |
| 021:34 | bristolry | Tavern: Bridge Inn<br>피닉스 공원 근처의 멀린가 하우스 | to the bar of his **bristolry.** And Jarl |
| 022:08 | lilipath | Lilliput<br>아일랜드 웨스트미스 카운티의 타운랜드 | all the **lilipath** ways to **Woeman's Land** |
| | Woeman's Land | Tir na mBan<br>'브랜의 항해'에 나오는 가상의 섬[여인들의 땅] | |
| 022:10 | finegale | Fingal<br>아일랜드 린스터의 핑갈 | a loud **finegale:** Stop domb |
| | earring | Ireland<br>아일랜드 | stop come back with my **earring** stop. |
| 022:13 | Erio | Ireland<br>아일랜드 | in **Erio.** And the prankquean went for |
| 022:14 | Turnlemeem | Tir na mBan<br>'브랜의 항해'에 나오는 가상의 섬[여인들의 땅] | **Turnlemeem** and she punched |
| 022:28 | arkway of trihump | Arch of Triumph[Arc de Triomphe]<br>파리의 개선문 | in front of the **arkway of trihump,** |

| | | | |
|---|---|---|---|
| 022:34 | three shuttoned castles | Dublin Coat of Arms/Howth: Howth Castle | three shuttoned castles, in his |
| | | 더블린의 문장/호우드:호우드 성 | |
| 022:35 | bullbraggin soxangloves | Balbriggan | and his bullbraggin soxangloves |
| | | 더블린 핑갈의 발브리간 해안 마을 | |
| 022:36 | ladbroke breeks | Ladbroke | and his ladbroke breeks and his |
| | | 영국 워릭셔주의 래드브로드 | |
| | cattegut bandolair | Cattegat[Kattegat] | his cattegut bandolair |
| | | 덴마크의 유틀란트 반도와 스웨덴 서해안 사이의 해협 | |
| 023:01 | panuncular cumbottes | Iberian Peninsula | framed panuncular cumbottes |
| | | 이베리아 반도 | |
| 023:11 | Narwhealian captol | Norway Oslo | sweet unclose to the Narwhealian captol. |
| | | 노르웨이의 오슬로 | |
| 023:19 | Norronesen | Norway[Norse] | Norronesen or Irenean the secrest of |
| | | 노르웨이 | |
| | Irenean | Ireland[the Irish] | |
| | | 아일랜드 | |
| 023:20 | Homfrie Noanswa | Albert Nyanza[Lake Albert] | Quarry silex, Homfrie Noanswa! |
| | | 알버트 호수 | |
| | Livia Noanswa | Liffey/Victoria Nyanza | Undy gentian festyknees, Livia Noanswa? |
| | | 리피강/빅토리아 호수 | |
| 023:29 | Landloughed by his neaghboormistress | Lough Neagh | Landloughed by his neaghboormistress and perpetrified |
| | | 북아일랜드의 '네이(로흐 네이)' 호수 | |
| 024:18 | Healiopolis | Heliopolis | only lose yourself in Healiopolis now |
| | | 이집트 북부의 고대 도시 | |
| 024:19 | Kapelavaster | Kapilavastu | Kapelavaster are that winding there |
| | | 석가모니 탄생지: 가비라위 | |
| | North Umbrian | Northumberland(Road) | after the calvary, the North Umbrian |
| | | 영국 잉글랜드 북동부의 노섬벌랜드 카운티 | |
| 024:20 | Fivs Barrow | Phibsborough(Road) | the Fivs Barrow and Waddlings Raid and |
| | | 더블린 북쪽의 피브스버러 | |
| 024:20 | Waddlings Raid | Watling Street | |
| | | 기네스 양조장의 동족 거리 | |
| 024:21 | Bower Moore | Bohermore | Bower Moore and wet your feet |
| | | 아일랜드 골웨이의 보헤르모어 | |
| 024:25 | Devlin | Devlin Road/Dublin | To part from Devlin |
| | | 더블린 | |
| 024:31 | Tory's clay | Tory Island | where the Tory's clay will scare |
| | | 아일랜드 도네갈 카운티의 토리섬 | |

| | | | |
|---|---|---|---|
| 025:11 | Bothnians | Bothnia | beyond the **Bothnians** and they calling |
| | | 스웨덴과 핀란드 북쪽 사이 | |
| 025:14 | Salmon House | Chapelizod: Salmon House | till the drengs, in the **Salmon House.** |
| | | 채플리조드의 술집 | |
| 025:15 | supershillelagh | Shillelagh/Wellington Monument | And admiring to our **supershillelagh** |
| | | 웰링턴 기념비 | |
| 025:16 | manument...battery block | Wellington Monument: Salute Battery | high is the mark of your **manument.** All the toethpicks ... from that **battery block.** |
| | | 웰링턴 기념비: 예포대 | |
| 025:17 | Eirenesians | Ireland | **Eirenesians** chewed on are chips chepped |
| | | 아일랜드 | |
| 025:26 | Tuskar | Tuskar Lighthouse | the millioncandled eye of **Tuskar** sweeps |
| | | 아일랜드 남동쪽의 투스카르 바위 등대 | |
| 025:27 | Moylean Main | Sea of Moyle[North Channel/Irish Channel] | the **Moylean Main!** There was never ... in **Great Erinnes** |
| | | 영국북부, 스코틀랜드와 북아일랜드 사이의 해협 | |
| | Great Erinnes | Ireland | |
| | | 아일랜드 | |
| 025:28 | Brettland | Bretland | and **Brettland,** no, nor in all **Pike County** like you, |
| | | 웨일즈/브리튼 | |
| | Pike County | Pike County(Missouri) | |
| | | 미국 미시시피주의 파이크 | |
| 025:31 | the stone that Liam failed | Lia Fáil | hoist high **the stone that Liam failed.** |
| | | '타라의 언덕(Hill of Tara)'에 있는 '리아 파일(운명의 돌)' | |
| 026:02 | Hopkins and Hopkins | Hopkins and Hopkins | But as **Hopkins and Hopkins** puts it, |
| | | Lower Sackville[오늘날의 O'Connell] Street | |
| 026:04 | Jerusalemfaring | Jerusalem | since he went **Jerusalemfaring** in **Arssia Manor.** |
| | | 예루살렘 | |
| | Arssia Manor | Asia (Minor) | |
| | | 소아시아(아시아 대륙의 서쪽 끝) | |
| 026:07 | Papa Vestray | Papa Westray Island | worms and scalding tayboil, **Papa Vestray,** |
| | | 스코틀랜드 오크니(Orkney)의 파파 웨트레이섬 | |
| 026:08 | Liffey | Liffey | beside the **Liffey** that's in Heaven! |
| | | 리피강 | |
| 026:15 | texas | Texas | And that there **texas** is tow linen. |
| | | 텍사스 | |
| 026:16 | roam to Laffayette | Laffayette/Liffey | loamsome **roam to Laffayette** is ended. |
| | | 라파예트/리피강 | |

| | | | |
|---|---|---|---|
| 026:17 | chempel of Isid | Chapelizod | headboddylwatcher of the **chempel of Isid,** |
| | | 채플리조드 | |
| 026:22 | Christpatrick's | Christchurch Cath/St Patrick's Cath | of the grammarians of **Christpatrick's** |
| | | 더블린의 성당 | |
| 026:29 | Diet of Man | Isle of Man | and his members met in the **Diet of Man.** |
| | | 영국 잉글랜드와 북아일랜드 사이 아이리시해 중앙의 섬 | |
| 026:30 | Jacob's lettercrackers | W. and R. Jacob & Co | **Jacob's lettercrackers** and Dr Tipple's |
| | | 영국 리버풀의 비스킷 회사 | |
| 026:34 | nessans | St Nessan's Church | is attending school **nessans** regular, sir, |
| | | 아일랜드 리머릭의 성당 | |
| 027:09 | tarandtan | Tara | the **tarandtan** plaidboy, |
| | | 아일랜드의 고대 수도 | |
| 027:17 | Williamswoods-menu-factors | Williams and Woods, Ltd | the **Williamswoodsmenufactors** I'd poster |
| | | Great Britain(오늘날의 Parnell) Street의 제과점 | |
| 027:26 | Portobello | Portobello | since **Portobello** to fl oat the **Pomeroy.** |
| | | 더블린의 포르토벨로 | |
| | Pomeroy | Pomeroy, county Tyrone | |
| | | 북아일랜드 티론 카운티의 포메로이 마을 | |
| 027:27 | Be nayther | Howth: Ben Edar | And fetch nouyou, Pam Yates! **Be nayther** |
| | | 호우드 | |
| 028:01 | queenoveire | Ireland | Like the **queenoveire.** |
| | | 아일랜드 | |
| 028:22 | Fez | Fez | Death, a leopard, kills fellah in **Fez.** |
| | | 북아프리카 모로코의 고도 | |
| | Stormount | Stormont | Angry scenes at **Stormount.** |
| | | 북아일랜드 벨파스트의 교외 지역 | |
| 028:24 | China | China | the **China** floods and we hear these rosy |
| | | 중국 | |
| 028:27 | Novvergin's Viv | Norway | freely adapted to The **Novvergin's Viv.** |
| | | 노르웨이 | |
| 029:01 | haunt of the hungred bordles | Dublin: Baile Átha Cliath | **haunt of the hungred bordles,** as it is |
| | | 더블린의 게일어 지명: 블라아 클리어 | |
| | Shop Illicit | Chapelizod | **Shop Illicit,** flourishing like a lordmajor |
| | | 채플리조드 | |
| 029:03 | yardalong | Ardilaun | lee but lifting a bennbranch a **yardalong** |
| | | 골웨이 북쪽의 섬 | |

| 029:04 | ivoeh | Iveagh | (ivoeh!) on the breezy side (for showm!), |
| | | 북아일랜드의 역사적 영토 | |
| | Brewster's chimpney | Guiness's Brewery | the height of **Brewster's chimpney** and |
| | | 기네스 양조장 | |
| 029:22 | The Bey for Dybbling | Dublin Bay | turbane dhow, **The Bey for Dybbling,** this |
| | | 더블린만 | |
| 029:23 | wicklowpattern | Wicklow | with a **wicklow**pattern waxenwench at |
| | | 아일랜드 랜스터주의 항구도시 | |
| 029:24 | deadsea | Dead Sea | for a figurehead, the **deadsea** dugong |
| | | 이스라엘과 요르단에 걸친 소금 호수: 사해死海 | |
| 029:35 | Efenborough | Eden/Edinburgh | the hubbub caused in **Edenborough.** |
| | | 에덴동산/에든버러(옛 스코틀랜드 와국의 수도) | |

제4부

# 제임스 조이스 작가 연보

# 1. 제임스 조이스의 상세 연보

The 'riverrun' Chronology of James Joyce

제임스 조이스의 인생 역정

| 1882 | |
|---|---|
| 작가<br>생애 | * 2월 2일 목요일 오전 6시, Dublin 교외 Rathgar의 Brighton Square 41번지에서, 1880년 5월 5일 결혼한 아버지 John Stanislaus Joyce(1849~1931)와 어머니 Mary Jane Murray(1859~1903) 사이 10남매의 장남으로 출생.<br>* 1881년에 먼저 태어난 형은 2주 만에 죽고 마는데, 아버지 John은 이 아픔을 잊으려 잦은 이사를 시작하게 되고, 이는 그들이 줄곧 Nomadic Life를 이어가는 계기가 됨.<br>* 조이스는 2월 5일 Roundtown의 St Joseph's Chapel of Ease[Church of St. Joseph's]에서 Philip과 Helen McCann을 대부, 대모로 해서 세례를 받음.<br>* 3월 20일 출생신고를 하는데, 서기의 실수로 가운데 이름이 'Augusta'로 표기됨. |
| 국내<br>정세 | * 5월 6일, W.E. Gladstone이 아일랜드 수석 장관으로 새로 임명한 Lord F. Cavendish와 Thomas H. Burke 일행이 Phoenix Park에서 Charles S. Parnell의 분파인 Irish Republican Brotherhood 단체가 휘두른 외과 수술용 칼에 의해 피살됨.<br>* 8월, 친척인 Myles Joyce가 Fenian terrorist로 지목되어 교수형에 처해지고, 아버지의 친구 Tim Harrington은 이 사건에 연루 혐의를 받음. |
| 작품<br>장면 | * *Ulysses*의 'Circe' 장에서 Croppy Boy가 자신의 목에 밧줄을 거는 장면: 'The rope noose round his neck, gripes in his issuing bowels with both hands.'(691)으로 Myles Joyce를 묘사함. |
| 세계<br>문학 | * Oscar Wilde: 순회 강연차 미국 방문<br>* Henrik Ibsen: *A Doll's House* 초연<br>* Henry James: *The Portrait of a Lady*<br>* George Bernard Shaw: *Cashel Byron's Profession*<br>* Virginia Woolf 출생<br>* Dante Gabriel Rossetti 사망 |

• Brighton Square, Rathgar: 'from Rathgar, Rathanga, Rountown and Rush'【497:11】
브라이튼 스퀘어, 라스가: '라스가, 라탕간, 테리뉴어, 러시로부터'

• Birthplace of James Joyce: 'Who'll brighton Brayhowth and bait the Bull Bailey'【448:18】
제임스 조이스 생가: '누가 브레이와 호스를 환하게 밝히고 HCE를 유혹할 것인가'

• Plaque at 41 Brighton Square, Rathgar: 'and outbreighten their land's eng.'【537:11】
제임스 조이스 생가의 명판: '그리고 그들의 랜즈 엔드(더블린만의 소렌토곶)를 확장할 것이다.'

| 1884(2세) | |
|---|---|
| 작가<br>생애 | * 더블린 남부 Rathmines의 Castlewood Avenue 23번지로 이사, 이듬해 12월 17일 동생 Stannie(John Stanislaus Joyce) 태어남.<br>* 삼촌 William O'Connell(『초상』에서 Uncle Charles로 등장)과 Elizabeth Conway(『초상』에서 'Dante', 즉 Mrs Riordan으로 등장)도 함께 생활함. |
| 국내<br>정세 | * Glasgow 출신 Henry Campbell-Bannerman이 아일랜드 담당 수석 차관으로 임명됨. |
| 작품<br>장면 | * *Finnegans Wake*에서 동생 Stanislaus는 'Enchainted, dear sweet Stainusless'(237:11)로 묘사됨. |
| 세계<br>문학 | * R. L. Stevenson: *Treasure Island*<br>* George A. Moore: *A Mummer's Wife*<br>* Mark Twain: *The Adventures of Huckleberry Finn*<br>* Alfred Tennyson: *Becket*<br>* Henrik Ibsen: *The Wild Duck* |

• Irish Independent
23 Castlewood Ave. Rathmines: 'from rath in mine mines when I rimimirim!'【016:27】
라스만, 캐슬우드 애비뉴 23번지: '나는 보루를 기억할 때면 내 마음속의 분노에'

• Plaque at 23 Castlewood Ave.: '3 Castlewoos. P.V.'【420:31】
캐슬우드 애비뉴 23번지의 명판: '캐슬우드 23번지가 부디 무사하기를.'

• wikimedia commons
James Joyce Birth and Baptismal Certificate
제임스 조이스 출생 및 세례 증명서

| 작가<br>생애 | * Kingstown(지금은 Dun Laoghaire) 남부에 있는 어촌 마을 Bray의 Martello Ter-race 1번지로 이사.<br>* 아버지의 외삼촌 William O'Connell, 도피 신세의 John Kelly, 조이스의 보모 Mrs 'Dante' Conway(그녀의 별명 Dante는 아이들이 Auntie를 그렇게 발음한 데서 유래)도 함께 거주함.<br>* 그해 바닷가에서 개(Irish terrier)에게 턱을 물려 이웃집 약사 James Vance의 치료를 받지만 평생 흉터로 남게 되고 이때부터 개공포증(cynophobia)과, 한편 Dante의 영향으로 천둥공포증(brontophobia)도 생김. |
|---|---|
| 국내<br>정세 | * Scotland 출신 Arthur Balfour가 아일랜드 담당 수석 차관으로 임명됨.<br>* *The Times*가 1887년 3월 7일 자에 영국 하원에서 공개된 Charles Stewart Parnell이 작성한 것으로 날조된 편지(Phoenix Park Murders 사건에 대해 관대한 입장이라는 내용)를 기사로 싣는 사태가 발생함. |
| 작품<br>장면 | * *A Portrait*에서 William O'Connell은 'Uncle Charles'로, John Kelly는 'Mr Casey'로 등장함.<br>* Mrs 'Dante' Conway는 *Finnegans Wake*에서 'O, my back, my back, my bach! I'd want to go to Aches-les-Pains'(213:17~18)로 묘사됨.<br>* 또한 'Him Which Thundereth On High'(62:14)의 천둥소리는 10번에 걸쳐 들리며 마지막 101개의 철자를 제외하고 모두 100개의 철자로 조합됨. |
| 세계<br>문학 | * Thomas Hardy: *The Woodlanders*<br>* Emile Zola: *La Terre*<br>* Friedrich Nietzsche: *On the Genealogy of Morality*<br>* George Gissing: *Thyrza*<br>* Oscar Wilde: *The Canterville Ghost*<br>* Sylvia Beach 출생 |

• Wikimedia Commons
Martello Terrace, Bray: 'Can you not distinguish the sense, prain from the sound, bray?'【522:30】
브레이, 마텔로 테라스: '당신은 감각, 지력(知力)을 음향, 소음과 구별하지 못하는가?'

• Luke McManus
Plaque at Terrace: 'Is that right what your brothermilk in Bray'【624:32】
마텔로 테라스의 명판: '브레이에 있는 당신 젖형제의 말이 옳은가'

• wikimedia commons
Bray Head & Esplanade from Martello Terrace
마텔로 테라스에서 바라본 브레이 헤드와 해안 산책로

| | 1888(6세) |
|---|---|
| 작가<br>생애 | * 당시 덕망 높은 John S. Conmee 신부가 교장으로 있던 최고 수준의 예수회 남학교인 Kildare주 Sallins의 Clongowes Wood College에 또래보다 5개월 일찍 입학(9월 1일)해서 'Half-Past-Six'라는 별명을 얻음.<br>* 첫날 어린 조이스를 홀로 남겨두는 애틋함에 어머니는 하염없이 눈물을 흘리고, 아버지는 용돈 10실링을 손에 쥐여주며 등을 두드려 격려함. |
| 국내<br>정세 | * 영국 하원의 아일랜드계 의원들이 Irish Local Government 법안을 상정하지만 Arthur Balfour 의장이 반대함.<br>* Thomas L.Buick가 Irish National League(Charles Parnell을 의장, Timothy Harrington을 장관으로 하여 1882. 10. 17.에 결성되며 Land Reform과 Irish Home Rule 등을 주창함)의 Gladstone Branch 장관으로 임명됨. |
| 작품<br>장면 | * *A Portrait*에서 조이스를 학교에 남겨두고 떠나는 어머니의 모습은 'and her nose and eyes were red. But he had pretended not to see that she was going to cry…And his father had given him two five shilling pieces for pocket money'(9)로, 한편 Conmee 신부는 'the decentest rector that was ever in Clongowes Wood'(49)로 묘사되어 있음. |
| 세계<br>문학 | * Thomas Hardy: *Wessex Tales*<br>* Henry James: *The Aspern Papers*<br>* Oscar Wilde: *The Happy Prince and Other Tales*<br>* Henrik Ibsen: *The Lady from the Sea*<br>* W.B.Yeats: *The Wanderings of Oisin*(1889)<br>* Helena Blavatsky: *The Secret Doctrine*<br>* T. S. Eliot 출생 |

• Wikipedia
Clongowes Wood College, Sallins, County Kildare: 'And beware how you dare of wet cocktails in Kildare'【436:31】
킬데어 카운티, 살린스, 클롱고우스 우드 칼리지: '킬데어에서 판매가 인정된 혼합주를 어떻게 도전할지 신경을 써라'

• Amazon

James Joyce at Clongowes Wood College: 'a tibertine's pile with a Congoswood cross on the back for Sunny Twimjim'【211:05】

클롱고우스 우드 칼리지 재학 시의 제임스 조이스: '쾌활한 짐을 위해 클롱고우스 우드 칼리지를 후원하는 한 자유 사상가의 화폐 뒷면'

• www.bloomsdayfestival.ie
Father John Stephen Conmee S.J.
클롱고우스 우드 칼리지의 교장이었던 콘미 신부

| | 1891(9세) |
|---|---|
| 작가<br>생애 | * 1890. 12. 10. 동급생 Stanislaus Little의 죽음과 1891. 10. 6. 권력에서 물러난 직후 Parnell의 죽음(그의 죽음과 보좌관 힐리의 배반을 다룬 시 'Et Tu, Healy!'를 쓰자 아버지는 조이스를 자랑스러워하며 직접 인쇄하여 주변에 자랑했음) 그리고 이듬해 세 금징수원이었던 아버지의 실직으로 인해 가족들이 경제적 어려움을 겪음.<br>* 이로 인한 12월 학교 중퇴 등 일련의 연속된 유년 시절의 궁핍했던 기억은 조이스의 작품에 상당한 영향을 끼치게 됨.<br>* 학교를 그만두기 전, 교회 견진성사(Confirmation)에서 Saint Aloysiusv Gonza-ga(1568~1591)의 이름을 따서 그의 full name은 James Augustine Aloysius Joyce가 됨. |
| 국내<br>정세 | * Parnell이 자리에서 물러난 후 Anti-Parnellite를 주축으로 *Irish National Federation*이 결성됨.<br>* 10월 6일, '아일랜드 무관의 왕(Uncrowned King of Ireland)'으로 불리던 파넬의 장례식에 20만 명이 운집, 그의 죽음을 애도함.<br>* Irish Daily Independent(Irish Independent의 전신)가 창간됨(1891. 12. 18.). |
| 작품<br>장면 | * *A Portrait*에서 조이스는 Stephen을 통해 Stanislaus Little의 죽음을 보고 상념에 젖는다: 'He might die before his mother came. Then he would have a dead mass in the chapel like the way the fellows had told him it was when Little had died.' (22)<br>* 이처럼 '너무 이른 나이에 죽음'은 조이스 작품에서 반복되는 주제인데, *Dubliners*의 'The Dead'에서 Michael Furey와 *Ulysses*에서 Rudy Bloom의 죽음 등과 같은 경우임. |
| 세계<br>문학 | * Oscar Wilde: *The Picture of Dorian Gray, Salome*<br>* Thomas Hardy: *Tess of the d'Urbervilles*<br>* André Gide: *Les Cahiers d'André Walter*<br>* Herman Melville: *Timoleon*<br>* George Bernard Shaw: *Quintessence of Ibsenism*<br>* Henry Miller 출생<br>* Herman Melville 사망 |

Et tu, Healy!

His quaint-perched aerie on the crags of Time
Where the rude din of this century
Can trouble him no more.

힐리, 너마저!
세월의 험준한 바위 위에 괴상하게 얹혀있는 그의 둥지
이 시대의 무례한 소음도
더는 그를 성가시게 하지 않는 곳

• lithub.com

Et tu, Healy는 줄리어스 시저(Julius Caesar)가 브루투스(Brutus)에게 배신당해 죽으면서 외친 'Et tu, Brute'(브루투스, 너마저)를 패러디하여 조이스의 아버지가 붙인 제목. 파넬(Charles Stewart Parnell)을 배신한 그의 정치적 동지 힐리(Tim Healy)를 지탄하는 내용. 조이스의 동생 스테니스라우스(Stanislaus)의 기억에 파편으로 저장되어 있던 시의 일부만 전해지고, 사본은 현존하지 않음.

• Charles Stewart Parnell(1846~1891): 'the Pardonell of Maynooth'【553:12】
찰스 스튜어트 파넬: '파넬의 동상'

• wikipedia
Parnell Memorial at O'Connell Street, Dublin
더블린 오코넬 거리의 파넬 기념비

| 1892(10세) | |
|---|---|
| 작가<br>생애 | * 다시 Mrs Conway, William O'Connell과 함께 온 가족이 Blackrock의 Carysfort Avenue 23번지로 이사, 지금은 남아있지 않지만 현관 지붕에 돌사자(stone lion)상이 있다 하여 일명 'Leoville'이라고 불렸으며, Howth Head와 Dublin Bay가 내려다보이는 이 집에서 여동생 Florence와 Mabel이 태어나서 형제가 10명으로 불어남.<br>* 유아기를 넘긴 나머지 9명은 Margaret Alice('Poppie' 1884~1964), John Stanislaus('Stannie' 1884~1955), Charles Patrick(1886~1941), George Alfred(1887~1902), Eileen Isabel Mary Xavier Brigrid(1889~1963), Mary Kathleen(1890~1966), Eva Mary(1891~1957), Florence Elizabeth(1892~1973), Mabel Josephine Anne('Baby' 1893~1911)임.<br>* 이곳에서 시와 수필을 쓰기 시작하면서 처음으로 작가의 꿈을 갖게 됨. |
| 국내<br>정세 | * 자유당(Liberals)이 정권을 잡으면서 Liverpool 출신 W.E. Gladstone(1809~1898)이 총선을 통해 4번째 수상에 오름.<br>* 이듬해 아일랜드 자치 법안(Home Rule Bill)이 하원(House of Commons)은 통과했으나 상원(House of Lords)에서 막히자 Gladstone은 1894년 사직, 정계를 은퇴함. |
| 작품<br>장면 | * *Dubliners*의 'A Painful Case'에서 Mrs Emily는 Ballsbridge의 Sydney Parade Aveune(Leoville)에 살고 있음.<br>* *A Portrait*에서 Uncle Charles(=William O'Connell)는 Stephen(즉 Joyce)과 함께 쇼핑을 하고 공원을 산책하는 등 늘 붙어 지냄.<br>* Cork로 돌아간 William O'Connell이 그해 8월 말경 죽자 아버지는 조이스를 데리고 그의 장례식에 참석함. |
| 세계<br>문학 | * Oscar Wilde: *Lady Windermere's Fan* 런던 초연<br>* George Bernard Shaw: *Widowers' Houses* 초연<br>* Arthur Conan Doyle: *The Adventures of Sherlock Holmes*<br>* Italo Svevo: *Una Vita*<br>* Rudyard Kipling: *Barrack-Room Ballads*<br>* Henrik Ibsen: *The Master Builder*<br>* Pearl S. Buck 출생<br>* Walt Whitman 사망 |

• wikipedia
Blackrock Street, Leinster, Dublin
더블린 렌스터 지방의 블랙락 거리

•23 Carysfort Avenue[Leoville], Blackrock: 'somewhere off the Dullkey Downlairy and Bleakrooky tramaline'【040:30】
블랙락, 캐리스펏 애비뉴[레오빌] 23번지: '달키, 킹스타운, 블랙락 구간의 전차 궤도에서 떨어진 어디쯤'

• wikipedia
William Ewart Gladstone
그레이트브리튼 및 아일랜드 연합 왕국(United Kingdom of Great Britain and Ireland: 1801-1922)의 수상

| 1893(11세) | |
|---|---|
| 작가<br>생애 | * 더블린 시내 Mountjoy Square와 가까운 Fitzgibbon Street 14번지로 이사 온 후 15 개월간 조이스는 학교 다니는 대신에 온종일 시내 곳곳을 돌아다니며 받은 인상을 무의식에 기록하곤 했는데 이때 더블린 시내의 지형(topography)을 익히게 됨.<br>* 이런 조이스를 두고 아버지는 'If that fellow was dropped on the middle of the Sahara, he'd sit, be God, and make a map of it.'라고 말함.<br>* Conmee 신부의 도움으로 Belvedere College에 동생과 함께 학비 없이 다니게 됨.<br>* 어학에 재능을 보여 Italian, French, Latin어를 마스터했고 특히 English Composition이 탁월했음. |
| 국내<br>정세 | * 1월에 Irish Land & Labour Association의 전신인 National Labour League가 창설됨.<br>* 7월에 Thomas O'Neill Russell 등이 아일랜드어의 부흥과 민족정신 고취를 위한 Gaelic League(Douglas Hyde가 초대 회장)를 창설함.<br>* 9월에 Gladstone의 2번째 Home Rule Bill이 상원에서 거부당함. |
| 작품<br>장면 | * 12월 26일, 온 가족이 팬터마임 'Sinbad the Sailor'를 관람하는데, 이때의 생생한 기억이 Ulysses의 'Ithaca' 장에 고스란히 담겨있음: 'Sinbad the Sailor and Tinbad the Tailor and Jinbad the Jailer and Whunbad the Whaler and Ninbad the Nailer and Finbad the Failer.'(871)<br>* Belvedere College의 영어 교사 George Dempsey는 A Portrait에서 Mr Tate로 나오는데, 그는 조이스를 가리켜 'a plethora of ideas in his head'라고 말하는 등 일찍이 조이스의 비범한 재능을 알아봄. |
| 세계<br>문학 | * Oscar Wilde: A Woman of No Importance 초연<br>* W.B.Yeats: The Celtic Twilight<br>* George Gissing: The Odd Woman<br>* George Bernard Shaw: Mrs. Warren's Profession<br>* Maria Jolas 출생<br>* Guy de Maupassant 사망 |

• mountjoysq.com
Mountjoy Square, Dublin
더블린의 마운트조이 광장

• JJ21K

14 Fitzgibbon Street: 'Tried Apposite House. 13 Fitzgibbets. Loco.'【420:21】
피츠기본 스트리트 14번지: '반대편 집을 시도했다. 피츠기본 13번지. 현장.'

• Wikimedia Commons

Belvedere College: 'The Belvedarean exhibitioners. In their cruisery caps and oarsclub colours.'【205:05】
벨베데레 칼리지: '벨베데레의 장학생들. 선원 모자를 쓰고 보트 클럽 깃발을 든 채.'

| 1894(12세) | |
|---|---|
| 작가<br>생애 | * 3월 초 Drumcondra의 Millbourne Avenue 2번지로 이사.<br>* 집 근처 Tolka 강변의 Griffith Park에서 조이스를 시샘한 친구 3명으로부터 구타당한 나쁜 기억이 있음.<br>* Belvedere College의 보건교사 Dr Thomas O'Connell의 권유로 10년간 안경 없이 지내면서 문자, 소리, 냄새에 더욱 의존하는데, 이는 작품 속에 깊이 스며있음.<br>* 학교 중간시험에서 우수한 성적을 거둬 20파운드 장학금을 받음. |
| 국내<br>정세 | * 아일랜드에 토지개혁을 단행했던 W.E.Gladstone이 영국 수상직을 사임함.<br>* Bewley 일가의 Bewley's가 더블린 South Great George's Street에 처음 cafe를 오픈함.<br>* 소작농과 도시 노동자의 권리를 옹호하는 Irish Land and Labour Association이 결성됨.<br>* Irish Agricultural Organization Society가 창설되는데 이들은 Irish Home Rule Movement와 Irish Nationalist를 지지하면서 점차 정치색을 띠게 됨. |
| 작품<br>장면 | * Griffith Park 일화는 *A Portrait*에서 Byron보다 Tennyson이 더 나은 시인이라는 데 동의하지 않는다고 Heron, Nash, Nolan 등으로부터 Stephen이 두들겨 맞는 장면으로 묘사.<br>* 후각 묘사는 *A Portrait*에서 Christmas dinner 장면의 'the warm heavy smell of turkey and ham and celery', *Ulysses*에 'Smells on all sides bunched together, each street different smell.'(232)로 나옴.<br>* 청각 묘사는 *Finnegans Wake*에서 '세상[최후]의 종말[심판](crack of doom)'을 알리는 천둥소리로 나옴. |
| 세계<br>문학 | * Oscar Wilde: *Salome*<br>* Mark Twain: *Tom Sawyer Abroad*<br>* Emile Zola: *Lourdes*<br>* George Bernard Shaw: *Arms and the Man* 초연<br>* W.B.Yeats: *The Land of Heart's Desire*<br>* George Russell(AE): *Homeward-Songs by the Way*<br>* Sheridan Le Fanu: *The Watcher and Other Weird Stories* |

• RTE

2 Millbourne Avenue, Drumcondra: 'Draumcondra's Dreamcountry where the betterlies blow.'【293:F1】(now demolished)

드럼콘드라, 밀본 애비뉴 2번지: '나비들이 흩날리는 드럼콘드라의 꿈나라.'(지금은 철거됨)

• Wikipedia
Bewley's Cafe: 'I felt feeling a half Scotch and pottage like roung my middle ageing like Bewley'【487:16】
뷸리스 카페: '나는 뷸리스 찻집처럼 중년에 접어든 반은 스코틀랜드 사람이면서 혼혈이라는 느낌이 들었다'

• wikipedia
Drumcondra Road Upper
톨카강(River Tolka)과 로얄 운하(Royal Canal)가 가로질러 흐르는 드럼콘드라

| 1895(13세) | |
|---|---|
| 작가<br>생애 | * North Circular Road 외곽의 막다른 골목에 위치한 North Richmond Street 17번지<br>(*Dubliners*의 'Araby'에서 'blind' street)로 이사해서 4년간 거주함.<br>* 다른 어떤 곳에서보다 이곳에서 겪은 유년의 기억들이 조이스의 작품에 폭넓게 반영됨.<br>* 그해 아버지는 친파넬 성향의 Evening Telegraph지에서 프리랜서 광고 세일즈맨<br>(advertising salesman)으로 일하게 되고, 나중에는 Freeman's Journal지에서도 근<br>무하게 되는데, 그를 만나러 이곳을 찾은 적이 있던 조이스는 *Ulysses*에서 Leopold<br>Bloom의 직업을 광고 외판원(advertisement canvasser)으로 설정함. |
| 국내<br>정세 | * 영국 총선에서 Lord Salisbury가 이끄는 보수 우파 Tories당이 승리를 거둠.<br>* Irish Parliamentary Party(Home Rule Party)는 분열의 길을 걷게 됨. |
| 작품<br>장면 | * *Ulysses*의 'Nausicaa' 장에 조이스 집 길 건너편 1번지에 살던 Boardman 가족(Eddy<br>와 Eily Boardman)이 나오고, 7번지에 살던 Long John Clancy 가족은 *Ulysses*에<br>Long John Fanning으로 등장하며, *Finnegans Wake*에서 실제 이름이 거론됨.<br>* 길 건너 Ned Thornton 가족은 *Dubliners*의 'Grace'에서 Mr.Kernan으로, *Ulysses*의<br>'Hades' 장에서 Dignam 장례식의 조문객으로 나타남.<br>* 또한 6번지의 Cissy Caffrey와 Tommy, Jacky 쌍둥이는 Eddy Boardman의 이웃으<br>로 등장. |
| 세계<br>문학 | * Oscar Wilde: *The Importance of Being Earnest* 초연<br>* Joseph Conrad: *Almayer's Folly*<br>* Thomas Hardy: *Jude the Obscure*<br>* George Bernard Shaw: *Arms and the Man*<br>* Rainer Maria Rilke: *Leben und Lieder*<br>* Aldous Huxley 출생<br>* Eugene Jolas 출생 |

• National Built Heritage Service
17 North Richmond Street: 'Not known at 1132 a.12 Norse Richmonund.'【420:22】
노스 리치몬드 스트리트 17번지: '노스 리치몬드가街 12번 도로 1132 성명 미상'

| 작가<br>생애 | * 이즈음 조이스는 학업에 열중한 동시에 집 근처 Capel Street Public Library에서 수많은 책을 빌려봄.<br>* 한번은 동생에게 Thomas Hardy의 *Jude the Obscure*(무명의 주드)를 빌려오라고 했으나 조이스의 필체를 잘못 읽은 동생이 Jude the Obscene(외설의 주드)로 말해 사서를 당황하게 만든 적이 있음.<br>* 이 시기, 그가 말하는 'agenbite of inwit(양심의 가책: 이 표현은 원래 영국 작가 Dan Michel of Northgate의 'Ayenbite of Inwyt'에서 유래하며 'again-biting of inner wit'라는 의미)'를 갖게 만든 2건의 사춘기(pubescence) 일화가 있는데, 어느 날 조이스가 함께 산책하던 젊은 가정부가 도로변 울타리에 들어가 소변보는 소리에 발기해 자위의 사출을 경험한 것과, Sweet Briar 공연을 보고 집에 돌아오는 길에 Royal Canal 근처에서 만난 매춘부와 성 경험을 한 것임.<br>* 이를 계기로 그는 보이는 세계(육체)와 보이지 않는 세계(정신) 간의 균형 속에서 예술가적 영혼의 자양분을 얻음. |
|---|---|
| 국내<br>정세 | * 영국의 아일랜드 지배에 저항하여 훗날 부활절 봉기(Easter Rising 1916)를 주도하게 되는 스코틀랜드 출신 James Connolly(1868~1916)가 Irish Republican Socialist Party를 조직함.<br>* John Dillon(1851~1927)이 Anti-Parnellites 조직인 Irish National Federation 의장이 됨.<br>* 더블린 시내에 노면 철도(electric tramway)가 최초로 개설됨(5월 16일). |
| 작품<br>장면 | * *A Portrait*에서 Stephen(즉 Joyce 자신)은 사춘기에 겪은 'guilty joy'를 타자의 입을 통해 독백(monologue intérieur)하고 있음: 'Yes, he had done them, secretely, fikthily, time after time, and, hardened in sinful impenitence, he had dared to wear the mask of holiness before the tabernacle itself while his soul within was a living mass of corruption…'(125) |
| 세계<br>문학 | * Joseph Conrad: *An Outcast of the Islands*<br>* Antonio Fogazzaro: *The Patriot*<br>* Henry James: *The Figure in the Carpet*<br>* Emile Zola: *Rome*<br>* Mark Twain: *Tom Sawyer, Detective*<br>* Henrik Ibsen: *John Gabriel Borkman*<br>* F. Scott Fitzgerald 출생 |

• Dotdash Meredith
Royal Canal Way: 'and along the quiet darkenings of Grand and Royal'【037:20】
로열 카날 웨이: '그랜드 운하와 로열 운하의 적막한 어둠을 따라'

| 1898(16세) | |
|---|---|
| 작가<br>생애 | * Belvedere College를 졸업하고 University College Dublin에 입학함.<br>* 종교의 속박으로부터 벗어나는 고통을 겪으며 삶을 더 이상 신과 악마의 투쟁이 아닌<br>  인간 희극(human comedy)의 장으로 간주함.<br>* 전 가족이 Fairview의 Windsor Avenue 29번지로 이사. |
| 국내<br>정세 | * William O'Brien이 Westpost에서 토지개혁을 주창하며 United Irish League를 결<br>  성함.<br>* Victoria 여왕이 아일랜드를 방문함. |
| 작품<br>장면 | * University College의 동료 중에서 종교적 금욕주의자 J.Francis Byrne는 *A Portrait*<br>  에서 Cranly로, 세속주의자 Cosgrave는 Lynch로, 민족주의자 George Clancy는<br>  Davin으로, Michael Cusack은 *Ulysses*에서 Citizen으로, 아내의 이름을 자기 이름에<br>  넣은 Sheehy-Skeffington은 *A Portrait*에서 Mac-Cann으로 등장. |
| 세계<br>문학 | * Joseph Conrad: *Tales of Unrest*<br>* Henry James: *The Turn of the Screw*<br>* Émile Zola: *Paris*<br>* Italo Svevo: *Senilita*<br>* Gabriele D'Annunzio: *Citta Morta*<br>* Oscar Wilde: *The Ballad of Reading Goal* |

• wikiwand
Fairview Road, Dublin
더블린의 페어뷰 도로

• JJ21K
29 Windsor Ave.: 'Noon sick parson. 92 Windsewer. Ave.'【420:24】
윈저 애비뉴 29번지: '그런 사람 살고 있지 않음. 윈저 애비뉴 92번지.'

| | |
|---|---|
| 작가<br>생애 | * 5월경, Fairview의 Convent Avenue 7번지를 임시 거처로 삼다 다시 Richmond Avenue 13번지로 이사.<br>* 국립 도서관에서의 독서 생활, 이 무렵부터 다음 해까지 1년은 조이스의 문학적 삶에서 중대한 시절로 작용하는데, Literary and Historical Society에서 'Drama and Life'를 발표하는가 하면, Henrik Ibsen의 *When We Dead Awaken* 불어판을 읽고 쓴 글이 'Ibsen's New Drama'라는 제목으로 당시 저명한 Fortnightly Review지에 실려(1900. 4. 1.) 주변을 놀라게 했으며, 원고료로 받은 12기니(guines)로 1주일간 아버지와 함께 영국을 여행함.<br>* Ibsen으로부터 받은 편지는 '축복(benison)의 후원(auspice)'이 되어 문학의 세계에 본격적으로 진입하는 계기가 됨.<br>* 밤엔 더블린의 뒷골목과 리피 강변을 배회하며 '밤의 떠돌이(nocturnal flaneur)'로 도시의 적나라한 이면을 목격함. |
| 국내<br>정세 | * Arthur Griffith와 William Rooney에 의해 United Irishman이 창간(Oliver St John Gogarty, Padraig Pearse, Maud Gonne 등 이 기부에 참여)됨.<br>* 그해 10월 11일, 보어인과 영국 간 제2차 보어(Boer)전쟁이 발발하자 John MacBride는 보어인 지원을 위한 Irish Transvaal Brigade를 소집하고, Michael Davitt는 이 전쟁에 반대하여 영국 의회 하원직을 버림. |
| 작품<br>장면 | * 그해 10월, 동생을 죽인 혐의로 재판을 받지만 무혐의 처분을 받은 Samuel Childs 사건을 보고 Cain과 Abel의 '동족 살해(fratricide)'에 흥미를 보인 조이스는 *Finnegans Wake*에서 Shem과 Shaun의 갈등으로 재현시킴.<br>* 또한 Dodder강에서 시체로 발견된 가정부 Brigid Gannon의 살해범으로 지목된 경찰관 Henry Flower가 무혐의 처분을 받은 사건은 조이스에 의해 변용되어 *Ulysses*에 등장하는데, Bloom이 Martha Clifford에게 비밀스러운 연애편지를 보낼 때 사용하는 'Henry Flower'라는 필명이 그것임. |
| 세계<br>문학 | * Joseph Conrad: *Heart Darkness, Lord Jim*<br>* Leo Tolstoy: *Resurrection*<br>* W.B. Yeats: *The Wind Amongst the Reeds*<br>* Vladimir Nabokov 출생<br>* Ernest Hemingway 출생<br>* Jorge Luis Borges 출생 |

• biblio.ie
Ibsen's New Drama Book Cover
「입센의 새로운 극」책 표지

• JJ21K

7 Convent Avenue, Fairview: 'I let faireviews in on slobodens but ranked rothgardes round wrathmindsers' 【541:25】

페어뷰, 컨벤트 애비뉴 7번지: '나는 교외의 페어뷰를 임대했지만 라스만 근처의 라스가에 자리를 잡았다'

• JJ21K

13 Richmond Avenue, Fairview: 'Good for you, Richmond Rover!'【375:21】

페어뷰, 리치몬드 애비뉴 13번지: '좋았어, 리치몬드 거리 배회자!'

| 1900(18세) | |
|---|---|
| 작가<br>생애 | * Fairview의 Royal Terrace 8번지(나중에 Inverness Road로 개명)로 이사. 5월에 Ibsen으로부터 찬사의 편지를 받기 전에는 Irishman이었으나 이후에 European으로 거듭날 정도로 당시 출판된 주요 문학작품(Ibsen에서부터 Dante, Flaubert, 그리고 H.S. Olcott의 *A Buddhist Catechism*에 이르기까지)을 두루 섭렵함(주로 Kildare Street의 National Library에서 폐관 시간인 밤 10시까지 책을 읽음).<br>* 시절은 바야흐로 20세기의 길목, 더블린 사회 전반의 풍경은 제어하기 힘든 아일랜드인 특유의 기질이 묻어남.<br>* 일례로 St Patrick's Day에 Trinity 대학생들이 College Green을 지나던 Timothy Harrington 시장의 행렬에 달려들어 그에게 orange(아일랜드 국기는 orange, white, green색)를 들이밀며 격하게 환영함. |
| 국내<br>정세 | * Charles S. Parnell의 Irish National League 의장직 사임 반대에 저항하여 생겨난 Irish National Federation과의 분열이 10년 만에 John Redmond를 의장으로 한 Irish Parliamentary Party로 통합됨.<br>* Victoria 여왕이 Kingstown에 도착, Phoenix Park에서 5만 2천 명의 어린이들 환영을 받음.<br>* 19세기를 보내고 20세기를 맞이하는 행사가 전국적으로 개최됨. |
| 작품<br>장면 | * 아버지와 영국 여행을 할 때 Philip Smith라는 사진사와 Bray 출신의 여성 조수가 동행했는데, *Ulysses*에는 Mullingar 사진사와 Milly Bloom으로 나옴. |
| 세계<br>문학 | * Joseph Conrad: *Lord Jim*<br>* Gabriele D'Annunzio: *The Flame of Life*<br>* Theodore Dreiser: *Sister Carrie*<br>* George B.Shaw: *Captain Brassbound's Conversion*<br>* Sigmund Freud: *The Interpretation of Dreams*<br>* Oscar Wilde: 궁핍한 말년을 보내다가 11월 30일에 46세를 일기로 세상을 떠남. |

• Wikimedia Commons
College Green: 'Manyfestoons for the Colleagues on the Green'【106:35】
칼리지 그린: '칼리지 그린 공원에 있는 동료들을 위한 시위 운동'

• JJ21K
8 Royal Terrace: 'Q.V.8 Royal Terrors.'【420:28】
로열 테라스 8번지: '실거주. 로열 테라스 8번지.'

• theosophy.wiki
Henry Steel Olcott(1832-1907)

독일계 우크라이나 출신의 헬레나 블라바츠키(Helena P. Blavatsky)와 함께 1875년 뉴욕에서 신지학회(Theosophical Society)를 창설했던 미국 육군 장교 출신의 올코트 대령

| | 1901(19세) |
|---|---|
| 작가<br>생애 | * 시인이자 이비인후과 의사이면서 운동선수, 정치인이기도 했던 Oliver St John Goga-<br>rty(1878~1957)를 처음으로 만나게 되는데, 그는 조이스의 천재성에 경탄하면서 함께<br>어울리기를 즐거워함.<br>* Martello Tower에서 6일간의 추억을 남기고 둘은 영원히 결별함.<br>* 10월 14일, St Stephen's(University College Journal)에 'The Day of the Rab-<br>blement'라는 도발적인 제목의 글을 기고하지만 로마 카톨릭의 블랙 리스트에 오른<br>D'Annunzio의 Il fuoco를 인용했다는 이유로 거절당함.<br>* 그해 5월 신지학(Theosophy)에 짧게 관심을 가짐.<br>* 끊임없이 시를 쓰고 문학작품의 행간을 곱씹으며, 지꺼분한 현실 너머 예술 세계에서<br>살아감.<br>* Glengariff Parade 32번지로 이사, 이듬해 조이스의 더블린에서의 마지막 주소인<br>Cabra의 St Peter's Terrace 7번지로 다시 옮김. |
| 국내<br>정세 | * 63여 년간 왕위에 있던 Queen Victoria(1819~1901)가 1월 22일 81세의 나이에 죽고.<br>2월 2일 Windsor Castle의 St George's Chapel에서 장례식이 거행됨.<br>* 그녀의 아들이 Dublin Castle에서 열린 대관식에서 Edward VII로 왕위에 오름. |
| 작품<br>장면 | * 이즈음 조이스의 산책과 독서 그리고 사색의 시간들은 A Portrait에서 Stephen<br>Dedalus가 더블린의 North Side에서 University College까지 산책하는 장면으로 묘<br>사됨.<br>* 당시 심령론(spiritualism)에 심취해 있던 George Russell을 조이스는 Ulysses에<br>서, 'The lords of the moon, Theosophos told me, an orangefiery shipload from<br>planet Alpha of the lunar chain would not assume the etheric doubles.'(545)라<br>며 조롱함.<br>* Edward VII의 대관식 장면은 Ulysses에서, 'On coronation day, on coronation<br>day, O, won't we have a merry time, Drinking whisky, beer and wine!'(692)에<br>나옴. |
| 세계<br>문학 | * D'Annunzio: Francesca da Rimini<br>* Thomas Mann: Buddenbrooks<br>* Henry James: The Sacred Fount<br>* Emile Zola: Travail<br>* Thomas Hardy: Poems of the Past and the Present<br>* Sully Prudhomme 최초의 노벨문학상 수상자(프랑스 시인) |

• Wikimedia Commons
The Dublin Castle: 'How diesmal he was lying low on his rawside laying siege to goblin castle'【301:27】
더블린 성城: '더블린 성을 에워싸고 우측으로 납죽 엎드리고 있는 그의 모습이 얼마나 볼썽사나운가'

• JJ21K
7 St Peter's Terrace, Cabra: '7 Streetpetres. Since Cabranke'【420:35】
카브라, 성 피터 테라스 7번지: '성 피터 테라스 7번지, 카브라'

| 1902(20세) | |
|---|---|
| 작가<br>생애 | * 남동생 George가 14번째 생일을 3개월 앞두고 장티푸스로 죽음(5월 3일).<br>* University College를 졸업하고 Royal Medical School에 등록함.<br>* 일찍이 W.B. Yeats가 22살에, George Bernard Shaw가 21살에, 그리고 Oscar Wilde<br>가 20살 때 그들 각자가 더 넓은 세상을 동경하여 아일랜드를 떠났듯이 21살의 조이스<br>는 11월 18일 여류 극작가 Isabella Augusta Gregory(Lady Gregory)에게 다음과 같<br>은 편지를 보낸다: 'I am going to Paris. I intend to study medicine at the Univer-<br>sity of Paris supporting myself there by teaching English.'<br>* 그리고 1902년 12월 1일, 더블린 남동부의 Kingstown(지금의 Dun Laoghaire) 부두<br>에서 정기 우편선 Irish Mail에 몸을 실은 조이스는 이튿날 아침 6시 영국 웨일즈 서북<br>부 Aglesey의 Holyhead에 도착하자마자 곧장 London의 Euston Station으로 향하<br>고 그곳에서 W.B. Yeats를 만나(12월 2일) 그의 도움으로 Paris로 건너가 의과대학에<br>등록하려 했으나 보건국의 거부와 경제적 문제로 포기하고 Yeats에게 문학의 길을 걷<br>겠다는 의향을 밝힘.<br>* National Library에서 처음으로 Oliver St John Gogarty를 만남.<br>* 2월 15일에는 Literary and Historical Society에서 'James Clarence Mangan'을 발<br>표한 글이 그해 5월, St Stephen's에 게재됨. |
| 국내<br>정세 | * Vereeniging 협정(5월 31일)으로 2차 보어전쟁이 종식됨.<br>* Arthur Balfour(1848~1930)가 영국의 Prime Minister직에 오름.<br>* Belfast에 The Ulster Literary Theatre가 건립됨. |
| 작품<br>장면 | * George의 요절은 A Portrait에서 Stephen의 여동생 Isabel이 이른 나이에 죽는 것<br>으로 묘사됨: '···and then she made them leave the bedroom door open and<br>closed her eyes···Isabel died a little after midnight.'<br>* 또한 조이스가 동생에 대한 애정이 얼마나 애틋했는지가 그의 Epiphanies에 잘 나타<br>나 있다: '···I am very sorry he died. Poor little fellow! Everything is so uncer-<br>tain!' |
| 세계<br>문학 | * Lady Gregory: Poets and Dreamers<br>* W. Somerset Maugham: Mrs Craddock<br>* Russell(A.E.): The Divine Vision<br>* George B. Shaw: Man and Superman |

• Britannica
Isabella Augusta, Lady Gregory (1852-1932)
그녀는 예이츠(William Butler Yeats) 등과 함께 애비 극장(Abbey Theatre)과 아일랜드 문학 극장(Irish Literary Theatre)을 공동 창립함

• tide-forecast

Dun Laoghaire[Dunleary/Kingstown] Harbor: 'Blake-Roche, Kingston and Dockrell auriscenting him from afurz' 【294:22~23】

던리어리[던리어리/킹스타운] 항구: '아주 멀리서 그의 귀에 들리고 코에 냄새가 나는 블랙락, 킹스타운 그리고 달키'

• National Library, Dublin: 'William Archer's⋯cathalogue⋯the route to our nazional labronry'【440:05】

더블린 국립 도서관: '윌리엄 아처의⋯자료 목록⋯국립 도서관으로 가는 경로'

| | 1903(21세) |
|---|---|
| 작가<br>생애 | * 1월 23일 Paris로 돌아가서 J.M. Synge(이들은 3월 13일 결별함), Joseph Casey와 교류함.<br>* 4월 10일 아버지로부터 전보('Mother dying come home father'- *Ulysses* 52)를 받고 더블린으로 돌아옴.<br>* 그해 8월 13일 어머니는 44세의 나이로 세상을 떠남. |
| 국내<br>정세 | * St Patrick's Day가 공휴일(bank holiday)로 지정됨.<br>* Pigeon House 발전소가 전기를 생산하기 시작함. |
| 작품<br>장면 | * 어머니의 고통스러운 투병이 *Ulysses* 'Telemachus' 장에서 Stephen의 입을 통해 전달되고 있음: 'A bowl of white china had stood beside her deathbed holding the green sluggish bile which she had torn up from her rotting liver by fits of loud groaning vomiting'(4) |
| 세계<br>문학 | * Jack London: *Saturday Evening Post*지에 *The Call of the Wild* 연재 시작<br>* George Bernard Shaw: *Man and Superman*<br>* Joseph Conrad: *Typhoon and Other Stories*<br>* Samuel Butler: *The Way of All Flesh*<br>* Henry James: *The Ambassadors*<br>* W.B. Yeats: *In the Seven Woods*<br>* George Orwell 출생 |

• www.themorgan.org
조이스의 어머니 Mary Jane Joyce
그녀는 44세이던 1903년 8월 13일 St Peter's Terrace에서 암으로 세상을 떠남

Pigeon House[Poolbeg Plant], Sandymount Beach: 'By the smell of her kelp they made the pigeonhouse'【197:32】, 'Poolbeg flasher beyant, pharphar'【215:01】
샌디마운트 해변, 피전 하우스[풀베그 발전소]: '그들은 그녀의 해초 냄새가 나는 가까운 곳에 발전소를 세웠다.', '건너편 풀베그 발전소의 점멸등, 저 멀리 등대'

John Millington Synge(1871-1909)
아일랜드 시인이자 극작가

| 1904(22세) | |
|---|---|
| 작가<br>생애 | * 여동생 Margaret이 자기보다 어린 동생들이 성장하면 수녀의 길을 가겠다고 선언, 실<br>제로 1909년에 Sister of Mercy에 들어감.<br>* 에세이 스토리 'A Portrait of the Artist'를 완성하고(1월 7일), Stephen Hero 집필을<br>시작함. Dana, The Speaker, Saturday Review 등에 시를 발표, 이 시들을 Chamber<br>Music으로 엮음.<br>* 당시 George Russell(A.E.)이 편집자로 있던 Irish Homestead에 'The Sisters',<br>'Eveline', 'After the Race'를 기고함.<br>* 6월 10일 오후, 가든 바자(garden fete)에서 노래하기 위해 Nassau Street를 지나가<br>다가 순간 자석처럼 한 여인(바로 운명의 뮤즈, Nora Joseph Barnacle)에게 이끌림.<br>* 6월 15일 재회를 기약하지만 그녀가 나타나지 않자 편지를 보내게 되고 마침내 6월 16<br>일, Ringsend의 부두에서 세계 문학사상 가장 극적인 '세기의 만남(Bloomsday)'이<br>이뤄짐.<br>* 9월 9일, Oliver St John Gogarty와 그의 옥스퍼드 대학 친구인 Dermot Chenevix<br>Trench와 함께 Sandycove의 Martello Tower에서 6일간 지내게 됨.<br>* 10월 8일, 수많은 이민자들이 배에 몸을 실었던 North Wall에서 Nora와 함께 런던을<br>거쳐 조이스의 문학적 로망인 유럽 대륙을 향함. 이 첫발은 훗날 엄혹한 Literary Od-<br>yssey의 서막을 알림. |
| 국내<br>정세 | * Gaiety Theatre에서 Mrs. Bannerman Palmer가 Leah, the Forsaken을 발표함.<br>* Queen's Theatre에서 Elster-Grime Grand Opera Company가 The Lily of Killar-<br>ney를 공연함. |
| 작품<br>장면 | * Nora를 처음 본 순간의 epiphany를 Finnegans Wake에, 'she's flirty, with her au-<br>burnt streams, and her coy cajoleries, and her dabblin drolleries'(139)로 적고 있음.<br>* Stephen(Joyce), Buck Mulligan(Gogarty), Haines(Trench)의 마텔로탑에서의 갈등<br>구조가 Ulysses의 'Telemachus' 장(3)에 나옴.<br>* 런던행 뱃삯을 Lady Gregory(Isabella Augusta Persse)와 George Russell(A.E.)로<br>부터 빌리게 되는데, 이는 Ulysses의 'Scylla&Charybdis'에 'A.E.I.O.U.'(243)로 나옴. |
| 세계<br>문학 | * D'Annunzio: Alcione<br>* George Russell(A.E.): The Divine Vision<br>* Joseph Conrad: Nostromo |

• wikiwand
Martello Tower, Sandycove Dublin
더블린 샌디코브 해변의 마텔로 탑
현재는 James Joyce Tower&Museum으로 쓰이며 조이스가 1904년 9월 9일부터 14일까지 여섯 밤을 보낸 곳으로 불멸
의 명작 Ulysses의 첫 페이지를 장식하고 있는 문학 현장이기도 함.

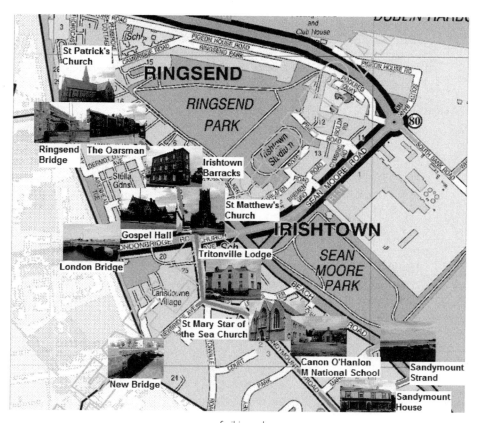

• fwikiwand
Ringsend Pier: 'and then into the Good Woman at Ringsend'【083:20】
링샌드 부두: '그리고 링샌드에 있는 굳 우먼 선술집에 들르다'

• Wikimedia Commons
North Wall Quay: 'heaving up the Kay Wall by the 32 to 11'【095:14】
노스 월 부두: '노스 월 부두를 32:11 비율로 끌어올리며'

| 1905(23세) | |
|---|---|
| 작가<br>생애 | * 1904년 10월 9일 London에서 Paris로, 1904년 10월 11일 Paris에서 Zurich로, 1904<br>년 10월 20일 Zurich에서 Trieste(한편 Trieste로 가는 도중, 즉 10월 19일, 하차 역을<br>착각하여 엉뚱하게 Slovenia의 Ljubljana역 1번 플랫폼에 내리게 되고, 이렇게 Joyce<br>와 Nora는 낯선 곳에서의 가을밤에 근처 공원으로 들어가 영롱하게 반짝이는 별을 헤<br>며 낭만적인 노숙을 하게 됨)로 향함.<br>* 1904년 10월 29일 Trieste에서 Pola[Pula]로, 1905년 3월 5일 Pola에서 다시 Trieste<br>로 돌아와 이후 그곳에서 16년간(1904~1920)을 작가 생활 중 가장 풍성한 창작의 시<br>기로 지냄.<br>* Berlitz School에서 영어를 가르침.<br>* 아들 Giorgio가 태어남(7월 27일). Grant Richards에 *Chamber Music*과 *Dubliners*<br>원고를 넘김.<br>* 동생 Stanislaus가 Trieste에 도착함(10월 27일). |
| 국내<br>정세 | * 아일랜드 감자 대기근(Great Famine 또는 Irish Potato Famine: 1845~1849) 이후<br>1851년부터 1904년까지 약 400만 명이 아일랜드를 떠난 것으로 집계됨(5월 29일).<br>* Arthur Griffith에 의해 Sinn Fein('Ourselves' 또는 'We Our-selves'의 뜻)이 창당됨<br>(11월 28일).<br>* Irish Independent 초판 발행. |
| 작품<br>장면 | * Joyce와 자칭 'Brother's Keeper'로 부른 동생 Stanislaus의 인물 비교는 *Finnegans<br>Wake*의 Shem the penman(작가 셈)과 Shaun the postman(집배원 숀)만큼 극명하<br>게 대비되는데, 즉 얌전하고(sober) 키가 작은(short) 동생 Stanislaus가 개미(ant) 경<br>찰관(cop) 예산집행인(budgeter)이라면, 형 Joyce는 들뜨고(gay) 홀쭉하며(thin) 배짱<br>이(grasshoper) 부랑자(bum) 낭비가(spender) 성향을 지님. |
| 세계<br>문학 | * O. Henry: *The Gift of the Magi*<br>* George Moore: *The Lake*<br>* J.M.Synge: *The Well of the Saints*<br>* George Bernard Shaw: *Major Barbara*<br>* Edith Wharton: *The House of Mirth* |

• Slovenia의 Ljubljana역 1번 플랫폼

• Plaque at Ljubljana Station, Slovenia: 'On October 19, 1904, James Joyce spent the night in Ljubljana.'
슬로베니아, 류블랴나 기차역에 있는 명판: '1904년 10월 19일, 제임스 조이스는 그날 밤을 류블랴나에서 보냈다.'

• Berlitz School(now Boutique Hostel) in Pula: 'to ensign the colours by the beerlitz in his mathness'【182:07】
크로아티아 풀라에 있는 벌리츠 스쿨(지금은 부티크 호스텔): '벌리츠 스쿨에서 지도할 때 특색 있게 가르치고'

| 1906(24세) | |
|---|---|
| 작가<br>생애 | * 7월 30일, 24살의 Joyce는 22살의 Nora와 돌을 갓 지난 Giogio를 데리고 기대와 불확실성이 기다리는 멀고도 고단한 길을 떠나는데, Fiume(오늘날의 Rijeka)까지 기차로, 그곳에서 Ancona까지 밤배로(궁핍했던 그들은 갑판에서 밤을 지새움), 다시 기차로 'Eternal City' Rome에 도착함.<br>* 'The Dead(Cimitero Acattolico Cemetery)'에 있는 Percy B.Shelly의 묘비를 본 Joyce는, 이후 Oscar Wilde의 *The Picture of Dorian Gray*를 읽고 난 뒤 '죽음, 시체, 암살'의 무서운 꿈에 시달림. 여기에 Nora의 첫사랑 Michael Bodkin이 누워있는 Galway의 Rahoon Cemetery 이미지까지 겹치면서, 단편집 *Dubliners*의 마지막 중편의 제목을 'The Dead'로 정하고 집필을 시작함.<br>* Rome에서의 첫 주, Joyce는 St Peter's, the Pincio, the Forum, the Coliseum과 Spanish Steps 근처의 Caffe Greco를 찾아감.<br>* Nast-Kolb & Schumacher 은행에서 통신 담당을 맡아 고단한 생활을 이어감. |
| 국내<br>정세 | * 영국 총선에서 Liberal Party가 압도적 득표를 함.<br>* Belfast에 Royal Victoria Hospital이 건립됨. |
| 작품<br>장면 | * *Finnegans Wake*에서 'one has thoughts of that eternal Rome'(298)이었던 그곳에서의 생활이 불행했던 탓일까? 아담한 Liffey강에 비해 거칠게 흐르는 Tiber 강물조차 시끄럽게 신음하는 소리로 들림('All day I hear the noise of waters/Making moan,/ Sad as the sea-bird is when, going/I hear the noise of many waters/Far below./ All day, all night, I hear them flowing/To and fro.' -*Chamber Music*).<br>* 더욱이 Rome은 '폐허, 뼈와 해골 더미로 장식된 죽음의 꽃'으로 보였으며, Colosseum은 '부서진 돌기둥과 조각들이 나뒹구는 낡아빠진 묘지'로 비침. |
| 세계<br>문학 | * Samuel Beckett(1906. 4. 13.~1989. 12. 22.)가 Dublin의 Foxrock에서 태어남<br>* Ford Madox Ford: *The Fifth Queen*<br>* Hermann Hesse: *Beneath the Wheel*<br>* George Moore: *My Dead Life*<br>* Upton Sinclair: *The Jungle* |

• Rijeka Station, Croatia
크로아티아 리예카

• Ancona Station, Italy
앙코나 이탈리아

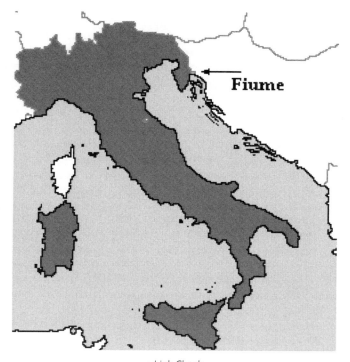

• Link Check
Fiume[Rijeka], Croatia: 'I chained her chastemate to grippe fiuming snugglers'【548:08】
크로아티아, 피움[리예카]: '불끈해서 들이대는 자들을 붙들어 매기 위해 나는 그녀에게 정조대를 채웠다'

• bounce
Rome, The Eternal City: 'acknowledging the rule of Rome'【129:26】
영원한 도시, 로마: '로마의 법칙을 인정하면서'

| 1907(25세) |
|---|

| | |
|---|---|
| 작가<br>생애 | * 3월 초 다시 Trieste로 돌아와서(이후 9년 동안 그곳에서 지냄) 가정교사 생활을 했는데, 이때 학생들 중 하나였던 Aron Ettore Schmitz(1861~1928, 그는 Joyce보다 19살이나 더 많았고 가톨릭으로 개종한 유대인이었다), 즉 Italo Svevo와는 문학 담론을 펼치는 등 각별한 관계를 유지함. 특히 그의 아내 Livia Veneziani Svevo의 긴 머리카락은 *Finnegans Wake*의 Anna Livia Plurabelle 이미지를 제공하게 되며, 하루는 그들에게 'The Dead'를 읽어주자 Livia가 Joyce에게 감동의 꽃다발을 안겨줌.<br>* 딸 Lucia Anna Joyce(1907. 7. 26.~1982. 12. 12.)가 General Hospital Maternity Ward에서 태어남(Lucia는 스칸디나비아의 성인 이름으로 '어둠의 시간에 빛을 던져주다'라는 뜻).<br>* *Chamber Music*이 Elkin Mathews에 의해 출간됨. Joyce의 눈 질환이 시작됨.<br>* 'The Dead'를 완성하게 되는데, 이 작품은 미국 소설가 Francis Brett Hart(1836~1902)의 *Gabriel Conroy*(1876)의 영향을 받음.<br>* Trieste의 Il Piccolo della Sera 신문에 Feminism 관련(3월 22일), 'The Home Rule Comet'(5월), 'Ireland at the Bar'(9월) 기사를 각각 이탈리아어로 기고함. |
| 국내<br>정세 | * 더블린에서 Irish International Exhibition이 개최됨(5월 4일).<br>* Edward VII와 Queen Alexandra가 Irish International Exhi-bition을 방문함(7월 10~11일).<br>* Irish Parliamentary Party의 Mansion House(Dawson Street에 있는 더블린 시장 관저) 회동이 Sinn Fein당에 의해 무산됨. |
| 작품<br>장면 | * '파티(It was always a great affair, the Misses Morkan's annual dance.)'로 시작해서 '시체(the snow…falling…upon all the living and the dead.)'로 끝나는 'The Dead'에서 아내 Gretta가 그 옛날 몹시도 추웠던 어느 날 밤 자기 집에 고백하러 왔다가 병이 들어 며칠 뒤 죽고 만 첫사랑 Michael Furey를 아직 잊지 못하고 있다는 사실에 괴로워하는 Gabriel Conroy의 모습은, Joyce와 Nora 그리고 Nora의 옛 연인 Michael Bodkin 사이의 러브 스토리와 닮아있음. 1909년과 1912년에 Nora의 고향(Galway)을 방문한 Joyce는 Rahoon Cemetery에 묻힌 Bodkin을 찾아 'She Weeps Over Rahoon'이라는 슬프도록 아름다운 시를 남김. |
| 세계<br>문학 | * J.M. Synge: *The Playboy of the Western World*가 Abbey Theatre에서 초연됨. |

• Anna Livia Plurabelle at Croppies Memorial Park, Dublin
더블린 크로피스 기념 공원의 애나 리비아 플루라벨 조각상

• Joyce at Trieste: 'And trieste, ah trieste ate I my liver!'【301:16】
트리에스테의 조이스: '슬프다, 아 슬프다 나의 영혼이 슬프다!'

• Avondlog
Livia Veneziani Svevo
리비아 베네지아니 스베보(이탈로 스베보의 부인)

| 1908(26세) | |
|---|---|
| 작가<br>생애 | * 3월 말경 *A Potrait of the Artist as a Young Man*의 제1장과 제2장을 완성하고 4월에 제3장을 매듭지음.<br>* Synge의 *Riders to the Sea*를 이탈리아어로 번역함.<br>* Nora가 임신 3개월에 유산을 함(8월 4일). |
| 국내<br>정세 | * National University of Ireland가 설립됨(7월 31일).<br>* Irish Transport Workers' Union이 결성됨(12월 29일). |
| 작품<br>장면 | * Nora의 유산(miscarriage)은 *Ulysses*에서 Bloom의 아들 Rudy가 태어난 지 얼마 되지 않아 죽자 크게 상심하는 장면으로 묘사됨: 'She knew from the first poor little Rudy wouldn't live.'(80) |
| 세계<br>문학 | * W. Somerset Maugham: *The Magician*<br>* Ezra Pound: 미국을 떠나 유럽으로 건너와 그해 8월, 영국에 정착함.<br>* J.M. Synge: *The Tinker's Wedding*<br>* Jack London: *The Iron Heel* |

• wikipedia

Nora Barnacle(1884~1951) from Galway: 'down Spanish Place…Sligo's sleek but Galway's grace'【141:01】
골웨이 출신의 노라 바나클: '스페인 광장 아래쪽…슬라이고는 말쑥하지만 골웨이는 우아하다'

| | 1909(27세) |
|---|---|
| 작가<br>생애 | * Maunsel & Co.에 *Dubliners* 출판 계약과 National University 교수직을 타진할 요량으로 아들 Giorgio와 함께 더블린에 도착(7월 29일)함.<br>* 의학 공부 시절 Gogarty와 더불어 친구였던 Vincent Cosgrave가 자신이 한때(Joyce와 Nora의 연애 시절) Nora와 친밀한 관계를 가진 적이 있다는 말을 흘리는데 이에 Joyce는 Nora에게 "Is Georgie my son?···Perhaps they laugh when they see me parading 'my' son in the streets."라는 편지까지 쓰게 되지만, 곧 Cosgrave의 말이 Gogarty가 부추겨서 던진 거짓말이었다는 사실을 Byrne으로부터 듣고서, 그때부터 다시 Nora에게 이른바 'dirty' letter를 보내면서 화해를 청함.<br>* 9월 여동생 Eva와 함께 Trieste로 돌아갔다가(9월 9일), 한 달 후 cinema agent 업무 차 다시 더블린으로 돌아와 44 Fontenoy Street와 4 Bowling Green에서 지냄. |
| 국내<br>정세 | * National University에서 Ernest Shackleton이 'Nearest the South Pole'이라는 제목의 강연을 함(12월 14일).<br>* Joyce가 cinema agent로 참여한 Ireland 최초의 전용 극장 Volta Cinematograph가 Mary Street에 개관함(12월 20일). |
| 작품<br>장면 | * Nora에게 보낸 화해의 편지에는 Joyce의 간절함이 묻어난다: 'My daring I am terribly upset that you haven't written. Are you ill? I sent you three enormous bags of shell cocoa today···We will defeat their cowardly plot, love. Forgive me, sweetheart, won't you?···It has been a bitter experience and our love will now be sweeter. Give me your lips, my love.' |
| 세계<br>문학 | * George Bernard Shaw: *The Shewing-Up of Blanco Posnet*<br>* Ezra Pound: *Personae*<br>* Gertrude Stein: *Three Lives*<br>* John Millington Synge 사망 |

• Washington State University
44 Fontenoy Street: 'That was the tictacs of the jinnies for to fontannoy the Willingdone'【009:06】
퐁테노이가街 44번지: '그것은 윌링던을 괴롭히기 위한 요정들의 술책이었습니다'

• GalwayTourismOffice
4 Bowling Green: 'and he would jokes bowlderblow the betholder with his black masket off the bawling green'【517:09】
볼링그린 4번지: '볼링그린을 벗어난 그는 시꺼먼 머스킷 총을 들고 방망이 든 사람을 색출하며 조롱했다'

| 1910(28세) | |
|---|---|
| 작가<br>생애 | * 여동생 Eileen과 함께 Trieste로 돌아옴(1월 2일).<br>* Maunsel & Co.가 *Dubliners* 출판을 계속 지연시킴.<br>* Volta Cinema가 문을 닫음. |
| 국내<br>정세 | * James Connolly가 미국에서 귀국함(7월).<br>* Irish Republican Brotherhood가 Irish Freedom을 발행함(11월). |
| 작품<br>장면 | * 'Ivy Day in the Committee Room'에서 Queen Victoria를 Edward VII의 'bloody old bitch of a mother'로 묘사(다시 old mother로 수정)한 것을 이유로 Maunsel & Co.가 *Dubliners* 출판을 지연시킴. |
| 세계<br>문학 | * George B.Shaw: *Misalliance*<br>* Hermann Hesse: *Gertrud*<br>* J. M. Synge: *Deirdre of the Sorrows*<br>* Ezra Pound: *The Spirit of Romance*<br>* S. Freud: *Psychoanalysis*<br>* Mark Twain 사망 |

• KSRL Blog

MAUNSEL & CO., Ltd.: 'when Robber and Mumsell, the pulpic dictators···boycotted him'【185.01】

먼셀 앤 컴퍼니 출판사: '매체의 최고 실권자인 먼셀 앤 컴퍼니 출판사는 그를 보이콧했다'

1910년, Maunsel & Co.가 『더블린 사람들』 출판이 '9월에 준비된(Ready in September)'다고 약속 공고를 내고도 지키지 않아 조이스가 원고를 회수하고자 했으나 인쇄본은 소각되고 파기된 뒤였다. 이 사건을 계기로 조이스는 더블린을 떠나 다시는 돌아오지 않는다. 조이스는 네덜란드 플러싱(Flushing)으로 가는 기차를 기다리는 동안 'Gas from a Burner'라는 시를 지어 울분을 토한다. 『더블린 사람들』은 천신만고 끝에 1914년 런던의 Grant Richards에 의해 세상에 나오게 된다.

| 1914(32세) | |
|---|---|
| 작가<br>생애 | * Dora Marsden(즉 Harriet Shaw Weaver)이 발행하는 London의 The Egoist지에 2월 2일(Joyce의 생일)부터 이듬해 9월 1일까지 *A Portrait of the Artist as a Young Man*을 25회 분량으로 나누어 연재함. ☞ The Freewoman: A Weekly Feminist Review(1911. 11.~1912. 10.)⇨The New Freewoman(1913. 6.~1913. 12.)⇨The Egoist: An Individualist Review(1914. 1.~1919. 12.)<br>* 1906년부터 무려 9년간 지속적으로 Joyce에게 좌절감을 안겨주었던 *Dubliners*가 Grant Richards에 의해 세상의 빛을 보게 됨(6월 15일).<br>* *Ulysses*와 *Exiles* 집필을 시작함. |
| 국내<br>정세 | * Irish Home Rule Bill이 영국 하원에서 통과됨(5월 25일).<br>* 7월 28일 Austria가 Serbia에 선전포고를 하면서 촉발된 The Allies(Great Britain, France, Italy, Russia, United States)와 The Central Powers(Austria-Hungry, Germany, Turkey) 간의 World War I(1914. 7. 28.~1918. 11. 11.) 발발. |
| 작품<br>장면 | * Grant Richards의 새로운 계약 조건에 동의하면서 보낸 편지에 그간의 애증이 고스란히 묻어난다: 'I hope our troubles are now at an end and wish your house and myself and the ill-fated book good luck.' |
| 세계<br>문학 | * D.H. Lawrence: *The Prussian Officer and Other Stories*<br>* Theodore Dreiser: *The Train*<br>* Ezra Pound: ed. Deas Imagiste: *An Anthology*<br>* Sinclair Lewis: *Our Mr. Wrenn*<br>* Gertrude Stein: *Tender Buttons* |

• British Library
Harriet Shaw Weaver(1876~1961)
해리엇 쇼 위버
영국의 잡지 편집자이자 정치운동가

• Modernist Magazines
The Egoist: 'And once upon a week I improve on myself I'm so keen on that New Free Woman with novel inside'【145.29】
에고이스트: '소설을 싣고 있는 The New Freewoman(1914년에 Egoist로 바뀜)에 깊이 심취하여 일주일에 한 번 나 자신을 향상시킨다'

| 1915(33세) | |
|---|---|
| 작가<br>생애 | * 6월 21일, 제1차세계대전 중 Austria 당국에 중립 서약을 하고 Zurich로 거처를 옮김.<br>* *Exiles*를 완성함.<br>* Ezra Pound와 W.B. Yeats 그리고 Edmund Goose의 간청으로 British Royal Literary Fund로부터 £75 상당의 문예 후원금을 받음. |
| 국내<br>정세 | * Irish Republican Brotherhood의 Military Council이 'Easter Rising 1916'을 결의함(12월 26일).<br>* Patrick Pearse가 이끄는 Republicans가 Gaelic League Conference를 장악하면서 Douglas Hyde가 의장직에서 물러남(8월 1일). |
| 작품<br>장면 | * Yeats는 British Royal Literary Fund에 보낸 편지에서 Joyce를 두고 이렇게 말하고 있다: 'I think that Mr Joyce has a most beautiful gift. There is a poem on the last page of his *Chamber Music* which will, I believe, live. It is a technical and emotional masterpiece. I think that his book of short stories *Dubliners* has the promise of a great novelist and a great novelist of a new kind.' |
| 세계<br>문학 | * Virginia Woolf: *The Voyage Out*<br>* W.Somerset Maugham: *Of Human Bandage*<br>* Franz Kafka: *The Metamorphosis*<br>* T.S.Eliot: *The Love Song of J.Alfred Prufrock*<br>* Joseph Conrad: *Victory*<br>* D.H.Lawrence: *The Rainbow* |

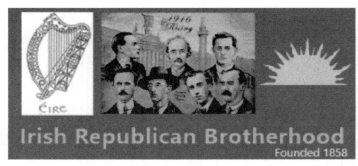

• irishrepublicanbrotherhood.org
아일랜드 공화국 형제단
19세기 Fenian 운동의 중심

Uraniastrasse, Zurich in 1915: 'and wider he might the same zurichschicken'【070.08】
1915년의 취리히 우리니아슈트라세: '게다가 또한 그는 취리히와 동일한 존재일지도 몰랐다'

| 1916(34세) | |
|---|---|
| 작가<br>생애 | * *Dubliners*와 *A Portrait of the Artist as a Young Man*이 New York에서 B.W. Heubsch에 의해 출판됨(12월 29일).<br>* 8월에 British Civil List에 올라 영국 수상 Herbert H. Asquith(1852~1928)로부터 £100를 받게 됨.<br>* The Egoist Press가 London에서 *A Portrit of the Artist as a Young Man*을 출판하려고 하자 Joyce의 오랜 적인 The Moral British Printer의 저지로 무산됨. |
| 국내<br>정세 | * 1,000여 명의 Irish Volunteers와 200여 명의 Irish Citizen Army들이 City Hall, Four Courts, College of Surgeons 등을 점령하고 Patrick Pearse가 General Post Office 앞에서 독립 선언문을 낭독하면서 Easter Rising이 일어남(4월 24일).<br>* 계엄령이 선포됨(4월 25일). |
| 작품<br>장면 | * 3월경 런던으로부터 익명을 요구하는 Joyce 애호가를 대신하여 편지 한 통이 도착한다: 'We are instructed to write to you on behalf of an admirer of your writing, who desires to be anonymous…a total of £200, which we hope you will accept without any enquiry as to the source of the gift.' |
| 세계<br>문학 | * W.B. Yeats: *Easter 1916*<br>* Sherwood Anderson: *Windy McPherson's Son*<br>* Mark Twain: *The Mysterious Stranger*<br>* Franz Kafka: *The Warden of the Tomb*<br>* Ezra Pound: *Lustra*<br>* Jack London 사망 |

• Four Courts: 'to the forecourts of his public'【030:23】
포코트: '자신의 선술집 앞마당 쪽으로'

• City Hall: 'upin their judges' chambers, in the muniment room, of their marshalsea'【094:25】
더블린 시청: '그들의 판사실, 연방 재판소의 기록 보관실에서'

• wikipedia
General Post Office: 'its denier crid of old provaunce, where G.P.O. is zentrum'【256:29】
더블린 중앙 우체국: '중앙 우체국이 진원지인 옛 프로방스의 최신 유행'

| | 1917(35세) |
|---|---|
| 작가<br>생애 | * 10월 말, 오른쪽 눈의 홍채 절제술을 받은 후 의사의 권유로 Locarno를 향함.<br>* 그곳에서 Pension Villa Rossa(1917. 10. 12.~1917. 11. 5.)와 Pension Daheim(1917. 11. 5.~1918. 1. 6.)을 옮겨 살면서 *Ulysses* 제1장 'Telemachia'를 완성하고 Claud Sykes에게 타이핑을 부탁함.<br>* 한편 그즈음 폐렴 치료 후 요양차 3년 전부터 이웃에 머물고 있던 독일 태생의 26살 여의사 Gertrude Kaempffer에게 호감을 갖고 *Chamber Music*과 *A Portrait of the Artist as a Young Man*을 선물하는가 하면 편지를 보내기도 하지만, 그녀는 그 편지를 찢어 버리고 Joyce의 곁을 떠남.<br>* 이후 그녀는 *Ulysses* 제13장 'Nausicaa'에서 Gerty MacDowell 로 재탄생함. Harriet Shaw Weaver가 익명의 조이스 후원자가 됨(2월). |
| 국내<br>정세 | * Sinn Fein당의 Joseph McGuiness 후보가 South Longford 보궐선거에서 Irish Parliamentary Party의 McKenna 후보를 누르고 당선됨(5월 10일).<br>* College Green에서 대규모 Irish Convention이 처음 개최됨(7월 25일). |
| 작품<br>장면 | * Gertrude Kaempffer는 'Nausicaa'에서 이렇게 등장한다: 'Gerty MacDowell who was seated near her companions, lost in thought, gazing far away into the distance, was in very truth as fair a specimen of winsome Irish girlhood as one could wish to to see.' (452) |
| 세계<br>문학 | * T.S. Eliot: *Prufrock and Other Observations*<br>* Ezra Pound: *Homage to Sextus Propertius*<br>* W.B. Yeats: *The Wild Swans as Coole*<br>* Joseph Conrad: *The Shadow Line*<br>* Gertrude Stein: *An Exercise in Analysis* |

• Cultura Magazine
'The Broken Window of my Soul'(Letters III, 111)
'내 영혼의 깨진 유리창'

| 1918(36세) | |
|---|---|
| 작가<br>생애 | * *Ulysses*가 뉴욕의 Little Review지에 1918년 3월부터 1920년 12월까지 연재됨.<br>* *Exiles*가 런던의 Grant Richards, 뉴욕의 The Viking Press에서 출판됨(5월 25일).<br>* 홍채염(iritis)에도 불구하고 *Ulysses*는 Little Review 연재 기일에 맞추어 완성시켜나감.<br>* Joyce에게 erotic implication을 풍기던 이웃집 여자 Marthe Fleischmann는 *Ulysses*에서 Bloom의 penpal 상대인 Martha Clifford로 등장함. |
| 국내<br>정세 | * Irish Parliamentary Party가 징병에 반대하는 집회를 개최함(4월 20일).<br>* 징병에 반대하는 총파업이 일어남(4월 23일).<br>* Sinn Fein당의 Arthur Griffith가 East Cavan 보궐선거에서 승리함(6월 20일).<br>* 그해 총선에서 Sinn Fein당이 압승을 거둠(12월 28일). |
| 작품<br>장면 | * Marthe Fleischmann은 Ulysses 제17장 'Ithaca'에 'he omitted to mention the clandestine correspondence between Martha Clifford and Henry Flower, the public altercation at, in and in the vicinity of the licensed premises of Bernard Kiernan and Co.'(868)로 나타남. |
| 세계<br>문학 | * George Moore: *A Story-Teller's Holiday*<br>* Romain Rolland: *Colas Breugnon*<br>* Wyndham Lewis: *Tarr*<br>* George Russell(A.E.): *The Candle of Vision* |

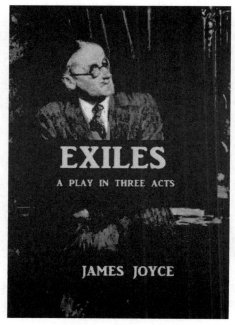

• The play[Exiles] was rejected by W. B. Yeats for production by the Abbey Theatre. Its first major London performance was in 1970, when Harold Pinter directed it at the Mermaid Theatre. -Wikipedia
조이스의 유일한 희곡 「망명자들」은 애비 극장에서의 공연 제작이 예이츠에 의해 무산된 적이 있다. 최초로 공연에 올려진 것은 해럴드 핀터가 런던의 머메이드 극장에서 연출을 맡았던 1970년의 일이었다.

| 1919(37세) | |
|---|---|
| 작가<br>생애 | * Little Review 1월 호의 'Lestrygonians' 장과 5월 호의 'Scylla and Charybdis' 장이 미국 우편국에 압수되어 소각됨.<br>* 한편 Frank Budgen과 함께 Locarno에 잠시(5월 8일~5월 14일) 머물 때 Antonietta de St Leger라는 63세의 러시아 남작 부인이 살고 있는 Lake Maggiore의 Isola da Brissago에서 그녀의 서재를 방문하고 'Circe' 장의 영감을 얻음.<br>* 조이스와 그의 가족이 Trieste로 돌아옴(10월). |
| 국내<br>정세 | * Irish Republican Army의 총탄에 Royal Irish Constabulary 대원 2명이 사살되는데 (5월 13일), 이는 아일랜드 War of Indepen-dence 사상 최초의 총격 사건으로 기록됨. |
| 작품<br>장면 | * Antonietta de St Leger는 *Ulysses* 제15장 'Circe'에, 'Prophesy who will win the Saint Leger'(615)로 나오고 있음.<br>* Joyce 주변의 여인들, 이를테면 Gertrude Kaempffer, Marthe Fleischmann, Antonietta de St Leger 등과의 부정한 관계를 지적하는 Frank Budgen에게, 'If I permitted myself any restraint in this matter it would be spiritual death to me.'라고 말함. |
| 세계<br>문학 | * Sylvia Beach가 Paris에서 Shakespeare and Company를 개업함(11월 17일).<br>* Sherwood Anderson: *Winesburg, Ohio*<br>* Hermann Hesse: *Demian*<br>* W.Somerset Maugham: *The Moon and Sixpence*<br>* Marcel Proust: *Within a Budding Grove* |

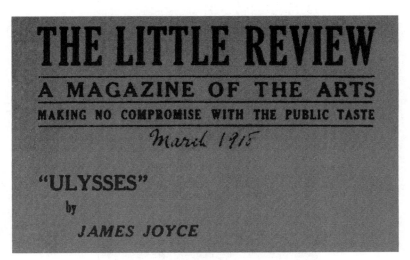

• Peter Chrisp

Ulysses in The Little Review: All he needed was a quiet place in which to finish the book, but was desperately short of money and unable even to afford new clothes. Pound, always eager to help, recommended France as the cheapest place he knew of, offering to find him accommodation there plus 1,000 lire towards the fare.(2 June 1920, Pound-Joyce Letters:174)

문학잡지 '리틀 리뷰'(1914~1929)의 연재 작품 『율리시스』: 조이스는 『율리시스』 집필을 마무리할 조용한 공간이 필요했으나 생활이 워낙 곤궁했으며 더욱이 새 옷을 살 형편조차 되지 못했다. 이런 조이스에게 늘 도움을 주고 싶어하던 에즈라 파운드는 자신이 알아본 바로 생활비가 가장 적게 드는 프랑스를 제안하면서 거처를 마련해주는가 하면 여비조로 1,000 리라를 건네주었다.

| 1920(38세) | |
|---|---|
| 작가<br>생애 | * Venice에서 이틀을 묵은 뒤, Milan에서 *Exiles* 번역을 맡은 Carlo Linati를 만나고, 이어 Switzerland와 Dijon을 거쳐 Paris의 Gare de Lyon역에 도착함(7월 8일).<br>* 이후 그는 20년을 Paris에서 살게 됨.<br>* 며칠 뒤 Ezra Pound는 Neuilly의 Andre Spire 집에서 환영 만찬을 열게 되는데, 그날 Spire의 서재에서 조이스는 Shakespeare and Company(당대 예술인들의 clubroom 이었던 서점에는 Ezra Pound, John Rodker, T.S.Eliot, Wyndham Lewis, Robert McAlmon, Mina Loy, Gertrude Stein, Ernest Hemingway의 발길이 잦았으며, 특히 William Carlos Williams와 E.E. Cummings 등과도 교분을 가짐)의 Sylvia Beach(1887~1962)와 처음으로 만남. |
| 국내<br>정세 | * Sinn Fein 소속 Tomas MacCurtain(Lord Mayor of Cork)이 자택에서 무장 괴한에 의해 살해됨(3월 20일).<br>* IRA 죄수들이 'prison of war(전쟁 포로)' 신분을 요구, Mountjoy Prison에서 단식투쟁에 돌입함(4월 5일).<br>* Michael Collins의 지시를 받은 Irish Republican Army가 영국 첩보 요원 14명을 사살함(11월 21일: Bloody Sunday). |
| 작품<br>장면 | * 평소 Joyce를 숭배하던 Silvia Beach가 그의 등장에 흥분을 감추지 못하며 'Is this the great James Joyce?'라며 인사를 건네자, Joyce는 'James Joyce'라고 짧게 말하면서 창백한 손을 내밀어 악수를 청함. 이 순간의 인연이 이어져 그녀는 평생에 걸쳐 Joyce를 후원하게 됨(Sylvia Beach는 자신이 사랑하는 대상은 세 가지인데, Adrienne Monnier, James Joyce, Shakespeare and Company라고 말함): Already a worshipper, and nervous in his presence, she[Sylvia Beach] asked, 'Is this the great James Joyce?' to which he replied simply, 'James Joyce.' |
| 세계<br>문학 | * Joseph Conrad: *The Rescue*<br>* F. Scott Fitzerald: *This Side of Paradise*<br>* D.H. Lawrence: *Women in Love*<br>* Marcel Proust: *The Guermantes Way*<br>* Eugene O'Neill: *The Emperor Jones*<br>* T.S. Eliot: *Poems* |

• Gisèle Freund
James Joyce, Sylvia Beach, Adrienne Monnier
(Shakespeare and Company, 1920)
제임스 조이스, 실비아 비치, 아드리엔 모니에르

• Ford Madox Ford, James Joyce, Ezra Pound, John Quinn in Paris 1923
1923년 파리에서의 포드 매독스 포드, 제임스 조이스, 에즈라 파운드, 존 퀸

| 1921(39세) |
|---|

| 작가<br>생애 | * B.W. Huebsch로부터 *Ulysses* 출판 취소 통보를 받음(4월 5일): 'A New York court having held that the publication of a part of this in *The Little Review* was a violation of the law, I am unwilling to publish the book unless some changes are made in the manuscript as submitted to me by Miss H.S.Weaver who represents Joyce in London.' |
|---|---|
| 국내<br>정세 | * Belfast에서 발생한 Catholics와 Protestants 간의 무력 충돌로 16명이 사망함(7월 10일).<br>* Clare, Kilkenny, Waterford, Wexford 등지로 계엄령이 확대 발표됨. |
| 작품<br>장면 | * *Ulysses*는 당시 외설 작품으로 낙인찍혀 출판이 거부되고 있었는데, 이 책이 세상에 나오게 된 결정적 계기는 바로 Silvia Beach와의 역사적 만남이었다!<br>* 그때까지 단 한 권의 책도 출판해본 경험이 없는 파리 뒷골목의 한 작은 서점을 운영하던 그녀가 실의에 빠진 Joyce에게 던진 한마디: 'Would you let Shakespeare and Company have the honor of bringing out your *Ulysses*?' 금세기 최고의 걸작 *Ulysses*는 그렇게 전설적인 탄생 비화를 낳게 됨. |
| 세계<br>문학 | * F.Scott Fitzgerald: *The Beautiful and Damned*<br>* George Moore: *Heloise and Abelard*<br>* William Carlos Williams: *Sour Grapes*<br>* William Butler Yeats: *Michael Robartes and the Dancer* |

• lithub
Sylvia Beach and Shakespeare and Company(1920)
셰익스피어 앤 컴퍼니 서점 앞의 실비아 비치

• Sylvia Beach and James Joyce
실비아 비치와 제임스 조이스

'My book will never come out now.' On an impulse she said, 'Would you let Shakespeare and Company have the honour of bringing out your Ulysses?'

『율리시스』가 세상에 나오긴 영 글러먹은 것 같군요.' 조이스의 이 말을 들은 실비아 비치는 얼떨결에 '그 책을 우리 서점에서 출간할 수 있는 영광을 주시겠어요?'라고 말했다.

• SmithsonianMagazine
Sylvia Beach and James Joyce
실비아 비치와 제임스 조이스

| 1922(40세) | |
|---|---|
| 작가<br>생애 | * 작품 구상에 16년 그리고 집필에 7년이라는 세월의 강을 건너온 *Ulysses*가 Dijon의 인쇄업자 Darantiere와 Shakespeare and Company의 Sylvia Beach의 손을 거쳐 출판됨으로써 Joyce가 40세 생일을 맞이하던 2월 2일, 마침내 영문학 사상 최고의 문제작이 세상에 던져진다. 그날 아침 7시 Silvia Beach는 Gare de Lyon으로 달려가 막 도착한 기차에서 *Ulysses* 두 권을 전해 받고 곧장 조이스가 살고 있는 rue de l'Universite까지 택시를 타고 가서 그의 손에 한 권을 쥐여주고, 그리고 또 한 권은 자신의 서점 진열장에 올렸다.<br>* 'In conception and technique I tried to depict the earth which is prehuman and presumably posthuman.'이라고 적은 No.1 Copy는 Harriet Shaw Weaver에게, 'Who is Silvia?'라고 적은 No.2 Copy는 Sylvia Beach에게, No.3 Copy는 Margaret Anderson에게 전달됨. ☞ No.1,000 Copy는 Nora에게 주지만 그녀는 다시 Arthur Power에게 건넴.<br>* 4월경 Nora와 Giorgio, Lucia는 Galway를 방문함. |
| 국내<br>정세 | * Arthur Griffith가 임시정부의 대통령으로 선출되고 Michael Collins가 재무 장관으로 임명됨.<br>* Irish Free State가 공식적으로 출범함(12월 6일). |
| 작품<br>장면 | * Joyce는 숫자에 민감하고 다소 미신적인 성향도 있는데 이는 Weaver에게 보낸 편지(1921. 11. 1.)에 잘 드러남: 'A coincidence is that of birthdays in connection with my books. *A Portrait of the Artist* which first appeared serially in your paper on 2 February[Joyce's birthday] finished on 1 September[Weaver's birthday]. *Ulysses* began on 1 March(birthday of a friend of mine, a Cornish painter[Budgen, who was half Cornish]) and was finished on Mr Pound's birthday[October 30]'<br>* 한편 어느 식당에서 청년이 다가와 'Could I kiss the hand that wrote *Ulysses?*'라고 하자, Joyce는 'Oh no, don't do that; it did other things too.'라고 말함. |
| 세계<br>문학 | * Hermann Hesse: *Siddhartha*<br>* D.H. Lawrence: *England, My England and Other Stories*<br>* Virginia Woolf: *Jacob's Room*<br>* Eugene O'Neill: *The Hairy Ape*<br>* T.S. Eliot: *The Waste Land* |

• Spanish Arch, Galway
골웨이의 유명한 역사적 명소-스페인 아치

• Universitaires de Dijon
Imprimerie Darantiere(Darantiere Printing House), Dijon
디종, 다란티에르 인쇄소

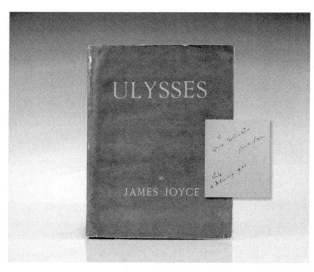

• Raptis Rare Books
James Joyce Signed 1st Edition of Ulysses
제임스 조이스가 서명한 『율리시스』 초판본

When one young man approached him in a restaurant and asked, 'I kiss the hand that wrote Ulysses?' he replied, 'Oh no, don't do that; it did other things too.'
어느 식당에서 한 젊은이가 조이스에게 다가오더니, 『율리시스』를 쓴 당신의 그 손에 입을 맞춰도 될까요?'라고 말하자 조이스가 대답했다: '그렇게는 안 되겠는데요, 이 손으로 또 다른 작품을 써야 하니까요.'

| 1923(41세) | |
|---|---|
| 작가<br>생애 | * 난해하기로 악명 높은 불후의 명작 *Finnegans Wake*(최종적 제목은 1939년 출판할 때까지 Nora 외에는 누구에게도 알리지 않고 비밀에 부치기 위해 *Work in Progress*로 명명함)를 이후 17년의 세월을 두고 쓰기 시작함.<br>* 그해 여름(6월 29일~8월 3일) 영국 남부의 Bognor Regis에 있는 Clarence Road의 Alexandra House에서 *Work in Progress* 초기 집필 무렵, 그는 집에서 내려다보이는 Bognor Regis 해안 갈매기의 울음소리에 착안하여 의성어 'Quark'를 만들었는데 차후 이것이 현대물리학에서 학술 용어로 사용됨.<br>* *Work in Progress*는 처음(1924년 4월)에는 Transatlantic Review지에, 그 후 Transition지(Anna Livia Plurabelle도 포함되는데 이 작품에는 350여 개의 강 이름이 들어있으며 완성하기까지 약 1,200시간이 걸렸음)에 발표함. |
| 국내<br>정세 | * 아일랜드 총선에서 W.T. Cosgrave의 Cumann na nCaedheal당이 다수석을 차지함(8월 27일).<br>* 제1차세계대전의 종전과 함께 Paris Peace Conference의 결성으로 출범한 League of Nations에 아일랜드도 가입함(9월 10일).<br>* W.B. Yeats에게 노벨문학상이 수여됨(11월 14일). |
| 작품<br>장면 | * *Finnegans Wake*의 제목은 Joyce의 아버지 John Joyce가 평소 좋아하던 아일랜드 민요 Finnegan's Wake에서 나온 것으로 '삶의 찬양, 즉 죄인과 성인 모두의 부활'을 노래하고 있을 뿐만 아니라 술을 금하는 Irish Church를 간접적으로 비판하는 유쾌한 풍자를 담고 있음: 'Whack folthe dah, dance to your partner…Wasn't it the truth I told you, Lots of fun at Finnegan's Wake.' 한편 'quark'는 *Finnegans Wake*에서 King Mark의 방문을 조롱하는 대목에 나오는데, '—Three quarks for Muster Mark! Sure he hasn't got much of a bark And sure any he has it's all beside the mark.'(383) |
| 세계<br>문학 | * Sherwood Anderson: *Many Marriages*<br>* Hermann Hesse: *Demian*(영문판)<br>* D.H.Lawrence: *Kangaroo*<br>* Italo Svevo: *La Coscienza*<br>* Virginia Woolf: *Mrs Dalloway in Bond Street*<br>* George Bernard Shaw: *Saint Joan*<br>* William Carlos Williams: *Spring and All* |

• Plaque at Clarence Road
클래런스 로드 명판
'Yesterday I wrote two pages—the first I have written since the final Yes of Ulysses.'(11 March 1923 Letter to HSW)
'어제 나는 『율리시스』의 마지막 단어 Yes 이후 처음으로 두 쪽을 썼다.'

• Bognor Regis
보그너 레지스(영국 잉글랜드 동남부 웨스트 서식스)

• open.spotify.com
Finnegans Wake: Album by Quark
실험적 뮤지션 Adrien Lambinet와 Alain Deval이 결성한 Quark의 음악 15곡이 수록된 52분 92초 분량의 앨범

**Murray Gell-Mann Coined quark**

James Joyce's Novel " Finnegans Wake"

• slidesplayer.com

1964년 Caltech의 물리학자 Murray Gell-Mann은 우주를 구성하는 근본 입자를 quark라 명명하고 이는 조이스의 Finnegans Wake에서 가져온 것이라며: 'In one of my occasional perusals of Finnegans Wake, by James Joyce, I came across the word 'quark.'(제임스 조이스의 『피네간의 경야』를 가끔 들춰보곤 하는데, 'quark'라는 단어가 우연히 눈에 들어왔다)'라고 밝힌 적이 있다. 원문은 'Three quarks for Muster Mark!【383:01】(→Three quarts for Mister Mark! 마크 왕을 위해 3잔의 술을!)

| 1924(42세) | |
|---|---|
| 작가<br>생애 | * 1월 16일에 Shem the Penman과 Shaun the Post 그리고 그들의 어머니 Anna Livia 단락을 Harriet Shaw Weaver에게 보냄.<br>* 이즈음 조이스는 오전 8시부터 12시 30분까지, 오후 2시부터 오후 8시까지 쉬지 않고 그야말로 고대 로마 시대 갤리선의 노를 젓는 노예(galley-slave)처럼 원고 작업을 함.<br>* 3월 1일에 Herbert Gorman의 *James Joyce: His First Forty Years*가 Huebsch에 의해 미국에서 출판됨.<br>* 3월 7일에 Anna Livia Plurabelle 에피소드를 완성하여 Weaver에게 보냄.<br>* 같은 달에 *A Portrait*가 Ludmila Savitsky에 의해 불어로 번역 출판됨.<br>* 6월 10일에 5번째 눈 수술로 왼쪽 홍채 절제술을 받음. |
| 국내<br>정세 | * Irish Free State와 Northern Ireland 간 국경 검토 조사를 위한 Irish Boundary Commission이 발족함(4월 24일).<br>* Dublin Corporation이 Sackville Street를 O'Connell Street로 개명함(5월 5일).<br>* 술집의 영업시간을 오전 9시부터 오후 10시까지 허용하고 주류는 18세 이상 성인에게만 판매할 수 있도록 함(5월 30일). |
| 작품<br>장면 | * 6월 16일, 병실의 Joyce는 친구들이 보내준 수국 꽃다발을 받고서 노트에, 'Today 16 of June 1924 twenty years after. Will anybody remember this date.'라는 낙서를 남기는데, Bloomsday에 대한 그의 염원이 고스란히 담겨짐. |
| 세계<br>문학 | * Agatha Christie: *The Man in the Brown Suit*<br>* E.M. Forster: *A Passage to India*<br>* Thomas Mann: *The Magic Mountain*<br>* Eugene O'Neill: *Desire Under the Elms* |

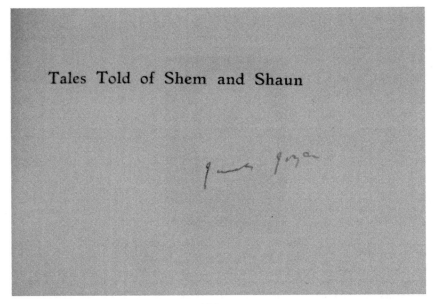

• biblio.com

Work in Progress(조이스는 이 제목을 Ford Madox Ford가 1924년 transatlantic review에서 처음으로 사용한 타이틀인 Work in Progress로부터 따왔음)의 3 단편: Tales Told of Shem and Shaun, Anna Livia Plurabelle, Haveth Childers Everywhere

• Wikiwand

O'Connell Street, Dublin: 'Lower O'Connell Street…Laura Connor's treat'【507:26】, 'But the swaggerest swell of Shackvulle Strutt'【626:11】

더블린 오코넬 스트리트: '오코넬 스트리트 로우어…오코넬 스트리트', '오코넬 스트리트 어퍼의 한껏 으스대며 활보하는 멋쟁이'

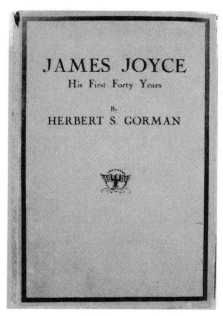

• biblio.com

James Joyce: His First Forty Years

| 1925(43세) | |
|---|---|
| 작가<br>생애 | * 4월 중순 왼쪽 눈을 7번째 수술받은 후 열흘간 입원 중일 때, 화가 친구 Myron Nutting의 아내가 문병 와서 두 사람은 earwig와 white ant에 관해 대화를 나누게 되는데 이후 Joyce는 earwig를 Earwicker와, ant를 The Ondt and the Gracehoper와 연결시킴. |
| 국내<br>정세 | * Dublin Metropolitan Police와 Civic Guard가 통합되면서 Garda Siochana로 바뀌게 됨(4월 2일). |
| 작품<br>장면 | * earwig는 *Finnegans Wake*에서, 'the great grand hotelled with tit tit tittle-house, alp on earwig'(17)와 'it might be usefully compared with an earwig on a fullbottom.'(164)으로, ant는 'Grasshopper and the Ant'(307)로 등장함. |
| 세계<br>문학 | * George Bernard Shaw: 1925 노벨문학상 수상<br>* F.Scott Fitzgerald: *The Great Gatsby*<br>* Ernest Hemingway: *In Our Times*<br>* Virginia Woolf: *Mrs Dalloway* |

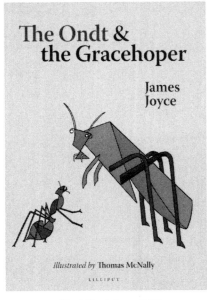

• The Lilliput Press 2014

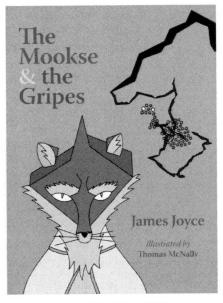

• The Lilliput Press 2018

'I forgive you, grondt Ondt, said the Gracehoper, weeping'【418:12】
'훌륭한 개미여, 나는 그대를 용서한다, 베짱이가 눈물을 흘리며 말했다'

| 1926(44세) | |
|---|---|
| 작가<br>생애 | * 9월 26일, 가족과 함께 Belgium의 Antwerp, Ghent, Brussels 여행 도중에 Waterloo 의 Battle Field를 찾음.<br>* 12월 14일, Eugene Jolas와 그의 아내 Maria Jolas, Elliot Paul, Nuttings 부부, Beach와 Monnier를 집으로 초대해서 막 완성한 *Finnegans Wake*의 첫 장을 직접 낭독함. |
| 국내<br>정세 | * 그해 census에서 Irish Free State의 인구는 2백9십7만 2천 명, Northern Ireland가 1백2십5만 7천 명으로 집계됨(4월 18일).<br>* W.T. Cosgrave 대통령이 Public Safety Bill을 도입함(11월 17일). |
| 작품<br>장면 | * Waterloo Battle Field는 *Finnegans Wake*에, 'Now yiz are in the Willingdone Museyroom.', 'This is the triplewon hat of Lipoleum.', 'This is big Willingdone mormorial tallowscoop Wounder-worker obscides on the flanks of the jinnies.'(8) 등으로 나타남. |
| 세계<br>문학 | * William Faulkner: *Soldiers' Pay*<br>* Ernest Hemingway: *The Sun Also Rises*<br>* D.H.Lawrence: *The Plumed Serpent*<br>* Langston Hughes: *The Weary Blues* |

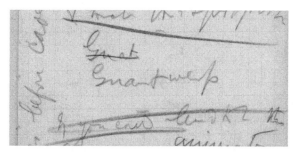

• Joyce's Manuscript, University of Antwerp: 'gnot Antwarp gnat Musca'【140:02】
조이스의 육필 원고, 벨기에 엔트워프 대학교: '엔트워프(모기)도 아니고 모스크바(파리)도 아니고'

• Waterloo Battle Field in Belgium: 'Wallinstone national museum…the charmful waterloose country'【008:02】, 'Battle of Waterloo'【176:10】
워털루 전투지(벨기에 남동부 워털루): '월린스톤 국립 박물관…멋진 별채', '워털루 전투'

| 1927(45세) | |
|---|---|
| 작가<br>생애 | * *Work in Progress* 연재물(1927~1938)이 Eugene Jolas에 의해 Paris의 *Transition*에서 출판됨.<br>* *Ulysses* 독일어 번역판이 출판됨.<br>* London(4월 4일~4월 8일), The Hague(5월 21일~6월 7일, 6월 14일~6월 20일), Amsterdam(6월 7일~6월 14일), Brussels(6월 20일~6월 21일) 등에서 3개월을 지냄.<br>* 두 번째 시집 *Pomes Penyeach*가 Shakespeare & Company에서 출판됨(7월 7일).<br>* New York에서 *Ulysses*의 저작권이 침해되는 사태가 벌어지자 George Russell, Lady Gregory, Sherwood Anderson, Julian Green, Ernest Hemingway, Somerset Maugham, W.B. Yeats, Knut Hamsun 등 167명이 항의 서한에 서명함. |
| 국내<br>정세 | * 아일랜드 최초의 여성 하원이자 Easter Rising에 가담한 Irish Citizen Army의 장교였던 Constance Markievicz가 59세를 일기로 사망함(7월 15일).<br>* Ernest Bewley가 더블린의 Grafton Street에 Cafe 개업.<br>* 여성 최초의 조종사 Mary Bailey가 아일랜드와 영국 사이의 Irish Sea를 비행함. |
| 작품<br>장면 | * Joyce의 작가적 천재성이 온전히 이해받지 못한 만큼 그의 최후의 문제작 *Work in Progress* 자체에 대한 몰이해도 극심했던 탓일까? 그가 남긴 글을 통해서 주변의 비판에 고뇌하는 그의 평범한 인간적 모습을 엿볼 수 있음: 'Do you think I may be on the wrong track with my *Work in Progress*? Miss Weaver says she finds me a madman. Tell me frankly, McAlmon. No man can say for himself.'<br>* 또한 William Bird에게 'I confess I can't understand some of my critics, like Pound and Miss Weaver, for instance…But the action of *Ulysses* was chiefly in the daytime, and the action of my new work takes place at night. It's natural things should not be so clear at night, isn't it now?'라고 한 말은 차라리 호소에 가까움. |
| 세계<br>문학 | * Virginia Woolf: *To the Lighthouse*<br>* T.S. Eliot: *Journey of the Magi*<br>* Agatha Christie: *The Big Four*<br>* William Faulkner: *Mosquitoes* |

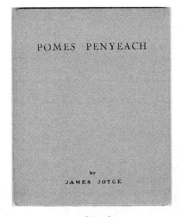

• wikipedia
Pomes Penyeach(1927)
조이스가 20년(1904-1924)에 걸쳐 쓴 시 모음
당초 Ezra Pound에 의해 거절되었다가 훗날 Shakespeare and Company에서 출간됨

• Hans van den Bos
Scheveningen Strand, The Hague[Den Haag] in 1927: 'Hill or hollow, Hull or Hague'【436:30】
덴하그의 스헤브닝겐 바다(1927년): '언덕 혹은 분지, 헐 혹은 헤이그'

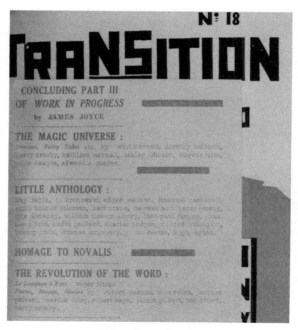

• William Reese Company
Work in Progress in Transition: 문학잡지 '트랑지시옹' 연재「진행중인 작품」
'Transocean atalaclamoured him'【100:01】
'트랑지시옹 잡지가 그에게 강한 어조로 경고했다'

| | **1928(46세)** |
|---|---|
| 작가<br>생애 | * 3월 Dieppe에서 *Transition*지에 실을 *The Ondt and the Gracehoper*를 완성함.<br>* 같은 달 27일, Rouen에서 며칠 머문 뒤 Paris로 돌아옴. 다시 4월 26일까지 Toulon에<br>머물다가 5월 24일 재차 Paris에 들어옴.<br>* Stuart와 Moune Gilbert를 동반해서 Salzburg를 향함(7월 8일).<br>* 9월 경 Joyce의 눈이 급격히 악화됨.<br>* 9월 13일, 절친 Ettore Schmitz가 Venice로 차를 몰고 가던 중 Motta di Livenza에서<br>교통사고에 의한 심장마비로 사망함.<br>* 11월 8일 Nora가 암 수술을 받기 위해 Neuilly의 Maison de Sante병원에 입원함. |
| 국내<br>정세 | * Tim Healy가 1월 31일 자로 Irish Free State의 Governor-General 자리를 떠나고,<br>후임으로 James McNeill이 들어섬.<br>* Irish Tricolour가 Olympic Games에서 최초로 아일랜드 국기로 게양됨(8월 27일). |
| 작품<br>장면 | * *Work in Progress*에 비판을 쏟아내는 대중들을 설득해달라는 Joyce의 부탁에 H.G.<br>Well가 보인 반응: 'I've been studying you and thinking over you a lot···I've an<br>enormous respect for your genius dating from your earliest books and I feel<br>now a great personal liking for you but you and I are set upon absolutely dif-<br>ferent courses···Your work is an extra-ordinary experiment and I would go out<br>of my way to save it from destruction or restrictive interruption···To me it is a<br>dead end.' |
| 세계<br>문학 | * D.H. Lawrence: *Lady Chatterley's Lover*<br>* W.Somerset Maugham: *Ashenden, Or the British Agent*<br>* Virginia Woolf: *Orlando, A Biography*<br>* Eugene O'Neill: *Strange Interlude*<br>* Robert Frost: *West-Running Brook* |

• wikipedia
Timothy Michael Healy(1855-1931)
아일랜드자유국(Irish Free State)의 초대 총독(governor-general)
9살 조이스가 쓴 시 'Et tu, Healy!'의 당사자

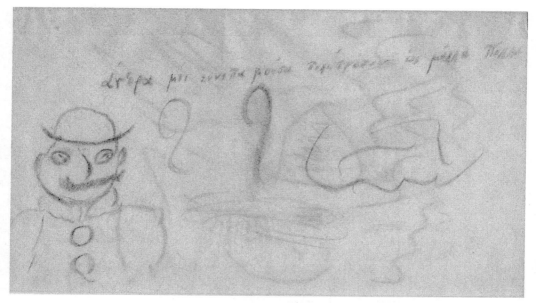

In early 1926, Joyce's sight was improving a little in one eye. It was about this time that Joyce paid a visit to his friend Myron C. Nutting, an American painter who had a studio in the Montparnasse section of Paris. To demonstrate his improving vision, Joyce picked up a thick black pencil and made a few squiggles on a sheet of paper, along with a caricature of a mischievous man in a bowler hat and a wide mustache—Leopold Bloom, the protagonist of Ulysses. Next to Bloom, Joyce wrote in Greek the opening passage of Homer's Odyssey: "Tell me, muse, of that man of many turns, who wandered far and wide." -www.openculture.com

1926년에 접어들면서 조이스의 한쪽 눈은 차츰 시력을 회복하고 있었다. 이 무렵 Joyce는 파리 시내 몽파르나스 (Montparnasse) 구역에 아틀리에를 갖고 있던 미국인 화가 친구 Myron C. Nutting을 방문한 적이 있다. 자신의 시력이 좋아졌음을 보여줄 요량으로 조이스는 굵직한 검정색 연필을 집어 들고 종이에 구불구불한 선을 몇 개 긁적이고 나서 중절모에 넓은 콧수염을 한 장난기 넘치는 남자도 그렸다—바로 『율리시스』의 주인공 레오폴드 블룸의 모습이었다. 그리고 그 옆에 호머의 「오디세이」 첫 구절을 그리스어로 다음과 같이 적었다: "뮤즈여, 세상 여기저기 헤매고 다녔던 저 파란 많은 사람에 관한 이야기를 내게 들려주오."

| 1929(47세) | |
|---|---|
| 작가<br>생애 | * 5월에 *Finnegans Wake*를 옹호하는 *Our Exagmination round His Factification for Incamination of Work in Progress*가 Shakespeare and Company에서 출간됨.<br>* *Ulysses*의 불어판인 *Ulysse*가 세상에 나옴.<br>* London과 Torquay 그리고 Bristol을 방문함.<br>* *Tales Told of Shem and Shaun*이 출간됨.<br>* Nora가 Neuilly의 Maison de Sante 병원에서 자궁 절제술(hysterectomy)을 받음(2월 5일). |
| 국내<br>정세 | * General Post Office가 복구되어 W.T. Cosgrave 대통령이 공식적으로 업무 재개시를 선언함(7월 11일).<br>* Irish Censorship Board가 The Censorship of Publications Act를 제정함(8월). |
| 작품<br>장면 | * *Our Exagmination*의 저자는 Samuel Beckett, Marcel Brion, Frank Budgen, Stuart Gilbert, Eugene Jolas, Victor Llona, Robert McAlmon, Thomas McGreevy, Eliot Paul, John Rodker, Robert Sage, William Carlos Williams 등 12명인데, 마치 Earwicker 주점의 열두 손님인 듯 혹은 예수의 열두 제자인 듯 느껴진다. *Finnegans Wake*에 이렇게 적혀있다: 'Imagine the twelve deaferended dumbbawls of the whowl⋯ of the word in pregross.'(284) |
| 세계<br>문학 | * William Faulkner: *The Sound the Fury*<br>* Ernest Hemingway: *A Farewell to Arms*<br>* Eugene O'Neill: *Dynamo*<br>* George Bernard Shaw: *The Apple Cart*<br>* W.B. Yeats: *The Winding Stair* |

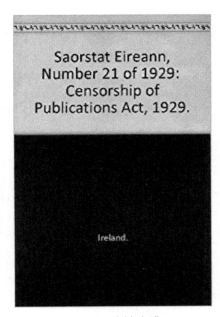

• sesmus dubhghaill
The Censorship of Publications Act
출판 검열 법령집

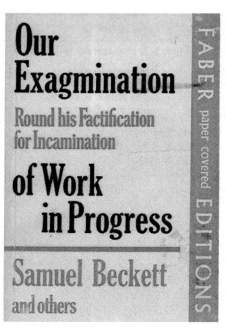

• Joe Gilmore
Faber and Faber
파버 앤 파버 출판물

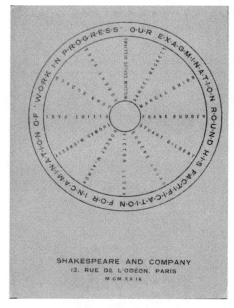

• Sanctuary Books
Shakespeare and Company
셰익스피어 앤 컴퍼니 출간물
'Imagine the twelve deaferended dumbbawls of the whowl⋯ of the word in pregross.'【284:14】
'일제히 울부짖는 12명의 서로 다른 멍청이들⋯진행 중인 작품에 대해'

| 1930(48세) | |
|---|---|
| 작가<br>생애 | * *Haveth Childers Everywhere*가 Henry Babou(Kahane의 동업자)와 Jack Kahane(Obelisk Press의 설립자)에 의해 Paris에서 출판됨.<br>* Stuart Gilbert의 *James Joyce's Ulysses*가 출판됨.<br>* 그해 파리 Seine 강변의 Esplanade des Invalides 교차로에서 택시를 타고 가다 추돌 사고로 이마와 허리를 다침.<br>* 그즈음 20대 초반을 넘긴 Lucia는 이성(Samuel Beckett, Alexander Calder, Albert Hubbell)과의 사랑에서 상처를 입은 트라우마 여파로 sexual prowl의 길로 접어듦.<br>* 12월 10일 아들 Giorgio가 미국인 이혼녀 Helen Kaster Fleischmann과 결혼함. |
| 국내<br>정세 | * Irish Free State가 League of Nations의 이사국으로 선정됨.<br>* Abbey Theatre에서 George Shiel의 *The New Gossoon*이 초연됨(7월 1일). |
| 작품<br>장면 | * *FW*의 Book III, Chapter 3를 이루는 Haveth Childers Everywhere 속 도시명, 거리명, 건물명, 인명 등은 Encyclopaedia Britannica, Thom's Street Directory for Dublin, Dublin Postal Directory 등을 참고하여 punning을 함: 'the foxrogues[Foxrock 더블린 교외], there might accure advantage to ask wher in pellmell[Pall Mall 런던 웨스트민스터의 중심가] her deceivers sinned..,for Fulvia Fluvia[Blonde River] ⋯ from lacksleap up to liffsloup[Loopline Bridge on Liffey 리피강 하구의 철교] ⋯ by Kevin's creek[Kevin's Port 지금의 Camden Street] and Hurdlesford[Ford of the Hurdles] and Gardener's Mall[O'Connell Street, Dublin], long riviriside drive[Riverside Drive, New York], embankment large[The Thames Embankment 템즈 강변도로]⋯'(547) |
| 세계<br>문학 | * William Faulkner: *As I Lay Dying*<br>* D.H. Lawrence: *The Virgin and the Gypsy*<br>* Thornton Wilder: *The Woman of Andros*<br>* W.Somerset Maugham: *Cakes and Ale*<br>* Samuel Beckett: *Whoroscope*<br>* T.S. Eliot: *Ash Wednesday* |

• openlibrary.org
James Joyce's Ulysses by Stuart Gilbert(1955 edition)

• wikidata
Esplanade des Invalides by the Seine, Paris
앵발리드 산책로(파리 센 강변)

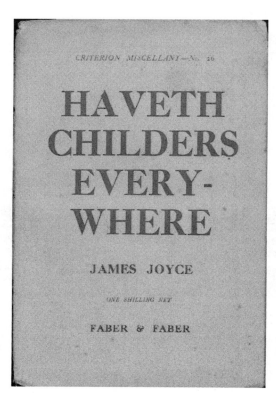

• abebooks
Haveth Childers Everywhere
우리 모두의 아버지(Father of us all)

| 1931(49세) | |
|---|---|
| 작가<br>생애 | * 훗날 자식들에게 물려줄 유산 상속을 고려한 Joyce와 Nora가 London, Campden Grove로부터 조금 떨어진 Marloes Road의 Kensington Registry Office에서 결혼식을 올림(7월 4일).<br>* 9월경 다시 Paris로 돌아옴.<br>* 12월 29일 아버지 John Stanislaus Joyce(1849~1931)가 82세를 일기로 세상을 떠남. |
| 국내<br>정세 | * Fianna Fail, 즉 The Republican Pary의 신문 The Irish Press가 처음 발행됨(9월 5일). |
| 작품<br>장면 | * Daily Mirror지는 Joyce의 결혼 소식을 신속하게 보도하는데, 'The bride's name is given as Nora Joseph Barnacle, aged 47, of the same address. Mr Joyce is the author of *Ulysses*. According to Who's Who he was married in 1904 to Miss Nora Barnacle of Galway.'<br>* 한편, 부친을 잃은 애통함에서 헤어나오지 못한 Joyce가 Louis Gillet에게 건넨 'Moanday(애도하는 날→Monday), Tearsday(눈물짓는 날→Tuesday), Wailsday(통곡하는 날→Wednesday), Thumpsday(가슴 치는 날→Thursday), Frightday(전율하는 날→Friday), Shatterday(기력 없는 날→Saturday)'(301)라는 calendar가 *FW*에 고스란히 담겨있는데, 1주일 내내 슬픔에 잠긴 그의 모습을 그려볼 수 있음. |
| 세계<br>문학 | * E.E. Cummings: *CIOPW*<br>* William Faulkner: *Sanctuary*<br>* Virginia Woolf: *The Waves*<br>* Eugene O'Neill: *Mourning Becomes Electra*<br>* Samuel Beckett: *Proust*(non-fiction) |

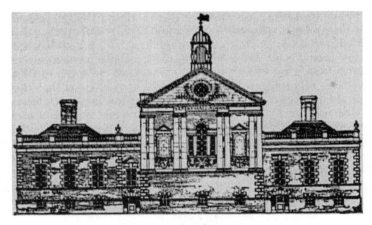

• wikipedia
Kensington and Chelsea Register Office
조이스와 노라가 결혼식을 올렸던 Kensington Registry Office의 조감도

• The Joyces with Lionel Monroe(solicitor) on the day of marriage leaving Kensington Register Office in 1931
1931년 런던 캔싱턴 등기소에서 혼인신고를 마치고 나오는 조이스 부부와 변호사 리오넬 먼로

• John Stanislaus Joyce(1849~1931)
존 스타니슬라우스 조이스(제임스 조이스의 아버지)

Louis Gillet(1876~1943) thought that the 'peculiar rapport' between his father and son was 'the central factor in Joyce's life, the basis, the axis of his work.'(Gillet in Potts 189)

루이 질레는 제임스 조이스와 그의 아버지와의 '독특한 관계'는 '조이스 삶의 주요한 요인이자 근간이었으며 자기 작품의 중심축'이었다고 주장했다.

| | 1932(50세) |
|---|---|
| 작가<br>생애 | * Lucia가 'Hebephrenic Psychosis(정신분열)' 증상을 보이며 Nora에게 의자를 집어<br>던짐(2월 2일).<br>* 손자 Stephen James Joyces가 태어남(2월 15일).<br>* 아버지를 잃은 슬픔과 손자를 얻은 기쁨의 순간을 한 편의 시 *Ecce Puer*로 남김.<br>* 그해 여름을 Zurich, Austria, Nice에서 지냄.<br>* 8월 15일에 Austria로 넘어가 Eugene Jolas가 머물고 있는 Feldkirch의 Hotel Lowen<br>에서 *The Children's Hour*(나중에 *The Mime of Mick, Nick and the Maggies* 제목<br>으로 출판됨)를 집필하지만 눈과 위장의 고통을 호소하다가 11월 17일 Paris로 돌아옴.<br>* 12월에 *Ulysses*가 The Odyssey Press에서 출판됨. |
| 국내<br>정세 | * Irish General Election에서 Fianna Fail(The Republican Pary)당이 출범함(2월 16일).<br>* Dublin Corporation이 교통 방해를 이유로 O'Connell Street의 Nelson's Pillar의<br>철거를 검토함(3월 31일).<br>* Anglo-Irish Trade War(Irish Free State와 United Kingdom 간 무역 보복)이 시작<br>됨(10월). |
| 작품<br>장면 | * *Ecce Puer*(아기를 보라)의 전문: 'Of the dark past/A boy is born./With joy and<br>grief/My heart is torn./Calm in his cradle/The living lies./May love and mer-<br>cy/Unclose his eye!/Young life is breathed/Upon the glass,/The world that was<br>not/Comes to pass./A child is sleeping;/An old man gone./O, father forsaken,/<br>Forgive your son!' |
| 세계<br>문학 | * William Faulkner: *Light in August*<br>* Aldous Huxley: *Brave New World*<br>* W.Somerset Maugham: *The Narrow Corner*<br>* W.H. Auden: *The Orators* |

*Ecce Puer*

Of the dark past
A child is born;
With joy and grief
My heart is torn.

Calm in his cradle
The living lies.
May love and mercy
Unclose his eyes!

Young life is breathed
On the glass;
The world that was not
Comes to pass.

A child is sleeping:
An old man gone.
O, father forsaken,
Forgive your son!

• internetpoem.com
Ecce Puer (아이를 보라)
아버지의 죽음과 손자의 탄생에 관한 슬픔과 기쁨의 시

• wikipedia
Lucia Joyce
루치아 조이스

• jenniferfabulous.blogspot.com
26 July 1907, Trieste~12 December 1982, Northampton
1907년 7월 26일 트리에스테에서 태어나고, 1982년 12월 12일 노샘프턴에서 생을 마침

| | 1933(51세) |
|---|---|
| 작가<br>생애 | * 미국의 Little Review지에 1918년 3월부터 1920년 12월까지 연재하던 중 게재 금지<br>처분을 받음.<br>* 1921년 4월 5일에는 B.W. Huebsch로부터 출판 취소 통보를 받은 뒤, 1922년 2월 2<br>일 Shakespeare and Company의 Sylvia Beach가 출판하기까지 질곡의 세월을 견<br>뎌낸 *Ulysses*가 1933년 12월 6일 미국 뉴욕 Southern District Court의 John Munro<br>Woolsey(1877~1945) 판사(그해 여름 내내 Woolsey 판사는 *Ulysses*를 독파함)에 의<br>해 판금 해제라는 역사적 판결을 받아냄. |
| 국내<br>정세 | * Eamon de Valera가 이끄는 Fianna Fail(The Republican Party)이 그해 총선에서 승<br>리를 거둠(2월 4일).<br>* Cumann na nGaedheal, National Guard, Centre Party가 합당하여 Fine Gael를 창<br>당함(9월 2일). |
| 작품<br>장면 | * Woolsey 판결문의 마지막 대목이 세계문학의 흐름을 바꿔놓을 줄은 그도 몰랐을 것<br>이다: "I am quite aware that owing to some of its scenes '*Ulysses*' is a rather<br>strong draught to ask some sensitive, though, normal, persons to take. But my<br>considered opinion, after long reflection, is that whilst in many places the ef-<br>fect of '*Ulysses*' on the reader undoubtedly is somewhat emetic, nowhere does<br>it tend to be aphrodisiac. '*Ulysses*' may, therefore, be admitted into the United<br>States." |
| 세계<br>문학 | * Virginia Woolf: *Flush, A Biography*<br>* W.Somerset Maugham: *Sheppey*<br>* Eugene O'Neill: *Ah, Wilderness!*<br>* W.B. Yeats: *The Winding Stair and Other Poems*<br>* George Orwell: *Down and Out in Paris and London* |

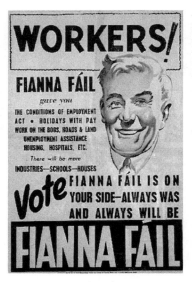

• wikipedia
Fianna Fáil poster
1948년 총선용 선거 전단

• The Free Social Encyclopedia
John Munro Woolsey(1877~1945)
존 먼로 울시(미국 뉴욕 남부 지방법원 판사)
"Ulysses" may, therefore, be admitted into the United States.
따라서 『율리시스』의 미국 내 반입을 허락한다.
-울시 판결문의 마지막 문구

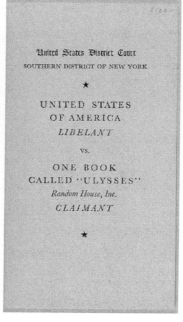

• www.themorgan.org
울시 판사의 친구가 제작한 『율리시스』 판결 관련 팸플릿

| 1934(52세) | |
|---|---|
| 작가<br>생애 | * 1월 25일, New York의 Random House에서 *Ulysses*가 출판되고, 같은 달 TIME지<br>표지 인물로 실림.<br>* 3월에 Frank Budgen의 *James Joyce and the Making of 'Ulysses'*가 출판됨.<br>* 9월 15일, Lucia가 방에 불을 지르는 일이 있고 난 후 취리히 수용 시설로 보내짐.<br>* 11월 19일, 지난 3년간 Lucia를 치료하기 위해 세 군데의 정신병원을 전전했으며, 24명<br>의 전문의와 12명의 간호사를 거쳤음. |
| 국내<br>정세 | * 미국의 W.W. McDowell(1867~1934) 장관이 Dublin Castle에서의 국빈 만찬 중 심장<br>마비로 사망함(4월 9일). |
| 작품<br>장면 | * 9월경, Carl Jung이 Lucia의 증상을 다음과 같이 결론짓는다: 'His 'psychological'<br>style is definitely schizophrenic, with the difference, however, that the ordinary<br>patient cannot help himself talking and thinking in such a way…But his daugh-<br>ter did, because she was no genius like her father, but merely a victim of the<br>disease.' |
| 세계<br>문학 | * Samuel Beckett: *More Pricks Than Kicks*<br>* F.Scott Fitzgerald: *Tender is the Night*<br>* George Orwell: *Burmese Days* |

• 29 January 1934: 'The net effect of its[Ulysses] 768 big pages is a somewhat tragic and very powerful commentary on the inner lives of men and women.'
1934년 1월 29일 자: '768쪽의 방대한 『율리시스』가 갖는 순수 효과는 남성과 여성의 내면적 삶에 관한 비극적이면서 매우 강력한 기록이라는 점이다'

• 8 May 1939: 'As a gigantic laboratory experiment with language, Finnegans Wake is bound to exert an influence far beyond the circle of it immediate readers.'
1939년 5월 8일 자: '거대한 언어 실험장으로서의 『경야의 서』는 틀림없이 당대의 독자층을 훨씬 뛰어넘어서까지 영향을 끼칠 것이다'

| 1936(54세) | |
|---|---|
| 작가<br>생애 | * 8월 21일까지 Denmark에 머무는 동안 Hamlet[Port of Helsingor(Elsinore)], Ibsen[Skien, Norway], Earwicker의 옛집을 순례함.<br>* *Collected Poems*가 New York에서 출판됨.<br>* *Ulysses*가 John Lane에 의해 영국에서 출판됨(10월 3일).<br>* Lucia의 lettrine(대형 장식 대문자)이 그려진 *A Chaucer ABC*가 출판됨(7월). |
| 국내<br>정세 | * George V가 죽고 Edward VIII가 왕위에 오르지만 그해 12월에 퇴위함.<br>* George VI가 계승함. Irish Free State가 국적기로 Aer Lingus를 취항함. |
| 작품<br>장면 | * Denmark 순례의 기억들이 *Work in Progress(Finnegans Wake)*에 나타나 있음: 'Be ownkind. Be kithkinish. Be bloodysibby. Be irish. Be inish. Be offalia. Be hamlet. Be the property plot. Be Yorick and Lankystare. Be cool. Be mackinamucks of yourselves. Be finish.' (465) |
| 세계<br>문학 | * William Faulkner: *Absalom, Absalom!*<br>* Aldous Huxley: *Eyeless in Gaza*<br>* John Steinbeck: *In Dubious Battle*<br>* T.S. Eliot: *Four Quartets*<br>* W.B. Yeats: *The Oxford Book of Modern Verse 1892~1935* |

• The Irish Times
A sample image of Lucia Joyce's Lettrines from A Chaucer ABC
루치아 조이스의 문자 도안화 샘플 그림

| | 1937(55세) |
|---|---|
| 작가<br>생애 | * 생애 마지막 작품이 이듬해 자신의 생일인 1938년 2월 2일 출판되길 바라면서, 이 한 해를 온전히, 매일 늦은 밤까지 하루 16시간의 강도 높은 집필에 매달림.<br>* *Ulysses*의 마지막 단어를 'Yes'로 결정했을 때와 마찬가지로 *Finnegans Wake*의 마침표를 찍는 최후의 단어 선정에 고심함.<br>* *Work in Progress*의 마지막 Storyella She is Syung(Storiella as She is Syung)가 London에서 출판됨.<br>* 이듬해 1월 6일 밤, Samuel Beckett가 Alan, Belinda Duncan과 함께 Avenue d'Orleans를 걸어가다가 자신을 향해 걸어오는 뚜쟁이를 밀치는 순간 괴한의 칼에 가슴을 찔려 죽을 고비를 겪음. |
| 국내<br>정세 | * Battle of Jarama(Spanish Civil War)에 Connolly Column 등이 참전함(2월 6일~27일).<br>* Eamon de Valera가 새로운 Constitution of Ireland를 도입함(4월 30일).<br>* St Stephen's Green에 세워져 있던 영국 George II의 동상이 파괴됨(5월 13일).<br>* Fianna Fail(The Republican Party)당이 총선에서 승리를 거둠(7월 1일).<br>* 새로운 헌법이 제정됨과 동시에 Irish Free State가 Republic of Ireland로 국명이 바뀜(12월 29일). |
| 작품<br>장면 | * *Finnegans Wake*의 독창적 서사 구조의 백미를 장식하고 있는 'the'의 탄생 비화: 'the most slippery, the least accented, the weakest word in English, a word which is not even a word, which is scarcely sounded between the teeth, a breath, a nothing.' |
| 세계<br>문학 | * Ernest Hemingway: *To Have and Have Not*<br>* Franz Kafka: *The Trial*<br>* W.Somerset Maugham: *Theatre*<br>* John Steinbeck: *Of Mice and Men*<br>* Virginia Woolf: *The Years* |

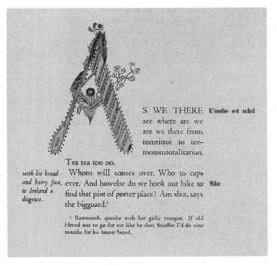

• themorgan.org
Storiella as She is Syung(1937 Corvinus Press)
첫 글자 A는 루치아 조이스의 채색 솜씨

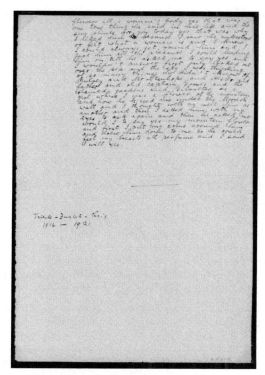

• Manuscript of the last page of Ulysses
『율리시스』 육필 원고의 마지막 페이지

• artnet
Samuel Beckett(1906~1989)
'My love was Samuel Beckett. I wasn't able to marry him.' -Lucia Joyce
'내가 사랑한 남자는 사무엘 베케트였다. 나는 그 남자와 결혼할 수 없었다.'

| 1939(57세) | |
|---|---|
| 작가<br>생애 | * World War II(1939. 9. 1.~1945. 9. 2.)의 전운이 감돌던 그즈음 어느 날(3월 15일, Hit-ler는 이미 Czechoslovakia의 나머지 지역까지 점령함), Jacques Mercanton과 Seine 강변을 산책하던 Joyce가 'Let us leave the Czechs in peace and occupy ourselves with *Finnegans Wake*'하길 바라던 *Finnegans Wake*가 London의 Faber and Faber 와 New York의 The Viking Press에서 각각 공식 출판됨(5월 4일).<br>* 전 가족이 Etretat, Berne, Zurich를 찾음.<br>* 9월 중순, Pornichet에서 Lucia와 재회하면서 10월 8일까지 그곳에 체류한 뒤, Vichy 근교의 Saint Gerand-le-Puy에서 그해 Christmas를 보냄. |
| 국내<br>정세 | * Clann na Talmhan(The National Agricultural Party)가 Galway의 Athenry에서 창당됨(6월 29일).<br>* Irish Red Cross Society가 설립됨(7월 1일).<br>* State of Emergency가 선포됨(9월 1일). |
| 작품<br>장면 | * 그 무렵, Joyce는 bar에서 마치 *Finnegans Wake*를 끝으로 펜을 던지겠다는, 아니 Joyce 자신의 슬픈 부고를 예고하는 듯한, 마지막 작품의 마지막 부분을 암송하는데, 'I only hope whole the heavens sees us. For I feel I could near to faint away. Into the deeps. Annamores leep.'(625~626), 'And it's old and old it's sad and old it's sad and weary I go back to you… the moyles and moyles of it, moananoaning, makes me seasilt saltsick and I rush, my only, into your arms.'(627~628) |
| 세계<br>문학 | * William Faulkner: *If I Forget Thee Jerusalem*<br>* Ernest Hemingway: *The Snows of Kilimanjaro*<br>* Henry Miller: *Tropic of Capricorn*<br>* George Orwell: *Coming Up for Air*<br>* John Steinbeck: *The Grapes of Wrath*<br>* T.S. Eliot: *Old Possum's Book of Practical Cats* |

• Gerand-le-Puy(생 제르망-뒤-푸이)에 있는 제임스 조이스 도서관 명판

• The 1st Edition of Finnegans Wake
The Viking Press, New York
『피네간의 경야』 초판본
뉴욕 바이킹 출판사

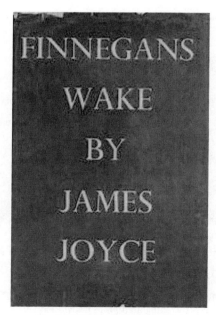

• The 1st Edition of Finnegans Wake
Faber and Faber, London
『피네간의 경야』 초판본
런던 파버 앤 파버 출판사
'Let us leave the Czechs in peace and occupy ourselves with Finnegans Wake' -James Joyce
'체코 사람들일랑 그냥 가만히 놓아두고 우리는 『피네간의 경야』에나 빠져봅시다'

| | 1940(58세) |
|---|---|
| 작가<br>생애 | * 12월 15일 Joyce는 Lausanne에서 Chavornet 근처의 Maisin de Sante에 수용되어<br>있는 Lucia를 만남.<br>* 그날 이후 Joyce와 Lucia는 살아생전 다시 만나지 못함. 이틀 뒤, 가련한 Lucia를 정신<br>병동에 홀로 남겨둔 채 Joyce 인생 여정의 마지막 기착지 Zurich에 도착하는데, 그때<br>는 이미 36년 전 패기 넘치던 Joyce와 풋풋했던 Nora가 아니라 가난하고 병든 노부부<br>의 지친 모습을 보임.<br>* Joyce는 대부분의 오후 시간을 손자 Stephen의 손을 잡고 Sihl강과 Limmat강이 합류<br>하는 Platzspitz Park[Needle Park]를 산책하면서 망중한을 즐김. |
| 국내<br>정세 | * Cork City 중심가에서 Sinn Fein당의 Cork 시장인 Tomas Mac Curtain가 John<br>Roche 경찰에게 발포를 하여 중상을 입힘(1월 3일).<br>* Maynooth의 St Patrick's College에 화재가 발생함(3월 29일).<br>* 독일 정부가 Dublin 폭탄 투하에 따른 피해 보상을 할 용의가 있다는 소식을 독일 언<br>론이 발표함(10월 3일). |
| 작품<br>장면 | * Paul Ruggiero가 자주 Pension Delphin의 Joyce의 안부를 확인하기 위해, 그의 방<br>에 들어갈 때마다 자신의 모자를 무심코 Joyce의 침대 위에 올려놓고는 했는데 이를 본<br>Joyce가 던진 한마디: 'Ruggiero, take that hat off the bed. I'm superstitious and it<br>means somebody is going to die.' 곧 다가올 자신의 죽음을 예견이라도 한 것처럼. |
| 세계<br>문학 | * Raymond Chandler: *Farewell, My Lovely*<br>* Ernest Hemingway: *For Whom the Bells Tolls*<br>* W.Somerset Maugham: *The Mixture as Before*<br>* Richard Wright: *Native Son* |

• Limmat강과 Sihl강이 만나는 언덕 난간에 『경야經夜의 서書』 글귀가 새겨져 있다.
[독]Der Platzspitz, wo sich Sihl und Limmat vereinen, war ein Lieblingsort des irischen Authors James Joyce in seiner Zürcher Zeit(1915~1919). Die Namen flossen auch in sein Werk Finnegans Wake ein: "Yssel that the limmat!" und "legging a jig or so on the sihl"
[영]Platzspitz, where Sihl and Limmat merge, was a favorite location of the Irish Author James Joyce during his Zürich time(1915~1919). The names were also integrated in his oeuvre Finnegans Wake: "Yssel that the limmat!" 【198:13】 and "legging a jig or so on the sihl"【200:23~24】
실강과 리마트강이 합류하는 플라츠스피츠는 제임스 조이스가 취리히에서 지내던 동안(1915~1919) 즐겨 찾던 장소였다. 강 이름 또한 그의 마지막 작품 『피네간의 경야』 속에 녹아들어 있다: '거기까지가 전부인가!(Is all that the limit!)' 그리고 '실강 위에서 경쾌한 발놀림으로 지그 춤을 추는'

• Limmat강과 Sihl강

• Limmat강과 Sihl강이 합류하는 언덕

| 1941(59세) |
|---|
| **작가<br>생애** | * 1월 7일 저녁, 여느 때처럼 Kronenhalle에 들른 Joyce는 'Perhaps I won't be here much longer.'라는 불길한 예언을 남기고, 이틀 뒤 눈비가 섞여 내리는 밤에 다시 찾은 것이 그의 예언대로 마지막이었음. 다음 날 새벽 2시 응급차로 Schwesterhaus vom Roten Kreuz에 실려갈 때 Joyce의 움푹 들어간 눈은 열려 있었고 '물고기처럼 온몸을 비틀면서(writhing like a fish)' 고통을 호소함.<br>* 이후 긴 혼수상태에 빠졌다가, 1월 13일 새벽 1시에 깨어나 Nora와 Giorgio를 애타게 찾다가 그들이 병원에 도착하기 전 59회 생일을 3주 앞두고 영면에 들어감(Walking into Eternity).<br>* 이때가 1941년 1월 13일 월요일 오전 2시 15분! 그리고 눈 내리는 몹시 추운 날(1월 15일), Zurich의 Zoological Garden 바로 옆 Fluntern Cemetery에 안장됨. 그로부터 10여 년이 지난 1951년 4월 10일, 그녀도 Joyce를 뒤따르지만 그의 바로 곁에 묻히지 못했다. 그 옛날(1904. 10. 8.) 처음 유럽으로 떠나는 배에 나란히 손잡고 오르지 못했던 것처럼. |
| **국내<br>정세** | * Dublin Castle 화재로 의전실 일부가 손실됨(1월 24일).<br>* 독일군의 Belfast 공습(Belfast Blitz)으로 1,000여 명이 사망함(4월 15일). |
| **작품<br>장면** | * 아버지의 죽음을 전해 들은 Lucia(그녀는 1930년 최초 mental illness 진단과 1932년 5월 29일에 schizophrenia 판정을 받고 Zurich의 Burgholzi 정신병동에 수용되었다가, 1951년 영국 Northampton의 St Andrew로 옮겨진 뒤 줄곧 그곳에서 31년을 지내다 1982년 12월 12일에 74세의 나이로 부모 곁으로 돌아감)는 'That imbecile, what is he doing under the ground? When will he decided to leave? He's watching us all the time.'라고 말함.<br>* Joyce의 병명과 사인은 Perforated Ulcer(천공성 궤양), General-ized Peritonitis(범복막염), Paralytic Ileus(마비성 장폐색증). |
| **세계<br>문학** | * W.Somerset Maugham: *Up at the Villa*<br>* Henry Miller: *The Colossus of Maroussi*<br>* Virginia Woolf: *Between the Acts*(유고작)<br>* T.S. Eliot: *The Dry Salvages*<br>* W.H. Auden: *New Year Letter* |

• Joyce underwent the pangs of 'writhing like a fish' in Schwesterhaus vom Roten Kreuz
병원에 도착한 조이스는 '온몸을 비틀어 짜는 듯한' 극심한 고통을 호소했다.

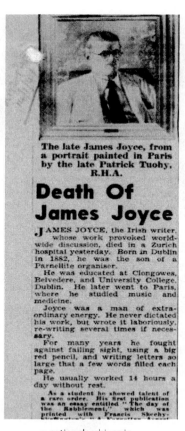

The late James Joyce, from a portrait painted in Paris by the late Patrick Tuohy, R.H.A.

# Death Of James Joyce

JAMES JOYCE, the Irish writer, whose work provoked world-wide discussion, died in a Zurich hospital yesterday. Born in Dublin in 1882, he was the son of a Parnellite organiser.

He was educated at Clongowes, Belvedere, and University College, Dublin. He later went to Paris, where he studied music and medicine.

Joyce was a man of extraordinary energy. He never dictated his work, but wrote it laboriously, re-writing several times if necessary.

For many years he fought against failing sight, using a big red pencil, and writing letters so large that a few words filled each page.

He usually worked 14 hours a day without rest.

As a student he showed talent of a rare order. His first publication was an essay entitled "The day of the Rabblement," which was printed with Francis Skeffington's

• nationalarchives.ie
James Joyce entered into eternal exile on 13 January 1941
1941년 1월 13일, 영원한 망명의 길로 접어들다

• source: Fritz Senn

• source: Fritz Senn
Funeral Scene of James Joyce(1941. 1. 13.)
제임스 조이스의 장례 장면

That day the cold was intense. The Lake Zurich was frozen over and the snow so heavy that the confluence of the Limmat and the Sihl which Joyce had loved so much was obscured from view.
유난히 추웠던, 생生의 마지막 하루. 취리히 호수는 혹한에 꽁꽁 얼어붙었고, Limmat강과 Sihl강이 합류하는 언덕은 하염없이 내리는 폭설에 가려져 유령처럼 희뿌옇게 보였다. 말년의 조이스는 그곳을 끔찍이 사랑했다.

• Bloomsbury Publishing Pic

저 강 건너, 생生의 피안彼岸으로 향하려는 것인가?
오래지 않아 자신이 숨을 거두게 될 Limmat강 건너편의 적십자 병원을 Sihl강을 등지고 바라보고 있는 이 사진을, 조이스는 가장 좋아했다.
1938년 어느 겨울, Limmat강과 Sihl강이 만나는 곳의 제임스 조이스.

# 2. 제임스 조이스의 시력과 시련

1925~1926년 무렵, 조이스는 거의 실명 상태에서 한쪽 눈 시력에 간신히 의지한 채,

커다란 카드에 크레용으로 큼직큼직하게 글자를 적어 가면서 『경야』를 집필했다.

노라(Nora)가 물었다 "저 카드들은 다 뭐예요?"

"작품의 원고 더미들이오."

• www.washingtonian.com

눈 주위에 드리워진 그림자로 인해 나의 시력은 심하게 흔들리고 있다.

My sights are swimming thicker on me by the shadows to this place.【215:09-10】

• harpers.org

한낮에도 사물이 어스름처럼 희뿌옇게 보였으므로 흰옷에 반사된 빛을

원고지에 비춰가며 글을 써야 했다.

『경야經夜』와 함께 조이스는, 낮조차 밤이나 다름없는 시간을 경야經夜했다.

# 3. 제임스 조이스의 문학 영토

The Literary Imperium of James Joyce

| 국가 | 년도 |
|------|------|
| Ireland [Northern Ireland] | **1882**-1901 1902 1903 1904 1909 1912 [1909] |
| England | **1902** 1904 1912 1922 1923 1924 1927 1929 1930 1931 |
| France | **1902** 1903 1904 1920 1921 1922 1923 1924 1925 1926 1927 1928 1929 1930 1931 1932 1933 1934 1935 1936 1937 1938 1939 1940 |
| Switzerland | **1904** 1915 1916 1917 1918 1919 1928 1930 1932 1933 1934 1935 1937 1938 1939 1940 **1941** |
| Slovenia | **1904** |
| Italy | **1904** 1905 1906 1907 1908 1909 1910 1911 1912 1913 1914 1915 1919 1920 1934 |
| Croatia | **1904** 1905 1906 |
| Vatican City State | **1906** |
| Austria | **1907** 1928 1932 |
| Netherlands | **1912** 1927 |
| Monaco | **1922** 1934 |
| Belgium | **1926** 1927 1934 1936 |
| Germany | **1928** 1930 1936 |
| Luxembourg | **1934** |
| Denmark | **1936** |

# 다정하고 불결한 더블린

## teary turty Taubling【007:5-6】

조이스 부모는 가족을 데리고 이 집 저 집으로 부초처럼 옮겨 다니며 반유목적 삶을 살았는데, 나중에 가서는 빈민 지역에, 또 이따금 도심에 거처하기도 했다.

His family led a semi-nomadic existence, drifting from house to house; in the later years, these moves were to the poorer and sometimes central areas of the city.

-비비안 이거(Vivien Igoe), 『제임스 조이스의 더블린 거주지와
노라 바나클의 골웨이(James Joyce's Dublin Houses & Nora Barnacle's Galway)』

James, Lucia, and Nora Joyce with Eugene Jolas, 1932
조이스, 루치아, 노라, 유진 졸라, 1932년

# 4. 제임스 조이스의 더블린 문학 영토

Joyce's Literary Imperium in Dublin

| 시기 | 나이 | 문학 영토 |
|---|---|---|
| 1877~ | | Chapelizod(아버지 John Joyce 거주) |
| | | Upper Clanbrassil Street(어머니 Mary Jane 거주) |
| 1880/5/5 | | Church of Our Lady of Refuge, Rathmines(부모님 결혼 장소) |
| 1880~1881 | | 47 Northumberland Avenue, Kingstown(부모님 신혼 장소) |
| 1882~1884 | | 41 Brighton Square, Wes Rathgar |
| 1884~1887 | 02~05 | 23 Castlewood Avenue, Rathmines |
| 1887/5~1891 | 05~09 | 1 Martello Terrace, Bray, County Wicklow |
| 1888/9~1892/12 | 06~10 | Sallins, County Kildare[Clongowes Wood College] |
| 1892~1893 | 10~11 | 23 Carysfort Avenue, Blackrock(일명 Leoville) |
| 1893~1894 | 11~12 | 29 Hardwicke Street |
| | | 14 Fitzgibbon Street(Mountjoy Square 근처) |
| 1893~1898 | 11~16 | Great Denmark Street[Belvedere College] |
| 1894 | 12 | Kingsbridge Station(지금의 Heuston Station) |
| | | 2 Millbourne Avenue, Drumcondra |
| 1895~1898 | 13~16 | 17 North Richmond Street |
| 1898~1899/5 | 16~17 | 29 Windsor Avenue, Fairview |
| 1899~1902 | 17~20 | St Stephen's Green[University College: UCD] |
| 1899 | 17 | 7 Convent Avenue, Fairview |
| 1899~1900/4 | 17~18 | 13 Richmond Avenue, Fairview |
| 1900/5~1901 | 18~19 | 8 Royal Terrace, Fairview(Inverness Road) |
| 1900 | 18 | Mullingar, Westmeath |
| 1901~1902 | 19~20 | 32 Glengariff Parade, North Circular Road |
| 1902/10~1902/12 | 20 | 7 St Peter's Terrace(5 St Peter's Road) |
| 1902/12/1~1902/12/3 | | Dun Laoghaire—Holyhead—Euston Station—Paris |

| 날짜 | 나이 | 주소 |
|---|---|---|
| 1902/12~1903/1 | 20~21 | 7 St Peter's Terrace, Phibsborough[Cabra] |
| 1903/1/23~1903/3/11 | 21 | Hotel Corneille, Paris |
| 1903/4~1904/3 | 21~22 | 7 St Peter's Terrace, Phibsborough[Cabra] |
| 1904/3~1904/8 | 22 | 60 Shelbourne Road, Ballsbridge |
| 1904 | 22 | 35 Strand Road, Sandymount |
| 1904 | 22 | 103 North Strand Road, Fairview |
| 1904/9/4~1904/9/8 | | Martello Tower, Sandycove |
| 1904/10/8 | | North Wall, Dublin |
| 1909/7/29~1909/8/26 | 27 | 44 Fontenoy Street, Dublin |
| 1909/8/26~1909/8/27 | 27 | 4 Bowling Green, Galway |
| 1909/8/28~1909/9/9 | 27 | 44 Fontenoy Street, Dublin |
| 1909/10/21 | | 44 Fontenoy Street, Dublin |
| 1910/1/2 | 28 | |
| 1912/7/17~1912/8/17 | 30 | 4 Bowling Green, Galway |
| 1912/8/17~1912/8/22 | 30 | 17 Richmond Place, North Circular Road |
| 1912/8/22~1912/9/11 | 30 | 21 Richmond Place, North Circular Road |
| 1912/9/11~1912/9/15 | | Dublin—London—Triest—Flushing—Munich—Salzburg |

* 조이스가 부모님과 함께 Dublin에서 지내는 동안 20여 차례 이사를 다님.
* 1904년 10월 8일, Dublin을 떠난 조이스는 그 후 1909, 1910, 1912년을 제외하고 다시는 더블린 땅을 밟지 않음.
* 나중에 조이스는 Zurich에서 8번에 걸쳐 이사를 하게 됨.
* 조이스는 또 Trieste에서는 10차례나 주소를 옮겨 살게 됨.
* 그리고 Paris에서 조이스는 20여 년을 살면서 19번 이사를 하게 됨.

# 내가 죽으면, 더블린은 내 가슴에 쓰여질 것이다.

**"When I die, Dublin will be written on my heart."**

거처에 관해서라면, 조이스는 유럽 전역을 호텔과 아파트로 벼룩처럼 평생 옮겨 다녔다.

When it came to accommodation, Joyce was a lifelong flea, leaping about between hotels and flats all over Europe.

-패트릭 티어니(Patrick Tierney)

Joyce's family in Paris, 1924
조이스 가족(조이스, 조지오, 루치아, 노라), 1924년 파리

# 5. 제임스 조이스의 유럽 문학 영토

## Joyce's Literary Imperium in the Continent

| 국가 | 도시 | 문학 영토 | 기간 |
|---|---|---|---|
| Ireland | Dublin | Kingstown[Dun Laoghaire] Pier, Dublin | 1902/12/01 |
| England | Holyhead | Seaport in Anglesey, Wales | 1902/12/02 |
| | London | London Euston(Railway Station) on Euston Road | 1902/12/02 |
| | | London Victoria(Railway Station) in Belgravia | 1902/12/02 |
| | Newhaven | Ferry Port in East Sussex | 1902/12/02 |
| France | Dieppe | Dieppe Seaport in Normandy | 1902/12/03 |
| | Paris | Gare-du-Nord(Railway Station), 10th Arrondissement | 1902/12/03 |
| | | Hotel Corneille | 1902/12/03~22 |
| Ireland | Dublin | 7 St Peter's Terrace | 1902/12/23~1903/01/23 |
| France | Paris | Hotel Corneille | 1903/01/23~03/11 |
| Ireland | Dublin | Shelbourne Road, Strand Road, North Strand Road, St Peter's Terrace | 1903/03/12~1904/10/08 |
| | | North Wall(Dublin Port) | 1904/10/08 |
| England | Holyhead | Seaport in Wales | 1904/10/09 |
| France | Paris | Gare St. Lazare(Railway Station), 8th Arrondissement | 1904/10/10 |
| | | Gare de l'Est(Railway Station), 10th Arrondissement | 1904/10/10 |
| Switzerland | Zurich | Gasthaus Hoffnung, 16 Reitergasse | 1904/10/11~19 |
| Slovenia | Ljubljana [Laibach] | Garden Observatory nearby railway station | 1904/10/20 |
| Italy | Trieste | Central Hotel | 1904/10/21~29 |
| Croatia | Pula[Pola] | 2 Via Giulia | 1904/10/29 |
| | | 7 Via Medolino | 1905/01/13 |
| Italy | Trieste | 3 Piazza Ponterosso(3rd floor) | 1905/03/05~1905/04/30 |
| | | 30 Via San Nicolo(2nd floor) | 1905/05/01~1906/02/24 |
| | | 1 Via Giovanni Boccaccio(2nd floor) | 1906/02/24~1906/07/30 |
| Croatia | Rijeka[Fiume] | Rijeka Railway Station | 1906/07/30 |
| | | Rijeka Pier | 1906/07/30 |
| | Opatija | Hotel Imperial | 1904~1906 |
| | | Hotel Bevanda | 1904~1906 |
| | | Hotel Riviera | 1904~1906 |
| Italy | Ancona | Porto di Ancona(Ancona Pier) | 1906/07/30 |
| | Rome[Roma] | 52 Via Frattina(2nd floor) | 1906/07/31 |
| | | 51 Via Monte Brianzo(4th floor) | 1906/12/08 |
| Vatican | Vatican City State | St. Peter's Basilica, Vatican Museum | 1906/08/04~05 |

| Italy | Trieste | 16 Via San Nicolo(3rd floor) | 1907/03~1907/09 |
|-------|---------|------------------------------|------------------|
|       |         | 1 Via Santa Catarina(1st floor) | 1907/12~1909/03 |
| Austria | Feldkirch | Feldkirch Railway Station | 1907/12/01 |

• homethoughtsfromabroad626.wordpress.com/
Kingstown[Dun Laoghaire] Pier, Dublin
킹스타운[던리어리] 부두, 더블린

• www.pinterest.fr/pin/505951339363381011/
The Port of Dieppe, Normandy, France in 1900
1900년 무렵의 디에프 항구, 프랑스 노르망디

| 국가 | 도시 | 문학 영토 | 기간 |
|------|------|-----------|------|
| Italy | Trieste | 8 Via Vincenzo Scussa(1st floor) | 1909/03/06~1910/08/24 |
| Ireland | Galway | 8 Bowling Green | 1909/08/26~27 |
|  | Dublin | 44 Fontenoy Street | 1909/09/01~09 |
|  | Dublin-Trieste | en route | 1909/09/09~13 |
| Italy | Trieste | 8 Via Vincenzo Scussa | 1909/09/13~1909/10/18 |
|  | Trieste-Dublin | en route | 1909/10/18~21 |
| Ireland | Dublin | 44 Fontenoy Street | 1909/10/21~1909/11/27 |
| Northern Ireland | Belfast | en route | 1909/11/27~28 |
| Italy | Trieste | 32 Via Barriera Vecchia(3rd floor) | 1910/08~1912/09 |
|  | Padua | Albergo Toretta, Padua, Veneto | 1912/04/24~26 |
| Ireland | Galway | 8 Bowling Green | 1912/07/17~1912/08/17 |
| England-Netherlands | Harwick-Flushing | en route | 1912/09/11~15 |
| Italy | Trieste | 4 Via Donato Bramante(2nd floor) | 1912/09/15~1915/06/28 |
| Switzerland | Zurich | 15 Reitergasse, Gasthaus Hoffnung | 1915/06/30~1915/07/07 |
|  |  | 7 Reinhardstrasse, Seefeld District | 1915/07/07~1915/10/15 |
|  |  | 19 Kreuzstrasse, Seefeld District | 1915/10/15~1916/03/31 |
|  |  | 54 Seefeldstrasse, Seefeld District | 1916/03/31~1917/01/30 |
|  |  | 73 Seefeldstrasse, Seefeld District | 1917/01/30~1917/10/12 |
|  | Locarno | Pension Villa Rossa | 1917/10/12~1917/11/05 |
|  |  | Pension Daheim | 1917/11/05~1918/01/06 |
|  | Zurich | 38 Universitatstrasse | 1918/01/06~1918/10/26 |
|  |  | 29 Universitatstrasse | 1918/10/26~1919/10/15 |
| Italy | Trieste | 2 Via Armando Diaz(3rd floor) | 1919/10/17~1920/07/03 |

| Switzerland | Zurich | 1 Zeltweg, Pfauen Cafe | during the WWI |
| | | 4 Ramistrasse, Kronenhale Restaurant | in his 30s |
| | | Zimmerleuten Restaurant | in his 30s |
| | | Schwesterhaus von Roten Kreuz | his last location |
| Italy | Trieste | 2 Via della Sanita | 1920/06/01~03 |
| | Portogruaro | Meteropolitan City of Venice, Veneto | 1920/06/03~04 |
| | Trieste | 2 Via della Sanita | 1920/06/04~08 |
| | Sirmione | Brescia, Lombardy | 1920/06/08~10 |
| | Trieste | 2 Via della Sanita | 1920/06/10 |
| | Milan-Venice | en route | 1920/07/03~08 |
| France | Paris | 9 Rue de Beaune, 7th Arrondissement, Hotel Elysee | 1920/07/08~15 |
| | | 5 Rue de l'Assomption, 16th Arrondissement | 1920/07/15~1920/11/01 |
| | | 9 Rue de l'Universite, 7th Arrondissement, Hotel Lennox | 1920/11/02~1920/12/01 |
| | | 5 Boulevard Raspail, 7th Arrondissement | 1920/12/01~1921/06/03 |

• www.laphamsquarterly.org
Trieste Grand Canal in 1915
1915년 무렵의 트리에스테 그랜드 운하

• www.laphamsquarterly.org
Trieste Grand Canal in 1915
1914년 무렵의 트리에스테 부두

| 국가 | 도시 | 문학 영토 | 기간 |
|---|---|---|---|
| France | Paris | 71 Rue de Cardinal Lemoine, 5th Arrondissement | 1921/06/03~1921/10/01 |
| | | 9 Rue de l'Universite, 7th Arrondissement, Hotel Lennox | 1921/10/01~1922/08/12 |
| England | London | Euston Hotel | 1922/09/01~09/15 |
| | Kent | Queens Hotel | 1922/09/15~09/17 |
| France | Boulogne | Pas-de-Calais, Hauts-de-France | 1922/09/17~09/18 |
| | Paris | 9 Rue de l'Universite | 1922/09/18 |
| | Dijon | 13 Rue Paul-Cabet | 1922/10/11~1922/10/12 |
| | Marseille | Gare de Marseille-Saint-Charles | 1922/10/13 |

| Monaco | Monaco | Monaco, Principality of Monaco | 1922/10/15 |
|---|---|---|---|
| France | Nice | Hotel de France | 1922/10/13~16 |
| | | Hotel Suisse | 1922/10/16~1922/11/12 |
| | Marseille | Le Grand Hotel | 1922/11/12~13 |
| | Lyon | Gare de Lyon | 1922/11/13~14 |
| | Paris | 26 Avenue Charles Floquet, 7th Arrondissement | 1922/11/14~1923/04/03 |
| | | Maison de Sante Ambroise Pare, Neuilly | 1923/04/03~14 |
| | | 26 Avenue Charles Floquet, 7th Arrondissement | 1923/04/14~25 |
| | | 39 Rue du Cherche-Midi, Dr Borsch's Clinique des Yeux | 1923/04/25~1923/05/06 |
| | | 26 Avenue Charles Floquet, 7th Arrondissement | 1923/05/06~1923/06/18 |
| | Calais | Terminus Hotel | 1923/06/18~21 |
| England | London | Belgrave Residential Hotel | 1923/06/21~29 |
| | Bognor Regis | Alexandra Guest House | 1923/06/29~1923/08/03 |
| | London | Belgrave Residential Hotel | 1923/08/03~17 |
| France | Paris | 6 Rue Blaise Desgoffes, Victoria Palace Hotel | 1923/08/17~27 |
| | | 6 Rue Gregoire de Tours, Hotel de l'Univers | 1923/08/27~1923/09/03 |
| | | 6 Rue Blaise Desgoffes, Victoria Palace Hotel | 1923/09/03~1924/06/10 |
| | | 39 Rue du Cherche-Midi, Dr Borsch's Clinique des Yeux | 1924/06/10~22 |
| | | 6 Rue Blaise Desgoffes, Victoria Palace Hotel | 1924/06/24~1924/07/10 |
| | Saint Malo | Hotel de France et Chateaubriand, Brittany | 1924/07/10~1924/08/18 |
| | Quimper | Hotel de l'Epee, Brittany | 1924/08/18~29 |
| | Vannes | Grand Hotel du Commerce et de l'Epee | 1924/08/29~1924/09/05 |
| | Carnac | en route | 1924/09/01 |
| | Paris | 6 Rue Blaise Desgoffes, Victoria Palace Hotel | 1924/09/05~15 |
| England | Calais | Hotel Terminus | 1924/09/15~19 |
| | London | Euston Hotel | 1924/09/19~1924/10/12 |
| France | Paris | 8 Avenue Charles Floquet | 1924/10/12~1924/11/28 |
| | | 39 Rue du Cherche-Midi, Dr Borsch's Clinique des Yeux | 1924/11/28~1924/12/10 |
| | | 8 Avenue Charles Floquet | 1924/12/10~1925/02/15 |

DIJON — Deuxième Foire Gastronomique - Novembre 1922

www.delcampe.net                                                                    Karto86

• www.delcampe.net/en_GB/collectables/postcards/france/dijon
Dijon in 1922
1922년 무렵의 디종(프랑스 부르고뉴)

| 국가 | 도시 | 문학 영토 | 기간 |
|---|---|---|---|
| France | Paris | 39 Rue du Cherche-Midi, Dr Borsch's Clinique des Yeux | 1925/04/15~25 |
| | | 8 Avenue Charles Floquet | 1925/04/25~1925/05/14 |
| | | 6 Rue Blaise Desgoffes, Victoria Palace Hotel | 1925/05/14~1925/06/01 |
| | | 192 Rue de Grenelle, 7th Arrondissement. 2 Square Robiac | 1925/06/01~1925/07/21 |
| | Fecamp | Grand Hotel des Bains et de Londres, Seine-Maritime, Normandy | 1925/07/21~28 |
| | Rouen | Grand Hotel de la Poste, Seine-Maritime, Normandy | 1925/07/28~1925/08/09 |
| | Les Andelys | Hotel du Grand-Cerf, Normandy | 1925/08/06 |
| | Niort | Grand Hotel du Raisin de Bourgogne, Deux-Sevres | 1925/08/09~10 |
| | Arcachon | Regina Palace Hotel et d'Angleterre, Gironde | 1925/08/11~1925/09/03 |
| | Bordeaux | Hotel Bayonne, Gironde | 1925/09/03~05 |
| | Paris | 2 Square Robiac | 1925/09/05~1925/12/05 |
| | | 39 Rue du Cherche-Midi, Dr Borsch's Clinique des Yeux | 1925/12/05~15 |
| | | 2 Square Robiac | 1925/12/15~1926/08/05 |

| Belgium | Ostende | Auberge Littoral Palace | 1926/08/05~09 |
| | | Hotel du Phare | 1926/08/09~18 |
| | | Hotel de l'Ocean | 1926/08/18~1926/09/13 |
| | Ghent | en route | 1926/09/13~17 |
| | Antwerp | Grand Hotel, Anvers | 1926/09/17~20 |
| | Brussels | Hotel Astoria & Claridge | 1926/09/20~29 |
| | Waterloo | en route | 1926/09/22 |
| France | Paris | 2 Square Robiac | 1926/09/29~1927/04/04 |
| England | London | Euston Hotel | 1927/04/04~08 |
| France | Paris | 2 Square Robiac | 1927/04/08~1927/05/21 |
| Netherlands | The Hague | Hotel Victoria | 1927/05/21~1927/06/07 |
| | Amsterdam | Hotel Krasnopolsky | 1927/06/07~14 |
| | The Hague | Hotel Victoria | 1927/06/14~20 |
| Belgium | Brussels | Hotel Central | 1927/06/20~21 |
| France | Paris | 2 Square Robiac | 1927/06/21~1928/03/21 |
| | Dieppe | Hotel du Rhin et de Newhaven, Dieppe Normandy | 1928/03/21~27 |
| | Rouen | Grand Hotel de la Poste, Normandy | 1928/03/27~31 |
| | Paris | 2 Square Robiac | 1928/03/31~1928/04/19 |
| | Dijon | 13 Rue Paul-Cabet | 1928/04/19~20 |
| | Lyon | Hotel Carlton | 1928/04/20~21 |
| | Toulon | Grand Hotel | 1928/04/23~1928/05/07 |
| | Avignon | Hotel d'Europe | 1928/05/07~12 |
| | Lyon | Hotel Carlton | 1928/05/12~17 |
| | Paris | 2 Square Robiac | 1928/05/17~1928/07/13 |

• napoleon1.canalblog.com
Waterloo 1913
1913년 무렵의 워털루(벨기에 중부)

| 국가 | 도시 | 문학 영토 | 기간 |
|------|------|-----------|------|
| Switzerland | Zurich | Central Hotel | 1928/07/14~15 |
| Austria | Innsbruck | Hotel Europa | 1928/07/15~23 |
| | Salzburg | Hotel Mirabell | 1928/07/23~1928/08/29 |
| Germany | Munich | Hotel Vier Jahreszeiten | 1928/08/29~1928/09/03 |
| France | Strasbourg [Strasburg] | Hotel Maison Rouge | 1928/09/03~05 |
| | Le Havre | Hotel Continental | 1928/09/05~14 |
| | Paris | 2 Square Robiac | 1928/09/14~1928/11/07 |
| | Neuilly | Maison de Sante, Hauts-de-Seine | 1928/11/07~18 |
| | Paris | 2 Square Robiac | 1928/11/18~1928/12/03 |
| | Neuilly | Maison de Sante, Hauts-de-Seine | 1928/12/03~15 |
| | Paris | 2 Square Robiac | 1928/12/15~1929/02/04 |
| | Neuilly | Maison de Sante, Hauts-de-Seine | 1929/02/04~18 |
| | Paris | 2 Square Robiac | 1929/02/18~1929/07/10 |
| England | London | Euston Hotel | 1929/07/10~14 |
| | Torquay | Imperial Hotel | 1929/08/14~15 |
| | Bristol | Royal Hotel | 1929/08/15~18 |
| | London | Euston Hotel | 1929/08/18~1929/09/19 |
| France | Paris | 2 Square Robiac | 1929/09/19~1930/04/01 |
| Switzerland | Zurich | St Gotthard Hotel | 1930/04/01~14 |
| Germany | Wiesbaden | Hotel Rose | 1930/04/14~21 |
| France | Paris | 2 Square Robiac | 1930/04/21~1930/05/13 |
| Switzerland | Zurich | St Gotthard Hotel | 1930/05/13~14 |
| | | Professor Vogt Clinic | 1930/05/14~1930/06/05 |
| | | St Gotthard Hotel | 1930/06/05~17 |
| France | Paris | 2 Square Robiac | 1930/06/17~1930/07/02 |
| England | Llandudno | Grand Hotel, Wales | 1930/07/02~1930/08/01 |
| | Oxford | Randolph Hotel | 1930/08/01~05 |
| | London | London | 1930/08/05~24 |
| | Dover | Lord Warden Hotel, Kent | 1930/08/24~25 |
| France | Paris | 2 Square Robiac | 1930/08/25~29 |
| | Etretat | Hotel de la Plage, Normandy | 1930/08/29~1930/09/14 |
| | Paris | 2 Square Robiac | 1930/09/14~1930/11/23 |
| Switzerland | Zurich | Carlton Elite Hotel | 1930/11/23~27 |
| France | Paris | 2 Square Robiac | 1930/11/27~1931/04/10 |
| | | 52 Rue Francois Premier, 8th Arrondissement, Hotel Powers | 1931/04/10~19 |
| England | Calais | Terminus Hotel, Hauts-de-France | 1931/04/19~23 |
| | London | Hotel Belgravia | 1931/04/23~1931/05/08 |

• www.hippostcard.com
Zurich 1930~1940s
1930~1940년경의 취리히(스위스)

| 국가 | 도시 | 문학 영토 | 기간 |
|---|---|---|---|
| England | London | 28B Campden Grove | 1931/05/08~1931/08/07 |
| | Dover | The Lord Warden Hotel, Kent | 1931/08/07~22 |
| | London | 28B Campden Grove | 1931/08/22~29 |
| | Salisbury | Stonehenge, Wiltshire | 1931/08/29~1931/09/01 |
| | London | 28B Campden Grove | 1931/09/01~24 |
| France | Paris | 41 Avenue Pierre, 8th Arrondissement, La Residence | 1931/09/24~1931/10/09 |
| | | 2 Avenue St. Philibert | 1931/10/09~1932/04/17 |
| | | Hotel Belmont | 1932/04/17~1932/05/22 |
| | | 2 Avenue St. Philibert | 1932/05/22~1932/07/06 |
| Switzerland | Zurich | Carlton Elite Hotel | 1932/07/06~1932/08/15 |
| Austria | Feldkirch | Hotel zum Lowen | 1932/08/15~1932/09/08 |
| Switzerland | Zurich | Carlton Elite Hotel | 1932/09/08~19 |
| France | Nice | Hotel Metropole | 1932/09/19~1932/10/18 |
| | Paris | Hotel Lord Byron | 1932/10/18~1932/11/17 |
| | | Hotel Lenox | 1932/11/17~25 |
| | | 42 Rue Galilee | 1932/11/25~1933/05/22 |
| Switzerland | Zurich | Hotel Habis | 1933/05/22~1933/06/10 |
| France | Paris | 42 Rue Galilee | 1933/06/10~1933/07/04 |
| | Evian-les-Bains | Le Grand Hotel, Haute-Savoie | 1933/07/04~12 |

| | | | |
|---|---|---|---|
| Switzerland | Geneva | Grand Hotel de Russie | 1933/07/12~17 |
| | Zurich | St Gotthard Hotel | 1933/07/17~22 |
| | Zurich | Hotel Habis Royal | 1933/07/22~30 |
| | Nyon | Les Rives de Prangins [Medical and Psychiatric Facitilites] | 1933/07/30~31 |
| | Geneva | Hotel Richemond | 1933/07/31~1933/08/28 |
| France | Paris | 42 Rue de la Galilee | 1933/08/28~1934/03/24 |
| Monaco | Monte Carlo | Monte Carlo, Monaco | 1934/03/24~30 |
| Switzerland | Neuchatel | Neuchatel, Switzerland | 1934/03/24~30 |
| Italy | Ventimiglia | Hotel Heloer, Liguria, Italy | 1934/04/01 |
| France | Grenoble | Hotel Moderne et des Trois Dauphins | 1934/04/09 |
| Switzerland | Zurich | Carlton Elite Hotel | 1934/04/10~24 |
| France | Paris | 42 Rue de la Galilee | 1934/04/24~1934/07/19 |
| Belgium | Liege | Hotel Suede | 1934/07/19~20 |
| | Verviers | Liege | 1934/08/14~16 |
| | Spa | Grand Hotel Britannique | 1934/07/20~1934/08/16 |
| Luxembourg | Luxembourg City | Grand Hotel Brasseur | 1934/08/16~22 |
| Switzerland | Montreux | Grand Hotel Monney | 1934/08/26~1934/09/01 |
| | Geneva | Hotel Richemonde | 1934/09/01~05 |

• www.ebay.com/itm/403676844605
Feldkirch 1932
1932년 무렵의 펠트키르히(오스트리아)

| 국가 | 도시 | 문학 영토 | 기간 |
|---|---|---|---|
| Switzerland | Geneva | Hotel de la Paix | 1934/09/05~20 |
| | Zurich | Carlton Elite Hotel | 1934/09/20~1935/02/01 |
| | Neuhausen | en route | 1934/10/14 |
| France | Paris | La Residence | 1935/02/01~11 |
| | | 7 Rue Edmond Valentin | 1935/02/11~1935/08/31 |
| | Fontainebleau | Savoy Hotel | 1935/09/02~09 |
| | Versailles | Hotel de France | 1935/09/09~17 |
| | Fontainebleau | Savoy Hotel | 1935/09/17~1935/10/02 |
| | Paris | 7 Rue Edmond Valentin | 1935/09/29~1936/07/30 |
| | Beaugency | Hotel de l'Abbaye, Loiret | 1936/07/30~1936/08/08 |
| | Villers-sur-Mer | Villa Connemara, Calvados | 1936/08/08~10 |
| | Deauville | Deauville Casino Hotel, Normandy | 1936/08/10~13 |
| | Paris | 7 Rue Edmond Valentin | 1936/08/13~18 |
| Belgium | Liege | en route | 1936/08/18~21 |
| Germany | Hamburg | Hotel Streit | 1936/08/21~22 |
| Denmark | Copenhagen | Turist Hotel[Alexandra Hotel] | 1936/08/22~1936/09/06 |
| | Elsinore | en route | 1936/08/26 |
| Germany | Hamburg | Hotel Streit | 1936/09/06~08 |
| | Cologne | en route | 1936/09/08~10 |
| France | Paris | 7 Rue Edmond Valentin | 1936/09/13~1937/04/01 |
| Switzerland | Zurich | Carlton Elite Hotel | 1937/04/01~17 |
| France | Paris | 7 Rue Edmond Valentin | 1937/04/17~1937/08/12 |
| Switzerland | Basel | Hotel des Trois Rois | 1937/08/12~14 |
| | Rheinfelden | Hotel Krone am Rhein | 1937/08/14~25 |
| | Zurich | Carlton Elite Hotel | 1937/08/25~1937/09/01 |
| France | Dieppe | Grand Hotel | 1937/09/01~15 |
| | Paris | 7 Rue Edmond Valentin | 1937/09/15~1938/02/07 |
| Switzerland | Lausanne | Hotel de la Paix | 1938/02/07~09 |
| | Zurich | Carlton Elite Hotel | 1938/02/09~1938/03/08 |
| France | Paris | 7 Rue Edmond Valentin | 1938/03/08~1938/08/20 |
| Switzerland | Basel | Hotel des Trois Rois | 1937/08/12~14 |
| | Rheinfelden | Hotel Krone am Rhein | 1937/08/14~25 |
| | Zurich | Carlton Elite Hotel | 1937/08/25~1937/09/01 |
| France | Dieppe | Grand Hotel | 1937/09/01~15 |
| | Paris | 7 Rue Edmond Valentin | 1937/09/15~1938/02/07 |
| Switzerland | Lausanne | Hotel de la Paix | 1938/02/07~09 |
| | Zurich | Carlton Elite Hotel | 1938/02/09~1938/03/08 |

• www.kozaksclassiccinema.com
Paris in 1938
1938년 무렵의 파리(프랑스)

| 국가 | 도시 | 문학 영토 | 기간 |
|---|---|---|---|
| France | Paris | 7 Rue Edmond Valentin | 1938/03/08~1938/08/20 |
| Switzerland | Lausanne | Hotel de la Paix | 1938/08/20~1938/09/12 |
| | Fribourg | en route | 1938/09/06 |
| France | Paris | 7 Rue Edmond Valentin | 1938/09/12~21 |
| | Nantes | en route | 1938/09/27 |
| | La Baule | Adelphi Hotel, Loire-Atlantique | 1938/09/27~1938/10/03 |
| | Paris | 7 Rue Edmond Valentin | 1938/10/03~1939/05/15 |
| | | Hotel d'Iena | 1939/05/15~24 |
| | | 34 Rue des Vignes | 1939/05/24~1939/07/20 |
| | Etretat | Les Golf Hotels | 1939/07/20~25 |
| | Paris | 34 Rue des Vignes | 1939/07/25~1939/08/10 |
| Switzerland | Lausanne | Hotel de la Paix | 1939/08/10~14 |
| | Bern | Hotel Schweizerhof | 1939/08/14~22 |
| | Montreux | Grand Hotel Monney | 1939/08/22~25 |
| France | Paris | 34 Rue des Vignes | 1939/08/25~28 |
| | La Baule | Hotel Majestic, Loire-Atlantique | 1939/08/28~1939/09/02 |
| | | Hotel St Christophe, Loire-Atlantique | 1939/09/02~1939/10/14 |
| | Pornichet | Pornichet, Cote d'Amour, Saint-Nazaire | 1939/09/15~1939/10/08 |
| | Paris | Hotel Lutetia | 1939/10/15~1939/12/23 |
| | Saint-Germain-des-Fosses | railway station, Allier, Vichy | 1939/12/24 |
| | St Gerand-le-Puy | Hotel de la Paix | 1939/12/24~1940/01/22 |
| | Paris | Hotel Lutetia | 1940/01/22~1940/02/01 |
| | St Gerand-le-Puy | Hotel de la Paix | 1940/02/01~1940/03/28 |
| | Vichy | Hotel Beaujolais | 1940/04/04~1940/06/16 |

| France | St Gerand-le-Puy | Hotel du Commerce | 1940/07/10~1940/10/13 |
|---|---|---|---|
| Switzerland | Geneva | Hotel Richemonde | 1940/12/14~15 |
| Switzerland | Lausanne | Hotel de la Paix | 1940/12/15~17 |
| | Zurich | Pension Delphin | 1940/12/17~1941/01/10 |
| | | Schwesterhaus vom Roten Kreuz | 1941/01/10~15 |
| | | Fluntern Cemetery | 1941/01/15 |

Saint Gérand-le-Puy (Allier) — Avenue de Varennes

• monbourbonnais.com/joyce-james-ecrivain/
SAINT-GERAND-LE-PUY in 1940
1940년 무렵의 생제랑르퓌(프랑스 오베른알프 지방)

◆ 제임스 조이스의 문학 영토 The Literary Imperium of James Joyce

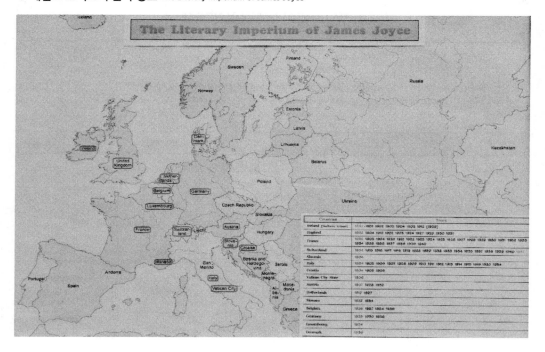

◆ 제임스 조이스의 현실 세계 The Real World of James Joyce

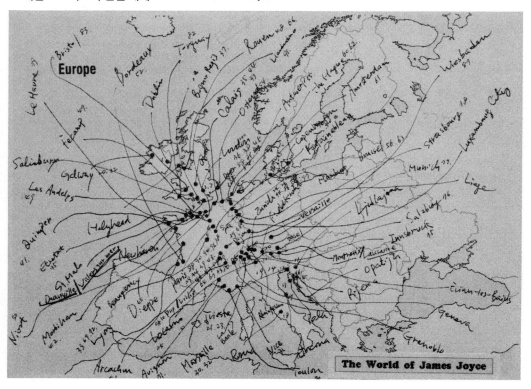

# 6. 제임스 조이스의 유럽 망명지

James Joyce's Cities of Exile in the Continent

| 국가 | 번호 | 도시 | 년도 | | | | | |
|------|------|------|------|------|------|------|------|------|
| Ireland | | Dublin | 1902/12 1903/03 1904/10 1909/09 1909/10 | | | | | |
| | | Galway | 1909/08 1912/07 | | | | | |
| England | 1 | Holyhead | 1902/12 1904/10 | | | | | |
| | 2 | London | 1902/12 1922/09 1923/06 1923/08 1924/09 1927/04<br>1929/07 1929/08 1930/08 1931/04 1931/05 1931/08<br>1931/09 | | | | | |
| | 3 | Newhaven | 1902/12 | | | | | |
| | 4 | Harwick | 1912/09 | | | | | |
| | 5 | Kent | 1922/09 | | | | | |
| | 6 | Bognor Regis | 1923/06 | | | | | |
| | 7 | Torquay | 1929/08 | | | | | |
| | 8 | Bristol | 1929/08 | | | | | |
| | 9 | Llandudno | 1930/07 | | | | | |
| | 10 | Oxford | 1930/08 | | | | | |
| | 11 | Dover | 1930/08 1931/08 | | | | | |
| | 12 | Salisbury | 1931/08 | | | | | |
| France | 13 | Dieppe | 1902/12 1928/03 1937/09 | | | | | |
| | 14 | Paris | 1902/12 1903/01 1904/10 1920/07 1920/11 1920/12 1921/06<br>1921/10 1922/09 1922/11 1923/04 1923/05 1923/08 1923/09<br>1924/06 1924/09 1924/10 1924/11 1924/12 1925/02 1925/04<br>1925/05 1925/06 1925/09 1925/12 1926/09 1927/04 1927/06<br>1928/03 1928/05 1928/09 1928/11 1928/12 1929/02 1929/09<br>1930/04 1930/06 1930/08 1930/09 1930/11 1931/04 1931/09<br>1931/10 1932/04 1932/05 1932/10 1932/11 1933/06 1933/08<br>1934/04 1935/02 1935/09 1936/08 1936/09 1937/04 1937/09<br>1938/03 1938/09 1938/10 1939/05 1939/07 1939/08 1939/10<br>1940/01 | | | | | |
| | 15 | Boulogne | 1922/09 | | | | | |
| | 16 | Dijon | 1922/10 1928/04 | | | | | |
| | 17 | Marseille | 1922/10 1922/11 | | | | | |
| | 18 | Nice | 1922/10 1932/09 | | | | | |
| | 19 | Lyon | 1922/11 1928/04 1928/05 | | | | | |
| | 20 | Calais | 1923/06 1924/09 1931/04 | | | | | |
| | 21 | Saint Malo | 1924/07 | | | | | |
| | 22 | Quimper | 1924/08 | | | | | |
| | 23 | Morbihan | 1924/08 | | | | | |
| | 24 | Fecamp | 1925/07 | | | | | |
| | 25 | Rouen | 1925/07 1928/03 | | | | | |
| | 26 | Les Andelys | 1925/08 | | | | | |

| | | | | | | | | |
|---|---|---|---|---|---|---|---|---|
| | 27 | Niort | 1925/08 | | | | | |
| | 28 | Arcachon | 1925/08 | | | | | |
| | 29 | Bordeaux | 1925/09 | | | | | |
| | 30 | Toulon | 1928/04 | | | | | |
| | 31 | Avignon | 1928/05 | | | | | |
| | 32 | Strasbourg | 1928/09 | | | | | |
| | 33 | Le Havre | 1928/09 | | | | | |
| | 34 | Neuilly | 1928/11 | 1928/12 | 1929/02 | | | |
| | 35 | Etretat | 1930/08 | 1939/07 | | | | |
| | 36 | Evian-les-Bains | 1933/07 | | | | | |
| France | 37 | Grenoble | 1934/04 | | | | | |
| | 38 | Fontainebleau | 1935/09 | | | | | |
| | 39 | Versailles | 1935/09 | | | | | |
| | 40 | Beaugency | 1936/07 | | | | | |
| | 41 | Villers-sur-Mer | 1936/08 | | | | | |
| | 42 | Deauville | 1936/08 | | | | | |
| | 43 | La Baule | 1938/09 | 1939/08 | 1939/09 | | | |
| | 44 | Pornichet | 1939/09 | | | | | |
| | 45 | Saint-Germain-des-Fosses | 1939/12 | | | | | |
| | 46 | St Gerard-le-Puy | 1939/12 | 1940/02 | 1940/07 | | | |
| | 47 | Vichy | 1940/04 | | | | | |
| | 48 | Zurich | 1904/10 1915/06 1915/07 1915/10 1916/03 1917/01 1918/01 1918/10 1928/07 1930/04 1930/05 1930/06 1930/11 1932/07 1932/09 1933/05 1933/07 1934/04 1934/09 1937/04 1937/08 1938/02 1940/12 1941/01 | | | | | |
| | 49 | Locarno | 1917/10 | 1917/11 | | | | |
| | 50 | Geneva | 1933/07 | 1934/09 | 1940/12 | | | |
| | 51 | Nyon | 1933/07 | | | | | |
| Switzerland | 52 | Neuchatel | 1934/03 | | | | | |
| | 53 | Montreux | 1934/08 | 1939/08 | | | | |
| | 54 | Basel | 1937/08 | | | | | |
| | 55 | Rheinfelden | 1937/08 | | | | | |
| | 56 | Lausanne | 1938/02 | 1938/08 | 1939/08 | 1940/12 | | |
| | 57 | Bern | 1939/08 | | | | | |
| Slovenia | 58 | Ljubljana | 1904/10 | | | | | |
| | 59 | Trieste | 1904/10 1905/03 1905/05 1906/02 1907/03 1907/12 1909/03 1909/09 1909/10 | | | | | |
| | 60 | Ancona | 1906/07 | | | | | |
| | 61 | Roma | 1906/07 | 1906/12 | | | | |
| Italy | 62 | Padua | 1912/04 | | | | | |
| | 63 | Portogruaro | 1920/06 | | | | | |
| | 64 | Sirmione | 1920/06 | | | | | |
| | 65 | Ventimiglia | 1934/04 | | | | | |

| | | | | |
|---|---|---|---|---|
| Croatia | 66 | Pola | 1904/10 | 1905/01 |
| | 67 | Rijeka | 1906/07 | |
| | 68 | Opatija | 1904/07 | |
| Vatican City State | 69 | Vatican | 1906/08 | |
| Austria | 70 | Feldkirch | 1907/12 | 1932/08 |
| | 71 | Innsbruck | 1928/07 | |
| | 72 | Salzburg | 1928/07 | |
| Northern Ireland | 73 | Belfast | 1909/11 | |
| Netherlands | 74 | Flushing | 1912/09 | |
| | 75 | The Hague | 1927/05 | 1927/06 |
| | 76 | Amsterdam | 1927/06 | |
| Monaco | 77 | Monaco | 1922/10 | |
| | 78 | Monte Carlo | 1934/03 | |
| Belgium | 79 | Ostende | 1926/08 | |
| | 80 | Antwerp | 1926/09 | |
| | 81 | Brussels | 1926/09 | 1927/06 |
| | 82 | Liege | 1934/07 | 1936/08 |
| | 83 | Verviers | 1934/08 | |
| | 84 | Spa | 1934/07 | |
| Germany | 85 | Munich | 1928/08 | |
| | 86 | Wiesbaden | 1930/04 | |
| | 87 | Hamburg | 1936/08 | 1936/09 |
| Luxembourg | 88 | Luxembourg City | 1934/08 | |
| Denmark | 89 | Copenhagen | 1936/08 | |

# 7. 제임스 조이스의 저작물 연대기

## Timeline of Joyce's Published Writings

| 년도 | 집필 공간 | 저작물 |
|---|---|---|
| 1892/12 | 23 Carysfort Avenue, Blackrock [Leoville] | Et Tu, Healy[poem] |
| 1896/03 | 13 North Richmond Street | Trust Not Appearances[essay] |
| | | Silhouettes[prose sketches] |
| | | Moods[poems] |
| 1898 | 29 Windsor Avenue, Fairview | Force[essay] |
| 1898/9/27 | | Subjugation[essay] |
| 1899/03 | | The Study of Languages[essay] |
| 1899/09 | | Essay on Munkacsy's 'Ecce Homo' |
| 1900/01/10 | 13 Richmond Avenue, Fairview | Drama and Life[article] |
| 1900 | | Ibsen's New Drma[article] |
| 1900/06/29 | 8 Royal Terrace, Fairview | Shine and Dark[collection of verses] |
| 1900/09/15 | | A Brilliant Career[play] |
| 1900/10 | | Dream Stuff[verse play] |
| 1900/11 | | La Fine di Sodoma[Italian translation] |
| 1901/01 | | Oltre il Potere[Italian translation] |
| | | Battaglia di Farfalle[Italian translation] |
| 1901/07/23 | | Vor Sonnenaufgang[translation] |
| 1901/08 | Mullingar, Westmeath | Michael Kramer[translation] |
| 1901/10/15 | 8 Royal Terrace, 32 Glengariff Parade | The Day of Rabblement[essay] |
| 1902/02/01 | 32 Glengariff Parade | Essay on 'James Clarence Mangan' |
| 1902/03 | | She is at peace where she is sleeping[poem] |
| 1902/12/04 | 7 St Peter's Terrace, Phibsborough [Cabra] | An Irish Poet[review] |
| | | George Meredith[review] |
| 1903/01/29 | Hotel Corneille, Paris | Today and Tomorrow in Ireland[review] |
| 1903/02/06 | | A Suave Philosophy[review] |
| | | An Effort at Precision in Thinking[review] |
| | | Colonial Verses[review] |
| 1903/03 | | Writing 15 Epiphanies |
| 1903/03/21 | | Catalina[review] |
| 1903/03/26 | | The Soul of Ireland[review] |
| 1903 | | A Ne'er-Do-Well[essay] |
| | | The Mettle of the Pasture[essay] |
| 1903 | Hotel Corneille, Paris | The Motor Derby[essay] |
| 1903/04/11 | | Writing anEpiphany |

| | | |
|---|---|---|
| 1903/09/03 | 7 St Peter's Terrace, Phibsborough [Cabra] | Aristotle on Education[review] |
| 1903/09/17 | | New Fiction[review] |
| | | A Peep into History[review] |
| 1903/09 | | Cabra[→Ruminants→Tilly][poem] |
| 1903/10/01 | | A French Religious Novel[review] |
| | | Unequal Verse[review] |
| | | Mr Arnold Graves's New Work[review] |
| 1903/10/15 | | A Neglected Poet[review] |
| | | Mr Mason's Novels[review] |
| 1903/10/30 | | The Bruno Philosophy[review] |
| 1903/11 | | Empire-Building[essay] |
| 1903/11/12 | | Humanism[review] |
| | | Shakespeare Explained[review] |
| 1903/11/19 | | Review on Borlase and Son |
| 1904/01/07 | | Writes the sketch A Portrait of the Artist |
| 1904/02/02 | | Begins to turn A Portrait of the Artist into Stephen Hero |
| 1904/02/10 | | Finished the first chapter of Stephen Hero |
| 1904/03/29 | | Writes 11 chapters of Stephen Hero |
| 1904/04/08 | 60 Shelbourne Road, Ballsbridge | Finishes Chamber Music XXIV |
| 1904/06/16 | | Action of Ulysses begins |
| 1904/06/20 | | Satire on the Brothers Fay[poem] |
| 1904/07 | | Begins a series of Dubliners |
| 1904/07/30 | | Writes Chamber Music XV, XXVII |
| 1904 | | The Holy Office[essay] |
| 1904/08/13 | 103 North Strand Road, Fairview | The Sisters of Dubliners |
| 1904/09/09 | Martello Tower, Sandycove | Writes Chamber Music XXI |
| 1904/09/10 | 2 Via Giulia, Pola | Eveline of Dubliners |
| 1904/10/21~29 | Hotel Central, Trieste 2 Via Giulia, Pola | Writes 12 chapters of Stephen Hero |
| | | Begins Christmas Eve |
| 1904/11/07 | 2 Via Giulia, Pola | Make a 1st note on Aesthetics(notebook) |
| 1904/11/15 | | Make a 2nd note on Aesthetics(notebook) |
| 1904/11/16 | | Make a 3rd note on Aesthetics(notebook) |
| 1904/12 | 2 Via Giulia, Pola | Begins to translate Mildred Lawson |
| 1904/12/12 | | Finished chapter XIII of Stephen Hero |
| 1904/12/17 | | After the Race of Dubliners |
| 1905/01 | | Clay of Dubliners |
| 1905/01/13 | 7 Via Medolino, Pola | Wrote chapter XV of Stephen Hero |
| | | Writes chapter XVI of Stephen Hero |
| 1905/02/20 | | Finished chapters XVI, XVII of Stephen Hero |
| 1905/03/15 | 3 Piazza Ponterosso, Trieste | Finished 18 chapters of Stephen Hero |
| 1905/04/04 | | Writes chapter XXI of Stephen Hero |

| Date | Address | Work |
|---|---|---|
| 1905/05/02(03) | 30 Via San Nicolo, Trieste | Writes chapter XXII of Stephen Hero |
| 1905/06/07 | | Finished chapter XXIV of Stephen Hero |
| 1905/06/30 | | Stops writing Stephen Hero |
| 1905/07/01 | | The Boarding House of Dubliners |
| 1905/07/15 | | Counterparts of Dubliners |
| 1905/08/15 | | A Painful Case of Dubliners |
| 1905/08/29 | | Ivy Day in the Committee Room of Dubliners |
| 1905/09/18 | | An Encounter of Dubliners |
| 1905/09 | | A Mother of Dubliners |
| 1905/10/05 | | Araby of Dubliners |
| 1905/11/27 | | Grace of Dubliners |
| 1906/02/22 | | Two Gallants of Dubliners |
| 1906/07/09 | 1 Via Giovanni Boccaccio, Trieste | A Little Cloud of Dubliners |
| 1906/11/13 | 52 Via Frattina, Rome | Plan to work Ulysses |
| 1907 | 16 Via San Nicolo, Trieste | Ireland, Island of Saints and Sages[essay] |
| 1907/03/22 | | Il Fenianismo: L'ultimo Feniano[newspaper article] |
| 1907/03/27 | | Essay on' James Clarence Mangan' |
| 1907/05/19 | 45 Via Nuova, Trieste | Home Rule maggiorenne[newspaper article] |
| 1907/09/16 | 1 Via Santa Caterina, Trieste | L'Irlanda alla sbarra[newspaper article] |
| 1907/09/24 | | The Dead of Dubliners |
| 1907/11/29 | | Revised the first chapter of Stephen Hero[A Portrait] |
| 1909/03/24 | 8 Via Vincenzo Scussa, Trieste | Oscar Wilde: il poeta di Salome[newspaper article] |
| 1909/09/05 | 44 Fontenoy Street, Dublin | La battaglia fra Bernard Shaw e la censura[newspaper article] |
| 1910/12/22 | 32 Via della Barriera Vecchia, Trieste | La Cometa dell Home Rule[newspaper article] |
| 1911/08/17 | | A Curious History Dubliners[publishing history] |
| 1912 | | Politics and Cattle Disease[essay] |
| | | William Blake[essay] |
| 1912/04/24 | | L'influenza letteraria universaledel rinascimento[essay] |
| 1912/04/25 | Albergo Toretta, Padua, Veneto, Italy | The Centenary of Charles Dickens[exam. essay] |
| 1912/05/16 | 32 Via della Barriera Vecchia, Trieste | L'ombra di Parnell[newspaper article] |
| 1912/08/04 | 4 Bowling Green, Galway | Begins She Weeps over Rahoon[poem] |
| 1912/08/11 | | La citta delle tribu[newspaper article] |
| 1912/09/05 | 21 Richmond Place, North Circular Road | Il miraggio del pescatore di Aran[newspaper article] |
| 1912/09/14 | Flushing, Cornwall, England | Gas from a Burner[poem on the train to Salzburg] |
| 1913/06/30 | 4 Via Donato Bramante, Trieste | Daniele De Foe, Part I[essay] |
| 1913/09/07 | | Watching the Needleboats at San Sabba[poem] |
| 1913/09 | | A Flower given to my Daughter[poem] |
| 1914/03/01 | | Begins to write Ulysses |
| 1914/06/15 | | Published Dubliners(1250 copies) |
| 1914/07~08 | 4 Via Donato Bramante, Trieste | Wrote Giacomo Joyce |
| 1915/06/16 | | Wrote the first episode of Ulysses |
| 1915/09/01 | 7 Reinhardstrasse, Zurich | Concluded serial publication of A Portrait[Egoist] |
| 1916 | 54 Seefeldstrasse, Zurich | Dooleys prudence[essay] |

| | | |
|---|---|---|
| 1917/06/05 | 73 Seefeldstrasse, Zurich | Finished Lotus Eaters, Hades of Ulysses |
| 1917/10/01~12 | Pension Villa Rossa, Locarno | Completes the first three episodes of Ulysses |
| 1918/02/10 | 38 Universitatsstrasse, Zurich | Sends Proteus to Pound |
| 1918~1919 | | Programme Notes for the English Players[essay] |
| 1918/03 | | Sends Calypsoto Pound |
| 1918/03 | | Serializes Ulysses in Little Review |
| 1918/04 | | Nestor in Little Review |
| 1918/05 | | Proteus in Little Review |
| 1918/06 | | Calypso in Little Review |
| 1918/07 | | Lotus Eaters in Little Review |
| 1918/07/29 | | Sends Hades to Pound |
| 1918/08/25 | | Sends Aeolus to Pound |
| 1918/09 | 38 Universitatsstrasse, Zurich | Hades in Little Review |
| 1918/10 | | Aeolus in Little Review |
| 1918/10/25 | | Sends Lestrygonians to Pound |
| 1918/12/31 | 29 Universitatsstrasse, Zurich | Finishes Scylla and Charybdis |
| 1919/01 | | Lestrygonians in Little Review |
| | | Nestor in Egoist |
| | | Dictates Wandering Rocks to Budgen |
| 1919/02 | | Lestrygonians in Little Review |
| 1919/03 | | Proteus in Egoist |
| 1919/04 | | Scylla and Charybdis in Little Review |
| 1919/05/01~08 | | Scylla and Charybdis in Little Review |
| 1919/05/08~14 | Isola da Brissago, Lake Maggiore, Locarno | |
| 1919/05/14 | | |
| 1919/06 | 29 Universitatsstrasse, Zurich | Begins Wandering Rocks in Little Review |
| 1919/06/10 | | Begins Calypso in Little Review |
| 1919/07 | | Concluded Wandering Rocks in Little Review |
| | | Begins Hades in Egoist |
| 1919/08 | | Begins Sirens in Little Review |
| 1919/09 | | Concluded Sirens in Little Review |
| 1919/10 | | Sends Calypso to Pound |
| 1919/11 | 2 Via della Sanita, Trieste | Begins Calypso in Little Review |
| 1919/11/19 | 8 Rue Dupuytren, Paris | Opens Sylvia Beach's Shakespeare and Company |
| 1919/12 | 2 Via della Sanita, Trieste | Continues Calypso in Little Review |
| | | Begins Wandering Rocks in Egoist |
| 1920/01 | | Continues Calypso in Little Review |
| 1920/02 | | Sends Nausicaa to Budgen |
| 1920/03 | | Concluded Calypso in Little Review |
| 1920/03/08 | | Begins Oxen of the Sun |
| 1920/04 | | Begins Nausicaa in Little Review |
| 1920/04/15 | | A Memory of the Players in a Mirror at Midnight[poem] |
| 1920/05 | | Continues Nausicaa in Little Review |

| | | |
|---|---|---|
| 1920/07 | 5 Rue de l'Assomption, Paris | Concluded Nausicaa in Little Review |
| 1920/07/22 | | Sends A Curious History to Jenny Serruys |
| 1920/09 | 5 Rue de l'Assomption, Paris | Begins Oxen of the Sun in Little Review |
| 1920/09/21 | | Sends Schema for Ulysses to Linati |
| 1920/12/20 | 5 Boulevard Raspail, Paris | Finished Circe |
| 1921/01/05 | | Tells Schmitz Eumaeus is almost finished |
| 1921/03 | | Maurice Darantiere in Dijon begins for Ulysses |
| 1921/05/05 | | Sends typescript of Oxen of the Sun to Weaver |
| 1921/06/10 | 71 Rue du Cardinal Lemoine, Paris | Receives the 1st galley proofs of Ulysses from Dijon |
| 1921/07 | | Get the idea for the first and last word of Penelope |
| 1921/07/27 | 12 Rue de l'Odeon, Paris | Beach opens new Shakespeare and Company |
| 1921/09/03 | 71 Rue du Cardinal Lemoine, Paris | Write another 2000 words of Penelope |
| 1921/09/06 | | Sends the first part of Penelope to Budgen |
| 1921/09/22 | | Sends 31 typescript pages of Penelope to Dijon |
| 1921/09/25 | | Sends the rest of Penelope to Dijon |
| 1921/10/06 | 9 Rue de l'Universite, Paris | Finished Penelope and print |
| 1921/10/29 | | Finished Ithaca and writing of Ulysses |
| 1922/01 | | Reprints Dubliners by Huebsch in US |
| 1922/01/29 | | Completes revising Ulysses |
| 1922/01/30 | | The last page proofs of Ulysses returned to Dijon |
| 1922/02/01 | | Three copies ofUlyssesto Beach by express post |
| 1922/02/02 | | Ulysses is published on Joyce's 40th birthday |
| | | One goes to Joyce and the other displayed at Shakespeare and Company |
| 1922/02/12 | | Weaver receives No.1 Ulysses inscribed by James Joyce |
| 1922/02/13 | | Gives No.2 Ulysses of 100 de luxe copies, signed, to Beach |
| 1922/08/18 | Euston Hotel, London | Meets Weaver for the first time |
| 1922/10/01 | 9 Rue de l'Universite, Paris | Sends mistakes in Ithaca to Weaver |
| 1922/11/01~12 | Hotel Suisse, Nice | Begins Finnegans Wake |
| 1922/12/22 | 26 Avenue Charles Floquet, Paris | 400 copies of Ulysses were confiscated by US Customs |
| | | A copy Ulysses seized at Croydon Aerodrome, England |
| 1923/01 | | Rodker publishes 500 copies of Ulysses but seized |
| 1923/03/10 | 26 Avenue Charles Floquet, Paris | Writes 2 pages of FW only knew JJ&NBJ, Work in Progress(1938. 8.) |
| 1923/07~08 | Alexandra House, Bognor Regis, England | Tristram and Isolde, St Kevin, Berkeley and St Patrick |
| 1923/07/19 | | Sends King Roderick O'Conor to Weaver |
| 1923/08/02 | | Sends Berkeley and St Patrick to Weaver |
| 1923/10/08 | Victoria Palace Hotel, Paris | Sends Mamalujo to Byrne |
| 1923/11/02 | Victoria Palace Hotel, Paris | Sends fair copy of Mamalujo to Weaver |
| 1924/01~03 | | Working on I.v, I.vii, I.viii of FW |
| 1924/01/16 | | Sends more works on FW to Weaver |
| 1924/02/08 | | Sends more of I.vii of FW to Weaver |
| 1924/02/29 | | Finished Anna Livia Plurabelle[FW I.viii] |
| 1924/03 | | Begins Shaun the Post section[FW III] |
| 1924/03/07 | | Sends Anna Livia Plurabelle to Weaver |

| | | |
|---|---|---|
| 1924/04 | | From Work in Progress【383-99】in transatlantic review |
| 1924/04/25 | Victoria Palace Hotel, Paris | Finished the first part of Shaun the Post |
| 1924/05/18 | | Writes a poem A Prayer |
| 1925 | | Letter on Pound |
| 1925/01/31 | 8 Avenue Charles Floquet, Paris | Sends Shaun to Weaver |
| 1925/04 | | Revises FW I.v |
| 1925/05 | Victoria Palace Hotel, Paris | From Work in Progress in Contact Collection of Contemporary Writers |
| 1925/07/27 | Grand Hotel des Bains et de Londres, Fecamp | Sends Anna Livia Plurabelle [ALP] to Beach |
| 1925/10/01 | | Monnier publishes From Work in Progress in Navire d'argent |
| 1925/10/10 | | Describes last chapter of Shaun【555-90】to Weaver |
| 1925~1926 | | Extract from Work in Progress in This Quarter |
| 1926/02 | | Reads part of Shaun to Beach and friends |
| 1926/03 | | Finishes revising four chapters of Shaun |
| 1926/05/21~23 | | Presides over a table of PEN Club in Paris |
| 1926/06/19 | 2 Square Robiac, Paris | Sends some corrections for Shaun chapter to Beach |
| 1926/10 | | Works on the opening chapter of FW【003-029】|
| 1926/11/24 | | Gives rationale[language, grammar, plot of sleep] of FW to Weaver |
| 1926/12/12 | | Reads opening section of FW to Beach, Monnier, Eugene and Maria Jolas |
| 1927/02/02 | | Publ. Internl. Protest against the Unauthorized and Mutilated Ed. of U in US |
| 1927/03 | 2 Square Robiac, Paris | Opening Pages of a Work in Progress【003-029】in transition 1 |
| 1927/05 | | Continuation of a Work in Progress【030-047】in transition 2 |
| 1927/05/13 | | Provides a key to passage of FW 23 in transition to Weaver |
| 1927/06 | | FW 48-74 in transition 3 |
| | | Composes FW I.vi[126-68] |
| 1927/07 | | FW 75-103 in transition 4 |
| 1927/07/26 | | Sends explanations of 9 words in 【104.13-14】to Weaver |
| 1927/08 | | FW 104-25 in transition 5 |
| 1927/09 | 2 Square Robiac, Paris | FW 126-28 in transition 6 |
| 1927/10 | | FW 169-95 in transition 7 |
| 1927/10/08 | | Busy revising ALP for transition |
| 1927/11 | | FW 196-216 in transition 8 |
| 1927/11/02 | | Read ALP to a group of his 25 friends |
| 1927/11/08 | | Has spent 1200 hours on ALP all told |
| 1927/11/09 | | Tells Weaver he's woven 152 river names in transition 1-8 |
| 1927/12 | | First Aid to the Enemy defence of Eugene Jola in transition 9 |
| 1928 | | Letter on Hardy |

|  |  |  |
|---|---|---|
| 1928/01/09 | | 20 copies of Work in Progress [FW I] published in US in the name of Donald Friede |
| 1928/01/20 | 2 Square Robiac, Paris | Gives A Portrait of the Artist as a Young Man: Essay and Sketch to Beach |
| 1928/02 | | FW 282-304 in transition 11 |
| 1928/03 | | FW 403-428 in transition 12 |
| 1928/03/26 | Hotel du Rhin et de Newhaven, Dieppe | Sends a key for The Ondt and the Gracehoper[FW 414-19] to Weaver |
| 1928/07 | | FW 429-73 in transition 13 |
| 1928/07/24 | Hotel Mirabell, Salzburg | 5 copies of FW 282-304, 403-28 published in US |
| 1928/08/15 | | 5 copies of FW 429-73 published in US[Contin. of W.P. by JJ] |
| 1928/10/20 | 2 Square Robiac, Paris | 850 copies Anna Livia Plurabelle published in New York |
| 1929 | | Letter on Svevo |
| 1929/02 | Maison de Sante, Neuilly, France | FW 474-554 in transition 15 |
| 1929/02/15 | | 5 copies Work in Progress[FW III.474-554] printed in US |
| 1929/05/27 | 2 Square Robiac, Paris | Our Exagmination round His Factification for Incamination of Work in Progress pubished by Shakespeare and Comapny |
| 1929/08/09 | Imperial Hotel, Torquay, England | Tales Told of Shem and Shaun by Black Sun Press in Paris<br>☞ The Mookse and the Gripes[FW 152-9]<br>☞ The Muddest Thick That Was Ever Heard Dump[FW 282-304]<br>☞ The Ondt and the Gracehoper[FW 414-9] with Intro. by Ogden |
| 1929/11 | | FW III.iv 555-90 in transition 18 |
| 1930/01/07 | | 5 copies Work in Progress[FW 555-90] printed in US |
| 1930/03/07 | | James Clarence Mangan published by Ulysses Bookshop, London |
| 1930/03/11 | 2 Square Robiac, Paris | Ibsen's New Drama published by Ulysses Bookshop, London |
| 1930/05/01 | | ALP published by Faber and Faber |
| 1930/06 | | Haveth Childers Everywhere[FW 532-54] published by<br>☞ Henry Babou and Jack Kahane, Paris<br>☞ The Fountain Press, New York |
| 1930/06/12 | St Gotthard Hotel, Zurich | Anna Livia Plurabelle[FW 196-216] by Faber and Faber |
| 1930/06/14 | | The Language of James Joyce by Gerald Heard in Weekend Review |
| 1930/09 | | Begins FW II.i(219-59) |
| 1930/11/22 | | Sends FW II.i to Weaver |
| 1930/11/29 | 2 Square Robiac, Paris | James Joyce Again by Geoffrey Grigson in Satruday Review |
| 1931/04/02 | | HCE is published by Faber and Faber |
| 1931/04 | | From Work in Progress[FW I.i] published in New Experiment |
| 1931/05/01 | Hotel Belgravia, Grosvenor Gardens, London | Anna Livia PLurabelle[FW 196-201,215-16] in La Nouvelle Revue Francaise |

| | | |
|---|---|---|
| 1931/05/08 | 28b Campden Grove, London | HCE is published by Faber and Faber |
| 1931/07/04 | | Marries NBJ at Kensington Register Office, 28 Marloes Road |
| 1931/10 | 2 Avenue St Philibert, Passy, Paris | ALP chapter of FW[FW 213-6] by Psyche, London |
| 1932/02/27 | | Joyce's From a Banned Writer to a Banned Singer in New Statesman and Nation |
| 1932/03 | | Les Verts de Jacques, James Joyce Ad-Writer in transition 21 |
| | | ☞ the last 4 pages of FW I.viii in transition |
| 1932 | | Ad-Writer[essay] |
| 1932/09 | Feldkirch-Zurich-Nice | Carl Jung's Ulysses: Ein Monolog in Europaische Revue |
| 1932/12/01 | 42 Rue de la Galilee, Paris | Two Tales of Shem and Shaun[FW 152-9, 414-19] by Faber and Faber |
| 1933/02 | | Continu. of a W.P. [FW 219-59] in transition 22 |
| 1933/02/02 | 42 Rue de la Galilee, Paris | The Joyce Book edited by Herbert Hughes published by |
| | | ☞ The Sylvan Press, Humphrey Milford, Oxford University Press |
| 1933/10/14 | | Claimants's Memorandum in Support of Motion to Dismiss Libel |
| | | ☞ presented to the US District Court Southern District of New York |
| 1933/11/25 | | Judge John M.Woolsey listens to the US government's argument against Ulysses |
| 1933/12/06 | | Woolsey allowed Ulysses to admit into US |
| 1934/01/25 | | Random House publishes 100 copies Ulysses US edition |
| 1934/02/15 | | From Work in Progress[ FW 7-10] published by Contempo |
| | | ☞ Cerf's Publishing Ulysses, Gilbert's A Footnote to Work in Progress |
| 1934/02/23 | | Les Amis de 1914 publish FW 25-9 |
| 1934/06 | | The Mime of Mick Nick and the Maggies[FW 219-59] by |
| | | ☞ The Servire Press, the Hague, Holland |
| 1934 | | Epilogue to Ibsen's Ghosts[essay] |
| 1935/07 | 7 Rue Edmond Valentin, Paris | Continu. of a W.P.[FW 260-75, 304-8] in transition 23 |
| 1936/12 | | Collected Poems are published by The Black Sun Press, New York |
| 1937/09 | Grand Hotel, Dieppe, France | Unlimited edition of Ulysses by John Lane, The Bodley Head, England |
| | | Unlimited edition of Collected Poems by The Viking Press, New York |
| 1937/10 | 7 Rue Edmond Valentin, Paris | Storiella as She is Syung[FW 260-75, 304-8] published by |
| | | ☞ Carlow's Corvinus Press, London |
| 1938/01/20 | | Completes Butt and Taff of FW II.iii[338-54] |
| 1938/01/27 | | Sent FW III[403-590] to Faber and Faber |
| 1938/03 | | Verve publishes A Phoenix Park Nocturne of FW[244-6] |

| | | |
|---|---|---|
| 1938/05 | | Fragment from Work in Progress[FW 338-55] in transition 27 |
| 1938/08/02 | 7 Rue Edmond Valentin, Paris | Eugene Jolas said new book must be called Finnegans Wake |
| 1938/10/11 | | Tells Goyert FW is virtually finished |
| 1938/11/14 | | Finishes FW, thanks to Weaver |
| 1939/01/01 | | Proofreading of FW is virtually complete |
| 1939/02/02 | | Unbound copy of FW arrives in Paris for his birthday |
| 1939/05/01 | | Mercanton's Finnegans Wakein Nouvelle Revue Francaise 27 |
| 1939/05/04 | 34 Rue des Vignes, Paris | Finnegans Wake is published by |
| | | ☞ Faber and Faber, London, The Viking Press, New York |
| 1939/05/05 | | ☞ Daily Telegraph |
| 1939/05/05 | | L.A.G. Strong's James Joyce's Dream World in |
| | | ☞ John O'London's Weekly |
| 1939/05/08 | | Time carries a color photo JJ on the front cover with |
| | | ☞ reviews FW under the title of Night Thoughts |
| 1939/06/28 | 34 Rue des Vignes, Paris | Edmund Wilson's H.C. Earwicker and Family: Review of Finnegans Wake |
| | | ☞ in New Republic 99 |
| 1939/07/12. | | Edmund Wilson's The Dream of H.C. Earwicker in |
| | | ☞ The Wound and the Bow(1947) |
| 1939/08/05 | | Daily Herald publishes a 21-word review of FW |
| 1939/08/30 | Hotel Majestic, La Baule, France | Lewis reviews FW Standing by One Thing and Another in Bystander |
| 1939/09/01 | | George Pelorson reviews FW in Revue de Paris 46 |
| 1940/02/11 | | Harry Levin's On First Looking into Finnegans Wake |
| | | ☞ in Kenyon Review I(Autumn 1939) |
| 1940/02/15 | Hotel de la Paix, St-Gerand-le-Puy | Gorman's James Joyce by Farrar and Rinehart, New York |
| | | JJ & Nino Frank's Italian translation ALP by Prospettive, Rome |
| 1940/07 | Hotel du Commerce, St-Gerand-le-Puy | Works on misprints of FW with Leon |
| 1940/08 | | Completes 31 page list of misprints in FW |
| 1941/01 | Pension Delphin, Zurich | Gorman'sJ ames Joyce: A Definitive Biography by John Lane, The Bodley Head |
| 1941/01/13 | Schwesterhaus vom Roten Kreuz | Dies at 2:15 a.m. before Nora and Georgio arrived |

# 실존적 삶에서의 업의 윤회

## A Relevution of the Karmalife【338:06】

조이스의 생애는 그가 떠안았던 실존적 문제를 빼놓고 말할 수 없는데, 극심한 가난과 시력 악화 그리고 딸 루치아의 정신 질환이 평생을 두고 그를 괴롭혔다.

His life was not without its problems, dogged as it was for many years by near poverty, failing eyesight, and the mental illness of his daughter, Lucia.

-고든 보커(Gordon Bowker), 『제임스 조이스: 새로운 전기(James Joyce: A New Biography)』

• www.maramarietta.com/the-arts/fiction/james-joyce/

James Joyce with his daughter Lucia, Ostend(Belgium), 1924
제임스 조이스와 그의 딸 루치아, 1924년 무렵 벨기에 오스텐더

제5부

『경야의 서』 번역 출판 기록

# 언어는 분명 조이스가 가장 좋아하는 오락거리였다.

**Languages apparently were Joyce's favorite sport.**
**- Sylvia Beach**

셰익스피어와 성경은 제쳐두고, 조이스야말로 모든 시대를 통틀어 분석과 해석에서 가장 폭넓은 학문 체계를 낳고 있는 작가 중의 한 사람으로 꼽을 수 있을 것이다.

Apart from Shakespeare and the Bible, Joyce has probably spawned one of the most extensive bodies of analytical and interpretive scholarship of all time.

-고든 보커(Gordon Bowker), 『제임스 조이스: 새로운 전기(James Joyce: A New Biography)』

• pangea.news

Joyce in 1930
1930년대의 조이스

# 1. 한글판『경야의 서』번역 출판 연대기

Korean Translations of The Book of the Wake

| 순 | 저서명 | 저자 | 초판 발행일 | 출판사 | 쪽수 | 비고 |
|---|---|---|---|---|---|---|
| 1 | 피네간의 경야<br>-번역과 해설 | 김종건 | 1985. 09. 01 | 정음사 | 220 | |
| 2 | 피네간의 경야(抄) | 김종건 | 1988. 11. 25. | 범우사 | 163 | |
| 3 | 피네간의 경야 | 김종건 | 2002. 03. 05. | 범우사 | 700 | 초역 |
| 4 | 피네간의 경야 안내 | 김종건 | 2002. 03. 05. | 범우사 | 190 | |
| 5 | 피네간의 경야 | 김종건 | 2012. 11. 15. | 고려대학교<br>출판부 | 632 | 개역 |
| 6 | 피네간의 경야 주해 | 김종건 | 2012. 11. 15. | 고려대학교<br>출판부 | 1,144 | |
| 7 | 피네간의 경야 이야기 | 김종건 | 2015. 07. 24. | 어문학사 | 996 | |
| 8 | 밤의 미로<br>-피네간의 경야 해설집 | 김종건 | 2017. 05. 20. | 어문학사 | 1,080 | |
| 9 | 복원된 피네간의 경야 | 김종건 | 2018. 03. 30. | 어문학사 | 1,260 | 완역 |
| 10 | 정선된 피네간의 경야 | 김종건 | 2020. 01. 10. | 어문학사 | 196 | |
| 11 | 제임스 조이스 不法의 경야 | 김종건 | 2020. 12. 14. | 어문학사 | 260 | |

\* 한국 제임스 조이스 연구의 태두泰斗이신 김종건 교수가 40여 년간 조이스에 천착穿鑿해오면서 특히『피네간의 경야』에 쏟은 숱한 경야經夜의 시간은 무려 35여 년을 헤아리고, 그의 독보적인 연구 저작물은 그 분량만 장장(長長) 6,841쪽에 달한다. 가히 '넘사벽'이다.

# 2. 언어별 『경야의 서』 번역 출판 연대기

International Translations of The Book of the Wake

| 순 | 언어 | 년도 | 번역 저자 | 번역 저서명 |
|---|---|---|---|---|
| 1 | 프랑스어<br>French | 1982 | Philippe Lavergne | Finnegans Wake |
| | | 2004 | Hervé Michel | Veillée Pinouilles |
| | | 2021 | Daniel Sénécot | Finnfanfun |
| 2 | 일본어<br>Japanese | 1992 | Naoki Yanase | Finegan Shinkou-ki<br>[フィネガン辛航記] |
| | | 2004 | Kyoko Miyata | Shoyaku Finneganzu ueiku |
| | | 2014 | Tatsuo Hamada | Fineganzu ueiku |
| 3 | 독일어<br>German | 1993 | Dieter H. Stündel | Finnegans Wehg: Kainnäh ÜbelSätz-Zung des Wehrkess fun Schämes Scheuß |
| 4 | 한국어<br>Korean | 2002 | Kim, Chong-keon | 피네간의 경야經夜 |
| 5 | 네덜란드어<br>Dutch | | Erik Bindervoet &<br>Robbert-Jan Henkes | Finnegans Wake |
| 6 | 포르투갈어<br>Portuguese | 2003 | Donaldo Schüler | Finnicius Revém |
| | | 2022 | Dirce Waltrick do Amar-ante | Finnegans Rivolta |
| 7 | 폴란드어<br>Polish | 2012 | Krzysztof Bartnicki | Finneganów tren |
| 8 | 그리스어<br>Greek | 2013 | Eleftherios Anevlavis | I agrýpnia ton Fínnegan |
| 9 | 중국어<br>Chinese | | Dai Congrong | Fennigen de Shouling Ye<br>[芬尼根的守灵夜] |
| 10 | 스페인어<br>Spanish | 2016 | Marcelo Zabaloy | Finnegans Wake |
| 11 | 터키어<br>Turkish | | Fuat Sevimay | Finnegan Uyanması |

| | | | | |
|---|---|---|---|---|
| 12 | 이탈리아어<br>Italian | 2018 | Giuliano Mazza | Finnegans Wake: La vegila di Finneg-an |
| | | 2019 | Luigi Schenoni 外 | Finnegans Wake |
| 13 | 영어<br>English | 2019 | James Badwater | Plain English Translation of Finnegans Wake (175,000 pg. collection of 350 books, 15 yrs' work) |
| 14 | 라틴어<br>Latin | | Adam Roberts | Pervigilium Finneganis |
| 15 | 세르비아어<br>Serbian | 2020 | Siniša Stojaković | Finegana buđenje |
| 16 | 스웨덴어<br>Swedish | 2021 | Bertil Falk | Finnegans likvaka |
| 17 | 러시아어<br>Russian | | Andrey Rene | Na pomine Finneganov |

Patrick O'Neill (Queen's University): TRANSLATING THE UNTRANSLATABLE: THE EXPANDING UNIVERSE OF FINNEGANS WAKE(2022)

\* Prof. Badwater(University of Chicago) spent about 4 months to translate the famous 163-word first passage(page3: riverrun, past Eve and Adam's~down through all christian minstrelsy) into 4,345 plain English words for the average Joe.

시카고 대학의 Badwater 교수가 4개월에 걸쳐 163개 단어에 불과한 『경야』의 첫 문장을 일반 독자들도 알기 쉬운 '평이한 영어'로 옮기고 나니 4,345개 단어로 늘어났다.

## 감사의 글


# '셰익스피어 앤 컴퍼니'와 어문학사


1921년 4월 5일, 뉴욕의 출판업자 휩시(Benjamin W. Huebsch)로부터 *Ulysses* 출판 불가 통보를 받고 절 망한 조이스는 파리 오데옹 12번지(12 rue de l'Odéon Paris VI)의 '셰익스피어 앤 컴퍼니(Shakespeare and Company)'로 달려가 실비아(Sylvia Beach)를 만난다: "My book will never come out now." 그 자리에서 실비아 가 던진 단 한마디, "당신의 책[*Ulysses*]을 우리가 출판해도 되겠어요?(Would you let Shakespeare and Company have the honor of bringing out your *Ulysses*?)" 세기의 명작은 그렇게 한 사람의 안목과 결단에 의해 극적으로 세 상에 나오게 된다(1922년 2월 2일). 문을 연 지 6개월도 채 되지 않은 파리 골목길 작은 책방의 가녀린 여주 인에 의해서...

한국 조이스 연구와 번역의 거목 김종건 고려대 명예교수는 "어문학사 하면 제임스 조이스요, 제임 스 조이스 하면 어문학사"라고 설파하신 적이 있다(2018년 2월 1일). 국내 출판사 중에서 압도적인 수의 조 이스 관련 서적을 출판한 어문학사 윤석전 CEO의 우월한 인문 감성과 남다른 조이스 애정이 필자의 『경야의 서(The Book of the Wake)』 평역 시리즈에 생기를 불어넣어 주셨다.

102년 전, '셰익스피어 앤 컴퍼니'에서 비치의 출판 제안을 받았을 때 조이스의 온몸을 감싸고 돌았 을 감동과 전율을 필자는 '어문학사'의 윤석전 CEO와의 첫 미팅에서 체감했다. 그를 향한 감사와 존경 의 마음은 그래서 오래도록 각별할 것이다.

매일매일 깨알 같은 활자와 마주하면서 이 시대 '종이책'의 마력을 믿고 있는 어문학사 편집부원들 의 손길은 언제나 아름답다.


2025.
지리산 자락의 제임스조이스연구센터에서 박대철

# 문자에 구애되지 않는, 쉽고 자유로운 번역

### easyfree translation【152:12~13】

· peterchrisp.blogspot.com

"After Joyce, There's No World Without Joyce" (1982. 1. 31. The New York Times)
조이스의 등장 이후, 조이스를 빼놓고 20세기를 말하기는 어렵다.

# 직접 인용 및 간접 참고 자료 출처 ①

## ◆ 본문 직접 인용 및 간접 참고 사진 출처

1. The River Liffey  www.istockphoto.com
2. Church of Eve and Adam's  www.google.com
3. The Commodius Vicus  maths.ucd.ie
4. Howth Head  humphrysfamilytree.com
5. Howth Castle and Environs  www.yourdaysout.ie
6. Tristan and Isolde  commons.wikimedia.org
7. North Armorica[Brittany]  www.hotelsafloat.com
8. Penisolate[Iberian Peninsula]  websites.umich.edu
9. Isthmus of Sutton  www.flickr.com
10. Oconee River Bridge  www.digitalcommonwealth.org
11. Dublin Laurens Co  qpublic.net/ga/laurens
12. Dublin on River Oconee  www.weather-forecast.com
13. The Meeting of Jacob and Esau  etc.usf.edu
14. Swift, Stella and Vanessa  digitalcollections.nypl.org
15. John Jameson & Son Ltd.  irishpubemporium.com
16. Fall of Finnegan  peterchrisp.blogspot.com
17. Fall of Man  en.wikipedia.org
18. Humpty Dumpty's Fall  www.gettyimages.com
19. A Sleeping Giant  Bishop, John, Joyce's Book of the Dark, pp.34-35.
20. Turnpike  www.pinterest.co.kr
21. Roque E. deCampos. James Joyce FW.  peterchrisp.blogspot.com
22. Republic of Ireland Flag  soccergist.net
23. Aristophanes' Frogs  book-graphics.blogspot.com
24. Map of Verdun Battle 1909  en.wikipedia.org
25. Secret Peasant Group Whiteboys  listverse.com
26. Assegai South African Spear  www.pinterest.co.kr
27. The Kilkenny Cats  www.pinterest.co.kr
28. The Kilkenny Cat Pub, South Wales  www.pinterest.co.kr
29. Dublin Castle  www.castle-hotel.ie
30. Hesperides  www.amazon.com
31. Ego Te Absolvo  www.amazon.com
32. Hayfoot Strawfoot  www.ebay.com
33. Esau and Jacob  en.wikipedia.org
34. Ask and Embla  psy-minds.com
35. The Baily Lighthouse and Dublin Bay  anotherpartoftown.com
36. Bygmester Solness  www.abebooks.com
37. The Master Builder  www.goodreads.com
38. Claude Adrien Helvetius  en.wikipedia.org
39. Sir A. Guiness  www.erih.net

40. Wild Geese   thewildgeese.irish

41. Punch and Judy Show   brighton-punch-and-judy.com

42. Hod Carrier   buffaloah.com

43. Alice in Wonderland   afuse8production.slj.com

44. Alice Liddell   www.walmart.com

45. Crythur[Irish Whiskey]   www.pinterest.co.kr

46. mithra   www.flickr.com

47. mitre   www.pinterest.co.kr

48. H.C.E. Childers   digitalcollections.nypl.org

49. Caligula   wellcomecollection.org

50. Roundheads   www.slideshare.net

51. Frank Winfield Woolworth   www.gettyimages.com

52. Woolworth Building in New York   www.pinterest.co.kr

53. Jacob's Ladder   www.myjewishlearning.com

54. Vasily Buslayev   commons.wikimedia.org

55. Crest of Heraldry   wehavekids.com

56. The House by the Churchyard   www.ebay.com

57. Finn's Hotel   www.flickr.com

58. Isle of Man   ireneu.blogspot.com

59. Michael Finnegan   www.bethsnotesplus.com

60. Michael Finnegan Lyric   www.mamalisa.com

61. Viconian Cycle   everipedia.org

62. Mount Arafat   www.flickr.com

63. Black Stone of Mecca   commons.wikimedia.org

64. Absinthe   thecandlefusionstudio.com

65. Arabian Nights   www.dr.com.tr

66. Dublin's Oldest Charity   www.roomkeepers.com

67. Isaac Butt   www.irishartsreview.com

68. Butt Bridge   www.flickr.com

69. Mastaba Tomb   barqueofthenile.blogspot.com

70. Miss Hooligan's Christmas Cake   www.itma.ie

71. Phil the Fluter's Ball   www.abebooks.com

72. Giant: Gog and Magog   www.a-n.co.uk

73. Brian O'Linn   www.the-saleroom.com

74. Priapus   www.pinterest.co.kr

75. An Alphabet   www.alibris.com

76. Rois et Dieux d'Egypte   www.amazon.com

77. Osiris and Isis   www.prints-online.com

78. Buttevant Tower   www.fineartstorehouse.com

79. Ireland's Eye   www.flickr.com

80. Carric-Thura   www.abebooks.com

81. ichthys(fish)   soutenus.blogspot.com

82. Dublin Ale   www.the-saleroom.com

83. Dobbin's Flowery Vale   claddaghrecords.com

84. Behemoth(land), Ziz(sky), Leviathan(sea)   en.wikipedia.org

85. Chapelizod   veloviewer.com

86. Magazine Wall in Phoenix Park   www.pinterest.co.kr

87. La Belle Alliance   historum.com

88. Battle of Hill 60(Western Front)   www.ww1battlefields.co.uk

89. The Hollow   www.geograph.ie

90. Hill of Tara   www.megalithicireland.com

91. Wait Till the Clouds Roll By   afolksongaweek.wordpress.com

92. Wellington Monument   www.pinterest.co.kr

93. Ancient Irish Life   www.amazon.com

94. The Pikemen   civilianmilitaryintelligencegroup.com

95. Tricorne   www.metmuseum.org

96. Copenhagen (chestnut)   www.quiet-corner.com

97. Marengo(white)   www.robswebstek.com

98. Oliver Cromwell   www.npg.org.uk

99. Aleister Crowley   mikeplato.myblog.it

100. The Thin Red Line   paintingvalley.com

101. Daniel O'Connell   commons.wikimedia.org

102. Salmon of Knowledge   en.wikipedia.org

103. The Battle of Agincourt   www.luminarium.org

104. Charles Boycott   alchetron.com

105. Publish and be damned   www.azquotes.com

106. Battle of Stamford Bridge   www.britishbattles.com

107. Cork   ontheworldmap.com

108. Battle of Solferino   ospreypublishing.com

109. Battle of Thermopylae   www.haikudeck.com

110. Battle of Bannockburn   arrecaballo.es

111. Battle of Toulouse   en.wikipedia.org

112. Gott strafe England   www.dafont.com

113. It's Long Way to Tipperary   thecrowsofalbion.bandcamp.com

114. A Royal Divorce   en.wikipedia.org

115. Taffy was a Welshman, Taffy was a thief   fineartamerica.com

116. The Sepoy Mutiny   www.slideshare.net

117. Battle of Aboukie   www.alamy.com

118. Battle of Bussaco   www.youtube.com

119. Three Ravens Lyrics   www.morleyharps.co.uk

120. Mount Nebo   www.pinterest.co.kr

121. Ha'penny Bridge   redart.co.uk

122. The Mime of Mick, Nick and the Maggies   www.abebooks.com

123. flagpatch quilt   www.overstock.com

124. Sabots   www.etsy.com

125. While London Sleeps   www.alhirschfeldfoundation.org

126. Vesta   en.wikipedia.org

127. Sunny Side Up   www.freepik.com

128. Sunny Side Up   rivermontrecords.com

129. Sunny Side Up   www.cinematerial.com

130. Williamite War   www.bloomsbury.com

131. Dublin Port and Docks Board   www.dublinportarchive.com

132. Cork Hill   twitter.com/dubcivictrust

133. Arbour Hill   www.youtube.com

134. Summer Hill   destinia.com

135. Misery Hill   www.theaa.ie

136. Constitution Hill   www.workhouses.org.uk

137. Olaf Road, Ivar Street, Sitric Place   whichmuseum.co.uk

138. Castleknock   www.cylex.ie

139. So this is Dublin!   www.abebooks.co.uk

140. Incubus and Succubus   www.scribd.com

141. Jubilee   www.chabad.org

142. optophone   www.aotm.gov.pl

143. Mamalujo   wakingup32.wordpress.com

144. The Annals of the Four Masters   www.fourcourtspress.ie

145. The Shan Van Vocht   en.wikipedia.org

146. The Battle of Dysart O'Dea   www.clarelibrary.ie

147. Egyptian Book of the Dead   www.khanacademy.org

148. Grand National   www.mernick.org.uk

149. Áth Cliath   oldeuropeanculture.blogspot.com

150. St Patrick Was Gentleman   www.allgreatquotes.com

151. ginnungagap   www.pinterest.co.kr

152. Tuatha Dé Danann   www.pinterest.co.kr

153. Danu   medium.com

154. Love's Labor's Lost   bestofusedbooks.com

155. Thou shalt not covet thy neighbour's wife   www.gettyimages.com

156. Thy Neighbour's Wife   www.amazon.com

157. The Five Provinces of Ireland   thewildgeese.irish

158. Hebear[Eber]   en.wikipedia.org

159. Gormond's Gate   arranqhenderson.com

160. Wars of Roses   www.slideserve.com

161. Tim Healy   en.wikipedia.org

162. Tower of Babel   www.ebibleteacher.com

163. Houyhnhnms & Yahoo   www.pinterest.co.kr

164. Viking Settlement   viking.archeurope.com

165. Sinn Fein   www.anphoblacht.com

166. The tart with cart   www.pinterest.co.kr

167. Hercules' Pillars   www.google.co.jp

168. Mutt and Jeff   www.imdb.com

169. BrianBorú   en.wikipedia.org

170. Guinness   www.whytes.ie

171. Sitric Silkenbeard   www.cointalk.com

172. Mark's Alley West   urbanculture.fotonique.com

173. Battle of Clontarf   commons.wikimedia.org

174. The Olde Irishe Rimes of Brian O'Linn   www.ebay.com

175. Plain of Flocks[Moynalty]   raymondpotterton.com

176. Heimskringla   www.pinterest.co.kr

177. maharajalila   www.finedictionary.com

178. Left/Right Banks of Bordeaux   www.northernwineschool.co.uk

179. The Whippingham Papers   www.abebooks.com

180. Master Kung: The Story of Confucius   www.abebooks.com

181. All Hallow's Eve   www.amazon.com

182. The Eve of St John   www.deveres.ie

183. Rune Font   www.deviantart.com

184. Der Fall Wagner   www.pinterest.co.kr

185. Speeches and Table-Talk   www.goodreads.com

186. Yuga[Age of Time]   stackexchange.com

187. British Politics, 1793~1815   en.wikipedia.org

188. Strawberry Beds   www.awesomestories.com

189. Dance of Gascony   www.youtube.com

190. Grace O'Malley   www.pinterest.co.kr

191. Howth Castle Entry Gates   artfactory.com

192. Arms of Dublin   commons.wikimedia.org

193. Le Petit Parisien   www.flickr.com

194. Come Back to Erin   www.loc.gov

195. Chapelizod Gate   www.irishtimes.com

196. Mansion House   en.wikipedia.org

197. Hirrican Lamp   labourandwait-tokyo.com

198. Pretty Girl milking Her Cow   www.flutetunes.com

199. Dublin   slideplayer.com

200. Balbriggan   www.weather-forecast.com

210. The Resting Place of Strongbow   humphrysfamilytree.com

202. O Felix Culpa![Oh Happy Fault!]   www.needpix.com

203. Cadenus and Vanessa   www.kobo.com

204. Irish Magdalene Laundry(1900s)   en.wikipedia.org

205. Castletown House   lordbelmontinnorthernireland.blogspot.com

206. Phoenix Park   twitter.com/PeterChrisp

207. When We Dead Awaken   www.goodreads.com

208. Golgotha Calvary Skull Rock   authorryanc.com

209. Northumberland Road   thebignote.com

210. Phibsborough Road   excellentstreetimages.com

211. Walting Street   www.flickr.com

212. Moore Street   www.youtube.com

213. Ombre Game   worldofcardgames.com

214. Fenians   www.adirondackalmanack.com

215. Ancient Druids   www.heritagedaily.com

216. Aaru[Field of Reed]   assassinscreed.fandom.com

217. Irish Bagpipes   www.discogs.com

218. Gulf of Bothnia   www.researchgate.net

219. Tuskar Rock Lighthouse   marinas.com

220. North Channel   www.worldatlas.com

221. Bretland   commons.wikimedia.org

222. Hopkins&Hopkins   twitter.com/dubcivictrust

223. General Bobrikoff   www.youtube.com

224. General Bobrikoff   digi.kansalliskirjasto.fi

225. Asia Minor[Anatolia]   www.armgeo.am

226. The Book of the Dead   www.goodreads.com

227. La Vie du Boudha   www.amazon.com

228. Ptah: Ancient Egyptian God of Creation   www.pinterest.co.kr

229. Tut-ankh-amun   www.middleeasteye.net

230. St Patrick's Cathedral   www.tripsavvy.com

231. King Billy   www.pinterest.co.kr

232. Isle of Man   www.bbc.co.uk

233. Jacob's Biscuit   www.europeana.eu

234. Dr Tibble's Vi-Cocoa   www.worthpoint.com

235. Edwards' Desiccated Soup   www.etsy.com

236. Mother Siegel's Syrup   www.alamy.com

237. Church of the Three Sons of Nessan   commons.wikimedia.org

238. Williams & Woods   irishpubemporium.com

239. Portobello Panama   lacosmopolilla.com

240. Portobello Road & Grand Canal   www.flickr.com

241. Castor and Pollux   artuk.org

242. Concertina   ca.wikipedia.org/wiki/Portada

243. Fez, Morocco   elpais.com

244. Stormont   en.wikipedia.org

245. Adam & Sons Auctioneers   www.theinsightproject.org

246. Isis   ko.depositphotos.com

247. White Dwarf and Red Giant   www.sciencelearn.org.nz

248. Seraph   www.pinterest.co.kr

249. Figurehead   www.pinterest.co.kr

250. Eden Quay   en.wikipedia.org

251. Burgh Quay   ko.foursquare.com

252. Arrah-na-Pogue   postermuseum.com

253. The Ending of Ulysses   medium.com

254. The Ending of Finnegans Wake   en.wikipedia.org/wiki/Peter_Chrisp

255. 7 Rue Edmond Valentin   parisresidencesjamesjoyce.com

256. 34 Rue des Vignes   parisresidencesjamesjoyce.com

257. Finnegans Wake   www.pinterest.co.kr

# 직접 인용 및 간접 참고 자료 출처 ②

◆ 상세 연보 직접 인용 및 간접 참고 사진 출처

www.pinterest.com

www.patrickcomerford.com

www.flickr.com

www.rte.ie/culture

www.clongowes.net

www.amazon.com

www.rte.ie

www.thetimes.co.uk

www.tripsavvy.com

www.dublinlive.ie

www.tide-forecast.com

www.theshelbourne.com

europebetweeneastandwest.wordpress.com

www.zum.de

www.guide.romeescape.com

www.goodreads.com/review/show/554174065

www.irishtimes.com/life-and-style/homes-and-property

www.galwaytourism.ie/nora-barnacle-house

blogs.lib.ku.edu/spencer/category/university-archives

www.bl.uk

modernistmagazines.com

wordpress.org

www.irishhistory.com

www.cultura.id/about

www.theparisreview.org

www.laescueladelosdomingos.com

www.smithsonianmag.com

www.eud.u-bourgogne.fr

www.raptisrarebooks.com

digital.sandiego.edu

www.biblio.com

www.lilliputpress.ie

www.uantwerpen.be/en/

nl.linkedin.com/in/hans-van-den-bos

www.williamreesecompany.com

www.wikipedia.org

www.wikiwand.com/en/Joe_Gilmore

sanctuaryrarebooks.com

www.abebooks.com

alchetron.com/Social
www.nytimes.com
www.johncoulthart.com
www.artnet.com
www.facebook.com/search/top/?q=Fritz%20Senn

## ◆ 직접 인용 및 간접 참고 문헌[웹] 자료 출처

James Joyce, Finnegans Wake, Penguin Books, New York, 1976

김종건, 피네간의 경야 주해, 고려대학교 출판부, 2012
김종건, 피네간의 경야 이야기, 어문학사, 2015
김종건, 복원된 피네간의 경야, 어문학사, 2018

A. Nicholas Fargnoli, James Joyce: A Literary Reference, Carroll & Graf Publishers, New York, 2003
Anthony Burgess, Here Comes Everybody: An Introduction to James Joyce for the Ordinary Reader, Faber & Faber, London, 1965
Bernard Benstock, Joyce-Again's Wake: An Analysis of Finnegans Wake, University of Washington Press, Seattle and London, 1965
C. George Sandulescu, The Language of the Devil: Texture and Arche-type in Finnegans Wake, Colin Smythe, Gerrards Cross, 1987
Clive Hart, A Concordance to Finnegans Wake, University of Minnesota Press, Minneapolis, 1963
Clive Hart, Structure and Motif in Finnegans Wake, Faber & Faber, London. 1962
Glasheen, A Third Census of Finnegans Wake: An Index of the Charac-ters and Their Roles, University of California Press, Berkeley, 1977
Gordon Bowker, James Joyce:A New Biography, Farrar, Straus and Giroux, New York, 2011
Harry Burrell, Narrative Design of Finnegans Wake: The wake Lock Picked, University Press of Florida, Gainesville, 1996
Herbert S. Gormann, James Joyce: A Definitive Biography, John Lane The Bodley Head, London, 1941
Ian Pindar, Joyce, Haus Publishing, London, 2004
James S. Atherton, The Books at the Wake: A Study of Literary Allusions in James Joyce's Finnegans Wake, Viking, New York, 1960
John Bishop, Joyce's Book of the Dark: Finnegans Wake, University of Wisconsin Press, Madison, 1986
John Gordon, Finnegans Wake: A Plot Summary. Syracuse University Press, New York, 1986
Joseph Campbell and Henry Morton Robinson, A Skeleton Key to Finnegans Wake, Harcourt, Brace, New York, 1944
Louis O. Mink, A Finnegans Wake Gazetteer, Indiana University Press, Bloomington, 1978
O'Hehir and John Dillon, A Classical Lexicon for Finnegans Wake, University of California Press, Berkeley, 1977
Richard Ellmann, James Joyce, Oxford University Press, 1982
Roland McHugh, Annotations to Finnegans Wake, Johns Hopkins University Press, Baltimore & London, 1980
Roland McHugh, The Sigla of Finnegans Wake, University of Texas Press, Austion, 1976
Samuel Beckett, Our Examination Round His Factification for Incamination of "Work in Progress," 2nd edition, John Dickens & Conner, Northampton, 1962
Vivien Igoe, James Joyce's Dublin Houses & Nora Barnacle's Galway, Mandarin Paperbacks, London, 1990

**Finnegans Wake Extensible Elucidation Treasury**

www.fweet.org/pages/fw_smap.php

**Course Hero Literature Study Guides Finnegans Wake**

www.coursehero.com/lit/Finnegans-Wake/

**Glosses of FINNEGANS WAKE**

finwake.com/

**Concordance of Finnegans Wake**(compiled by Eric Rosenbloom)

www.rosenlake.net/fw/FWconcordance/

**James Joyce Scholars' Collection**

search.library.wisc.edu/digital/AJoyceColl

**JAMES JOYCE DIGITAL ARCHIVE**

jjda.ie/main/JJDA/F/FF/app/chkra.htm

**Atelier Aterui**(by Eishiro Ito)

p-www.iwate-pu.ac.jp/~acro-ito/index.html

**GENIUS: Finnegans Wake**

genius.com/James-joyce-finnegans-wake-chap-11-annotated

**Sensagent: Finnegans Wake**

dictionary.sensagent.com/Finnegans%20Wake/en-en/

**James Joyce Images**

www.columbia.edu/itc/english/seidel/joyce/edit/

**Steemit: Finnegans Wake - A Prescriptive Guide**

steemit.com/literature/@harlotscurse/

**JJ21k: Finnegans Wake**

jj21k.com/finnegans-wake/

**FinnegansWiki**

www.finnegansweb.com/wiki/index.php/Sanglorians

**Annotated Finnegans Wake**(with Wakepedia)

fwannotated.blogspot.com/2014/09/phoenix-park-in-fw.html

**Finnegans Wake, phrase by phrase**

fwphrases.blogspot.com/

**How many legs this elephant has?**

finneganswake943697706.wordpress.com/

Lots of fun at Finnegan's wake!【Irish Ballad】

'피네간의 경야'에는 즐거운 일이 정말 많단 말이야!

◆ 『경야의 서』 독서 모임·예술 작업·학술 연구 동향

➜ 28 years reading 1 book, and no one knows what it's about

-KCRW

책 한 권을 독파하는 데 28년이나 걸렸지만, 정작 그 내용을 아는 사람은 아무도 없어

The "FinnegansWake" reading club is pictured at a 2008 meeting. The club started at the Venice Public Library in 1995 and just finished the book this month.

사진은 2008년의 『경야』 독서 모임 모습. 이들은 베니스 공공 도서관에서 1995년 『경야』의 첫 장을 펼친 이래 28년 만인 2023년에 마지막 장을 덮었다.

→ 'It never ends': the book club that spent 28 years reading Finnegans Wake

-The Guardian

'끝없이 이어지는 이야기': 28년 만에 『피네간의 경야』 읽기를 마친 독서 모임

The group in Venice, California, started the difficult James Joyce book in 1995. They reached its final page in October

캘리포니아 베니스의 한 독서 모임이 난해하기로 악명 높은 『경야』를 28년 만에 완독했다.

Joyce himself would probably be pleased to hear of these endeavors: he once described the perfect reader of Finnegans Wake as "suffering from an ideal insomnia", and said: "The demand I make of my reader is that he should devote his entire life to reading my works."

조이스 자신도 이들의 노력을 전해 듣는다면 아마 기뻐할 것이다. 한번은 그가 완벽한 『경야』 독자를 가리켜 "더할 나위 없이 바람직한 불면증"에 고통받는 사람으로 칭하면서, 이렇게 말한 적이 있다: "내가 독자에게 바라는 점이 있다면 그건 내 작품을 읽으려면 자신의 일생을 바쳐야 한다는 것이다."

➔ Plain English Translation of James Joyce's Finegans Wake Exceeds 175,000 pages
-The Fazzler

제임스 조이스의 『피네간의 경야』를 평이한 영어로 번역 - 분량만 175,000페이지가 넘어

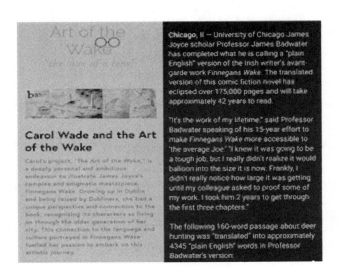

➔ Art of the Wake - "the loan of a lens"【112:01~02】: Carol Wade and the Art of the Wake
-artofthewake

『경야』의 예술적 작업 - "렌즈 장치의 대여": 캐럴 웨이드(아일랜드 예술가)와 『경야』의 예술적 작업

This connection to the language and culture portrayed in Finnegans Wake fuelled her passion to embark on this artistic journey.

『피네간의 경야』에 묘사되고 있는 언어와 문화의 연관성이 예술적 삶의 여정을 시작하려는 그녀의 뜨거운 열정을 촉발했다.

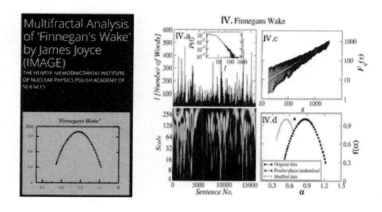

→ Multifractal Analysis of 'Finnegans Wake' by James Joyce
-EurekAlert!
제임스 조이스의 『피네간의 경야』에서 수학적 '다중 프랙탈' 구조를 발견하다

The literary world was not turned on its head in 2015 when scientists at the Institute of Nuclear Physics in Poland ran a mathematical analysis of James Joyce's Finnegans Wake, and discovered that the book - which to most observers is composed of nonsense sentences filled with pidgeon words - represents a near perfect series of cascading multi-fractal patterns.

2015년에 폴란드 원자핵물리학 연구소의 과학자들이 제임스 조이스의 『피네간의 경야』에 대한 수학적 분석을 실행했을 때 문학계는 관심조차 두지 않다가, 혼성어투성이의 '뜻이 통하지 않는 문장'으로 구성된 『경야』가 거의 완벽한 연속적 다중 프랙탈 구조의 연속체라는 것을 발견했다.

→ Fractal fiction: measuring the setences in Joyce's 'Finnegans Wake'
-The Irish Times
프랙탈 모형 소설: 조이스의 '피네간의 경야' 문장을 분석하다.

*프랙탈: 산의 기복·해안선 따위 아무리 세분해도 똑같은 구조가 나타나는 도형 → chaos theory(카오스 이론: 혼돈의 배후에는 질서가 내재하며, 그 법칙에 따라 미래 상태가 결정된다고 보고 그 법칙성을 찾아내려는 연구)의 응용으로 인간 세상이나 생물계·자연계의 불규칙적인 형상 해명에 이용함.

# 경야의 서

제임스 조이스 『피네간의 경야』 평역 시리즈 ①

**초판 1쇄 발행일** 2025년 3월 14일

**원　작** 제임스 조이스
**편　역** 박대철

**펴낸이** 박영희
**편　집** 조은별
**디자인** 김수현
**마케팅** 김유미
**인쇄·제본** 제삼인쇄

**펴낸곳** 도서출판 어문학사
**주　소** 서울특별시 도봉구 해등로 357 나너울카운티 1층
**대표전화** 02-998-0094　**편집부1** 02-998-2267　**편집부2** 02-998-2269
**홈페이지** www.amhbook.com
**e-mail** am@amhbook.com
**등　록** 2004년 7월 26일 제2009-2호

**X(트위터)** @with_amhbook
**인스타그램** amhbook
**페이스북** www.facebook.com/amhbook
**블로그** blog.naver.com/amhbook

**ISBN** 979-11-6905-040-1(94840)
　　　979-11-6905-039-5(세트)
**정　가** 40,000원